सुखी घर सोसाइटी

विनोद दास

सुखी घर सोसाइटी

राजकमल प्रकाशन

ISBN : 978-93-93768-25-4

मूल्य : ₹895

पहला संस्करण : 2022

प्रकाशक : राजकमल प्रकाशन प्रा. लि.
1-बी, नेताजी सुभाष मार्ग, दरियागंज
नई दिल्ली-110 002
शाखाएँ : अशोक राजपथ, साइंस कॉलेज के सामने, पटना-800 006
पहली मंजिल, दरबारी बिल्डिंग, महात्मा गांधी मार्ग, प्रयागराज-211 001
36 ए, शेक्सपियर सरणी, कोलकाता-700 017
वेबसाइट : www.rajkamalprakashan.com
ई-मेल : info@rajkamalprakashan.com

मुद्रक : बी. के. ऑफसेट
नवीन शाहदरा, दिल्ली-110 032

SUKHI GHAR SOCIETY
Novel by Vinod Das

कवि-आलोचक विजय कुमार को
जिनकी धमनियों में मुम्बई रक्त की तरह दौड़ता है
और उन सभी को जिन्हें मुम्बई से बेहिसाब प्यार है

उपनगर अपने महानगर की अवैध सन्तान की तरह होता है जिसे वैध सन्तान की तरह न तो प्यार, न ही सुख-सम्पत्ति और न ही नाम मिलता है।

टॉयलेट फ़्लश से गूँ-गूँ को सुनकर वसुधा को ऐसा लगा जैसे कोई किसी गूँगे को पीट रहा हो और उसके मुँह से दबी-दबी चीख़ निकल रही हो।

वसुधा के लिए एक सूखे दिन की यह पहली सूखी शुरुआत थी।

गर्मियाँ शुरू होते ही फ़्लश की गूँ-गूँ से सुखी घर सोसाइटी की हर सुबह जन्म लेती। फ़्लश का नॉब दबाने पर नल से पानी की जगह गुर्राती हुई यह आवाज़ सुनाई देती जिससे वसुधा के स्नायुमंडल में कोहराम मच जाता। उसे मालूम था कि गूँ-गूँ की आवाज़ सुनने के बाद जब आकाश पॉट में बाल्टी से पानी उड़ेलेगा तो सुबह बाथरूम की बाल्टी पानी से नहीं, उसकी बड़बड़ाहट से भर जाएगी।

सुबह की आँख अभी पूरी खुली नहीं थी। आलस से फ़िलवक़्त उसकी आँख मिचमिचा रही थी। चाँद का हल्का, नन्हा-सा टुकड़ा आसमान में धुँधला दिख रहा था। चाँद की पारी ख़त्म हो चुकी थी। वह अपनी ज़िम्मेदारी सूरज को सौंपकर निश्चिन्त मन से सोने जा रहा था। इधर पृथ्वी पर सूरज का इन्तज़ार अख़बार कर रहे थे। दूधियों की साइकिलों की घंटियाँ कर रही थीं। चाय गुमटियों की सोयी हुई केतलियाँ कर रही थीं। छज्जों से आकाश में उड़ान भरने के लिए कबूतर कर रहे थे। खाए-अघाए सैर करनेवालों के जूते कर रहे थे।

वसुधा बालकनी में थी। मन्द-मन्द बहती हवा की लहर उसकी देह के रोयों को प्यार से धीरे-धीरे सहला रही थी। सहसा उसके पाँव बालकनी से बाथरूम की ओर मुड़ गए।

आकाश की बड़बड़ाहट गूँज रही थी, "टैंकर फिर नहीं आया। हमारी हाउसिंग सोसाइटी मुर्दा है। कुछ नहीं करती। व्हाट्सएप में पोस्ट लिखकर इनकी खाल खींचता हूँ।"

आकाश की बड़बड़ाहट के रेशे वायुमंडल में छितर गए।

आकाश को लगता कि बड़बड़ाहट उच्च रक्तचाप की मुफ़ीद दवा है।

वह बहुधा बड़बड़ाते रहते ताकि उनका बढ़ा रक्तचाप नीचे आकर सामान्य हो जाए। हालाँकि बड़बड़ाने से उनका रक्तचाप और बढ़ जाता। रक्तचाप की जाँच कराने वह कभी डॉक्टर के पास नहीं जाते। भारत में रोगी ख़ुद आधा डॉक्टर होता है और आधे डॉक्टर उसके पड़ोसी और दोस्त होते हैं।

बड़बड़ाहट की रौ में आकाश को टॉवेल से हाथ पोंछने की सुध ही न रही। उसके हाथ से पानी की बूँदें टप-टप गिरकर मोतियों की तरह लुढ़कते हुए फ़र्श को गीला करने लगीं। यह दृश्य उसे तब तक सुन्दर लगा जब तक पानी की बूँदें रूठे हुए बच्चों की तरह फ़र्श पर बिखर नहीं गईं। ग़नीमत थी कि फ़र्श के गीले हिस्से पर स्लीपर का कोई हमला अभी तक नहीं हुआ था, नहीं तो घर की पूरी फ़र्श स्लीपर की गर्वीली छाप से सज जाता।

आकाश की बड़बड़ाहट की दुनिया छोटी थी लेकिन वह वसुधा की कर्णेन्द्रियों तक पहुँच जाती।

वसुधा की नज़र आकाश के गीले हाथों से टपकती बूँदों पर पड़ गई। फिर क्या था! वसुधा की कड़क शिक्षक आवाज़ से बालकनी में गुटरगूँ करते कबूतर आकाश में उड़ गए।

"पहले हाथ पोंछिए, फिर धरती पलटिएगा।"

आकाश अकबका गया। उसे लगा जैसे उसकी माँ ने उसे झिड़का हो। माँ तो अब इस दुनिया में नहीं थी लेकिन माँ-सी कड़क वसुधा तो थी। वह उलटे पाँव वाशरूम लौट गया। वॉशबेसिन के ऊपर टँगे टॉवेल से हाथ सुखाने के बाद उसकी बड़बड़, गरम रेत में भुनते मकई के दानों की भुनभुन में बदल गई।

"मेरी मति मारी गई थी। रमेश मिश्रा की चिकनी-चुपड़ी में फँस गया।"

आकाश की आवाज़ हवा में ऐसी लहराई जैसे रेत में भुनते हुए कोई मकई का दाना फक्क से फूटा हो।

रमेश मिश्रा आकाश का सहकर्मी था। वह दफ़्तर के समय में दफ़्तर का काम कम, अपनी पत्नी के नाम से प्रॉपर्टी एजेंट का काम ज़्यादा करता था। आकाश को मीरा रोड में यह फ़्लैट उसी ने ख़रीदवाया था। जब से आकाश यहाँ मीरा रोड के फ़्लैट में आया, मन-ही-मन हथौड़े से वह रमेश मिश्रा का मुँह कूटता रहता। उसकी मीठी ज़बान को अपनी कैंची से काटता रहता। हालाँकि उसे अफ़सोस बना रहता कि इसका असर उसे मिश्रा की ज़बान पर नहीं दीखता। मिलने पर आकाश को हमेशा लगता कि रमेश मिश्रा की ज़बान पहले जैसी ही है—लम्बी और मीठी।

आकाश की भुनभुन से वसुधा की ज़बान में चिड़चिड़ाहट सिमट आई।

"तब मेरी एक न मानी। बीवी की बात मानने से हेठी होती। कहती न थी कि खारघर में फ़्लैट लो। नई बसावट। चौड़ी-चौड़ी सड़कें। पहाड़ियाँ-झरने। ख़ूब हवा-पानी। सैर के लिए नेशनल पार्क। इस्कॉन मन्दिर। पास में बन रहा इंटरनेशनल

एअरपोर्ट। लेकिन नहीं, हुज़ूर को सिर्फ़ वेस्टर्न लाइन पर ही फ़्लैट लेना है, चाहे वहाँ फ़्लश में पानी न आए।"

वसुधा की दुबली देह पत्ती की तरह काँप रही थी। ठंड से नहीं, क्रोध की अवश थरथराहट से। वसुधा उन औरतों में थी जो अपनी सोच को दबाकर नहीं रखतीं, कह देती हैं।

ऐसे वक़्त आकाश बहरे बन जाते। बहरे पति हमेशा बहुत सुखी रहते।

आकाश सरकारी नौकरी से उसी माह सेवानिवृत्त हुए थे जिस माह देश के एक अर्थशास्त्री प्रधानमंत्री का कार्यकाल पूरा हो चुका था। ईमानदार प्रधानमंत्री के मंत्रिमंडल पर घोटालों के आरोपों की फ़ेहरिस्त काफ़ी लम्बी और संगीन थी। अपने छप्पन इंच सीने का दावा करनेवाले नए प्रधानमंत्री पाकिस्तान-चीन को सबक सिखाने, पारदर्शी और भ्रष्टाचारमुक्त सरकार देने, देश में 100 स्मार्ट सिटी बनाने, साल में दो करोड़ रोज़गार पैदा करने, विदेश से काला धन निकालकर हर देशवासी के बैंक खाते में पन्द्रह लाख रुपये डालकर अच्छे दिन का वायदा करके संसद के सामने अपना शीश झुकाकर देश की राजसत्ता सँभाल चुके थे।

वसुधा अक्सर आकाश के सेवानिवृत्त होने पर व्यंग्य करती।

"आप तो रिटायर हो गए हैं जबकि मेरा रिटायरमेंट मौत के साथ होगा। मुझे तो मरते दम तक बिना मजूरी घर का काम करना होगा।"

स्त्रियाँ प्राय: हृदय से सोचती हैं। पुरुष अधिकतर लाभ की सोचते हैं। आकाश मीरा रोड के किसी आकर्षण में बँधकर नहीं, दूर की सोच अर्थात् सांसारिक लाभ की दृष्टि से यहाँ आया था।

आकाश के हृदय में सांसारिक लाभ ही बसा होता जबकि वसुधा का हृदय ही संसार होता।

मीरा रोड में आकाश ने दो कारणों से फ़्लैट लिया था।

मीरा रोड में फ़्लैट सस्ता था। उसके बजट में आ सकता था।

दूसरे, मुम्बई महानगर पालिका की सीमा से बाहर होने के कारण दफ़्तर के नियमानुसार उसे सांताक्रूज़ में मिले सरकारी फ़्लैट से सेवानिवृत्ति तक बेदख़ल नहीं किया जा सकता था।

दरअसल मीरा रोड मुम्बई महानगर पालिका की सीमा से सटा ठाणे ज़िले में एक विकसित होता उपनगर था। हर बड़ा शहर कई उपनगरों को मिलाकर बनता। वहाँ लोग रहते नहीं, बस! बस जाते।

जितना शहर बढ़ता, उतना ही गाँव मरता और उपनगर बढ़ता जाता। हर उपनगर अपने महानगर की अवैध सन्तान की तरह होता जिसे वैध सन्तान की तरह न तो प्यार, न ही सुख-सम्पत्ति और न ही नाम मिलता।

बोरीवली और भायन्दर स्टेशन के बीच मीरा रोड वेस्टर्न रेलवे लाइन पर था।

जब चर्च-विरार लोकल ट्रेन दहिसर स्टेशन से छूटती और पश्चिम की तरफ़ नमक के खेत आकाश को दिखाई देने लगते तो आकाश समझ जाते कि मीरा रोड शुरू हो गया है। हालाँकि मुम्बईवासियों के लिए मीरा रोड का मतलब कुछ दूसरा था—मकान का कम भाड़ा, अराजक यातायात। पानी की क़िल्लत। अपराधों का अड्डा। नशेड़ियों का स्वर्ग।

मुम्बई की मामूली चाल में रहने वाले भी मीरा रोड का नाम सुनते ही वैसे ही नाक सिकोड़ते जैसे किसी एक पिछड़े गाँव का ज़िक्र हो रहा हो।

वसुधा की सोच में भी शायद इसी परिभाषा की कुछ उड़ती धूल जमा थी।

मीरा रोड पर जब भी चर्चा चलती, आकाश अपनी ज़बान अक्सर सिल लेते। कभी वह कुछ बोलते तो बहस की आग परच जाती। ऐसे में शान्ति के लिए वह शब्दों के सफ़ेद कबूतर उड़ाने लगते।

आकाश ने यही कोशिश की, "नाश्ते में क्या है?"

आकाश की ऐसी बातों से वसुधा का चेहरा और भी तमतमा जाता। बहस की चिनगारियों को वह धू-धू करती ज्वाला में बदल देती। बहरहाल आज कुछ ऐसा घटित नहीं हुआ। ग्रीष्म की अलसाई सुबह की बहती शीतल वायु ने शायद वसुधा की क्रोधाग्नि पर राख डाल दी थी।

हालाँकि उसके क्रोध की राख में भी चिड़चिड़ाहट की चिनगारियाँ छिपी हुई थीं।

वसुधा की चिड़चिड़ भोर बेला में फ़्लश की नॉब दबाने से शुरू होती और रात में बिस्तर पर जाने के पहले दाँत ब्रश करने तक बनी रहती।

पानी, मटमैला पानी, ठहरा पानी, भारी पानी। दरअसल वाटर टैंक का पानी एक दुःस्वप्न की तरह वसुधा के दिलोदिमाग़ पर छाया रहता। कुल्ला करती तो यह सोचकर उबकाई आने लगती कि यह पानी पता नहीं बोरवेल का होगा या किसी गन्दे ताल का। पानी का टैंकर पता नहीं कब से धुला नहीं होगा। बिल्डिंग के वाटर टैंक की कब से सफ़ाई नहीं की गई होगी। वह नहाने जाती तो पानी की चिपचिप इतनी महसूस होती कि स्नान करने के बाद भी उसे लगता कि उसकी देह लिसलिसा रही है। कपड़े धोने के लिए पानी में पहले से दुगना सर्फ़ घोलती, फिर भी पानी में झाग ही नहीं उठता। यहाँ मीरा रोड के फ़्लैट में वह पानी को लेकर कभी भुनभुनाती, कभी चीख़ती और कभी कुढ़ती। सुखी घर सोसाइटी में पानी की कमी की यातना झेलते हुए उसे लगता कि वह एक ऐसे टी बैग की तरह है जो गर्म पानी में डाले जाने के लिए अभिशप्त है।

वसुधा पर उदासी का रंग शाश्वत चढ़ा रहता। उदास होने का उसके पास कोई न कोई सिलसिला बना रहता। वह यह सोचकर उदास हो जाती कि उसका अविवाहित बेटा इसी शहर में कुछ ही दूरी पर अलग फ़्लैट लेकर रहता है। वह उदास हो जाती कि माँ की मृत्यु के बाद बड़ा भाई उसका हालचाल लेने के लिए भूलकर भी कभी

फ़ोन नहीं करता। वह उदास हो जाती कि उसकी बड़ी बहन ने अपनी शादी इच्छित व्यक्ति से की जबकि उन्होंने उसे कोई ऐसा अवसर ही नहीं दिया। वह अपने नाख़ूनों को देखकर उदास हो जाती जो बर्तन घिसते-घिसते बेरंग हो गए थे। वह अपनी उँगलियों की हड्डियों के कड़ेपन को लेकर उदास हो जाती कि उसमें कोई भी अँगूठी सुन्दर नहीं लगती। वह यह याद कर उदास हो जाती कि शादी के बाद वह कभी हनीमून के लिए किसी रमणीय जगह घूमने नहीं गई। वह उदास हो जाती कि तीज-त्योहार पर पहनने के लिए उसके पास ढंग के परिधान नहीं हैं।

अपनी उदासी के लिए वह अनिवार्यतः आकाश और अंशतः अपनी बड़ी बहन को कोसती जिसने उसकी शादी आकाश से कराई थी। आकाश उसके लिए कोसने का पर्याय बन गए थे।

उदासी वसुधा की स्थायी पोशाक बन गई थी।

जब वह उदासी की पोशाक उतार देती तो उसके चेहरे का वैभव दिपदिप करने लगता। ऐसे प्रीतिकर दृश्य आकाश को उसके केवल सैर करने के समय दीखते। आकाश को याद है कि सांताक्रूज़ के सरकारी फ़्लैट में रहने के दौरान जब जुहू समुद्र तट पर साँझ बेला में वे सैर करने जाते तो वह कितनी उल्लास से भरी दिखती थी। नभ में सूरज के छिपने के बाद उसकी गुलाबी आभा के सम्मोहन में वह खो जाती। चाँद और सागर के अछोर जल की अनगिन छवियाँ वह उमंग से भरकर आकाश को दिखाती। कभी आकाश के आँचल पर लहराता हवाई जहाज़ देखकर वह अनुमान लगाती कि यह शायद चेन्नई से आ रहा होगा जहाँ उसकी बेटी पढ़ती थी। कभी समुद्र के आग़ोश में किसी पानी के जहाज़ को देखकर वह किसी नन्ही बच्ची सी उछल पड़ती। सागर कभी अट्टहास करता वसुधा के चरण चूमने के लिए दौड़ता तो वह पुलक से भरकर आकाश के कन्धों से सट जाती। एक थके बच्चे की तरह गहरी नींद में शान्त सोता सागर उसे एक आध्यात्मिक सुख से सराबोर कर देता। क्षितिज पर समुद्र और आकाश एक-दूसरे के अंक में सिमटे हुए दीखते। अधगीली रेत पर बैठकर दूर बसी बस्तियों की झिलमिल बत्तियों को वे दोनों अक्सर मुग्ध भाव से निहारते रहते। जब वे उठते तो उनके कपड़ों में चिपके रेत कण में छिपकर समुद्र उनके घर पहुँच जाता। समुद्री तेज़ हवा से मिलती जल की शीतलता मुम्बई की उमस में एक अद्भुत वरदान-सी लगती। जब समुद्री हवा मन्द्र आलाप में कोई गीत गुनगुनाने लगती तो वसुधा कई बार इतने उछाह से भर जाती कि हवा को अंक में भरने के लिए अपने दोनों हाथ कमल नाल की तरह फैला देती।

रात में सैर करते समय चाँद समुद्र तट की रेत पर उनके साथ-साथ चलने लगता। आकाश को पीछे से कई बार चाँद वसुधा की लम्बी वेणी पर बैठा हुआ दिखाई देता। अलग-अलग समय में समुद्र का रंग-रूप अलग-अलग होता। वसुधा तेज़ गति से चलती। उसे धीमे चलना पसन्द नहीं था। आकाश को वसुधा के पीछे चलना अच्छा

लगता। आकाश समुद्र तट के बिखरे ख़ूबसूरत दृश्यों में खोए हुए धीरे-धीरे ढुलकते रहते। वसुधा तेज़ चलकर कुछ आगे रुक जाती। फिर मुड़कर आकाश की प्रतीक्षा करती, जैसे वह बराबरी के लिए आकाश को सुअवसर दे रही हो। इस दौरान कई बार जुहू तट पर सैर करते हुए उन्हें कई फ़िल्मी सितारे दिखाई दे जाते।

सैर करते समय वसुधा की देह का सौन्दर्य अपने उरूज पर होता। ऐसे में वह अपनी लय-ताल में होती। थकने के बाद वे दोनों रेत पर सुस्ताने के लिए कुछ क्षण बैठते। आकाश गीली रेत पर लकीरें खींचते रहते। वसुधा समुद्र पार से आती हुई टिमटिमाती रोशनियों को देखकर उनके बारे में तरह-तरह की फंतासियाँ बुनती रहती। एक युगल को एकान्त में बैठा देखकर कभी समोसे वाला, कभी चाय वाला, कभी नारियल पानी वाला तो कभी सींगदाना वाला आ धमकता। वसुधा की पसन्द को ध्यान में रखकर आकाश कभी-कभार सींगदाना ख़रीद लेते। फिर वे दोनों उसे धीरे-धीरे कबूतर की तरह टूँगते रहते।

मीरा रोड की सैर के बारे में सोचते ही वसुधा की पेशानी पर उलझन की रेखाएँ ऐसे दिखाई देतीं जैसे हवा में बिजली के उलझे तार दिखते हैं। वह यहाँ बुझे बल्ब की तरह सैर करती। यहाँ की सड़कें इतनी ऊबड़-खाबड़ थीं कि वसुधा जैसे तेज़ क़दम चलने वाले अपने किसी न किसी पाँव में पैंतालीस दिनों के लिए प्लास्टर चढ़ाने का न्योता देते रहते। गगनचुम्बी बनती इमारतों से धूल के बगूले उड़ते रहते। आसमान हमेशा मटमैला बना रहता। साँस में धूल के बारीक़ कण महसूस होते। सैर करने से जितनी सेहत नहीं बनती, उससे अधिक दमे का मरीज़ बन जाने का ख़तरा मँडराता रहता। भोर बेला में सड़क पर कुछ पल भी बेख़याली से चलना जीवन के प्रति लापरवाह होना होता। सैर के समय कब अचानक भारी-भरकम डायनासोर की तरह पानी का कोई टैंकर पीछे से आकर हमला कर देगा या कोई दैत्याकार सीमेंट-कंक्रीट मिक्सर ट्रक कब आकर उसे धमकाने लगेगा, कहना मुश्किल था। वसुधा को हमेशा चौकन्ना रहना होता। वह यह कल्पना करके काँप जाती कि कभी भी उनकी तस्वीर दीवार पर टँग जाएगी।

वसुधा सांताक्रूज़ की स्मृतियों में जीती रहती। आकाश उसे भूलकर जीने की कोशिश करते।

पश्चिमी सांताक्रूज़ में सैर करते समय वसुधा को ख़ाली भूमि कम ही दिखती थी। मीरा रोड में ख़ाली भूमि का कोई न कोई टुकड़ा उसे दिख ही जाता। उस भूमि पर हरी घास की थिगलियाँ होतीं। कोई बेनाम जंगली फूल खिला होता जिस पर कोई तितली मँडराती रहती। कुछ तितर-बितर झाड़ियों के बीच कभी भागती हुई कोई गिलहरी दिख जाती। पृथ्वी में सुरंग बनाती हुई चींटियों की कोई बाँबी छिपी होती। भूमि के इस टुकड़े को सैर करते समय वसुधा अपने मन में साथ लेकर चलती। हालाँकि यह सुख ज़्यादा दिन नहीं टिकता। कुछ ही दिनों बाद वह अचानक देखती

कि उस चटियल भूमि को एस्बेस्टस शीट से घेर दिया गया है। फिर कुछ दिन में ही वहाँ दैत्याकार यंत्रों की गड़गड़ाहट गूँजने लगती। भारी-भरकम बड़ी-बड़ी क्रेनें आ धमकतीं। सड़क के बाहर चलते हुए एस्बेस्टस शीट से घिरे इलाक़े में क्या हो रहा है, वसुधा को कुछ पता नहीं चलता। कुछ ही दिनों में वहाँ एक इमारत प्रकट हो जाती, जिसमें काँच की खिड़कियाँ रात की रोशनी में चमकती रहतीं। दिन में उन खिड़कियों से झाँकते चेहरे ऐसे लगते जैसे जेल में बन्द क़ैदी हों। वसुधा की स्मृति में छिपा भूमि का हरा-भरा बिम्ब टूटकर बिखर जाता। उदासी की स्याही आँखों में फैल जाती। उसे सबसे बड़ा धक्का यह लगता कि उस भूमि के साथ पृथ्वी का अतुल सौन्दर्य, भूसम्पदा और खुलापन ग़ायब हो जाता। उसे लगता कि शहर दूसरे जीव-जन्तुओं की जगह छीनकर समृद्ध होता है। वह इस विषाद और अवसाद में डूब जाती कि वहाँ के वासियों को ऐसी भूमि के ग़ायब होने से कोई फ़र्क़ नहीं पड़ता। उसकी चिन्ता बढ़ जाती कि पृथ्वी की जीवनपोषी चीज़ें कम होती जा रही हैं, मसलन भूमि, पानी, हवा, पहाड़, पेड़, पशु-पक्षी, खनिज और मनुष्यता।

कई बार आकाश को लगता कि वसुधा के लिए उदासी एक कवच है जिसे पहनकर अपनी तकलीफ़ों को वह छिपा लेती है। अपने अन्तर्द्वन्द्वों को प्रकट करने से बच जाती है। वसुधा जितनी उदास होती, आकाश की ख़ुशी उतनी ही कम हो जाती। वह अपनी बची हुई ख़ुशी से उसकी उदासी की बर्फ़ को पिघलाने की कोशिश करते। वह उसे पुरानी मीठी बातों की चर्चा करके उसे छेड़ते। कभी अपना मज़ाक़ बनाकर उसे हँसाने की कोशिश करते। कई बार वह हास्यास्पद भी बन जाते। अन्ततः क़र्ज़ से लदे किसान की तरह पस्त हो जाते।

आकाश की पस्ती के बन्द कमरे में कई रोशनदान भी थे। उन रोशनदानों से कई सपने झाँकते रहते जो स्मृति के उदास गुलदस्ते में आज भी मुरझाये पड़े हुए थे।

इन मुरझाये सपनों में आकाश का एक सपना गायक बनने का भी था।

वह सोचते थे कि सेवानिवृत्ति के बाद अपने इस सपने को पूरा करेंगे। उन्होंने अपने इस सपने को आधी सदी से स्थगित कर रखा था। अब उनकी समझ में नहीं आ रहा था कि इतने लम्बे वक़्फ़े के बाद इसकी शुरुआत कहाँ से करें?

आकाश के इस सपने का बीज उस झकझोरने वाले वर्ष में पड़ा था जब बीस साल के युवा भारत ने लोकसभा चुनाव में आज़ादी के बाद कांग्रेस पार्टी को पहली बार सबसे बड़ी राजनीतिक पटकनी दी थी। उसी वर्ष पहली बार सिने तारिका शर्मीला टैगोर ने 'एन ईवनिंग इन पेरिस' फ़िल्म में स्विमिंग सूट पहनकर जनता को सांस्कृतिक झटका दिया था। डीएमके पार्टी ने हिन्दी प्रदेशों को अपनी हिन्दी विरोधी नीति से चौंका दिया था। जिस हिन्दी की बाँह गहकर आज़ादी की लड़ाई लड़ी गई थी, उसके विरोध की पीठ पर चढ़कर डीएमके तमिलनाडु में सत्ता में आ गई थी। राममनोहर लोहिया के नेतृत्व में देश की वर्चस्ववादी जातियों, मसलन ब्राह्मणों,

क्षत्रियों और वैश्यों के जातिगत अहंकार को पहली बार पिछड़ी जातियों अर्थात् कुर्मी, लोध, यादव, रेड्डी आदि ने अपनी राजनैतिक ताक़त दिखाकर आम चुनाव में गहरी चोट दी थी। आकाश जिस उत्तर प्रदेश का मूल निवासी था, वहाँ चौधरी चरण सिंह ने कांग्रेस से अलग होकर पहली बार ग़ैर-कांग्रेसी सरकार बनाकर देश में हड़कम्प मचा दिया था। गो-रक्षा के मुद्दे पर जनसंघ पार्टी को पहली बार मामूली सफलता उत्तर प्रदेश में मिली थी। जनसंघ पार्टी जिसका नया नाम बाद में भारतीय जनता पार्टी किया गया, अपनी धूमिल छवि को बेहतर बनाने और सत्ता का स्वाद लेने के लिए चरण सिंह की सरकार में पहली बार शामिल हुई थी।

इसी झंझावाती वर्ष की एक शाम आकाश के मामा एक म्यूज़िक नाइट में अपने साथ उसे ले गए थे।

हर साल कृष्ण जन्माष्टमी के अवसर पर पुलिस लाइन मैदान में म्यूज़िक नाइट होती। इस म्यूज़िक नाइट का इन्तज़ार उनके शहर के लोग बहुत बेसब्री से करते। पुलिस लाइन के सिपाही तो और भी ज़्यादा। उनके लिए यह अवसर रक़म उगाही का खुला दरवाज़ा होता। पुलिस भगवान कृष्ण के जन्म की ख़ुशी को भय में बदल देती और लोग काँखते हुए चन्दा ज़्यादा देते। जमा चन्दे का बड़ा हिस्सा सिपाहियों के घर उनके बाल-गोपालों के काम आता। उसका कुछ हिस्सा आयोजन के लिए ऊपर चला जाता। सिपाही पूरे मन से उगाही करते। पूरे मन से म्यूज़िक़ल नाइट को सफल बनाते। पूरा शहर यह क़यास लगाता रहता कि इस दफ़ा कौन-कौन संगीतकार और गायक शहर के बाहर से आएँगे। पुलिस विभाग के आला अफ़सरों की बीवियों, बेटे-बेटियों और शहर की स्थानीय प्रतिभाओं को कार्यक्रम के शुरू में अपनी प्रतिभा दिखाने का मौक़ा मिलता। भारी भीड़ जुटती। मामा ज़मीन पर बैठने के लिए चादर साथ ले जाते। मंच के सामने आगे कुर्सियाँ केवल प्रशासन और पुलिस के आला अधिकारियों के लिए सुरक्षित होतीं। मामा चादर वहाँ बिछाते जहाँ सजी-धजी सुन्दर तितलियों के चेहरे दिखाई दें। उनकी खिलखिलाहट सुनाई दे। उनकी देहों से उड़ती हुई ख़ुशबू पास आती रहे। म्यूज़िक नाइट से लौटने के बाद मामा के पास गाने के बोल कम, मादक खिलखिलाहट और स्त्री देह की ख़ुशबू की स्मृतियाँ ज़्यादा बचतीं। गायकों के लिए बजने वाली तालियाँ किशोर आकाश को सबसे अधिक भातीं। वह इन तालियों को सौगात की तरह बचाकर लाता।

दरअसल तालियों के सम्मोहन में आकाश का अनुराग गायन के लिए ज़्यादा बढ़ा। म्यूज़िक नाइट से लौटने के बाद उसके होंठों पर फ़िल्मी गीत थिरकने लगते। संकट यह था कि आकाश के परिवार में फ़िल्मों को एक संक्रामक रोग की तरह देखा जाता। बन्दिशों के कारण उसे वह खिलवत नसीब न होती जो गायन के लिए ज़रूरी होती है। उसके घर में रेडियो भी न था कि वह गाना सुन सके। उसके घर के

पास सड़क के मोड़ पर पान की एक गुमटी थी। वहाँ सुबह से देर रात तक फ़िल्मी गाने बजते रहते। पान खानेवाले ग्राहकों को पान के पैसे में गाना मुफ़्त में सुनने को मिलता। सड़क पर चलने वालों के लिए पनवाड़ी की तरफ़ से यह तोहफ़ा होता। म्यूज़िक नाइट के बाद से आकाश पान की दुकान के पास मधुमक्खी की तरह मँडराता रहता। पनवाड़ी भाँप गया था कि आकाश कभी पान नहीं खाता लेकिन मुफ़्त में गाना सुनता रहता है। पनवाड़ी न तो उसे गाना सुनने से मना कर पाता और न ही रेडियो की आवाज़ को क़ैद कर पाता। पान की गुमटी पर गाना सुन-सुनकर आकाश को कई गाने कंठस्थ हो गए थे। ज़रा सा एकान्त मिलते ही आकाश के कंठ से फ़िल्मी गीत के फूल झरने लगते। उसका रोम-रोम एक अजीब-सी अतीन्द्रिय पुलक से भर जाता। बस उसे कमी यह खलती कि जब वह तन्मय होकर गाता तो उसके कान तालियों से वंचित रहते।

आकाश की माँ को यह लगने लगा था कि उनका बेटा बाहर की ऐसी किसी चीज़ की गिरफ़्त में है जिसके कारण उसके पाँव घर में नहीं टिकते। वह आकाश को टोकने लगीं। बाबूजी की डाँट के हवाले से धमकाने लगीं। आकाश अब सावधानी बरतने लगा। बाबूजी की साइकिल घर के दरवाज़े पर लगने के पहले वह पान की गुमटी छोड़कर घर पहुँच जाता। बाहर खड़ी साइकिल बाबूजी के घर में होने का संकेत होती। आकाश के लिए सबसे अधिक मुसीबत बुधवार को बिनाका गीतमाला सुनने को लेकर थी। रेडियो सीलोन से यह कार्यक्रम रात में आता। तब तक बाबूजी घर आ जाते। इसका भी उसने तोड़ निकाल लिया था। कभी कॉपी ख़रीदने के बहाने घर से निकलता और पान की गुमटी पर डेरा जमा देता तो कभी दोस्त को किताब लौटाने के बहाने घर से उड़न-छू होकर बिनाका गीतमाला के पायदानों पर आने वाले गानों में डूब जाता। कार्यक्रम के एंकर अमीन सयानी की भारी-भरकम आवाज़ का वह दीवाना था। बिनाका गीतमाला के सभी पायदानों पर आनेवाले फ़िल्मी गीतों को वह इतनी धार्मिक श्रद्धा से कंठस्थ करता कि उसे अपनी पाठ्य पुस्तक पढ़ने का मौक़ा ही न मिलता। किताब का पाठ याद करना जितना बड़ा दुख था, गाना याद करना उतना बड़ा सुख। उन दिनों वह इसी सुख को जी रहा था।

विषाद और करुणा के गीत उसे भाते। आकाश यह रहस्य समझ नहीं पाता कि जब उसे कोई दुख नहीं है तो विषाद भरे गीत सुनते-गाते वह क्यों दुखी हो जाता है। बिना किसी दुख के दुखी होना उसके लिए एक नया और अनोखा अनुभव था। दूसरे का दुख उसका दुख बन जाता। गाना ख़त्म होने के बाद सुख की अनुभूति होती। गाना गाने के दौरान वह दुख में विकल रहता। सुख-दुख की यह आँख-मिचौली चलती रहती। गाने की धुन-सुर पर उसकी पकड़ ज़बरदस्त रहती। वह उन नामालूम लफ़्ज़ों को नोट कर लेता जिन्हें गाने में उसकी ज़बान लड़खड़ा जाती। उर्दू-फ़ारसी के बेशुमार लफ़्ज़ों के मायने उसे पता नहीं होते। उनकी अदायगी उससे ठीक से नहीं

होती। गाना लँगड़ाने लगता। आकाश अपने सहपाठी निहालुद्दीन से ऐसे लफ़्ज़ों के मायने पूछता। बोलने का सही लहज़ा सीखता। जब लफ़्ज़ों से जान-पहचान हो जाती तो उनमें छिपे रस की बन्द कोठरियों में उसकी पैठ सहज हो जाती। लफ़्ज़ों के अँधेरे में अर्थ की टिमटिमाती रोशनी उसे भावों की पगडंडियों पर चलने में मदद करती। फिर जब वह गाता, भावनाओं के समुद्र में ऐसा डूबता कि आँखें ख़ुद-ब-ख़ुद बन्द हो जातीं। विषाद भरे गीतों को गाते हुए उसे लगता कि वह दुख की नदी को दर्द की नाव पर बैठकर पार कर रहा है। प्रेम गीतों की अदायगी के समय उसे लगता जैसे कोई रुई सी हल्की और कोमल देह उसे धीरे-धीरे सहला रही हो।

उन दिनों फ़िल्म देखना और फ़िल्मी गाना गाना समाज में आत्महत्या-सा माना जाता। लोग गाना ख़ूब सुनते। लेकिन अगर घर का कोई लड़का या लड़की गाना गाए तो वे शर्म के कुएँ में गिर जाते। ऐसे लड़कों और लड़कियों को बिगड़ा कहा जाता। आकाश अपने गाने की कशिश को किसी गुप्त बीमारी की तरह छिपाकर रखता। दोस्तों के बीच वह बेशर्म होकर गाता। दोस्तों को भी उसकी बेशर्मी भाती। उनके लिए वह चलता-फिरता रेडियो होता। इस रेडियो को चलाने का बटन आकाश के दोस्तों के पास होता। हालाँकि उसके बन्द होने का बटन उनके पास नहीं होता। उसका गाना तभी बन्द होता जब थककर आकाश के गले की बैटरी ख़त्म हो जाती। कई बार उसके दोस्त उसे अकेला छोड़कर चले जाते। वह निर्जन में ऐसे गाना गाता रहता जैसे कोई खेत में रेडियो रखकर उसका बटन बन्द करना भूल गया हो। सबके सामने गाना गाने के लिए आसपास को भूलना ज़रूरी था। उसे पता चल गया था कि जो गायक आसपास लोगों को देखकर गाना गाते हैं, वे अक्सर गाने की सतरें बीच में ही भूल जाते हैं। जो ऐसे गाते हैं कि आसपास कोई नहीं है वे सिर्फ़ अपने लिए ही गा रहे हैं और ख़ुद ही सुन रहे हैं, उसे सुननेवाले तालियों का पुरस्कार देते हैं। इसी पुरस्कार के लिए आकाश का मन मचलता रहता।

आकाश के कानों को श्रोताओं की तालियों का अनमोल पुरस्कार मिलता, उसके पहले ही एक दुर्घटना घट गई। आकाश की नौवें दर्जे की छमाही परीक्षा की प्रगति रिपोर्ट में चार विषयों के प्राप्तांकों को लाल गोले से घेर दिया गया। लाल रंग की ताक़त का अन्दाज़ा आकाश को पहली बार हुआ। प्रगति रिपोर्ट पर बाबूजी से हस्ताक्षर कराना था। एक बार उसके मन में आया कि वह रिपोर्ट पर ख़ुद ही बाबूजी के हस्ताक्षर की चिड़िया बैठा दे। लेकिन बाबूजी का हस्ताक्षर चिड़िया की तरह नहीं था। वह अमूर्त हस्ताक्षर नहीं करते थे। पूरा नाम साफ़ अक्षरों में लिखते थे। साफ़ अक्षरों की नक़ल करना उतना ही मुश्किल होता जितना सच्चे आदमी की नक़ल करना। रात में खाना खाने के बाद बाबूजी के सामने जब प्रगति रिपोर्ट हस्ताक्षर के लिए उसने पेश की तो वह पिता नहीं रहे, हवलदार बन गए। अपराध के दंड के लिए उनके पास पुलिसिया डंडा नहीं, मगर पटरी थी जिससे हाथ और पीठ लाल

कर दिए गए। जेल नहीं था तो स्नानघर था जिसमें क़ैद कर दिए गए। पूरा परिवार न्यायाधीश बन गया। हमेशा की तरह माँ ही बचाव की वकील बनीं। हवलदार से बचाने में उनकी चूड़ियाँ टूटीं। पटरी की मार से बचाने में उनके हाथ भी लाल हुए। क़ैद का दरवाज़ा खोलने का जोख़िम भी उन्होंने उठाया। बहन मुख़बिर बन गई। बस्ते से गाने की पतली सी किताब सबूत के तौर पर निकालकर हवलदार जैसे पापा को दे दी। यह किताब आकाश ने अपनी ज़ेब ख़र्च से सिनेमा हॉल के पास पटरी पर बिछी किताबों की दुकान से ख़रीदी थी।

उस दिन सज़ा देने के बाद अपने गुस्से की आग को ठंडी हवा में शान्त करने के लिए जब बाबूजी सड़क पर निकले तो पड़ोसी जायसवाल मिल गए। उन्होंने आकाश के गायन की तारीफ़ में हवा में पुल बना दिए। आकाश अक्सर उनके घर की खिड़की के पास से गुज़रते हुए गाना गाता। जायसवाल को यह आशंका थी और कुछ सही भी थी कि वह उनकी बेटी को लुभाने के लिए चारा डाल रहा है। जायसवाल ज़हर से नहीं, तारीफ़ से किसी को मारने में यक़ीन रखते। अपनी बात की तस्दीक़ कराने के लिए वह आकाश के बाबूजी को पान खिलाने पनवाड़ी के पास ले गए। पनवाड़ी से उन्होंने गवाही दिला दी कि आकाश आवारा की तरह उसकी दुकान का चक्कर लगाता रहता है। जायसवाल के घर में जितना घी था, उस दिन उन्होंने आकाश के बाबूजी के मन की जलती चिता में उदारता से उड़ेल दिया। इससे जो आग भड़की, उसमें वे असंख्य तालियाँ राख हो गईं जिनको सुनने की चाहत में आकाश ने गायन की डगर पकड़ी थी।

आकाश तब नहीं जानता था कि चीज़ें राख हो जाती हैं लेकिन सपने राख नहीं होते। सपनों के बीज कठोर शिलाओं की सन्धियों के बीच कल्ले फोड़कर निकल आते हैं। विवाह की डोरी में बँधने के बाद वसुधा अपने साथ जो नरम मिट्टी लाई थी, उसमें आकाश के सपनों के बीज फिर से अँखुआने लगे। आकाश के गले की बाँसुरी पर वर्षों से जमी उपेक्षा की धूल को वसुधा की कोमल संवेदनाओं की झाड़न ने बुहार दिया।

यह वह दौर था जब देश के किसी भी हिस्से में बिजली कटना आम बात थी। जब बिजली चली जाती और पूरे मोहल्ले की बत्तियाँ गुल हो जातीं तब आकाश के गले की बाँसुरी फूट पड़ती। आसमान पिघलने लगता। सुर के मादक झोंकों से रात के नीले पत्ते हिलने लगते। भावनाओं की बारिश में पतली लतर की तरह देह झूमने लगती। उसके मन के गमले के सुर्ख़ गुलाब नींद से जाग उठते। आकाश के गीतों की ऐन्द्रिक आवाज़ पूरी फ़िज़ा को आलिंगन में कस लेती। आकाश की सुर सरिता में वसुधा की तान भी मिल जाती। अँधेरे में उनके सुरों की रोशनी फैल जाती। सुरों की इस रोशनी से पड़ोस के कई अँधेरे घरों में भी ख़ुशी और प्रेम का उजाला हो जाता। अगली सुबह उनके पड़ोसी मिलने पर मीठी मुस्कान के साथ उनके युगल गान के

लिए बधाई देते जिसे वे दोनों सलज्ज आँखों से स्वीकार कर लेते।

ट्रिंग ट्रिंग ट्रिंग...!

आकाश के मोबाइल का अलार्म बज रहा था। हालाँकि उन्हें अलार्म लगाने की ज़रूरत नहीं थी। अक्सर जब यह बजता, तब तक वसुधा और आकाश जग चुके होते। दरअसल भूलने के विरुद्ध अलार्म उनकी एक सक्रिय कार्रवाई थी। इन दिनों भूलना एक राष्ट्रीय रोग बन चुका था। आकाश कुछ परिहास और कुछ व्यंग्य में कहते कि साठ साल में जरायु के कारण भूलने का रोग बढ़ जाता है। भारत का लोकतंत्र भी साठ साल से अधिक हो गया है तो लोगों का भूलना एक सहज और स्वाभाविक प्रक्रिया है। शासक जनता के भूलने की बीमारी का लाभ उठाते हैं। चुनाव प्रचार के दौरान भ्रष्टाचार ख़त्म करने की बात करते हैं। हर युवा को रोज़गार देने का वायदा करते हैं, विकास का सपना दिखाते हैं, लेकिन सत्ता पर क़ाबिज़ होते ही यह सब भूल जाते हैं। शासक का भूलना तो उसके हित में है लेकिन विश्व में सर्वाधिक युवा जनसंख्या वाले देशवासी इसे कैसे भूल जाते हैं, इसका रहस्य आकाश को बिलकुल समझ में नहीं आता। आकाश को एक सहज कारण यह लगता कि शासक भ्रष्टाचार, लाल फीताशाही और अव्यवस्था से जन सामान्य के जीवन को इतना दुष्कर और निर्मम बना देते हैं कि उनकी स्मृति को अपनी आँखें खोलने की फ़ुर्सत ही नहीं मिलती।

आकाश को कई बार लगता कि लोग अभ्यासवश बस जीते रहते हैं। हालाँकि जीना उनके लिए किसी युद्ध से कम नहीं होता। हर पल जीवन के रणक्षेत्र में उन्हें लड़ना पड़ता। कभी कोई घर में पीने के पानी के लिए जूझ रहा होता, तो कभी अपने काम की जगह पहुँचने के लिए ट्रेन या बस में अपनी साँस रोककर खड़ा रहता। कोई अपने बूढ़े पिता या बीमार पत्नी के लिए अस्पताल में एक अदद बिस्तर के लिए गिड़ागिड़ा रहा होता तो कोई अपने बच्चे को किसी स्कूल में दाख़िला दिलाने के लिए हाथ-पाँव मार रहा होता। कोई अपने बेरोज़गार जवान बेटे के काम के जुगाड़ के लिए बेहाल रहता तो कोई राशन कार्ड बनवाने के लिए किसी नेता या बाबू के घर के चक्कर लगा रहा होता। ऐसे में चुनाव में क्या-क्या सब्ज़बाग़ दिखाए गए थे, पाँच साल तो बड़ी दूर, तीन महीने में ही लोग भूल जाते।

आकाश के लिए अलार्म किसी चीज़ को याद रखने का बैकअप-सा था।

उन्हें यक़ीन था कि उन सरीखे भुलक्कड़ को अलार्म ही बचा सकता है। वसुधा को अलार्म पर निर्भरता पसन्द न थी। उसके दिमाग़ में एक स्वचालित अलार्म फिट था। आकाश को अक्सर लगता कि उनके मोबाइल में लगा अलार्म वसुधा के दिमाग़ में फ़िट अलार्म से वैसे ही ईर्ष्या करता है जैसे एक आदमी दूसरे आदमी की ताक़त और सम्पत्ति से करता है। वसुधा हर काम बिना घड़ी देखे समय पर करती। ऐसे में आकाश के मोबाइल की ट्रिंग-ट्रिंग सुनते ही उसके चेहरे पर त्रिकोण बन जाता।

आकाश के मोबाइल का अलार्म पहली बार सुबह 7.45 पर बजता। एक मिनट बाद फिर बजता।

दरअसल सुखी घर सोसाइटी में सुबह-शाम आठ बजे पानी केवल पन्द्रह मिनट के लिए छोड़ा जाता। छोड़े गए पानी का सम्बन्ध फ़्लश में आनेवाले पानी से नहीं था। सोसाइटी के सभी फ़्लैटों के बाथरूम में 200 लीटर के वाटर टैंक ऊपर फ़िक्स थे। वाटरटैंक में पानी भरने के लिए नॉब को घुमाकर नीचे करना पड़ता। इस समय चूक जाने पर फिर रात आठ बजे ही वाटरटैंक भरने को मिलता।

पानी छोड़ने का समय वैसे तो पक्का था लेकिन किसी कारण यदि किसी दिन पानी के टैंकर कम आते तो पानी को छोड़ने की अवधि 15 मिनट से घटकर केवल 10 मिनट रह जाती। वाटरटैंक का पानी बाथरूम के नहाने वाले नल, वाशबेसिन और रसोई के नल को मिलता। वाटरटैंक और फ़्लश के पाइप अलग थे। पानी अक्सर फ़्लश में नहीं आता। उसके टैंक में वाटरटैंकर से पानी इतना कम डाला जाता कि वह अक्सर ख़ाली ही रहता। पानी की सबसे बड़ी क़िल्लत सुबह ही होती।

सुखी घर सोसाइटी के 104 फ़्लैटों में सुबह आठ बजे लोगों के मन में धकधक मची रहती है कि उनके बाथरूम के वाटरटैंक में पानी आएगा या नहीं? पानी रोज़ छोड़ा जाता जबकि सबको इस पर विश्वास नहीं रहता। रहवासी कई बार धोखा खा चुके थे। वाटरटैंक में पानी कम होने की समस्या को दूर करने के मक़सद से कई बार पानी छोड़ने का समय बदल दिया गया था। लेकिन बार-बार हुए धोखे ने लोगों के भरोसे को खो दिया था। आकाश कई बार यह कल्पना कर सिहर उठते कि विश्वास दिलाने के लिए लोग माँ की क़सम खाते जबकि वह क़सम भी धोखा होती। मज़े की बात यह थी कि धोखा देनेवाले भी चाहते कि उनको कोई धोखा न दे। आदमी से ज़्यादा लोग मशीन पर विश्वास करने लगे थे। वसुधा ने कई बार पाया था कि मॉल में सब्ज़ियों के दाम उनके नाम के आगे लगे बोर्ड पर कम लिखे होते और कम्प्यूटर में दाम ज़्यादा फ़ीड रहते। कम्प्यूटर से निकले बिल का मिलान ज़्यादातर ग्राहक नहीं करते। उनको कई बार यह याद नहीं रहता कि मशीन को भी आदमी चलाता है। धोखेबाज़ आदमी मशीन को भी धोखेबाज़ बनाता।

घड़ी मशीन थी। सुखी घर सोसाइटी के रहवासियों को विश्वास था कि घड़ी सही समय पर आठ बजाएगी लेकिन हर घड़ी में आठ अलग-अलग समय पर बजते। वाटरमैन कम गार्ड अपनी घड़ी देखकर पानी छोड़ता। वाटरमैन की घड़ी और रहवासियों की घड़ियों के समय में अन्तर रहता। जितने समय का अन्तर रहता, उतनी देर उनके मन में पानी को लेकर धुकधुकी चलती रहती। कुछ रहवासी इस धुकधुकी से बचने के लिए वाटरमैन की घड़ी से अपनी घड़ी की सुइयाँ मिला लेते। परेशानी तब होती जब वाटरमैन की ड्यूटी बदल जाती और नए वाटरमैन की घड़ी में आठ अलग समय पर बजता।

नौकरी के दौरान आकाश को लगता था कि वह दफ़्तर के समय में क़ैद हैं। हालाँकि अपनी बेरोज़गारी के दौर में नौकरी पाने के लिए वह किसी हद तक ग़ुलाम बनने को तैयार रहते। जब उन्हें नौकरी मिल गई तो आज़ादी के लिए वह छटपटाते रहते। सेवानिवृत्ति के बाद उन्हें अपनी आज़ादी का अधीरता से इन्तज़ार था लेकिन मीरा रोड आकर वह और ज़्यादा बँध गए। समय पर पानी छोड़ने की बन्दिश के चलते वे दोनों घर के पिंजरे में क़ैद हो जाते। दोनों सुबह सैर करने जाते तो बेफ़िक्र होकर घूम नहीं पाते। उनके मन में खटका लगा रहता कि आठ बजे के पहले घर लौटना है। रात को कहीं बाज़ार या उत्सव में जाते तो मन पर एक मन का पत्थर रखा होता कि आठ बजे के पहले घर लौटना है। फ़िल्म या नाटक के ईवनिंग शो में जाने की सम्भावना पर तो पाला ही पड़ चुका था। पानी को लेकर ऐसी ग़ुलामी आकाश को कई बार दफ़्तर की ग़ुलामी से ज़्यादा भयावह और तकलीफ़देह लगती। दफ़्तर में रविवार और शनिवार को छुट्टी मिल जाती, यहाँ सुखी घर सोसाइटी में एक दिन की भी छुट्टी नहीं थी। यह रुपये के पाँव से बँधी ग़ुलामी नहीं, मन में बँधी ज़रूरत के लिए ग़ुलामी थी।

जब तक विपत्ति नहीं आती, तकलीफ़ का पता नहीं चलता। कमज़ोर छत पर अचानक तेज़ बारिश की तरह एक दिन उन पर विपत्ति का हमला हो गया। हुआ यह कि बीती रात वे देर से सोये थे। सुबह नींद खुली तो सुखी घर सोसाइटी में पानी छोड़ने का तय समय गुज़र चुका था। कच्ची नींद होती तो आकाश की मोबाइल की ट्रिंग-ट्रिंग अलार्म की घंटी उन्हें जगा देती। थकान से नींद इतनी पक्की बन गई थी कि अलार्म घंटी की नुकीली आवाज़ उनकी नींद में कोई सूराख़ नहीं बना पाई। पक्की नींद न खुलने से यह पक्का हो गया था कि बाथरूम के वाटरटैंक में पानी रात के आठ बजे के पहले नहीं मिलेगा। उन्हें गहरा धक्का तब और लगा जब उन्होंने देखा कि बाथरूम की दोनों टंकियाँ और प्लास्टिक की बाल्टियाँ छूछी हैं।

दरअसल बीती रात वे दोनों एक वैवाहिक निमंत्रण पर मलाड गए थे। रात को जिस समय सोसाइटी में पानी छोड़ा गया था, उस समय वे शादी की दावत में पानी पूरी खाते हुए सी-सी कर रहे थे। बाथरूम की टंकियों में पानी भरा नहीं गया था। शादी में जाने के पहले दोनों ने नहाने-धोने में काफ़ी पानी ख़र्च कर दिया था। शादी से लौटने पर उमस और पसीने से सारी देह पर चींटियाँ काटती हुई लग रही थीं। देह पर रेंगती चींटियाँ पानी में डूबकर मर जाएँगी, यह सोचकर आकाश ने आधी रात में इस उम्मीद में स्नान कर लिया था कि सुबह आठ बजे पानी आएगा ही। शौच के लिए बाल्टी में थोड़ा पानी अलग बचा रखा था। आकाश को बहुमूत्र की शिकायत थी। रात में कई बार जाना पड़ा। शौच के लिए बाल्टी में बचा पानी पॉट में डालकर उसने सर्फ़ कर दिया। हालत यह थी कि सुबह शौच तक के लिए पानी नहीं था।

सुखी घर सोसाइटी में पड़ोसी चीनी उधार देते लेकिन पानी उधार नहीं देते।

उधार दी गई चीनी वापस मिल जाती लेकिन पानी वापस नहीं मिलता। शौच जाने के लिए उन्हें कोई विकल्प सूझ नहीं रहा था। पश्चिमी देशों की रवायत अपनाई होती तो टॉयलेट पेपर से काम चल जाता। दोनों इस मामले में पुरातनपंथी थे। आकाश ने जनसुलभ शौचालय चलने की सलाह दी। पहले वसुधा जाने के लिए तैयार नहीं हुई। फिर दिमाग़ की बत्ती जली कि फ़्लश में पानी आने की कोई गारंटी नहीं। दूसरे, सुबह से रात के आठ बजे तक पेट के उत्पात को रोक पाना कठिन होगा।

किसी नुक्ताचीनी के बिना वसुधा आकाश के साथ जनसुलभ शौचालय जाने के लिए तैयार हो गई। नहाना टाला जा सकता है लेकिन शौच नहीं। उस सुबह पहली बार मीरा रोड में वे दोनों जनसुलभ शौचालय की खोज में निकले। आकाश का पेट अक्सर ख़राब रहता। सुबह उठते ही उन्हें हाज़त की तलब लगती। बीती रात शादी के गरिष्ठ भोजन ने उनके पेट में कोहराम मचा रखा था। गन्दी हवा के गोले जब भड़भड़ फूटते तो सड़क पर चलते आसपास के लोग डरकर चौंक जाते। जब कोई उन्हें आसपास घायल नहीं दीखता तो माज़रा समझकर मुस्कराते हुए आगे बढ़ जाते। राहगीरों की दबी-दबी मुस्कराहट वसुधा के आत्मसम्मान को छलनी कर देती। वह शर्म से भरकर आकाश से इतनी दूर हट जाती कि किसी को यह ज़रा भी भनक न लगे कि वह गन्दी हवा के गोले दागने वाले आकाश के साथ है।

सम्भावित सवारी को ताड़कर एक ऑटोवाला उनके पीछे से होते हुए धीमी गति से आया। आकाश ने जनसुलभ शौचालय के बारे में उससे पूछा। हाँ के साथ उसके सिर हिलते ही आकाश झट से ऑटो में बैठ गए। वसुधा को भी इशारे से बुलाया। आकाश के पेट में दबाव बढ़ रहा था। वह अपने पेड़ू को दबाकर उस दबाव के साथ रस्साकशी कर रहे थे। ऑटोवाला बतकही के मूड में था। उसने मीरा रोड की ख़राब सड़कों की चर्चा छेड़ दी। आकाश पेट के दबाव से पस्त उसकी बतकही से बिदक गए। उन्होंने ग़ुस्से से काँखती आवाज़ में कहा, "तुम्हारा ऑटो बहुत आवाज़ करता है, पहले इसका साइलेंसर ठीक कराओ।" ऑटोवाले की आवाज़ वैसे ही शान्त हो गई जैसे सत्ता पक्ष के भ्रष्टाचार की आलोचना करने पर विपक्ष की आवाज़ शान्त हो जाती है, जब सत्तापक्ष पलटवार करके विपक्ष के कार्यकाल के भ्रष्टाचार की फ़ेहरिस्त गिनाने लगता है।

ऑटो एक इमारत के सामने रुका जहाँ भिन-भिन कर उड़ती हुई मक्खियाँ सैन्य जहाज़ की तरह अपनी उड़ान क्षमता को कौशल का प्रदर्शन कर रही थीं। वहाँ से उड़ती मलमूत्र की बदबू चीख़-चीख़ कर प्रचार कर रही थी कि यही जनसुलभ शौचालय है। इसके लिए उसे सिनेमा के किसी महानायक से विज्ञापन कराने की ज़रूरत नहीं थी। सुबह का वक़्त था। लोकल ट्रेन स्टेशन की टिकट खिड़की की तरह यहाँ भी क़तार लगी हुई थी।

पेट हाथ से दबाए हुए आकाश तेज़ी से ऑटो से उतरे। क़तार में लग गए। फ़र्श

चिप-चिप कर रहा था। वहाँ आगन्तुकों का ध्यान फ़र्श की चिप-चिप पर नहीं, संडास के ख़ाली होने पर ज़्यादा लगा था। दरअसल शौच जाने का त्रास इतना अधिक होता कि वहाँ की गन्दगी जैसी छोटी-सी चीज़ पर लोगों का ध्यान नहीं जाता। बड़े दुख के सामने आदमी जैसे छोटे-छोटे दुखों को नज़रअन्दाज़ कर देता है, वैसे ही मल रोकने के संत्रास के मुक़ाबले वहाँ की गन्दगी को वे अनदेखा कर देते।

वसुधा का मन भिन्ना रहा था। वह औरतों के हिस्से में चली गई। आकाश ने पैंट के बटन ऑटो में बैठे-बैठे खोल लिए थे। क़तार में आकाश के आगे खड़ा आदमी परेशान नहीं दिख रहा था। उसकी शायद यहाँ की आबोहवा और रस्मो-रिवाज़ से जान-पहचान थी। आकाश कभी इस टाँग पर तो कभी दूसरी टाँग पर अपना बोझ डाल देते, गोया ऐसा करने से पेट का बोझ सरककर कुछ मोहलत पा लेगा। अचानक उनकी निगाह एक ख़ाली संडास पर पड़ी। आगे क़तार में लगे आदमी की आलोचना और झिड़की की परवाह किए बिना उन्होंने उसमें जल्दी से घुसकर दरवाज़ा बन्द कर लिया। अगर वह ऐसा नहीं करते तो उनकी पैंट का पिछवाड़ा पीला ज़रूर हो जाता।

संडास में नीम अँधेरा था। नल की टोंटी सील्ड थी। टोंटी के नीचे एक छोटा मग्गा रखा था जिसमें पानी नदारद था। अब उन्हें अन्दाज़ा हो गया था कि यह संडास ख़ाली होने के बावजूद क्यों क़तार में आगे लगे आदमी ने उन्हें यहाँ आने से नहीं टोका। उसे यह मालूम रहा होगा कि यह नल ख़राब है। अपनी मूर्खता और विवशता पर उन्हें अब अपने को पीटने का मन हो रहा था। एक क्षण के लिए वह उद्‌भ्रान्त से बैठे रहे। दीवार से सटे पड़ोसी संडास में पानी गिरने की आवाज़ सुनाई दी तो उन्हें लगा जैसे वह संडास उन्हें चिढ़ा रहा हो। वह बुरी तरह वहाँ फँस चुके थे। बाहर निकलने के लिए उन्होंने अपना दिमाग़ दौड़ाया।

उन्हें शाश्वत सूत्र याद आया। मुसीबत में चीख़ो-चिल्लाओ, पुकार लगाओ। आकाश भीतर से दरवाज़ा थपथपाकर पुकारने लगे। कुछ ने उनकी पुकार सुनकर अनसुनी कर दी। उन्हें शायद लगा होगा कि बवासीर का कोई मरीज़ दर्द से काँखते हुए दरवाज़े का सहारा ले रहा है। अचानक बाहर से एक देवदूत सरीखे आदमी ने पूछा कि क्या बात है?आकाश ने आहिस्ते से ज़रा-सा दरवाज़ा खोला। मग्गा बाहर रखकर बोले, "पानी।"

पहली बार उन्हें अपनी आवाज़ के लहज़े में तब्दीली महसूस हुई। दरवाज़े की झिर्री से उन्होंने देखा। एक साँवले हाथ ने मग्गा उठाया जिसकी उँगलियाँ मज़दूर-सी बेहद सख़्त और कड़ी दिख रही थीं। कुछ ही क्षण में साँवले हाथ में पानी भरा मग्गा दरवाज़े के सामने नमूदार हुआ।

शौच के बाद आकाश हल्का महसूस कर रहे थे। अचानक उन्होंने नोट किया कि जनसुलभ शौचालय में प्रवेश करते समय सबके चेहरे भारी और तनाव से ग्रस्त रहते। वहाँ से बाहर निकलते समय उनके चेहरे हल्के और प्रसन्न। आकाश उस देवदूत

को धन्यवाद देना चाहते थे जिसने पानी भरा मग्गा उनके दरवाज़े के सामने रखा था लेकिन आकाश ने उसका केवल हाथ देखा था। उस देवदूत को पहचानने की दृष्टि से वह वहाँ मौजूद सभी लोगों के हाथों को ग़ौर से देखने लगे। उन्हें अचरज हुआ कि मौजूद सब लोगों के हाथ उसी देवदूत की तरह थे—साँवले, सख़्त और कड़े।

वैसे भी जनसुलभ शौचालय में ठहरने का दृश्य न था। कोई संडास में घुस रहा था तो कोई निकल रहा था। किसी को वहाँ ज़रा सा भी रुकने की फ़ुर्सत न थी। लोकल ट्रेन का यह एक प्लेटफार्म लग रहा था जहाँ एक बार आदमी बिछड़ा तो उसे खोजने में काफ़ी मशक़्क़त करनी पड़ती। देवदूत का हाथ पहचानने में विफल होने के बाद आकाश ने मन-ही-मन उसे धन्यवाद दिया।

जनसुलभ शौचालय के दरवाज़े पर खिचड़ी दाढ़ी वाला एक आदमी बैठा था। उसके पास काँच के गिलास में चाय और टिन की एक छोटी पेटी रखी थी। वह ऐसा लापरवाह दिख रहा था जैसे उसे अपने आसपास से कोई वास्ता न हो। हालाँकि चोर निगाह से वह सभी आने-जाने वालों पर नज़र रखे हुए था। दाढ़ी रखना उसका शौक़ नहीं, मजबूरी थी। जितने रुपये में नाई दाढ़ी बनाता, उतने में उसके घर में एक वक़्त का नाश्ता बन जाता। वह एक हाथ से पैसे ले रहा था और दूसरे हाथ से वड़ा पाव निस्पृह भाव से खा रहा था। वहाँ मक्खियाँ भिनभिना रही थीं। वे बिना किसी भेदभाव के कभी पेटी पर बैठ जातीं तो कभी उड़कर चाय के गिलास पर अड्डा जमा लेतीं तो कभी वड़ा पाव पर हमला बोल देतीं। आकाश ने खिचड़ी बाल वाले आदमी को रुपये और धन्यवाद दिया। उसने वड़ा पाव के आख़िरी निवाले को मुँह में रखते हुए सिक्का यंत्रवत् पेटी में डाल दिया। उधर आकाश का धन्यवाद आवारा बादल की तरह इधर-उधर मँडराता रहा। खिचड़ी बालवाला शख़्स यह समझ नहीं पा रहा था कि वह इस धन्यवाद को कहाँ रखे। उसके पास धन्यवाद रखने के लिए कोई पेटी नहीं थी।

वसुधा के लिए जनसुलभ शौचालय एक रहस्य खुलने जैसा अनुभव था। उसने इमारतों पर इसके बोर्ड केवल बाहर से देखे थे। उसे अफ़सोस हो रहा था कि उसने इस दुनिया को इतनी से देर देखा। उसे यातना भरे तमाम वे दिन याद आए जब वह अपनी पेशाब के दबाव को लम्बे समय तक रोकती थी और अपनी देह के निचले अंग के बेपनाह दर्द से छटपटाती रहती थी। उसे लगा कि महिलाओं के लिए घर के बाहर जनसुलभ शौचालय मुक्ति घर हैं। घर के बाहर पुरुष कहीं पर भी बेशर्मी से पैंट के बटन खोलकर जलधार छोड़कर हल्के हो लेते हैं जबकि स्त्रियाँ उसका बोझ उठाये हुए चलती रहती हैं। बस! वसुधा को जनसुलभ शौचालय की साफ़-सफ़ाई और उसकी बदबू को लेकर शिकायत थी।

आकाश जब जनसुलभ शौचालय से बाहर निकले तो वसुधा थोड़ी दूर खड़ी उनका इन्तज़ार कर रही थी। उसका साथ पाने के लिए आकाश ने लम्बे डग भरे।

ज़िन्दगी में साथ-साथ चल पाना आसान नहीं होता। आकाश को अपनी ओर आता देखकर वसुधा चल पड़ी। वह आगे थी। आकाश हमेशा की तरह पीछे-पीछे चल रहे थे, जैसे कोई अदृश्य रस्सी उन्हें घसीट रही हो। आकाश को वसुधा की चाल की गति से पता नहीं चल पा रहा था कि वह किस हद तक नाराज़ है। दरअसल उसकी सामान्य चाल भी तेज़ होती। वह जब कभी धीमे चलती तो वह समझता कि वसुधा नाराज़ है। कुछ नोक-झोंक करना चाहती है। यह ज़रूर था कि आज वह थोड़ी दूर चलने के बाद हमेशा की तरह आकाश का साथ लेने के लिए रुक नहीं रही थी।

आकाश विभ्रम में थे। वह अपने बिखरे मन को ऐसे समेट रहे थे जैसे वसुधा हवा में उड़ते अपने बालों को बार-बार समेट रही थी। जनसुलभ शौचालय से सुखी घर सोसाइटी तक वसुधा पैदल आई। पैदल चलना उसके मन का काम था। सुबह की सैर हो गई। ऑटो रिक्शा का भाड़ा भी बचा। वसुधा जब भी ऐसा कुछ करती तो थोड़ी देर उसका मन प्रसन्न रहता। उसे लगता कि उसने आनन्द लेने के साथ कुछ बचाया भी। गृहस्थी में गृहिणी जब भी कुछ बचाती है तो उसे लगता है कि उसने भी कुछ कमाया है। वह घर के काम को कमाई नहीं समझती। उसे वह अपना कर्तव्य समझती। यही पाठ उसे घर-ससुराल में सिखाया गया था।

घर पहुँचने पर आकाश ने देखा कि वसुधा की नाक चढ़ी हुई है। जनसुलभ शौचालय से अपनी नाक में वह बदबू भरकर लाई थी या ग़ुस्सा, वह नहीं जानते थे। बहरहाल वसुधा की चढ़ी नाक को सहज अवस्था में लाने के लिए आकाश सोच रहे थे कि उसकी नाक को किसी पतली चिमटी से पकड़कर नीचे कर दे ताकि उसका बिगड़ा चेहरा पहले की तरह सुन्दर दिखने लगे।

नाक सिर्फ़ सूँघने की क्रिया को ही सम्पन्न नहीं करती, वह चेहरे की सुन्दरता को बढ़ाती-घटाती भी है। उठी नाक से चेहरा सुन्दर लगता और बैठी नाक से सुन्दरता भी बैठ जाती। कुछ लोग नाक की परवाह न करते और मस्त रहते। प्रसाधन उद्योग लड़कियों में नासिका सौन्दर्य को लेकर चेतना जगाने की मुहिम चलाता रहता। जब देखो लड़कियाँ आईने के सामने खड़ी होकर अपनी नाक की मोटाई-लम्बाई को कई कोणों से जाँचती-परखती रहतीं। कई तो अपने माँ-बाप को पानी पी-पीकर कोसतीं कि उनकी नाक ख़ूबसूरत होती तो उसका प्रतिफल उन्हें भी मिलता। उनके सौन्दर्य में इज़ाफ़ा होता। कुछ लड़कियाँ अपनी माँ-दाई को ज़िम्मेदार ठहरातीं कि बचपन में उबटन लगाते समय उनकी नाक की मालिश ठीक से की होती तो वे भी सुन्दर नासिका वर्ग में शामिल होतीं। सौन्दर्य प्रतियोगिताओं का हिस्सा होतीं। उनकी शादी की प्रोफ़ाइल अच्छी बनती। कई तो अनेक सिने तारिकाओं का हवाला देतीं कि किस तरह अपनी नाक की शल्यक्रिया कराकर उन्होंने फ़िल्म उद्योग में सफलता पाई है। कॉरपोरेट में अच्छे पैकेज पर काम करनेवाली कई लड़कियाँ अपनी नाक को लेकर हीनग्रन्थि से ग्रस्त रहतीं। वे भी सिने तारिकाओं का अनुकरण करके अपनी नाक

को सुघड़ बनवाने के लिए शल्यक्रिया का सहारा लेतीं। शल्य चिकित्सकों की मोटी फीस भी इनके हौसलों को पस्त नहीं करती। शल्य चिकित्सक उनके मनोविज्ञान को समझते। उनके सामने नाक के कई नमूने पेश करते। उस वक़्त लड़कियों को यह तय करने में ख़ासी दिक़्क़त पेश आती कि उनकी नाक कैसी दिखे। अनेक सिने तारिकाओं की नाक उनकी आँखों के सामने घूमने लगती। फिर अचानक उन्हें लगता कि यदि वे किसी और की तरह दिखने लगीं तो परिचित उन्हें किस तरह पहचानेंगे? मम्मी-पापा उन्हें किस तरह लेंगे? उनमें से कोई सोचती कि उसका प्रेमी जो कभी-कभार उसकी बेडौल नाक पर उँगली रखकर छेड़ता है, कहीं उसे नाक की नई नक़्श पसन्द न आई तो...? अन्ततः वे डॉक्टर के पेश किए गए नाक के नमूनों की नक़ल नहीं, बल्कि अपनी ही मूल नाक के नक्श के उभार को सँवारने को कहतीं।

आकाश को नाक में लौंग या नथनी कम अच्छी लगती। उन्हें लगता कि यह आभूषण कम स्त्री को नियंत्रित करने का उसी तरह का हथियार है, जिस तरह बैल को नाथने के लिए उसकी नाक में नकेल डाली जाती है। उन्हें तब और भी अचरज होता जब स्त्रियाँ उत्साह से अपने को पराधीन बनाने वाले इस हथियार को चुनने में आभूषणों की दुकानों पर घंटों ख़र्च कर देतीं।

वसुधा को सौन्दर्य बाज़ार के मानकों की चिन्ता कभी नहीं रही। अलबत्ता अपनी नाक पर उसे बेहद ग़ुरूर था। उसकी घ्राणशक्ति इतनी प्रबल थी कि गैस पर दूध उबलने की ख़बर उसे अपनी नाक से बेडरूम में ही पता चल जाती। बग़ल के घर में गोश्त पकता तो उसकी नाक चुगली करने लगती। वह आम या ख़रबूज़े को सूँघकर ही बता देती कि यह मीठा होगा या नहीं। हालाँकि इन दिनों मिठास के इंजेक्शनों ने हर फल को मीठा बना दिया है। वसुधा फ्रिज खोलती तो उसकी नाक फ़ौरन बता देती कि कौन-सी सब्ज़ी सड़ रही है। एक बार बेटा स्कूल के दोस्तों के दबाव में सिगरेट पीकर घर आया। वसुधा की नाक ने उसे पकड़ लिया। पहले वह आनाकानी करता रहा। बाद में उसने क़बूल कर लिया कि उसने सिगरेट पी थी।

चालीस बरस के साथ के अनुभव से आकाश को अब लगने लगा था कि वसुधा और उनके बीच ऐसी झड़पें सृष्टि के अन्त तक चलती रहेंगी। उनकी जली-बुझी बातें, उनका तमकना-चमकना सब कुछ ऐसे ही होता रहेगा। कोई भी काम बिगड़ जाए तो वसुधा आकाश की ओर इस तरह देखती जैसे सारा क़सूर उसका हो। कई बार वह उस काम के लिए भी आकाश को क़सूरवार ठहरा देती जिसे उन्होंने किया भी नहीं होता।

मसलन फ़्लश में पानी नहीं आया तो आकाश ने मकान ऐसा ख़रीदा—आकाश अपराधी—उसकी नज़रें नीचीं।

मीरा रोड की सड़कें टूटी हैं—वसुधा के मना करने के बावजूद आकाश ने मीरा रोड में फ़्लैट ख़रीदा—आकाश अपराधी—उसकी नज़रें नीचीं।

सुखी घर सोसाइटी में गार्ड सोते रहते हैं—आकाश सोसाइटी मैनेजमेंट को शिकायत करके उन्हें हटवाता नहीं—आकाश अपराधी—उसकी नज़रें नीचीं।

टीवी का रिमोट नहीं मिल रहा है—आकाश ने कहीं रखा होगा—आकाश अपराधी—उसकी नज़रें नीचीं।

किचन की ट्यूब लाइट फ़्यूज़ हो गई—आकाश ने स्विच ठीक से दबाया नहीं होगा—आकाश अपराधी—उसकी नज़रें नीचीं।

नल से पानी टप-टप करके गिर रहा है—आकाश ने नल ठीक से बन्द नहीं किया होगा—आकाश अपराधी—उसकी नज़रें नीचीं।

ऐसे मौक़ों पर आकाश चूँ तक न करते। उनकी ख़ामोशी यह जतलाती कि वह शान्ति के लिए सफ़ेद ध्वज फहरा रहे हैं। वसुधा को आकाश की यह ख़ामोशी भी नागवार लगती मानो यह उसकी बेअदबी या तिरस्कार हो। विरोध में वह भी मौनव्रत धारण कर लेती। घर में हर समय के सिर फुटौवल से मुक्त मौनव्रत का यह ख़ामोश समय महाभारत के शान्तिपर्व सरीखा होता, जबकि वसुधा और आकाश दोनों के मन में सतत एक युद्ध चलता रहता।

एक घर के दुख भी एक से होते हैं। ऐसे उखड़े समय में दोनों एक ही दुख अनुभव करते हुए भी अलग-अलग बने रहते। एक-दूसरे को वे हमदर्दी से देखते, पर पास नहीं आते। आते-जाते घर में एक-दूसरे की कोहनी भी छू जाती तो वसुधा अनमनी होकर रसोई में चली जाती। वह कभी मसालों के डिब्बों को ठीक करने लग जाती या फ्रिज के भीतर की सफ़ाई में जुट जाती। आकाश कभी आगे बढ़कर वसुधा को आलिंगन में लेना चाहते तो वह बचकर अपने वार्डरोब में रखे कपड़ों को तहाने लगती। कई बार वसुधा भी आकाश की तरफ़ क़दम बढ़ाती तो आकाश अपने स्टडी रूम में चले जाते। अपनी पुरानी किताबों की धूल झाड़ने लगते। बिजली, हाउस टैक्स या फ़्लैट की मेंटेनेन्स रसीदों को पढ़कर उन्हें तरतीबवार लगाने लगते। इस निःशब्द काल में बाहर से उनकी ज़िन्दगी बड़ी सुव्यवस्थित दिखती लेकिन उनके भीतर की अव्यवस्था उन्हें बेचैन किए रहती। आकाश और वसुधा को ऐसे नाराज़ मौक़ों पर घर के कोने-अँतरों में ख़ामोशी पसरी हुई महसूस होती लेकिन उनके भीतर इतनी हलचल मची रहती कि उन्हें अपने भीतर की आवाज़ को भी सुनने का मौक़ा नहीं मिलता।

बैठक में टीवी के सामने पड़ा सोफ़ा ही एक ऐसी जगह थी जहाँ आकाश और वसुधा दोनों एक साथ बैठते। एक साथ समाचार देखते-सुनते। देश-विदेश के समाचारों को लेकर जितना जिज्ञासु आकाश थे, उतनी ही वसुधा भी। वे इन दिनों हैरान थे कि न्यूज़ चैनलों में समाचार धीरे-धीरे ग़ायब होते जा रहे थे। अधिकांश समाचार चैनल सरकार के तोते बन गए थे। ऐसे तोतों की मनगढ़न्त को सरकार अभिव्यक्ति की आज़ादी कहती। इस बोलने की आज़ादी में सरकार को अपनी आलोचना का कोई ख़तरा नहीं होता। सरकार की जनविरोधी नीतियों के ख़िलाफ़ चल रहे आन्दोलनों की

ख़बरों को मीडिया के तोते अनदेखी करते जबकि सरकार की झूठी-सच्ची उपलब्धियों का बखान दिन-रात करते जो खोजने पर भी कहीं नहीं दिखती थी। इन तोतों को सरकारी विज्ञापन का चारा मिलता रहता। तोते ख़ुद पिंजरों में आ जाते। पिंजरों में मीडिया के तोते अपने को बहुत सुखी, ताक़तवर और सुरक्षित समझते। विज्ञापन को भी समाचार की तरह परोसा जाता। मनोरंजन जगत की चटपटी ख़बरें ज़्यादा होतीं। मिथकों को इतिहास में बदल दिया जाता और इतिहास को मिथक बनाकर पेश किया जाता। जो चैनल तोता बनने से इनकार करता, उस पर आयकर विभाग या सीबीआई या ईडी का छापा पड़ जाता।

वसुधा पहले टीवी पर टॉक शो बहुत दिलचस्पी से देखती थी।

अब उसे इनसे चिढ़ होने लगी थी। इन दिनों चैनल ऐसा मुद्दा चुनते जिससे जनता का ध्यान आम आदमी की समस्याओं से भटकाया जा सके। इसमें मन्दिर-मस्जिद, हिन्दू-मुसलमान, कश्मीर-पाकिस्तान जैसे मुद्दे सबसे अधिक सहायक होते। चैनलों के मालिक कॉरपोरेट होते लिहाज़ा उनके घपलों पर बहस कभी न होती। बहस शुरू होने के पहले ही तय कर लिया जाता कि क्या दिखाना-सुनाना है। फिर उसी के अनुकूल वक्ताओं को आमंत्रित किया जाता। शो को ज़रा विश्वसनीय बनाने के लिए विरोधी विचार वाले कुछ ऐसे वक्ता बुलाए जाते जिन्हें अपने अनुकूल न पाकर डाँटकर चुप कराया जा सके। एंकर हर वक्ता में अपने विहंगम विचारों का प्रकाश देखना चाहता। यदि कोई उनके प्रतिकूल विचार रखता तो उस पर बाज़ की तरह वह झपट पड़ता या उसी समय ब्रेक ले लेता। अधिकांश एंकर अज्ञानता के सुख में डूबे रहते। ज्ञान से समझ आती लेकिन इसकी उन्हें ज़रूरत नहीं पड़ती। किसी वक्ता के ज्ञान और तर्क से जब एंकर पिटने लगता तो उसे चुप कराकर दूसरे चंपू वक्ता को बोलने का मौक़ा देता जो चीख़ती आवाज़ में टोका-टाकी करके बहस को शोर में बदल देता। शोर विचार और तथ्य को दबोच लेता। कार्यक्रम का समय ख़त्म हो जाता। फिर बहस का पटाक्षेप हो जाता। ऐसे शो से एक तरफ़ अभिव्यक्ति की आज़ादी का मुज़ाहिरा हो जाता और दूसरी तरफ़ आम आदमी के दुख से भरे ग़ुस्से के बाँध को फूटने से रोकने और बरगलाने में मदद मिलती।

इन निरर्थक टॉक शो से ऊबकर अब वसुधा-आकाश ख़बरें भी साथ बैठकर नहीं देखते। आकाश संगीत चैनल देखते। वसुधा एनिमल किंगडम या जिओग्राफ़िक चैनल देखती।

अलार्म की आवाज़ सुनते ही आकाश उठकर दोनों बाथरूमों में गए। पानी की टंकी के रेगुलेटर दोनों जगह पहले से ही नीचे सिर झुकाए थे। शायद वसुधा ने सोकर उठते ही उन्हें नीचे कर दिया होगा।

किचन के सामने डाइनिंग टेबल थी। आकाश ने डाइनिंग चेयर खींची और पानी आने के इन्तज़ार में अपनी सभी इन्द्रियों को एकाग्र कर बैठ गए। उनके कान में

टंकी में पानी गिरने की आवाज़ अभी तक नहीं सुनाई दी थी। उधर वसुधा किचन से सटे यूटिलिटी एरिया में लगे काँच दरवाज़े से बाहर झाँक रही थी। सुबह का उजाला काँच से झाँक रहा था। वसुधा ने शटर खिसकाया। हवा का झोंका एक उद्दाम प्रेमी की तरह वसुधा के बालों को चूमने लगा। पास रखी वाशिंग मशीन पर पड़े पुराने अख़बार भी हवा से खेलने लगे।

वसुधा ने वाशिंग मशीन देखकर सर्द आह भरी। उसकी आह इतनी लम्बी थी कि सुलगती हुई आकाश के पास पहुँच गई। आकाश को लगा कि वाशिंग मशीन को देखकर वसुधा की आह निकलना नाजायज़ नहीं है। जब से वे इस फ़्लैट में आए हैं, पानी की कमी के कारण वाशिंग मशीन एक परित्यक्ता की तरह उदास और एकाकी पड़ी रहती है। यह बस पुराने अख़बारों या ख़ाली थैले-थैलियाँ रखने का अड्डा बन गई है।

कुछ चीज़ों से जुड़ी मीठी स्मृतियों की उम्र लम्बी होती है। जब भी ऐसी स्मृति का दरवाज़ा खोलो, पहले प्यार की तरह वे मुरझाए मन को गुदगुदाने लगती हैं। ऐसी मीठी स्मृतियाँ दुख के दौर में उस दोस्त की तरह सुकून और हौसला देती हैं जो बीमारी में अपने दोस्त का हालचाल पूछने अस्पताल जाते हैं।

वाशिंग मशीन को लेकर उनकी स्मृतियाँ कुछ ऐसी ही थीं। आकाश को अच्छी तरह याद है जिस दिन वाशिंग मशीन की डिलिवरी हुई थी, उसी दिन सचिन ने एक दिवसीय क्रिकेट मैच में ऑस्ट्रेलिया के विरुद्ध एक शतक ठोंका था। फ़्लैट के आसपास दीवाली की तरह पटाखों की धूम मची थी। लग रहा था जैसे पूरा देश उनके यहाँ वाशिंग मशीन के आने का उत्सव मना रहा है। आकाश ने तब अपने बेटे अनुराग से कहा कि आज हमारे घर में श्रम मुक्ति का उत्सव है। आकाश वसुधा का हाथ अपने हाथ में लेकर उसमें पड़ी गाँठों को धीरे-धीरे सहला रहे थे जैसे वह उस हाथ के किए गए श्रम के प्रति कृतज्ञता व्यक्त कर रहे हों। वसुधा को अच्छा लग रहा था। वसुधा ने आकाश का हाथ हल्के से दबाकर कृतज्ञता की पावती दे दी थी।

वाशिंग मशीन कम्पनी का स्टाफ़ उनकी दुनिया से बेख़बर था। उसे जल्दी थी। आज उसकी बेटी का जन्मदिन था। उसे घर जल्दी पहुँचना था। केक भी घर ले जाना था। वह वाशिंग मशीन को चलाने और उसके रख-रखाव के बारे में एक घिसे रिकॉर्ड की तरह फर्राटे से बताता जा रहा था। उधर वसुधा एक जिज्ञासु छात्र की तरह उसे कोंच-कोंच कर मशीन के एक-एक फ़ीचर के बारे में पूछ रही थी। आकाश मशीनों की दुनिया से हमेशा उदासीन रहते। वह वसुधा की बग़ल में खड़े रहकर यह जतलाते रहे कि वह उसमें पूरी रुचि ले रहे हैं। वसुधा जानबूझकर हर कुछ क्षण बाद उन्हें टोकती, "आकाश, ध्यान से समझ लो। मेरे भरोसे मत रहना। अब इस मशीन की देखरेख की ज़िम्मेदारी अनुराग और तुम्हारी है।"

फिर मुस्कराकर अनुराग से बोली, "तुम्हारे पापा ने कहा है कि आज स्त्री श्रम मुक्ति दिवस है।"

वाशिंग मशीन कम्पनी के स्टाफ़ को अपनी पत्नी का बिजली की तरह तमतमाता चेहरा याद आ रहा था। नभ में जिस तरह बिजली की गड़गड़ाहट के बाद बारिश होती है, उसी तरह उसे अपनी बेटी की आँखों के झिलमिल आँसू दिख रहे थे। अपनी बेटी और पत्नी की मिन्नतों के बावजूद वह स्टाफ़ अपनी बेटी के जन्मदिन पर छुट्टी नहीं ले पाया था। वह सोच रहा था कि माँ के प्रेम को सारी दुनिया देख लेती है जबकि पिता के प्रेम को जेब में रखा भीगा रूमाल ही जान पाता है। उसने अनिच्छा से वसुधा को वाशिंग मशीन के बारे में इतनी अधिक जानकारी दी कि उसके चले जाने के बाद वसुधा बहुत कुछ भूल गई।

वाशिंग मशीन चलाने को लेकर अब आकाश की परीक्षा थी। वह वाशिंग मशीन के पास ठिठकते हुए आए। किन्तु अपने ज्ञान की आज़माइश करने से डर गए। हमेशा की तरह उनका स्थायी उत्तर था, "मुझे कुछ समझ में नहीं आ रहा है। मशीन में मेरा दिमाग़ कम चलता है।"

अज्ञानता में बड़ा सुख है। काम बिगड़ने के डर से कोई उससे काम नहीं कराता। जब वह काम नहीं करता तो उससे काम बिगड़ने का कोई डर भी नहीं होता। वह दूसरे के बिगड़े काम पर कुछ भी कह सकता।

आकाश ऐसे समय में खिसियाहट से अपने दाँत चियार देते।

वसुधा अक्सर आकाश की खिसियाहट की सीढ़ी पर चढ़कर ख़ुश होती। हालाँकि आज उसका दिमाग़ झाँय-झाँय करने लगा। उसने धोने के लिए कपड़े निकाल लिए थे। ढेर सारे गन्दे कपड़े उसको मुँह चिढ़ा रहे थे। उत्साह में उसने धोने के लिए कुछ ऐसे कपड़े भी निकाल लिए थे जो कुछ कम गन्दे थे। बाक़ी दिनों की अपेक्षा आज उसे आकाश पर कम, अनुराग पर अधिक ग़ुस्सा आ रहा था। उस कमबख़्त को भी इसी समय फुटबॉल खेलने जाना था। वसुधा अनुराग की उपस्थिति में वाशिंग मशीन चलाना चाहती थी। उसे लगता कि नई पीढ़ी के बच्चे तकनीक जल्दी सीखते हैं। लेकिन अपने दोस्त की पुकार सुनते ही अनुराग घर से ऐसे उड़न-छू हो गया जैसे पतंग देखकर छोटे बच्चे भागते हैं।

अनुराग जब भी कुछ ऐसी हरकत करता तो आकाश उसका समर्थन करता। वह वसुधा से कहता कि अभी थोड़े दिन उसे बच्चा बने रहने दो। आजकल बच्चों को कम उम्र में ही बूढ़ा बनते हुए देखकर आकाश डर जाता। कम्प्यूटर के सामने बैठे हुए बच्चों की आँखें थकी-पकी-सी लगतीं। पढ़ाई का बोझ वे अपनी नींद पर लादकर सोते। सपने में वे दिन के अनसुलझे सवाल को सुलझाते रहते। नींद, नींद नहीं रह जाती, कक्षा बन जाती। कक्षा में बच्चों की नींद से पलकें खुलती-बन्द होती रहतीं।

फुटबाल खेलने के बाद जब अनुराग लौटा तब तक वसुधा वाशिंग मशीन के

साथ मिली मुफ़्त हिदायती किताब बाँच चुकी थी। फिर अनुराग ने उसे पढ़कर वसुधा के सहयोग से चलाया। वाशिंग मशीन का पहला प्रयोग चादरों पर किया। आकाश का मन था कि इसे सबसे पहले परदों पर आज़माया जाए। वसुधा की नज़रों में परदे मैलखोर होते हैं और उनकी गन्दगी दिखाई नहीं देती। उनका धोना टाला जा सकता है। चादरें रोतू बच्चे के गाल की तरह होती हैं जिन पर ज़रा सी मैल आँसू की लकीरों की तरह उभर आती है। चादरों को जल्दी-जल्दी न धोया जाए तो घर बिना नहाये बच्चे सा मैला-मैला-सा लगता।

वसुधा का तर्क भारी पड़ा। मशीन में चादरें डाली गईं। अनुराग चादरों के साथ अपनी पैंट और क़मीज़ भी मशीन में डालना चाहते थे। वसुधा इसके लिए तैयार नहीं हुई। उसका मत था कि चादरों का रंग कई बार कच्चा होता है। कहीं उनका कच्चा रंग उतरकर अनुराग की नई पैंट और क़मीज़ पर चढ़कर बर्बाद न कर दे। अनुराग मन मसोसकर रह गए।

वाशिंग मशीन में डिटर्जेंट डालकर उसे चलाया गया। मशीन में पानी गिरने का संगीत सुनकर आकाश झूम उठे। उनकी स्मृति के पंख फैल गए। फ़िल्म संगीतकार एस. डी. बर्मन और सलिल चौधरी की कई कम्पोजीशनों की याद उन्हें आने लगी जिनमें झरनों से पानी गिरने की कल-कल जैसी ध्वनि लहरियाँ थीं।

इधर अनुराग को वाशिंग मशीन का संगीत सुनकर कुछ अलग-सा महसूस हो रहा था। उसे होटल के मुख्य द्वार की दीवार पर बने नकली झरने से बहते पानी की सुध हो आई जहाँ वह हाल में ही अपने दोस्त का जन्मदिन मनाने गया था। वसुधा के कानों को वाशिंग मशीन में गिरते हुए पानी को सुनकर ऐसा लग रहा था जैसे मन्दिर में शिवलिंग से जल गिर रहा है। एक साथ और एक समय में रहते हुए एक ही ध्वनि को वे तीनों अलग-अलग तरह से महसूस कर रहे थे।

घुर्र-घुर्र करके जब वाशिंग मशीन चल पड़ी तो अनुराग और आकाश ने ख़ुशी में तालियाँ पीटीं। वसुधा की आँखों में स्मित की हल्की छाया थी जैसे धूप में चलते हुए अचानक बादल की छाया उसके सिर पर आ गई हो। आकाश नज़र बचाकर वसुधा के प्रसन्न चेहरे को रह-रह कर देख लेते। वसुधा को उनका ऐसा छुप-छुप कर देखना अच्छा लग रहा था। यह एक-दूसरे को देखना भर न था। गृहस्थी का रोमांस था।

वाशिंग मशीन काफ़ी देर बाद रुकी। चादरें मशीन से बाहर निकाली गईं तो वे चमचमा रही थीं।

आकाश को लगा कि ज़िन्दगी भी वाशिंग मशीन की तरह है, जहाँ छोटी-छोटी चीज़ें गन्दे कपड़ों की तरह एक-दूसरे से टकराती हैं, रगड़ खाती हैं, चक्कर लगाती हैं। फिर जैसे मशीन से धुले कपड़े साफ़ और चमकीले हो जाते हैं, उसी प्रकार संघर्ष से जीवन साफ़, चमकीला और बेहतर दिखाई देने लगता है।

अलबत्ता दूसरी खेप में जब-जब क़मीज़-पैंट वाशिंग मशीन से निकले तो उनकी

सूरते-हाल देखकर वसुधा को थोड़ी निराशा हुई। क़मीज़ के कॉलर और बाँहों के कफ़ पर जमी मैल उस तरह साफ़ नहीं हुई थी जिस तरह ब्रश से रगड़-रगड़ कर वह ख़ुद हाथ से साफ़ करती थी। पैंट के पायँचों का भी यही हाल था। आकाश की पैंटों की धुलाई को लेकर उसे ज़रा चिन्ता भी हुई। बेल्ट बाँधने के बावजूद आकाश की पैंट कमर पर कभी नहीं टिकती जिससे पायँचे ज़मीन से कबड्डी खेलते हुए ज़्यादा गन्दे हो जाते। कुछ ही दिनों में वसुधा ने इसका भी हल निकाल लिया था। वह वाशिंग मशीन में कपड़ा डालने के पहले मैलखोर जगहों को गीला कर उन पर अलग से डिटर्जेंट पाउडर लगा देती। इस तरह पहले की तुलना में वे कपड़े ज़्यादा साफ़ होने लगे।

लेकिन वह सुख अब अतीत था। अतीत का सुख वर्तमान के दुख को कम नहीं करता। वर्तमान में पानी की कमी से आज वही वाशिंग मशीन एक कोने में पड़ी बूढ़ी काकी की तरह यह इल्तजा कर रही है कि कभी मुझ पर भी नज़रें इनायत कर लीजिए।

आकाश ने ठंडी साँस ली। उन्हें लगा कि स्मृति के इर्द-गिर्द लिपटे जालों से आज़ाद होना आसान नहीं है।

सहसा बाथरूम की टंकी में पानी आने की गड़गड़ाहट सुनाई दी। उसकी आवाज़ सुनते ही आकाश के मस्तिष्क की तनी हुई शिराएँ शिथिल हो गईं मानो कोई बोझ उतर गया हो। हालाँकि फ़्लश में पानी न आने से खिन्न सुबह की चिड़चिड़ाहट के निशान ज़िद्दी बच्चे की तरह उनके चेहरे पर मौजूद थे।

चार्जर पर लगे मोबाइल की ओर वह लपके। फ़ुर्ती से उसने व्हाट्सएप पर सुखी घर सोसाइटी का ग्रुप अकाउंट खोला और उसमें टाइप किया :

NO FLUSH WATER AGAIN TODAY

फिर उसे पोस्ट कर दिया।

अचानक अपने कमेंट के ठीक ऊपर भी उसे यही लिखा दिखा :

NO FLUSH WATER

यह कमेंट इब्राहिम शेख़ का था।

इतिहास अतीत की लाश ही नहीं, एक ऐसा जीवित विवेक भी है जो टॉर्च की तरह अँधेरे रास्ते को रौशन करता है।

सुखी घर सोसाइटी में इब्राहिम अंसारी बी-503 में रहते थे।

चेहरा-मोहरा साधारण। इतना साधारण कि उसे आसानी से भुलाया जा सकता।

उनके घने काले बालों में चमकते चाँदी के रेशे इशारा करते रहते कि उनकी उम्र पचास के पार हो चुकी है। उनके चेहरे पर ज़िन्दगी की गहरी चोटों की कुछ परछाइयाँ भी झलकतीं जो उनकी गम्भीरता के कारण और भी गहरी दिखतीं। दरअसल उनका चेहरा एक आम भारतीय चेहरा था।

सुखी घर सोसाइटी में अलबत्ता उनकी एक अलग पहचान थी। सोसाइटी के बच्चों के लिए वह व्हीलचेयर अंकल थे। हर शाम वह अनिवार्यतः एक व्हीलचेयर को धकेलते हुए सोसाइटी की पोडियम पर नमूदार होते। ग़ैरहाज़िरी तभी होती जब कभी बारिश होती या सोसाइटी में बिजली गुल होती। व्हीलचेयर पर बैठी चम्पई रंग की औरत का एक हिस्सा पंसारी के तराजू की डंडी सरीखा एक तरफ़ हल्का-सा झुका रहता। ऊपरी हिस्सा सफ़ेद चादर से ढका रहता। उनके पतले-पतले होंठ मुरझाई पत्ती सरीखे गिरे रहते। घायल पक्षियों के पंख की तरह हाथ रह-रह कर काँपते रहते।

इब्राहिम अंसारी की यह शरीक़े हयात थीं–रज़िया अंसारी। उनकी दिलअज़ीज़ बेगम।

रज़िया अंसारी के चेहरे में उनकी आँखें कुछ अलग-सी दिखतीं। बेनूर और फटी-फटी-सी। आँखों की पुतलियाँ कम ही हिलतीं। अक्सर एक अवस्था में ठहरी रहतीं।

एक ख़ुशनुमा दौर वह भी था जब रज़िया की आँखों की हल्की सी जुम्बिश से इब्राहिम अंसारी के भीतर सब कुछ हिलने-डुलने लगता। रज़िया की आँखें हँसतीं तो लगता जैसे दो फूल खिल गए हों। रोतीं तो लगता जैसे आँखों से सितारे टूट-टूट कर ज़मीन पर गिर रहे हों।

अब रज़िया की वही आँखें कुछ बोलती ही नहीं। वे आँखें पत्थर की तरह जमी हुई दिखतीं मानो लम्बी ख़ामोशी का बोझ सहने वाली दो छोटी क़ब्रें हों। जब भी इन आँखों को इब्राहिम अब देखते तो उनके भीतर से एक गहरी कराह-सी उमड़ पड़ती।

वे दिन कितने हसीन थे जब रज़िया की शोख़ आँखें मछलियों की तरह किसी चीज़ पर ठहरती ही नहीं थीं। उन दिनों इब्राहिम अपनी आँखें बन्द करके दुआ माँगते कि रज़िया की चंचल आँखें कभी उनके चेहरे पर ठहर जाएँ। तब रज़िया की आँखें ज़रदोज़ी के लिए सूई उठाने और कपड़े पर टाँकने पर ज़्यादा लगी रहतीं।

अब इब्राहिम अपनी आँखें बन्द करते तो उनकी बन्द आँखों के सामने रज़िया की शोख़ आँखें तैरने लगतीं।

इब्राहिम को याद है कि निकाह के बाद जब वह पहली बार सिनेमा देखने निकले थे तो सिनेमाहॉल पर हाउसफुल का बोर्ड देखकर हताश होकर विक्टोरिया गार्डन घूमने चले गए थे। वहाँ खुले एकान्त में जब इब्राहिम ने रज़िया से कहा था कि मैं दुनिया को तुम्हारी नज़रों से देखना चाहता हूँ तो रज़िया की बन्द सीप-सी झुकी आँखों में मोती जैसी चमक आ गई। रज़िया ने शरारत से मचलते हुए उन्हें चुनौती देकर कहा, "चलो देखते हैं कि मेरी आँखों को तुम कितना पढ़ पाते हो।"

यह खेल इब्राहिम के लिए दिलचस्प और अनूठा था।

रज़िया को एक तय सिरे से दूसरे तय सिरे के बीच अपनी आँखें घुमानी थीं। फिर आँखों की इस सैर के दौरान उसकी नज़रें किन-किन चीज़ों पर टिकीं, इसकी फ़ेहरिस्त इब्राहिम को देनी थी।

इब्राहिम को यह चुनौती कम, रज़िया के क़रीब आने का मौक़ा अधिक लग रहा था। वह राज़ी हो गए।

मखमली घास पर ठंड की नरम धूप बिछी हुई थी। रज़िया जामुनी छींट की कुर्ती और गुलाबी फूलों का शरारा पहने थी। इन पर सुनहरी ज़रदोज़ी का काम उसने ख़ुद ही किया था। उसके घने बालों के कई तार दुपट्टे के बीच से मचलते हुए झाँक रहे थे। उसकी कुर्ती के गिरेबान का एक बटन खुला था जिससे उसके गले की हिलती हुई नीली नसें फड़कती नज़र आ रही थीं। रज़िया की झिझक खुल गई।

खेल की शुरुआत हुई।

रज़िया ने बिलकुल शाही अन्दाज़ से धीरे से अपनी पलकें ऊपर उठाईं। पहले उसकी नज़र पत्तियों के झुरमुट पर टिकीं जहाँ बेशुमार पीले फूल खिलखिला रहे थे। वहाँ से नज़र घूमती हुई पेड़ पर बैठी बन्दरिया पर पड़ी जो अपने छौने को आगे बिठाकर जूँएँ बीन रही थी। फिर उसकी आँखें नीले रंग की चिड़िया पर ठहर गईं जो पेड़ से झरे नीचे गिरे पत्तों में चोंच मारकर खाने के लिए कीड़े ढूँढ़ रही थी। इब्राहिम पूरी तन्मयता से उसकी निगाह का पीछा कर रहे थे। मन-ही-मन उन चीज़ों को भी कंठस्थ करते जा रहे थे जहाँ एक पल के लिए भी रज़िया की आँखें ठिठकी थीं। उसे रज़िया की आँखें दो चंचल तितलियों-सी लगीं जो मधुरस के लिए एक फूल से फड़फड़ाकर उड़कर दूसरे फूल पर बैठ जाती हैं। रज़िया की गुस्ताख़ आँखों का सफ़र जब ख़त्म हुआ तो उजली गुनगुनी धूप-सी चहककर वह बोली, “अब बताओ?”

इब्राहिम संजीदगी से गिनाने लगे—झाड़ी, पत्ती, पीले-पीले फूल, बन्दरिया, बन्दरिया का बच्चा, जूँएँ, नीली चिड़िया, काली चोंच, कीड़े।

रज़िया शरारत में भेंगी आँखें बनाकर दूब के एक तिनके से इब्राहिम के चेहरे को सहलाने लगी। इब्राहिम बार-बार हाथ से तिनके को हटाने लगे।

यह इश्क़ का मौसम था।

इब्राहिम की आवाज़ की इश्क़िया चाशनी में झाड़ी, पत्ती, पीले फूल, बन्दरिया और उसका बच्चा, जूँएँ, नीली चिड़िया, काली चोंच, कीड़े आदि सभी डूबे हुए थे। रज़िया अपनी आँखों में झूठमूठ की उत्सुकता भर लाई मानो जो उसे कहना बाक़ी रह गया है, उसका इन्तज़ार कर रही हो।

फिर बनावटी शरारत से अपनी आँखें झपकाकर कहा, “कुछ हद तक सही। बस दो चीज़ें छूट गईं।”

इब्राहिम उसकी आँखों को ऐसे देखने लगे जैसे दोनों छूटी हुई चीज़ें वहाँ तलाश

रहे हों। रज़िया की आँखों में चीज़ें नहीं, नई ज़िन्दगी के सपने तैर रहे थे।

ख़ुशामदी आवाज़ में इब्राहिम ने पूछा, "क्या?"

"धूप और हवा।"

ताड़ के पेड़ के पीछे छुपते हुए रज़िया ने ऐसे कहा जैसे वह सपने के झूले में बैठी हवा में पेंगें लगाते हुए ऊपर से बोल रही हो और इब्राहिम नीचे ज़मीन पर खड़े सुन रहे हों।

रज़िया की इस दिलफ़रेब अदा पर रीझते हुए नकली ग़ुस्से से इब्राहिम का मुँह फूल गया।

"यह तो सरासर बेईमानी है। कोई हवा कैसे देखेगा?"

रज़िया पास में आकर चिकोटी काटकर चहकी, "बुद्धू! मोटी-मोटी चीज़ें तो कोई भी देख सकता है। जो इनसान हवा के रुख़ को देख सकता है, वही ज़िन्दगी में सफल होता है।"

खेल का दूसरा दौर शुरू हुआ।

रज़िया ने बेहद नज़ाकत से अपनी पलकें उठाईं। फिर अपनी शोख़ नज़रें सामने गेंद खेलते एक बच्चे पर फिराते हुए उस लतर पर टिका दीं जो पेड़ को अपने बाजुओं में कसे हुए थी। वहाँ पत्तियों के हरे परदे के पीछे एक लड़की की गोद में एक सिर दिख रहा था। फिर उसने अपनी आँखें आसमान की ओर उठा दीं जहाँ बादल का एक टुकड़ा गुज़र रहा था। एक क़तार में बगुले उड़ रहे थे। इधर-उधर अपनी आँखों को क़ातिलाना अन्दाज़ में दौड़ाते हुए आख़िरकार उसकी नज़रें इब्राहिम के चेहरे पर आकर रुक गईं जैसे उसे लग गया हो कि यही आख़िरी पड़ाव है। यहीं से उसका सफ़र शुरू होता है और यहीं ख़त्म। रूह को जैसे कोई देह मिल गई हो। रज़िया को अब इब्राहिम से पूछने की हुलस भी बाक़ी नहीं रह गई थी।

उसने रस्मी तौर से पूछा, "बताएँ जनाब।"

इब्राहिम के दाँत चमकने लगे। उन्हें पक्का यक़ीन था कि इस बार चूक नहीं होगी।

वह रज़िया की आँखों की सैर की कैफ़ियत गिनाने लगे : गेंद, बच्चा, लता, पेड़, पत्तियाँ, झाड़ी, लड़की, प्रेमी, आसमान, बादल, बगुले।

कुछ रुककर फिर चिढ़ाने के अन्दाज़ में मुस्कराते हुए कहा, "हाँ! तुम्हारी हवा और धूप।"

रज़िया हर मद पर पलकें झपकाकर हुँकारी भरती रही। फिर आँखें नचाकर बोली, "इस दफ़े भी तुम एक चीज़ भूल गए।"

इब्राहिम का चेहरा भरे बादल-सा फूल गया।

इस बार की मीनमेख पर वह अपना सिर खुजाने लगे जैसे कोई भूली हुई चीज़ खो गई हो जो खोजने पर वहाँ मिल जाएगी। दिमाग़ काफ़ी नचाने के बाद उन्होंने पस्ती के आलम में लरज़ती आवाज़ में पूछा, "क्या रह गया?"

सूखी पत्तियों पर लापरवाही से बैठे इब्राहिम के क़रीब रज़िया आई। फिर पूरी शिद्दत के साथ उसकी आँखों के पपोटों को चूमते हुए कहा, "आपकी आँखें।"

इब्राहिम भौचक था।

यह आँखों पर किसी चिड़िया का चोंच मारना नहीं, रुई के फाहों जैसा होंठों का कोमल स्पर्श था। उसकी पूरी देह में गरम ख़ून की एक लहर-सी दौड़ गई। उसने रज़िया के कोमल ज़िस्म को बेलन की तरह सूखी पत्तियों पर लुढ़का दिया। करारी ख़ुश्क पत्तियों की चुरमुर से पूरी फ़ज़ा गूँज गई।

रज़िया की अल्हड़ता इब्राहिम को लुभाती तो रज़िया को इब्राहिम की मासूमियत।

इब्राहिम के चेहरे पर मासूमियत की आब होती और रज़िया के चेहरे पर प्यार का उजाला।

फिर तो यह इनका मनपसन्द खेल हो गया। उस दिन इब्राहिम को महसूस हुआ कि प्यार एक-दूसरे की आँखों में सिर्फ़ घूरते रहने में ही नहीं, हमसफ़र के साथ एक दिशा में देखने में भी है।

इब्राहिम को रज़िया की निगाह का पीछा करते हुए ऐसे लगता जैसे देखी हुई चीज़ से उसकी एक नई मुलाक़ात हो रही हो। किसी के साथ किसी भी चीज़ को देखने भर से वह इतनी बदल जाती है, ऐसा इब्राहिम ने पहले कभी नहीं महसूस किया था। घास पर पड़ी सूखी-रूखी उदास पत्ती रज़िया की आँखों से देखने पर उन्हें एक ज़िन्दा पक्षी के पंख की तरह फड़फड़ाती हुई लगती।

इस खेल की छाया इब्राहिम का पीछा करती रहती।

जब रज़िया साथ नहीं होती तो वह आँखों के पपोटे बन्द करके उन चीज़ों को एक-एक करके याद करते जिनकी छोटी-छोटी तस्वीरें उसके मन पर खिंची रह गई होतीं। वह इन तस्वीरों से मन-ही-मन तिनका-तिनका जोड़कर एक ऐसा ख़ुशनुमा रौशन गुलदस्ता तैयार करते जिसकी भीनी-भीनी ख़ुशबू उनके साथ हमेशा बनी रहती।

लेकिन रज़िया की वही शोख़ आँखें पिछले चौबीस बरसों से ख़ामोश बनी हुई हैं। उन आँखों के लिए समय ठहर गया है।

इब्राहिम की उमस भरी ज़िन्दगी में रज़िया ठंडी बारिश की तरह आई थी।

इब्राहिम गोंडा से अपने मामू अब्दुल के पास मुम्बई घूमने आए थे। उन दिनों इसे बम्बई कहा जाता था। अब्दुल मामा धारावी के कुट्टीवाडी में एक छोटे से कमरे में रहते थे। रहना कहना रहने का अपमान होगा। वह जिस गली में रहते थे, वहाँ दिन में भी अँधेरा बना रहता। गली में दो जन साथ चलते तो उनके कन्धे एक-दूसरे को छेड़ते हुए चलते। जिस कमरे में रात में सोते, वह सुबह आठ बजे तक दर्ज़ी की दुकान बन जाता। दुकान एक डिब्बानुमा खोखा थी जहाँ सिलाई की दो मशीनों की निरन्तर खटर-पटर पड़ोसियों के कानों को घायल करती रहती। दुकान

के नीचे एक कमरे में अपनी अम्मा के साथ रहनेवाली रज़िया को इस खटर-पटर की इतनी आदत हो गई थी कि जब यह आवाज़ सुनाई नहीं देती तो उसे लगता कि वह मरघट में आ गई है! उस दुकान तक पहुँचने के लिए कमरे के बाहर से लोहे की एक घुमावदार सीढ़ी थी। रज़िया के अब्बा दो साल पहले गुज़र गए थे। उसकी अम्मी के पास ज़रदोज़ी का हुनर था। पास की दर्ज़ी की दुकानों से ऑर्डर पर काम कर माँ-बेटी गुज़ारा करतीं।

धारावी को पहली बार देखकर इब्राहिम एकदम सकते में आ गया था।

उसके मामूजान ने उसे धारावी के बारे में बताया था कि शुरू में धारावी दलदली इलाक़ा था। कोली मछुआरे यहाँ रहते थे। दलदल पाटने से मछली मारना ख़त्म हो गया। यहाँ से काम के लिए सिटी जाना आसान था। ख़ाली ज़मीन को देखकर रोज़गार की तलाश में देश के अलग-अलग हिस्सों से बम्बई आए लोगों ने इस दलदली जगह को रहने लायक़ बनाया। अब इसी ज़मीन पर अमीरों की ख़ूनी नज़र है।

इब्राहिम धारावी के उस दौर में मामूजान के पास गया था जब कोलियों की देसी फलों से बनाई शराब का नशा फीका हो गया था और चमड़े का काम करनेवाले मद्रासियों ने देसी शराब में नौसादर-चूने की मात्रा बढ़ाकर और बैटरी सेल मिलाकर उसे बेइन्तहा नशीला बना दिया था जिससे शराब के धन्धे में उनका सिक्का जम गया था। शिवसेना के मराठी अस्मिता के उभार और दक्षिण भारतीयों के ख़िलाफ़ आन्दोलन के चलते धारावी के कोलियों और तमिलियों के बीच शराब के धन्धे को लेकर तल्ख़ियाँ भी बढ़ गई थीं। शराबबन्दी के बावजूद धारावी में खुलेआम पुलिस और आबकारी विभाग को चुनौती देते हुए बड़े-बड़े टिन के ड्रमों में भट्ठियों पर देसी शराब बनाई जाती।

मामूजान ने उसे सख़्त हिदायत दी थी कि दारू भट्ठियों की तरफ़ वह कभी मत जाए। इब्राहिम को हैरत होती कि सरकारी शराबबन्दी के बावजूद धारावी के कोलीवाडा में बनने वाली वरदराज मुदलियार उर्फ़ वरदा की भट्ठियों की देसी शराब पीनेवालों के जिगर तक बेरोक-टोक किस तरह पहुँच जाती।

तब बम्बई के धाकड़ पुलिस कमिश्नर जूलियो एफ. रिबिरो थे। उन्होंने उस इलाक़े में डिप्टी कमिश्नर वाई. सी. पवार की तैनाती की जिन्होंने अपनी दबिश से देसी शराब सरगना वरदा को बम्बई से मद्रास भागने पर मजबूर कर दिया था।

इब्राहिम को याद है कि उन दिनों धारावी आने से टैक्सीवाले कतराते।

दरअसल वहाँ हत्या चाय में बिस्कुट डुबोकर खाने जैसी आम बात थी।

वह हमेशा धारावी में रहते हुए डरता जबकि धारावी के बाहर के लोग इस बात से डर जाते कि वह धारावी में रहता है। वे उसे ऐसे देखते थे जैसे वह किसी न किसी अपराध से जुड़ा होगा।

इब्राहिम को लगता कि धारावी के बारे में कुछ बातें सही हैं। कुछ जानबूझकर

फैलाई गई हैं। उसे तंग गलियाँ भी गुलज़ार लगतीं। लगें भी क्यों न? वहीं तो उसकी जाने तमन्ना रज़िया रहती थी।

यहाँ हर समय ज़िदगी चलती हुई लगती। कभी सन्नाटा नहीं खिंचता। सुबह शौच के लिए लम्बी क़तार लगती। सरकारी नल से पानी के लिए झौं-झौं भी होती। आँखें मलते हुए चाय की दुकान पर धारावी की ख़बरों पर चटखारा लेकर लानत-मलामत चलती। औरतें अपने दरवाज़े पर पानी की बाल्टी लेकर कपड़े फींचतीं दिखतीं जिसका फेनिल पानी साँप-सा सरकता गली की सड़क पर चहबच्चा बना देता। दरअसल मुम्बई की हर झोंपड़पट्टी में आधा घर सड़क पर आधा घर तिपाई के नीचे होता। बाथरूम-टॉयलेट सड़क पर और रसोई तिपाई के नीचे होती। कहीं तमिल सुनाई देता तो कहीं गुजराती तो कहीं भोजपुरी। कहीं बम्बइया हिन्दुस्तानी।

इब्राहिम को यह ज़रूर लगता कि मानो लोग फटे-पुराने कपड़ों-सा जीवन पहने हुए हैं। घर के दरवाज़े पुराने मटियारे भूरे सन्दूक सरीखे लगते जिसमें से लोग चूहे की तरह सिर निकालते और सड़क पर एक नज़र डालकर झट से भीतर कर लेते। दरवाज़े बस इतने ऊँचे होते कि नए मेहमान को सजदा किए बिना अन्दर आना मुश्किल होता। अधिकतर छतें टिन या एस्बेस्टस की होतीं जिन पर नीले रंग की बिछी बरसाती चमकती रहती। बीएमसी के बुलडोज़रों की छाया में जीते हुए यहाँ के रहवासियों को किसी पक्के आशियाने के बारे में सोचने की हिम्मत ही न होती। उनकी ज़िन्दगी कच्ची चीज़ों और मेहनत के पसीने से बनी होती। एक घर दूसरे पर ऐसा लदा दिखता जैसे ऑक्टोपस एक-दूसरे को अपनी टाँगों में बाँधे हुए हों।

धारावी इब्राहिम को अपने गोंडा शहर से भी सँकरा और गन्दा लगता। साफ़-सफ़ाई का आलम यह था कि धारावी की तुलना में इब्राहिम को अपना गाँव नहवा परसोरा बेहद साफ़ और ख़ूबसूरत लगने लगा था। सड़ती हुई मोरियाँ। उनका सड़क पर बहता गन्दा पानी। साइकिल के कैरियर पर बँधी ख़ालों से रिसते लाल ख़ून से रँगी-चुँगी सड़कें। मर्दानगी पाने के लिए पुकारते इश्तहारों और सिनेमा पोस्टरों से सजीं ख़स्ताहाल दीवारें।

इब्राहिम धारावी की गलियों में जब रज़िया का पीछा करते तो उन्हें धारावी एक रिहाइशी कारख़ाना-सा लगता। हर जगह कुछ न कुछ बनता रहता। कहीं चमड़े की बू से नाक बदहवास हो जाती। कहीं किसी छोटी-सी कोठरी से बनते हुए इत्र की ख़ुशबू से मन मोर-सा नाचने लगता। कहीं साबुन की बट्टी बन रही होती तो कहीं गुलाबजामुन, रसगुल्ला, मोतीचूर के लड्डू या काजू की बर्फी। हर क़दम को छलाँग में बदल देने को आमादा, यहाँ ज़िन्दगी बदरंग ज़रूर लगती लेकिन बेजान नहीं।

इब्राहिम को लम्बे अरसे बाद पता चला कि धारावी कहने को बम्बई है लेकिन यह असली बम्बई नहीं है। धारावी जानवरों की तरह बम्बई से खदेड़े गए लोगों की पनाहगाह है। बम्बई की आन-बान-शान अलग है। बम्बई बान्द्रा से आगे है जहाँ

ऑटो का जाना अपराध है। वहाँ सिर्फ़ काली-पीली टैक्सी चलती हैं।

कुछ ही दिनों में धारावी से इब्राहिम का मन उचाट हो गया। वह अपने गाँव लौट गया। यह तो रज़िया की आँखों का चुम्बक था जो उसे एक साल बाद फिर मामू के पास खींच लाया। फिर वह धारावी का बाशिन्दा बनकर हमेशा के लिए रज़िया का हो गया।

आज भी उन्हें रज़िया की क़ब्र जैसी आँखों में वैसा ही चुम्बक महसूस होता।

सुखी घर सोसाइटी में आकाश साँझ बेला में सौदा-सुलुफ़ करने जब निकलते तो उन्हें इब्राहिम कई बार लिफ़्ट में मिलते। साथ में व्हीलचेयर पर बैठी रज़िया भी होतीं। आकाश उन्हें देखकर पहचानी मुस्कान फेंकते। जवाब में इब्राहिम के चेहरे पर मुस्कान की पतली-सी लहर उठती। फिर वह लहर सहसा अपने खोल में समा जाती। आधुनिक सभ्य समाज में एक-दूसरे को पहचानने और दुआ-सलाम करने का यही एक अलिखित नियम होता। आकाश और इब्राहिम दोनों ही इस नियम की सीमारेखा पार नहीं करते।

इब्राहिम सख़्त तबीयत के इनसान लगते। उनके भीतर झाँकने के लिए कोई दरार नहीं दिखती। यदि कहीं दरार हो भी तो वह उनकी निराश आँखों की स्याह लकीर के पीछे छिपी रहती। इब्राहिम शायद यही चाहते भी थे कि किसी को उनके भीतर आने का रास्ता न दिखे। उनके मन में इधर कुछ अरसे से आशंका का चोर दुबका रहता कि उनके मन में सेंध लगाने वाला जो कोई आएगा, वह उनके भीतर की दुनिया को और भी अधिक बिगाड़ देगा। उन्हें देखकर अक्सर लगता कि वह दुनिया के ऐसे छोर और समय पर हैं जहाँ यदि कुछ है तो व्हीलचेयर पर बैठी हुई सिर्फ़ यह औरत। उनकी दुनिया जैसे व्हीलचेयर के इर्द-गिर्द तक सिमटी हुई है।

इब्राहिम बिना नागा पोडियम पर व्हीलचेयर के साथ चार-पाँच चक्कर लगाते। इसे वह किसी कर्तव्यपरायणता, भावुकता या उत्सर्ग की भावना से नहीं करते। इसके पीछे उनके मन में एक गहरा आश्वासन, एक अलौकिक तसल्ली के साथ अदम्य विश्वास भी था कि इस अँधेरे समय की कोख से कभी कोई रोशनी ज़रूर फूट निकलेगी और रज़िया अपनी चपल, चंचल और उजली हँसी से एक दिन आसपास के माहौल को पहले की तरह ख़ुशनुमा बना देगी।

सुखी घर सोसाइटी कम्पाउंड के कुछ चक्कर लगाने के बाद इब्राहिम व्हीलचेयर को स्पोर्ट्स कॉर्नर के पास रोक देते। स्पोर्ट्स कॉर्नर सिर्फ़ नाम के लिए था। दरअसल यह पोडियम के एक कोने पर तिकोनी-सी जगह थी जहाँ नीचे सड़क पर उतरने के लिए सीढ़ियाँ थीं। इसी तिकोने इलाक़े में बिल्डर ने एक फिसलपट्टी और झूला लगाकर उसे हरे, पीले और लाल रंग से पोत दिया गया था। झूले की पट्टी कब की निकल चुकी थी। जहाँ कभी झूला था, वहाँ अब लोहे के दो पोल सिपाही की तरह तने खड़े नज़र आते। उनको ऊपर से जोड़ने वाली रॉड में कुछ छल्ले लटके

हुए ऐसे दिखते जैसे फाँसी लटकाने के लिए बने हों। छोटे बच्चों का यही क्रीड़ांगन था। बच्चों की माँओं के लिए यही गपशप का अड्डा था। सोसाइटी का ख़बरिया चैनल भी यहीं था। किसी बात को सोसाइटी में फैलाने के लिए यहाँ बैठी किसी भी ख़ातून के कान में यह कहना भर काफ़ी होता कि इसे सिर्फ़ अपने तक रखना। फिर वह बात सोसाइटी की दीवार की हर ईंट को पता चल जाती। बच्चे फिसलपट्टी की छोटी-छोटी सीढ़ियों पर अपने नन्हे-नन्हे पाँव रखते हुए एक छोटी लतर की तरह चढ़ते और पट्टी पर फिसलते हुए तेज़ आवाज़ में चीख़ मारकर भरे बोरे की तरह लद्द-से नीचे गिर जाते। कुछ बच्चों के पास रबड़ की गेंद होती। वे बच्चे अपने पाँवों से गेंद को ऊपर ऐसे उछालते गोया आकाश में सूराख़ कर देंगे।

पोडियम के इस खेल कोने के क़रीब आते ही व्हीलचेयर पर बैठी रज़िया के चेहरे की रंगत बदलने लगती।

बर्फ़-सी जमी उनकी आँखों में एक नम-सी छाया तैरने लगती। हवा में उछलती गेंद, सफ़ेद चिड़िया की तरह उड़ती शटल कॉक, बच्चों की धमाचौकड़ी और उनकी कोमल चीख़। वह इनमें खो जाती मानो किसी दूसरी दुनिया में पहुँच गई हो। इब्राहिम एक सतर्क सन्तरी की तरह चौकस रहते कि कहीं कोई बॉल या किसी बच्चे की कोई हल्की हरकत व्हीलचेयर पर बैठी रज़िया का कोई नुक़सान न कर बैठे। पूरे दिन में यही एक ऐसी घड़ी होती जब किसी बच्चे के नादान करतब पर रज़िया के पतले-पतले होंठों के किनारे मुस्कान के लिए ज़रा सा खिंचते। इस नज़ारे को देखकर इब्राहिम के चेहरे पर सुख और इत्मीनान का भाव उमग आता। कभी-कभार वह झुककर रज़िया के कान में कुछ फुसफुसाते जैसे वह उनके भीतर का बन्द दरवाज़ा खटखटा रहे हों। दरवाज़ा नहीं खुलता। निराश होकर व्हीलचेयर धकेलते हुए लिफ़्ट से बी-503 पहुँच जाते।

भूलना किसी डॉक्टर के लिए मात्र एक बीमारी हो सकती है जबकि भूलना कई बार आदमी को सुखी बना देता है। उसे अतीत की अनेक पीड़ाओं से मुक्ति दिला देता है। इब्राहिम ऐसे सुखी नहीं थे जो अपने साथ हुए अन्याय को ज़िन्दगी की पाट में पिसते हुए भूल पाते। ज़िन्दा लाश की तरह खाते-पीते-सोते रहते। इब्राहिम रज़िया सरीखे भी नहीं थे जो विस्मृति की अँधेरी सुरंग में बरसों से क़ैद थीं। इब्राहिम को हर दिन धूप में चमकती चीज़ों की तरह दिमाग़ में सब कुछ साफ़-साफ़ दिखता। ज़िन्दगी का टूटना दिखता। मन का टूटना दिखता। भरोसे का टूटना दिखता।

कुछ चीज़ें अचानक टूटती हैं जब उनके टूटने की कोई आशंका भी नहीं होती। अयोध्या में बाबरी मस्जिद का टूटना अचानक नहीं था। इसकी आहट इब्राहिम को बुरे दिनों की तरह सुनाई देने लगी थी। वी. पी. सिंह की सरकार ने अगस्त 1990 में मंडल कमीशन की रिपोर्ट लागू करके सरकारी नौकरियों और शिक्षा संस्थानों में 27 फ़ीसदी आरक्षण लागू किया। इसकी काट के लिए भारतीय जनता पार्टी के

अध्यक्ष लालकृष्ण अडवाणी ने सितम्बर 1990 में जब गुजरात में सोमनाथ से लेकर अयोध्या तक के लिए रथयात्रा शुरू की तो इब्राहिम की आशंका और बढ़ गई। उन दिनों जगह-जगह यह नारा सुनाई देता—गर्व से कहो कि हम हिन्दू हैं। यह आरोप लगाया जाता कि कांग्रेस धर्मनिरपेक्षता के नाम पर सिर्फ़ मुसलमानों को ख़ुश करती रहती है। तब इब्राहिम को लगा कि यह ख़तरा अब चौखट पर आ गया है। मुम्बई में बीएमसी डिप्टी कमिश्नर गोविन्द राघव खैरनार अनधिकृत इमारतों पर जब बुलडोज़र चलवाते तो इब्राहिम के भीतर कुछ टूटता। लेकिन अयोध्या में 6 दिसम्बर, 1992 को मस्जिद ढहाने के साथ उनके भीतर जो कुछ टूटा, वह कुछ अलग था। इब्राहिम उस रात सो नहीं पाए। बिस्तर पर करवट बदलते हुए रज़िया ने भी इब्राहिम से कहा कि उसके भीतर भी कुछ टूटा है।

अगली सुबह इब्राहिम ने अपनी तस्दीक़ के दायरे को बढ़ाते हुए गणपति पाटिल और डिसूजा से भी दरयाफ़्त किया। उनका भी यही कहना था कि उनके भीतर भी कुछ दरका है। हालाँकि क्या कुछ टूटा या दरका, यह वे सब ठीक-ठीक बता नहीं पा रहे थे जबकि बड़ी शिद्दत से उसे महसूस कर रहे थे।

इब्राहिम ने अपने पड़ोसी कृष्णा घाटकर से पूछा तो उसका जवाब कुछ अलग था, "अच्छा हुआ! हमेशा का टंटा ख़त्म हो गया।"

इब्राहिम का डर तब और अधिक बढ़ गया जब वह उस दिन शिवसेना के पेपरस्टैंड के क़रीब से गुज़रे। वहाँ कुछ लोग गद्गद भाव से अख़बार पढ़कर बाबुलंद हँस रहे थे। उनकी हँसी में हास्य नहीं, क्रूरता थी जिसे देखकर वह बुरी तरह घबड़ा गए। डर ने उन्हें अपने शिकंजे में कस लिया।

आख़िरकार इब्राहिम का डर हक़ीक़त बन ही गया।

कुछ कट्टर हिन्दुओं ने अयोध्या में मस्जिद गिराने की ख़ुशी के इज़हार के लिए उसी दिन धारावी की पतली गलियों में साइकिल रैली निकाली। सैकड़ों लोग रैली में थे। साइकिल पर उनके झंडे हवा में फहरा रहे थे। वे एक-दूसरे को अबीर और गुलाल लगाकर बधाइयाँ दे रहे थे। 'अयोध्या जीत लिया अब मथुरा-काशी की बारी है' के नारों से आसमान गूँज रहा था।

यह रैली मुसलमानों के घावों पर नमक छिड़कने जैसी थी। जुलूस लाल क़िला तक गया। वहाँ कुछ नेताओं ने भड़काऊ तक़रीरें कीं। लौटती भीड़ जब मुस्लिम इलाक़े की तरफ़ से गुज़री तो उस पर कुछ घरों से पत्थर फेंके जाने लगे। जुलूस का रंग गुलाबी से ख़ूनी लाल हो गया। मुँह में गालियाँ, हाथ में रॉड-डंडे लेकर जुलूसी घरों को तहस-नहस करने लगे। किसी के घर का दरवाज़ा तोड़ डाला तो किसी की रसोई का सामान सड़क पर छितरा दिया। किसी की टोपी उछाल दी तो किसी की दाढ़ी नोच ली। किसी ख़ातून की छाती दबा दी। किसी का पाजामा खुलवाकर उसके अंग विशेष का मुआयना करने लगे। उधर से भी चाकू और छुरियाँ चमकने लगीं। किसी

का सिर फूटा तो किसी की अँतड़ियाँ बाहर आ गईं। सिपाहियों ने अपनी राइफ़ल की नलियाँ उपद्रवियों की तरफ़ मोड़ दीं। ज़बरदस्त ख़ून-खराबा हुआ। चमड़ा बाज़ार में तमाम कारख़ानों में आग लगा दी गई। पचासेक लोगों की जानें गईं। लाशों के लिए कफ़न भी कम पड़ गए। धारावी में कर्फ़्यू लग गया।

यह तो महज़ शुरुआत थी।

अगले दिन इब्राहिम को ख़बर मिली कि मोहम्मद अली रोड पर मुस्लिम भीड़ ने सड़क पर ग़ुस्से में तोड़-फोड़ की। पुलिस ने उन पर अन्धाधुन्ध गोलियाँ चलाईं। इससे नाराज़ भीड़ ने पुलिस चौकी को घेर लिया। बचाव में पुलिस ने गोलियाँ चलाईं। कई लोग मारे गए। साउथ बॉम्बे और सेंट्रल बॉम्बे में भी कर्फ़्यू लगा दिया गया।

फ़ज़ा में डर और घुल गया।

लोग हवा को सूँघ-सूँघ कर चलने लगे। तूफ़ान की बू पाकर जिस तरह कीड़े-मकोड़े पनाहगाहों के लिए भागते हैं उसी तरह अपने बक्सों और गठरियों के साथ अपने गाँव-देश भागने के लिए मुम्बई के स्टेशनों पर भगदड़ मच गई। हर भागते आदमी के चेहरे पर ताज़ा ज़ख़्म से टपकता ख़ून दिखाई देता।

इब्राहिम दुनिया से अपना डर छिपाने की कोशिश करते।

डर उनके चेहरे पर झलक जाता। सच तो यह था कि वह अपने को अपने से ही छिपाने की कोशिश करते। हालाँकि जब कोई दोस्त या रिश्तेदार उनसे अपना डर साझा करता तो वह उन्हें एक बहादुर फ़ौजी की तरह दिलासा देते। वह अल्लाह की रहमत की बात करते। संविधान, न्याय व्यवस्था और जम्हूरियत का हवाला देते। कई बार उन्हें लगता कि उनका दिलासा एक कैंसर मरीज़ का दूसरे कैंसर मरीज़ को दिलासा देने जैसा है।

अब इब्राहिम का यक़ीन डगमगाने लगा। लगता जैसे सामने कोई ख़ौफ़नाक तूफ़ान आने को तुला है। वह पहले की तरह इब्राहिम नहीं रह गए थे। वह उखड़े-उखड़े रहते। छोटी-छोटी बातों पर झल्ला जाते। रज़िया से बात-बात पर हुज्जत करने लगते। बोलना कुछ चाहते और बोल कुछ जाते। नहाने के लिए तौलिया माँगना होता तो छाता लाने को कहते। रज़िया उनकी दिमाग़ी हालत देखकर गम में डूब जाती। उसे भी डर सताने लगा। वह क़ुरान शरीफ़ को दिन में कई बार हाथों में उठाकर माथे से लगाती। घर की दीवारों पर मुसल्ला और मक्का मदीने की लगी तस्वीरों को पाक़ीज़गी से बार-बार छूती। फिर ऊपर हाथ उठाकर परवरदिगार से सबकी सलामती की दुआ माँगती।

रज़िया ने इधर देखा था कि धारावी में जहाँ भी दो-चार लोग खड़े होते, वहाँ अयोध्या में मन्दिर बनाने पर बात हो रही होती। कोई कहता कि मन्दिर के लिए अयोध्या में ईंटें लाई जा रही हैं। कोई मदरसे की पढ़ाई की नुक्ताचीनी कर रहा होता तो कोई कश्मीर से कश्मीरी पंडितों को मारकर भगाने का ज़िक्र कर रहा होता। कोई

मुसलमानों की चार शादियों-चौदह बच्चों का हवाला देकर भारत को पाकिस्तान बनाने के लिए कोस रहा होता। रज़िया ने ऐसी बातें पहले भी फुसफुसाहटों में सुनी थीं लेकिन खुलेआम ऐसा नज़ारा कभी नहीं देखा था। रज़िया के मन में एक अजीब ख़ौफ़ घर करने लगता जब वह देखती कि नमाज़ अता करने के बाद लोग अपनी दोपल्ली टोपियों पर हाथ फिराते हुए कानाफूसी करते। उनके हावभाव आम नहीं लगते। जुम्मे पर तो बड़ी मस्जिद में हुजूम बढ़ने लगा था। वहाँ की तक़रीरों में ग़ुस्सा और जोश पहले से ज़्यादा सुनाई देता। इनमें ज़्यादातर हिन्दुस्तान के मुसलमानों को जागने और क़ौम पर शहीद होने की बात कही जाती। कहा जाता कि जो क़ौम के लिए शहीद होगा, उसे अल्लाताला जन्नत बख़्शेगा। घरों पर सब्ज़ इस्लामी परचम ज़्यादा लहराते दिखने लगे।

रज़िया को पूरे माहौल में नफ़रत के फोड़े साफ़-साफ़ दिखाई दे रहे थे। बदमज़गी का मवाद छलछलाता रहता। उसे लगने लगा था कि अब पहले जैसा नहीं है। मोहन पवार 'भाईजान सलाम' का जवाब मुस्कराकर नहीं देते। जीवन कोली की बेटी आशा कोली अब उनकी बेटी नरगिस के साथ स्कूल नहीं जाती। रज़िया को लग रहा था कि उसे फ़िलहाल धारावी से निकल जाना चाहिए। रज़िया जब भी इब्राहिम से धारावी छोड़ने का राग छेड़ती तो उनका पारा चढ़ जाता। वह रज़िया की बात को हवा में उड़ाते हुए कहते, "इस बुरे वक़्त में कोई ठिकाना खोजने में पाँव सूज जाएँगे मगर कुछ भी मशरफ़ हल नहीं होगा। ख़यालों के घोड़े कम दौड़ाओ। अजुध्या में जो होना था, हो गया। अब आगे कुछ नहीं होगा। कितने सालों से हम यहाँ बसे हुए हैं। सब हमें जानते-पहचानते हैं। वहम निकाल दो।"

यह सुनकर रज़िया के थके चेहरे पर तकलीफ़ और लाचारी तारी हो जाती। वह ऊपरी मन से "हाँ-हूँ" कहकर उस समय उनकी बात तस्लीम कर लेती लेकिन मन इकबाल न करता। नामालूम खटकों से उसकी नींद गर्क रहती।

वे दिसम्बर के आख़िरी दिन थे।

अपनी खोली के सामने मोहन शर्मा कथावाचक की तरह ऊँची आवाज़ में हिन्दी अख़बार बाँच रहे थे। इब्राहिम और उनके दरवाज़ों के बीच सिर्फ़ छह इंच की दूरी थी। शर्मा मज़हबी मसलों को ज़्यादा दिलचस्पी से बाँचते। अचानक किसी के दिख जाने पर लफ़्ज़ों को हौले-हौले रुककर पढ़ते। जब कोई नहीं दिखता तो उनकी आवाज़ भुनभुनाहट में बदल जाती। जब उनकी पैनी आँखें बाहर झाड़ू बुहारती रज़िया पर पड़ीं तो उनकी आवाज़ कुछ और बुलंद हो गई। 'गोरेगाँव में दो मुसलमान' कहकर वह रुक गए। फिर उन्होंने यह तस्दीक किया कि रज़िया वहाँ मौजूद है। मुसलमान लफ़्ज़ सुनकर रज़िया की झाड़ू थोड़ी ठहर गई है। फिर उन्होंने बाबुलंद सतर पूरा किया, "कमरे में ज़िन्दा जलाए गए।"

रज़िया के पाँवों के नीचे की ज़मीन खिसक गई। सिर पकड़कर उकड़ूँ बैठ गई।

माथे पर पसीना चुहचुहा आया। गदोलियाँ भीग गईं। शर्मा रसीले क़िस्से की तरह उसे चटखारे लेकर पढ़े जा रहे थे। रज़िया अब कुछ सुन नहीं रही थी। लड़खड़ाती हुई भीतर आकर धप्प से ज़मीन पकड़ ली। नूर वज़ू कर रहा था। वह बोला, "क्या हुआ अम्मा? गिर गईं क्या?"

रज़िया गिरी नहीं थी। उसे लगता कि चलते-चलते वह कभी भी गिर पड़ेगी। उधर टीवी कुछ ऐसा सुना देता कि उनके हाथ-पाँव फूल जाते। दुनिया भर की ख़बर टीवी में आती लेकिन उनके डर की ख़बर नहीं आती। उसमें यह ख़बर नहीं आती कि जब नूर अपना बल्ला लेकर मैदान में क्रिकेट खेलने जाता है तो उसके साथी अब उसे क्यों नहीं खिलाते। टीवी उन फ़ब्तियों को ख़बर नहीं बनाता जो उसकी पीठ पीछे कसी जातीं, "इन बुर्क़ानशीं को सबक सिखाना होगा। कटुवों ने देश में गन्दगी मचा रखी है। इन हरामियों को पाकिस्तान भगाना होगा।"

रज़िया इन बातों से दुखी हो जाती। दुख से बचने के लिए उसके पास कोई छतरी नहीं होती। वह दुख की बारिश में भीगती रहती। दुख की बारिश की बूँदें सिर्फ़ उस तक महदूद नहीं रहतीं। उनके छींटे नरगिस और नूर की ज़िन्दगी पर भी पड़ते। इब्राहिम भी उसकी ज़द में आ जाते।

हालाँकि इब्राहिम जब देखते कि दुनिया इतनी बेफ़िक्र-सी है तो उनके दिल को थोड़ी तसल्ली मिलती।

सब कुछ उसी तरह चल रहा होता। उसी तरह लोग सुबह लोकल पकड़ने के लिए दौड़ते दीखते। अपनी साइकिल के कैरियर के दोनों ओर कनस्तर बाँधे दूधिया समय पर आता। अख़बारवाला रबड़बैंड में अख़बार को बाँधकर उसी तरह फेंकता रहता। रेड़ीवाला उसी जगह ठेला लगाता जहाँ गलका, धनिया, मेथी, पालक की सजावट के बीच बटाटा में खुँसी हुई अगरबत्ती की सलाई अपनी ख़ुशबू से मच्छरों को भगाती रहती। कोने की चाय की टपरी पर बीड़ी-सिगरेट के साथ लोग चाय की चुस्कियाँ लेते रहते। हज्जाम की दुकानों पर अख़बार पढ़ते हुए हजामत के लिए क़तार में बैठे रहते। बुर्क़ानशीं लड़कियाँ पहले ही की तरह बाज़ार जातीं, जब कोई लड़का उनकी तरफ़ देखकर शरारतन कोई इशारा करता तो खीं-खीं करती हुई अपना नक़ाब गिरा लेतीं। फिर पलटकर उसे मुस्कराते हुए देखती रहतीं। लड़के पतली गली में फुटबॉल खेलना नहीं छोड़ते। जब किसी की खिड़की उनकी गेंद से बजती तो डरकर छिप जाते।

आसपास की इस बेफ़िक्री से रज़िया की चिन्ता कुछ पल के लिए काफ़ूर हो जाती। अचानक फिर कुछ ऐसा हो जाता कि उसे अपनी ही तसल्ली झूठी लगने लगती। उस दिन ख़ौफ़ से उसका दिल ही बैठ गया था जब उसने नूर के हाथ में उर्दू में छपा एक पर्चा देखा। पर्चा पढ़कर रज़िया थरथर काँपने लगी। 'इस्लाम ख़तरे में है। शहादत का वक़्त आ गया है।' आगे की सतर पढ़ने की ताब भी उसमें

न रही। झट से पर्चा फाड़कर कूड़े में फेंक दिया।

तसल्लियों की ताक़त से इस भड़काऊ पर्चे का डर अधिक ताक़तवर लग रहा था,

रज़िया ने इब्राहिम को पर्चे का मज़मून बताकर अपनी ख़ैरियत के लिए जगह बदलने की तजवीज़ की।

मुम्बई से दूर न सही, मीरा रोड में शकीला बड़ी आपा के यहाँ कुछ दिन काटने के लिए हुज्जत भी की।

इब्राहिम से रटा-रटाया जवाब मिला—"सब्र।"

रोज़ होते नए-नए हादसे सब्र की पुख़्ता ज़मीन को अफ़वाहों के बारूद से उड़ाकर खोखला कर रहे थे। कभी सुनाई देता कि बेकरी से सामान न ख़रीदो। इसमें ज़हर मिला हो सकता है। कुछ लोगों के चेहरों पर इन बातों पर यक़ीन करने का भाव होता। वे दूसरे के झूठ पर भी यक़ीन करते। इस तरह झूठ सरपट दौड़ता हुआ हर जगह पहुँचकर सबके दिमाग़ में शक के बीज बो देता। अपने आसपास की खदबदाहट को इब्राहिम और रज़िया दोनों भीतर ही भीतर महसूस करते। फिर अपने दिल की पतीली में उबलते जज़्बातों को अपने संयम की तश्तरी से ढक देते।

मोहन शर्मा के अख़बार बाँचने पर वह अक्सर अपने कान बन्द रखने की कोशिश करती। लेकिन वह मुआ हादसों को लुत्फ़ लेकर ही नहीं सुनाता बल्कि रज़िया को भी झिंझोड़ देनेवाली निगाहों से देखता। भीड़ में किसी अनजान औरत के ख़ास अंग को छूने से जैसे किसी बदकार को ज़िहनी लुत्फ़ मिलता है लगभग कुछ वैसा ही उसे अख़बार के हादसों को बाँचने में मिलता। वह रज़िया को कमीनी निगाह से कोंचता रहता। कभी-कभार अपने लफ़्ज़ों और घटिया चुटकुलों से दबी-दबी छेड़खानी भी करता। इब्राहिम को कई बार उसे मोहर्रम की ढोल की तरह पीटने का मन करता। फिर वह अपना ग़ुस्सा यह सोचकर थूक देता कि रज़िया के चेहरे की पाक़ीज़गी और शाइस्तगी को मोहन शर्मा की गन्दी निगाह भेद नहीं पाएगी।

शहर में सियासी तूफ़ान रुकने का नाम नहीं ले रहे थे।

एक तूफ़ान फिर उठा जब भुलेश्वर के पास गोल देवल मन्दिर में महाआरती के लिए कर्फ़्यू में छूट देने की माँग की गई। महाआरती के पैरोकार कहते कि मुस्लिम जब चलती सड़क पर नमाज़ पढ़ सकते हैं तो हिन्दू अपनी पूजा-आरती सड़क पर क्यों नहीं कर सकते? इजाज़त नहीं मिलने पर भी उन्होंने घंटा, शंख, ढोल बजाकर ख़ूब धूम-धड़ाके से सड़क पर अपनी ताक़त का इज़हार किया।

मोहन शर्मा अख़बार के कोने से झाँकते हुए ख़बर पढ़ रहे थे। शर्मा को इब्राहिम की पीठ दिख रही थी। इब्राहिम शर्मा की ख़बर को तवज्जो नहीं दे रहे थे। तभी शर्मा की नज़र अख़बार की दूसरी ख़बर पर पड़ी। उसे यक़ीन हो गया कि इस ख़बर को सुनकर इब्राहिम की पीठ ही नहीं पलटेगी बल्कि रज़िया भी भीतर से निकलकर हाय "अल्लाह!" कहकर ख़ुदा से रहमत की भीख माँगेगी।

मोहन शर्मा ने अपनी बुलंद आवाज़ में ख़बर का गोला दागा।

"ताड़देव के एम. पी. मिल कम्पाउंड में रॉड से दो मुसलमानों की सरेआम हत्या।"

मोहन शर्मा अपनी कमीनगी में कामयाब हो गया। इब्राहिम की पीठ पलटी। उसकी ज़बान से बेअख़्तियार निकला, "क्या?"

इब्राहिम का चेहरा स्याह हो गया। आँखों के आगे धुंध छा गई। इब्राहिम की बुलंद "क्या" सुनकर रज़िया खोली से बाहर निकली। मोहन शर्मा के चेहरे पर कमीनगी नंगी नाच रही थी। मोहन शर्मा अपनी नफ़रती बदहजमी की कै करके हल्का हो गया था, जबकि रज़िया और इब्राहिम की ज़िन्दगी में डर भर गया था।

रज़िया के मुलायम दिल पर डर का उक़ाब पंख फैलाकर तब और टूट पड़ा जब उसने सुना कि पास के मन्दिर में महाआरती होगी। महाआरती की ख़बर सुनने के बाद उसकी घबराहट बढ़ गई।

वैसे आरती की शीरी आवाज़ रज़िया को हमेशा बाँध लेती। बचपन में जोशी आंटी की खोली में साँझ बेला में गणपति बप्पा की आरती सुनते ही उसके पाँव ठिठक जाते थे। जय गणेश, जय गणेश, जय गणेश देवा की तरन्नुम भरी पाक आवाज़ के जादू में वह अक्सर खो जाती। शंख, मँजीरे और घंटी का मिलाजुला संगीत उसे लफ़्ज़ों के परे एक नई दुनिया में ले जाकर उसकी रूह को आबेहयात से भिगो देता। वह आरती सुनकर मन-ही-मन झूमने लगती।

कर्फ़्यू जैसे ख़राब माहौल में रज़िया को यह महाआरती रूह को सुकून देने के बजाय धमकी ज़्यादा लग रही थी। घंटा, घड़ियाल, थाली, शंख के साथ लाउडस्पीकर पर गाई जा रही आरती से पूरा माहौल कोहराम में बदल गया था। भीड़ का सैलाब सड़क पर उमड़ आया था। पिछली गणपति चतुर्थी की पूजा से इसका मिज़ाज अलग दिख रहा था। उसे ऐसा लगा कि यह ईश्वर की पूजा-आरती के लिए कम, ताक़त के इज़हार के लिए ज़्यादा है।

आरती का हड़कम्प देखकर शबनम बाजी भड़क गईं, "सड़क भी सियासी अखाड़ा बन गया है। यह सब मुसलमानों को जलाने-डराने के लिए किया जा रहा है। वे हमारी ख़ुद्दारी को ललकार रहे हैं। मुसलमान उनकी आँखों में शहतीर की तरह खटक रहे हैं। हम कम हैं तो क्या हमारा सारा वजूद ही मिटा देंगे?"

"इंशाअल्लाह! यह दिन किसी तरह बिना फ़साद के गुज़र जाए।" रज़िया ने मरी आवाज़ में दुआ माँगते हुए कहा।

महाआरती में माथे पर टीका लगाए ऐसे लोग भी दिखाई दे रहे थे जो सड़क पर हुजूम देखकर अक्सर खिड़कियाँ बन्द कर लेते। कुछ नौजवानों की आँखों में सुर्ख़ डोरे ऐसे उछल-कूद कर रहे थे जैसे उन पर जुनून सवार हो। एक लड़का आरती के बीच अजीबोग़रीब आवाज़ निकालता तो हो-हो करके पचासों लड़कों की आवाज़ें

उसमें जुड़कर उसे रणभेरी बना देतीं। हुड़दंगी आवाज़ों में 'जय गणेश जय गणेश जय गणेश देवा' की प्रार्थना खो गई थी। डरावनी आवाज़ें रज़िया की खोली से दूर थीं, हालाँकि आसपास लगतीं। आसपास के अमन-चैन को ख़तरा दूर से भी था।

उस दिन तो इब्राहिम बाल-बाल बचे। धारावी में जुम्मे की नमाज़ अता करने के लिए कर्फ़्यू हटा लिया गया था। कर्फ़्यू हटाने के ख़िलाफ़ कोलीवाड़ा की औरतों ने नाराज़गी में बड़ी मस्जिद तक जुलूस निकाला। इब्राहिम भी नमाज़ अता करने बड़ी मस्जिद गए थे। नमाज़ के बाद जब वह मस्जिद से निकल रहे थे, तभी एक ईंट सनसनाकर उनके कान के बगल से निकल गई। इस औचक हमले से इब्राहिम सन्न रह गए। सड़क की दूसरी तरफ़ से कुछ लड़के पत्थर और ईंटें फेंक रहे थे। इब्राहिम ने बचने के लिए आड़ खोजी। उन्हें कुछ समझ में नहीं आ रहा था। कुछ दूर पर एक भिखारी का टिन का डिब्बा पड़ा था। उन्होंने दौड़कर उसे उठा लिया। फिर ढाल की तरह चेहरे के आगे डिब्बा करके एक दुकान के कोने में जाकर छिप गए। दूसरी तरफ़ के लड़कों ने भी ईंटें-बोतलें फेंकनी शुरू कर दीं। पुलिस की गाड़ी के साइरन बजने तक दोनों तरफ़ से बोतल-ईंट फेंकने का सिलसिला चलता रहा। कई लोग घायल हो गए। तीन-चार लोग मारे गए। शुक्र था कि इब्राहिम सही-सलामत घर पहुँच गए।

उसी दिन रज़िया ने तय कर लिया कि अब वह इब्राहिम की एक न सुनेगी। वह मीरा रोड के नया नगर में बड़ी आपा के यहाँ अपने दोनों बच्चों के साथ निकल जाएगी, चाहे इब्राहिम वहाँ जाएँ या न जाएँ। उसने हिफ़ाज़त के लिए अपने ज़ेवरात और नकदी निकालकर लहँगे के कमरबन्द में कपड़ा लगाकर सिल लिये।

यह जनवरी की गुलाबी ठंडभरी सुबह थी। फ़जर की नमाज़ अता कर लौटे इब्राहिम के चेहरे पर हवाइयाँ उड़ रही थीं। वह बारहा या ख़ुदा-या ख़ुदा ऐसे बोल रहे थे जैसे आख़िरी साँस लेते समय कोई उन्हें याद करता है। रज़िया बर्तन घिस रही थीं। इब्राहिम का चेहरा उसे कड़ाही के पेंदे की तरह स्याह दिख रहा था।

मुर्दा आहों में डूबी हुई आवाज़ में इब्राहिम बोले, "ग़ज़ब हो गया रज़िया! राधा बाई चाल में पाँच हिन्दू ज़िन्दा जला दिए गए। अब हंगामा होगा। मुसलमानों पर अब कहर बरपा होगा। हम आज ही मीरा रोड निकल लें।"

रज़िया के माथे पर फ़िक्र की शिकनें और बढ़ गईं। उसकी ज़बान सूख गई। लगा कि आफ़त उसका दरवाज़ा खटखटा रही है। जमा तफ़रीक़ के फेर में देर हो चुकी है। उसने अपने दिमाग़ की दहशतज़दा रगों को तसल्ली देते हुए चुमकारा।

इब्राहिम ने कहा, "सब ठीक हो जाएगा। आज ही चलेंगे। इन्तज़ार करता हूँ।"

इब्राहिम इन्तज़ार के लिए क्या उधर गए, इधर क़यामत बाआवाज़ आ गई। रज़िया जाने के पहले बच्चों को खाना खिलाकर जाना चाहती थी।

रज़िया गैस चूल्हे पर सब्ज़ी भूनते हुए छींक रही थी। छींक से उसकी नाक सुर्ख़ हो गई थी। बेटा नूर बाहर से दौड़ता हुआ आया। फँसी-सी आवाज़ में चीख़कर बोला, "फ़सादी आ रहे हैं।"

छौंक की छिन-छिन और छींक की बजती लड़ी के शोरगुल में रज़िया ने सिर्फ़ यह सुना, "आ रहे हैं।" रज़िया ने झुँझलाते हुए पूछा, "कौन आ रहा है?

"फ़सादी रॉड, डंडे और तलवार लेकर आ रहे हैं।"

नूर के फेफड़ों की धौंकनी तेज़ चल रही थी। चेहरा लाल था। रज़िया को मानो साँप सूँघ गया। उसकी धुकधुकी बढ़ गई। गुज़रे एक महीने से जो ख़तरा जिन्न की तरह मँडरा रहा था, उसका मंज़र सामने आ गया था।

रज़िया ने झट से गैस बुझा दी। कड़ाही में अधपकी सब्ज़ी छोड़ दी। सब्ज़ी छोड़ने का उसका जी नहीं कर रहा था। नूर, नरगिस और इब्राहिम क्या खाएँगे, यह सोचकर जी हलकान हो रहा था। उसने चाल की खिड़की बन्द की। सन्दूक में ताले लगाए। अपनी और बच्चों की तहाई पोशाकों को बैग में रखा। नरगिस अपनी गुड़िया के साथ उसके बर्तन रखने की ज़िद करने लगी। रज़िया ने झिड़का। नूर अपने साथ बल्ला ले जाने के लिए उतावला था। रज़िया ने आँखें तरेरी। दरअसल घर छोड़कर भागना रज़िया के लिए कठिन था। गृहस्थिन का घर छूटता नहीं है, उसके साथ हमेशा चलता रहता है।

अचानक रज़िया को इब्राहिम का ख़याल आ गया। वह टैक्सी के इन्तज़ाम के लिए बाहर गए हुए हैं।

"अल्लाह! उनकी हिफ़ाज़त करना।" दुआ माँगने के साथ जब वह खोली में ताला लगा रही थी, फ़सादी भीड़ उसके सामने आ गई।

इनसानों का यह अजीब सैलाब था। इस सैलाब में वे इनसान नहीं रह गए थे। फ़िलवक़्त वे तो क़तई नहीं थे जो इस भीड़ में आने के पहले दिखते थे। नहीं, यह कहना शायद ग़लत होगा। दरअसल यही इनका चेहरा था जो उनके सभ्य मुखौटे के पीछे छिपा हुआ था। इस पल तो वे किसी अदृश्य शक्ति के हाथ थे तो किसी अदृश्य के चेहरे। उनका अपना कोई वजूद नहीं था। इस हुजूम में दिनेश ख़ुश था कि वह जो कुछ कुसूर करेगा, उसका इल्ज़ाम रमेश पर जाएगा। रमेश ख़ुश था कि वह जो कुछ ग़लत करेगा, उसका क़सूरवार सुरेश ठहराया जाएगा। हालाँकि रमेश को यह पता नहीं था कि वह किसका हाथ है। दिनेश को यह पता नहीं था कि वह किसकी ज़बान है। सुरेश को भी यह पता नहीं था कि वह किसका हथियार है।

जिनके हाथ, ज़बान और हथियार वे थे, वे मौक़ा-ए-वारदात से ग़ायब थे। वे अपने बन्द कमरों में सामने मदिरा का गिलास रखे हुए वोटों का हिसाब लगा रहे थे। मज़े की बात यह थी कि इस जत्थे में रमेश और दिनेश साथ-साथ चल रहे थे। एक साथ हवा में हाथ लहरा रहे थे लेकिन निजी ज़िन्दगी में वे एक-दूसरे को नहीं जानते

थे। रमेश का दिनेश से तआरुफ़ नहीं था। दिनेश को सुरेश नहीं जानता था। वैसे उन्हें सिखाया-पढ़ाया गया था कि वे सब एक हैं। रमेश का बेटा साइकिल के पंचर ठीक करने का काम करता जबकि दिनेश का बेटा अंग्रेज़ी स्कूल में पढ़ता लेकिन वे इस मुहिम में एक थे। वे एक सिर्फ़ इसलिए थे कि उनका धर्म एक है। कोई किसी को कमतर या नीची जाति का मानता तो कोई किसी को छूना भी पसन्द न करता लेकिन इस समय वे एक धर्म के बन गए थे।

वे नहीं जानते थे कि धर्म क्या है। जब वे पैदा हुए थे और बोल भी नहीं पाते थे, तभी उनका धर्म पक्का कर दिया गया था। यही नहीं, उनके पिता और पितामह को भी नहीं पता था कि उनका धर्म यही क्यों है। धर्म के बारे में न जानने का यह सिलसिला बहुत पीछे तक जाता।

फ़सादियों के हाथों में डंडे थे। हॉकी स्टिक थीं। पत्थर थे। चाकू और तलवार थे। चीज़ों को तोड़ने में उनको मज़ा आ रहा था। वे काँच की खिड़कियाँ तोड़ रहे थे। सड़क पर लगे बिजली खंभों के बल्बों को तोड़ रहे थे। घरों के फ़र्नीचर तोड़ रहे थे। रसोई के बर्तन तोड़ रहे थे। किसी को थप्पड़-घूँसा लगा रहे थे तो किसी को बेरहमी से डंडे से मारकर उनकी टाँगों-सिर का कचूमर निकाल रहे थे। टूटने और रोने-चीख़ने की आवाज़ सुनकर उनका जोश और हौसला और बढ़ जाता। वे इत्मीनान में थे कि इस तोड़फोड़ का उन्हें कोई हर्जाना भी नहीं देना है।

दरअसल मुम्बई में यह ऐसा दौर था जब नौजवानों ख़ासकर प्रवासियों के लिए रोज़गार के मौक़े कम हो गए थे। सूती मिलें बन्द हो गई थीं। औद्योगिक इकाइयाँ मुम्बई से बाहर सटे इलाकों में चली गई थीं। प्रवासियों को लेकर स्थानीय लोगों में रोष था। बेरोज़गारों को लगता कि वे चीज़ों को तोड़फोड़ कर पूरी व्यवस्था से बग़ावत कर रहे हैं। किसी को ग़ुस्सा था कि उसके पास डिग्री है लेकिन उम्र बीतती जा रही है और नौकरी के लाले पड़े हुए हैं। किसी को ग़ुस्सा था कि उसे एक कमरे की खोली में आठ लोगों के साथ रहना पड़ रहा है। सुबह संडास के लिए लम्बी क़तार में लगना पड़ता है। किसी को ग़ुस्सा था कि उसकी बीमार बेटी के इलाज के लिए सरकारी अस्पताल में सफ़ाई कर्मचारी से लेकर डॉक्टर तक सभी की जेबें गरम करनी पड़ती हैं। कोई नाराज़ था कि उसका राशन कार्ड नहीं बन रहा है तो कोई अपने पिता की मौत के दस्तावेज़ बनवाने के लिए बारहा दौड़ रहा है। ऐसे तमाम लोग भी इस हुजूम के साथ जुड़ गए थे। वे गालियाँ बक रहे थे। मुट्ठियाँ तानकर हवा में लहरा रहे थे। उन्हें झूठ की यह घुट्टी धीरे-धीरे पिलाई गई थी कि उनका सारा हक़ इन दूसरों लोगों ने छीन रखा है। दूसरे लोगों का मतलब होता जो उनके धर्म के नहीं हैं। जिन्हें पाकिस्तान चले जाना चाहिए था। इन दूसरे लोगों की बेपनाह आबादी ने सारी सुविधाओं को हड़प रखा है। झूठ और नफ़रत की यह सोच उनकी रगों में कूट-कूट कर भर दी गई थी।

इन वीर बाँकुरों में कुछ ऐसे भी थे जो छिपकलियों से डरकर "हाय अम्मा-हाय अम्मा!" कहने लगते। जीव विज्ञान की कक्षाओं में मेढक के शरीर के अध्ययन के लिए उसे चीरने पर ग़श खाकर गिर जाते। ऐसे मरियल लड़के भी हुजूम में हुंकार भर रहे थे। भीड़ का साथ पाकर वे अपने को ताक़तवर मानने लगे थे। उन्हें लग रहा था कि वे किसी को भी पीट सकते हैं। किसे ठेलेवाले का सामान लूट सकते हैं। किसी के घर में आग लगा सकते हैं। जलती सिगरेट से किसी की देह दाग़ सकते हैं। किसी नाज़नीन का दुपट्टा छीन सकते हैं। किसी ख़ातून के स्तन दबा सकते हैं। किसी बुर्क़ानशीं का नक़ाब उठाकर उसके चेहरे का दीदार कर सकते हैं। यह कोकीन की तरह ताक़त का नशा था। इसमें आदमी की निजी नहीं, भीड़ की ताक़त का ज़ोर और नशा था। आम आदमी दंगाई बन गया था।

रज़िया ने एक हाथ से नरगिस का हाथ पकड़ रखा था। दूसरे में बैग। डर से काँपता नूर बग़ल में चल रहा था। इस क्षण वह किशोर से अचानक वयस्क हो गया था। रज़िया को इन दोनों के साथ अपने को बचाना था। बचने या छिपने की कोई राह नहीं थी। सामने फ़सादी थे। रज़िया चिड़िया होती तो उड़ जाती। खोलियों के दरवाज़े बन्द थे। ख़तरा भाँपकर जिस तरह जानवर अपनी खोह की तरफ़ भागते हैं, वह मुड़कर अपनी खोली की तरफ़ पीछे भागी। पीछे-पीछे नूर सरपट दौड़ रहा था।

रज़िया का भागना उसकी शिनाख़्त बन गया। वह उस तरह पहचान ली गई जिस तरह बेटिकट रेल मुसाफ़िर की घबराहट को टिकट चेकर भाँप लेता है। भीड़ का ध्यान रज़िया की ओर मुड़ गया। "पकड़ो, पकड़ो भागने न पाए" के शोरगुल से उसके कान फटे जा रहे थे। रज़िया का दुपट्टा उड़ गया। चप्पलें टूट गईं। फिर भी उसने नरगिस का हाथ और अपना बैग नहीं छोड़ा। उसके पाँव खोली तक पहुँचे ही थे कि अपने बचाव में नूर ने एक पत्थर उठाकर भीड़ की तरफ़ उछाल दिया।

बस फिर क्या था! जंगली जानवरों की तरह भीड़ नूर पर पिल पड़ी।

"सँपोला साला पत्थर मारता है। हरामी कहीं का," और न जाने क्या-क्या गालियाँ बकते हुए उसे थप्पड़-घूँसे मारकर ज़मीन पर गिरा दिया गया। फिर जूतों की ठोकरों से उसे लोग मारने लगे। नूर मेमने की तरह चीख़ रहा था जैसे उसे ज़िबह किया जा रहा हो। कुछ लड़के उत्साह से तालियाँ और सीटियाँ बजा रहे थे जैसे कोई मदारी का खेल चल रहा हो। नूर जितना बिलबिलाता-बिलखता-छटपटाता वे उतनी ही उमंग से उसे पीटते। पीड़ा से कराहते कमज़ोरों को मारने में ताक़तवरों को कामोत्तेजना जैसा आनन्द मिलता है।

रज़िया ने नरगिस को बैग थमाया। फ़सादियों के सामने हाथ जोड़कर गिड़गिड़ाने लगी, "बख़्श दो! भाई माफ़ करो! बच्चा है।"

डर से रज़िया के मुँह से झाग निकल रहा था। तारपोलीन के नीले फड़फड़ाते चिथड़ोंवाली गली में उसकी गिड़गिड़ाती आवाज़ अनाथों की तरह आकाश में घूमती

रही। न मदद का कोई हाथ आगे आया और न कोई आवाज़ उसके बचाव में आई। वह कइयों को पहचानती थी। इब्राहिम ने किसी की पैंट-क़मीज़ सिली थी तो किसी की बीवी या बेटी या बहन के कपड़ों पर उसने ख़ुद ख़ूबसूरत ज़रदोज़ी की थी। रज़िया की करुण गुहार को भीड़ की बदहवास आवाज़ निगल गई। किसी का दिल नहीं पिघला, भीड़ नूर को ज़मीन पर घसीटती हुई ले जा रही थी।

रज़िया भीड़ के घेरे में घुसकर अपना बेटा निकालने की कोशिश कर रही थी। तभी दुकानों के टूटे हुए शटरों और उलटे-पुलटे फ़र्नीचरों के बीच एक कोने पर रज़िया को दो सिपाही दिखाई दिए। उसकी बुझी हुई आँखों में उम्मीद की लौ जगी। सिपाही तम्बाकू मसाला फाँक रहे थे। रास्ते में छितरी काँच की फूटी बोतलें, चश्मों के टूटे हुए शीशे, दोपल्ली मुसलमानी टोपियाँ, बुर्क़ों के चीथड़ों और चप्पलों के बीच वह दौड़ती हुई उनके पास पहुँचकर गिड़गिड़ाने लगी, "साहेब! मेरे बेटे को बचा लो। वे उसे मार डालेंगे।"

दर्द और बेरहमी के भयानक मंज़र के बीच सिपाहियों के चेहरों पर इत्मीनान का नूर चमक रहा था। उनकी आँखें थीं लेकिन वे ऐसे बन रहे थे जैसे उन्हें दिखाई नहीं दे रहा हो। उनके कान थे, फिर भी रज़िया की गिड़गिड़ाहट उनके कान के परदे तक नहीं पहुँच रही थी। उन्होंने मुँह फेर लिया और अपनी बन्दूक के साथ गली में घुस कर ग़ायब हो गए। रज़िया फ़सादियों के पीछे फिर दौड़ी। वह उन तक पहुँचती तब तक किसी ने उसके पैरों के पास जलता हुआ एक टायर फेंक दिया। इस हौलनाक मंज़र को देखकर रज़िया बेहोश हो गई।

रज़िया की जब आँखें खुलीं तो उसका सिर इब्राहिम की गोद में था। इब्राहिम का चेहरा आँसुओं से तरबतर था। उसने अपना जी कड़ा कर रखा था कि आँसू न ढरकें। रोने की आवाज़ भी न हो। रोना हो भी तो वह न दिखे। लेकिन आँसुओं ने धोखा दे दिया। वे भर-भर कर निकल आए। रज़िया नीम बेहोश थी जैसे ऑपरेशन के बाद एनेस्थीसिया के प्रभाव में संज्ञाशून्य रोगी होता है। जैसे-जैसे वह होश में आ रही थी, रील की तरह पूरा घटनाक्रम उसकी आँखों के सामने आता जा रहा था। उसका दर्द भी उसी तरह बढ़ता जा रहा था जैसे ऑपरेशन के बाद बेहोशी की दवा का असर कम होने पर महसूस होता है। रज़िया यह तस्दीक़ करना चाहती थी कि यह ख़्वाब है या हक़ीक़त। वह जिन्दा है या नहीं।

रज़िया ने अपनी बाँहें हिलाईं। वे हिलीं। फिर अपने पाँवों के अँगूठों को हिलाया। वे हिले। अब उसे थोड़ा यक़ीन होने लगा कि वह सही-सलामत है। वह ख़्वाब नहीं देख रही है, यह सोचकर वह ख़ुश थी।

इस समय एक ओर उसकी चेतना फ़सादी यादों के जंगल में भटक रही थी, वहीं दूसरी ओर इब्राहिम के आँसुओं को वह पढ़ने की कोशिश कर रही थी। आँसू की अपनी भाषा होती है। जहाँ शब्दों की भाषा की सीमा ख़त्म होती है, वहीं से आँसू

की भाषा का आग़ाज़ होता है। रज़िया को भान हो गया था कि इब्राहिम के आँसू इस समय भाषा नहीं, एक परदे की तरह हैं जिसके पीछे कोई बड़ी दुर्घटना छिपी हुई है। आँसू पारदर्शी थे। दुर्घटना के चीथड़े उसमें झिलमिला रहे थे।

रज़िया की ज़बान से पहले लफ़्ज़ निकले, "नूर और नरगिस?"

वह पहले जैसे ही उनके नाम पुकारती तो वे जहाँ भी होते, वहीं से उन दोनों की आवाज़ एक साथ हवा में गूँज जाती, "जी अम्मी।" मानो स्कूल में अपनी हाज़िरी दर्ज करा रहे हों।

आज जब उसकी पुकार पर "जी अम्मी" के बजाय फ़ज़ा में सन्नाटा छाया रहा तो उसने अपनी खोजती हुई निगाह चारों ओर डाली। रज़िया को पूरा माहौल अनजाना लग रहा था। इब्राहिम ने उँगली से इशारा किया। ज़मीन पर गुड़ी–मुड़ी गठरी-सी नरगिस सो रही थी। उसे कुछ तसल्ली हुई।

सहसा उसे नूर का ख़याल आया। फिर हैवानी मंज़र की याद आते ही ज़ोर से चीख़ी : "नूर! नूर!"

उस चीख़ में इतनी तड़प और पीड़ा थी कि सोया सन्नाटा भी काँपने लगा। इब्राहिम ज़ार-ज़ार रोने लगा जैसे आँसुओं का पाइप फट गया हो। उसने ख़ामोशी से रज़िया की गदेली को अपने हाथों में दबा लिया। फिर हौले-हौले सहलाने लगा जैसे वह यह बता रहा हो कि फ़िलहाल नूर नहीं है लेकिन वह उसके साथ है। रज़िया इस स्पर्श को समझती थी। जब भी कुछ बुरा घटता था, इब्राहिम इसी तरह उसे दिलासा देता।

भर्राई आवाज़ में इब्राहिम ने बताया कि नूर का अता-पता नहीं मिल रहा। वह इस वक़्त घर में नहीं, रिफ़्यूजी कैम्प में है। घर जाने में जान का ख़तरा है। कर्फ़्यू लगा है। फ़ौजी गाड़ियाँ ग़श्त लगा रही हैं। हंगामा देखते ही गोली चलाने का सरकारी हुक़्म है। फ़साद थमते ही नूर का पता पुलिस की मदद से लगाएँगे।

रिफ़्यूजी कैम्प क़ैदख़ाने की तरह था। वहाँ डर और अपमान का क़ब्ज़ा था। ख़ून, बू, नंगे घाव और चीख़ें किसी अस्पताल की याद दिलाती थीं। छायाओं की तरह लोग आ-जा रहे थे। कोई गठरी-सा गुमचा हुआ लेटा था तो कोई सिर पकड़े कराह रहा था। एक-दूसरे की लुटी-पिटी ज़िन्दगी देखकर वे और भी डर जाते। दूसरे की तकलीफ़ और दर्द सुनते तो कुछ पल के लिए अपने दर्द भूल जाते। अपने बचे रहने का एहसास उन्हें सुकून देता। ज़िल्लत से बचने के लिए कुछ अपने बचे रहने को ही कोस रहे थे। बच्चे और औरतें ज़्यादा थीं। मुस्लिम अधिक और हिन्दू कम थे। सन की तरह सफ़ेद बालों वाली एक बूढ़ी ख़ातून अपनी ज़िल्लत का बयान कर रही थी कि किस तरह गटर में छिपकर उसने अपनी जान बचाई। पुलिस आने पर बाहर निकली। किस तरह पड़ोस की हिन्दू औरत ने उसे पहनने के लिए मैक्सी दी। बताते समय उसकी आँखों और नाक से पानी बह रहा था जिसे वह बार-बार अपने कुरते के कोने से पोंछ रही थी।

मझोले क़द-काठी का हबीब हिन्दुओं से अपने क़रीबी रिश्ते के बारे में बता रहा था कि किस तरह अपने इलाक़े में वह गणपति पूजा और नवरात्रि के मौक़े पर पंडाल सजाता था। जन्माष्टमी पर दही हंडिया टाँगने के लिए रस्सी बाँधता लेकिन जब फ़सादी उसके घर में आग लगा रहे थे तो उनमें किसी ने भी उन्हें नहीं रोका। बोलते हुए उसका चेहरा ऐसा लग रहा था जैसे उसके मांस के भीतर काँटा गहरे भीतर तक धँसा है।

एक ख़ातून के चेहरे पर दुख की स्याही पुती हुई थी। वह फुसफुसाकर बता रही थी कि उसके यहाँ फ़सादी हुजूम को आगे बढ़-चढ़ कर उसका कॉरपोरेटर ही उकसा रहा था जिसे उसने अपना वोट दिया था। हुजूम में वे लोग भी थे जो ईद में उसके यहाँ सेवइयाँ खाने आए थे। वह फुक्का मारकर यह कहते हुए रो पड़ी।

साँवले पर तीखे नाक-नक्श के एक मुस्लिम शख़्स अपने हिन्दू दोस्त की भलमनसाहत बता रहे थे कि किस तरह उनके माथे पर लाल रंग का तिलक लगाकर और जनेऊ पहनाकर यहाँ पहुँचा गए। हिन्दुओं की तारीफ़ पर फटी कुर्ती पहने एक औरत बिफ़र पड़ी कि किस तरह एक हिन्दू परिवार ने पहले अपने घर में उसे पनाह दी। फिर उनके घर के लड़के ने ही फ़सादियों को बुलाकर उसकी अस्मत लूट ली। वह चीख़ती-चिल्लाती रही। दंगाई वहशियों की तरह उसे नोचते-खसोटते रहे। उसकी देह पर खरोंच के बेहिसाब निशान थे। वह चलती तो उसके पाँव उलटे-सीधे पड़ते।

एक की दाढ़ी आँसुओं से तरबतर थी। उसकी बीवी पेट से थी। फ़सादियों से डरकर वह भागी और गिर पड़ी। उसका हमल गिर गया था।

कुछ अपने दुख बाँट रहे थे। लेकिन तमाम लोगों की आँखों में दुख की कहानियाँ डर की आड़ में छिपी हुई थीं। यह ऐसा समय था कि छिपने से ही बचा जा सकता था। दिखने से मार दिए जाने का अन्देशा था। सैकड़ों लोग रिफ़्यूजी कैम्प में अपने घर से बेघर होकर छिपे हुए थे। मारने वाले आज़ाद थे। उनके गुनाहों का रिपोर्ट करनेवाला कोई नहीं था।

रिफ़्यूजी कैम्प से घर लौटना रज़िया के लिए यादों के क़ैदखाने में वापस आना था। नूर के बिना रज़िया को घर भाँयँ-भाँयँ करता लगता। खोली ऐसी बेरंग लगती जैसे किसी ठूँठे पेड़ पर चिड़िया ने अपना घोंसला मजबूरी में बना रखा हो। रज़िया को दुनिया सुनसान और उजाड़ लगती। नरगिस हमेशा ख़ामोश और गुमसुम रहती। रज़िया का पूरा वक़्त नूर को तलाशने में ही सर्फ़ होता। कभी चारपाई के नीचे तलाशती तो कभी सन्दूक के पीछे। उसे लगता बचपन की तरह वह शरारतन कहीं इनके पीछे छिपा न हो। रात में बिस्तर में जब उसकी आँखों में नींद नहीं आती तो चुपके से मौक़ा-ए-वारदात पर पहुँच जाती जहाँ दंगाइयों ने नूर को पीट-पीट कर गिराया था। बिस्तर पर रज़िया को न पाकर घबराकर इब्राहिम उसे खोजने के लिए निकलते। वह उसे दंगे की जगह पर सुबकते पाते। कभी रज़िया नूर के मदरसे में

पहुँच जाती। उसके मास्टरों और दोस्तों से उसके बारे में दरयाफ़्त करती। बार-बार मदरसे में रज़िया के आने से लोग उससे दूरी बरतने लगे थे। कुछ बच्चे तो 'पगली आई' कहकर उसे चिढ़ाते भी थे। नूर का ख़याल रज़िया के भीतर फोड़ा बनकर टीसें मारता। उसके तमाम क़िस्से याद आते। उसकी शरारतें और ज़िदें याद आतीं। रज़िया को न जाने क्या हो गया था। इब्राहिम को वह पुरानी रज़िया लगती ही नहीं। रज़िया की आँखें हमेशा डबडबाई रहतीं। उसकी डबडबाई आँखों में नूर का चेहरा झिलमिलाता रहता। रज़िया के गालों की हड्डियाँ उभर आई थीं। वह बस तस्बीह के दानों को फेरते हुए क़ुरान की आयतें बुदबुदाती रहती।

नूर की गुमशुदगी रिपोर्ट पुलिस थाने में लिखाने इब्राहिम के साथ रज़िया भी गई।

पुलिस स्टेशन के अहाते में लकड़ी की बेंच पर कुछ लोग बैठे थे। उनकी पीठ के लिए कोई सहारा न था। बेंच जहाँ ख़त्म थी, उसके आगे कुछ लोग क़तार में खड़े थे। एक मोटी-सी ज़िल्द वाले रजिस्टर में एक सिपाही शिकायती से मुजरिम की तरह सवाल करके उसका जवाब लिख रहा था। सिपाही कुर्सी पर कम बैठता। लिखता उससे भी कम था। वह लिखते-लिखते उठ खड़ा होता। फिर किसी और काम में उलझ जाता। इब्राहिम को शक हुआ कि हो न हो सिपाही को बवासीर हो। ज़्यादा देर तक बैठने पर गुदा में दर्द होता हो।

दूसरी तरफ़ रज़िया सिपाहियों को देखकर उन बदज़ात सिपाहियों की कमीनगी याद कर रही थी कि किस तरह मौक़ा-ए-वारदात पर नज़रें चुराकर वे खिसक गए थे। यदि उन्होंने उस वक़्त ज़रा सी भी अपनी ड्यूटी निभाई होती तो उनके बेटे के साथ फ़सादी इतनी दरिन्दगी न कर पाते। वह मन-ही-मन सामने बैठे सिपाही की नंगी पीठ पर सड़ाक-सड़ाक पुलिसिया बेल्ट मार रही थी और अपने ख़यालों में उसकी चीख़ों से अपने ग़म को हल्का कर रही थी।

मुंशी सिपाही के सामने काँच के गिलास में एक मैला-कुचैला लड़का चाय रखकर चला गया। चाय को देखकर रज़िया की तलब जाग गई। वह सुबह ख़ाली पेट थाने के लिए चल दी थी। पेट में गुड़गुड़ाते चूहों से उसे याद आया कि नूर को बहुत भूख लगती है। नरगिस तो उसे 'भुक्खड़' ही कहती। भूख को सहने की उसकी ताक़त नरगिस से बहुत कम थी। लड़कियों को भूख सहने की आदत कम उम्र में ही डाल दी जाती है। नूर भूख लगने पर सारा आसमान सिर पर उठा लेता। रसोई में देगची, भगौने, कटोरों के ढक्कन उठा-उठाकर देखता। जो कुछ भी खाने को मिलता, उसे वह खाने लगता। अगर बर्तन ख़ाली होते तो कनस्तर और डिब्बे खखोड़ मारता। कई बार घर में न तो नमकपारा होता और न बिस्कुट या नानख़ताई। ऐसे में वह अपना नाख़ून चबाने लगता।

'पता नहीं कहाँ होगा मेरा नूर। नाख़ून तो नहीं चबा रहा होगा', यह ख़याल आते ही रज़िया पाँवों के नीचे दबी चींटी की तरह छटपटाने लगी।

बेंच पर बैठे रिपोर्ट लिखानेवालों की संख्या कम हो रही थी। मगर उस क़तार में उसके पीछे खड़े लोगों की संख्या बढ़ती जा रही थी। रज़िया को बेंच पर बैठने का मौक़ा मिल गया। उसके आगे अब सिर्फ़ तीन जन थे। इब्राहिम की आस जगी कि उसका काम जल्दी निपट जाएगा।

सूखी, मुरझाई मिर्ची की तरह एक औरत रिपोर्ट लिखा रही थी कि उसका मर्द रोज़ शराब पीकर आता है। फिर पीटता है कि वह बाँझ है।

"मी बाँझोंटी नाही, हवे हवंतर हॉस्पिटलमध्ये तप्सून घ्या।" (मैं बाँझ नहीं हूँ साहेब। मैं बाँझ नहीं हूँ। आप चाहे तो अस्पताल में जाँच करा लें।)

उसकी आँखों से आँसू गालों पर सरकने लगे।

सिपाही ने बीच में ही एतराज़ किया, "हे नवरा बायको मधील प्रकरण आहे, तुम्ही हे घरातच मिटवा।" (यह मियाँ-बीवी का आपसी मामला है। इसे घर में ही सुलटा लें।)

फिर उसने पास में बैठी महिला सिपाही की तरफ़ जाने का इशारा किया।

वह औरत उठते हुए भी बोलती जा रही थी कि उसके शौहर का पड़ोसी बाघमारे की बीबी से लफड़ा चल रहा है। इसीलिए वह अब तक माँ नहीं बन पाई है।

सिपाही झुँझलाकर खीज रहा था। उसे लग रहा था कि यह मोहतरमा जैसे उसी की शिकायत कर रही हों। उसे मोहतरमा के शौहर में ख़ुद अपना चेहरा दिख रहा था। उसका बस चलता तो उस वक़्त डंडे का डर दिखाकर उसका मुँह सिल देता जैसे अपने घर में वह अपनी बीवी का मुँह बन्द रखता है।

फ़ास्ट पैसेंजर की तरह बोलनेवाली औरत को महिला सेल भेजने के बाद मुंशी सिपाही की उखड़ी साँस पटरी पर आई। उसे तम्बाकू की तलब लग रही थी। फिर मसाला पुड़िया फाँकते हुए उसे यह याद कर मन में गुदगुदी हुई कि वह फ़ास्ट पैसेंजर औरत जिस इंस्पेक्टर दीपा काम्बले के पास अपनी रिपोर्ट दर्ज कराने गई है, उसका शौहर आए दिन उसको इस बाबत पीटता है कि उसका एचएसओ अरविन्द देशमुख से लफड़ा चलता है।

रज़िया की पारी आ गई थी। मुंशी ने उबासी लेकर एक नज़र रज़िया पर डालकर घड़ी की सुइयों पर टिका दी। "हो! जेवणाची वेळ झाली आहे।" (अरे! लंच का समय हो गया।) पेट पर हाथ फेरते हुए उसने इब्राहिम की ओर मुख़ातिब होकर कहा, "ही भूक पण वेलेवरच दिसतेय।" (भूख भी अपने समय पर लगती है।) उसके बोलने का अन्दाज़ ऐसा था जैसे भूख लगने के जुर्म में भूख को ही जेल में डाल देगा।

उसने रज़िया के चेहरे का सरसरी तौर से मुआयना किया। फिर अपनी मीठी कल्पना में उसकी नुकीली ठुड्डी सहलाते हुए कहा, "लंच के बाद आपकी रिपोर्ट लिखते हैं।"

वह अपनी कुर्सी से उठा और एक पॉलीथिन में रखे लंच बॉक्स को लेकर थाने के भीतर के कमरे में ग़ायब हो गया।

रज़िया और इब्राहिम अकबक एक-दूसरे को टुकुर-टुकुर देखते रह गए। दोनों को तेज़ भूख लग आई थी लेकिन वे अपनी जगह नहीं छोड़ना चाहते थे। इब्राहिम ने रज़िया से कहा कि "तुम यहीं बैठी रहो, नहीं तो फिर क़तार में लगना पड़ेगा। मैं बाहर से कुछ खाने को लाता हूँ।"

इब्राहिम थाने के बाहर गया। एस्बेस्टस की छत के नीचे एक काली कड़ाही में वड़े तले जा रहे थे। पास में एक बड़े ऐल्युमिनियम के पतीले में रखे आलू गोलों को बेसन में डुबोकर दुकानदार कड़ाही में डाल रहा था। दूसरा आदमी पाव का सीना चीरता और उसमें हरी चटनी का लेप लगाकर गरम वड़े को ऐसे दबाता जैसे कि उसे पाव के बिस्तर पर हरी चादर बिछाकर सुला रहा हो। कम पैसे और कम समय में मुम्बईवासियों को जब पेट की आग बुझानी होती तो उनकी जीभ पर वड़े पाव का स्वाद मचलने लगता। गरम वड़ा के साथ हल्की मीठी-तीखी चटनी की तेज़ तासीर जहाँ तालू को जलाने के लिए बेचैन रहती, वहीं पाव की ख़ुश्की उस जलन को प्यार से अपने सीने में समो लेती। मुम्बई की एक बड़ी आबादी के लिए दोपहर के भोजन का विकल्प वड़ा पाव ही होता।

इब्राहिम ने एक वड़ा पाव खाया। एक रज़िया के लिए पैक करा लिया।

लंच के बाद मुंशी सिपाही तरोताज़ा लग रहा था। उसके चेहरे पर भरे पेट की चमक थी। मिचमिचाती आँखों से उसने रिपोर्ट लिखानेवाली क़तार को देखा। उसमें कमी नहीं आई थी। हालाँकि सिपाही के हाव-भाव से लग रहा था कि वह अब इस छोटी के बोझ को सह लेगा। उसने रज़िया की तरफ़ मुख़ातिब होकर कहा, "बताइए।"

रज़िया की हालत उस बच्ची की तरह हो गई थी जिसे इम्तहान के कुछ पल पहले लगता है कि वह सब कुछ भूल रही है और मन-ही-मन हड़बड़ी में अपना सबक दुहराती है। इब्राहिम ने जब हौले से उसके कंधों पर हाथ रखा तो उसे सहसा लगा कि उसे सब कुछ याद आने लगा है। उस वहशी दिन की घटनाएँ एक-एक करके उसकी आँखों के सामने खुलने लगीं जैसे गुज़रे वक़्त के परदे पर कोई फ़िल्म चल रही हो।

वह बदहवास-सी बोल रही थी। हिचकियों और रुलाई के बीच रज़िया के वाक्य टूट जाते। लफ़्ज़ ऐसे निकल रहे थे गोया वे किसी ऊबड़-खाबड़ और टूटी-फूटी सड़क से गुज़र रहे हों। इस दरम्यान वह अपने मुड़े-तुड़े रूमाल से अपनी आँखें पोंछ रही थी। बयान की आख़िरी लाइन कि "नूर को वे दरिन्दे उठा के ले गए" कहने के बाद वह फफक-फफक कर रो पड़ी। इब्राहिम ने रज़िया का सिर अपनी छाती से सटा लिया। अब वह बिलकुल शान्त और दुनियावी चीज़ों से आज़ाद हो गई जैसे वह नमाज़ पढ़ने के बाद सजदे में होती थी।

उधर मुंशी सिपाही रज़िया को गन्दी हसरत से देखते हुए सोच रहा था कि बलवाई कितने बेवकूफ़ थे। इस ख़ूबसूरत नाज़नीन को छोड़कर उस नामुराद लौंडे को ले गए। अपने गन्दे ख़याल में उसने रज़िया के साथ कई जिस्मानी तस्वीरें बनाईं। उसकी आँखों में एक कामुक कुत्ते-सी चमक दिख रही थी। रज़िया के पास मर्दों की ऐसी वहशी चमक को पढ़ने का ख़ासा तजुर्बा था। उसे गुस्सा आ रहा था। जी कर रहा था कि उसकी आँखों में गर्म लोहे की कीलें ठोंक दें। अचानक सिपाही गुर्राने लगा—"तुमच्या ज्बानीमध्ये गड़बड़ दिसतेय।" (आपके बयान में झोल है।)

इब्राहिम को अनजानी आशंका ने जकड़ लिया। रज़िया को लगा जैसे किसी ने उसे खाई में धकेल दिया हो। वह टोहती नज़र से कभी इब्राहिम को देखती तो कभी मुंशी सिपाही पर नज़रें टिका देती।

"कहानी चांगली आहे, पण खरी नाही। कु खूप काही शिकवेन पाठवले अहे। (यह अच्छा क़िस्सा है, हक़ीक़त नहीं। ज़रूर किसी ने ख़ूब सिखा-पढ़ा कर भेजा है।)

सिपाही अपनी पुलिसिया रौ में था। वह मराठी से हिन्दी में उतर आया। "लगता है अपने बेटे के खोने के ग़म में ये बहक गई हैं या बहका दी गई हैं ताकि ज़्यादा मुआवज़ा मिले। हर कोई पुलिस को मुजरिम ठहरा रहा है। अख़बार-टीवी तो हाथ धोकर हमारे पीछे पड़े हैं। सबसे ज़्यादा तो आपकी क़ौम। इतनी कम गारद इतनी बड़ी भीड़ को कैसे रोक पाती?"

एक ही झटके में इब्राहिम को पेच समझ में आ गया। रज़िया ने अपने बयान में पुलिस की बेरुख़ी का ज़िक्र किया था, वह एक फाँस-सा सिपाही की आत्मा की चमड़ी में अटक गया था। रज़िया सन्न थी। वह ख़ूनी निगाहों से मुंशी सिपाही को घूर रही थी कि यह बदज़ात कितना निर्दयी है जो उसके लख़्तेजिगर नूर के ग़ायब होने के दर्दे बयाँ को महज़ एक क़िस्सा करार दे रहा है।

इब्राहिम ने माहौल का रंग बदलने की कोशिश की। धीमे लहज़े में मुंशी सिपाही से कहा, "हुज़ूर! ऐसा क़तई नहीं है। दरअसल..."

"दरसल-वरसल कुछ नहीं। टाइम ख़ाली-पीली मत करो। लम्बी लाइन है।" उसने इब्राहिम को बीच में ही टोककर रज़िया के सिर की तरफ़ इशारा किया।

"जब ये दिमाग़ी तौर से ठीक हो जाएँ तो आना। झूठी रिपोर्ट मैं नहीं लिखूँगा।"

"झूठी रिपोर्ट," लफ़्ज़ सुनकर रज़िया की रूह कलपने लगी। उसे लगा कि जैसे किसी ने उसे ज़लालत के नाले में ढकेल दिया हो।

सिपाही ने आँखों के इशारे से रज़िया को बेंच छोड़ने को कहा। फिर उसके पीछे क़तार में बैठे आदमी से बात करने का दिखावा करने लगा। रज़िया यही सोचकर हलाक़ होती जा रही थी कि सिपाही उसे दिमाग़ से सटका हुआ मान रहा है। रिपोर्ट लिखने में हीला-हवाली कर रहा है। इब्राहिम ने अपने धीमे लहज़े को और धीमा

करते हुए दीनता भरी आवाज़ में मिन्नत की, "हुज़ूर! रिपोर्ट लिख जाती तो बड़ी मेहरबानी होती।"

सिपाही के तेवर सिपाही से दरोगा वाले बन गए। उसने फुफकारती आवाज़ में कहा, "कोई है! हटाओ इनको।"

सिपाही के इस फ़रमान से इब्राहिम की उम्मीदों पर थूक पड़ गया। इब्राहिम जानता था कि थाने में इसके आगे का आतंक क्या होता है—माँ-बहन की गालियाँ, जूतों की ठोकरें। हड्डीतोड़ बेशुमार डंडे।

इब्राहिम उठकर चल दिया। रज़िया उसके पीछे एक ज़िन्दा लाश की तरह घिसटती चलने लगी।

इब्राहिम को थाने से सटी ग़रीबी से जूझती एक चाय की दुकान दिखाई पड़ी जहाँ कुछ लोग चाय सुड़क रहे थे। दिन भर की थकान, बेबस ग़ुस्सा और बेचैनी—इब्राहिम के ख़ून में सब घुलने लगे।

नीम बेहोशी में चल रही रज़िया से इब्राहिम ने कहा, "चलो चाय पीते हैं। तलब लग रही है।" ग़रीब अक्सर चाय पीकर कुछ देर के लिए अपनी भूख और दुख को बहलाने का जतन करते जबकि ये दोनों बेमुरौवत उनके साथ जोंक की तरह चिपटे रहते।

स्टोव पर चाय खौल रही थी। दुकानदार पूरी तल्लीनता के साथ अदरक कूट रहा था। उसके अदरक कूटने में कुट-कुट की एक लय थी जैसे कोई संगीतकार कोई वाद्य बजा रहा हो। एक पल के लिए उसने कूटना छोड़कर उबलती चाय को चम्मच से हिलाया। फिर उसी चम्मच से थोड़ी-सी चाय गदेली में लेकर मुँह में डाल ली। वह चाय के ज़ायके की जाँच कर रहा था। उसे लगा कि चाय में चीनी कम है। उसने डिब्बे से एक मुट्ठी चीनी निकाली। फिर चाय में झोंक दी। इब्राहिम ने गन्दी क़मीज़ पहने एक छोटे लड़के से कहा, "दो कटिंग चाय और दो बिस्कुट।"

रज़िया उस मटमैले लड़के को देखकर यकलख़्त मुरझा गई जैसे किसी ने अचानक बटन दबाकर बिजली ग़ायब कर दी हो। वह उस लड़के में अपने नूर का अक़्स देखने लगी। उसे लगा कि कहीं नूर भी इसी तरह किसी दुकान में काम कर रहा होगा। वह कभी भी ऐसे ही किसी दुकान में मिल जाएगा। उधर इब्राहिम ने गन्दी तिपाई पर पड़े लावारिस अख़बार को उठा लिया।

शाम को अख़बार ठुकराए प्रेमी-से और सुबह पार्क में चहकते बच्चे-से लगते। अख़बार का पहला पन्ना मुम्बई के दंगों की ख़बरों से पटा था। सरकार और पुलिस की नाकामी को लेकर तरह-तरह के सवाल थे। कोई कह रहा था कि यह सियासी दंगा है। कोई इसे हिन्दू-मुस्लिम का दंगा नहीं, सशस्त्र हिन्दू पुलिस और निहत्थे मुस्लिमों के बीच का जंग लिख रहा था। इब्राहिम का दिमाग़ भन्ना गया। वह अख़बार पटकनेवाला ही था कि उसकी नज़र मोटे हर्फ़ों में लिखी एक ख़बर पर पड़ी।

'फ़िल्म अभिनेत्री का खोया कुत्ता मिला।'

ख़बर का लुब्बेलुबाब यह था कि शाम को जुहू बीच पर कुत्ते के साथ सैर को गई अभिनेत्री उस समय सदमे में आ गई जब एक ख़ारिशज़ादी आवारा कुतिया को देखकर उसका विदेशी नस्ल का कुत्ता ज़ंजीर छुड़ाकर भाग गया। बेहाल अभिनेत्री फ़ौरन से पेश्तर थाने गई। पुलिस ने दो घंटे के भीतर कुत्ते को बरामद कर लिया। अख़बार में अभिनेत्री के साथ उसके जीभ लपलपाते कुत्ते की तस्वीर पहले पन्ने पर छपी थी। ख़बर पढ़कर इब्राहिम को अपने आदमी होने पर शर्मिन्दगी महसूस हो रही थी।

रज़िया उस मटमैले लड़के में नूर को खोज रही थी। उसका काम करना उसे अच्छा नहीं लग रहा था। बच्चा होकर वह एक बड़े से अधिक काम कर रहा था। उसकी चाल की सुस्ती से लग रहा था कि वह बुरी तरह थका हुआ है। इब्राहिम ने रज़िया के ख़याल को तोड़ते हुए कहा, "लगता है कि तुम्हारे बयान में बेग़ैरत सिपाहियों के ज़िक्र को मुंशी हज़म नहीं कर पा रहा है।"

रज़िया चौंककर इस दुनिया में आ गई। वह कुछ चिड़चिड़ाकर बोली, "मैंने वही कहा जो सच है। वे मुए कमज़र्फ़ सिपाही मिल जाएँ तो उनका ख़ून पी लूँ। उन्होंने कुछ कोशिश की होती तो मेरी औलाद मेरे पास होती।"

रज़िया की आँखों में घने काले बादल फिर उमड़ आए।

"मैं कल फिर थाने आऊँगी और अपना बयान नहीं बदलूँगी।" उसने फ़ैसलाकुन अन्दाज़ में कहा।

अपने डर और अन्देशे की तपिश के साथ अगली सुबह रज़िया और इब्राहिम दोनों फिर उसी थाने पहुँचे। इब्राहिम ने सलाह दी कि रज़िया अपने बयान में सिपाही की मौजूदगी के ज़िक्र से बच सकती है। रज़िया का हठ बना रहा।

शुक्र था कि उस दिन थाने में मुंशी सिपाही कोई दूसरा था। पता चला कि डीवाईएसपी कोई अच्छे अफ़सर हैं। उन्होंने दंगे की रिपोर्ट न लिखने पर अधीनस्थ को हड़काया है। शायद इसी के असर में आज थाने में तैनात मुंशी ने रज़िया का बयान ग़ौर से सुना। फिर उसे रजिस्टर में दर्ज कर लिया। लिखने के बाद सिपाही ने उसमें रज़िया के दस्तख़त कराए। रज़िया जब उठकर इब्राहिम के साथ चलने लगी तो सिपाही ने इशारे से इब्राहिम को अपने पास बुलाया। धीरे से ऐसे कहा जैसे कोई राज़ की बात बताने जा रहा हो, "कहना नहीं चाहिए। फिर भी एक बार आप मुर्दाघर और अस्पताल भी देख लें। हम तो कोशिश करेंगे ही।"

नूर की तलाश में इब्राहिम और रज़िया आसपास के अस्पतालों और मुर्दाघरों के कई चक्कर पहले ही लगा चुके थे। मुर्दाघर के दरवाज़े पर रज़िया ठहर जाती और भीतर जाने से मना कर देती। मुर्दाघर में लाश को रखने की जगह नहीं थी। फ़र्श पर सफ़ेद चादरों में बँधी बिछी लाशों की क़तार को देखकर इब्राहिम नाक पर रूमाल रख लेते। इनमें तमाम बेनाम लाशें थीं। वैसी आम लाशें नहीं थीं जो जनाज़ों में कन्धों

पर जाती हैं और जिन्हें अपनों के हाथों से क़ब्र की मिट्‌टी नसीब होती है। इन लाशों का हुलिया भी बिगड़ा हुआ था। किसी की खोपड़ी खुली थी तो किसी की गर्दन चाक थी। औरतों की छातियाँ कटी थीं। मर्दों के लिंग कटे हुए थे। मुर्दाघर का मुलाज़िम मुँह पर हरे रंग का नक़ाब और हाथों में दस्ताने पहनकर सफ़ेद चादर उठाता। फिर चेहरा दिखाकर उसे ढक देता। शिनाख़्त करनेवाली एक औरत अपनी छाती पीट रही थी। शायद उसे लाश पहचान में आ गई थी। लाश के साथ हुए हौलनाक़ मंज़र देखकर अचानक दर्द से उसकी ज़बान से निकल पड़ा, "या ख़ुदा! मुसलमान होने की इतनी बड़ी सज़ा।"

उस औरत का सिर फटा जा रहा था। उसने अपना सिर हाथों से दबा लिया। यह सताई औरत का सिर था। इस दर्द का इलाज दुनिया के किसी हकीम के पास नहीं था।

मुर्दाघर में बच्चों की लाशें कम थीं। जब भी किसी बच्चे की लाश के पास इब्राहिम जाता तो उसका दिल धुकधुक करने लगता। साँसें तेज़ चलने लगतीं। अचानक एक बुर्क़ानशीं वहाँ से एक झपाटे से बाहर निकल गई। बाहर से उसकी 'ओ-ओ-ओ' की आवाज़ें आने लगीं जैसे कि वह कै कर रही हो। इब्राहिम के लिए यही तसल्लीबख़्श बात थी कि मुर्दाघर में नूर का चेहरा नहीं दिखा। हालाँकि वहाँ का दर्दनाक मंज़र, आँसुओं के रेले, हिचकियों का समन्दर और ग़मज़दा चेहरों ने उसे रात भर सोने न दिया।

नूर की तलाश में रज़िया और इब्राहिम अस्पताल भी गए जहाँ दंगों के घायल भर्ती थे। हालाँकि भर्ती थे कहना उनकी इज़्ज़त बढ़ाना होगा। भर्ती के नाम पर बस उनके नाम अस्पताल के रजिस्टर में दर्ज थे। वे कूड़े के ढेर की तरह पूरे अस्पताल में बिखरे थे। वार्ड की लोहे की चारपाइयों के नीचे, गलियारों में चलते हुए जूतों-चप्पलों के बीच, गँधाते शौचालयों के सामने फ़र्श पर घायल या मरीज़ गन्दे कपड़ों से पड़े हुए थे। अधिकतर के मुँह और नाक में गर्भस्थ शिशु की नाभिनाल की तरह नलियाँ लगी हुई थीं। हर साँस उनको आख़िरी साँस-सी लगती। सब कुछ ख़त्म हो जाने के बाद भी उन्होंने जीने की आस नहीं छोड़ी थी। हालाँकि जब कोई अपनी आख़िरी साँस छोड़ता था तो पास लेटे घायल मरीज़ को लगता कि अब अगली बारी उसकी है। जब कोई ठीक होकर अपने नाते-रिश्तेदार के साथ घर चला जाता तो उनके पाँव भी ख़ुशी में घर जाने की तैयारी करने लगते।

मुर्दाघर और अस्पताल के चक्कर लगाने के दौरान इब्राहिम को लगा कि मुर्दाघर में ग़मज़दा ख़ामोशी ग़श्त लगाती रहती है जबकि अस्पताल के वार्ड में कराह-चीख़ का आलम छाया रहता है। मुर्दाघर में दंगों में मारे गए लोग ख़ौफ़नाक यादों से छुटकारा पा गए थे। अस्पताल के वार्ड में भर्ती घायलों के पास बीते दिनों की हाहाकारी यादें थीं। नफ़रत की यादें।

दंगे में घायल वार्ड में भर्ती मरीज़ों की आँखें नफ़रत की यादों से सुर्ख़ रहतीं। वे सब एक हादसे की तरह उसे भूलना चाहते। हालाँकि उनकी देह पर चाक़ू या तलवार का कोई घाव, पत्थर-लाठी की मार से उभरा कोई गूमड़ नफ़रत भरी दहशत की याद को फिर खटखटा देता। दंगे में घायल जन अस्पताल में एक-दूसरे के घावों या चोटों को छूकर या उसकी बाबत बात करके थोड़ी देर के लिए तसल्ली पा लेते। उनके जिस्म अलग-अलग थे, उनकी चोटें अलग-अलग थीं लेकिन क़ौम के लिए सामूहिक नफ़रत ने उन्हें दर्द और प्यार के मज़बूत धागे में बाँध दिया था। तमाम अस्पतालों के बेहिसाब वार्डों में नूर को खोजते हुए इब्राहिम सोच रहा था कि इतनी नफ़रत के साथ आदमी कैसे रह सकता है?

अस्पताल में भर्ती दंगा घायलों के जिस्म के दो हिस्से हो गए थे। एक हिस्से में डर और मौत हावी था और दूसरे में ज़िन्दगी की हरारत। वे अपने घर अस्पताल से लौटना नहीं चाहते थे। गन्दे फ़र्श, दाग़-धब्बों से रँगे बिस्तर-चादर, अधपका बेस्वाद खाना। थूक, बलगम, ख़ून सनी रुई की पट्टियाँ, टट्टी-पेशाब की गन्ध, मरीज़ों की चीख़-कराह के जीते-जागते नरक के बीच भी अस्पताल उन्हें अपने घर से ज़्यादा महफ़ूज़ लगता। कई तो अपने परिचितों को देखकर अपना चेहरा छिपा लेते। उन्हें डर लगा रहता कि उनके सगे कहीं भला-चंगा समझकर घर न ले जाएँ। डॉक्टर उन्हें जबरन डिस्चार्ज कर देते। दरअसल अस्पताल में बड़ी संख्या में घायलों की आमद का दबाव था।

इब्राहिम जब किसी अस्पताल जाता तो उसकी आँखों में सिर्फ़ नूर का ही एक चेहरा बसा होता जबकि अस्पताल से लौटते हुए बेशुमार दर्द भरे चेहरे उसकी आँखों में ठिकाना बना लेते। इस तरह उसकी दर्द की दुनिया और बड़ी होती जाती।

मुर्दाघर और अस्पतालों के चक्कर काटने के बाद भी नूर नहीं मिला। इब्राहिम और रज़िया दोनों हरदम यही सोचते रहते कि नूर किधर चला गया होगा? उस क़ातिल दिन ज़ालिमों ने उसके साथ क्या सुलूक किया होगा?

रज़िया के कानों में बारहा बेपनाह आवाज़ों का शोर गूँजता रहता। यह अजीब बला थी। रोने-चीख़ने, मारने-पीटने, फ़िरक़ापरस्त नारों-गालियों के हंगामे से उसके कान के परदे नगाड़े से बजते रहते। कई बार उसे लगता कि ये डरावनी आवाज़ें कहीं घर के बाहर से आ रही हैं। वह डर जाती। उसके हाथ-पाँव फूल जाते। माथे पर पसीना चमकने लगता। दिल बेक़ाबू हो जाता। उसके ख़यालों में फिर वही ज़लज़ला छा जाता। इन अदृश्य आवाज़ों से रात में उसे नींद न आती। वह अपने कानों को हाथों से दबा लेती। फिर भी कान बजते रहते। वह अपना दुपट्टा कान में ठूँस लेती। आवाज़ों की मार फिर भी न थमती। वह आजिज़ आ गई थी। घबड़ाकर इब्राहिम और नरगिस से पूछती कि क्या उन्हें भी कानों में कुछ ऐसा शोरगुल सुनाई देता है? उनका जवाब न में पाकर और भी बेचैन हो जाती। उसकी सेहत रफ़्ता-रफ़्ता गिर

रही थी। एक तो नूर के बग़ैर उसे अपनी ज़िन्दगी बेकार लगने लगी थी, दूसरे कानों में बजती ऐसी ख़ौफ़नाक आवाज़ों का कहर। ख़ुदा से वह मौत की दुआएँ माँगती। कभी-कभी तो ख़ुदकुशी के मंसूबे बाँधने लगती। रज़िया पर आई इस क़यामत से इब्राहिम भी ज़र्द और निढाल रहने लगे। इब्राहिम ने तय किया कि वह रज़िया को माहिम में हक़ीम जी को दिखाएँगे।

वह जुम्मे की दोपहर थी। माहिम की मस्जिद में हक़ीम साहेब को नमाज़ अता करने के लिए जाना भी था। फिर भी उन्होंने रज़िया के कान का मुआयना बड़ी संजीदगी से किया। उनकी तजवीज़ थी कि कान में तो कोई नुक़्स नहीं है। शायद रज़िया को कुछ ज़ेहनी शिकायत है। हाकिम साहेब ने मरीज़ को पूरावक़्ती आराम की ताक़ीद की। कुछ दवाएँ खाने के लिए दीं। हकीम को दिखाने के बाद इब्राहिम और रज़िया बस पकड़ने के लिए ख़िरामाँ-ख़िरामाँ चल रहे थे। पुरानी टूटी-फूटी इमारतों के आसपास बजबजाती गन्दगी और सड़कों के किनारे बिछी मरी हुई सूखी मछलियों की दुर्गन्ध के बीच पीछे से आती समन्दर की ठंडी हवाएँ दोपहर की गर्मी से निजात दिला रही थीं।

अभी वे दोनों कॉजवे रोड पर मच्छीमार कॉलोनी के पास से गुज़र ही रहे थे कि बम के धमाके से उनके कान के परदे फट गए। आसमान में परिन्दे पंख फड़फड़ाते चीख़कर उड़ने लगे। किसी इमारत के भरभराकर गिरने की ज़बरदस्त आवाज़ से पूरे माहौल में अफ़रा-तफ़री मच गई। आदमियों की चीख़ने-चिल्लाने की आवाज़ें आने लगीं। रज़िया को गहरा सदमा लगा। वह भूसे की बोरी की तरह भरभराकर ज़मीन पर गिर पड़ी। उनका सारा शरीर ढीला पड़ गया। चेहरा पसीने से लथपथ हो गया। साँसें तेज़ चलने लगीं। इब्राहिम रज़िया-रज़िया कहकर उसे उठाने की कोशिश करने लगे। सड़क पर भगदड़ मची हुई थी। मदद के लिए इब्राहिम ने कई लोगों की चिरौरी की। कोई सुनने को तैयार नहीं था। बड़ी मशक़्क़त के बाद कन्धों को पकड़कर रज़िया को खड़ा किया। एक काली-पीली टैक्सी को आवाज़ देकर रोका। टैक्सी रुकी।

"पटापट करा! लवकर बसा! मोठी हाटी मारी झाली, मच्छीमार कॉलनीत बॉम्ब फुटलाय।" (जल्दी बैठो। बड़ा लफड़ा हो गया है। मच्छीमार कॉलोनी में बम फटा है।) हाथ हिलाकर टैक्सी वाले ने कहा।

रज़िया उठ नहीं पा रही थी। उसकी देह का बायाँ हिस्सा गीली मिट्टी-सा लुंज-पुंज हो गया था।

टैक्सी ड्राइवर चिल्ला रहा था, "जल्दी करो-जल्दी करो।"

आख़िरकार इब्राहिम ने उसे गोद में उठाकर बिठाया। टैक्सी कुछ दूर ही चली थी कि सड़क जाम में फँस गई। इब्राहिम ने झाँका। मच्छीमार कॉलोनी के बाशिन्दों ने सड़क घेर रखी थी। टैक्सी इंच-इंच खिसक रही थी। ड्राइवर घबराया हुआ था।

कुछ आगे बढ़ने पर इब्राहिम को दिखाई दिया कि कुछ लोग एक स्कूल बस रोकने के लिए आगे खड़े हैं। बस में बच्चे सहमे हुए हैं।

बस पर लिखा था : अंजुमन इस्लाम स्कूल।

इस्लाम लफ़्ज़ पढ़कर लोग ग़ुस्से में पागल-से हो गए थे। वे बस को हाथों से पीट रहे थे। बच्चों को बस से नीचे उतरने के लिए भद्दी-भद्दी गालियाँ दे रहे थे। तभी पुलिस-पुलिस का शोर मचा। हवा में पुलिस ने गोली चलाकर भीड़ को डराया। भीड़ कुछ छँटी। टैक्सी ड्राइवर ने फर्राटे से टैक्सी निकालकर माहिम बस डिपो पार कर लिया। ज़ालिम माहौल था। इब्राहिम सीधे मीरा रोड आपा के यहाँ गए। इब्राहिम को लगा कि रज़िया को मामूली ज़ेहनी धक्का लगा है। घर में आराम से ठीक हो जाएगा। पर ऐसा नहीं था। रज़िया पर लकवे का हमला हुआ था। अगले दिन माहौल में नरमी आने के बाद रज़िया को इब्राहिम अस्पताल ले गए तो डॉक्टर ने कहा कि देर हो गई। दिमाग़ की नसों में ख़ून का थक्का जम गया है। अगर फ़ौरन इलाज हो जाता तो यह हालत न होती।

टीवी में ख़बर आ रही थी कि माहिम की तरह मुम्बई में सिलसिलेवार बम धमाके हुए हैं। इनमें 300 से ज़्यादा लोग ख़त्म हो गए। 1400 से ज़्यादा घायल हुए। बॉम्बे स्टॉक एक्सचेंज की इमारत, होटल सीरॉक, प्लाजा सिनेमा, एयर इंडिया बिल्डिंग, होटल जुहू सेंटूर जैसी 14 जगहों को निशाना बनाया गया। पहली बार हिन्दुस्तान की सरज़मीं पर आरडीएक्स का इस्तेमाल हुआ। अगले दिन अख़बार में ख़बर थी कि माफिया सरगना दाऊद इब्राहिम की इसमें बड़ी भूमिका थी।

यह सब पढ़-सुनकर इब्राहिम ने दुख की गहरी साँस ली। फिर कहा, "अल्लाह! यह सिलसिला कब ख़त्म होगा? मुल्क़ का बँटवारा हो गया लेकिन अभी भी कुछ शैतान दिल का बँटवारा कर ख़ून बहा रहे हैं।"

तब से रज़िया का इलाज चलता रहा। अपने पाँवों की ताक़त खोकर वह व्हीलचेयर पर आ गई।

अरसा गुज़र गया पर उनका इलाज अभी भी चल रहा है। इब्राहिम-रज़िया इन दिनों अपनी बेटी नरगिस और दामाद बशीर के साथ सुखी घर सोसाइटी में बुज़ुर्ग हो चले। रज़िया की आँखें नूर के इन्तज़ार में वहीं ठहरी हुई हैं। नरगिस और बशीर जब दिन में काम पर चले जाते तो फ़्लैट में इब्राहिम ही रज़िया की तीमारदारी करते। रज़िया को ग़ुसल जाना होता तो वह व्हीलचेयर कमोड के पास लाकर खड़ा कर देते। गुसल के बाद जब इब्राहिम फ़्लश चलाते तो अक्सर फ़्लश से पानी निकलने के बजाय गूँ-गूँ की आवाज़ सुनाई देती। गन्दगी कमोड में तैरती रहती। उसे बहाने के लिए इब्राहिम को बाल्टी से पानी उड़ेलना पड़ता। भरी बाल्टी उठाने से उनकी कमर पर ज़ोर पड़ता। कई बार नसें ऐंठ जातीं। यही वजह है कि जब फ़्लश में पानी नहीं आता तो व्हाट्सएप पर सबसे ज़्यादा तुर्श और तल्ख़ कमेंट इब्राहिम के होते।

गाँव के लोग सैर-सपाटे के लिए नहीं, अभावों से भागकर शहर आते हैं।

सुखी घर सोसाइटी की धुरी था पांडेय। रहवासियों की ज़िन्दगी में दाँत में फँसे रेशे की तरह।

अच्छी क़द-काठी। लम्बोतरा चेहरा। पेशानी पर छप्पर की तरह उठे बाल। बैल घंटी की तरह उसके गले में हिलता-डुलता पहचान-पत्र। इस पर लिखा था—

आर. डी. पांडेय, सुपरवाइज़र।

पांडेय एक जिन्न की तरह सोसाइटी में हर जगह मौजूद रहता। कभी लॉबी या बेसमेंट पार्किंग में गार्ड की कुर्सी पर तो कभी पानी टैंकर के ड्राइवर से बतियाते हुए तो कभी बिल्डिंग की छत पर पानी की सप्लाई पाइप का रेगुलेटर खोलते हुए। कुछ गालियाँ उसकी ज़बान से तकियाकलाम-सी निकलतीं। वह अदृश्य रहता तो भी उसकी गालियाँ उसकी मौजूदगी का पता बताती रहतीं।

वह गालियाँ ऐसे देता मानो थूक को चलती बस की खिड़की से मुँह बाहर निकालकर फेंक रहा हो और थूक हवा में उड़कर पीछे बैठे मुसाफ़िर के चेहरे पर लिसड़ गया हो। पांडेय की गालियाँ सोसाइटी के वायुमंडल में तैरती रहतीं। गालियों के तोहफ़े से ख़ुद पांडेय भी वंचित नहीं रहता, जब फ़्लैट में फ़्लश या किचन में पानी नहीं आता। सीढ़ियों-कॉरिडोरों-लॉबी में छितरा कचरा मुँह चिढ़ाता रहता। जब लिफ़्ट ख़राब हो जाती या उसमें कोई फँस जाता। जब गेट पर गार्ड सोता हुआ दिखता। जब नो-पार्किंग एरिया में कोई गाड़ी खड़ी कर देता।

सोसाइटी के दो या उससे अधिक लोग जब मिलते तो शायद ही कभी ऐसा होता कि पांडेय की करतूतों की चर्चा न होती। चलती लिफ़्ट की छोटी-छोटी बातचीतों में, स्पोर्ट्स कॉर्नर की बेंचों पर बैठी महिलाओं की गपशप में सोसाइटी की प्रेसिडेंट शकीला ख़ान से अधिक पांडेय का ही ज़िक्र होता। दुखी और चिड़चिड़ाए लोग उसे देखते ही गिले-शिकवों से भरी अपनी बाल्टी पांडेय के सिर पर उड़ेल देते। कोई आम सुपरवाइज़र होता तो हँसते-हँसते रहवासियों की बड़बड़ाहट को चरणामृत की तरह पी लेता। लेकिन पांडेय इतना बेशर्म, बेतकल्लुफ़ और बेमुराद था कि उनसे हुज्जत करने लगता। दरअसल पांडेय के शारीरिक हाव-भाव में हल्के शोहदेपन की बू समाई रहती। जिस तपाकपन और सीधे हक़ से वह बात करता, उसका ख़ासा रौब दूसरों पर ही नहीं, फ़्लैट मालिकों पर भी पड़ता। उसका तपाकपन दूसरों पर अपनी धाक ज़माने का एक सफल नुस्ख़ा था। बड़बोला तो वह था ही, ज़रूरत पड़ने पर वह अपनी ज़बान को ऐसी धारदार बना लेता जैसे वह कोई ख़ूब पढ़ा-लिखा तेज़-तर्रार वकील हो।

इस तपाकपन या बेबाक़ी को खाद-पानी उसे इस ज़मीन से मिलता कि वह ब्राह्मण है। इस पूरी सृष्टि में सर्वश्रेष्ठ प्रजाति है। उसे यह दिव्य ज्ञान बचपन से घुट्टी की तरह पिलाया गया था। वह अक्सर इस ग्लानि से भर उठता कि श्रेष्ठ ब्राह्मण कुल में जन्म लेने के बावजूद उसे इस मुम्बई महानगर में आकर तरह-तरह के अधम काम करने पड़े। अपने से छोटी जातियों की चिरौरी करनी पड़ी। पांडेय को इस महानगर की चमक-दमक रास आती लेकिन उसे यह बात नागवार लगती कि यहाँ की दुनिया गाँव की तरह नहीं होती। महानगर में जाति का कम, धन-दौलत का रोब-दाब ज़्यादा चलता। बड़ी जाति को भाव नहीं देता। खान-पान में ज़रा सा भी विचार नहीं होता। उसी काँच के गिलास में, चाहे छोटी जाति हो या बड़ी, सभी चाय पीते। शुरू में कुछ दिन वह चाय पीने से भी बचता रहा। फिर धीरे-धीरे इन सबसे आँखें मूँद लीं। उसने दुखी मन से मान लिया था कि महानगर में रहना है तो उसे यह सब सहना-भोगना पड़ेगा।

वह मुम्बई रोज़गार की तलाश में नहीं, पुलिस के डर से भागकर आया था। तब उसे मुम्बई में पाँव जमाने के लिए काम की तलाश थी। उत्तर भारत के श्रमजीवी ब्राह्मण गाँव से शहर में आकर ऐसा काम खोजते जिसमें जाँगर कम लगे। हाथ, कपड़े, देह आदि कम गन्दे हों। गाँव से कोई शहर उनके पास आए तो क्या काम करते हो, पूछने पर उसे बताते हुए ज़्यादा न लजाएँ। झूठी ही सही लेकिन मरजाद बनी रहे।

हालाँकि महानगर की रफ़्तार भरी ज़िन्दगी में लाज-लज्जा या मरजाद को कोई नहीं पूछता। जो लजाता, पीछे रह जाता चाहे शादी में पाँत में लगकर खाना खाना हो या लोकल ट्रेन में बैठना हो। मुम्बई में हर आदमी की ख़ाल गैंडे की तरह मोटी हो जाती। ऐसे में मुम्बई महानगर में जो काम आसानी से मिलता, कम पढ़े-लिखे ब्राह्मण पकड़ लेते। कुछ कम पढ़े-लिखे ब्राह्मण पुरोहिती कर लेते। धोती-कुरता पहने, चन्दन-तिलक माथे पर लगाए एक मटमैले थैले में पूजा विधि-विधान पुस्तिका, सत्यनारायण कथा, आरती की कुछ पतली किताबों के साथ एक अदद शंख, कलावा, अँगूठी जैसी कुश की गैंतियाँ, जनेऊ आदि रखकर यजमानों के घरों के फेरे लगाते रहते और ग़लत-सलत संस्कृत की छौंक लगी हिन्दी में पूजा-पाठ कराते रहते। कुछ ज्योतिष-पत्रा आदि देखकर मुहूर्त बताते। जन्मपत्री बनाते। कुछ अपने यजमानों को वर-वधू की जानकारी देकर उनकी जीवन गाँठ जोड़ने का काम करते। विवाह का कर्मकांड सम्पन्न कराते। जो ब्राह्मण खाना बनाना जानते और लज़ीज़ खाने के रसिया होते, वे किसी गुजराती-मारवाड़ी सेठ के यहाँ रसोइया बन जाते। यदि किसी के घर में पान-तम्बाकू खाने की वंशानुगत परम्परा होती और वह उसके लती होते तो पान की दुकान खोल लेते। जो ब्राह्मण गाँव में भोज या शादी में पूड़ी तलने में माहिर होते, हलवाई के यहाँ समोसा-जलेबी तलने की चाकरी करते। बतरसिया ब्राह्मण किसी साड़ी या सोना-चाँदी की दुकान में सेल्समैन बन जाते। जो कोई हुनर नहीं जानते, वे

किसी हाउसिंग सोसाइटी में वर्दी पहनकर दरबान बन जाते। मुम्बई में ब्राह्मणों का यह रोज़गार विकल्प सबसे निचले पायदान पर होता।

गाँव से लोग सैर-सपाटे के लिए नहीं, अभावों से भागकर शहर आते हैं। जिनके पास गाँव में जीने लायक़ ज़रा-सा भी सुख-साधन होता, वे उसी सुख-साधन में ज़िन्दगी काट देते। शहर जाने वाले भगोड़ा कहलाते। वे एक ओर गाँव के जीने-मरने के सुख-दुख और उसकी नागरिकता से बेदख़ल हो जाते, वहीं शहर भी उन्हें जल्दी नहीं अपनाता। शहर में सुख की तलाश में आए गाँव के लोगों के लिए कोई चीज़ पक्की नहीं होती। न रोज़गार और न ही बसेरा। मुम्बई में रहते हुए भी वे मुम्बई के नहीं कहलाते। मुम्बई इन्हें नाजायज़ औलाद मानती। वह जिस झुग्गी-झोंपड़ी में रहते, वह ज़मीन नाजायज़ होती। पुलिस और सरकारी ओहदेदार इन्हें नाजायज़ औलाद की तरह वहाँ से कभी भी बेदख़ल कर देते। वे रोते-बिलखते और डंडे खाते ज़मीन से उखड़ जाते। फिर शहर से दूर किसी गन्दी ख़ाली जगह को रहने लायक़ बनाते। हर वक़्त इन्हें बेदख़ल होने का डर सताता रहता।

इनमें से कुछ सड़क की पटरी पर डरते हुए एक गन्दी-सी चादर बिछाकर दुकान लगाते। उनकी चादर ही उनका शोकेस होती। दुकान भी। कुछ बटाटा, गलका, भिंडी आदि बेचते। कुछ चादर और तौलिये। कुछ कंघी, शीशा, आलता, नेलपॉलिश, लिपस्टिक बेचते। सस्ती चप्पलें, चादरें और छाता बेचते। पटरी पर उनका बेचना नाजायज़ माना जाता। इनकी बेदख़ली के लिए म्युनिसिपैलिटी की गाड़ी आती। गाड़ी देखते ही वे ऐसे बगटुट भागते जैसे किसी लुटेरे ने उन पर हमला बोल दिया हो। भागते हुए उनके सिर पर दुकान होती। चप्पलें अनाथ-सी वहीं छूटकर उनकी बाट जोहती रहतीं। कुछ का सामान म्युनिसिपैलिटी की लारी में फेंक दिया जाता। कुछ दुकानदारों को सामान की तरह लारी में बिठाकर लाया जाता। जब उनसे तसल्ली हो जाती तो डाँट-डपट कर छोड़ दिया जाता। शहर में रहते हुए वे अपनी छोटी-सी पोटली और सन्दूक में अपने गाँव की और अपनी पहचान बचाए रखते। तीज और त्योहार पर उनका गाँव बाहर आ जाता।

पांडेय के दिल में शर्म की सुइयाँ हमेशा चुभती रहतीं कि ब्राह्मण का दरबान बनना गाँव में इज़्ज़तदार पेशा नहीं माना जाता। हालाँकि दरबानी करना हँसी का खेल नहीं था। इस काम में मज़दूर जैसी ही मेहनत करनी पड़ती। धूप-बारिश में दिन-रात खड़े रहना पड़ता। रात पाली में नींद से भरी झपकती पलकें ज़बरदस्ती खोलकर जागना पड़ता। कार-स्कूटर-ऑटो आते-जाते देखकर दौड़कर गेट खोलना पड़ता। फिर भी इन प्रवासी ब्राह्मणों को तसल्ली रहती कि दरबानी करना साफ़-सुथरा काम है। हाथ कम मैले होते। हाँ, थोड़ी चिकचिक ज़रूर सहनी पड़ती। कभी पार्किंग को लेकर टंटा होता तो कभी गेट खोलने में देरी होने पर जली-कटी सुननी पड़ती। रात पाली में जब कभी भूले-बिसरे आँख लग जाती और कोई रहवासी या

ऊपर लगा ख़ुफ़िया कैमरा चुगली कर देता तो बुरी डाँट पड़ती। हालाँकि हॉकरों, ठेलेवालों, ऑटो-टैक्सी ड्राइवरों को गेट के भीतर न आने देने के लिए रौब झाड़कर वे इसकी भरपाई कर लेते। फिर भी कई बार कान को तिलमिला देनेवाली रहवासियों की बानी-बोली बिच्छू के डंक की तरह पांडेय सरीखे ठेठर इनसान की आत्मा में भी चुभती। हालाँकि परदेस से अपने गाँव को जब वे रुपये भेजते तो उनका सारा अपमान और दर्द छू-मन्तर हो जाता। भेजे गए रुपयों में उन्हें अपनी बीवी नई धोती पहने दिखती। बच्चों की किताब-कॉपियाँ दिखतीं। बहन की सगाई-शादी दिखती। टूटी छत या मड़ई की मरम्मत दिखती। बीमार बाबूजी की दवाई दिखती। खेत का लगान, बीज-उर्वरक दिखता। फिर उनका दुखी और अपमानित मन बारिश में धुले पत्तों सा खिलकर चमक जाता।

पांडेय का प्रमोशन होने से उसकी मुसीबत कुछ कम हो गई थी। वह दरबान से सुपरवाइज़र बन गया था। सुपरवाइज़री उसे अचानक तोहफ़े में नहीं मिली थी। सिंह सिक्यूरिटी एजेन्सी में पहले वह दरबान था। देश में बढ़ती असुरक्षा के कारण प्राइवेट सुरक्षा एजेन्सियाँ फल-फूल रही थीं। सिंह सिक्यूरिटी एजेन्सी में गार्ड की ड्यूटी माला पिन्गले लगाती। साँवली और सलोनी माला पर एजेन्सी मालिक वीरेन्द्र सिंह का दिल लुट चुका था। वह अपना काम पूरी मुस्तैदी से करती। जब वीरेन्द्र सिंह अपना बन गया तो यह मुस्तैदी और बढ़ गई। माला पिन्गले को लगता कि यह उसकी सिक्यूरिटी एजेन्सी है जबकि वीरेन्द्र सिंह को लगता कि माला उसकी है। पांडेय ने यह राज़ भाँप लिया था।

बस! फिर क्या था। जब भी पांडेय सिक्यूरिटी एजेन्सी के ऑफ़िस जाता, माला पिन्गले के लिए वड़ा पाव का पार्सल ले जाता। आहिस्ते से उसकी डेस्क पर रख देता। माला पिंगले मुस्कराकर झूठा उलाहना देती, "क्या पांडेय इसकी क्या ज़रूरत थी?" वड़ा पाव माला पिन्गले की कमज़ोरी थी। उसकी यही कमज़ोरी पांडेय की तरक़्क़ी की सीढ़ी बनी। सुखी घर सोसाइटी की तरफ़ से जब सुपरवाइज़र की माँग आई तो माला पिन्गले ने वीरेन्द्र सिंह से इस पद के लिए पांडेय के नाम की सिफ़ारिश की कि इसे अंग्रेज़ी आती है। पांडेय दसवीं फेल था। पास भी हो जाता मगर उसकी क़िस्मत फूटी थी। उस साल उसके परीक्षा केन्द्र पर नक़ल नहीं हो पाई। नक़ल कराने वाली एजेन्सी को दो हज़ार रुपये दक्षिणा भी दी, वह रक़म भी डूब गई। अंग्रेज़ी उसकी माशाल्लाह थी। फिर भी मास्टर दीनदयाल की छड़ी का शुक्र कहिए कि वह अंग्रेज़ी बाँच लेता।

जिस दिन माला पिन्गले ने पांडेय को सुपरवाइज़र बनने की ख़बर दी तो वह किंकर्तव्यविमूढ़ हो गया कि माला मेम साहेब को किस तरह शुक्रिया कहे। वह सिर्फ़ हाथ जोड़कर उसके सामने बुत की तरह खड़ा रहा। उसके होंठ थरथराए लेकिन यह ऐसी सुख की बारिश थी कि पांडेय की बकबकी ज़बान से लफ़्ज़ नहीं फूटे। कई

बार लफ़्ज़ से ज़्यादा उपहार बोलते हैं। वह दौड़कर गया। बीकानेर मिठाई की दुकान से आधा किलो मोतीचूर लड्डू माला मेम साहेब के लिए ले आया। फिर लफ़्ज़ से ज़्यादा लड्डू बोले। माला पिन्गाले ने सहर्ष और सधन्यवाद लड्डू स्वीकार किया।

सोसाइटी में कुछ ही दिनों में पांडेय की देह में सुपरवाइज़री का नशा हिरन की तरह कुलाँचे मारने लगा। अपनी दरबानी के कार्यकाल में झुककर वह अपने में छुपा रहता। अब गले में सुपरवाइज़री का पट्टा हिलाते हुए हर जगह उचकता दिखाई देता। उसे एहसास ही नहीं, गुरूर भी था कि सुखी घर सोसाइटी में 16 दरबानों, 8 सफ़ाई कामगारों, 2 प्लम्बरों, 2 बिजली मिस्त्रियों पर रौब झाड़ सकता है तथा 3 अख़बार हॉकरों, 5 दूधियों और 7 मिनरल वाटर सप्लायरों में से किसी को भी गेट के भीतर आने से रोक सकता है। पांडेय हमेशा अपनी हनक में रहता कि वह किसी का चुपके से पानी रोक सकता है। किसी रहवासी से नाराज़ हो जाए तो उसकी डाक या पानी या बिजली बिल ग़ायब कर सकता है। उनके मेहमानों से गेट पर ऊटपटाँग सवाल पूछकर उनका अपमान कर सकता है।

पांडेय सोसाइटी की प्रेसिडेंट शकीला ख़ान का चम्पू था। शकीला ख़ान उम्रदराज़ होने के बावजूद बड़ी हसीन दिखतीं। नाज़ुक भी लगतीं। हालाँकि जितनी नाज़ुक दिखतीं, उतनी थीं नहीं। वह भीतर से कड़क और काँइयाँ थीं। सोसाइटी में जवान मर्द-औरतें प्यार से उन्हें शकीला आंटी कहते। वैसे यह सम्बोधन उन्हें बेहद नागवार लगता। शकीला आंटी कहनेवाले ही उन्हें प्रेसिडेंट बनाने में आगे रहते लिहाज़ा वह बुढ़ापे के इस तमगे को कड़वी दवा की तरह मुँह बनाकर पी लेतीं। पतली ककड़ी सी दुबली सलवार-कुरते में सजी-धजी वह शाम को मेन लॉबी में अक्सर कान में मोबाइल सटाए बात करते हुए दिख जातीं। कोई उनके बग़ल से गुज़रता तो वह ऐसे दिखातीं गोया उनसे बेपरवाह हों। हालाँकि वह अपनी आँखों के कोने से उस पर नज़र बनाए रखतीं। कोई सलाम करता तो मोबाइल कान से बिना हटाए सिर हिला देतीं।

शकीला आंटी को आते देखकर गार्ड और पांडेय चौकन्ने हो जाते। शकीला ख़ान की आँखें गन्दगी को ख़ासतौर से खोजती रहतीं। बिल्डिंग में कहीं गन्दगी दिखती तो वह पांडेय को तलब करतीं। केले के छिलके यहाँ क्यों हैं? रद्दी काग़ज़ या बिस्कुट के पैकेटों के रैपरों की ओर अपनी नन्ही पतली उँगली करके इशारा करतीं। सीढ़ियों पर मैले दाग़ दिखातीं। दीवार के कोनों में हवा में झूलते मकड़ी जालों या लॉबी में बिखरे चन्द आवारा तिनकों को लेकर उसे हड़कातीं। पांडेय खिसियानी और ज़बरदस्ती की मुस्कराहट जमाए हुए खड़ा रहता। ताक़तवर के सामने जिस तरह चंट और कमीने झूठमूठ की दयनीयता दिखाते हैं, वह वैसे ही अपने सफ़ेद दाँत चमकाता रहता। वह घोड़े की तरह हिनहिनाने लगता। दरअसल पांडेय ने अपना रूप बदलने का हुनर सीख लिया था। ऐसा करने में उसे शर्म नहीं आती। अगरचे वह मन-ही-मन अपनी चतुराई

पर मुग्ध रहता। वक़्त के तक़ाज़े के अनुसार वह इनसान से कुछ भी बन जाता। घोड़े से तोता बनने में उसे देर नहीं लगती। वह तोते की तरह सफ़ाईकर्मियों को कोसने लगता। वह शिकायत में संगीता का नाम ज़रूर लेता। जब शकीला ख़ान की पीठ उससे दूर चली जाती तो पांडेय सूअर बन जाता। उसकी ज़बान से शकीला आंटी के लिए भी गालियाँ गू की तरह चूने लगतीं। शकीला ख़ान जब पांडेय पर भड़कतीं तो आसपास तैनात गार्ड मन-ही-मन ख़ुश होते। पांडेय उन्हें इतना सताता था कि जब भी पांडेय को कोई बुरा-भला कहता तो उन गार्डों को वैसे ही मज़ा आता जैसे खाज-खुजली को खुजाते समय आता है। हालाँकि कम ही लोग जानते कि शकीला आंटी का यह करतब पांडेय जैसे बिगड़ैल बैल पर नकेल कसने का नाटक भर था। वैसे दोनों में कुछ चीज़ों पर भीतरी रज़ामन्दी थी। प्रेसिडेंट शकीला आंटी जिस पर मेहरबान होतीं, पांडेय उस पर मेहरबान होता। जिस पर पांडेय मेहरबान होता उस पर प्रेसिडेंट मेहरबान रहतीं। जो कोई प्रेसिडेंट के कामकाज पर उँगली उठाता, पांडेय सुपरवाइज़र की नज़रें उस पर टेढ़ी हो जातीं। शकीला आंटी ऐसे रहवासी से पांडेय के ज़रिये हिसाब चुकता करतीं। लॉबी में उनका कोई सामान रखा होता तो पांडेय को कहतीं। पांडेय फ़ौरन गार्ड भेजकर उन्हें सामान हटाने का फ़रमान सुना देता। उनकी कार या बाइक ग़लत पार्क होती तो पांडेय को मोबाइल करतीं। पांडेय गार्ड भेजकर उनकी गाड़ी के टायर में लॉक लगवा देता। ऐसी हरकतों से सब पांडेय को बुरा-भला कहते। बदनामी पांडेय की होती। प्रेसिडेंट किसी की बुरी भी नहीं बनती। ऐसी सख़्ती से रहवासियों को सन्देश जाता कि सोसाइटी अच्छा काम कर रही है।

शकीला आंटी को प्रेसिडेंट बनने के कुछ अलभ्य सुख थे। साइकिल की हैसियत वाले जिस तरह अपने लिए ड्राइवर रखने का सपना देखते हैं, शकीला आंटी के लिए पूर्णकालिक नौकर रखना उसी तरह का सपना था। प्रेसिडेंट बनने से उनका यह सपना पूरा हो गया था। सोसाइटी के सेवादारों को वह अपना निजी सेवक मानती थीं। सोसाइटी प्रेसिडेंट बनने के बाद नौकरों के मामले में वह उस कार मेकेनिक की तरह हो गई थीं जिसके पास कार नहीं होती लेकिन गैराज में बनने आई तरह-तरह की कार में वह अपनी प्रेमिका को घुमाता रहता है। शकीला आंटी को अपना बिजली बिल या टेलीफ़ोन बिल जमा करना होता तो वह किसी भी गार्ड को इसके लिए उनके दफ़्तर भेज देतीं। सब्ज़ी-भाजी, अंडे या परचून का सामान मँगाने के लिए वह मौक़े-बेमौक़े किसी गार्ड को दौड़ा देतीं। सफ़ाई करने वालों से मुफ़्त अपने घर के टॉयलेट सिर्फ़ चाय पिलाकर धुलवा लेतीं। रहवासी जब अपनी कार की धुलाई के लिए महीने में आठ सौ रुपये देते वह अपनी कार चार सौ रुपये में धुलवातीं। किसी भी चीज़ की ख़रीद हो या किसी काम का ठेका देना हो, उसमें वही अन्तिम फ़ैसला लेतीं। सोसाइटी में शकीला आंटी के विरोधियों का कहना था कि हर ठेके या ख़रीद में वह अपना कट लेती हैं।

यह कुछ सच-सा लगता। दरअसल सोसाइटी की कमेटी के एक सदस्य को छोड़कर सभी नौजवान थे। वे अपनी नौकरी-रोज़गार और घर-परिवार में इतना मशगूल रहते कि कमेटी के इन कामों के लिए समय नहीं निकाल पाते। छुट्टी का एक दिन इतवार मिलता। उस दिन देर से उठते। फिर अक्सर कमेटी की बैठक की भागीदारी में उनका दिन सर्फ़ हो जाता। उनकी बीबियाँ अक्सर इन बैठकों को लेकर उनकी लानत-मलामत करती रहतीं कि वे सिर्फ़ सोसाइटी के लिए जीते-मरते हैं। घर के कामकाज से कोई लेना-देना नहीं है। हेमन्त करकरे कमेटी के इकलौते बुज़ुर्ग सदस्य कोऑपरेटिव बैंक के रिटायर्ड कर्मचारी थे। इनके पास समय भी था। मराठी होने के कारण ज़मीनी और भाषिक समझ भी। प्रेसिडेंट शकीला ख़ान ने उन्हें सोसाइटी का प्रबन्धक बना दिया था। वह सोसाइटी की लिखा-पढ़ी का काम देखते। मेंटेनेन्स के चेक बैंक में जमा करते। सभी बिलों का भुगतान करते। कमेटी के सभी सदस्य अवैतनिक काम करते जबकि इस सेवा के लिए हेमन्त करकरे को दस हज़ार रुपये हर महीने मिलते। प्रेसिडेंट शकीला उन्हें ख़रीद की सभी कमेटी में रखतीं। उनके विरोधियों का इल्ज़ाम था कि वह शकीला आंटी से जुड़े लोगों के सभी बिलों की जाँच करते समय आँखें मूँद लेते। बिना किसी नुक्ताचीनी के उनके बिल पास कर देते। यह बात दीगर थी कि पानी के बिलों को वह बहुत बारीक़ी से देखते। उन्हें कई बार इनमें ख़ामियाँ मिली थीं। ख़ामियाँ पाने पर बिल में कटौती करके ही भुगतान करते। बिल में क़टौती होने पर जितना नाराज़ सप्लायर होता, उससे अधिक पांडेय होता। उस दिन पांडेय की ज़बान से गालियाँ पतझड़ में पत्तियों की तरह झरतीं।

सोसाइटी में पानी का बिल सबसे अधिक आता। सोसाइटी को म्युनिसिपल कॉरपोरेशन का वाटर कनेक्शन नहीं मिला था। प्रबन्धक हेमन्त करकरे कई बार कॉरपोरेशन के दफ़्तर गए। कॉरपोरेशन का बाबू उनसे कहता कि शहर में पानी नहीं है। आकाश में सूखा पड़ा है। वाटर कनेक्शन के लिए लम्बी क़तार है। दो साल में नम्बर आएगा। नोट करने की बात यह थी कि सोसाइटी के सामने अमीरों का एक क्लब था। वहाँ दो दिन में म्युनिसिपल कॉरपोरेशन के वाटर कनेक्शन से स्विमिंग पूल में पानी आ गया था।

इस दुनिया में हर जगह ग़रीबों के लिए क़तार होती। अमीरों के लिए रास्ते में कालीन बिछी होती।

सोसाइटी में दो जगह बोरिंग दो-दो बार की गई। ज़मीन से पानी नहीं निकला। सोसाइटी में औसतन 12-15 पानी के टैंकर लगते। सप्लाई 8-9 की होती। गर्मियों में सप्लाई घटकर 4-5 हो जाती। सालाना ठेका देने पर एक टैंकर के 900 रुपये लगते थे। वैसे आम दिनों में एक पानी के टैंकर के 1200 रुपये लगते जो गर्मियों में 1500 से 2000 रुपये तक टैंकरवाले लेते थे। गर्मियों में टैंकर वाले ज़्यादा रक़म देने वाले को पानी सप्लाई करते। इसीलिए सोसाइटी को गर्मियों में पानी के टैंक कम मिलते।

पानी की सप्लाई कम होने पर रहवासियों को पानी कम मिलता। पानी कम मिलने पर सोसाइटी की सुबह अक्सर चिड़चिड़ाहट से ही शुरू होती।

मनोज आर्य एकमात्र ऐसा सिक्यूरिटी गार्ड था जिससे पांडेय की गहरी लाग-डाट थी। मनोज की ड्यूटी रात पाली में बेसमेंट के गेट पर मुक़र्रर थी। वह जौनपुर ज़िले का दलित था। आर्य उपनाम उसके स्कूल मास्टर ने दिया था जो ख़ुद भी दलित थे। उनका कहना था कि आर्य उपनाम दलितों के लिए एक ऐसी छतरी है जिसमें कोई पता नहीं लगा पाएगा कि वह जाटव है या कोई और दलित जाति। दलित होने के बावजूद मनोज आर्य सुपरवाइज़र पांडेय को दुआ-सलाम नहीं करता, इसे पांडेय अपना निजी अपमान समझता। हालाँकि उन दोनों के बीच छत्तीस के आँकड़े के कुछ अलग कारण थे। पांडेय जहाँ दसवीं फेल था, मनोज वहीं दसवीं अच्छे अंकों से पास था। मनोज अक्सर ख़ाली समय में बाबा साहेब भीमराव अंबेडकर, ज्योतिबा फुले आदि की किताबें पढ़ता। किताब की ज़िल्द पर आंबेडकर का नाम देखते ही पांडेय की देह में आग लग जाती। उसे शरबतिया के पिता अधीन की याद आ जाती जिनके कारण उसे अपने घर-परिवार को छोड़कर मुम्बई में दरबान बनना पड़ा। पांडेय ड्यूटी पर मनोज को पढ़ने से मना करता। पांडेय की बात मानने से मनोज आर्य ने इनकार कर दिया। उसका तर्क था कि वह किताब पढ़ते हुए भी अपनी ड्यूटी पूरी मुस्तैदी से निभाता है जबकि जो गार्ड किताब नहीं पढ़ते, ड्यूटी पर उनके सोते हुए तमाम वीडियो सोसाइटी के व्हाट्सएप पर आ चुके हैं। किताब पढ़ने से उसे नींद भी नहीं आती है। समय भी कट जाता है। उस दिन तो पांडेय और मनोज में खुल्लमखुल्ला कहा-सुनी हो गई जब मनोज ने आंबेडकर के निर्वाण दिवस पर आयोजित सभा में जाने के लिए छुट्टी देने की गुज़ारिश पांडेय से की। पांडेय ने उसे छुट्टी नहीं दी। फिर भी मनोज चला गया। उस दिन से मनोज के पीछे पांडेय हाथ धोकर पड़ गया।

मनोज भी उससे दूरी बनाए रखता। वह वक़्त पर आता। हाज़िरी रजिस्टर में समय लिखकर दस्तख़त करता। फिर बेसमेंट में आकर अपनी टूटी कुर्सी पर डट जाता। किसी किरायेदार ने सोसाइटी से फ़्लैट छोड़ते हुए बिना हत्थे की कुर्सी कबाड़ समझकर फेंक दी थी। वह उसी कुर्सी पर बैठता था। गार्ड को काम के दौरान आमतौर से बैठने के लिए कुर्सी नहीं मिलती। काम के दौरान कुर्सी सिर्फ़ अफ़सर और राजनेता को मिलती जो कुर्सी पर बैठने के बाद उसे कभी छोड़ना नहीं चाहते।

बेसमेंट के पिछले गेट के सामने ज़मीन के भीतर पानी का टैंक था। टैंक में झाँकने पर पानी कम अँधेरा अधिक दिखता था। इस अँधेरे में जीवन था। पानी के टैंकर वहीं पीछे सड़क पर आते। मोटा पाइप लगाकर उसमें पानी भरा जाता। मनोज पानी के टैंकरों का हिसाब-किताब सोसाइटी के रजिस्टर पर सही-सही लिखता। पांडेय की सही-सही लिखने से यह अलग विधि थी। यही नहीं, सोसाइटी की दी गई

हिदायत को हूबहू मानते हुए मनोज टैंकर पर चढ़ता। रात में पानी के टैंकर ज़्यादा आते। रात में टैंकर में पानी नापने में लोगों को आलस्य आता। फिर भी मनोज ऊँट के उठे कोहान की तरह टैंकर के ढक्कन को खोलकर पानी नापता कि उसमें कितना पानी है। अक्सर टैंकर ड्राइवर रास्ते में किसी दुकानदार या होटल को 80-100 लीटर पानी बेच देते। एवज़ में पांडेय को बीस रुपये पकड़ा देते। मनोज आर्य तयशुदा पैमाने से पानी कम होने पर टैंकर वापस लौटा देता। टैंकर लौट जाने पर सोसाइटी में पानी का अकाल पड़ जाता। रहवासी आसमान सिर पर उठा लेते। लिहाज़ा कमेटी ने तय किया था कि सोसाइटी में आने के बाद टैंकर वापस लौटाया नहीं जाएगा। रजिस्टर में गार्ड कम पानी वाले टैंकर की संख्या लिखेगा और बिल के भुगतान के समय उतनी रक़म काट ली जाएगी। पांडेय के बार-बार इशारा देने के बावजूद मनोज रजिस्टर में कम पानी के टैंकरों का इन्दराज पूरी मुस्तैदी से करता। पांडेय का कट इस इन्तज़ाम से कट गया था। वह मनोज से इसलिए भी भन्नाया रहता।

पांडेय को देखते ही मनोज आर्य के शरीर में भी सहज ही तनाव खिंच जाता। एक खुरदरा-सा खोल उसके आसपास तन जाता। उस खोल में ख़ौफ़नाक फोड़ों जैसी टीसें होतीं। उन यादों में जाना एक तकलीफ़देह सज़ा भुगतने जैसा होता। वह उससे पीछा छुड़ाना चाहता। उसका बस चलता तो पांडेय की ओर वह देखता भी नहीं। पांडेय के साथ उसकी कोई बदमगज़ी नहीं हुई थी। लेकिन उसकी करतूतों को देखकर मनोज के मन में अपने गाँव के पुजारी पंडित द्वारा दिए ज़ख़्मों के टाँके खुलने लगते जब उस शैतान ने मनोज के मुँह में घोड़े की लीद डालने की कोशिश की थी।

मनोज आर्य के जीवन की वह एक त्रासद घटना थी।

मनोज बचपन से एक आम जीवन जीना चाहता था। लेकिन जैसे-जैसे वह बड़ा हो रहा था, उसे लगने लगा वह सवर्णों से कुछ अलग है। सवर्णों का बर्ताव उसके साथ बराबरी का नहीं है। सवर्ण उसका नाम बिगाड़कर बोलते हैं। उसे मनोज न कहकर 'मनोजवा' पुकारते। तमाम चीज़ें उसके लिए प्रतिबन्धित हैं। प्रतिबन्ध उसे रास नहीं आता, इसलिए वह अपमान झेलता था। जिस स्कूल मास्टर ने उसे 'आर्य' उपनाम दिया था, उन्होंने ही उसे यह गुरुमंत्र दिया था कि ज्ञान ही मुक्ति का रास्ता है। ज्ञान के लिए पढ़ना ज़रूरी है। उसके बप्पा उसे पढ़ाना चाहते थे, हालाँकि उनके लिए यह दुश्वार था। स्कूल मास्टर ने मनोज को एससी कोटे से वज़ीफ़ा दिला दिया था। लालटेन में अक्सर तेल न होने के बावजूद वह पढ़ाई को लेकर इतना गम्भीर था कि उसे दसवीं तक वज़ीफ़ा मिलता रहा।

नवें दर्जे में उसके स्कूल मास्टर ने उसे बाबा साहेब भीमराव आंबेडकर की किताब पढ़ने को दी। तब उसे लगा कि दलित होकर भी वह दलितों के बारे में कितना कम जानता है। वह किताबों में और भटकने लगा। महात्मा ज्योतिबा फुले, नारायण गुरु, छत्रपति साहू जी महाराज के बारे में मनोज को मास्टर की दी गई किताबों से

पता चला। वह अब अपने को पहचानने लगा। प्रतिबन्धों के पीछे छिपे कारणों को समझने की कोशिश करने लगा। वर्णाश्रम व्यवस्था को लेकर उसमें रोष भरने लगा। उसे लगने लगा था कि जातिप्रथा समाज की विभाजनकारी व्यवस्था है। विभाजन का यह रोग जितना बाहर समाज में है, उससे कहीं अधिक दिमाग़ में भरा हुआ है।

यह वह दौर था जब उत्तर प्रदेश में दलित पार्टी के रूप में बसपा ने अपनी राजनीतिक पैठ बना ली थी। दलित बेटी मायावती चार बार उत्तर प्रदेश की मुख्यमंत्री बन चुकी थीं। 2007 में बसपा ने कांग्रेस जैसा खेल खेला था। ब्राह्मण, दलित और मुसलमान की सोशल इंजीनियरिंग करके वह पूर्ण बहुमत से सत्ता में आई थीं। लेकिन 2012 में विधानसभा के चुनाव में बहुजन पार्टी को परास्त कर समाजवादी पार्टी आ गई। उसके हारने के बाद दलित टोले की छतों पर लहराते नीले रंग के झंडे उतर गए थे। दलित टोले में मनोज आर्य की ही एक मड़ैया थी जिस पर बसपा के हारने के बाद भी नीला झंडा लहरा रहा था। यह नीला झंडा सवर्ण पट्टी की आँखों में शूल की तरह चुभता रहता। मनोज सवर्ण पट्टी के रावण दहन और रामलीला में अब नहीं जाता। हालाँकि वह दलित पट्टी में बसपा की मदद से चलाए जा रहे भीम जागरण में बड़े उत्साह से हिस्सा लेता। भीम जागरण में हँसी-ठिठोली और गाने-बजाने का मज़ा ही कुछ और होता। वहाँ सवर्णों के नाच या नौटंकी की तरह डरकर उसे नीचे नहीं बैठना पड़ता। मसखरे की ठिठोली पर हँसी नहीं रोकनी पड़ती। टीका-टिप्पणी करते समय ज़बान पर रोक नहीं लगानी पड़ती। वहाँ उसे एक ऐसी आज़ादी और सुख मिलता जिसकी उसने कल्पना भी नहीं की थी। भीम जागरण में बीच-बीच में भाषण होते जिससे उसे पता चलने लगा कि उसके दुख और ग़रीबी उसके पूर्वजन्म के कर्मों के कारण नहीं, ऊँची जातियों के बनाए भेदभाव से हैं। भीम जागरण के एक जलसे में ही उसकी नज़र तारा के चेहरे पर अटक गई।

मनोज के बप्पा की पकी आँखों ने ताड़ लिया कि उसका बेटा तारा के चेहरे में उलझ चुका है। जब उन्होंने मनोज से तारा की बात चलाई तो शरमाती नज़रों के साथ वह विवाह के लिए राज़ी हो गया। जब मनोज ने कम उम्र का बहाना किया तो बप्पा ने हँसकर कहा कि गौना बालिग़ होने पर लेंगे।

बचपन से ही मनोज की आँखें गाँव में बरात आने की ख़बर सुनते ही मछली की तरह चिलक उठतीं। सवर्ण टोले की शादियों में मंडप झंडियों से सजता। चँदोवा ख़ुशी से हवा में झूमता। रात में गैस बत्ती जलती। बैंडबाजों की मस्त आवाज़ें होतीं। दूल्हा घोड़े पर सवार होकर सिर पर मौर पहने राजा की तरह बैठता। दूल्हे के रिश्तेदार खील-बताशे और सिक्के दूल्हे पर लुटाते। बच्चे दौड़कर पैसे लूटते। पटाखे दगते। आसमान में आतिशबाज़ी से रंगीन रोशनियों के नज़ारों से उसकी आँखें फटी की फटी रह जातीं। सजी-धजी घूँघट काढ़े औरतें मीठे सुर में मंगलगीत गातीं। अक्षत चावल की बारिश करतीं। पुरवा-पत्तल में पूड़ी-सब्ज़ी और मीठी बूँदी की महक

से उसकी भूख बढ़ जाती। जिनकी अंटी में रक़म ज़्यादा होती, उनकी शादी में कई दफ़ा नौटंकी भी होती। तग-तड़ंग की नगाड़े की आवाज़ का जादू और नाच-गाने से उसकी नींद उड़ जाती। जब चटक साड़ी पहनकर गालों-होंठों को रंग से सँवारे कोई लौंडा घुँघरू झनकारते हुए चकरी नाच नाचता और हारमोनियम मास्टर ज़ोर से धौंकनी चलाता तो मनोज की पलकें भी न झपकतीं। मगर ऐसी बरात मनोज के टोले में नहीं आती। बाभन-ठाकुर टोला में ही ऐसी बरात चढ़ती। उनके टोले की शादी में दूल्हा पैदल या साइकिल से आता। रहमान चाचा कान फोड़ू नगाड़ा या तुरही बजाते। कभी-कभी बगल गाँव से सुलेमान भाई अपनी पिपिहरी बजाकर रौनक ला देते लेकिन सवर्ण टोले जैसी शादी का मज़ा नहीं आता।

गेहूँ की कटनी हो चुकी थी। खलिहानों में मड़ाई के लिए पुआल के ढेर लगे हुए थे। उन ढेरियों से बहती सुहानी-सोंधी सुगन्ध से हवा भारी हो चली थी। वहीं सिर पर दौरी लिये उसे तारा मिल गई। एक ही गाँव में रहने के कारण वे पहले भी अक्सर मिलते रहते। मगर आज उनका मिलना कुछ ख़ास था। मनोज से अगले मंगलवार तारा का ब्याह था। मनोज को देखकर तारा की काली-काली आँखें मछली की तरह चमक उठीं। मनोज उसके क़रीब गया। तारा की देह से कच्चे हरे नीबू-सी महक आ रही थी। उसका साँवला गोल चेहरा डूबते सूरज की रोशनी में सिन्दूरी लग रहा था। उसकी हल्की नुकीली ठुड्डी पर गिरते हुए काले-काले बाल उसके मुख पर काली जाली बुन रहे थे। मनोज ने उसे रोका और उसके सिर से दौरी उतारी। फिर मनोज ने ब्याह की बात छेड़ी। तारा को सुनकर लगा जैसे अभी-अभी उसके कानों के पास उसने तप्त होंठ रख दिए हों। कल्पना की इस छुवन से उसका मन खिल उठा। वह लजाकर जब चलने लगी तो अपनी लम्बी बरौनियाँ नीचे झुकाकर उसने मनोज से सिर्फ़ इतना कहा, "बरात घोड़े पर चढ़कर आना।"

तारा की यह बात मनोज के दिल में पैठ गई। इस सपने के अंकुर पनपने लगे। उसका यह सपना दिवास्वप्न ही रह जाता अगर उसे दसवीं के इम्तहान के पहले एकमुश्त वज़ीफ़ा न मिल जाता। यह बढ़े हुए वज़ीफ़े की बक़ाया रक़म थी। उसने इसका हिसाब अपने बप्पा को न देकर किताब में चुराकर रख लिया था। लड़की उसी टोले की थी। ऐसे में कोई ताम-झाम नहीं होना था। ब्याह की रस्म होनी थी। भाई-बिरादरी का भोज होना था। इतनी रक़म उसके बप्पा और लड़की के पिता ने जुटा ली थी।

मनोज ब्याह के लिए घोड़े के इन्तज़ाम को लेकर चिन्ता में घिर गया। बप्पा से सलाह ली तो उन्होंने एक सिरे से इसे फ़ालतू ख़र्च कहकर ख़ारिज कर दिया। मनोज को ब्याह के लिए घोड़ा मिलना आसान भी नहीं था। गाँव के आम आदमी गाय या बकरी पालते जबकि ताक़तवर और अमीर घोड़ा या हाथी। गाँव में घोड़ा ठाकुर राम बख़्श सिंह, पंडित राम नारायण शुक्ला या बग़ल गाँव के ठाकुर के यहाँ

ही था। मनोज जानता था कि वे सब शादी के लिए किसी दलित को घोड़ा उधार या भाड़े पर नहीं देंगे।

मनोज के दोस्त शंकर ने एक तरकीब सुझाई। सड़क से सटे गाँव में मनोज का हम-जाति कब्बर अपने गाँव से स्टेशन तक खड़खड़ा चलाता है। उसके पास खड़खड़े में जुतनेवाला ही सही एक घोड़ा है। उससे बात कर आधे दिन के लिए भाड़े पर घोड़ा लिया जा सकता है।

मनोज को शंकर की बात जँच गई। कब्बर पहले राज़ी न हुआ। बाद में हम-जाति होने का हवाला देने और मनोज की उमंग को देखकर राज़ी तो हो गया लेकिन उसने पूरे दिन के हर्ज़ को ध्यान में रखकर भाड़े की रक़म माँगी। रक़म ज़्यादा थी। मनोज के पास उसकी माँग मानने के अलावा और कोई चारा न था। अपने वज़ीफ़े की बचाई रक़म से तारा को पायल देने का उसका मन था। अब घोड़े का भाड़ा देने के बाद तारा को सिर्फ़ बिछुवा ही दे पाएगा, यह सोचकर वह थोड़ा उदास था।

ब्याह का दिन फुर्र से उड़कर आ गया। मनोज के घर की काली दीवारों के भाग जग गए। सफ़ेद मिट्टी से पुतकर दीवारें सुन्दर लगने लगीं। मनोज और उसके दोस्त रहमान ने लाल पन्नी काटकर झंडियाँ बनाईं। उन्हें लेई से एक डोरी में चिपकाकर एक लड़ी तैयार की। फिर उसे अपने कच्चे घर की छप्पर पर सजा दिया। छप्पर नेनुआ के पीले फूलों से पहले ही लदा हुआ था। झंडियों से उसकी शोभा और बढ़ गई। चौतरे पर तुलसी की मंजरियों से उड़ती ख़ुशबू से माहौल में एक पवित्र ख़ुशी छा गई। दरवाज़े की दीवारों पर गेरू से फूल-पत्तियाँ बनीं। स्वस्तिक का चिह्न बना। उसके बप्पा की बूढ़ी नसों में जवानी का ज्वार मचल रहा था। उसके पढ़े-लिखे बेटे का ब्याह जो था। हर पिता चाहता है कि उसके बेटे की शादी में वह सब कुछ हो जो वह अपनी शादी में नहीं कर पाया था। शहद निकले छत्ते की तरह उसकी आजी की झुर्रियों से भरे मुँह में बचा एक दाँत पोते की शादी की ख़ुशी से इन दिनों चमकता रहता। मनोज की अम्मा पीली धोती और साँवली सूखी कलाइयों में लाल चूड़ी पहने चिड़िया की तरह इधर-उधर पूरे घर में चहकती रहती। वह बेहद बेसब्री से बहू के घर आने की बाट जोह रही थी। उसे लगता कि घर में जवान औरत आएगी तो घर में थोड़ी चुहल रहेगी। उसे चूल्हा फूँकने से भी थोड़ी फ़ुरसत मिल जाएगी। खेती-बाड़ी के लिए भी एक जवान हाथ और मिल जाएगा।

मनोज ने नाई से बाल कटवाए, दाढ़ी भी बनवाई। उसका चेहरा सफाचट होकर वैसा ही चिक्कन लग रहा था जैसे किसी ने जंगली घास उगी ज़मीन को साफ़ कर दिया हो। नाई उसके सफ़ाचट गाल और तारा के होंठों को लेकर मज़ाक़ करके हँसी के मारे लोटन कबूतर हुआ जा रहा था। बुआ ने मनोज के पाँव में महावर लगाया। उसके आँखों में काजर लगाने के लिए उसने इठलाकर नेग माँगा। सुरती से काले पड़े मसूड़ों को दिखाते हुए अम्मा ने धोती की खूँट से रुपया थमाते हुए कहा, "आज

तुम्हारा हक़ है।" मनोज ने नए कपड़े पहनकर उस पर पीला जामा-जोड़ा भी पहना। उनकी बिरादरी में यही एक जामा-जोड़ा था। कोई ब्याह हो, कोई दूल्हा बने, जामा-जोड़ा यही पहनता। जामा उतरन का है, यह बात किसी दूल्हे को कभी नहीं चुभती। चुभती भी तो कोई बोलता नहीं। सुभीता न हो तो उतरन ही बहुत है। इसी तरह शादी, गौने या तेरही में साझे की गैसबत्ती और बर्तन भी होते।

मनोज के दरवाज़े पर पिपिहरी बजानेवाले आ गए थे। पिपिहरी की पीं-पीं से हवा गूँज रही थी। आठ-दस बराती नीमतले चिलम फूँकते हुए इस साल अच्छी बारिश के लिए इन्द्र देवता का गुणगान कर रहे थे। बरात चढ़ने में अब सिर्फ़ घोड़े का इन्तज़ार था। कब्बर का काला घोड़ा आते ही मनोज का सीना गर्व से फूल गया। उसके टोले में पहली बार बरात में घोड़ा आया था। वह मन-ही-मन तारा के चेहरे को याद करने लगा। घोड़े पर उसे चढ़ा देखकर तारा का साँवला चेहरा ख़ुशी से किस तरह ललौंछ हो जाएगा।

बरात उठी। आसमान घिरा था। ऊदे-ऊदे बादल गाँव की बँसवारियों को झुककर चूम रहे थे।

आठ घर छोड़कर बरात जानी थी। तारा का घर भी सँकरी कोलिया में था जहाँ बमुश्किल घोड़ा जा सकता था। मनोज के दोस्तों ने तय किया कि बरात गाँव का चक्कर लगाकर लड़की के दरवाज़े पर पहुँचेगी। मनोज को यह बात भा गई। पूरा गाँव उसे घोड़े पर चढ़ा देखेगा। उसका मन इस ख़याल से कबूतरों के पंख-सा फड़फड़ाने लगा। बरात में पिपिहरी की पतली पीं-पीं ख़ुशी के फूल बिखेरते हुए रास्ता साफ़ करने का सन्देश दे रही थी। काले घोड़े पर जामा-जोड़ा पहने मनोज बैठा था। उसके एक हाथ में डंडी थी। दूसरे हाथ से वह सिर से बार-बार गिरते मौर को सँभाल रहा था। घोड़ा चला। घोड़े के पीछे एक लड़का मोरछल की जगह छाता तानकर चलने लगा। सबसे पहले रमई काका का घर पड़ा जिसके खपरे बदरंग और टूटे हुए थे। सूखी काई उन पर जमी थी। उस घर के आगे से होते हुए बरात बूढ़े पीपल के पेड़ की तरफ़ चली। रास्ते में कुएँ की जगत पर बैठे कुछ लोग हँसी-ठिठोली के हिचकोले में डूबे हुए थे। पानी लेने आईं कुछ औरतें मुँह में आँचल दबाए दूल्हे को अचरज से निहार रही थीं। बूढ़ा पीपल आसमान से बात कर रहा था। हवा के हल्के झोंके से पत्तियाँ सरसराकर काँप रही थीं। पीपल के नीचे कुछ लड़के सतघरवा खेल रहे थे। वे अपना खेल छोड़कर बरात के पीछे लग गए।

मनोज को घोड़े पर बैठना अटपटा लग रहा था। एक तो उसे घोड़े पर बैठने का कोई अनुभव नहीं था। दूसरे खड़खड़े में नाधे जाने के कारण घोड़े को धीमे चलने की आदत नहीं थी। जरा सी एड़ लगते ही वह सरपट भागने की कोशिश करता। मनोज लगाम खींचता तो घोड़ा ग़ुस्से से हिनहिनाने लगता। पीछे चल रहे

लड़के सोंटी से कई बार उसे छेड़ देते। बाबू साहेब के कलमी आम के बाग़ की पगडंडी से गुज़रते हुए बरात मन्दिर की ओर मुड़ गई। बाग़ और मन्दिर के बीच में बड़ा ताल था। तीन-चार बगुले संन्यासी की मुद्रा में एक टाँग पर खड़े अपनी लम्बी चोंच से मछली गुटकने के लिए तैयार थे। एक कोने पर पानी की पारदर्शी चादर के भीतर से चाँदी-सी चमकती मछलियाँ झलक रही थीं। ताल के दूसरे कगार पर ठहरे हुए पानी की सतह पर पेड़ों की छायाएँ उलटी दिखाई दे रही थीं जैसे शीर्षासन कर रही हों। मन्दिर सवर्ण टोला में था। मनोज का मन्दिर जाने का मन नहीं था। उसे हमेशा लगता कि भगवान सिर्फ़ अमीरों के हैं। वे सिर्फ़ ताक़तवर की ही सुनते हैं। ऐसा नहीं होता तो उसके टोलावासी इतना हाड़-मांस गलाने के बाद भी इस क़दर बदहाल नहीं होते, जबकि अमीर लोग दिन भर घर में ताश-कौड़ी खेलकर भी मौज-मस्ती से रहते।

अम्मा की बात का मान रखने के लिए आख़िरकार मनोज मन्दिर होकर बरात ले जाने को राज़ी हो गया। मन्दिर राम बख़्श सिंह के पुरखों ने बनवाया था। राम बख़्श सिंह को गाँव में सब बाबू साहेब कहते। उनके सब खेत नहर किनारे थे। उनके बाग़-बँसवारी घर से सटे हुए थे। गाँव में पटवारी आता तो उनके घर की परिक्रमा लगाकर जाता। सिपाही-दरोगा आते तो उनके यहाँ चाय-पकौड़े खाकर जाते। कोई भी ग्राम प्रधान बनता, सरकार की हर योजना उनके घर से शुरू होती। सरकारी चाँपाकल उनके दरवाज़े पर लगता। बिजली उनके घर सबसे पहले आती। विधवा-बूढ़ों की पेंशन भी उनके घरवालों को सबसे पहले मिलती। चुनाव में वोट माँगने प्रत्याशी उन्हीं के घर आते। चुनाव अधिकारी-कर्मचारी उन्हीं की चारपाई पर सोते। उन सबके लिए शाम का खाना उन्हीं की रसोई में पकता।

बाबू साहेब के दरवाज़े के ठीक सामने मन्दिर था। मन्दिर की दीवारें उखड़ी और लोना खाई हुई थीं। वहाँ पूजा-आरती के लिए एक ब्राह्मण पुजारी था। बाबू साहेब के पाँच लड़कों और दो बेटियों में सबसे छोटा लड़का शेर सिंह मनोज का सहपाठी रह चुका था। कड़ियल क़द-काठी थी। वह दो साल दसवीं में फेल होकर अपने परिवार की शिक्षा परम्परा को मज़बूती से थामे हुए था। शरीफ़ इतना कि गाँव की लड़कियाँ उसे सामने से आता देखकर रास्ता बदल लेतीं। अपनी बहादुरी की डींग हाँकना और माँ-बहन की गाली देना उसकी फ़ितरत थी। उसके पिता उसके इसी गुण के कारण उसे अपनी असली सन्तान और ठाकुर का ख़ून मानते। शेर सिंह मनोज से हमेशा खार खाये रहता कि उसे दलित होने के कारण फ़ीस नहीं देनी पड़ती। ऊपर से सरकार उसे वज़ीफ़ा भी देती है। जो मनोजवा गाँव में उसके सामने ज़मीन पर बैठता वह स्कूल में उसके बराबर बैठता, यह बात उसे बिच्छू के डंक-सी चुभती रहती।

दूसरी अदावत इस बात की थी कि छोटी जाति होने के बावजूद मनोजवा इम्तहान में पास हो गया था और शेरसिंह उसी दर्जे में अटक गया था। बाबू साहेब मनोज से

इसलिए नाराज़ थे कि दलित टोले में उसकी मड़ई पर अभी भी नीला झंडा लहराता रहता। कटाई-निराई की बुलाहट में मनोज कभी न आता।

साँझ उतर रही थी। बाबू साहेब के दरवाज़े पर इमली के पेड़ तले चार-पाँच आदमी खाट पर बैठे थे। कुर्सी पर विराजे बाबू साहेब के पास लाठी के साथ उनका एक कारिन्दा ज़मीन पर उकड़ूँ बैठा था। खाट पर बैठा एक आदमी कुट-कुट करके सरौते से सुपारी कतर रहा था। पिपिहरी की मीठी आवाज़ के साथ घोड़े पर सवार दूल्हा उनके दरवाज़े के पास से गुज़र रहा था। बरात दिखने के पहले वे सब काफ़ी हँस-बोल रहे थे पर अब वे एकदम से चुप हो गए। यह चुप्पी मनोज और बरातियों को खटक गई। पिपिहरी वाला पूरी मस्ती में बजा रहा था। तभी घोड़े पर बैठे मनोज को एक हाँक सुनाई दी, "अरे मनोजवा है का? ससुरा पहचान मा ही नाहीं आवत।"

इस डपटती आवाज़ से घोड़े के आगे-पीछे चल रहे लोग थोड़ा सहम गए। मनोज ने भी हाँक सुनी। सुनकर अनसुना कर दिया। उसे ऐसी कटखनी बातें सुनने की बचपन से आदत थी। बड़ी जाति वाले छोटी जाति के लोगों को चिढ़ाने के लिए ऐसे ही अंट-शंट बोलते रहते। उनसे उलझना बेकार है, वह यह समझने लगा था। आज अपनी शादी के मौक़े पर तो वह किसी से उलझना नहीं चाहता था।

अभी कुछ दिन पहले स्कूल में मध्याह्न भोजन योजना को लेकर वह सवर्णों से उलझ चुका था। दरअसल स्कूल के नए प्रधानाचार्य ने एक रसोइया दोपहर का खाना बनाने के लिए तैनात किया था। वह दलित था। इसकी ख़बर जब सवर्णों को लगी तो उन्होंने स्कूल में प्रधानाचार्य को घेर लिया। वे उनको गालियाँ दे रहे थे। उनका आरोप था कि पिछड़े वर्ग के लोध प्रधानाचार्य जानबूझकर उनके बच्चों का धर्म भ्रष्ट कर रहे हैं। संयोग से मनोज उसी समय स्कूल के पास से गुज़र रहा था। उसने प्रधानाचार्य के बचाव में कहा कि क़ानून में छुआछूत करना दंडनीय अपराध है। सवर्ण ब्राह्मण रसोइया की माँग कर रहे थे। प्रधानाचार्य सहमत नहीं थे। उनका कहना था कि ऊँच-नीच और छुआछूत की भावना कम करने के लिए ऐसा करना ज़रूरी है। आख़िरकार सवर्णों ने अपने बच्चों का नाम स्कूल से कटा लिये। अन्ततः सवर्णों ने प्रधानाचार्य की शिकायत सवर्ण शिक्षा अधिकारी से कराकर उसका तबादला दूसरे स्कूल में करा दिया।

खाट पर बैठे दूसरे आदमी के होंठों के नीचे सुरती की खिल्ली दबी थी। उसने फ़ौरन खिल्ली थूकी। फिर उछलकर बोला, "हाँ भैया! लगत तो वहै है।" उसी वक़्त शेरसिंह घर की सहन से बाहर निकला। वह मनोज को झट पहचानकर बोला, "यह चमरवा के बेटवा मनोजवा आय। यहै सार हमरे साथ पढ़त रहा। दसवाँ का पास कर लिहिस, आसमान पर थूक रहा है।"

सुपारी की छल्ली बाबू साहेब को देते हुए पुजारी पंडित ने सीधे तीर मारा, "आजकल इन चमरवों की चर्बी बढ़ गई है। बसपा सरकार में आग मूत रहे थे।

सरकार बदल गई लेकिन रंग-ढंग नहीं बदले। काम पर बुलाओ तो पचास बहाना। वैसे ही घोड़ी पर चढ़कर बाबू साहेब बनेंगे।"

"बाबू साहेब बनेंगे" सुनकर कुर्सी पर बैठे सचमुच के बाबू साहेब के रोओं में आग लग गई। मूँछों के बाल ग़ुस्से से काँपने लगे। अपने पिता का यह रूप देखते ही शेरसिंह का गोल चेहरा भी लाल गुब्बारे की तरह फूल गया। नाक के पुटेरे अजीब तरह से थरथराने लगे। बाबू साहेब अगिया बैताल बन गए। ऐसे मौक़ों पर तिलमिलाहट से उनका बुरा हाल हो जाता। अंगार की तरह दहकते हुए लफ़्ज़ उनके मुँह से निकले, "लम्बे पर निकल आए हैं। सबक सिखाय दो।"

हुक्म मिलते ही ज़मीन पर बैठे आदमी की रगों में जोश दौड़ गया। उसने पास रखी लाठी उठा ली। शेरसिंह भी सचमुच शेर की मुद्रा में आ गया। खटिया पर बैठे आदमी सिपाही की तरह तनकर खड़े हो गए। पुजारी पंडित ने अगुआई की। हनक से कहा, "का रे मनोजवा, तुम्हार या हिमाकत कि घोड़ा पे चढ़कर बाबू साहेब के दरवाज़े से बरात निकालो। दीदा मा शर्म-हया, शिष्टाचार है कि नहीं? सब पढ़ाई मा डुबो दिया।"

सब बराती सन्न खड़े थे। मनोज के बप्पा आगे आए, "नहीं सरकार। हम तो भगवान कै दर्शन और आशीर्वाद खातिर आए रहन।" मनोज को डाँटते हुए उन्होंने कहा, "मनोज उतर घोड़वा से।" अकबकाया मनोज घोड़े से नहीं उतरा। उसे कुछ समझ नहीं आ रहा था।

पुजारी पंडित ने झनझनाती आवाज़ में फिर आग सुलगाई, "गाँव की मान-मरजाद का कोई ख़याल नहीं। छोट-बड़े का कोई लिहाज़ नहीं। यह तो सरासर अधर्म है।" अधर्म सुनते ही लाठी वाला आदमी आगे बढ़ा।

"अधरमी कहीं का," कहकर उसने एक झटके में मनोज को घोड़े से खींचकर नीचे गिरा दिया और उस पर लाठी बरसाने लगा। उसने घोड़े की टाँग पर भी ज़ोर से एक लाठी मारी। घोड़ा बिदककर हिनहिनाता सरपट भागा। मनोज के सर पर सजे मौर को शेरसिंह ने उठाकर फेंक दिया। जोड़ा-जामा फाड़ दिया। बराती उलटे पाँव भागे। कोई बचाने आगे नहीं आया।

बाबू साहेब के आदमी मनोज को लात-मुक्कों से पीट रहे थे। वह गुड़ी-मुड़ी होकर अपने को बचाते हुए 'मर गया बप्पा, मर गया बप्पा' चीख़ रहा था। उसके बप्पा हाथ जोड़कर उनसे दया की भीख माँग रहा था। पीछे लगे लड़के अपने टोले की तरफ़ फुर्र हो गए। जब शेरसिंह मनोज को जुतियाने लगा तो पुजारी पंडित घोड़े की लीद ले आया। फिर मनोज के मुँह में ज़बरदस्ती ठूँसते हुए बोला, "घोड़े पर चढ़कर आया तो घोड़े की लीद खाए, ई अधर्मी की यहे असली सजा है।"

मनोज को उस दिन बाबासाहेब भीमराव आंबेडकर की बात याद आई कि गाँव अत्याचारों का नरक है। उसी दिन उसने सौं ली कि देश के सबसे बड़े महानगर मुम्बई

जाएगा। उसने पुलिस में रिपोर्ट लिखाने की सोची लेकिन बप्पा ने मना कर दिया।

वह मुम्बई तो आ गया लेकिन दसवीं तक पढ़ाई के बावजूद उसके पास कोई हुनर नहीं था। नतीजा यह हुआ कि लोकल रेलवे स्टेशन की खिड़की पर छपे बेरोज़गारों के लिए इश्तहार देखकर उसे दरबान की नौकरी मिल गई।

मनोज जब भी पांडेय को देखता, उसमें उसे पुजारी पंडित की छाया दिख जाती। कानों में गूँजने लगता। "घोड़े की लीद खाए, इस अधर्मी की यही असली सजा है।"

पांडेय का व्यवहार सिर्फ़ मनोज से नहीं, रहवासियों से भी अच्छा नहीं था।

आकाश को भी पांडेय का रंग-ढंग और बोलचाल नहीं सुहाता। आकाश पांडेय से पूछता, "फ़्लश में पानी क्यों नहीं आ रहा है?"

पांडेय का पलट जवाब होता, "पानी के लिए पूरे मीरा रोड में हाहाकार है। टैंकरों की सप्लाई कम है। टैंकर दूना दाम माँग रहे हैं।"

आकाश पूछते, "कुछ फ़्लैट के फ़्लश में पानी आ रहा है और कुछ में नहीं।"

पांडेय का रटा-रटाया जवाब होता, "सब फ़्लैट में पानी आ रहा है।"

आकाश चिड़चिड़ाकर कहते, "मेरे फ़्लैट में तो नहीं आ रहा।"

पांडेय सफ़ाई देता, "आपकी लाइन में किसी फ़्लैट में लीकेज होगा। फ़्लैट बन्द करके लोग चले जाते हैं। किस फ़्लैट में लीकेज है, इसका पता नहीं लग पाता।"

आकाश का पारा चढ़ जाता, "किसी का फ़्लैट बन्द होने से मेरे फ़्लश में पानी न आने का क्या सम्बन्ध है?"

"मेन टैंक का पानी लीकेज के फ़्लैट से एक घंटे में बहकर ख़ाली हो जाता है," वह झुँझलाकर बोलता।

आकाश को उसके मुँह लगना अच्छा नहीं लगता।

कमेटी मेम्बर हफ़्ते में एक दिन इतवार को मिलते।

आकाश ने एक दिन सोसाइटी ऑफ़िस में मेम्बरों को घेरा।

"मेरे फ़्लश में पानी नहीं आ रहा।"

"मेरे भी फ़्लश में पानी नहीं आ रहा।" सेक्रेटरी ने रुखाई से जवाब दिया।

"सप्लाई बढ़ा दीजिए। आप तो ज़्यादा मेंटेनेन्स ले रहे हैं।" आकाश ने झट से कहा।

"गर्मी में सप्लायर डिमांड पूरी नहीं कर पा रहा है। दूसरे सप्लायर ज़्यादा रेट माँग रहे हैं। इसके लिए जनरल बॉडी बुलानी पड़ेगी।"

"जीएम बुलाने में अड़चन क्या है?"

"जल्दी बुलाते हैं।" सेक्रेटरी ने कहा। फिर मेंटेनेन्स की डिफाल्टर लिस्ट आगे करते हुए कहा, "देखिए! कितने लोगों का मेंटेनेन्स बाक़ी है।"

आकाश समझ गए कि यह अब आगे किसी भी सवाल का जवाब न देने का इशारा है।

सोसाइटी ऑफ़िस से आकाश खिसियाकर निकलने के बाद सोचने लगे, फ़्लैट दरअसल सुख से अधिक परेशानियों का घर है। परेशानियाँ उसके भीतर की नमी और कोमलता को झुलसाती जा रही हैं। फिर सहसा वसुधा का ध्यान आते ही वह हड़बड़ा से गए। वसुधा नाश्ते के लिए मुँह फुलाए बैठी होगी। उसे गर्म नाश्ता खिलाना ही पसन्द है। जब भी देर हो जाती तो वह झुँझलाकर कहती—नाश्ते के समय कहाँ ग़ायब हो जाते हो?आकाश बहाना बनाते। लेकिन मन-ही-मन मीठी-सी ख़ुशी भी होती कि इतनी बड़ी वसुन्धरा में कोई तो है जो उसके साथ का इन्तज़ार करता है। सेवानिवृत्ति के बाद सुखी घर सोसाइटी में वसुधा का साथ ही आकाश का असली सुख है

महानगर में वे हर दिन मलमूत्र की अन्धी गुफा में आत्महत्या के लिए उतरते जबकि यह सफ़ेदपोशों द्वारा की गई हत्या होती।

लॉबी में कचरा पेटी उतरने की खड़खड़।

यह खड़खड़ आकाश-वसुधा के लिए शोर से ज़्यादा घुड़की होती। कचरा दरवाज़े पर जल्दी रखने की घुड़की। आकाश अख़बार बाँचते हुए पानी के इन्तज़ार में और वसुधा चाय-नाश्ते की तैयारी करते हुए सुबह को सुस्वादु बनाने में इस क़दर मुब्तिला रहती कि दोनों कचरा बाल्टी दरवाज़े के बाहर रखना भूल जाते। सोसाइटी में कचरा लेने का समय और पानी छोड़ने का समय इतना आसपास था कि यह अन्तर करना मुश्किल था कि कौन पहले आएगा। कभी पानी पहले आता तो कभी कचरा पेटी धावा बोल देती।

वसुधा को कचरा पेटी की खड़खड़ की आवाज़ क़रीब आती लगी। कचरा बाल्टी लेकर दरवाज़ा खोला। दरवाज़ा खोलते ही बदबू का एक तेज़ भभका घर में ऐसे घुसा जैसे बारिश में मिट्टी-गन्दगी में लिपटा बच्चा धड़धड़ाता हुआ खेल मैदान से घर में घुस आता है। सड़ी सब्ज़ियाँ, फलों-अंडों के बासी छिलके, गोश्त की चूसी हुई हड्डियाँ, बच्चों के मलमूत्र से भरे डायपर, माहवारी से सने पैड और बेशुमार दूसरी फेंकी चीज़ों की मिली-जुली तीखी बू जब फ़्लैट के निर्मल वायुमंडल पर हमला बोलती तो नाक को डर से कुछ क्षण के लिए दबा लेने के अलावा कोई और विकल्प नहीं होता। यही नहीं, सोसाइटी के जिन फ़्लैटों में फ्रेशनर की सुगन्ध हवा में तिरती रहती, उसे परास्त कर बदबू अपना साम्राज्य स्थापित कर लेती।

सोसाइटी में रहवासियों को गीला और सूखा कचरा अलग-अलग करके देना होता। वसुधा कई बार गीला कचरा सूखे कचरे की पेटी में डाल देती तो कभी सूखा

कचरा गीले कचरे की पेटी में फेंक देती। आकाश से तो अक्सर यह ग़लती होती। कई रहवासी अभी भी एक ही कचरा पेटी रखे हुए थे। सोसाइटी का सुपरवाइज़र पांडेय कई बार ऐसे रहवासी की घंटी बजाकर उन्हें टोकता रहता।

आकाश का यह सोचकर दिल बैठ जाता कि जिस बू को कुछ पल सहना उसे दुश्वार लगता है, उन सफ़ाईकर्मियों के लिए कितना त्रासद होगा जो लगातार इसके साथ बने रहते हैं। नंगे छोटे-छोटे हाथों को कचरे के ढेर से पेंसिल, क्लिप, टूटे खिलौनों को छाँटते हुए देखकर उसे संविधान में दर्ज बराबरी शब्द के अर्थ की अरथी उठती हुई लगती। जब उसे यह ख़याल आता कि पूरे शहर का कचरा जहाँ डम्प किया जाता होगा, उसके आसपास रहनेवालों की सेहत की क्या दशा होगी, वह भीतर से काँप जाता।

दरवाज़े पर दो कचरा ड्रमों के साथ संगीता थी।

नाक-नक़्शे से सुघड़। गोल पीला-सा मुँह जैसे किसी ने सफ़ेद चेहरे से ख़ून चूसकर हल्दी पोत दी हो। सूरजमुखी के बीज की तरह काली आँखें। चट्टानों की नोक की तरह गालों की उभरी हुई हड्डियाँ। मुरझाई भिंडी-सी पतली-पतली मांसहीन उँगलियाँ। एक आम मेहनतक़श औरत की तरह सख़्त शरीर। कमर में लोच। हाथों में न चूड़ियाँ और न गले में कोई ज़ेवर या मंगलसूत्र। दरअसल स्त्री सुलभ लास्य ही उसका सबसे बड़ा ज़ेवर था।

फ़र्श पर बाल्टी रखते समय वसुधा की नज़र मरियल, मासूम-से बच्चे पर पड़ गई जो संगीता के पास खड़ा उसे टुकुर-टुकुर देख रहा था। उम्र सात-आठ साल। क़मर से गिरी हाफ़ पैंट। ढीली-ढाली क़मीज़ जैसे किसी और की हो।

मुस्कान की फुहार बिखेरते हुए वसुधा बोली, "अरे! इसे क्यों साथ लाई?"

संगीता के मन के ज़ख़्म खुल गए जैसे सूखने के पहले उस पर चिपकाई पट्टी उधेड़ दी गई हो। अपने ज़ख़्म को अपनी लावारिस मुस्कान की ओट में छिपाने की असफल कोशिश उसने की।

फिर खरोंची-सी आवाज़ में कहा, "आंटी, आज इसकी छुट्टी है। घर पर कोई नहीं है। बाहर बावला-सा दोस्तों में घूमता रहता।"

यह कहकर लड़के के बालों पर वात्सल्य से हाथ फेरने लगी गोया वह उसके बालों को नहीं, अपने सपनों को सहला रही हो।

वसुधा ने कचरा बाल्टी नीचे रखी। बच्चे की तरफ़ मुख़ातिब हुई, "स्कूल जाते हो?"

यह किसी भी अमीर का ग़रीब बच्चे से पूछा जाने वाला आम सवाल था। सवाल में ही ग़ैरबराबरी झलकती। बच्चों को ग़ैरबराबरी के संकेतों को समझने की अक्ल बहुत जल्दी आ जाती है। सवाल पूछते ही बच्चे ने संगीता का हाथ ऐसे जकड़ लिया गोया माँ को ही इसका जवाब देना है।

संगीता ने टूटती-सी आवाज़ में कहा, "हाँ आंटी, पढ़ता है न! दूसरी में। मराठी स्कूल में। अंग्रेज़ी भी पढ़ाते हैं।"

अंग्रेज़ी शब्द पर उसका ज़ोर ऐसे था जैसे वही असली पढ़ाई हो। वह शायद समझने लगी थी कि अंग्रेज़ीदां को ऐसा रोज़गार आसानी से मिल जाता है जिसमें क़मीज़ का कॉलर काला नहीं होता।

वसुधा ने ग़ौर से लड़के को देखा। उसके सर के बाल तेल से चिपककर चटाई बन गए थे। बदन पर मैल की पपड़ियाँ जमा थीं। शायद उनके यहाँ पानी कई दिनों से न आया हो। वसुधा का मन कर रहा था कि उसे पकड़कर नहला दें। नहला देने से कितना सुन्दर लगेगा। उसमें वसुधा अपने बेटे का अक्स देखने लगी।

आजकल वसुधा जिस भी लड़के को देखती, उसमें कुछ न कुछ बेटे का अंश खोजने लगती। किसी लड़के का माथा उसे अनुराग से मिलता लगता तो किसी लड़के की आवाज़। वसुधा एक पल के लिए एकटक अपनी टूटी मुस्कान के साथ उसे देखती रही।

सहसा वसुधा ने संगीता को रुकने का इशारा किया। वह झट किचन गई। लौटी तो उसके हाथ में चॉकलेट थी। बच्चा माँ की धोती की ओट से झाँक रहा था। बच्चे को पास बुलाकर बोली, "यह लो।"

वसुधा के चेहरे पर एक धुली मुस्कान आ गई। मुस्कान जो होंठों के दोनों कोनों में समा नहीं पा रही थी। वसुधा के बुझे चेहरे के अनेक रंग उस क्षण तिरोहित हो गए थे। मोद से भरा चेहरा वात्सल्य की दीप्ति से चमकने लगा। वह इस पल एक सम्पूर्ण माँ लग रही थी। उधर संगीता की आँखें उसी आदर के साथ वसुधा को निरख रही थीं जैसे एक माँ दूसरी माँ को देखकर महसूस करती है।

बच्चा गद्‌गद था। जिन घरों से तिरस्कार मिलता था, वहाँ से मीठी चॉकलेट पाकर वह उसे अपने ग़रीब हाथों में ऐसे छिपा रहा था जैसे पता नहीं कब उसकी ख़ुशी पर कोई डाका डाल दे।

संगीता को अक्सर लगता कि उसका बेटा बाबू झोंपड़पट्टी की मैली धूप और बीमार हवा में रहते हुए कछुए की तरह धीमा और सुस्त होता जा रहा है। उसे साफ़ पानी की नदी चाहिए। खुली रोशनी और हवा। ताज़ा धूप। स्कूल की छुट्टी के दिन वह अपने बेटे बाबू को अपने साथ काम पर ले आती। छोटा होने के बावजूद संगीता उसके साथ अपने को ऐसा सुरक्षित महसूस करती जैसे वह जेड सिक्यूरिटी में हो।

संगीता ने बच्चे को पुचकारते हुए कहा, "आंटी को थैंक यू बोलो।" बच्चे ने लजाकर आँखें नीची कर लीं मानो उसका लजाना और आँखें नीची करना ही थैंक यू बोलना हैं।

वसुधा दरवाज़ा बन्द करके अभी मुड़ी ही थी कि आकाश ने हौले से कहा, "इसे पांडेय परेशान करता है।"

वसुधा की भौहें तन गईं। पेशानी पर शिकन पड़ गईं। वह तिलमिलाकर बोली, "तुम्हें कैसे पता? तुम कोई जासूस हो? संगीता ने तुम्हें बताया?"

वसुधा के सवालों की बौछार से आकाश अकबका गए। उन्हें लगा कि अभी कुछ क्षण पहले जहाँ वात्सल्य की नदी बह रही थी, वहीं अब कटखनी बिल्ली की तरह क्रोध का ज्वार फूट रहा है। उन्होंने सोचा कि स्त्री का मन पारे की तरह चंचल होता है। बात को विराम देने के लिए आकाश ने समर्पण कर दिया।

"कई दफ़ा मैंने बेसमेंट में पांडेय को इसे बिला वजह डाँटते हुए देखा है।"

"पांडेय है ही बदमाश।" कहकर वसुधा तमतमाती मास्टररूम में चली गई।

आकाश को वसुधा हमेशा एक अबूझ पहेली लगती।

वैसे आकाश का अन्देशा ग़लत न था। सुपरवाइज़र पांडेय संगीता के जिस्म को पाने की ख़्वाहिश की आग में झुलसता रहता। वह अमूमन संगीता की ड्यूटी पोडियम पर कभी नहीं लगाता। उसके लिए बेसमेंट की सफ़ाई मुक़र्रर रहती। संगीता जब बेसमेंट में काम कर रही होती तो किसी न किसी बहाने वहाँ पहुँचकर कभी सिगरेट पीते हुए धुएँ के छल्ले बिखेरता तो कभी सुरती का बड़ा सा खिल्ला मुँह में दबा लेता। मेज़ पर पानी के टैंकरों का हिसाब रखने का कच्चा रजिस्टर और विज़िटर रजिस्टर पड़ा रहता। मनोज आर्य के अलावा कोई गार्ड कुर्सी पर बैठा होता तो पांडेय रजिस्टरों को खिसकाकर एक कामुक बन्दर की तरह मेज़ पर बैठकर संगीता को घूरता रहता। संगीता झाड़ू बुहारने में लगी रहती। थोड़ी-थोड़ी देर पर कनखियों से झाँकती तो पाती कि पांडेय की भूखी नज़रें उसकी देह का मुआइना कर रही हैं। यही नहीं, कई दफ़े उसे लगता कि पांडेय अपनी कल्पना में भूखे भेड़िये की तरह धारदार दाँतों से उसके उन्नत वक्षों को भँभोड़ रहा है जो झुककर झाड़ू लगाने के कारण ब्लाउज़ से कटे चाँद की तरह झाँकने लगते। संगीता इसे ताड़ लेती। कई बार खड़ी होकर अपने ब्लाउज़ को ऊपर उठाकर ठीक करती।

संगीता को अपनी देह से जितना प्यार था उससे अधिक उसको लेकर डर भी लगता। उसे सबसे अधिक उलझन अपनी छाती पर उभरे मांस की दो गेंदों से होती जिन्हें छूने, दबाने और पाने के लिए मर्द सरेआम तरह-तरह की घिनौनी हरकतें करते। वह भीड़ में चल रही होती तो मांस के उन दो लोथड़ों को कोई न कोई अक्सर कोहनी मारकर सर्र से आगे निकल जाता। लोकल ट्रेन के डिब्बे में या भरी बस में कोई उन्हें पीछे से दबा देता या सटकर ऐसे खड़ा होता कि उन पर दबाव बना सके। इन ज़ालिम मर्दों से अपनी देह बचाने के लिए संगीता तरह-तरह की तरकीबें अपनाती। वह भीड़ में अक्सर अपना बैग अपनी छाती पर ढाल की तरह रख लेती। उसकी इन्द्रियाँ ताड़ लेतीं कि कौन-सा मर्द या लड़का किसी बहाने से उसकी छाती पर झुकने या गिरने वाला है। वह उसके गिरने या झुकने के पहले ही उससे सटककर अपनी बाँहें सिकोड़ लेती।

उसका मर्द कृष्णा न तो संगीता से उम्र में ज़्यादा बड़ा था, न ही दुहाजू या रँडुआ ही। हाँ, अपनी भारी क़द-काठी से वह अपनी उम्र से कुछ ज़्यादा ज़रूर लगता। रंग आबनूस की लकड़ी की तरह धुर काला। अपने रंग के कारण वह भीड़ में एकदम अलग दिखता। दिमाग़ से सरल, भोलाभाला और इतना सहज कि जो कोई कुछ कहता, उसे बिना शक और हीला-हवाला के झट मान लेता। उसकी अज्ञानता ही उसका सुख था और वही उसका दुख भी।

बच्चे भी उसे बुद्धू बनाने का खेल खेलते। वह अपने बौड़मपन पर हँसता तो उसकी उजली हँसी चमकते दाँतों के बीच खिल उठती। वह इसमें मज़ा लेता मानो उसे अपने इस गुण पर नाज़ हो। कृष्णा की माँ बचपन में तपेदिक से ऊपर सिधार गई थी। माँ के गुज़र जाने के बाद खाना माँगने पर कृष्णा का बाप उसे बहुत पीटता। बाप समझता था कि कृष्णा की भूख ने उसकी बीबी को लील लिया है। कृष्णा अपने बाप से बहुत कम बात करता। उसे लगता कि उसके बाप के पास देने को सिर्फ़ भूख और मार है।

बीएमसी की कचरा गाड़ी पर उसके पिता की ड्यूटी थी। एक दिन उसका पिता कचरा गाड़ी को बैक कराने के लिए पीछे खड़ा हाथ हिला रहा था कि अचानक पुलिस चालान से बचने के लिए तेज़ भागते ट्रक ने उसे कुचल दिया। कृष्णा को अपने पिता के ऑफ़ होने का कोई ख़ास रंज नहीं हुआ।

कृष्णा को अपने बाप से इतनी खुन्नस थी कि उसने अपने पिता की मौत की एवजी नौकरी भी न ली। कृष्णा का शरीर भैंसे-सा था लेकिन स्वभाव में गाय-सी झेंप थी। शर्मीला इतना कि औरत बात करती तो वह अपनी भौंह भी ऊपर नहीं उठाता। वह गन्दे मलबे का भारी बोझ आसानी से उठा लेता लेकिन भूख का भार उसे बर्दाश्त नहीं होता। उस वक़्त वह ग़ुस्से से काँपने लगता गोया मिर्गी का दौरा पड़ गया हो। भरपेट खाना और देसी दारू का अद्धा कृष्णा को ख़ुश रहने के लिए काफ़ी था।

संगीता को न तो कृष्णा की क़द-काठी, जली लकड़ी-सा देह का रंग, उसकी कुम्भकर्णी भूख और न ही दारू की बोतल से कोई शिकायत थी। उसे सिर्फ़ एक ही तकलीफ़ थी–उसकी देह की बदबू। कृष्णा क़रीब से गुज़रता तो संगीता को लगता कि कोई नाबदान पास से गुज़र गया हो। बदबू से बचने के लिए वह संकोच और भय से नाक पर कपड़ा रखने की गुस्ताख़ी भी न करती। कृष्णा जैसे भलमानुस के साथ ऐसा करना मनुष्यता का अपमान होता। वह उसके क़रीब जाने से वैसे ही बचती जैसे कुष्ठरोगी से हाथ मिलाने के लिए लोग बचते हैं। हालाँकि एक छोटी-सी खोली में वह उस नाबदान जैसी बू से कहाँ भाग जाती जिसके साथ उसको रहना-सोना मजबूरी हो। उसे हैरत होती कि कृष्णा को कभी यह एहसास भी न होता कि उसकी देह से इतनी बू आती है। बिस्तर में जब वह आलिंगन के लिए हाथ बढ़ाता तो उसके हाथ स्पर्श के पहले बदबू संगीता को अपनी गिरफ़्त में ले लेती। कृष्णा की बलिष्ठ

भुजाओं से संगीता का बचना नामुमकिन होता। ऐसे में वह अपने बदन को पूरा ढीला छोड़ देती जैसे वह एक जीवित लाश हो। वह तब तक योग के शवासन क्रिया की तरह मृत-सी बनी रहती जब तक कृष्णा ख़ुद लथपथ होकर बिस्तर पर गिर न जाता।

कुछ दिन यह सिलसिला चला। फिर संगीता को एक ऐसी तरकीब सूझी जिससे केलिक्रिया के दौरान उसे अपनी साँस को साधना नहीं पड़ता। कृष्णा जब साथ में बिस्तर में होता तो वह कल्पना करती कि उसके साथ कृष्णा नहीं, कोई और मर्द है जिसकी देह से भीनी-भीनी ख़ुशबू उड़ रही है। ऐसा सोचते ही वह कृष्णा के साथ बेल लता की तरह लिपट जाती। संगीता के शवासन क्रिया से जहाँ कृष्णा पहले कुछ उखड़ा-उखड़ा रहता, वहीं रति क्रिया में आए इस बदलाव से उसके काले रंग में भी चमक बढ़ गई थी। संगीता की देह भी मछली की तरह थरथराकर प्रेमरस की नदी में तैरने लगती।

उसका बेटा शिवा जब हुआ तो सबको हैरत हुई कि बच्चे का रंग-रूप और नाक-नक़्श कुछ भी कृष्णा से नहीं मिलता। सब कहते कि बच्चा कृष्णा पर नहीं गया है। ऐसे मौक़े पर संगीता मन-ही-मन मुस्कराती कि वह तो कृष्णा के साथ कभी सोई ही नहीं तो शिवा उस पर कैसे पड़ता। संगीता को यह भी याद नहीं रहता कि कल्पना में वह किस-किस के साथ सोई है। कृष्णा के साथ सोते समय उसकी कल्पना में कोई न कोई नया सजीला-गठीला मर्द उसके साथ होता। ऐसे में शिवा की शक्ल किस पर पड़ी है, यह बता पाना उसके लिए भी नामुमकिन था। बहरहाल शिवा के जन्म प्रमाण-पत्र और पाठशाला में उसके पिता का नाम कृष्णा ही था। उसके पितृत्व के बारे में जैविक रूप से सन्देह की भी कोई गुंजाइश उसके पास नहीं थी।

कृष्णा की देह की बू का राज़ यह था कि वह मेनहोल और सीवर की सफ़ाई का काम करता था। उसके पिता भी सफ़ाई का काम करते थे। वह इस सिलसिले को तोड़ना चाहता था। अपने बेटे को पढ़ाना चाहता था।

अपनी सफ़ाई सभी करते। सुबह उठते ही सब अपने गन्दे-पीले दाँत साफ़ करते। दातुन-ब्रश से दाँतों को देर तक रगड़ते। देह पर जमी मैल की धारियों को हटाने के लिए साबुन की बट्टी रगड़ मारते। पेट साफ़ करने के लिए सिगरेट, गर्म चाय या नीबू पानी पीते। गन्दे कपड़े फींच-फींच कर धोते। बर्तन जूने से रगड़कर माँजते। ख़ुद की सफ़ाई करने को पवित्र मानते जबकि वही सफ़ाई का काम दूसरा उनके लिए करता तो उसे अपवित्र मानते। उसके हाथ से खाने का सामान तक नहीं लेते। उसके छूने मात्र से वे अपवित्र हो जाते।

वैसे पूरे देश में सरकारी नौकरी के लिए मारामारी थी। लेकिन सफ़ाईकर्मी की नौकरी के लिए किसी और जाति की अर्जी नहीं आती। एक तरह से उनकी जाति के लिए यह नौकरी आरक्षित रहती। हालाँकि कुछ चतुर सवर्णों ने इसमें भी सेंधमारी कर ली थी। वे कई बार गाँव में सफ़ाईकर्मी की नौकरी हथिया लेते और ख़ुद काम

करने के बजाय दलित जाति के किसी बेरोज़गार को चौथाई वेतन पर एवजी रख लेते। सफ़ाईकर्मी के पद सृजित करनेवाले अक्सर सवर्ण होते जो इस काम में आना नहीं चाहते। सफ़ाईकर्मी को हिकारत और घृणा से देखते। इनके पद कम बनाते। पद ख़ाली होने पर भी भर्ती नहीं करते। सफ़ाई के काम को छोटा समझते। इधर उदारीकरण लागू होने के बाद उनकी पक्की नौकरी का टोटा हो गया था। ज़्यादातर उनसे ठेके पर काम कराया जाता। सरकार का पेंशन, मकान, दवा-इलाज, महँगाई भत्ता जैसी सुविधाओं के देने का ख़र्च बचता।

कृष्णा रमा जनकल्याण लिमिटेड में सफ़ाई ठेका मज़दूर था। यह कम्पनी नगरसेवक हरि शिन्दे की थी। यह बीएमसी से निर्माण, सफ़ाई, पानी की सप्लाई जैसे कामों के लिए ठेका लेती।

हर राजनेता का एक इतिहास होता है। हरि शिन्दे का भी था।

हरि शिन्दे पहले मुम्बई की लोकल ट्रेन में मासिक पास का प्लास्टिक कवर, चाभी के गुच्छे, बालपेन कमीशन पर बेचता था। ग्राहकों को रिझाने के लिए उसने अपनी ज़बान की अच्छी मस्क की थी। वह इतना मीठा बोलता कि उसके दोस्त मज़ाक़ में कहते कि वह बोलने के पहले शहद चाटता है। इसी ज़बान के जादू से उसने कमीशन एजेंट से नगरसेवक बनने का सफ़र बेहद कम समय में पूरा कर लिया था। हालाँकि उसके क़रीबियों का कहना था कि अगर वह बाबरी मस्जिद ढहाने के जत्थे में शामिल नहीं होता तो मुम्बई की लोकल ट्रेन में आज भी उसी तरह सस्ता सामान बेचने के लिए अपनी आवाज़ के करतब दिखा रहा होता।

कभी-कभी आवेग में किए काम आपके जीवन का रंग बदल देते हैं। फिर हमें जीवन के तमाम पड़ाव उन छोटे स्टेशनों की तरह लगते हैं जिन्हें एक्सप्रेस ट्रेन छोड़ती हुई बड़े स्टेशन पर जाकर रुकती है। हरि शिन्दे के साथ भी यही हुआ।

अयोध्या जाने का फ़ैसला शिन्दे का नहीं, उसके दोस्त अमन कदम का था। अमन कदम पूर्णकालिक शिव सैनिक था। अपनी चाल की इकाई का वह सर्वेसर्वा था। वे दोनों चाय की दुकान पर अक्सर राजनीति पर चोंच लड़ाते रहते। उत्तर भारतीयों को लेकर वे एकमत थे कि उन्होंने आमची मुम्बई की आबोहवा को ही नहीं बिगाड़ा है बल्कि मराठी मानुस की जगहों और नौकरियों को भी छीना है। अमन सबसे अधिक लालू प्रसाद यादव से ख़फ़ा रहता कि उसने अयोध्या जाते हुए लालकृष्ण आडवाणी के रथ को रोक दिया। बाबरी मस्जिद तोड़नेवाले जत्थे में अपनी चाल से अकेला होने के कारण वह हरि शिन्दे को साथ ले गया था। यह शिन्दे का सौभाग्य था कि मस्जिद ढहाने के अख़बार में छपे फ़ोटो में उसका चेहरा भी एक कोने में झलक रहा था जबकि अमन उस फ्रेम से बाहर ही रह गया था।

अयोध्या से लौटने के बाद शिन्दे की दैनिकचर्या बदल गई। वह ट्रेन में पेन-चाभी आदि बेचने के बाद कहीं जाने के बजाय सीधे पार्टी अध्यक्ष के घर के गेट

पर पहुँच जाता। मस्जिद ढहाने का मढ़ा हुआ फ़ोटो उसके साथ रहता। वह वहाँ मौजूद कार्यकर्ताओं से मिलता-जुलता। उन्हें वह फ़ोटो दिखाकर अपने पराक्रम की गाथा सुनाता। साहेब की झलक देखते ही दौड़ पड़ता। अपनी शहद-सी बोली, चरण स्पर्श की कला और अख़बार की कतरन ने उसे बीएमसी में नगरसेवक का टिकट दिला दिया।

शिन्दे को टिकट मिलने से सबसे ज़्यादा क्षुब्ध अमन था लेकिन वह पार्टी का पक्का कार्यकर्ता था। उसने अपने दोस्त शिन्दे का साथ दिया। चुनाव के दो दिन पहले शिन्दे ने मस्जिद ढहाने की उस कतरन की फ़ोटो कॉपी अख़बार के बीच में रखवाकर पूरे इलाक़े में बँटवा दी। तमाम हिन्दू वोट उसके साथ हो गए। हिन्दू ख़ासकर मराठी वोटों की बारिश से वह नगरसेवक बन गया।

शिन्दे की बैठक में आज भी वह मस्जिद ढहाने वाला फ़ोटो मढ़ा हुआ लगा है। वह जब भी अकेले में होता, उस फ़ोटो की महिमा को मन-ही-मन प्रणाम करता।

राजनीति में जनशक्ति ही सत्ता की सीढ़ी है। जितने अधिक कार्यकर्ता, उतनी ही उसकी ताक़त, यह मंत्र शिन्दे ने इस दौरान सीख लिया था।

अपनी माँ की स्मृति में बनाई कम्पनी में बेरोज़गारों को वह रोज़गार देता। वे उसके निजी कार्यकर्ता होते और कमाई के हाथ भी। किसी को वह सड़क मरम्मत से जुड़े काम में लगाता तो किसी को पानी के टैंकरों की सप्लाई में लगा देता। सड़क, सफ़ाई और सीवर सफ़ाई के ठेके लेने में भी रमा जनकल्याण लिमिटेड आगे रहती। शिन्दे अपने कर्मचारियों को परिवार कहता। किसी का वह बेटा बन जाता तो किसी का भाई। जब किसी कार्यकर्ता के पंख निकलने लगते तो उसका पत्ता साफ़ करने में उसे कोई दया नहीं आती।

रमा जनकल्याण लिमिटेड में कृष्णा का नाम पे रोल में नहीं था लेकिन पगार उसे बराबर मिलती। पक्के रजिस्टर में लिखे नामों के लिए रमा जनकल्याण लिमिटेड कम्पनी को ईएसआई के तहत पेंशन, ग्रैच्युटी, इलाज के लिए रक़म देनी होती। कृष्णा का नाम कच्चे रजिस्टर में दर्ज था।

कृष्णा की सफ़ाई टोली में कई लोग थे। लेकिन उसकी पटरी हेम और बाला से ज़्यादा बैठती। इन तीनों को बान्द्रा की सीवर और पाइप की सफ़ाई का इलाक़ा मिला था। वसई स्टेशन से वे तीनों लोकल ट्रेन से आते। फिर किसी के घर में जब गू-मूत फफाकर तैरने लगता या सीवर चोक होने पर सोसाइटी का मलबा सड़क पर फूटकर रिसने लगता या हैजा या मलेरिया या चिकनगुनिया फैलने के डर से कोई शिकायत करता तो इंजीनियर या सुपरवाइज़र के कहने पर फावड़ा, रस्सी और टॉर्च लेकर वे काम के लिए निकल पड़ते।

नाली या पाइप में मलबा जाम होना शहर में एक बड़ी विपत्ति की तरह आता। जब मलबा साफ़ हो जाता तो किसी को इनकी याद भी नहीं आती। शहर में जितने

आदमी बढ़ते। उतनी ही गन्दगी बढ़ती। मलबा और पानी निकासी के बने नालों पर गगनचुम्बी इमारतें इतराती हुई दिखती रहतीं। यह अजीब आधुनिक विकास था, जहाँ गन्दगी साफ़ नहीं की जाती, छिपाई जाती। नहाकर मैल साफ़ करने के बजाय देह की दुर्गन्ध केवल दुर्गन्धनाशक छिड़ककर मिटा ली जाती। दुर्गन्धनाशक व्यापारी रुपयों की ख़ुशबू में नहा रहे थे।

प्लास्टिक ने तो तबाही मचा रखी थी। कहने की ज़रूरत नहीं, यह प्लास्टिक समय था। तेल, घी, दूध, सब्ज़ी, रोटी, ब्रेड, शैम्पू से लेकर दारू तक सब कुछ प्लास्टिक के पाउच में मिलता। प्लास्टिक गलता नहीं। पाइप या सीवर में फँसकर पानी के बहाव को रोक देता।

कृष्णा की तिकड़ी में हेम थोड़ा अक्खड़ और नखरेबाज़ था। बाला और कृष्णा की तुलना में शरीर से थोड़ा कमज़ोर भी। उसके पास देसी दारू का पाउच हमेशा रहता। हेम अक्सर नीम नशे में डूबा रहता। बाला तंज मारता कि इसकी देह में आधा ख़ून और आधी दारू होगी। रात में हेम की अपनी बीबी से रोज़ ही चिकचिक होती। वह उस पर हाथ भी उठा देता। अपने काम में भी वह कच्चा था। मेन होल या सीवर की सफ़ाई करने के लिए हीला-हवाला करता। ग़ुस्से में कई बार बड़बड़ाता, "फ़्लैट में रहनेवाले सालों को थोड़ी देर मैला सूँघने दो। साले! हमारे काम की क़ीमत तो समझें।"

कृष्णा उससे इत्तफ़ाक़ नहीं रखता। वह झटपट फावड़ा, रस्सी और टॉर्च लेकर चल देता। मजबूरन हेम और बाला को भी चलना पड़ता। हालाँकि हेम रास्ते भर कृष्णा को कोसता रहता कि इस बेवकूफ़ कृष्णा के चलते हम सूअर की तरह मैला साफ़ करने चल देते हैं। उन कमबख़्तों के लिए जो न हमें छूना पसन्द करते हैं और न ही देखना। हाथ धोने या पीने के लिए पानी माँगने पर प्लास्टिक मग से भी पानी नहीं देते।

मेनहोल का लोहे का ढक्कन पहाड़-सा भारी होता। उठाने में हँफनी छूट जाती। अगर शरीर थका या बीमार होता तो कृष्णा भूखे बैल-सा धड़ाम से गिर जाता। बेलचा ढक्कन के छल्ले में फँसाकर वह ढक्कन उठाता। मेनहोल खुलते ही नरक का दरवाज़ा खुलता। उसमें भरी ज़हरीली गैस सँपेरे की बन्द थैली में भूखे साँप-सी फुफकारती हुई निकलती। उसका भभका इतना तेज़ होता कि ज़हरीली गैस कृष्णा के मुँह पर बँधे गमछे को चीरकर नथुनों के भीतर चली जाती। ज़हरीली गैस का ग़ुस्सा तब भी शान्त नहीं होता। वह साँस की नली से लड़ती-झगड़ती, उसके फेफड़ों पर हमला कर देती। कृष्णा महसूस करता कि गैस उसके फेफड़े को कुतर रही है लेकिन उसे रोक नहीं पाता। उसे रोकने के लिए साँस रोकनी पड़ती। साँस रोकने का मतलब हमेशा के लिए साँस रुक जाना।

इस जानलेवा काम से बचने का एक ही रास्ता था—काम छोड़ना। काम छोड़ने

का मतलब भूखा रहना। भूखा कृष्णा रह नहीं पाता। वह बस इतना करता कि थोड़ी देर मेनहोल के ढक्कन को खुला छोड़ देता। जब ज़हरीली गैस निकलकर साफ़ हवा से गले मिलकर अपना गिला-शिकवा दूर कर लेती तो वह उस अँधेरे नरक में घुसता। सीवर गहरा होता तो वह कमर में रस्सी बाँधकर उतरता जैसे कुएँ में गिरी हुई चीज़ निकालने के लिए उतर रहा हो। हेम या बाला ऊपर से रस्सी पकड़े रहते। मलमूत्र, कूड़ा-करकट की लुगदी में बहेलिये के जाल में चिड़ियों की तरह फँसी टहनियों-पॉलीथिन को कृष्णा इस तरह हाथ से निकालता जैसे उन्हें क़ैद से मुक्त कर रहा हो। वह प्लास्टिक और न गलने वाले मलबे को छाँट कर अलग कर लेता, फिर बचे मलबे को फावड़े से निकालता। तसला ऊपर उठाकर वह हेम या बाला को पकड़ा देता। ऐसे समय में वह घिन के दायरे से बाहर चला जाता। वह पूरी तन्मयता से काम करता। नाला साफ़ हो जाता। उसमें बहते पानी की कल-कल सुनकर उसे ऐसी ख़ुशी मिलती जैसी उसे खाना खाने के बाद मिलती।

पेट ख़ुशी से नहीं, रोटी से भरता।

संगीता रोटी-सब्ज़ी कटोरदान में देती। कटोरदान में दाल नहीं होती। दाल बनाने में एक तो ज़्यादा समय लगता। दूसरे, दाल महँगी होती। दोपहर में उसे ज़बरदस्त भूख लगती। हेम और बाला भी साथ खाते। आपस में सब्ज़ी की अदला-बदली भी होती। वे एक-दूसरे की बीबी की पाक-कला की तारीफ़ करते। कई बार आसपास सोये कुत्ते खाने की गन्ध सूँघकर जीभ लटकाकर उन्हें घेर लेते। वह एक टुकड़ा उनकी ओर भी फेंक देता। कुत्ते पूँछ हिलाकर शुक्रिया अदा करते। खाने के बाद बीड़ी की तलब लगती। कृष्णा एक पन्नी में बीड़ी का बंडल और माचिस रखता। बाला बीड़ी नहीं पीता। उसकी हुड़क खैनी से पूरी होती। हेम बीड़ी पीता लेकिन बीड़ी अपने पास नहीं रखता। वह बीड़ी बेलिहाज़ माँग लेता। कृष्णा को लिहाज़ निभाना अक्सर महँगा लगता। हालाँकि जब आपस में घर-परिवार की सुख-दुख की बातें चलतीं तो हेम की बीड़ी की माँग कृष्णा को सस्ती लगती।

कृष्णा का मन खड़ंजा ईंट की तरह मज़बूत था लेकिन मलबे के कुएँ में काम करते-करते उसकी चमड़ी बेरंग ही नहीं, सड़ने भी लगी थी। यह सड़न पाँवों-हाथों की उँगलियों में ज़्यादा थी। संगीता रात में सब काम निबटाकर उसकी उँगलियों के बीच गर्म तेल लगाती। गर्म तेल से चुनचुनाहट होती। फिर थोड़ा आराम मिल जाता। कृष्णा की टाँगों-बाँहों पर कई जगह चकत्ते उभर आए थे। खुजली ने उसकी देह में बसेरा कर लिया था। वह जहाँ भी बैठता, अपनी चमड़ी को खुरचता रहता। उस पर ख़ून की ललाई दिखने लगती। संगीता टोकती। वह थोड़ी देर के लिए रुक जाता। अचानक फिर उसके नाख़ून देह खुजलाने के लिए मचलने लगते। कुछ दिनों से उसके टखनों में छोटी-छोटी फुंसियाँ निकल आई थीं। कभी-कभार उनमें से पीप रिसती। होमियोपैथी डॉक्टर मुखर्जी को कृष्णा दिखाने भी गया। उसके पिता भी इसी

मर्ज़ का इलाज कराने उनके पास जाते थे। दवा देकर डॉक्टर चिन्तित होकर बोले, "यह तुम्हारी पेशेवर बीमारी है। जब तक तुम दस्ताने-बूट पहनकर काम नहीं करोगे, कोई लाभ नहीं होगा।"

कृष्णा को कम्पनी दस्ताने-बूट नहीं देती। कृष्णा के पास इतनी रक़म नहीं बचती कि वह दस्ताने या बूट ख़रीद सके।

कृष्णा को हमेशा चिन्ता सताती रहती कि वह काम पर नहीं जाएगा तो तमाम घरों में बदबू फैल जाएगी। बस उसे लगता कि उसका बेटा शिवा इस काम से न जुड़े। उसके हाथ हमेशा नालियों-सीवरों को टटोलते न रहें। शिवा उससे छिटका-छिटका सा रहता। कृष्णा घर आता तो शिवा छिप जाता। वह चाहता था कि घर पहुँचते ही शिवा को अपनी गोद में लेकर दुलार करे। शिवा को उस समय अपने पापा के पास जाना पसन्द नहीं होता। उनकी देह की बदबू से वह बिदक जाता। उस समय उसे पापा का चूमना-छूना संडास में प्यार करने-सा लगता। जब तक कृष्णा नहा नहीं लेता और उसके बालों से तेल की ख़ुशबू तिरने नहीं लगती, शिवा कृष्णा के सामने नहीं आता। कृष्णा को यह बुरा लगता। फिर अपने को तसल्ली देता कि कम-से-कम शिवा की नाक उसकी जैसी थेथर नहीं हुई है। बदबू-ख़ुशबू का अन्तर तो महसूस कर लेती है।

वह एक मनहूस सुबह थी। शिवा को तेज़ बुख़ार था। उसकी कनपटी तपते तवे की तरह जल रही थी। गला जकड़ा था। वह खाँसता तो छाती से साँय-साँय आवाज़ आती। शिवा सुबह से संगीता की बाँहों में दुबका हुआ था जैसे मुर्ग़ी के पंखों के नीचे चूजे छिपे रहते हैं। वह बाहर जाकर नलके से पानी भी नहीं ला पाई। कृष्णा पानी लेने गया। वह घड़ी-घड़ी शिवा की छाती पर कान लगाकर सुनती। छाती धौंकनी की तरह चल रही थी। संगीता की गोद से उतारते ही शिवा बिलखने लगता। ऐसे में वह उस दिन रोटी नहीं बना पाई। कृष्णा को वह न तो रोटी खिला पाई और न ही टिफ़िन दे पाई। कृष्णा की भूख को लेकर संगीता चिन्तित रहती। उसे काम के लिए विदा करते समय उसने पश्चात्ताप से भरकर कहा, "कुछ ज़रूर खा लेना। कुछ न मिले तो वड़ा पाव ही खा लेना। हो सके तो जल्दी आना। बेटू को डॉक्टर को दिखा देंगे।"

कृष्णा को आज काम पर जाने का मन नहीं था। एडवांस रुपये लेकर शिवा को डॉक्टर को दिखाने के लिए छुट्टी लेने का मन उसने बना लिया था।

जब कृष्णा बान्द्रा स्टेशन पहुँचा तो और दिन की तुलना में उसे भीड़ ज़्यादा दिखाई दी। तमाम लोग टोपी पहने हुए थे जिस पर लिखा था 'मैं अन्ना हूँ।' अन्ना के बारे में उसने सुना था कि रालेगाँव में उन्होंने बहुत अच्छा काम किया है। अपने गाँव का कायाकल्प कर दिया है। कृष्णा ने अन्ना को धरने पर बैठे देखा भी था। उनके साथ अक्सर गाँववालों की भीड़ होती। उसने इधर सुना था कि लोकपाल बिल बनाने के वह आन्दोलन कर रहे हैं। आज उनकी मुम्बई में सभा थी। 'मैं अन्ना हूँ'

की टोपी लगाए ज़्यादातर पढ़े-लिखे, खाये-पिये शहरी लोग स्टेशन पर घूम रहे थे। बान्द्रा-कुर्ला कॉम्प्लेक्स के एमआरडीए मैदान में उनकी सभा थी। कृष्णा को भूख लग रही थी लेकिन स्टेशन पर वड़ा पाव की दुकान पर अन्ना टोपीवालों की इतनी भीड़ थी कि उसने वड़ा पाव खाना मुल्तवी कर दिया।

कृष्णा जब ड्यूटी पर पहुँचा तो सुपरवाइज़र रमेश बाघमारे ने ज़बान से गोली चलाई, "ही काय यायची वेळ आहे?" (यह कोई आने का टाइम है?)

"उशीर झाला साहेब! मुलगा अजारी आहे।" (देर हो गई साहेब। बेटा बीमार है।) कृष्णा ने कहा।

"हे सगले बहाणे आहेत। हेम आणि बाला ग़ायब आहेत। अर्जेंट कॉल आहे। शिन्देचा तीनदा फ़ोन येउन गेलाय।" (ये सब बहाने हैं। हेम और बाला भी ग़ायब हैं। अर्जेंट कॉल है। शिन्दे का तीन बार फ़ोन आ चुका है।) बाघमारे मोबाइल कान पर लगाते हुए बोला।

"साहेब, मला आज सुट्टी हवी।" (साहेब, मुझे आज छुट्टी चाहिए।)कृष्णा की आवाज़ में नाराज़गी थी।

"आहे आज सुट्टी घेतली तर शिन्दे साहेब कायमचे रजेवर पठावतील।" (आज छुट्टी ली तो शिन्दे साहेब हमेशा के लिए छुट्टी कर देंगे।) बाघमारे ने फुफकारते हुए कहा। "ते मोठे एक्टर आहे। त्याच्या घरचा सीवर ख़राब आहे। ताबड़तोड़ ठीक झाला पाहिजे। त्याचे सम्पूर्ण कुटम्ब होटल मध्ये उतरलंय।" (भारी एक्टर है। उसका सीवर ख़राब है। अर्जेंट जाना माँगता। उसकी पूरी फ़ैमिली होटल में टिकी है।) उसने खुलासा किया।

फिर मोबाइल पर ज़ोर से बोलने लगा, "हो सर! लवकर होईल! लवकर ताबड़तोड़ होई!" (जी सर। हो जाएगा! जल्दी हो जाएगा!)

बाघमारे की बातें सुनते ही किनारे पर रखे फावड़े को ऊपर उठाकर कृष्णा ने ज़ोर से नीचे पटक दिया। टन्न की आवाज़ गूँज गई। यह प्रतिरोध की गूँज थी। सुपरवाइज़र बाघमारे ने इस आवाज़ को अनसुना कर दिया। दुखी आवाज़ों को अनसुना करना, डराकर या पुचकारकर काम कराना ही सुपरवाइज़र की असली ताक़त मानी जाती। उसी के लिए पगार मिलती।

कृष्णा ने हकलाते हुए कहा, "पाटील साहेबांकडून एडवांस घेउनमी गहरी जातोय। मुलगा अजारी आहे। (पाटिल बाबू से एडवांस लेकर मैं घर जा रहा हूँ। बेटा बीमार है)।

बाघमारे की जान सूख गई। उसने बैकपॉकेट से पर्स निकाला और सौ रुपये के दो नोट आगे बढ़ाते हुए कहा, "हे घे पैसे। एडवांस मिलाल्यावर उद्या परत कर। है, छोटे काम संपून मग घरी जा।" (ये रुपये लो। कल एडवांस मिलने पर वापस कर देना। यह छोटा-सा काम निपटाकर सीधे घर चले जाओ।)

बाघमारे के जाल में कृष्णा फँस गया। उसकी आत्मा जाल में फँसे पक्षी की तरह फड़फड़ाने लगी।

दिलबर ख़ान हिन्दी फ़िल्म का बेताज़ बादशाह कहलाता। उसकी अधिकतर फ़िल्म सौ करोड़ से कम का व्यापार नहीं करतीं। कोई फ़िल्म अगर फ़्लॉप हो जाती तो पूरी फ़िल्म इंडस्ट्री में मातम छा जाता। वह क़मीज़ की कॉलर हिलाकर तो कभी पैंट या क़मीज़ की जेब में हाथ डालकर तो कभी पैंट की बेल्ट हिलाकर जब नाचता तो बड़े-बूढ़े भी उसके दीवाने हो जाते। उसके म्यूज़िक डायरेक्टर पिता ने तीन शादियाँ की थीं। हिन्दू, मुस्लिम और ईसाई तीन धर्म की उनकी तीन माँएँ एक साथ रहतीं और भारतीय संस्कृति की विविधता में एकता की अद्भुत मिसाल पेश करतीं।

दिलबर ख़ान ने भी दो शादियाँ की थीं। पहली शादी एक अभिनेत्री से हुई थी। ओस से धुले जैसे ख़ूबसूरत चेहरे पर फ़िदा होकर घुटने के बल बैठकर उसने उससे प्रेम प्रस्ताव किया था। शादी तीन साल बमुश्किल चली। इस बीच उसके पाँव भारी हो गए। वह बेटे के डायपर, दूध की बोतल आदि की झंझटों और उसके गोलू-मोलू चेहरे के मोह में ऐसी अटकी कि कैमरा उससे दूर छिटक गया। दिलबर ख़ान का भी उससे मन छिटक गया। उससे तलाक़ लेने के बाद दिलबर ने अपने से ग्यारह साल छोटी हिन्दू लड़की से शादी की जो उनकी फ़िल्म में सहायक निर्देशक थी। इस शादी पर एक हिन्दुत्ववादी संगठन ने बड़ा हंगामा मचाया। लव ज़ेहाद के ख़िलाफ़ फ़िल्म इंडस्ट्री में आन्दोलन चलाने की धमकी दी। चतुर सुजान दिलबर आन्दोलनकर्ता नेता के घर अपनी नई बीबी को लेकर आशीर्वाद लेने चला गया। इतना लोकप्रिय और बॉलीवुड का ताक़तवर अभिनेता उसके घर मिलने आया, यह उस नेता के अहं को सहलाने के लिए काफ़ी था। अगले दिन उसके घर का घेराव करने का मामला फिस्स हो गया।

फ़िल्म के सभी अवार्डों पर दिलबर ख़ान का क़ब्ज़ा था। कुछ फ़िल्मी सितारों ने ऐसे सिनेमा अवार्ड समारोहों का इस खुन्नस में बहिष्कार कर रखा था। दिलबर को सर्वश्रेष्ठ अभिनय के लिए एक बार राष्ट्रीय पुरस्कार भी मिला था। फ़िल्मी हलक़े में इसको लेकर दबी ज़बान से लोग कहते कि यह पुरस्कार नहीं, केन्द्रीय सूचना प्रसारण मंत्री की विवाह की वर्षगाँठ पर दिलबर के नाचने का रिटर्न गिफ़्ट था। हर राजनीतिक पार्टी अपनी चुनावी सभा में भीड़ जमा करने के लिए दिलबर को बुलाने के लिए बेताब रहती। एक दल ने तो खुलेआम चुनाव लड़ने के लिए अपना टिकट देने की घोषणा भी कर दी थी। दिलबर ने विनम्रतापूर्वक इस प्रस्ताव को अस्वीकार कर दिया। वह जानता था कि चुनाव लड़ने पर वह एक पार्टी की ग़ुलामी से बँध जाएगा। वैसे वह हर नेता को उनकी पार्टी में आने का झूठा झाँसा देता रहेगा।

देश का इतना ताक़तवर अभिनेता उस दिन देर रात की फ़्लाइट से शूटिंग करके जैसलमेर से आया तो उसे पता चला कि उसके घर के बाहर का सीवर जाम है।

पूरा घर बदबू की गिरफ़्त में है। जिस घर का फ़र्श हर्बल फ़्लोर क्लीनिंग से दो बार साफ़ किया जाता हो, जिस घर की हवा एयर फ्रेशनर डिस्पेन्सर की लेवेन्डर ख़ुशबू से हमेशा गम-गम करती हो, वहाँ पॉट में ऊपर मल तैरते देखना और उसकी बदबू को सहना उसके लिए नर्क था। यह बदबू इतनी ताक़तवर थी कि दिलबर की दूसरी पत्नी ने अपनी पूरी देह पर महिलाओं की सबसे मशहूर ब्रांड की परफ़्यूम की पूरी शीशी उड़ेल ली, फिर भी बदबू उसकी नाक का पीछा छोड़ नहीं रही थी। गुस्से से फनफनाती हुई वह घर छोड़के रहने के लिए होटल चली गई। बदबू से बचने और रूठी बीवी को मनाने के लिए दिलबर भी होटल पहुँच गया। उसने सुबह उठते ही कमिश्नर को फ़ोन किया। कमिश्नर जानता था कि बान्द्रा एरिया के सीवर की सफ़ाई का ठेका शिन्दे की कम्पनी के पास है। शिन्दे की मदद के बिना यह काम जल्दी नहीं हो सकता। उसने झट से शिन्दे को फ़ोन मिलाया।

हरि शिन्दे को इस देश के फ़िल्मी हीरो और क्रिकेट खिलाड़ी के नशे के बारे में पता था। कोई आम आदमी इन फ़िल्मी सितारों का कभी दीदार कर लेता तो ऐसे बताता जैसे साक्षात् ईश्वर को देख लिया। शूटिंग या एयरपोर्ट पर देखने से ही उनका जी नहीं भरता, वे अपने सितारे को छूना चाहते, जैसे मन्दिर में मूर्ति छूकर भक्त धन्य हो जाते हैं। मन्दिर में भीड़ के कारण मूर्ति पर भक्त अक्षत, फूल, मिठाई दूर से फेंककर जैसे अपनी पूजा पूरी समझ लेते, वैसे बाउंसर से घिरे फ़िल्मी हीरो की पुकारों-सीटियों से पूजा-अर्चना करके सन्तोष कर लेते। किसी अख़बार में उसने पढ़ा था कि किसी छोटे क़स्बे में दिलबर ख़ान के एक फ़ैन ने उसका मन्दिर बनाकर उसकी आदमक़द मूर्ति की पूजा-आरती करता है।

शिन्दे का परिचय टी.वी., फ़िल्मों के कई छोटे अभिनेताओं से था। कई अभिनेताओं के उसने काम कराए थे। लेकिन यह कोई मामूली हीरो नहीं, दिलबर ख़ान था। इसके जन्मदिन पर पार्टी अध्यक्ष स्वयं फूलों का गुलदस्ता लेकर बधाई देने उसके घर जाते। दिलबर ख़ान भी उनके जन्मदिन पर उपहार में हीरे का कोई ज़ेवर लेकर उनके घर जाता। शिन्दे के मन में ख़याल आया कि यह फ़िल्मी हीरो अगर उसके काम की ज़रा-सी तारीफ़ पार्टी अध्यक्ष से कर दे तो अगली बार उसे पार्टी से आमदार के टिकट का जुगाड़ बैठ सकता है। दूसरे, उसकी बेटी और पत्नी दोनों इस हीरो की ज़बरदस्त फ़ैन हैं। वह दिलबर के मेनहोल को साफ़ कराकर उनके साथ सपरिवार एक फ़ोटो खिंचवा लेगा। फिर उस फ़ोटो को मढ़ाकर अपने ड्राइंगरूम में लगाएगा जहाँ उसके अध्यक्ष के साथ उसका फ़ोटो लगा है। इस फ़ोटो से उसके यहाँ आनेवाली जनता पर उसका रौब ख़ूब पड़ेगा।

इस तरह पूरा गणित बनाकर उसने बाघमारे को फ़ौरन दिलबर ख़ान के घर का सीवर साफ़ कराने का हुक्म दिया था।

उधर कृष्णा को भूख के आगे अब कुछ भी पाने-खोने का, सुख-दुख का मायने

नहीं रह गया था। भूख की चिनगारी शोला बन गई थी। पास सड़क पर बटाटा वड़ा के तलने की ख़ुशबू से उसकी भूख और बढ़ गई थी। मुलायम पाव के बीच पेट चीरकर लगी खटमिट्ठी चटनी के साथ गर्म बटाटा वड़े का स्वाद उसकी भूख को सुलगा रहा था। कई बार हमारी जीभ की स्मृतियाँ आँतों को एक विरही प्रेमी की तरह विकल बना देती हैं। लेकिन सुपरवाइज़र बाघमारे एक कट्टर और परम्परावादी पिता की तरह भूख से कलपती कृष्णा की प्रेमी जीभ के लिए खलनायक बना हुआ था। हेम और बाला अभी तक ड्यूटी पर नहीं आए थे। दिलबर ख़ान जैसी विपत्ति की नदी को पार कराने के लिए बाघमारे को अब केवल कृष्णा ही केवट नज़र आ रहा था। बाघमारे ने माथे पर चुहचुहाते पसीने को उँगलियों से पोंछते हुए कृष्णा से कहा, "अपना सामान लो। मेरी बाइक पर पीछे बैठ जाओ। मैं पहुँचा दूँगा।"

कृष्णा नाश्ते में वड़ा पाव खाने का मन बना चुका था।

अभी कृष्णा ने 'नाश्ता' शब्द कहा ही था कि बाघमारे ने बाइक में किक मार दी। बाइक की फट-फट में कृष्णा के मुँह से निकलनेवाले शब्द दफ़न हो गए।

मन मारकर कृष्णा बाइक पर फावड़ा, रस्सी और टॉर्च लेकर बैठ गया। वह पहली बार बाघमारे के साथ बाइक पर बैठा था। दलित बाघमारे भी कृष्णा को छूने से कतराता। आज कृष्णा उसी से सटकर बैठा हवा में उड़ रहा था। लाभ के लिए ऊँच-नीच और छुआछूत भी अपना धर्म बदल लेता।

धूप में तपिश बढ़ रही थी। बाघमारे की बाइक एक विशालकाय इमारत के सामने रुकी। 'ख़्वाहिश' नाम से मशहूर इस इमारत का परकोटा इतना ऊँचा था कि सड़क से हीरो के प्रेमियों की आँखें दीवारों से टकराकर वापस लौट आतीं। बैंड स्टैंड के सामने की समुद्री लहरों के ऊपर उड़ती ठंडी हवा बेख़ौफ़ उसके क़िले में कबड्डी खेलती रहती। कभी तू-तू करके समुद्री हवाएँ घर के शीशे पर तेज़ गति से धावा बोलतीं तो कभी इतनी शान्त हो जातीं जैसे पकड़े जाने पर वे कबड्डी खिलाड़ी की तरह मर गई हों। इतालवी वास्तुशिल्प से बने इस घर में आधुनिक सुविधाओं और पुराने रजवाड़ों की रहन-सहन की शैलियों का अपूर्व संगम था। हीरो के लिए नमाज़ अदा करने और फ़िल्म की स्क्रिप्ट सुनने के लिए अलग-अलग विशाल कमरे थे। 'ख़्वाहिश' में जिम, पूल, टेबल टेनिस और बॉक्सिंग कोर्ट के साथ ही एक फ़िल्म थिएटर भी था जिसमें वह स्कॉच पीते हुए फ़िल्में देखता। यहीं वह अपनी कोई नई फ़िल्म की रिलीज़ होने के पहले अपने दोस्तों और फ़िल्म क्रिटिक के साथ प्रीव्यू-शो आयोजित करता। प्रीव्यू ख़त्म होने के बाद उसके आलीशान डाइनिंग हॉल में मधुर संगीत लहरियों के बीच इंडियन और कॉन्टिनेंटल लज़ीज़ व्यंजनों तथा विदेशी मदिरा की दावत होती।

बाघमारे के साथ दिलबर ख़ान के बँगले के विशालकाय गेट के सामने पहुँचकर कृष्णा ने दरबान को अपना परिचय दिया तो उसने वाकी-टाकी से किसी से बात

की। नीली वर्दी में वहाँ से बाहर एक अटेंडेंट निकला।

अटेंडेंट ने छूटते ही डपटती आवाज़ में कहा, "किती उशीर केलात। घर सोडून साहेब हाटेल मध्ये थांबलेत।" (कितनी देर कर दी। घर छोड़कर साहेब और मैडम होटल में टिके हैं।)

कृष्णा भूख से बिलबिला रहा था। उसका पारा चढ़ गया। वह फुत्कारा, "मला काय त्याचे।" (मेरे को क्या?)

अटेंडेंट की आवाज़ नीचे गिरकर तड़फड़ाने लगी। वह हिन्दुस्तानी पर उतर आया। "भैया ज़रा जल्दी कर दो। मेरी नौकरी का सवाल है।" उसकी आवाज़ से वर्दी की कड़क झड़ गई थी।

उसे देखकर कृष्णा समझ गया था कि वह हमपेशा है। सिर्फ़ उसकी वर्दी ने उसे बदल दिया है। जैसे कि बैंड-बाजा वालों की वर्दी उनका बाहरी रूप बदल देती है। वर्दीवाले ने मिमियाती आवाज़ में कहा कि उसने बिल्डिंग के भीतर की पाइपलाइन साफ़ करवा दी है। शायद बाहर के सीवर में मलबा फँसा है जिसके कारण सीवर जाम है। बाघमारे और कृष्णा बँगले के बाहर मेनहोल के पास पहुँचे।

मेनहोल का ढक्कन भारी था। बाघमारे और कृष्णा ने मिलकर उसे खोला। ढक्कन खुलते ही बाघमारे ने बाइक स्टार्ट की और ग़ायब हो गया। कृष्णा के दिमाग़ में शिवा का बुख़ार से तपता चेहरा और उसकी माँ का डबडबाया निरीह चेहरा उलझा हुआ था। उसे काम जल्दी निपटाकर घर जाने की हड़बड़ी थी। बिना देर किए वह मेनहोल की अँधेरी बदबूदार गुफा में घुस गया। उसे यह ख़याल ही नहीं रहा कि वहाँ लम्बे समय से मौजूद ज़हरीली गैस अभी पूरी तरह नहीं निकली है। फावड़ा लेकर घुसते ही ज़हरीली गैस का भभका कृष्णा के चेहरे के इर्द-गिर्द छा गया। इस हमले से बचने के लिए कृष्णा तैयार नहीं था। उसके चेहरे पर न तो मास्क था और न ही जल्दी में उसने सुरक्षा के लिए अपने चेहरे पर गमछा बाँधा था। वह ज़हरीली गैस के दबाव से बुरी तरह हाँफने लगा।

इस हँफनी में ज़हरीली गैस के साथ भूख और थकान भी थी। कृष्णा फावड़े में मलबा भरकर निकालने के लिए ज़ोर लगा रहा था लेकिन उसकी देह इतनी ढीली होती जा रही थी कि वह फावड़ा उठा नहीं पा रहा था। पानी के बाहर जिस तरह साँस के लिए मछली छटपट-छटपट करती है, उसी तरह वह ऑक्सीजन के लिए छटपटा रहा था। कुछ ही पलों में अवश होकर वह लुढ़क गया।

कृष्णा की समूची देह मलमूत्र की लुगदी में दरियाई घोड़े की तरह पसर गई। अटेंडेंट मेनगेट के पास खड़े दरबान के साथ सिगरेट पीते हुए गप्प मार रहा था। कृष्णा को आसपास न देखकर उसे लगा कि वह कमबख़्त कहीं उड़नछू तो नहीं हो गया। मेनहोल खुला था। उसने यह देखने के लिए उसमें झाँका कि कितना काम हो गया है तो काली-गन्दी लुगदी में दरियाई घोड़े की तरह पड़े कृष्णा को देखकर

डर से उसकी चीख़ निकल गई। भागकर उसने दिलबर ख़ान के मेंटेनेन्स इंचार्ज को बताया। उसने अपने मोबाइल से बाघमारे को ख़बर दी। बाघमारे, हेम और बाला की मदद से मेनहोल की लिजलिजी अँधेरी खोह से दुनिया के अन्यायी उजाले में जब कृष्णा को बाहर निकाला गया, उसकी साँसें उड़ चुकी थीं।

हरि शिन्दे के होश उड़ गए। वह उस समय अपनी बेटी और पत्नी के साथ कार से होटल की तरफ़ जा रहा था जहाँ दिलबर ख़ान टिका था। वह अब तक होटल पहुँच भी गया होता अगर उसकी पत्नी ने यह ज़िद न की होती कि हीरो के साथ सेल्फ़ी लेने के पहले उसे ब्यूटी पार्लर जाना ज़रूरी है। अब कृष्णा के ऑफ़ होने की सूचना से उसे ऐसे लगा जैसे उसके काँच के सपनों पर कोई भारी पत्थर गिर गया हो। उसने टैक्सी से बीवी और बेटी को घर वापस भेजा। फिर अपने कार्यकर्ताओं को वहाँ पहुँचने के लिए कहकर ड्राइवर को बान्द्रा बैंड स्टैंड चलने को कहा।

जब शिन्दे घटनास्थल पर पहुँचा तो भीड़ कृष्णा के शव को घेरे हुए थी। शिन्दे के गले में चमकती सोने की मोटी चेन, दाहिने हाथ में झूलते ब्रेसलेट और बाएँ हाथ में सुनहरी घड़ी के साथ उसकी काली कनपटियों पर भी डर से छूटे पसीने की बूँदें छलछला आईं। अपने झक सफ़ेद रूमाल से पहले उसने कनपटी का पसीना पोंछा। वह बार-बार अपने हाथ की उँगलियों में पहनी तरह-तरह के पत्थरों की क़ीमती अँगूठियों को बेचैनी में घुमा रहा था। उसने जल्दी से लाशगाड़ी मँगवाई जिस पर 'स्वर्ग विमान' लिखा हुआ था। लाशगाड़ी में हेम के साथ शिन्दे ने अपने एक कार्यकर्ता को वसई बिजली शवदाह-गृह पहुँचने की हिदायत दी। उसे पता था कि मीडिया को ख़बर लगते ही लफड़ा बढ़ जाएगा। उसके लिए उस दिन यह राहत की बात थी कि पूरा मीडिया अन्ना के आन्दोलन में व्यस्त था। वह चाहता था कि मीडिया को कृष्णा की मौत की ख़बर लगे, उसके पहले कृष्णा की लाश राख हो जाए।

बाला संगीता को लेकर बिजली शवदाह-गृह पहुँच गया था। झर-झर बहते हुए आँसुओं के साथ संगीता दहाड़ मारकर चीख़ रही थी। बुख़ार में तपते बेटे ने मलमूत्र में लिपटे दरियाई घोड़े सरीखे अपने पिता को देखा। संगीता 'हाय! शिवा का अप्पा' पुकारती हुई रह-रह कर बेहोश हो जा रही थी।

थोड़ी देर में उसके हाथ में बिजली शवदाह-गृह का एक रुक्का और हरि शिन्दे के कार्यकर्ता के दिए दस हज़ार रुपये थे। पथराई आँखों से उसने अपने साथ खड़े बाला को देखा। उसके साथ ही वह कृष्णा का अस्थि-फूल लेकर अपनी खोली लौट आई। रह-रह कर वह बड़बड़ा रही थी—

"शिवाचे आप्पा उपाशीच गेले। हाय! त्यांच्यासाठी पोल्या नाही बनवू शकले। त्याला भूक सहन करू शकत नाही" (शिवा का अप्पा भूखा ही ऑफ़ हो गया। हाय! उसके लिए रोटी नहीं बना पाई। भूख उसे बर्दाश्त नहीं थी।)

पानी जब तक बादलों में रहता, सब का रहता। बरसते ही ज़मीन मालिक का हो जाता।

संगीता सोसाइटी की सीढ़ियाँ सींक झाड़ू से धो रही थी। झाड़ू से सरर-सरर का हल्का संगीत हवा में तिर रहा था।

सफ़ाई का काम वह सबसे ऊपर बारहवें तल से शुरू करती। जल की प्रकृति ऊपर से नीचे बहने की होती। संगीता इसीलिए ऊपर से सीढ़ियाँ धोना शुरू करती। इसके पलट समाज में ऐसा तंत्र बनाया गया था कि धन नीचे तबक़े से सीढ़ी चढ़कर ऊपर अमीरों के पास जमा होता रहता।

संगीता रोज़ सीढ़ियाँ बुहारने के बाद पोंछा लगाती। हफ़्ते में एक बार सीढ़ियाँ पानी से धोना उसकी ड्यूटी में शामिल था। सोसाइटी प्रबन्धन ने व्हाट्सएप पर रहवासियों से निवेदन किया था कि सीढ़ियाँ धोने के लिए हर फ़्लैट से एक बाल्टी पानी दिया जाए। लेकिन जब संगीता पानी माँगती तो रहवासियों के चेहरे बिगड़ जाते। पानी जब तक बादलों में रहता, सब का रहता। बरसते ही ज़मीन मालिक का हो जाता। फ़्लैट के भीतर का पानी फ़्लैट मालिक की सम्पत्ति होता।

संगीता ने घंटी बजाई तो वसुधा आटा गूँध रही थी। आकाश घर में नहीं थे। आटे सने हाथ से दरवाज़ा खोलना मुश्किल था। कोई ऐसी घड़ी में घंटी बजाता तो वसुधा ग़ुस्से से भभक उठती।

उसने जल्दी-जल्दी आटा माड़ा। उँगलियों से लसे गीले आटे को छुड़ाया। हाथ धोकर दरवाज़ा खोला। सामने ख़ाली बाल्टी के साथ संगीता खड़ी थी। नि:शब्द वसुधा ने बाल्टी में पानी लाकर संगीता की मुँहफटी प्लास्टिक बाल्टी में उड़ेल दिया।

इसी समय पांडेय लिफ़्ट से निकला। वह सफ़ाई का मुआयना करने आया था। हालाँकि उसके हाव-भाव से लग रहा था कि वह सफ़ाई कम, संगीता की देह का मुआयना अधिक कर रहा है। संगीता को देखते ही पता नहीं क्यों पांडेय पर बुख़ार-सा चढ़ आता। उसे संगीता में शरबतिया दिखाई देने लगती। संगीता तीस साल की भरी-पूरी औरत थी जबकि पांडेय की आँखों में बसी शरबतिया सोलह साल की लड़की। शरबतिया को पहली बार पांडेय ने हवा में नाचते पीले रिबन में देखा था। जिस तरह देसी शराब की पहली घूँट की सनसनी को आदमी ज़िन्दगी भर भूल नहीं पाता, उसी तरह शरबतिया के ज़हरीला नशे की याद से पांडेय की देह भी ऐंठने लगती। कई बार यादों का बोझ आदमी को बूढ़ा बना देता जबकि शरबतिया की याद पांडेय के मन को पंख सा हल्का बना देती। वह बीते दिनों के आकाश में उड़ने लगता।

शरबतिया दलित थी। पांडेय ब्राह्मण। इसके बावजूद शरबतिया को देखते ही पांडेय का मन वासना के ज्वार से कुलबुलाने लगता। शरबतिया उसे पके महुए सी लगती। मीठी और नशीली। उस वक़्त वह भूल जाता कि जिन होंठों के रस के लिए

उसका मन मचलता रहता है, उसके पिता उसके हाथ का छुआ पानी भी नहीं पीते।

यह उन दिनों की बात है, जब रामधन पांडेय स्कूल में कम, सिनेमा हॉल के घुप्प अँधेरे में गेटकीपर की टॉर्च की गोल-गोल रोशनी में अपनी सीट टटोलते ज़्यादा पाया जाता। फ़िल्म ख़त्म होने के बाद सिनेमा हॉल से आँखें मिचमिचाते हुए जब वह अपनी असली दुनिया में आता तो वह बेहद क्षोभ और दुख से भर जाता कि उसकी बदनसीब ज़िन्दगी में एक अदद नायिका भी नहीं है।

गाँव में वैसे फ़िल्म की तरह प्रेम करने के तमाम साज़ो-सामान मौजूद थे।

तालाब था जहाँ पारदर्शी भीगी धोती में नायिका के साथ जलक्रीड़ा की जा सकती थी। जंगल और बाँस थे जहाँ नायक-नायिका चोरी-छिपे मिलकर दैहिक आनन्द उठा सकते थे। तमाम पेड़ थे जिनके चारों ओर सिनेमा नायक-नायिका की तरह चकरघिन्नी की तरह नाचा जा सकता था। नायिका का पीछा करने के लिए धान के हरे-भरे खेत थे। गन्ने और अरहर की ऊँची आड़ थी। सरसों के फूलों की पीली छटाएँ थीं। नायिका के बालों में सजाने के लिए गेंदा, कनेर और गुड़हल के बेहिसाब फूल थे। यह सब कुछ होने के बावजूद पांडेय को लगता उसका गाँव प्रेम के मामले में इतना पिछड़ा और दरिद्र है कि उसके सरीखे सुदर्शन जवान के लायक़ कोई नायिका नहीं है।

दरअसल पांडेय की कल्पना की नायिका से गाँव की कोई लड़की मेल ही नहीं खाती। उसे कोई ठिंगनी लगती तो कोई मोटी। किसी की नाक पकौड़े सी लगती तो किसी का मुँह खीरे की तरह चीरा लगता। कोई सूखी मिर्ची लगती तो कोई बैगन-सी दिखती। दरअसल गाँव की अधिकतर लड़कियाँ पेटभर खाना नहीं पातीं। कुपोषण के चलते मरगिल्ली-सी दिखतीं मानो बिना खाद-पानी पौधे की बाढ़ रुककर मुरझा गई हो। उनकी छाती सपाट होती। आँखें कोटर में धँसी रहतीं। किसी की आँखें सुन्दर होतीं तो वह उनका सिंगार काजर छोपकर ऐसे करती कि काजर पसीने से बहकर कनपटी तक चमकता। किसी का नज़ला मोती-सा नाक पर ऐसे टिका रहता जैसे कि किसी पल ज़मीन पर चू पड़ेगा। कोई बोलती तो लगता कि बकरी मिमिया रही है। कोई हँसती तो उसके दाँतों में लगा काला कीड़ा झलकने लगता। बाल की लटें धूल से किरकिराती रहतीं। कपड़े गुमचे रहते मानो किसी हँड़िया में से निकाले गए हों।

पांडेय निराश था।

फ़िल्म में नायक-नायिका के जिन प्रेम दृश्यों को वह देखता उन्हें अमल में लाने के लिए उसे अपनी ज़िन्दगी में मौक़ा नहीं मिल रहा था। वह इस क़दर क्षुब्ध था कि जब उसे अपने पास तितलियाँ भी फूलों पर मँडराती दिखाई देतीं तो वह उनकी रासलीला से भी डाह करने लगता।

पांडेय हीरो बनने के लिए उतारू था। उधर उसके बाबूजी जब-तब खलनायक बन जाते। बार-बार बाल कटाने पर ज़ाया होने वाले पैसे बचाने के लिए वह हबीब

नाई से रामधन के बाल छोटे-छोटे कटाकर उसे चम्पू बना देते। छोटे-छोटे खड़े बाल पांडेय के सिर पर साही के काँटों जैसे दीखते। रामधन पांडेय अपनी इस बिगड़ी छवि को लेकर अपने पिता को बारहा कोसता रहता।

पांडेय ने हबीब नाई को समझाया कि इस बार उसके बाल हीरो कट काटो। हबीब अकबकाकर उसे ऐसे देखने लगा जैसे पंडित के इस बेटे का दिमाग़ सनक गया हो। हबीब को उसी तरह कैंची चलानी आती जिस तरह उसके अब्बा ने उसे सिखाई थी। उसके अब्बा को भी उतनी ही आती जितनी उनके अब्बा ने उनको सिखाई थी। उससे ज़्यादा की न तो कभी गाँव में ज़रूरत पड़ी थी और न ही ऐसे पहले किसी ने माँग की थी। नया कट क्या होता है, इसका उसे कोई इल्म ही न था। पांडेय प्रेमिका अभाव की तरह गाँव में फ़ैशन की समझ के अभाव से और भी दुखी हो गया। क़स्बा जाकर दोगुने दाम में उसने बाल कटाए। बाबू उसके सिर पर लटकी छपरानुमा ज़ुल्फ़ों के लिए झिड़कते लेकिन पांडेय उसे अपने एक पिछड़े पोंगापन्थी पिता की झिड़की समझता और धूल की तरह उसे झाड़ देता। बाबू की झिड़की की काट पांडेय के पास यह थी कि उस समय उनकी नज़र से टल जाओ। एक दिन हिम्मत करके बाबू से नए फ़ैशन की पतलून सिलवाने के लिए पांडेय ने रुपयों की फ़रमाइश की तो बाबू ने रुपये देने की बजाय लोटा फेंककर मारा।

"पढ़त-लिखत एको नाहीं। लाट साहेब बनिहैं।"

लोटा दीवार से टकराया। पांडेय बच गया। हालाँकि लोटा-कांड के बावजूद पांडेय के हीरो बनने के जोश में कोई कमी नहीं आई।

पांडेय को यह इल्म हो गया था कि हीरो का मतलब आम आदमी से हटकर होना है। ठसक पैदा करना है। सिनेमा में ग़रीब हीरो भी ठसक से रहता है। अपनी ठसक के भरोसे करोड़पति बाप की बेटी से प्रेम की पींगें बढ़ाता है।

अपनी चाल-ढाल बदलने के लिए पांडेय पूरी ताक़त से लग गया। पहले वह धीरे-धीरे चलता था, अब कन्धे ऊँचे कर हल्का झटका देते हुए तेज़ चलने लगा। गाँव के लोग उसकी चाल को देखकर हैरत में पड़ जाते कि इस बकलोल को क्या बीमारी लग गई है। वह एक शाम अपनी इसी तेज़ चाल से चने का साग निकोटने खेत की तरफ़ जा रहा था कि उसकी नज़र छौने की तरह उछलती-कूदती एक लड़की पर पड़ी जो कोई लोकगीत गा रही थी। उसकी चोटी में सजा पीले रिबन से बना फूल हवा में नाच रहा था। पीले रिबन से बने लहराते फूल का यह जादू था या उस लोकगीत की मीठी आवाज़ का असर, कहना कठिन था लेकिन पांडेय उसे ठगा-सा देखता रह गया। उसके भीतर की आवाज़ ने उसके दिल के कान में फुसफुसाकर कहा कि रामधन पांडेय! यही है तुम्हारी हीरोइन।

वह शरबतिया थी।

गाँव प्रधान अधीन की बेटी शरबतिया।

महुए के फूल की तरह मुलायम और मादक। जब वह हँसती तो उसके कोमल गाल पर गुलाब लहराने लगते। जब चलती तो लगता कि तितली उड़ रही हो।

अपनी इस दिव्य खोज को अपने दोस्त बाँके बिहारी को बताने के लिए पांडेय व्याकुल हो गया। बाँके बिहारी और रामधन पांडेय दो जिस्म एक जान थे। वे दोनों इकट्ठे स्कूल से भागकर फ़िल्म देखते। इकट्ठे ताल में नहाते। इकट्ठे शौच जाते। इकट्ठे स्कूल जाते। इकट्ठे स्कूल में खाना खाते। इकट्ठे खड़े होकर मूतते। मूत की धार किसकी लम्बी होगी इसकी होड़ भी करते। वे इकट्ठे प्रेम करने का सपना देखते। अपने इस सपने को साझा करने के लिए पांडेय जब यह राज़ अपने जिगरी दोस्त बाँके को बता रहा था तो उसका दिल धक-धक कर रहा था। बाँके ने पांडेय की शरबतिया की खोज पर कोई अचरज व्यक्त नहीं किया। अपनी आँखें नीची करके ठंडी आह भरते हुए उसने क़बूल किया कि इस मामले में पांडेय से उसने दोस्ती नहीं निभाई। वह ख़ुद ही शरबतिया को अपनी हीरोइन बनाने के लिए पहले ही हाथ-पाँव मार चुका है। बाँके ने अपने मोबाइल में सुरक्षित शरबतिया का फ़ोटो भी उसे दिखाया।

बाँके बिहारी के पास स्मार्ट फ़ोन था। वह अपना स्मार्ट फ़ोन कान से कम आँख से ज़्यादा लगाए रखता। इस स्मार्ट फ़ोन का क़िस्सा भी दिलचस्प था। बाँके बिहारी बड़ी शान से इस क़िस्से को पँजीरी की तरह सबको बाँटता रहता।

गाँव में मनोहर यादव पिछले कुछ सालों से काँवड़ यात्रा के कर्ता-धर्ता थे। बाँके बिहारी ने मनौती मानी थी कि दो साल से उसी दर्जे में गोता लगाने के बाद अगर वह इस बार पास हो गया तो नंगे पाँव कन्धे पर बहँगी रखकर शिव जल लेकर महादेव बाबा के दर्शन करेगा। महादेव बाबा की कृपा से उसकी कामना पूरी हुई। फिर वह मनोहर की काँवड़ी मंडली के साथ बाबा महादेव पर जल चढ़ाने चल दिया। इस काँवड़ यात्रा में उसे इतना मज़ा मिला कि उसने तय कर लिया कि हर साल सावन में वह काँवड़ यात्रा ज़रूर करेगा।

गाँव के कुछ काँवड़िये मशहूर थे। मनोहर यादव तो अपने को बाबा महादेव का परम भक्त मानते, चिलम में गाँजा भरकर सुलटी लगाते, काँवड़िया अंगद वर्मा जब तक देसी ठर्रे से हलक़ गीला न कर लेते, उन्हें बम-बम भोले बोलने में आनन्द ही न आता। जगह-जगह काँवड़िये के रूप में इनका सम्मान होता। सबसे बड़ी बात बाँके को यह लगी कि इलाक़े के भाजपा विधायक पंडित हजारी शुक्ल ने काँवड़ शिविर लगाया और गेंदे के फूलों से उनका स्वागत किया। शिविर में पूड़ी-सब्ज़ी और बुँदिया की व्यवस्था उनकी तरफ़ से थी।

बाँके को सबसे अच्छा सड़क पर लगता। दुनिया देखते चलता। जब उसकी काँवड़ मंडली सड़क पर चलती तो उस पर उनका पूरा क़ब्ज़ा रहता। उनकी उद्दंडता को नज़रअन्दाज़ करने के लिए सरकार की तरफ़ से आदेश थे। काँवड़िये उनके पक्के वोटर थे। कार-स्कूटर वाले रास्ता छोड़ देते। बुज़ुर्ग औरतें व मर्द हाथ

जोड़कर प्रणाम करते। कोई दक्षिणा भी दे देता। रास्ते पर चलने वाली भीड़ कई बार ठहर उन्हें रास्ता दे देती। कई बार पुलिस आ जाती। एक बार ऐसे ही जाम में फँसी कार में बैठे आदमी ने मनोहर यादव को सड़क के किनारे चलने को कहा। बस फिर क्या था। मनोहर बिफर पड़ा। तू-तू, मैं-मैं हुई। मनोहर ने ग़ुस्से में अपनी बहँगी से कार के शीशे को चूर-चूर कर दिया। कार मालिक जान बचाकर भागा। भगदड़ में बाँके बिहारी को कार मालिक का स्मार्ट फ़ोन ज़मीन पर पड़ा हुआ मिल गया।

उसने अपने इसी मोबाइल में शरबतिया का फ़ोटो खींच रखा था। बाँके बिहारी ने बिन माँगे शरबतिया के बारे में पांडेय को कुछ गोपनीय जानकारी भी दी कि शरबतिया कटखनी बिल्ली है। दूसरे, उसका बाप प्रधान ही नहीं, पासी भी है। पासियों की ठाकुरों से लगती है। कई बार बखेड़ा हो चुका है। ऐसे में उसने शरबतिया से किनारा कर लिया है। लगे हाथ उसे यह भी चेता दिया कि शरबतिया जैसी आग से बचकर रहना ठीक होगा।

गाँव खजुरी में चार जातियों की बहुलता थी। ब्राह्मण, ठाकुर, कोरी, पासी। बाक़ी जातियाँ मसलन कायस्थ, धोबी, बढ़ई, कुम्हार 'इत्यादि' में आती थीं। मुसलमानों के चार घर थे। ब्राह्मण-ठाकुरों के बीच तनातनी शाश्वत थी। इस बार पंचायत चुनाव ने कोरियों और पासियों के बीच फाँक पैदा कर दी थी। ब्राह्मण और पासी एक साथ हो गए थे। ठाकुरों की तरफ़ कोरियों का झुकाव हो गया था। गाँव की भौगोलिक बसावट से जातियों के बीच दूरी उतनी नहीं थी जितनी उनके मन में थी। शक्ति सन्तुलन बनाने के लिए वे कभी एक साथ वैसे ही हो जाते जैसे राजनीतिक दलें सरकार बनाने के लिए फौरी तौर पर मिलकर गठबन्धन बना लेती हैं। पंचायत चुनाव के लिए खजुरी आरक्षित हो गई थी। ठाकुरों ने अपने पिट्ठू हरखू कोरी को प्रधान पद के लिए खड़ा किया। ब्राह्मणों ने अपना समर्थन अधीन पासी को दिया। जब चुनाव का नतीजा निकला तो पता चला कि 'इत्यादि' ने बड़ा खेल कर दिया। अधीन पासी के बेटे ने 'इत्यादि' के हर घर में वोटिंग के पहले रात के अँधेरे में अँगोछे में छिपाकर एक-एक बोतल दारू और पाँच सौ नकद रुपये अपने घर बहुरिया आने की ख़ुशी में पहुँचा दिए थे। गाँव के किसी को भी अन्दाज़ा नहीं था कि अधीन जैसा कँगला-अनपढ़ यह दाँव भी चल सकता है। अधीन को इतनी बड़ी रक़म कहाँ से मिली, यह बात सिर्फ़ ननकू सुनार को पता थी जिनके पास अपने खेत गिरवी रखकर उन्होंने रक़म उठाई थी।

अधीन पासी प्रधान चुन लिए गए। उन्होंने साबित किया कि चुनाव जीतने की अक्ल सिर्फ़ बड़ी जातियों के पास नहीं है।

अधीन पासी अब उस दौर के गाँव के प्रधान नहीं थे कि जब पंचायत की बैठकों में पानी पिलाने के लिए गुड़ या बताशा तक नहीं होता था। राजीव गांधी की सरकार

ने जब से पंचायती राज अधिनियम लागू किया था, तब से प्रधानों के हाथों में सरकारी सब्सिडी और अनुदानों की बारिश होने लगी थी। प्रधान के पास इतना बजट होता कि वह प्रधान बौड़म कहलाता जिसके पक्के घर के सामने दो साल में बुलेरो नहीं खड़ी होती या गाँव की परती ज़मीन पर उनका क़ब्ज़ा नहीं होता।

खजुरी के प्रधान अधीन की भी रंगत बदल गई।

उनके घर की कच्ची दीवारें पक्की हो गईं। घर के मुहाने पर और आँगन में चाँपाकल लग गया। बिजली का पोल उनके दरवाज़े की शान बढ़ाने लगा। बिजली देवी की कृपा जब होती तो उनके घर में बिजली के लट्टू ही नहीं जलते, हीटर पर खाना भी पकता। जब बिजली न होती तो सरकारी अनुदान से घर की छत पर चमकते सौर ऊर्जा के पैनल काम में आते। अधीन तो अभी भी नीम की दातौन से दाँत माँजने के आदी थे लेकिन उनकी सन्तानें ब्रश और टूथपेस्ट से दाँत चमकातीं। अधीन हाथ में सुरती रखकर पीटते और आसपास बैठे लोगों की नाक में सुरसुरी होने लगती। कई छींक-छींक के बेहाल हो जाते। उनकी छींक की छींटें कइयों के चेहरों और कपड़ों को पवित्र कर देतीं। हालाँकि अधीन का बेटा मोहन पान मसाला फाँकता। मसाले के बिखरे पाउच घर-बाहर रंगीन तितलियों की तरह फरफर उड़-उड़ कर हवा में गुलाटी मारते रहते। अधीन के बेटे ने मोबाइल भी ख़रीद लिया था। गाँव में नेटवर्क ठीक से नहीं पकड़ता, इसलिए मोहन को मोबाइल से बात करने के लिए घर से बाहर नहर की तरफ़ जाना पड़ता। घर में शौचालय था। सिर्फ़ उसकी भाभी शौच के लिए शौचालय जाती जबकि शरबतिया को वहाँ जाना पहाड़ लगता। शरबतिया को सबसे बड़ी दिक़्क़त शौच के बाद पानी डालने की लगती। बाहर खेत-जंगल में ऐसा कोई झंझट नहीं होता। घूमना-फिरना भी हो जाता।

प्रधान बनने के पहले अधीन के घर चायपत्ती ख़रीदना पैसे की बर्बादी और शहरी चोचला माना जाता लेकिन अब ख़ुद अधीन दिनभर चाय के लिए कलपते रहते। उनके घर वाले उनकी चाय तलब से आजिज़ आ चुके थे। पहले कोई उनसे घर मिलने आता तो अधीन उसे सुरती या चिलम देकर उनका आदर-सत्कार करते। अब कोई उनके दरवाज़े पर जन्म प्रमाणपत्र या अपने बच्चे की फ़ीस माफ़ी या सहकारी बैंक में खाता खोलने जैसे काम के लिए अधीन के दस्तख़त कराने आता तो वह चिलम पिलाने की जगह सबको चाय पीने की ज़िद करते। अधीन की मेहरारू उनके चाय पीने-पिलाने के इस नए शगल से उकता गई थी। उनके बेटे मोहन का हाल तो और भी बुरा था। जब तक सुबह उसे गिलास भर चाय नहीं मिलती और एक सिगरेट फूँक नहीं लेता, उसे हाजत ही नहीं होती। अधीन की मेहरारू अपने बालों को अभी भी छुही मिट्टी से धोतीं लेकिन उनकी बेटी शरबतिया दो रुपयेवाले शैम्पू पाउच का इस्तेमाल करती। जो लाइफबॉय साबुन नहाने के लिए पहले छिपाकर रखा जाता था, वह अब शौच के बाद चाँपाकल के पास हाथ धोने के लिए रखा हुआ अपमानित

महसूस करता। सबके नहाने के लिए सिने तारिकाओं का मनपसन्द साबुन लक्स अधीन के घर आने लगा था।

अधीन का जीवन बदल रहा था। उनकी बेटी शरबतिया भी बदल रही थी।

दो साल पहले उसके कान और नाक में सींक पड़ी रहती थी। अब सींक की जगह नाक में सोने की कील और कान में बुंदे चमकते रहते। पहले नंगे पाँव गली, खेत-खलिहान में भटकने के कारण शरबतिया की एड़ियाँ इतनी फट जातीं कि उनसे ख़ून रिसने लगता। अब शरबतिया बिना चप्पल घर से पाँव ही नहीं निकालती। एड़ियाँ घिस-घिसकर वह रात में वैसलीन लगाकर सोती। अब उसकी एड़ियाँ चिक्कन और सुडौल हो गई थीं। वह चलती तो उसके पाँवों की पायल रुनझुन-रुनझुन कर ऐसा मधुर संगीत रचती कि उसके पास से गुज़रनेवालों के कान ठहरकर सुनने लगते।

घर में नई भाभी के आने से शरबतिया की सिंगार की समझ और दायरा बढ़ गया था। वह पहले सूखे चेहरे पर बोरोलीन चुपड़ लेती लेकिन उसकी नई-नकोर भाभी उसे चेहरा धोने के बाद गदेली में थोड़ी क्रीम हल्के से लगाने को कहती। नेलपालिश गाँव में पहले केवल ब्राह्मण, ठाकुर और कायस्थों के घर की लड़कियाँ लगातीं जबकि शरबतिया की भाभी ने एक दिन उमंग में आकर उसके नाख़ूनों को नेलपॉलिश से रंग दिया। उस दिन शरबतिया के हाथों को देखकर अम्मा ख़ूब खौखियाई।

"ख़ुद तो न किसी काम की, न किसी काज की। हमरी बिटिया का बिगाड़ रही है।"

हर एक के बिगड़ने के अलग-अलग मायने होते हैं। शरबतिया की अम्मा की नज़र में उसकी बहू बिगड़ी हुई थी। अधीन की नज़र में उनका बेटा मोहन बिगड़ा था। लुब्बेलुबाब यह कि सम्पन्नता किस तरह सुन्दरता में इज़ाफ़ा करती है, यह शरबतिया को देखकर गाँव की उसकी सखियाँ भी आपस में फुसफुसाकर कहतीं। सच पूछो तो कई भीतर ही भीतर उससे ईर्ष्या भी करने लगी थीं।

वह दोपहरी अत्यन्त दिलचस्प थी।

शरबतिया की देह से निकलती लक्स की भीनी-भीनी ख़ुशबू का पीछा करते हुए पांडेय दबे पाँव चल रहा था। शरबतिया पांडेय के पग की आहट को अपनी पायल की रुनझुन के बीच सुन रही थी। सहसा वह रुक गई। उसके रुकते ही आहट भी रुक गई। शरबतिया ने पीछे मुड़कर देखा। उसके पीछे कुछ भी न था। कुछ दूरी पर नीली चेक की क़मीज़ में उसे उकड़ूँ बैठा एक शख़्स ज़मीन गीली करता दिख रहा था। शरबतिया बेफ़िक्र होकर फिर चलने लगी।

शरबतिया के नीले छींट के कुरते से झाँकती अधकटे चाँद-सी पीठ पर पांडेय की नज़रें चिपकी हुई थीं। अभी वह कुछ ही डग चली थी कि उसे एक परछाईं दिखाई दी। पहले उसे लगा कि यह बादल की परछाईं है। उसने आकाश की ओर देखा। आसमान साफ़ था। वहाँ कोई बादल या पक्षी नहीं था। यह परछाईं किसकी

है, यह देखने के लिए शरबतिया ने साँचे में ढली अपनी गर्दन मोड़ी तो उसे रामधन दिखाई दिया जो उसे देखकर अपनी पतलून की पीछे की जेब से एक छोटी-सी कंघी निकालकर अपने माथे पर गिरे छप्परनुमा बालों को पीछे काढ़ रहा था। उसकी नीली चेक की क़मीज़ को देखकर शरबतिया को यह समझते देर नहीं लगी कि कुछ देर पहले यही शख़्स उकड़ूँ बैठा ज़मीन सींच रहा था।

पांडेय को शरबतिया पहचानती थी। उसके पिता जब किसी घर में सत्यनारायण कथा बाँचते तो वह उनके साथ कई बार सहायक की तरह मौजूद रहता। सत्यनारायण कथा के हर अध्याय समाप्त होने पर वह शंख ध्वनि से आसपास को गुँजा देता।

शरबतिया ने पांडेय की तरफ़ पहचान भरी मुस्कान फेंकी। पांडेय इस मुस्कान को लोकने के फ़िराक़ में था। सहसा वह चौकन्ना हो गया। दोस्त बाँके बिहारी की बात उसे याद थी कि शरबतिया कटखनी बिल्ली है। उसे शरबतिया की मुस्कान में बिच्छू छिपे लग रहे थे। उस दिन पांडेय शरबतिया की मुस्कान के झाँसे में नहीं फँसा। वहीं से दूसरी डगर पकड़ ली।

शरबतिया को जल्दी ही भान हो गया कि पांडेय भी बाँके बिहारी की डगर पर है। हर लड़की की तरह शरबतिया की छठी इन्द्रिय को पता चल गया कि जब भी वह घर के बाहर होती है, उसकी देह पर दो आँखें चिपकी रहती हैं। शरबतिया को ऐसा लगता कि पांडेय की आँखें उसके जिस्म को नोच रही हैं। वह जब भी उसे देखता, शरबतिया को बुरा ही नहीं लगता बल्कि उसे अजीब सा ग़ुस्सा भी आता। जब वह पांडेय को आँखें तरेरती तो वह बेशर्मी से खीसें निपोरकर इधर-उधर ताकने लगता। उसकी इस बदतमीज़ ढिठाई से उसे रोना आ जाता। उसे समझ में नहीं आ रहा था कि इस पंडित के बेटे जैसी मुसीबत से कैसे निपटे।

उधर रामधन पांडेय पासी टोला में अक्सर बेहाल-सा दिखाई देने लगा।

गाँव में जब कोई सवर्ण लड़का दलित टोले में मँडराने लगता तो दलित किसी अनिष्ट की आशंका से भर जाते। उधर पांडेय का लँगोटिया दोस्त बाँके हर दिन उसकी मर्दानगी को ललकार रहा था कि तुम्हारे बस का कुछ भी नहीं। दरअसल गाँव के ज़्यादातर सवर्ण लड़के दलित लड़की से प्रेम करने का मतलब यह समझते कि वह गाँव की किसी गली या कोलिया में अकेली लड़की पाकर उसकी छाती दबाकर रफूचक्कर हो लें या गन्ने या अरहर के खेत में शौच के लिए जाती अकेली लड़की को उसका लहँगा उठाकर गिरा दें। बिरले लड़के प्रेम में लड़की के मन के दरवाज़े को खोलने के लिए सब्र और हौसला रखते।

सब्र का पांडेय से वैर था। शरबतिया के लिए उनका ज़ुनून हद से भी आगे बढ़ता जा रहा था। वह समझ नहीं पा रहा था कि शरबतिया उसके साथ आँख-मिचौली खेल रही है या सचमुच उसके दिल में कुछ प्रेम जैसा है। पांडेय ने अपनी मुहब्बत जताने के कई तरह से इशारे दिए। शरबतिया के पीछे चलते हुए कई बार 'बोल राधा

बोल संगम होगा कि नहीं' जैसा रोमांटिक गाना भी गुनगुनाया। फिर भी शरबतिया ने उसमें कोई दिलचस्पी नहीं दिखाई। पांडेय को लगता कि जिस तरह सिनेमा में हीरोइन पहले हीरो को डाँटती-फटकारती है, उससे झगड़ा-तक़रार करती है लेकिन बाद में उससे प्रेम करने लगती है, ऐसा ही कुछ शरबतिया के साथ भी है। वह दिखावे के लिए ग़ुस्सा करती है। यह उसका नखरा भर है।

उस दिन हद हो गई, जब खेत की तरफ़ जाती शरबतिया की काले साँप-सी लहराती चोटी रामधन ने पीछे से खींच ली। शरबतिया ने रामधन को ख़ूब खरी-खोटी सुनाई। तुम्हारे घर में 'माँ-बहिन नहीं हैं' का ताना मारा। उसके पिता पंडित जी से नालिश करने की धमकी भी दी। यही नहीं, कुछ आगे चलकर उसकी तरफ़ देखकर ज़मीन पर थूक भी दिया। यह थूकना जहाँ एक असहमत लड़की का ज़ोर-ज़बरदस्ती करनेवाले लड़के पर था, वहीं पांडेय को लगा कि पासी की लड़की ने पंडित के लड़के पर थूका है। रामधन को अपने घर में बचपन से ही यह घुट्टी पिलाई गई थी कि उनसे छोटी जाति के लोग उनकी कृपा पर ज़िन्दा हैं। उनकी मेहनत, उनकी सम्पत्ति, उनकी देह पर इनका पूरा हक़ है। उन्हें किसी बात के लिए इनसे 'ना' कहने का हक़ नहीं है।

पांडेय को अब शरबतिया का थूक हर समय अपने चेहरे पर लिबड़ा लगता। वह जितना उसे धोता, वह उतना ही लिसलिसाकर उसके अहं से चिपक जाता। वह इस बात से खिन्न रहता कि छोटी जाति की लड़की का थूक उन पर लिबड़ा हुआ है।

आख़िरकार पांडेय से रहा न गया। उसने बाँके को शरबतिया के थूकने का क़िस्सा रुआँसी आवाज़ में बयान किया। अपने तथा उसके अपमान का बदला शरबतिया से लेने के लिए बाँके बिहारी को उकसाया। बाँके बिहारी को दोस्ती का हवाला दिया। अन्तत:जिस तरह हर काम दोनों एक साथ करते थे, उसी तरह मिलकर उन्होंने शरबतिया को सबक सिखाने की कौल ली। फिर अपने कौल को उसके आख़िरी अंजाम तक पहुँचाने की रणनीति बनाने लगे।

बाँके बिहारी ने ख़त लिखकर शरबतिया को स्कूल में बुलाने का सूत्र दिया। पांडेय उसके सुझाव से मुतमइन न था। वह कोई सबूत छोड़ना नहीं चाहता था। आख़िरकार उन्होंने गाँव की परम्परागत शैली में प्रेम को सम्पूर्ण करने का निश्चय किया। पांडेय ने बाँके को यह समझा दिया था कि ब्राह्मण होने के कारण शरबतिया की देह पर पहला हक़ उसी का है। बाँके पहले पहरेदार की भूमिका में रहेगा। उसका काम यह होगा कि कोई उधर आता दिखाई दे तो वह पांडेय को होशियार कर दे। पांडेय जब शरबतिया के साथ प्रेम सम्पूर्ण कर लेगा तो बाँके की पारी आएगी। उसे भी तो शरबतिया को न कहने का मज़ा चखाना है। जब बाँके प्रेम को सम्पूर्ण करने में लगा होगा, उस वक़्त पांडेय पहरेदारी करेगा।

योजना बन गई।

उस गोधूलि बेला में शरबतिया लोटा लेकर दिशा फ़ारिग़ के लिए कुहकती हुई बँसवारी की तरफ़ जा रही थी। पांडेय बने-ठने नाग की तरह उसका पीछा कर रहे थे। बाँसों के झुरमुट का अँधेरा देखते ही पांडेय ने शरबतिया को अपनी तरफ़ खींचा। फिर बाँहों में जकड़ लिया। शरबतिया के हाथ से लोटा छूट गया। लोटा छूटने की झन्न से आवाज़ आई। लुढ़के लोटे से पानी बह गया। शरबतिया कसमसा रही थी। पांडेय उसे अपनी बाँहों में भींचे जा रहे थे। शरबतिया चिल्लाने लगी। "बचाओ! बचाओ!" पांडेय एक हाथ से उसका मुँह दबाकर ख़ामोश करने लगा। तब तक शरबतिया की चीख़ खेतों तक पहुँच गई। खेतिहर बँसवारी की तरफ़ दौड़ पड़े। उनको अपनी तरफ़ आता देख बाँके चीख़ा, "भाग! रामधन भाग!" पांडेय ने शरबतिया को दूर ढकेला। अन्ततः वे दोनों गाँव की गलियों में छूमन्तर हो गए।

शरबतिया फफक रही थी। उसकी आँखों से आँसू झर रहे थे। सात-आठ लोग जमा हो गए थे। सुँघनी आगे बढ़ी। उसे चुप कराने लगी। मुन्ना ने लुढ़का लोटा उठाया।

"का हुआ? का हुआ?" का काँव-काँव सुनाई देने लगा।

"रामधन, रामधन पांड़े" शरबतिया बस इतना ही बोल पाई।

गाँव में बिजली की तरह ख़बर फैल गई। अधीन के घर के सामने जमघट लग गया। प्रधान की इज़्ज़त का मसला था। लाठियाँ निकल आईं। अधीन ने शरबतिया को घर के भीतर भेज दिया। हर कोई कुछ न कुछ बोल रहा था। पास में खूँटे से बँधी गाय रँभा रही थी मानो वह भी शरबतिया की तरफ़ से बोल रही हो। शरबतिया का भाई कट्टा निकालकर उसमें कारतूस भरने लगा। कोई पंडित का घर घेरने का ऐलान कर रहा था। कोई अपनी ज़बान से पांडेय का कचूमर निकाल रहा था। हो-हल्ला कम होने पर यह तय हुआ कि झगड़ा-मारपीट से कुछ हासिल नहीं है। रामधन के पिता पंडित जी से शिकायत करने से भी वह कुछ नहीं करेंगे। इसलिए कल सुबह पुलिस थाने में जाकर रिपोर्ट लिखाना सही होगा। इससे ऊँची जाति के लड़कों के छिछोरेपन पर लगाम लगेगी। अधीन के चचेरे भाई ने सिर हिलाकर लम्बी हुँकार भरी।

"बहिन जी का राज नहीं तो क्या हुआ, दलितों के हक़ में क़ानून तो है।"

हालाँकि देश में आम आदमी भी समझने लगा था कि क़ानून काग़ज़ पर लिखे होते हैं। उसे लागू अफ़सर, पुलिस और कचहरी करती है। हर चुनाव के बाद नई सरकार क़ानून को अपनी तरह से लागू करने के लिए हर जगह अपने अफ़सर, पुलिस और अमले की तैनाती करती है। देश-प्रदेश में क़ानून वही रहता लेकिन सरकार के बदलते ही उसका भी रंग उसके अनुसार बदल जाता।

थाना साथ जाने के लिए जब अधीन ने लोगों का मन टटोला तो थाने में रिपोर्ट लिखाने जाने के नाम पर घर के सामने जमा भीड़ बारिश में चींटियों की तरह छिटकने लगी। अगले दिन सुबह थाना जाने के लिए बमुश्किल तीन जन दबी ज़बान से राज़ी हुए।

उधर रामधन पांडेय को रातभर नींद नहीं आई। एक तो उसके बाबूजी को ख़बर लग गई थी। वह धाराप्रवाह गालियों से उसकी ख़बर ले भी चुके थे। बीती शाम के चीथड़े पांडेय के दिल के भीतर फड़फड़ाते रहे। वह कई बार अपने को कोस चुका था। प्रेम सम्पूर्ण करने की उसकी रणनीति विफल हो गई थी। यही नहीं, रामधन पांडेय अपनी हड़बड़ी पर झुँझला रहा था। उसे यह गहरा रंज था कि शरबतिया को वह हासिल भी न कर पाया। बेमतलब उसकी थू-थू भी हो गई।

सूरज की पलकें खुलने के पहले अगले दिन तड़के अपने एक हाथ से चाँपाकल का हत्था चलाकर और दूसरा हाथ आकाश की ओर करके अधीन नहा-धोकर तैयार हो गए। उनको चिन्ता यह थी कि समय बीतने के साथ सवर्णों के अनेक दूसरे अत्याचारों की तरह इसे भी पुलिस में रिपोर्ट करने के लिए कहीं उनका ही मन पीछे न हट जाए।

सदियों से अत्याचारों को सहने की उनके समाज को आदत पड़ गई है। जिस तरह घर की स्त्री अपनी बीमारी का इलाज झंझटों से बचने के लिए टालती रहती है, उसी तरह समाज के कमज़ोर लोग अत्याचार को अपनी नियति मानकर पुलिस में रिपोर्ट करना टालते रहते हैं। उन्हें पता नहीं रहता कि अत्याचार करना मनुष्य की स्वाभाविक प्रवृत्ति नहीं, ताक़तवर की अपनी राजनीति है। इसका प्रतिकार न करने से समाज धीरे-धीरे रोगी हो जाता है, यह समझ उसमें विकसित नहीं होती।

अधीन के लिए थाने में रिपोर्ट लिखाना उनके लिए एक बड़ी राजनीतिक चुनौती भी थी। उनके बारे में कहीं गाँववालों में यह धारणा न घर कर जाए कि प्रधान होकर अगर वह अपनी लड़ाई न लड़ पाए तो अपने दूसरे कमज़ोर भाइयों का बचाव कैसे कर पाएँगे? फिर तो वह अगला पंचायत चुनाव नहीं जीत पाएँगे।

पौ फट चुकी थी।

नहाने के बाद अधीन घर में बने अपने उस नए कमरे के बाहर घूम-फिरकर कई चक्कर लगा चुके थे जहाँ बन्द दरवाज़े के पीछे उनका बेटा नई बहुरिया के साथ सोया हुआ था। नीले आसमान में चहचहाते परिन्दे भोर होने का ऐलान कर रहे थे लेकिन बेटे के कमरे से कोई आवाज़ सुनाई नहीं दे रही थी। वहाँ सन्नाटा पसरा था। अधीन ने अपने बेटे को 'घरघुसना' और 'लहँगा-लटकन' जैसे कई तमगे दे चुके थे। उनके कुपित होने की वजह भी थी। घर के सामने बोलेरो गाड़ी खड़ी थी। उन्हें गाड़ी चलानी आती तो वह अब तक कबके थाने पहुँच गए होते। मगर बेटा मोहना नासपीटा ही मोटरगाड़ी चलाना जानता था।

'कब वह उठेगा? कब तैयार होगा? कब नाश्ता करेगा? कब चलेगा?' यह सोचकर अधीन हलाकान हो रहे थे।

नीले आसमान की माँग में जब सूरज सिन्दूर भर चुका, तब अधीन को चूड़ियों की खनक के साथ दरवाज़े से चूँ की आवाज़ सुनाई पड़ी। वहाँ से एक पतली छाया सर्र से निकली। अब अधीन को यक़ीन हो गया कि उनका लहँगा लटकन बेटा उठ जाएगा।

पिछली शाम से शरबतिया डरी बकरी-सी घर के कोने में दुबकी रही। उसकी अम्मा लड़की जाति में पैदा होने के लिए उसे कोस रही थी। वह हमेशा शरबतिया को टोकती रहती कि दिशा-फ़ारिग़ के लिए बाहर न जाए। अपनी भाभी की तरह शौचालय में जाए। शरबतिया अम्मा की बात हवा में उड़ा देती। जवानी किसी का कहना कहाँ मानती है? अम्मा टोकती तो कहती कि उसे क्या डर। उसके बप्पा गाँव के प्रधान हैं।

कलेवा के लिए शरबतिया की अम्मा ने काले चने भिगो रखे थे। वह भीगे चने को लोहे की काली कड़ाही में छौंक रही थी। अधीन और मोहना तैयार हो चुके थे। थाने जानेवाले गाँववासियों ने बहाने बना दिए थे। अधीन को कुछ-कुछ अन्देशा था। भारत में थाना जाना आफ़त को दावत देना होता। आम आदमी और थाने के बीच डर का रिश्ता होता। ग़नीमत थी कि कुछ ही देर में बबलू श्रीवास्तव और मंगल पासी आ गए।

अधीन के कलम के सिपाही बबलू श्रीवास्तव थे। पंचायती लिखा-पढ़ी और हिसाब-किताब में माहिर। क़ानूनी नुक्ताचीनी समझते-बूझते। पंचायत अफ़सर-सेक्रेटरी से साँठ-गाँठ करके सरकारी अनुदान पास कराने में उनका कोई तोड़ नहीं था। इस सेवा के बदले मोहन के साथ ठेके में बैठकर शाम को मुफ़्त में दारू पीते।

मंगल पासी के बाल जवानी में ही सन की तरह सफ़ेद हो गए थे। झूठे जन्म प्रमाणपत्र में पैंतालीस की जगह उनकी उम्र बासठ साल दिखाकर वरिष्ठ नागरिक की पेंशन दिलाने की कृपा अधीन ने की थी। उनकी कृपा से मिलने वाली पेंशन कहीं छिन न जाए, इस डर से मंगल पासी थाने जाने के लिए आ गए थे।

बोलेरो चल पड़ी। मोहन कार तेज़ चला रहा था। सड़क तंग थी। किनारे खुदी भी हुई थी। चुमुर-चुमुर करती आती बैलगाड़ी, भड़भड़ाता कोई ट्रैक्टर या सरसराती मोटरसाइकिल सामने आने पर मोहन को ब्रेक लगाकर गियर बदलना पड़ता तो वह झुँझलाकर उनकी माँ-बहन की ऐसी-तैसी करने लगता। इन दिनों गाँव की सड़क पर मोटरसाइकिलों की गड़गड़ाहट से कान पक जाते। गाँव में किसी के पास मोटरसाइकिल या मोबाइल न होना ग़रीबी की निशानी होता। जिनके पास ये चीज़ें न होतीं वे अपने लड़के की शादी में इनकी माँग करते चाहे लड़का निठल्ला ही हो।

अधीन मोहन को गाड़ी तेज़ चलाने से मना कर रहे थे। मोहन कहाँ मानने वाला था। एक बार तो मोहन बाल-बाल बचा जब उसकी बोलेरो के आगे एक नीलगाय

कूदती-फाँदती निकल गई। कार में पीछे बैठे मंगल की तो चीख़ ही निकल गई। नीलगायों और मरकहे साँड़ों के प्रकोप से इलाक़े के किसान पस्तहाल थे। गो-रक्षा की सरकारी मुहिम से साँड़ बेफ़िक्र और इफ़रात हो गए थे। उनसे बचने की ख़ातिर किसानों के लिए कँटीले तारों से खेत घेरना महँगा पड़ता। रात-भर जगकर खेतों पर पहरा देना पड़ता।

सड़क के किनारे पिपरमिंट की फ़सल से भीनी-भीनी ख़ुशबू आ रही थी। मंगल पासी फ़सलों के रंग देखकर बता रहे थे कि किसने खेत में कितनी यूरिया खाद डाली है। उनका दर्द छलक आया कि यूरिया डाले बिना फ़सल अच्छी नहीं होती जबकि यूरिया मौक़े पर नहीं मिलती। मिलती भी तो बहुत महँगी मिलती। पानी की मुसीबत उससे भी ज़्यादा थी। नहर में पानी कम ही छोड़ा जाता। डीज़ल हर दिन महँगा हो जाता जिससे पम्प से सिंचाई महँगी पड़ती। बबलू ने ज्ञान बघारने का मौक़ा नहीं छोड़ा। उन्होंने बताया कि सरकार किसानों को जितनी सब्सिडी यूरिया पर देती है, उससे ज़्यादा डीज़ल का दाम बढ़ाकर उनसे वसूल लेती है।

कार की गुदगुदी सीट पर बैठे मंगल बता रहे थे कि आजकल अरहर और गन्ने की खेती के बजाय आलू, टमाटर और पिपरमिंट की फ़सल ज़्यादा फ़ायदेमन्द है। गन्ना बोने से ऐसी फ़सलें उगाना बेहतर है। गन्ना बेचने के लिए मिल से पर्ची नहीं मिलती। दूसरे, चीनी मिलें गन्ना तो ख़रीद लेतीं लेकिन उसका भुगतान अगले साल तक मुल्तवी रखतीं। आलू, टमाटर और पिपरमिंट की फ़सलों से नकदी ज़्यादा और तुरन्त मिलती। मगर इस साल टमाटर की फ़सल ज़बरदस्त हुई कि बाज़ार में क़ीमत गिर गई। कोल्ड स्टोरेज में टमाटर रखना बेहद महँगा पड़ता। शहर ले जाकर बेचने से ट्रैक्टर का भाड़ा भी नहीं निकलता। नाराज़गी में किसानों ने टमाटर सड़कों पर फेंक दिया। पिपरमिंट की खेती में यह मुसीबत न थी। कुछ बड़े किसान फ़सल कटने पर पिपरमिंट ख़रीदकर जमा कर लेते। फिर उसे तीन-चार महीने के बाद दुगने दाम पर बेचते। छोटे किसानों का गुज़ारा खेती से बड़ी मुश्किल से होता। गाँव के उन्हीं लोगों का गुज़र-बसर ठीक-ठाक चल पाता जिनके घर का कोई गाँव छोड़कर मुम्बई या पंजाब मजूरी के लिए चला जाता।

बोलेरो से थाने के सामने सब उतरे। उतरते ही अधीन थोड़ा झुक गए। वह झुककर चलते-चलते बीच में रुककर काँखने लगे। बबलू को लगा कि शायद अधीन काका की कमर कार में बैठने से अकड़ गई है।

उसने चिन्ता जताई, "काका कुछ तकलीफ़ है का?"

अधीन ने सिर हिलाकर मना किया। वह अपने बप्पा का यह गुप्तमंत्र किसी और से साझा नहीं करना चाहते थे कि ताक़तवर से कुछ मदद लेनी हो तो कुछ झुककर जोहार करना चाहिए। हालाँकि उनका यह अभिनय तब पानी में चला गया जब उन्हें पता लगा कि दरोगा साहेब के जूतों की पदचाप आज अभी तक थाने में

सुनाई नहीं दी है। दरोगा के आने पर ही काम होता। फ़िलहाल दरोगा के आने का इन्तज़ार करना था।

बबलू श्रीवास्तव सुबह नाश्ता करके घर से नहीं निकले थे। अधीन दलित थे, इसलिए उनके घर में नाश्ता करना तो दूर, वे पानी भी नहीं पीते। हाँ, दारू साथ पीने में उन्हें कोई एतराज़ नहीं होता। दरअसल वह अधीन के लिए चित्रगुप्त और चाणक्य दोनों की भूमिका निबाहते। ऐसे में बबलू और अधीन के बीच यह अलिखित समझदारी बन गई थी कि बबलू बाहर होटल में नाश्ता करेंगे। इस ख़र्च की ज़िम्मेदारी अधीन की होगी।

बबलू नाश्ते के लिए चाय की दुकान आए। दुकान में काली कड़ाही में समोसे तले जा रहे थे। चार समोसे लिए गए। मंगल को भी समोसा मिला। समोसा गर्म और तीखा था। मंगल समोसे को धीरे-धीरे कुतर रहे थे। वह सोच रहे थे कि चुकुर-चुकुर कर जितनी देर समोसा कुतरेंगे, उतनी देर समोसे का स्वाद जीभ पर तैरता रहेगा। झटपट समोसा निगल लेंगे तो उसका स्वाद भी झटपट चला जाएगा। वह समोसे के स्वाद को मूल धन की तरह अपनी याद के बैंक में जमा रखना चाहते थे। समोसा चाय के साथ और भी तीखा लग रहा था। बबलू गरम समोसा एक झटके में सी-सी करते निगल गए। फिर दुकानदार से एक समोसा और ले लिया। दूसरा समोसा लेते हुए उनको कोई संकोच नहीं था। दूसरा समोसा लेने की मंगल की हिम्मत न हुई। ग़रीब माँगने की हिम्मत कम करते हैं। हालाँकि मंगल को एक और समोसा खाने का मन बहुत था।

चाय पीकर जब वे सब थाने आए, दरोगा आ गए थे। दरोगा के कमरे में चार-पाँच लोग दिखाई दे रहे थे। एक आदमी के सर पर पट्टी बँधी थी। ख़ून का हल्का धब्बा भी दिख रहा था। पता चला कि भाइयों में खेत बँटवारे को लेकर लाठी चली है। ख़ून-खच्चर हुआ है। उनकी रिपोर्ट के बाद अधीन की बारी आई।

अधीन कमरे में घुसते ही झुककर सुबकने लगे। सब हैरान थे कि अभी तक तो यह ठीक-ठाक थे, अचानक इन्हें क्या हो गया? दरोगा दाहिने कान में चाभी डालकर खूँट निकाल रहे थे। साथ ही मुँह में पान धीरे-धीरे चुभला रहे थे। अधीन को सुबकते देखकर उनके चेहरे पर संत सी निस्पृहता छा गई। दुख-दर्द की भावना से वह ऊपर उठ चुके थे।

अधीन और झुक गए। अब बबलू श्रीवास्तव ने कमान सँभाली। काग़ज़ पर लिखी अर्ज़ी दरोगा के हाथ में दी। अर्ज़ी पढ़े बिना दरोगा ने मामला बयान करने के लिए कहा। बबलू ने पहले अधीन का परिचय दिया कि यह खजुरी गाँव के सम्मानित प्रधान हैं। फिर नमक-मिर्च लगाकर बताया कि इनकी बेटी के साथ पंडित के लड़के ने किस तरह ज़बरदस्ती की है।

दरोगा ने पूछा कि पीड़ित लड़की कहाँ है? उसकी डॉक्टरी जाँच करानी होगी।

बबलू ने बताया कि सर बलात्कार नहीं हुआ है। बलात्कार की कोशिश हुई है। दरोगा ने पूछा कि प्रधान की लड़की शौचालय में क्यों नहीं गई? इस पर तो उसे ही सज़ा मिलनी चाहिए। कोई चश्मदीद है? सब इधर-उधर झाँकने लगे। दरअसल शरबतिया की चीख़-पुकार सुनकर जो खेतिहर दौड़े आए थे, उनमें से कोई उनके साथ नहीं था। दरोगा ने इत्मीनान से झुककर मुँह से पान की लुगदी मेज़ के नीचे रखे प्लास्टिक के कूड़ेदान में उगली।

"पीड़िता ग़ैरहाज़िर। चश्मदीद कोई है नहीं। ऐसे में रिपोर्ट कैसे लिखेंगे? कहीं बदला लेने के लिए कहानी तो नहीं गढ़ी है? ग़लतबयानी की तो तुम सबको जेल में डाल दूँगा।" दरोगा की धमकी से उनको साँप सूँघ गया। अधीन घिघियाए।

"हुज़ूर सब सच है। तफ़्तीश की जाए। शरबतिया का बयान लिया जाए।"

दरोगा कुछ नरम पड़े।

"कल उधर दौरा करेंगे तो उस लौंडे को ठोंक-बजा देंगे। बलात्कार तो हुआ नहीं, केस दर्ज करने से कोई फ़ायदा नहीं।"

भारत में पुलिस अपराध को अपराध रजिस्टर में न लिखकर उसे कम करती। उनके लिए हर अपराध बस एक अंक होता। जितने अपराध थाने में दर्ज होते, उतने ही अपराध माने जाते। समाज में कई गुना अपराध होते लेकिन दर्ज न होने के कारण अपराध नहीं माने जाते।

थाने से लौटकर गाँव में मंगल पासी और बबलू श्रीवास्तव लाउडस्पीकर बन गए। गाँव के घर-घर में एक ही बात गूँजने लगी कि कल दरोगा गाँव आएँगे। रामधन पांडेय की ख़ूब धुनाई होगी। एससी-एसटी क़ानून के तहत गिरफ़्तारी भी होगी जिसमें जल्दी ज़मानत भी नहीं मिलती।

रामधन पांडेय तक जब यह ख़बर पहुँची तो उसकी फूँक सरक गई। पुलिस की मार का उसे अन्दाज़ा था। गिरफ़्तारी की सोचते ही उसकी देह से पसीना चुहचुहाने लगा। वह जितना अपने को सँभालने की कोशिश करता, उतना ही डरकर काँपने लगता। उसके बाबूजी ने तो पुलिस का नाम सुनते ही खटिया पकड़ ली। वह बार-बार यही कह रहे थे कि ज़रूर उनसे पूर्वजन्म में कोई पाप हुआ है जिसकी वजह से उनके घर में ऐसा नालायक-कुपूत जन्मा है।

पांडेय की अम्मा सिर पर दुहत्था मारकर ज़ार-ज़ार रो रही थीं। वह कुलच्छनी शरबतिया को कोस रही थीं जिसके रूपजाल में उनका भोला-भाला बेटा फँस गया। अपने बेटे को सीख़चों के पीछे देखने की कल्पना से उनकी रूह काँप उठी। उन्होंने अपने स्त्री पक्ष को स्थगित कर दिया। माँ की भूमिका में आ गईं। अम्मा ने अपनी पेटी खोली। पेटी से अख़बार के नीचे रखे मुड़े-तुड़े चन्द नोट, चाँदी की करधनी, सोने के बुंदे निकाले। चादर ओढ़े लेटे रामधन को रात में उठाकर रुपये और ज़ेवर सौंपते हुए छलछलाई आँखों से ननिहाल भाग जाने की सलाह दी।

माँ की दरियादिली से पांडेय का हौसला बढ़ गया। उसके दिमाग़ की बत्ती जल गई। एक झोले में कुछ कपड़े और रुपये-ज़ेवर लेकर पौ फटने के पहले वह ननिहाल के लिए चल पड़ा।

पांडेय के ननिहाल पहुँचने पर ममेरे भाई की जान साँसत में फँस गई। उसने रामधन को समझाया कि घर पर न मिलने के बाद पुलिस सबसे पहले रिश्तेदार के यहाँ दबिश डालती है। पीछा करती हुई पुलिस कभी भी यहाँ आ सकती है। बेहतर है कि पांडेय मुम्बई मामा के पास भाग जाए। जब मामला कुछ दिन में ठंडा पड़ जाए तो लौट आए। बस उसी रात रामधन पांडेय रेलगाड़ी के आम डिब्बे में किसी तरह मुड़-तुड़ कर मुम्बई में अपने मामा के पास पहुँच गया। मुम्बई के वरली चाल में मामा की छोटी-सी खोली में मामी और उनके तीन बच्चों के साथ रामधन ने भी अपनी जगह बना ली।

इस तरह रामधन पांडेय का प्रेम एक बड़ी दुर्घटना बनकर रह गया।

वह जब भी सुखी घर सोसाइटी में संगीता को देखता, शरबतिया को न पाने की कसक उसे चुभने लगती।

उस दिन पांडेय ने हद ही कर दी। संगीता बारहवें माले से कचरा उठाने जा रही थी। जैसे ही वह लिफ़्ट में दाख़िल हुई पांडेय उसे अकेला देखते ही दौड़कर झपाक से लिफ़्ट में घुस आया। लिफ़्ट में अब कचरा ड्रम के साथ कचरा पांडेय भी था। अकेली पाकर पांडेय ने संगीता के ब्लाउज़ में हाथ डाल दिया। फनफनाती संगीता ने एक हाथ से उसका हाथ झटका। दूसरे हाथ से लिफ़्ट रोकने के लिए बटन दबाया। फिर पांडेय को गाली देती हुई वह आठवें माले पर घबराकर उतर गई।

पांडेय से उसे एक ज़िन्दा भूत की तरह डर लगने लगा।

अब पांडेय उसके दिमाग़ से किसी तरह निकलता ही न था। हालत यह हो गई कि वह पांडेय को अपने क़रीब देखते ही काँप उठती। एक रात उसने सपने में देखा कि वह उसके कपड़े उतार रहा है। वह चीख़कर जाग गई। पसीने से उसकी देह लथपथ थी। पांडेय की गुस्ताख़ियों ने संगीता के दिमाग़ को हिला दिया था। एक दोपहर जब वह कचरे का ड्रम लेकर जा रही थी कि अचानक उसे लगा कि उसका आँचल कोई खींच रहा है। कहीं यह पांडेय न हो, यह सोचकर उसने तमतमाकर पलटकर देखा। पांडेय नहीं, उसका आँचल गेट के हैंडल में अटका हुआ था। पांडेय नर्क की आग की तरह उसके दिमाग़ को हमेशा झुलसाये रखता।

संगीता ने सोचा कि अगर सुखी घर सोसाइटी में काम करना है तो पांडेय से निपटना ही होगा। उसे इसके लिए सिर्फ़ एक ही नाम याद आया—मीरा ताई।

मीरा ताई शेरनी थी। शिवसेना की सैनिक।

शिवसेना में शामिल होने के पहले वह चाल में बीएमसी के पानी के नल या टैंकर के पास क़तार लगवाने में आगे रहती। कोई क़तार तोड़ता तो उसे डाँटती-

डपटती। चीख़ना-गाली देना उसका सबसे बड़ा हथियार होता। वह अपनी जीभ से तलवार का काम लेती। मकर संक्रान्ति पर शिवसेना जब हल्दी-कुमकुम उत्सव मनाता तो वह उसमें सबसे ज़्यादा उत्साह दिखाती। महिलाओं को गले लगाकर, माथे पर हल्दी-कुमकुम लगाती। तिलगुड़ बाँटती। आसपास की औरतें उसके रौद्र रूप से इतर उसके इस नए अवतार को देखकर चकित हो जातीं। वह हल्दी-कुमकुम लगाकर और मीठा तिलगुड़ खिलाकर उन्हें अपनी सखियाँ बना लेती। शिवसेना के पिकनिक कार्यक्रमों में भी वह बढ़-चढ़ कर हिस्सा लेती। धीरे-धीरे शिवसैनिक के रूप में उसे लोग जानने-पहचानने लगे। दुकानदार उससे डरते। लड़कियों को छेड़नेवाले मनचले उसे देखकर काँपते।

हालाँकि मुस्लिमों के प्रति मीरा ताई का रवैया उदार नहीं था। मुस्लिम आबादी बढ़ने को लेकर वह उन्हें खुलेआम कोसती। वह उनकी चार शादी के ख़िलाफ़ बोलती। उनकी तलाक़प्रथा को मुस्लिम औरतों के लिए अत्याचार बताती।

पिछले दो साल में मीरा ताई का हुलिया ही नहीं, उनके घर का राग-रंग भी बदल गया था। मीरा ताई की खोली चमकने लगी। उस पर टिन का एक साइनबोर्ड भी धूप में चमकता रहता जिसके एक कोने पर बना शेर दहाड़ता रहता। साइनबोर्ड के बीच में बाला साहेब ठाकरे की चश्मे से भेदती आँखोंवाली तस्वीर उसकी खोली के आमने-सामने से गुज़रनेवालों को भेदती रहती। मीरा ताई की ठसक चाल में ही नहीं, आसपास में भी बढ़ गई थी।

मीरा ताई के बारे में आसपास यही सुनने को मिलता—

सड़क के गड्ढों में पानी जमा हो गया—मीरा ताई से कहो।

एमबीएमसी का पानी नहीं आया—मीरा ताई से कहो।

बैंकखाता नहीं खुल रहा—मीरा ताई से कहो।

सरकारी योजना में नाम डालना है—मीरा ताई से कहो।

लड़के-लड़की का जोड़ लगवाना है—मीरा ताई से कहो।

मीरा ताई सबको भरोसा ही नहीं देती, उस भरोसे का मान भी रखती। शिवसेना का कोई मोर्चा हो या आन्दोलन, वह क़तार में सबसे आगे हाथ में केसरिया झंडा लिए गलाफाड़ आवाज़ में नारे लगाती दिख जाती। गला बाँस-सा भर्राने लगता, झंडा उठाते-उठाते कन्धे सूज जाते, मराठी काणी साड़ी सँभालते-सँभालते कमर ऐंठने लगती, चलते-चलते पाँव दुखने लगते लेकिन वह जुलूस में अपनी आगे की जगह पर बनी रहती। वह जानती कि जैसे ही वह अपनी जगह छोड़ेगी, कोई दूसरा उसकी जगह दिखने लगेगा। वह हर जगह दिखना चाहती। राजनीति में दिखना ही होना है, यह वह अच्छी तरह समझ गई थी।

हाथों में चूड़ियाँ, माथे पर लाल बिन्दी, पाँवों में बिछुए, गले में चमकता मंगल सूत्र और मराठी धज में धोती डाटे अपनी खोली के सामने अक्सर संगीता को मीरा

ताई कड़क आवाज़ में किसी न किसी से बात करती, हँसती-खिलखिलाती दिख जाती। उसकी मोटी गदराई देह फलदार दरख़्त जैसी ख़ूबसूरत लगती जिससे उसकी बेधड़क और बेबाक शख़्सियत में कई चाँद और जुड़ जाते। संगीता को लगता कि काश! वह भी ऐसी निर्भीक होती।

संगीता को मीरा ताई से एक सुबह अकेले में मिलने का मौक़ा मिल गया। वह ठिठकती हुई भीतर गई। छोटी खोली के भीतर फ़्लैट का ऐश्वर्य मौजूद था। रंगीन टीवी, फ्रिज तो था ही, स्टील की एक अलमारी, स्टैंड पर चमकते बर्तन, अलगनी पर सूखते कपड़ों के बीच एक कुर्सी पर मीरा ताई बैठी थीं। उनके पास में दो मोढ़े रखे हुए थे। हालाँकि कमरे की छत पर मकड़ियों का राज बदस्तूर क़ायम था।

संगीता का दिल कर रहा था कि बिना कुछ कहे मीरा ताई उसकी बात समझ लें। उसे कुछ भी बोलना न पड़े। पांडेय के बारे में उसकी घिनौनी करतूत बताते हुए उसकी ज़बान लरज़ रही थी। मीरा ताई इस मनोविज्ञान में सिद्धहस्त थीं। उन्होंने मीठी ज़बान से पुचकारते हुए मराठी में कहा, "घाबरू नका, बिनधास्त बोला।" (डर नहीं, बिन्दास कह।) संगीता की व्यथा-कथा में इतनी तकलीफ़ भरी थी कि बिना किसी सहारे के कहना कठिन था। आँसू के सहारे कथा शुरू की तो वह नदी की तरह बह निकली। जब कथा ख़त्म हुई तो संगीता एक वीरान मैदान में खड़ी थी—अकेली लेकिन मज़बूत और हल्की। मीरा ताई ने संगीता के सिर पर हाथ रखा। फिर गले लगाया। इस स्पर्श में दिलासा था। मीरा ताई ने कहा, "तू आता जा, आरामत झोप, मी सांगें की तुला काय करायचे आहे।" (तू अभी जा। आराम से सो। मैं बताएगी कि तुझे क्या करना है।)

मीरा ताई की योजना के अनुसार संगीता को किसी तरह पांडेय को अपने रूपजाल में फँसाकर रँगे-हाथ पकड़वाना था। संगीता के लिए यह मुश्किल था। पांडेय को देखते ही उसे ऐसा लगता जैसे उसकी देह पर कोई तिलचट्टा रेंग रहा हो। उसका मन करता कि उस कामान्ध की आँखों में अपने नुकीले नाख़ून भोंक दें। लेकिन ताई की योजना के तहत जिस पांडेय को वह पहले नज़रअन्दाज़ करती थी, उसे देखकर अब ऐसे मुस्कराना पड़ता जैसे संगीता उस पर फ़िदा हो। संगीता की बढ़ती दिलचस्पी से पांडेय जहाँ ख़ुश था, वहीं हैरान भी। संगीता अब पांडेय से गुस्ताख़ हो गई। वह पांडेय को छेड़ती। किसी न किसी बहाने घुल-मिलकर बात करती। पांडेय भी अब संगीता के काम की तारीफ़ करता। कभी उसकी क़द-काठी को लेकर कटाक्ष करता। संगीता सुलगकर रह जाती। पांडेय की नीयत जब बहकने के कगार पर आ गई तो एक दिन संगीता ने पांडेय को अपनी तरफ़ से आँखों में शरारत भरकर अगली दोपहर में सोसाइटी की छत पर एकान्त में कुछ 'ज़रूरी बात' कहने के बहाने बुलाया। छत की चाभी पांडेय के पास रहती। सफ़ाई के लिए या पानी के रेगुलेटर खोलने के लिए वह छत खोलता। हालाँकि छत पर पांडेय को बुलाते हुए

उसे घिन आ रही थी। अपराधबोध मन और आत्मा पर लदा था। उधर 'ज़रूरी बात' सुनकर पांडेय का मन बल्लियों उछलने लगा।

पांडेय का दिल अपनी मर्दानगी की जीत पर कलाबाजियाँ खा रहा था कि संगीता उसके प्यार के रंग में रँग गई है। संगीता को देखते ही पांडेय का जिस्म झनझनाने लगता। उसका जी चाहता कि वह उसकी जवानी को चबा जाए। पांडेय को दोपहर का इन्तज़ार भारी लग रहा था। ख़यालों के रंगीन हिंडोले में झूलते हुए वह वक़्त से कुछ पहले ही छत पर चक्कर लगाने लगा। उधर संगीता जानबूझकर जूँ की चाल सरीखी सुस्ती से ग्यारहवें माले की सीढ़ियों पर झाड़ू लगाने लगी। उसके मोबाइल पर मीरा ताई की घंटी बजी। घंटी छत पर जाने का इशारा थी। संगीता सोसाइटी की छत पर पहुँच गई। संगीता को देखते ही पांडेय खिल उठा। लपककर उसने दरवाज़ा उढँरा दिया।

"क्या ज़रूरी बात करनी है?" पांडेय ने ज़िक्र छेड़ा।

"कुछ ख़ास नहीं।" संगीता जानबूझकर उसे बातों में उलझाने लगी। वह पांडेय की ओर न देखकर अपने हाथों की उँगलियों की ओर तकने लगी।

"कुछ बात तो है। छिपा रही हो।" पांडेय के चेहरे पर गिलगिली मुस्कराहट खिंच गई। संगीता की ओर देखते ही पता नहीं क्यों उसे हमेशा शरबतिया दिखाई देने लगती। उसके कान गर्म हो जाते।। पांडेय ने अपनी गर्म साँसें दबाईं।

फिर एक क्षण के लिए उन दोनों की आँखें मिलीं।

"कहते हुए डर लगता है।" संगीता ने झेंपने का नाटक किया। फिर अपनी ब्लाउज़ की बाँह उठाते हुए कहा, "देखो! तुमसे कुछ कहने के पहले ही मेरे रोयें खड़े हो गए हैं।"

संगीता ने इस भाव से पांडेय को अपनी बाँहें दिखाईं जैसे वह उसे छूने के लिए इसरार कर रही हो। पांडेय की उँगलियाँ उसे छूने के लिए आगे बढ़ीं। संगीता की बाँह के हल्के स्पर्श से पांडेय के जिस्म में बिजली दौड़ गई। वासना के समन्दर में ज्वार उठने लगा। उसके कान लाल हो गए। होंठ लरज़ने लगे। उसकी गर्म साँसें तेज़ चलने लगीं। शरबतिया और संगीता का अन्तर पांडेय की आँखों में सिमटता जा रहा था। उसे संगीता अब पूरी तरह शरबतिया-सी लग रही थी।

"मैं क्या इतना बुरा हूँ?" पांडेय ने भर्राई आवाज़ में कहा। फिर संगीता की गदेली जकड़ ली। बुहारने के कारण संगीता के हाथों से धूल की गन्ध उड़ रही थी। पांडेय को इस समय कोई होश न था। उसने संगीता को अपने आलिंगन में बाँधने की कोशिश की।

अचानक संगीता बमक उठी। वह पांडेय को चीख़-चीख़ कर गालियाँ देने लगी। "तुम्हारी माँ-बहन नहीं हैं। सूअर-कुत्ते हरामी।"

पांडेय के चेहरे पर हवाइयाँ उड़ने लगीं।

इसके पेशतर कि वह कुछ समझ पाता, अचानक छह-सात औरतें छत पर भड़भड़ाती आ गईं। मीरा ताई सबसे आगे थीं। हक्का-बक्का पांडेय संगीता से छिटककर दूर खड़ा हो गया। संगीता मराठी में गालियाँ दे रही थी। पांडेय कुछ सफ़ाई देता, इसके पहले मीरा ताई ने उसे एक तेज़ लप्पड़ लगाया! फिर पांडेय का कॉलर खींचकर लिफ़्ट के भीतर ले गई। सब औरतें भी संगीता के साथ हो लीं। मेनगेट की लॉबी में बाक़ी औरतों ने पांडेय को एक गोल घेरे में क़ैद कर लिया। पांडेय का पूरा शरीर ऐसे काँप रहा था जैसे उसे जूड़ी लग गई हो। चेहरा लप्पड़ से लाल हो गया था। पेशानी पर पसीने की नालियाँ बहने लगी थीं। कीड़े की तरह दुबककर वह डरी आवाज़ में बिलबिला रहा था, "मैंने क्या किया? मैंने कुछ नहीं किया।"

ताई शेरनी की तरह दहाड़ी, "हरामखोरा, एका लाचार बाई बरोबर ज़बरदस्ती करतोय। शी थू-थू!" (हरामी! एक लाचार औरत के साथ ज़बरदस्ती करता है। थू-थू।)

ताई ने पांडेय के चेहरे पर थूक की एक पतली पिचकारी फेंकी। फिर मीरा ताई के साथ की सभी औरतों की थूक की बौछार पांडेय के चेहरे पर पड़ने लगी। पांडेय दोनों हाथों से चिपचिपे थूक को साफ़ करने लगा। वह गुहार लगा रहा था, "बचाओ! मैंने कुछ नहीं किया। यह औरत झूठ बोलती है।"

ताई बिफर गई, "हा हरामखोर कधी कबूल नाही करणार। यांचे तोंड काले करा।" (यह हरामी जल्दी नहीं कबूलेगा। इसका मुँह काला करो।)

ताई के इशारे पर एक औरत ने छोटी-सी डिब्बी में रखी कालिख निकाली। फिर अपने हाथ में चुपड़कर पांडेय के चेहरे पर पोत दी। पांडेय का बनबिलाव सा चेहरा देखकर संगीता का मन हँसने को कर रहा था लेकिन मौक़े की नज़ाकत समझकर उसने अपनी हँसी रोक ली।

ताई पांडेय को क़मीज़ पकड़कर खींचती हुई सोसाइटी के बाहर लाई। सड़क पर औरतों की भीड़ और चिल्ल-पों से कुछ लोग जमा हो गए थे। उनकी ओर मुख़ातिब होकर ताई कड़क आवाज़ में बोली, "हा हरामखोर घरकाम करणान्या बायांना त्याच्या बरोबर झोपयाला भाग पाडतो। बोला याचे काय करायचे?" (यह हरामी काम करने वालियों को अपने साथ सोने के लिए मजबूर करता है। बोलो इसके साथ क्या करना चाहिए?)

वह भीड़ को ललकार रही थी। कोई मर्द आगे नहीं बढ़ा। एक नाटी औरत ने उचककर पांडेय के गाल पर तमाचा रसीद किया। फिर तो उस पर तमाचों की झड़ी लग गई। पांडेय के काले पुते चेहरे पर तमाचा मारने से औरतों के हाथ भी कालिख से सन गए। महिला टोली ऑटो पर बिठाकर पांडेय को पुलिस स्टेशन ले गई। डरी-सहमी संगीता भी साथ थी। उसके लिए यह भयानक सपने-सा था। ऐसा उसने कभी सोचा भी न था। थाने की महिला इंस्पेक्टर मीरा ताई को पहचानती थी।

उसने कुछ मुँह बनाकर कहा, "कुठल न कुठल संकट घेउन येत असतेस।" (कोई न कोई मुसीबत लेकर आ जाती हो।)

मीरा ताई ने फुफकारते हुए जवाब दिया, "तुझेच काम करते। हा हरामखोर! बलात्कार करतो। याच्या विरोधात तक्रार घ्या।" (तेरा ही काम करती हूँ। यह हरामी औरतों के साथ बलात्कार करता है। इसकी रिपोर्ट लिखो।)

इंस्पेक्टर मीरा ताई के मिज़ाज और उसकी राजनीतिक पार्टी की ताक़त को समझती थी। महिला सिपाही ने मोटे रजिस्टर में रिपोर्ट लिखी। संगीता को डॉक्टरी जाँच के लिए भेजा। पांडेय गिरफ़्तार हो गया।

सुखी घर सोसाइटी में पांडेय फिर कभी दिखाई नहीं दिया। मनोज आर्य को सुपरवाइज़र बना दिया गया।

लोकल ट्रेन के सफ़र में सबके सुख-दुख एक से हैं। जगह ज़रूर कम है। हवा और भी कम है। वहाँ साँस लेना ही जीवन का सबसे बड़ा सुख है।

घंटी चीख़ी।

आकाश मोबाइल में अपने फेसबुक एकाउंट पर आँखें गड़ाए बोले, "देखिए, कौन है?"

वसुधा ने दरवाज़ा खोला। मंगला बाई थी।

मंगला बाई डोरबेल एक बार बजाकर इन्तज़ार नहीं करती थी। स्विच को तुरन्त दुबारा-तिबारा बजा देती जैसे कई बार पीज़ा, बर्गर के डिलिवरी बॉय हड़बड़ी में बजा देते हैं। वसुधा को उसका ऐसा करना नागवार लगता। इन हरकतों पर उसके ज़ब्त का पैमाना छलक जाता। उसे यह बदतमीज़ी लगती। दूसरे, हड़बड़ाहट में कुछ भी अप्रिय घटने का अन्देशा बना रहता।

"तुम बार-बार स्विच क्यों दबाती हो?" वसुधा की आवाज़ में हल्की फटकार और नाराज़गी थी।

मंगला ने कुछ नाटकीय मुद्रा में अपनी छोटी-सी लाल जीभ निकाली। अपने हाथ अपने दोनों कानों के पास ले गई जैसे अपने कान पकड़ रही हो।

"ग़लती हुई दीदी! आगे नहीं करेगी।" यह कहने के साथ ही ऊबड़-खाबड़ चमकीले सफ़ेद दाँतों के साथ उसके साँवले मसूढ़े खुल गए।

मंगला के बाल छितरे हुए थे। सीधी काढ़ी मांग में सिन्दूर की जतन से लगाई

लाल रेखा आग की पगडंडी की तरह चमक रही थी। गले में मंगलसूत्र। कलाइयों में लाल-लाल चूड़ियाँ। कन्धे पर रेक्सीन का एक छोटा भूरा पर्स।

वसुधा मंगला को हमेशा दरवाज़े के पास पर्स रखने को कहती। मंगला अगर रसोई में पर्स रखती तो वसुधा का चैन छिन जाता। मंगला के पर्स पर वह साँप की तरह पहरा देती। उसे हमेशा यह आशंका बनी रहती कि कहीं मंगला उसके घर की कोई चीज़ चुराकर पर्स में न रख ले। कई बार मंगला जब दूसरे कमरे में फ़र्श पर पोंछा लगा रही होती या बाथरूम में कपड़े धो रही होती तो वसुधा चुपके से उसके पर्स की छानबीन भी कर लेती। उसे उसके पर्स में वही चीज़ें बार-बार मिलतीं।

कंघा, एक सस्ती लिपस्टिक, एक छोटा आईना, पॉलीथिन की थैली। चन्द रुपये और कुछ रेज़गारी। लोकल ट्रेन का मासिक पास।

मंगला इन फ़्लैटवालों की आँखें पहचानती। उनके मन पढ़ लेती। इनके लिए बाई का मतलब है—चोर।

लहसुन की गाँठ इतनी जल्दी ख़त्म हो गई। बाई ले गई होगी।

साबुन की टिक्की मिल नहीं रही। बाई ले गई होगी।

मसालदानी में इलाइची ग़ायब है। बाई ले गई होगी।

ब्लाउज़ अलमारी में नहीं है। बाई ले गई होगी।

नकली बुंदे खो गए। बाई ले गई होगी।

पर्स में सौ का नोट लापता है। बाई ले गई होगी।

कुछ चीज़ें घर में बाद में इधर-उधर रखी मिल जातीं। फिर भी शक की पहली सूई बाई पर जाती। बाई झाड़ू लगाती तो चोर क़दम से उसका पीछा किया जाता कि कहीं फ़र्श पर गिरे हुए चिल्लर, रुपये, जेवर या कोई और क़ीमती चीज़ उठाकर वह अपने ब्लाउज़ के चन्द्राकार हिस्से में तो नहीं डाल रही है।

मंगला शक करने पर तिलमिला जाती। ग़ुस्सा आता। वह मन-ही-मन बुदबुदाती कि मैं तो आपके घर को साफ़-सुथरा बनाती हूँ। आप हमें सिर्फ़ चोर समझती हैं।

आकाश कई बार वसुधा से कहते कि बाई से काम कराते समय कई बार आँखें बन्द कर लेनी चाहिए। मन को सुकून रहता है।

वसुधा बिफर जाती, "ऐसे सुकून से घर नहीं चलते, लुटते हैं।"

वसुधा अपने शक को सुरक्षा उपाय कहती।

इधर पुलिस ने हाउसिंग सोसाइटियों पर ज़ोर डालना शुरू कर दिया है कि घरेलू कामगारों की पहचान को थाने में रजिस्टर्ड कराया जाए। सोसाइटियाँ कई बार थाने जाने से बचतीं। हालाँकि वे अपने पास उनकी पहचान के लिए फ़ोटो के साथ राशन कार्ड या चुनाव मतदाता पत्र की फ़ोटोकॉपी रख लेतीं।

इस सोसाइटी में यह नियम अभी सख़्ती से लागू नहीं हुआ था। सुपरवाइज़र पांडेय लगातार ऐसी माँग करता रहता। कई बार तो वह ख़ुद ही किसी बाई को

परेशान करने के लिए उससे राशन कार्ड या मतदाता पहचान-पत्र माँगता। कई बार कामवाली बाई के पास कोई ऐसा पहचान-पत्र नहीं होता। पांडेय फिर उनसे कुछ न कुछ रक़म ऐंठकर उन्हें छूट दे देता।

मंगला के साथ सुखी घर सोसाइटी में जब कोई मैडम सेल्फ़ी लेती तो वह अपने सहज बोध से यह जान लेती कि यह फ़ोटो उसकी पहचान के लिए है। सेल्फ़ी लेते समय कई बार कुछ मैडम यह दिखावा करतीं कि वे समता में यक़ीन करनेवाली नए ज़माने की हैं। अपनी बाई से दोस्ताना रिश्ता रखती हैं। कई दफ़ा अपने मन की बातचीत करने के लिए और कई बार उनके मन की बातचीत सुनने के लिए स्टूल या मोढ़े पर बैठकर उनके साथ चाय भी पीतीं। हालाँकि मंगला महसूस करती कि यदि इन्हीं मैडम के मर्द भूल से उनकी तरफ़ ग़ौर से देखते तो उनकी देह ग़ुस्से से झनझना जाती। सोसाइटी के कई पति परमेश्वर की आँखें बाई की देहयष्टि को ऐसी देखतीं कि कब उन्हें मौक़ा मिले जब अपने बिस्तर पर उसे अपने बराबर लिटा सकें।

सोसाइटी पहुँचने के लिए मंगला 7.30 की ट्रेन वसई स्टेशन से पकड़ती। प्लेटफार्म पर उसे ज़्यादातर रोज़ जानेवाले पहचाने चेहरे दिखते। कुछ नए भी। पुराने चेहरे खुर्राट लगते। ट्रेन चढ़नेवाले नए चेहरों पर परीक्षा-कक्ष में जाने के पहले-सी घबराहट दिखती। हालाँकि मुसाफ़िरों का लोकल ट्रेन में चढ़ना हर दिन एक इम्तहान पास करने सा लगता। हर शहर का अपना पागलपन होता है। मुम्बई में समय से काम पर पहुँचने का पागलपन सबसे अधिक होता। यह पागलपन लोकल ट्रेन में देखने को सबसे ज़्यादा मिलता।

रेल डिब्बे में चढ़नेवाली भीड़ और उतरनेवाली भीड़ की देहभाषा अलग-अलग होती। चढ़नेवाली भीड़ अपनी कोहनी और कन्धों का बल प्रयोग करती। अगर आप चढ़ते समय जरा भी ढीले हुए तो प्लेटफार्म पर ट्रेन को अपने सामने से छूटते हुए देखना पड़ सकता है। चलती ट्रेन पर चढ़ने में चूक होने पर पटरी के नीचे भी आना पड़ सकता है।

रेल डिब्बे से प्लेटफार्म पर उतरने के लिए एक छोटे घेरे में रहना ही काफ़ी होता। बस! आपको इतना भर करना होता कि अपने को आगे खड़े आदमी पर थोप देना होता। फिर आप भीड़ के धक्के से प्लेटफार्म पर पाँव सँभालते हुए अपने को खड़ा पाएँगे।

रेल डिब्बे में घुसते ही मुसाफ़िरों की देह भाषा बदल जाती। गलियारे में खड़े मुसाफ़िर अपनी पीठ के बैग को सीट के सामने खड़े अनजाने मुसाफ़िर को ऐसे पकड़ाते गोया वह अजनबी न हो। वह भी बैग उनसे लेकर ऊपर बने कैरियर पर ऐसे रखता जैसे वह उसे बरसों से जानता हो। बैग देने वाला लेनेवाले को धन्यवाद तक न देता जैसे अपनों को धन्यवाद देने की औपचारिकता क्या करना? बैग रखनेवाला इसका बुरा भी नहीं मानता। ट्रेन में भाईचारा ख़ूब चलता। कोई किसी

का नाम-जाति नहीं जानता। धर्म नहीं पूछता। सबको लगता कि इस सफ़र में सब साझा है। एक ऐसा सफ़र जिसमें सबके दुख-सुख एक-से हैं। तकलीफ़ें एक-सी हैं। जगह ज़रूर कम है। हवा और भी कम है। इस क्षण हवा में साँस लेना ही जीवन का सबसे बड़ा सुख है।

इस सुख के लिए कुछ अनुभवी मुसाफ़िर ऐसी सीट झपटने की कोशिश करते जहाँ हवा के झोंके उनकी देह के पसीने से कबड्डी खेलकर ठंड पहुँचाते रहें। चढ़ने-उतरनेवालों की तकलीफ़ से बेफ़िक्र कुछ हवा प्रेमी डिब्बे के दरवाज़े घेरे रहते। कुछ नौजवान दरवाज़े की रेलिंग पकड़े अपनी देह को नट की तरह हवा में लहराते रहते। हवा खाते हुए कई बार कुछ अस्पताल की हवा खाने भी पहुँच जाते। कुछ ऊपर की भी। लेकिन हवा उन्हें मौत से भी ज़्यादा अज़ीज़ लगती। समय बचाने के आदी मुसाफ़िर गर्दी के बावजूद उस डिब्बे में चढ़ते जो प्लेटफार्म पर बने पुल की सीढ़ियों के सामने रुकता। सीट पर बैठकर जाने की लालच में कुछ मुसाफ़िर पहले उस ट्रेन पर बैठकर उलटी दिशा में जाते जहाँ से वही ट्रेन पलटकर उनके गंतव्य तक जाती।

सफ़र के दौरान रेल डिब्बे में कुछ भी पराया नहीं लगता। दूसरे की देह अपनी लगती। कोई साँस छोड़ता तो उसकी छोड़ी हुई साँस दूसरे से मिल जाती। साँसों का संगम हो जाता। पास में खड़े मुसाफ़िर के बालों के तेल की ख़ुशबू अपनी लगने लगती। किसी के पसीने की गन्ध और दूसरे की देह की उड़ती ख़ुशबू मिलकर तीसरी गन्ध बनती जो न पसीने की और न ही इत्र की लगती। दरअसल पसीने की गन्ध इतनी इफ़रात में होती कि वह इत्र की गन्ध को हज़म कर लेती। कई बार किसी का मोबाइल बजता तो एक साथ कई हाथ अपनी पैंट की जेब में चले जाते। कोई अपनी पैंट की जेब में हाथ डालता तो पता लगता कि वह हाथ दूसरे की पैंट की जेब में चला गया है। यहाँ रेल डिब्बे में अकेले का दुख नहीं होता। एक साथ होने का दुख होता। हालाँकि साथ होते हुए भी सब अकेले होते। सबकी अपनी अलग-अलग कहानियाँ होतीं। कुछ मरे-मरे-से लगते। कोई मोबाइल पर इतनी ज़ोर से बोलता जैसे अपने ज़िन्दा होने की ख़बर दे रहा हो कि वह इस स्टेशन तक सकुशल पहुँच गया। कुछ डिब्बे में रहते हुए भी जैसे डिब्बे में नहीं रहते। उनकी आँखें बन्द रहतीं। कान में मोबाइल का तार डाले वे किसी दूसरी दुनिया में डूबे रहते। कोई अपनी माशूक़ा से धीरे-धीरे कुछ फुसफुसा रहा होता तो कोई संगीत की धुन पर सिर हिला रहा होता। कोई मोबाइल पर फ़िल्म या हँसी-मज़ाक़ का टीवी शो देख रहा होता। कुछ अपने ऊपर लटकी हथकड़ीनुमा हैंडिलों में फँसे अपने हाथों को थोड़ी-थोड़ी देर बाद हिला देते और अपने को आश्वस्त करते कि उनके पास भी एक देह है। ट्रेन की रफ़्तार के साथ उनकी देह नशे में धुत्त शराबी की तरह डगमगाती रहती। चाहे जितनी भी भीड़ हो, ट्रेन चलने के बाद सब अपनी जगह पानी की तरह बना लेते। लोकल ट्रेन के कुछ अलिखित नियम भी थे। कोई उठता तो उसकी जगह उसके सामने खड़े

मुसाफ़िर की मिलती। यही नहीं, बर्थ की चौथी सीट पर पीठ टिकाये मुसाफ़िर को तीसरी सीट ख़ाली होने पर उसे ही मिलती।

रेल पटरियों के किनारे की झोंपड़पट्टियाँ मुम्बई महानगर के ऐश्वर्य की पोल खोल देतीं।

रेल डिब्बे की दोस्ती भी ग़ज़ब होती। दोस्ती सीट पकड़ने से बनती। जहाँ से ट्रेन शुरू होती, डेली पैसेंजर डिब्बे में घुसकर एक साथ बैठते। कभी अपना रूमाल तो कभी किसी के बैग को बीच में रखकर ताश खेलते। जिनको सीट नहीं मिलती वे खड़े-खड़े खेल खेलते। आधा रास्ता ख़त्म होने पर बैठे युवा साथी खड़े होकर अपने खड़े साथियों को अपनी सीट बैठने के लिए दे देते। कई मोबाइल पर लूडो खेलते। साँप-सीढ़ी खेल के कुछ प्रेमी भी होते। कोई अकेले में अख़बार में शब्द पहेली भर रहा होता और उसके बग़ल में बैठा हमराही मन-ही-मन पहेली का उत्तर सोच रहा होता। उनके बीच हँसी-मज़ाक़ का दौर चलता रहता। किसी का जन्मदिन होता तो वह सबको वड़ा पाव खिलाता। किसी का बेटी-बेटा इम्तहान पास करता तो चॉकलेट बाँटता। किसी का प्रमोशन होता या सगाई-शादी होती तो मिठाई खिलाता। ख़ुशी खिलाने से दिखती-फैलती। इन सुखों की उम्र छोटी होती। किसी दिन जब कोई डेली पैसेंजर नहीं आता तो उसके बारे में फ़िक्र होती। कुछ मुसाफ़िर मिलकर भजन मंडली बना लेते। रस्ते भर भजन से डिब्बा गूँजता रहता। भजन मंडली को दूसरों के कानों के परदे फटने की फ़िक्र नहीं होती। ट्रेन से उतरने के बाद भी मुसाफ़िरों के चेहरों पर लम्बे समय तक रेल सफ़र की छाया मँडराती रहती।

मंगला लेडीज कोच में चढ़ती। यहाँ का नज़ारा जनरल डिब्बे से कुछ अलग होता। यहाँ बालों में चमेली और मोगरे के फूलों की ख़ुशबू होती। घने बाल हवा में सँपोलियों की तरह लहराते रहते। सरसराती साड़ियों और नफ़ीस कुरतों की हालत लश्तम-पश्तम हो जाती। बेतहाशा गुलगपाड़े के बीच बेपनाह क़िस्से-लतीफ़े चलते रहते। कोई लड़की बॉस के ख़िलाफ़ ज़हर उगलती तो कोई औरत सास-बहू की कारगुजारियाँ बयान करती। कोई किसी की साड़ी या कुरते की तारीफ़ में कशीदा काढ़ती तो कोई नकली ज़ेवरात की सस्ती और अच्छी दुकानों का पता बताती। कोई अपने थैले में साड़ी या कुरते के कपड़े रखे रहती और वहीं खड़े-खड़े बेचने लगती। कुछ औरतें रेल डिब्बे के दरवाज़े या गलियारे को घेरकर बैठ जातीं। कोई गिलहरी की तरह उकड़ूँ तो कोई बतख की तरह टाँगें फैलाकर आने-जाने का रास्ता छेंक लेतीं। शुरू में मंगला की उनसे तक़रार भी हुई। मीरा रोड उतरने में उसे काफ़ी मशक़्क़त करनी पड़ती। वे वहाँ से सिर्फ़ उठने से ही नहीं इनकार करतीं बल्कि अपनी देह मुद्राओं से धमकाती-सी रहतीं। कोई उनसे चूँ-चपड़ नहीं करता। अखाड़े के पहलवान की तरह वे चुनौती देती रहतीं। हालाँकि हर दिन उनका किसी महिला मुसाफ़िर से टंटा होता। इन औरतों की ज़बानदराज़ी और दबदबे के आगे सब तौबा कर लेतीं।

यदि लड़नेवाली जल्दी हार मान लेती तो तमाशबीन औरतों का मज़ा किरकिरा हो जाता। कई दफ़ा हारी हुई औरतें डिब्बे से उतरकर देख लेने की गीदड़भभकी भी देतीं। दरवाज़ा घेरे औरतें भी जवाबी गालियाँ बकतीं। बाद में वे खिलखिलाकर हँस पड़तीं। उनके लिए हर दिन मनबहलाव का दिन होता जबकि दूसरी महिला मुसाफ़िरों के लिए दिन भर का सिरदर्द। ऐसा सिरदर्द जो किसी भी दवा से जल्दी ठीक नहीं होता।

किचन में आते ही मंगला ने वसुधा से पूछा, "आंटी, पानी पी लूँ?"

मंगला के लहज़े में पूछना कम, हक़ अधिक था। मंगला को प्यास लगी थी।

सोसाइटी में सब पीने का पानी ख़रीदते। लोकल ब्रांड का पीने का पानी 40 से 60 रुपये में मिल जाता। वसुधा लोकल ब्रांड पर भरोसा नहीं करती। उसने सुना था कि सस्ते ब्रांड का पानी सिर्फ़ फिटकरी से साफ़ किया जाता है। वसुधा बीस लीटर पानी का बिसलरी कैन सौ रुपये में ख़रीदती। वसुधा अक्सर सोचती कि सिर्फ़ पानी को देखकर ही मंगला की प्यास बुझ जाती तो अच्छा होता। हालाँकि इसका उलटा होता। वह पानी ऐसे पीती मानो रेगिस्तान से चलकर आई हो। गटगट पानी पीते हुए वह एक लीटर की बोतल एक साँस में ही आधी ख़त्म कर देती। वह ऐसे पानी पीती मानो सिर्फ़ प्यास बुझाने के लिए ही नहीं, अपने भीतर पानी जमा करने के लिए भी पी रही हो, जैसे ऊँट अपने कोहान में पानी बचाकर रखता है।

वसुधा ने उसे पानी की बोतल पकड़ा दी। बोतल कुछ कम भरी थी। वह जानती थी कि जितना भी पानी बोतल में होगा, मंगला घुटक जाएगी। ज़्यादा होगा तो ज़्यादा पीएगी। कम होगा तो कम पीएगी। वह दुबारा पानी माँगने में सकुचाएगी। इसीलिए उसने बोतल में पानी कम ही दिया था।

वसुधा ग़लत नहीं थी। मंगला एक झपाटे में गटगट करती बोतल का पूरा पानी गुड़ुप कर गई। वसुधा ने ख़ैर मनाया कि उसने फिर पानी नहीं माँगा।

वसुधा ने कुछ झुँझलाते हुए मंगला से पूछा, "मंगला! तुम सुबह पानी पीकर नहीं आतीं क्या?"

मंगला ने फीकी हँसी हँसते हुए कहा, "आंटी! हमारी खोली में दो दिनों से पानी नहीं आया। चलते समय पानी पीने की आदत नहीं। गर्मी में इतनी दूर से आती हूँ। पसीना निकल जाता है।" उसने फिर रुककर मज़ाक़िया अन्दाज़ में कहा, "यहाँ की बड़ी बोतल में साफ़ पानी देखकर प्यास और भी लग जाती है।" इसके पहले कि मंगला की नज़र दुबारा पानी की बोतल पर पड़ती, वसुधा दौड़कर गई और एक पुराने साफ़ कपड़े से पानी की बोतल ढक दी। उसे लगा कि उसके यहाँ तमाम लोग आते हैं। कभी गार्ड, कभी प्लम्बर, कभी केबिल वाला। इन सबकी आँखें भी उसके घर की बिसलरी बोतल के झिलमिल पारदर्शी पानी पर पड़ सकती है।

कुआँ जब तक नहीं सूखता, तब तक उसकी क़ीमत पता नहीं चलती।

मंगला अपनी खोली से वसई रेलवे स्टेशन पैदल जाती। चलने से उसका गला

सूख जाता। स्टेशन के बाहर लोग बोतल का पानी ख़रीदकर पीते। कुछ पानी पीकर बोतल फेंक देते। वहाँ घूमते हुए बेसहारा और ग़रीब बच्चे लपककर किसी अमानत की तरह उन्हें उठा लेते। अगर बोतल में दो-चार बूँद पानी होता तो अपने हलक़ में डाल लेते। फिर उस बोतल को बग़ल में लटके अपने ही क़द के मैले प्लास्टिक बोरे में डाल लेते। कुछ मुसाफ़िर प्लेटफार्म के स्टॉल पर नीबू पानी पीते। कुछ मुसाफ़िर प्लास्टिक कप में पेप्सी, मिरांडा या कोक से गला तर करते। उनको यह सब पीते देखकर मंगला को और भी प्यास लगती। हालाँकि मंगला ऐसे स्टॉल की तरफ़ न जाती और न ही उनकी तरफ़ देखती। अगर उसका गला बेहद सूख जाता और प्यास असह्य हो जाती तो वह कल्पना करती कि सोसाइटी में वह पानी पी रही है। कल्पना में पानी पीते हुए उसकी असली प्यास अच्छे पानी की सम्भावना में स्थगित हो जाती जैसे लोकतंत्र में अच्छे दिनों की आस में लोग हर बुरे दिन को अच्छे कल के लिए स्थगित करते रहते।

पानी को लेकर अपनी तंगदिली पर वसुधा को शर्म भी आती। मीरा रोड आने के पहले वह ऐसी कभी नहीं थी। मुम्बई की रवायत के विपरीत वसुधा पड़ोसियों को घर के भीतर बुलाती। चाय-पानी पिलाती।

क़िल्लत कई बार आदमी को तंगदिल बनाती है, उसने सोचा।

पिछले सान्ताक्रूज़ के फ़्लैट में बीएमसी का पानी इफ़रात आता था। वहाँ एक्वागार्ड भी लगा था। यहाँ मीरा रोड के फ़्लैट में आने पर एक्वागार्ड की पैकिंग भी नहीं खुली। टैंकर का पानी बेहद ख़राब होता। उसे उबालकर भी पीने का मन न करता। पीना तो दूर, फ़्लश में भी भूरा-पीला पानी आता। पानी से पॉट साफ़ करने के बावजूद उसके भीतर गन्दी पीली मैली-सी छाया दिखती रहती।

पानी ख़रीदकर पीना न पड़ता तो वसुधा शायद पानी की इतनी कंजूसी न करती। मंगला को पानी पिलाती। उसे बोतल में अपने घर भी भरकर ले जाने देती। पानी पिलाना कितने शबाब का काम है। पहले लोग प्याऊ चलाते थे। उसकी अम्मा घर के मेहमान का स्वागत सबसे पहले पानी के गिलास से करती थीं जबकि यहाँ अब वसुधा मेहमान को पानी देने से बचती है। यदि मेहमान एक-दो घूँट पीकर गिलास में पानी छोड़ देता तो वह मन-ही-मन बड़बड़ाती। उसे लगता कि मेहमान के छोड़े जूठे पानी को नाली में फेंकना होगा जबकि पानी ख़रीदा है और क़ीमती है।

मंगला हड़बड़ थी। काम करते समय उसकी बकबकी चलती रहती। काम से ध्यान बँट जाता। झाड़ू लगाती तो कोने में धूल-कचरा मुँह चिढ़ाता रहता। बरतन माँजती तो जूठन नकली हँसी-सा जबरन चिपका रहता। कड़ाही की काली पेंदी हमेशा लंगूर के चेहरे की याद दिलाती रहती। प्रेशर कुकर के भीतर पीली हल्दी पीलिया मरीज़ की तरह दिखती। कई बार बर्तन में विम के दाग़ वसुधा की आँखों में किरकिरी की तरह चुभते रहते। काम कराने के लिए वसुधा को मंगला पर कड़ी नज़र रखनी

पड़ती। आज वसुधा ने वह भगौना मंगला को दिखाने के लिए अलग कर रखा था, जिसमें दूध की एक पतली लकीर मुस्करा रही थी। इसे कल ही मंगला ने धोया था।

पानी पीने के बाद मंगला ने अभी हाथ में झाड़ू गही ही थी कि वसुधा भगौना दिखाने उसके पास आई। जिस तरह क्लास टीचर स्कूली बच्चों के हाथों को पकड़कर उनके लम्बे-गन्दे नाख़ून दिखाती है, उसी अन्दाज़ में सख़्त लहज़े में वसुधा बोली, "मंगला! कैसा काम करती हो? देखो, भगौने में दूध का निशान चमक रहा है।"

मंगला ने भगौने पर उड़ती नज़र डाली। फिर ऐसा हाव-भाव बनाया गोया इस छोटी-सी बात के लिए मुझे टोक रही हो।

फिर नर्म आवाज़ में बोली, "आप हर दिन कहती हो कि कम पानी ख़र्च करो। कम पानी में धोने से बर्तन में कुछ ज़रा-मरा छूट जाता है। जूठे बर्तनों में पानी भरकर रखा हो तो बर्तन चमाचम दिखें।"

मंगला ने यह कहते हुए लापरवाह मुखमुद्रा बनाई गोया मैडम को बस यही मीनमेख निकालना आता है।

वसुधा को मंगला की बात का कोई फ़ौरी तोड़ नहीं मिला। उसे बड़ी मुश्किल से मंगला बाई मिली थी। ज़्यादा टोका-टाकी से उसके काम छोड़ने की आशंका रहती। बढ़ी उम्र में झाड़ू-पोंछा करना कमर को झुकी टहनी बनाना था। गठिया-बाई का दर्द वैसे ही उसकी जान की आफ़त था। फिर भी वह मंगला से शिकस्त के लिए तैयार नहीं थी। उसे सबक सिखाने के मूड में उसने चुनौती दी, "कम पानी में भी बर्तन साफ़ होते हैं मंगला! कहो तो साफ़ करके दिखा दूँ?"

मंगला सुबह-सुबह बातों की कैंची चलाकर अपना मन ख़राब नहीं करना चाहती थी। वह जानती थी कि अपार्टमेंट की सभी मैडम की ज़बान काटने वाले जूते की तरह होती हैं जो समय के साथ धीरे-धीरे घिसते हुए मुलायम हो जाती हैं।

वसुधा को सहसा ख़याल आया कि उसने टिन की अपनी अलमारी की चाभी बिस्तर पर ही छोड़ दी है। वह अपने बेडरूम की तरफ़ रपटी। चाभी हाथ में लेने के बाद उसकी तेज़ साँस ठहरी।

वसुधा कभी भी एक जगह चाभी नहीं रखती। किसी एक जगह चाभी रखने से बाई ताड़ सकती है। उसने अख़बारों में पढ़ रखा था कि बाइयाँ कई बार साबुन की टिक्की पर चाभी का निशान उतारकर उसकी डुप्लीकेट बनवा लेती हैं। फिर आसानी से चोरी कर लेती हैं। वसुधा अपने सारे ज़ेवर टिन की अपनी अलमारी में ही रखती। वह इस अलमारी को लॉक करने के बाद भी हैंडल घुमाकर यह तसल्ली कर लेती कि अलमारी अच्छी तरह बन्द हो। आकाश तो कई बार अलमारी बन्द करना भूल जाते। वसुधा उन पर भरोसा ही नहीं करती। वह अक्सर कहती कि सामान की हिफ़ाज़त के मामले में मर्द पर भरोसा करना अपने पाँवों पर कुल्हाड़ी मारना है।

वसुधा ने आज अलमारी ज़ेवरों को देखने के लिए खोली थी। वह ख़ुद ज़ेवर

ज़्यादा नहीं पहनती। गहनों के नाम पर कानों में छोटी-सी बालियाँ और नाक में बस लौंग। हाथ ख़ाली रहते। गला ख़ाली रहता। हालाँकि वह अपनी भावी बहू को ज़ेवर देने के बारे में अक्सर सोचती रहती। उसने मन बना रखा था कि वह अपने पुराने ढब के गहने तुड़वाकर बहू की पसन्द के आधुनिक डिज़ाइन के ज़ेवर ख़रीदेगी।

कब पूरा होगा अनुराग की शादी का उसका सपना?अनुराग उसके फड़फड़ाते सपनों से बेगाना बना रहता। अनुराग का अपने घर के प्रति विराग ही उसका दुख है। इस दुख की नदी में वसुधा एक मछली की तरह साँस लेती। दुख ही पीती। दुख जिसे न तो कोई देख पाता और न ही छू पाता।

अनुराग का ख़याल आते ही वसुधा को मुम्बई की गर्म मई में ठंड लगने लगती। यह अकेलेपन की ठंड होती। माँ का अकेलापन बेटा ही दूर कर सकता है, उसका शौहर नहीं। अनुराग इसी शहर में रहता। वसुधा अपने अकेलेपन में अनुराग को खींचकर लाना चाहती। अनुराग मिलने हर शनिवार को आता। वसुधा शुक्रवार की शाम से ही इन्तज़ार करने लगती। शुक्रवार की शाम कॉरपोरेट में काम करनेवाले युवक-युवतियों की मौज-मस्ती की शाम होती। वह अक्सर सोचती कि किसी दिन अनुराग से पूछेगी कि शुक्रवार की जिस घड़ी में वह अपने दोस्तों के संग रंगरेलियों में डूबा रहता है, उसे अपनी साठ साल की बूढ़ी माँ का ख़याल क्या कभी आता है जो एक निर्जन स्टेशन की तरह सिर्फ़ उसका साथ पाने का इन्तज़ार करती रहती है।

आकाश पुराने हिन्दी फ़िल्मी गीतों, इतिहास की किताबों में डूबकर अनुराग की याद को छिलके की तरह अपने से अलग फेंक देते, जबकि वसुधा अनुराग की याद के कन्धे पर सिर रखकर हमेशा उसे अपनी उँगलियों से टटोलती रहती। जीवन की ढलती बेला में उसे अनुराग जाती हुई धूप की किरणों की तरह लगता जो खिड़की के बाहर आहिस्ता-आहिस्ता सरकता जा रहा हो और वह फ़र्श पर गिरे हुए बर्फ़ के टुकड़े की तरह ग़लती जा रही है। अनुराग के अलग रहने से उसे लगता जैसे यह घर रसनिचुड़ा हो और वह गुज़रे वक़्त की एक ठठरी की तरह मीरा रोड के एक कोने में फेंक दी गई हो जहाँ पानी ही नहीं, प्यार की भी बेहद कमी है।

वह शनिवार को जब आता तो वसुधा को लगता जैसे कोई मेहमान आया हो। एक दिन का मेहमान। वसुधा और आकाश दोनों उसकी आवभगत की तैयारी में जुट जाते। इन्तज़ार के पूरे पाँच दिन वह यह सोचती रहती कि एक दिन के मेहमान को क्या खिलाएगी। आकाश याद दिलाते कि बचपन में अनुराग को खाने की कौन सी चीज़ें पसन्द थीं।

वसुधा झुँझला जाती, "मुझसे ज़्यादा क्या आपको पता है?"

आकाश फिर खिसियानी हँसी के साथ माँ-बेटे के बीच से हट जाते। माँ-बेटे के बीच पिता की जगह वैसे भी कभी नहीं होती। वसुधा वे खाने की चीज़ें अनुराग को खिलाना चाहती जिनमें पुराना स्वाद हो। वह स्वाद जो उसके बचपन की जीभ

पर बसा हुआ हो। वह कई बार इस मीठे भुलावे में भी रहती कि शायद अनुराग के बचपन की जीभ पर बसा स्वाद उसे घर लौटा लाए। हालाँकि वसुधा को यह अन्दाज़ा हो गया था कि उम्र बढ़ने के साथ घर से बाहर की दुनिया के सम्पर्क ने अनुराग की जीभ के स्वाद के दायरे को बढ़ा ही नहीं, बदल भी दिया है।

जब अनुराग आता तो उसकी आँखें मोबाइल पर गड़ी होतीं। कन्धे पर चमड़े के बैग में लैपटॉप होता। कुछ देर उनके बीच असंवाद बना रहता। वसुधा समझ नहीं पाती कि उससे बात कैसे शुरू करे। वह हर बार उन्हीं बातों को दुहराती। ट्रैफ़िक के बारे में पूछती। पूछती कि खाना कब खाया। कितने बजे चले आदि। वह मोबाइल पर आँखें गड़ाए एक-दो शब्दों में जवाब देता। इसके बाद बात आगे कैसे बढ़ाई जाए, वसुधा उसके रास्ते तलाश करने लगती।

घर में एक बोझिल सन्नाटा घिर आता। अनुराग के मोबाइल के सामने वसुधा को सब रास्ते बन्द नज़र आते। आख़िरकार वह रसोई की शरण लेती। अनुराग के पसन्द की खाने की चीज़ लाती। वह सोचती कि शायद पेट के ज़रिये बात का कोई सिलसिला शुरू हो। तब तक अनुराग अपना लैपटॉप खोलकर फुटबाल के किसी मैच में खो चुका होता। वसुधा की पाककला तश्तरी में ठंडी होती रहती। उसे यह सरासर अपना ही नहीं, एक माँ का अपमान लगता। वह कुछ संकोच से ग़ुस्से में बुझी आवाज़ में कहती, "खाओ! ठंडा हो रहा है।"

अनुराग बेगाना-सा एक निवाला उठाकर मुँह में रखता। फिर लैपटॉप में चल रहे खेल में अपनी प्रिय टीम पर हुए गोल पर 'शिट' कहकर सिर पकड़ लेता।

वसुधा यह यक़ीन ही नहीं कर पाती कि वह वही अनु है जो अपने बचपन में उसके आगे-पीछे चकरी की तरह घूमता रहता। वह रसोई में जाती तो वह वहाँ पहुँच जाता। टॉयलेट जाती तो दरवाज़ा पीटकर या रो-रोकर बुरा हाल कर देता। वह नहाने जाती तो अनुराग को कुर्सी से बाँधना पड़ता। नहाते समय बाथरूम का दरवाज़ा खुला रखती। सड़क पर चलती तो वह हमेशा उसकी उँगली पकड़े रहता। अगर उँगली छूट जाती तो झट से फिर पकड़ लेता। आज उसी उँगली को झटककर वह उससे दूर चला गया है। अवसाद भरी एक निर्जनता वसुधा के चेहरे पर सिमट आई थी।

वसुधा को वह रात याद आई जैसे किसी देखे नाटक का कोई दृश्य हमेशा के लिए याद रह जाता है। अनुराग घर छोड़कर अपने नए फ़्लैट में जा रहा था। वह अपने जन्मदिन पर मिले ग्रीटिंग्स कार्ड, अपने खिलौने, कैसियो, सर्टिफिकेट, ड्राइविंग लाइसेंस, पासपोर्ट एक बड़े थैले में रख रहा था। उधर वसुधा धीरे-धीरे सुबक रही थी। अनुराग ने अपना सारा सामान टैक्सी में रख लिया। वसुधा हसरत से खिड़की से उसे देख रही थी कि अनुराग पीछे पलटकर एक बार उसकी तरफ़ देखेगा। लेकिन उसने मुड़कर अपनी माँ की ओर एक बार भी नहीं देखा। उसी क्षण उसे लगा कि वह पराया हो गया है। वह अब कभी उसके पास नहीं लौटेगा।

उम्र के इस छोर पर अब वसुधा अनुराग के बचपन की मीठी यादों से एक चींटी की तरह चिपकी हुई है। कुछ माँएँ अपनी बहुओं को कोसतीं कि उनके बेटे को उन्होंने छीन लिया। अनुराग के साथ ऐसा भी नहीं था। उसकी शादी भी नहीं हुई थी। वह अक्सर तय करती कि अनुराग के बारे में कुछ नहीं सोचेगी लेकिन जब तक उसकी आँखें खुली रहतीं, वह उसकी सोच में एक अदृश्य विचार की तरह चलता रहता।

वसुधा अक्सर देखती कि हर शनिवार को यहाँ खाना खाते ही अनुराग की पलकें नींद से बोझिल हो जातीं। वह सोफ़े पर पसर जाता। कुछ ही देर में उसकी नाक बोलने लगती। खर्राटों की आवाज़ से ड्राइंगरूम गूँजने लगता। वह ऐसा बेसुध सोता जैसे वह बरसों से सोया न हो। वसुधा उसे बिस्तर पर सोने के लिए कहती। अनुराग कुनमुनाकर पाँव सिकोड़े वहीं लेटा रहता। पाँव फैलते तो सोफ़े से बाहर चले जाते। वसुधा ने सोचा कि सही में उसकी टाँगें बड़ी हो गई हैं। बड़ी न होतीं तो घर से बाहर नहीं निकलतीं। फिर वसुधा को ख़याल आया कि वह अनुराग के उस हिस्से को देखती है जो बाहर है। जो सिरा भीतर है, उसकी अनदेखी करती है। वह उसके चेहरे को नहीं देखती। सोते समय वह इतना मासूम और निश्छल लगता मानो कोई बच्चा सो रहा हो। कई बार वसुधा को लगता कि वह बान्द्रा से मीरा रोड उससे मिलने नहीं, सिर्फ़ निश्चिन्त होकर सोने आता है। कॉरपोरेट की नौकरियाँ जितना वेतन देतीं, उससे ज़्यादा उनकी नींद और समय हड़प लेतीं।

मंगला को फ़्लैट मैडमों की किचकिच हज़म नहीं होती। वसुधा उसे कभी-कभार ही टोकती। इतना टोकना चलता। मंगला की ज़िन्दगी का भी एक चोर दरवाज़ा था। वह नहीं चाहती थी कि कोई उस चोर दरवाज़े से उसकी पिछली ज़िन्दगी में झाँके। फ़्लैट मैडमों को उसकी पिछली ज़िन्दगी का राज़ पता चल जाए तो वे उसका मुँह नोच लें। शुक्र है कि मुम्बई में किसी की पिछली ज़िन्दगी में ताकझाँक करने की फ़ुरसत किसी को नहीं होती। जितना सामने दिखता है, वहीं तक वे अपना घेरा बनाते हैं। मंगला ने सोचा कि पहले कितना दिलक़श नाम था उसका—रोज़ी। रोज़ी के पहले—वहीदा। अपनी यह यात्रा सिनेमा की रील की तरह मंगला की आँखों के सामने घूमने लगी। रोज़ी—यह नाम और इससे जुड़ी दुनिया मंगला की स्मृति पीठ पर सवार रहती। वह जितना उससे भागती, उतना ही वह उसका पीछा करती रहती। छिः! कितनी घिनौनी ज़िन्दगी थी उसकी। वीर्य-सी लिसलिसी और चिपचिपी।

उस दुनिया में वीर्य की नदियाँ बहतीं। तरह-तरह के मर्द लेकिन उन सबके वीर्य का रंग एक सा—सफ़ेद और लिसलिसा। रोज़ी को हर जगह वीर्य ही वीर्य दिखाई देता। अपने कपड़ों में। हाथों में। रानों में। गुप्तांग में। उसे यह कभी इल्म ही नहीं होता कि यह कितना उसकी देह में गया और कितना देह के ऊपर से बेकार बह गया। यदि किसी वीर्यकेन्द्र में यह दान किया जाता तो पता नहीं कितने सूने घरों में किलकारियाँ गूँजतीं। वहाँ लोग हाजत की तरह इसे छोड़कर चले जाते। रोज़ी को

उन रुपयों में भी वीर्य की लिसलिसाहट महसूस होती जो वह काम निपटाने के बाद अपने ब्लाउज़ के नीचे छिपी गोलाइयों में छिपाकर रखती। यहाँ वीर्य में जाति, धर्म, क्षेत्रीयता, राष्ट्रीयता का कोई झगड़ा नहीं होता।

रोज़ी जहाँ रहती थी, समाज उस इलाक़े को बीमारी का घर मानता जबकि कुछ इसे मनोरोगी अस्पताल का तमग़ा देते। तरह-तरह के मनोरोगी वहाँ आते। कोई इश्क़ का सताया आता जिसकी माशूक़ा उसको भाव नहीं देती। किसी की महबूबा की शादी हो चुकी होती। वह यह सोच-सोच कर अपनी रूह की हड्डियाँ गला रहा होता कि उसकी बेवफ़ा अपने शौहर के साथ गुलछर्रे उड़ा रही होगी जबकि वह उसकी याद में सिर्फ़ डमरू बजा रहा है। बीवी के साथ बिस्तर पर फिसड्डी साबित कई अपनी झेंप मिटाने यहाँ आ जाते। जिनकी बीवी सहवास में बराबर साथ नहीं देती, वे ग़ुस्से में भरे हुए आते। वे यहाँ समागम भी बलात्कार-सा करते। कुछ इज़्ज़त की टोपी सिर पर लादे आते और इसी डर से शीघ्रपतन के रोगी हो जाते। बाज अपनी बीवी से दूर रहते हुए जिस्मी ज़रूरत से इस क़दर बीमार हो जाते कि उनका इलाज यहीं मिलता।

कोठरी की दीवारें गन्दी रहतीं। नीम रोशनी में पर्दों और बिस्तरों से बू आती। सिनेमा के उत्तेजक पोस्टर लगे होते। जहाँ जब ज़ेहनी बीमार, उदास और दुखी चेहरे थोड़ी देर के लिए ग़ायब होकर बाहर लौटते तो कुछ चेहरों पर थोड़ी खिसियाहट होती। कुछ थोड़े शान्त और निर्मल दिखते जैसे किसी प्रेम सरोवर में नहाकर निकले हों।

कुछ यहाँ नशेड़ी या लती की तरह आते। इन्हें छोटे दरवाज़े वाले घरों की चौखटों, छज्जों और तंग सीढ़ियों पर प्रिंटेड नायलॉन की साड़ियों, चटख फूलदार स्कर्ट-ब्लाउज़ों में सजी-धजी औरतों को देखने का चस्का होता। पैडेड ब्रा पहनने के कारण यहाँ औरतों के वक्ष अक्सर एक जैसे बड़े और नुकीले होते गोया किसी ने पके आम में एक पतली सूई गाड़ दी हो। सस्ती इत्र से महकती देह, चेहरे पर पुती खड़िया, क्रीम या पाउडर और लाल रँगे होंठों का दीदार किए बिना इन लतियों को चैन नहीं पड़ता। दूर से देखने पर यहाँ औरतें एक जैसी लगतीं। क़रीब जाने पर औरतों के नाक-नक़्श इनका राज़ फ़ाश कर देते कि वे नेपाल से हैं या बंगाल से, महाराष्ट्र से हैं या गोवा से। विविधता में एकता का यह अद्‌भुत दृश्य होता।

इन इलाकों के लतियों की ठसक कुछ अलग ही होती। इनके चेहरे खिले-खिले रहते। होंठ गाना गुनगुनाते रहते। कुछ मोटी टेंट वाले सैलून में दाढ़ी बनवाकर और अपने खिचड़ी बाल रँगवाकर आते। फिर अपने किसी ख़ास पानवाले से अपने स्वादानुसार पान का बीड़ा लगवाते। कोई मगही पान पर फ़िदा रहता तो कोई महोबा पर। कोई बंगाली पान पर जान छिड़कता। कोई पान में चूना कम लगवाता तो कोई ख़ास ज़र्दा या तम्बाकू की फ़रमाइश करता। कोई पान में लवंग डालने को कहता तो कोई इलाइची। कोई कत्था नहीं लगवाता तो कोई अलग से चूना माँगता। पलंग

तोड़ पान की माँग सबसे ज़्यादा होती। इसमें नशा होता। अल्पकालिक सहवास भी इस पान खानेवाले को दीर्घकालिक सहवास का भ्रम देता।

कुछ लती पीकर आते। देशी या विदेशी। उनकी देह में शराब से ज़्यादा यह सुरूर छाया रहता कि उन्होंने पी रखी है। उनकी चाल में डगमगाहट होती। कइयों के कान में इत्र की फुरेरी तो कइयों की कलाइयों में मुस्कराते मोगरे या चमेली के गज़रे आसपास की हवा को मदहोश बना देते। जगमग करती रोशनियों से पूरा माहौल एक मोहक तिलिस्मी जाल सा लगता। पनवाड़ी की दुकान में लगे आईने में कंघी लेकर बाल काढ़ते लोग बीच-बीच में रानों के बीच डोलते अपने लट्टू सहलाते हुए इस बात की तसल्ली करते रहते कि उनका बेशक़ीमती सामान वहाँ मौजूद है या नहीं।

भारी जेब के कुछ ख़ूनख़ोर भी आते। वे ख़ून नहीं पीते, ख़ून देखते। टैक्सी से सीधे उतरकर छोटे दरवाज़े की कोठरी में ग़ायब हो जाते। उन्हें बिस्तर पर जब तक ख़ून के दाग़ नहीं दीखते, उन्हें अपने पर यक़ीन ही नहीं होता कि वे मर्द हैं। बिस्तर पर ख़ून देखने के लिए वे कुछ भी ख़र्च करने को तैयार रहते। उनके लिए कम उम्र लड़कियों को हारमोन का इंजेक्शन देकर जवान बनाया जाता। कसाईबाड़े में ज़िबह की जाती मासूम बकरियों की तरह वे नादान लड़कियाँ रिरियाती, चीख़ती-चिल्लातीं। इन वहशियों को उनकी दर्दभरी कराह अपनी मर्दानगी की जीत लगती। चकले की आंटी को इन लड़कियों की यातनाभरी चीख़ की मोटी रक़म मिलती।

रोज़ी की आँखों के सामने गुज़रा बक़्त खड़ा था।

उसकी उम्र सिर्फ़ पन्द्रह बरस थी जब वह वहाँ लाई गई थी। उसकी साँवली काया में तब भरपूर लावण्य था। देह बाज़ार में गोरी चमड़ी का भाव ज़्यादा रहता। रोज़ी बाक़ी लड़कियों की तरह गोरा बनने के लिए न तो चेहरे पर खड़िया पोतती और न कोई क्रीम। उसके चेहरे की अपनी ही एक साँवली आब थी। साज-सिंगार के नाम पर बस भौंहें ज़रूर सँवारती। गालों पर रूज़ की हल्की परत लगाती। होंठों पर सुर्ख़ लिपस्टिक। आँखों के कोर पर पतला काजल भी रहता जिसकी नोक कोने से ज़रा बाहर निकली रहती। जॉर्जेट की सस्ती साड़ी में बिना बाँह का ब्लाउज़ पहने हुए सड़क पर इतराती चक्कर लगाती रहती। आंटी का दल्ला गणेशी भूत की तरह उसके पीछे मँडराता रहता। जो ग्राहक ज़रा सी भी उत्सुकता से रोज़ी की तरफ़ देखता, वह उसके पीछे ऐसे चिपटता जैसे किसी तीर्थस्थल पर पंडे लग जाते हैं।

यहाँ जो सड़क दोपहर में ऊँघती सी लगती, वह शाम की स्याही घरों पर पड़ते ही जाग जाती। सड़क पर आदमी ही आदमी दिखते। दिन की तरह भागते हुए नहीं। ज़्यादातर कुली, मज़दूर, टैक्सी ड्राइवर, रेहड़ीवाले, स्कूल मास्टर, छोटे रोज़गारी, छात्र ख़िरामाँ-ख़िरामाँ बेफ़िक्र टहलते दीखते, गोया वे इस समय मुम्बई से बाहर अलग किसी छोटे से जज़ीरे में हों। वहाँ ऐसी हलचल रहती जैसे कोई बरात आनेवाली हो। हवा में फूलों, केश-तेलों, पाउडरों, क्रीमों की मिली-जुली गन्ध उड़ती रहती। खुले

छज्जों और खिड़कियों पर बैठी औरतें पान की दुकान में सजी ज़र्दे की डिब्बियों की तरह लुभाती रहतीं।

गणेशी राहगीरों के पीछे लग जाता और धीरे से फुसफुसाता, "एकदम ताज़ा माल।" गणेशी को कोई टैक्सी में बैठा दिखता तो टैक्सी के हुड को थपथपाकर वह कहता, "साब! इधर। फ्रेश माल।" बिजली के खम्भे के पास अँधेरे में खड़ी रोज़ी अकेला मर्द या नौजवान देखकर बुदबुदाती, "चलना माँगता?" कुछ राहगीर उसकी इस बुदबुदाहट में छिपे प्रस्ताव से घबराकर अपने क़दम तेज़ कर देते। कुछ मनचले रोज़ी को ऊपर से नीचे ऐसे देखते जैसे वह कोई अजूबा हो। रोज़ी उसे फुसलाने के लिए हँसती। उमेठकर घूँघर बनाए गए दो-तीन बालों को उँगलियों में लपेटती हुई आँखों से बेतकल्लुफ़ इशारे भी करती। जिस्म को हिला-डुला कर इठलाती। कभी नाक की लौंग तो कभी कान में डोलते झुमकों पर अपनी उँगली फिराते हुए खुला न्योता देती।

रोज़ी को सबसे ज़्यादा हरामी शादीशुदा मर्द लगते। मोलभाव में किचकिच करते। जिस्म को बेदर्दी से नोचते-खसोटते। टेंट ढीली करने के वक़्त तय रक़म से कम देते। वह झिकझिक करती तो कुछ और मुड़े-तुड़े नोट निकालकर कहते कि आज इतने ही हैं। बाक़ी अगली बार। हरामी अगली बार दीखते ही नहीं। रोज़ी को यह भी नाइंसाफ़ी लगती कि जिस काम के लिए वह यहाँ सड़क पर मारी-मारी घूमती है, उसी के लिए बड़े-बड़े होटलों में हमपेशा सैकड़ों गुना रक़म वसूलती हैं। उसे लगता कि इस धन्धे में भी कितनी ग़ैर बराबरी है।

रोज़ी का एक मुस्तक़िल अड्डा भी था। कम रोशनी वाला बिजली का खम्भा। खम्भे के नीचे एक हिलती परछाईं-सी वह वहाँ डोलती रहती। हर बार कोई नया ग्राहक होता। जो कोई आता, उसके लिए वह हर बार नई होती। वह हर बार नए सिरे से अपने को तैयार करती। उसकी चाहत कोई नहीं जानना चाहता। उसका मन कहीं और होता, सिर्फ़ देह एक लाश की तरह मौजूद रहती। इधर कुछ दिनों से उसकी चाह को भी अँखुआने के लिए भुरभुरी मिट्टी मिल गई थी।

वह मोहन था। बिजली के खम्भे से थोड़ी दूर एक टैक्सी हुड से सटकर वह बीड़ी फूँकता रहता।

लम्बा क़द। गन्दुमी रंग। चौड़ा सीना। टैक्सी ड्राइवर की जानी-पहचानी ख़ाकी वर्दी। तेल चुपड़े घने कढ़े हुए बाल। खुरदरी दाढ़ी। पतली मूँछें। गले में लाल गमछा।

चन्द लफ़्ज़ों में मोहन का यही हुलिया था।

मोहन रोज़ी को इशारे करता। वह अनदेखी करती। वह जानती थी कि यह चक्कू ख़ुद ही उसके पास आएगा। होता भी यही था। मोहन बीड़ी का टोंटा ज़मीन पर फेंकता। फिर उसे चप्पलों के नीचे मसलकर टैक्सी की चाबी गोल-गोल घुमाता हुआ फ़िल्मी हीरो की तरह उसके पास आता। अपने कन्धों को बेमानी जुम्बिश देकर हँसी उड़ाने के अन्दाज़ में छेड़ता, "बड़ा भाव खा रही है।"

रोज़ी इठलाकर तंज़िया लहज़े में कहती, "खाली-पीली क्या बूम मारता है। चलना है तो चल।"

रोज़ी जानती कि यह मोहन के धन्धे का टैम है। इस बखत कोई लफड़ा नहीं करेगा। बस ज़रा मस्ती मारने वास्ते आया है। रोज़ी से थोड़ी चोंच लड़ाने के बाद वह टैक्सी लेकर फुर्र हो जाता।

रोज़ी कई दफ़े मोहन से इसरार करती, "मरजले! कभी अपन को टैक्सी में घुमा-फिरा। सारी दुनिया की राँड़ों को घुमाता रहता है।"

"तुझे घुमाऊँगा। मुँह देखा है? हसीन मेमें अपुन की टैक्सी में घूमती हैं। कंटाला को कौन घुमाएगा?" मोहने चुटकी लेता।

रोज़ी चमककर कहती, "जा मर उन राँड़ों के साथ हरामी।"

मोहन को लगता कि जिसकी चाहत में ईर्ष्या न हो, वह प्रेम नहीं है।

रोज़ी टैक्सी में घुमाने के लिए मोहन को ताना तो मारती लेकिन हक़ीक़त में उसे टैक्सी में गाहक के साथ जाने की मनाही होती। चकला आंटी तय करती कि कौन लड़की टैक्सी में जाएगी। उम्रदराज़ ही टैक्सी में जातीं। आंटी को उन पर भरोसा रहता। टैक्सीवाले से आंटी की सेटिंग रहती। गणेशी का किरदार टैक्सी ड्राइवर अदा करता। टैक्सी के पिछले हिस्से में देह का खेल चलता। आगे बैठा टैक्सी ड्राइवर निर्लिप्त स्टेयरिंग घुमाता रहता जैसे वह कोई पुतला हो।

कुछ दिनों से रोज़ी को मोहन की टैक्सी अगर वहाँ नहीं दिखती तो उसे वह जगह ख़ाली-ख़ाली सी लगती। वह उसे अजनबी गाहक से कुछ ज़्यादा अज़ीज़ लगने लगा था। उसका कसरती जिस्म और चौड़ी छाती देखकर रोज़ी के मन में एक अलग सी ख़्वाहिश जग जाती। बच्चों की तरह मोहन का रूठना और गुलकन्द सी मीठी ज़बान की याद आते ही उसकी साँसों में गर्मी आ जाती। जब चुपके से वह उसकी पीठ के पीछे आकर खड़ा होता, वह उसकी साँस को पहचान लेती—एकदम उसकी देह गन्ध की तरह।

मोहन के हाथ में अक्सर वेणी होती। पत्तों की पुड़िया से झाँकती हुई वेणी। उसकी भीनी-भीनी ख़ुशबू हवा को मदहोश बना देती। वह किमाम डलवाकर एक पके पीले पान का बीड़ा भी लाता। रोज़ी को वेणी और अख़बार की पुड़िया में बँधे पान को देकर शहद घुली अवधी में कहता, "अपने दाँत से आधा काटकर हमका दई दियो, हमरो ज़िन्दगी मीठी बन जाए। महक जाए।"

रोज़ी के लिए उसकी नर्क सी ज़िन्दगी में ये सुख के विरल क्षण होते। उसे मोहन की यह नौटंकी मज़ेदार लगती। वह लपककर वेणी मोहन के हाथ से छीन लेती। फिर अपनी पतली नाक के पास ले जाती जैसे फूल की सारी ख़ुशबू अपने भीतर समो लेगी। नाक के पास वेणी रखकर सूँघने का सिलसिला काफ़ी देर तक चलता रहता, जैसे रोज़ी की नाक उस सुगन्ध के गोदाम में जाने का कोई दरवाज़ा हो जहाँ

वह यह ख़ुशबू बचाकर उस समय के लिए रखेगी जब देर रात में बदबू और सीलन भरी कोठरी में अपनी नोची-खसोटी-दुखती देह के साथ बिस्तर में होगी।

फिर रोज़ी पान के बीड़े को हल्की जुम्बिश देकर अपने महीन और सुर्ख़ लिपस्टिक से रँगे होंठों के पास ले जाती। अपने सफ़ेद दाँतों से पान को कच से काटती। फिर आँखों में नशे की लरज़ पैदा करती हुई बोलती, "तुम भैया लोग दीखते हो एकदम गँवार, पर होते हो हाफुज आम जैसे रसदार।"

रोज़ी के होंठों से अधकटे पान को जब मोहन मुँह में रखकर चुभलाता तो उसे लगता कि उसके होंठों का रस भी उसकी रूह में उतरता जा रहा है। वह रोज़ी के साथ कई बार सोया था लेकिन वह कभी भी अपने होंठों पर होंठ रखने नहीं देती। उसके अंग-प्रत्यंग छू लो पर होंठ बरज़ दो। मोहन इसकी भरपाई रोज़ी के अधकटे पान की गिलौरी से पूरी करता।

उधर मोहन की पान की आधी गिलौरी रोज़ी की नसों में धीरे-धीरे नशे की तरह घुलती जाती। यह नशा उसकी देह पर इस तरह तारी रहता कि उसे हर लम्हा लगता कि वह मोहन के साथ है। उसके दिलो-दिमाग़ पर सिर्फ़ मोहन ही मोहन छाया रहता। उसे लगता कि वह ठंडे-ठंडे शोलों में लिपटी हुई आहिस्ता-आहिस्ता सुलग रही है। ऐसे में उसे कई दफ़े ख़याल तक नहीं रहता कि कितने राहगीर उसके पास से गुज़र गए हैं। वह उनसे कहना भी भूल गई है कि "चलना है क्या?"

रोज़ी इस घिसे-पिटे वाक्य को कहते-कहते थक-पक चुकी थी।

उसके लिए यह ज़िन्दगी अजीरन हो गई थी। कभी इस अजनबी के नीचे सोना तो कभी उस अजनबी के ऊपर सोना। किसी के सिर पर चाँदी से चमकते बाल तो किसी के होंठों के ऊपर निकलती मूँछों की रेखाएँ। किसी की देह से पसीने की बू तो किसी का मुँह पायरिया का डब्बा। किसी के चेहरे पर चने की तरह छितरे दाने तो किसी के अंग विशेष पर चर्म रोग। किसी की उसके पिछवाड़े के लिए ज़िद तो कोई उसकी चड्ढी सूँघकर मस्त।

सब मज़ा मारने आते। रोज़ी जानती ही नहीं कि मज़ा होता क्या है।

उसे सिर्फ़ याद रहता—पुलिस की दबिश, गुनहगार की तरह भागना, साड़ी का पाँव में फँसना, कमज़ोर चप्पलों का टूटना, पुलिस के डंडे-गालियाँ। पुलिस गाड़ी में नुमाइशी गुड़ियों की तरह बैठना, हवालात में सिपाहियों की ज़बरदस्ती। घूस देकर छूटना। जासूस-सा दिन-रात पीछा करता गणेशी दल्ला। कमाई लूटती खूँखार आंटी। दस बाई दस की हवा-धूप से महरूम कोठरी में दर्जन से ज़्यादा लड़कियों के साथ एक-दूसरे की टाँग पर टाँग लादकर सोना। करवट बदलते ही बग़ल लेटी लड़की के बालों से जुओं का उसके बालों में रेंगना। उमस-गर्मी की रातों में नोची-खसोटी देह-दर्द से रात जागरण तो सवेरे जगाने के लिए आंटी की घुड़की का अलार्म।

ज़िन्दगी क्या यही होती है? रोज़ी सोचती। वह इससे दूर जाना चाहती। लेकिन

डरों की फ़ेहरिस्त इतनी बड़ी थी कि वह थक-हार कर दस बाई दस की कोठरी में उसी तरह लौट आती जिस तरह आसपास दाना चुगने के बाद कुत्तों के डर से मुर्गी दड़बे में लौट आती है।

रोज़ी भूख और मार दोनों से ही डरती।

काम मन्दा होने पर डर लगता कि रोटी कम मिलेगी। आंटी का उसूल था कि धन्धा कम तो रोटी कम। कम रोटी खाने से उसे भूख सताती। कई दफ़े रोज़ी को सहवास के बीच भूख लग जाती तो वह झूठी कामोत्तेजक सिसकारियाँ निकाल ही नहीं पाती जिसका सबक चकला आंटी ने सिखा रखा था। ऐसे में अपनी मर्दानगी पर गुरूर करने वाले रोज़ी को ठंडी समझकर दुबारा पास नहीं फटकते। पेट की पुकार और देह की पुकार रोज़ी की तकलीफ़ों को बढ़ा देतीं। इन सबसे बचने के लिए रोज़ी कई बार गाहक से इसरार करती, "पहले बड़ा पाव या भजिया खिला, फिर चलते हैं।" कई खिलाते लेकिन इतने मक्खीचूस होते कि उतनी ही रक़म उसे भुगतान करते समय काट लेते।

रोज़ी को दूसरा बड़ा डर पाँव भारी होने का लगता। हालाँकि इससे बचने के लिए वह काफ़ी चाक-चौबन्द रहती। कंडोम से लेकर दवाइयों तक का इन्तज़ाम रखती। दाइयों से दरयाफ़्त करती रहती। फिर भी क़ुदरत का क्या भरोसा। कई बार कंडोम फट जाते। उसका जी हर माहवारी पर धुकुड़-पुकुड़ करने लगता। यदि कोई बीज चुपके से उसके भीतर पनपने लगा तो वह जानती थी कि पूरी ज़िम्मेदारी उसकी होगी। बाप फुर्र।

बिना बाप की सरपरस्ती के एक बच्चे की परवरिश किस तरह ज़िन्दगी का बोझ बनती है, वह रोज़ ही अपने आसपास देखती। यहाँ कोई इस बोझ को ढोना नहीं चाहता। अपने जिस्म से अपनी देह के टुकड़े को काटकर फेंकना आसान नहीं होता। फिर भी ज़्यादातर उसे हकीम या डॉक्टर के पास जाकर सूखे पत्तों की तरह झाड़ आतीं। मगर कुछ में क़ुदरती माँ का हिस्सा ज़्यादा होता। वे पेट में पलती ज़िन्दगी के प्यार में गिरफ़्तार हो जातीं। सारी उम्र घिसटने के लिए न्योता देतीं। ऐसे लावारिस बच्चों की हालत देखकर रोज़ी सिहर उठती। वह अक्सर सोचती कि ऐसे बच्चे कितनी सख़्त जान होते हैं। भूख, बीमारी, अपमान, उपेक्षा, लांछन, नशा, दुत्कार, गन्दगी, ग़रीबी में लिथड़े रहकर भी हँसते रहते।

बेला को वह देखती तो उस पर तरस आता। धन्धे का टैम है और उसका बेटा गोलू टें-टें कर रहा है। बेला अक्सर कहती कि उसका जी करता है कि रेडियो की नॉब की तरह बच्चे का गला ऐसे ऐंठ दे कि सदा के लिए वह चुप हो जाए। बेला उसे चुप कराने के लिए छाती से चिपकाकर थपकियाँ देती। धीमे सुर में कुछ अल्लम-बल्लम गाती। कनपटियों से लेकर पेशानी तक उँगलियों से मसाज करती लेकिन वह कमबख़्त फिर भी नहीं सोता। पता नहीं उस मुए को कैसे इल्म हो जाता कि उसकी

माँ उसे छोड़कर जाने वाली है। वह चीख़-चीख़ कर ज़मीन-आसमान एक कर देता। बेला को अपना और गोलू दोनों का पेट भरने के लिए धन्धे की ख़ातिर निकलना ही होता। गोलू के पैदा होने के बाद बेला का जिस्म भारी हो गया था। क़मर के ख़म ग़ायब हो गए थे। चेहरा फल उतरी टहनियों सा बेनूर हो गया था। माँ बने जिस्म को पहचानने में गाहक को कहाँ देर लगती। तमाम गाहक उसे देखते ही सरक लेते। ऐसे में गोलू का रोना-बिलखना बेला को क़यामत से कम नहीं लगता।

आख़िरकार बेला के पास एक ही उपाय बचता। अफ़ीम।

अफ़ीम मिला दूध हलक़ में जाते ही कुछ ही देर में सुबकते गोलू की आँखें बन्द हो जातीं। गोलू जब जगता तब भी दिमाग़ी तौर से काफ़ी देर तक सोया रहता। बेला धन्धे के बीच में भी गोलू के बारे में सोचती रहती। उसे ग़ाफ़िल देखकर गाहक चिड़चिड़ाकर कई बार उससे पूछते कि तुम्हारा ध्यान किधर है? एक लम्बी ठंडी आह उसके भीतर से निकलती। झट उस आह को वह अपने चेहरे की फीकी मुस्कान में बदल देती। वह उन्हें कैसे बताती कि उसे चिन्ता हो रही है कि गोलू को मच्छर न काट रहे हों। उमस भरी गर्मी या प्यास से कहीं उसकी नींद न खुल गई हो। बेला अक्सर रोज़ी से तनहाई में कहती कि धन्धे और गोलू के बीच की कशमकश से तंग आकर उसका कई बार जी करता है कि अपनी देह पर पेट्रोल डालकर आग लगा ले या किसी मर्द के साथ भाग जाए। हालाँकि वह जानती थी कि एक बार यहाँ की दलदल में पाँव फँसे तो मैयत के साथ ही बाहर निकलते हैं।

इस गली के बच्चे बड़े होने पर जब पिता का नाम पूछते तो उनकी माँ को लगता जैसे किसी ने उनके कानों में गर्म सलाखें डाल दी हों। ख़ामोश सिर झुकाए वे तरह-तरह के बहानों से बात को टालने की कोशिश करतीं। यह सवाल एक ख़ौफ़नाक साँप की तरह उनका ज़िन्दगी भर पीछा करता। मदरसे में दाख़िले के वक़्त लड़कों से पूछा जाता। उनके दोस्त पूछते। 'हरामी' कहकर उन्हें ताना मारते। अफ़ीम घुले दूध पीते-पीते वे नशे के लती बन जाते। किसी कामकाज के क़ाबिल नहीं रह जाते। कोई अफ़ीम-हशीश बेचता तो कोई चोरी करता। ज़्यादातर दल्ला बन जाते। फिर किसी देसी-दारू की दुकान के सामने गिरते-पड़ते दीखते।

दूसरा बड़ा डर रोज़ी को गुप्त रोगों से लगता। यहाँ की औरतों में किसी की देह मटर के दानों से भर जाती तो किसी की चमड़ी मवाद से बजबजाती। कमज़र्फ़ एड्स तो किस तरह से तिल-तिल कर मारता है, यह उसने राधा की मौत में देखा था। कोई उसे छूता तक नहीं था। आंटी ने उसे छत पर धकेल दिया था। सड़ती नाली की तरह उससे सब दूर रहते।

रोज़ी जब यह सब सोचती तो उसकी सोच का अन्तिम सिरा इस दुनिया से आज़ादी का होता। आज़ादी पाने के लिए उसे रस्सी का कोई सिरा दिखाई नहीं देता जिसे पकड़कर वह इस दोज़ख से बाहर निकल जाए।

जिस क्षण आप सपना देखना छोड़ देते हैं, जीना स्थगित कर देते हैं। रोज़ी ने जीना नहीं छोड़ा। वह सपना देखती कि वह सुबह उठकर टिफ़िन तैयार कर रही है। गोलमटोल बच्ची को स्कूल यूनिफार्म पहना रही है। बच्ची स्कूल न जाने के लिए पिनपिना रही है। उसके पापा उँगली पकड़कर स्कूल ले जा रहे हैं। अचानक उसे लगता कि उसके और उसके सपनों के बीच एक बदबूदार गन्दा नाला बह रहा है जिसमें उसके सपने कीचड़ में लिथड़ रहे हैं।

फिर एक ऐसा दौर आया कि रोज़ी के कीचड़ लिथड़े सपने अनुकूल समय की निर्मल नदी में नहाकर दुबारा जाग गए।

उन दिनों देश में आर्थिक उदारीकरण की बयार चल पड़ी थी। सरकार अपनी सामाजिक और कल्याणकारी ज़िम्मेदारियों से किनाराक़शी करने लगी थी। देश में कुकुरमुत्तों की तरह ग़ैरसरकारी संगठन पनपने लगे थे। जो काम सरकारी अमला करने में दिक़्क़त महसूस करता, उसे ग़ैरसरकारी संगठन या अंग्रेज़ी ज़बान में 'एनजीओ' को सौंप दिया जाता। एनजीओ सरकार के हाथ बनने लगे। इन्हें फ़ंड सरकार या विदेशी एजेंसी देती। नौकरशाहों-राजनीतिक नेताओं के दाएँ-बाएँ चलने वालों के लिए यह सुनहरा अवसर था। आनन-फानन में देश में लाखों एनजीओ बन गए। इनमें ज़्यादातर एनजीओ ऊँचे पद वाले नेता या नौकरशाहों के रिश्तेदारों के होते। इनके छोटे पदों पर मध्यवर्गीय सवर्ण परिवार के लड़के-लड़कियाँ होते जो सरकारी नौकरी पाने की दौड़ में पस्त हो चुके होते। नौकरी पाने के समय सीख मिलती कि वह नौकरी नहीं, समाज बदलने के ऐतिहासिक काम को पूरा करने जा रहे हैं। यह सिर्फ़ नौकरी नहीं है, अपनी सृजनात्मकता के बँधे पंखों को फैलाने का सुअवसर है। एनजीओ के मुखिया सरकारी फ़ंड से सबसे पहले महँगी कार ख़रीदते। फिर दफ़्तर की बिल्डिंग बनाते। देश-विदेश में ट्रेनिंग प्रोग्राम के नाम पर सैर-सपाटा करते। सरकारी अफ़सरों की तुलना में वे ज़्यादा लक-दक और तेज़-तर्रार अफ़सर दीखते।

ऐसा ही एक एनजीओ था—'स्वयं।'

स्वयं सेक्स वर्करों की मुक्ति का काम कर रहा था। वन्दना जोशी इसकी सर्वेसर्वा थीं। उनका परिचय बताने के लिए इतना काफ़ी है कि वह वरिष्ठ आईएएस की पत्नी थीं। उनके पति राज्य सरकार में राजस्व विभाग के सचिव थे। 'स्वयं' की अध्यक्ष होने के नाते वन्दना जोशी सरकार से अनुदान खींच लातीं। यही नहीं, जिन बड़े व्यापारिक घरानों के काम उनके शौहर करते, उनसे भी उनकी सामाजिक भूमिका के नाम पर इमदाद ले आतीं। 'स्वयं' की निदेशक चित्रा कदम थीं। वह वरिष्ठ आईएएस की बेटी थीं। उनके पिता केन्द्र सरकार में सामाजिक कल्याण मंत्रालय में संयुक्त सचिव थे। चित्रा कदम ने टाटा इंस्टिट्यूट ऑफ़ सोशल साइंस से डिग्री ली थी। वह ख़ुद को नारीवादी मानतीं और यही सुनना पसन्द भी करतीं।

सेक्स वर्करों की मुक्ति चित्रा कदम का सबसे प्रिय प्रोजेक्ट था। वह ख़ुद रेड

लाइट एरिया में बेख़ौफ़ जातीं। सेक्स वर्करों को मुफ़्त कंडोम बाँटने के काम से उन्होंने इसकी शुरुआत की। वह सेक्स वर्करों को समझातीं कि कंडोम सन्तान निरोध से ज़्यादा एचआइवी से बचने के लिए ज़रूरी है। ग्राहक को पहनना न आए तो ख़ुद पहनाना सिखाओ। वह पहनने से मना करे तो लात मारकर उस ग्राहक को भगा दो। रोज़ी तो चित्रा और उनकी टीम की बेबाक़ी और साहस को देखकर दाँतों तले उँगली दबा लेतीं। रोज़ी उनकी ख़ास बन गई थी। चित्रा ऐसी थीं जिनसे पहली मुलाक़ात में ही सब कुछ कहने को मन ललकता है। रोज़ी चोरी-छुपे चित्रा को यहाँ की ज़िन्दगी की तकलीफ़ों के बारे में बताने लगी। रोज़ी को लगने लगा था कि स्वयं एनजीओ एक ऐसी नाव है जिस पर बैठकर वह इस गन्दी नदी को पार कर सकती है।

उसने यह नदी पार कर ली।

चित्रा कदम की ज़िद और वन्दना जोशी के शौहर के दबाव से एक दिन रोज़ी के अड्डे पर पुलिस का छापा पड़ा। इक्कीस सेक्स वर्करों को वहाँ से निकाला गया। रोज़ी भी उनमें थी। अंग्रेज़ी-मराठी अख़बार में वन्दना जोशी और चित्रा कदम के फ़ोटो के साथ ख़बर भी छपी थी। पहले वहाँ से छुड़ाई लड़कियों के परिजनों से सम्पर्क किया गया। अधिकांश परिवारों ने अपने घर की लड़की को पहचानने से ही इनकार कर दिया, जैसे कई बार क़ातिल के डर से गवाह जज के सामने उसे पहचानने से इनकार कर देते हैं। कुछ सेक्स वर्करों को सुधार केन्द्र भेजा गया। रोज़ी मोहन के साथ आ गई।

अब रोज़ी का नया नाम मंगला था। यह नाम मोहन ने दिया था।

हर घर का अपना राग होता है। हर घर की अपनी अलग झंकृति होती है। मंगला की झंकृति का अक्ष मोहन था। मोहन की पृथ्वी मंगला थी। टैक्सी चलाने के बाद अब जब मोहन अपनी खोली पहुँचता तो मंगला के जगमगाते दाँत उसका स्वागत करते।

पहले मोहन अगड़म-बगड़म खाकर पेट भरता था। कभी वड़ा पाव। कभी रगड़ा-पेटी, कभी दाबेली या पूड़ी भाजी से काम चलाता तो कभी सड़क किनारे की गुमटियों में धूल-गर्द, मसालों से भरी सालन वाली सब्ज़ी, कच्चे-अधपके चावल से अपने पेट के चूहों को शान्त कर लेता। खाने का स्वाद लेना तो दूर वह गला भींचकर पानी के साथ लुक़मा निगलता। तेज़ मसालों से उसके हलक़ और मेदे में अक्सर आग-सी लगी रहती। उसका पेट प्राय: नाबदान की तरह चलता रहता। टैक्सी में सवारी होने पर उसे अक्सर डर सताता रहता कि कहीं उसकी पैंट न ख़राब हो जाए। एकाध बार सुलभ शौचालय के सामने टैक्सी खड़ी करके निपटने गया तो कस्टमर ने हाय-तौबा मचा दी। एक बार तो उसकी पैंट ही ख़राब हो गई। तब से वह अपने डेस्क बोर्ड में एक पैंट ज़रूर रखता। हाज़मा ख़राब होने पर मोहन का डॉक्टर सही मायनों में मेडिकल स्टोर का दुकानदार होता। उसकी दवा इतनी कारगर होती कि मोहन के पेट का परनाला तो बन्द हो जाता लेकिन उसकी आँत में जमा मल

सूखी लकड़ी की तरह कड़ा हो जाता। अगले दिन मोहन को सुरती की कई फंकी मारने और चाय-बीड़ी पीने के बाद पेट से मल काँख-काँख कर निकालना पड़ता। ज़ोर लगाने पर गुदा की नसें फूल जातीं। उसे डर सताने लगा था कि वह जल्दी ही बवासीर का शिकार बन जाएगा।

मंगला के आने से मोहन की ज़िन्दगी का नज़ारा ही बदल गया था।

काली-कच्ची रोटियाँ, अधपका भात, बेलज़्ज़त पनीली सब्ज़ियों से उसे निज़ात मिल गई। गरम फूली-फूली रोटियाँ, गर्म भाप में लिपटा भात, प्याज़-मसालों से छौंकी दाल और हरी ताज़ी सब्ज़ियों से मोहन के स्वाद में ही नहीं, उसकी भूख में भी इज़ाफ़ा हो गया। मोहन की जीभ मीठे पर फ़िदा रहती। मोहन के लिए कभी मंगला पूरन पोली बनाती तो कभी श्रीखंड। अब उसका पेट कम गड़गड़ाता। हर छिन पिछवाड़े बदबूभरी हवा के नगाड़े नहीं बजते। खट्टी डकारें फ़ना हो गईं। जनसुलभ शौचालय से राह-रस्म कम हो गई। अब उसकी टैक्सी में कटोरदान में मंगला की रसोई की रोटी-भाजी या पोहा-इडली की सौगात होती। मोहन की उभरी तोंद गृहस्थी के सुख के प्रमाणपत्र की तरह दिखने लगी।

सबसे बड़ी बात यह हुई कि मोहन का अकेलापन दुम दबाकर भाग गया था। पहले अकेलापन जिस ठसक से मोहन के दिल पर क़ब्ज़ा करके उसे खोखला कर रहा था, वह मंगला की चकचक से छूमन्तर हो गया था। दारू की गुमटियों में उसकी दोस्तों की सोहबत महदूद हो गई। मोहन घर के काम में हाथ बँटाने के लिए मंगला के पीछे लट्टू-सा घूमता रहता। मंगला को घर-गृहस्थी की आदत नहीं थी। वह अपनी घरेलू मुसीबतों को धोई गई कपड़ों की लादी की तरह मोहन की शिराओं के तार पर बेतकल्लुफ़ी से पसार देती। उनकी ज़िन्दगी की गाड़ी दनदनाकर चल रही थी कि अचानक एक तेज़ आँधी के झोंके ने उनकी गृहस्थी के बर्तनों को उलट-पुलट कर दिया।

वह वसन्त का एक दिलक़श दिन था।

एक ओर मुम्बई की सड़कों पर सूखी पत्तियों की चरमर सुनाई देती, वहीं दूसरी ओर पेड़ों की फुनगियों पर हरी गुलाबी कोमल पत्तियाँ, अंडों से चूजों की तरह मुँह निकाले झाँकती रहतीं। हवा में न तो गर्मी थी और न ही ठंड। हालाँकि मुम्बई की सड़कें राजनीतिक ताप से तप रही थीं। शिवसेना की कोख से निकली महाराष्ट्र नवनिर्माण सेना मराठी माणूस के नाम पर उत्तर भारतीयों को निशाना बना रही थी। महाराष्ट्र की बहुसंख्यक मराठी जनता में अपनी पैठ बनाने के लिए उसने क्षेत्रीयता और भाषा के बहाने प्रवासियों को डराने-धमकाने का वही तरीक़ा अपनाया था जिसे शिवसेना बहुत पहले अपनाकर सफल हो चुकी थी।

मोहन आज बहुत ख़ुश था। उसे आज एक दिलदार पैसेंजर मिला था। वह मीटर में 270 रुपये बनने पर सौ-सौ के तीन नोट देकर बाक़ी अपने पास रखने को

कहकर एक आलीशान होटल में घुस गया था। तीस रुपये की टिप उसके लिए काफ़ी बड़ी थी। वह प्रसन्न मन से फ़िल्मी गाना गुनगुनाता हुआ टैक्सी स्टैंड की क़तार में टैक्सी लगाने जा ही रहा था कि एक तेज़ रफ़्तार से टैक्सी आई। उसका ड्राइवर चीख़ता-काँपता-सा बोला, "भैया ड्राइवर लोग भागो। एमएनएस वाले पीट रहे हैं। पहले कहते हैं—मराठी बोलो। न बोलने पर पीटते हैं।"

मोहन की सारी नसें डर से खटखटा गईं। उसके दिमाग़ में ड्राइविंग स्कूल की टैक्सी के पीछे चेतावनी के लिए लिखे मराठी शब्द बिजली की तरह कौंध गए। "ड्राइवर शिकचे।"

मोहन को इतनी ही मराठी आती थी। उसने टैक्सी में चाभी लगाई। घुर्र-घुर्र की आवाज़ आई। उसने एक्सीलेटर पर अपना दाहिना पाँव रखा ही था कि झंडा, डंडा लिए गालियों की बारिश के साथ लोगों ने उसकी टैक्सी को घेर लिया। वह काँपता टैक्सी में बैठा ही रहा लेकिन दो लोगों ने उसे बाहर खींच लिया। फिर मराठी में ग़ुस्से में हुक्म दिया कि "मराठीत बोला (मराठी बोलो।) मोहन हाथ जोड़कर गिड़गिड़ाते हुए बोला, "शिकबे।"

यह सुनते ही मोहन के गाल पर चाँटा पड़ा, "हरामखोर भैया! इकडंच खाताय आणि मराठी बोलता येत नाही।" (हरामी भैया! यहाँ का खाता है और मराठी नहीं बोलता है।) उसे कान पकड़कर स्कूली बच्चों की तरह उठक-बैठक लगाने को कहा गया। अपमान से मोहन की आँखों में आँसू छलछलाने लगे। फिर उस पर घूँसों-मुक्कों की बौछार हो गई। मार से मोहन ज़मीन पर गिर पड़ा। वह जितना दर्द से तड़पकर चीख़ता, उनकी पिटाई में उतनी ही क्रूरता बढ़ती जाती। पास में ही पुलिस थाना था। लेकिन कोई सिपाही आसपास नहीं था। मोहन की आँखें सूज गई थीं। वर्दी फट गई थी। एक नौजवान उसके पाँवों पर डंडा मारने लगा। मोहन को फिर होश भी न रहा।

उसे कब अस्पताल लाया गया, कौन वहाँ लाया, यह सब याद नहीं था। जब होश आया तो उसके माथे पर गूमड़ चुभ रहा था। देह पर तमाम लाल-लाल चकत्ते मारने-पीटने की गवाही दे रहे थे। पाँवों की उँगलियाँ बेपनाह दर्द से कराह रही थीं। मंगला के साथ जब अस्पताल से बाहर आया तो उसके पंजे ज़मीन पर ठीक से जम नहीं रहे थे। वह भचक-भचक कर चल रहा था। वह उस समय सोच रहा था कि भूख, अपमान और दर्द में कौन सी चीज़ ज़्यादा सहनीय है। दर्द कुछ दिन में चला गया। भूख मिटाने का इन्तज़ाम मंगला कर रही थी। फ़िलहाल वह अपमान बर्दाश्त नहीं कर पा रहा था।

उसने दो क़समें लीं। पहली कि वह मराठी बोलना सीखेगा। दूसरी, तमाम क्रूरताओं और खदेड़े जाने के बावजूद इस शहर को नहीं छोड़ेगा।

वह बुदबुदाया, "मुम्बई जितनी उनकी है, उतनी मेरी भी है।"

सबसे पहले उसने मराठी में यह कहना सीखा, "आमची मुम्बई। मी मुम्बईकर।"

सुखी घर सोसाइटी

महानगर में अपरिचय का बोझ इतना भारी रहता कि महानगरवासियों के मन के कन्धे झुके-झुके रहते।

महानगर में अपरिचय की ख़लिश बेतरह रहती। अपरिचय अकेलापन बढ़ाता। अकेलेपन के बोझ में तरह-तरह का अपरिचय शामिल रहता। सड़क, लोकल ट्रेन, बस, मॉल, अस्पताल के अपरिचित रहते। दफ़्तर या बसेरे के परिचित भी अपरिचित की तरह दरपेश आते। सफ़र में कई मुसाफ़िर अपना चेहरा दूसरी तरफ़ फेर लेते या थैले जैसा मुँह लटका लेते।

सबसे बड़ा अपरिचय लोगों का अपनी जगहों से रहता। बरसों से मुम्बई महानगर में बसे लोग उन जगहों से भी अपरिचित रहते जिन्हें सैलानी या दो-तीन दिन के लिए आए उनके नाते-रिश्तेदार घूमकर चले जाते। महानगर में अपरिचय का बोझ इतना भारी रहता कि महानगरवासियों के मन के कन्धे झुके-झुके रहते। मन के झुके कन्धे उनके चेहरे का रंग फीका कर देते। मोबाइल और सोशल मीडिया से जुड़ने के बावजूद वे महानगर में अकेलेपन की गुफा में क़ैद रहते। अपरिचय की इस अपारदर्शी दीवार को या तो बच्चे तोड़ते या कोई हादसा।

उस दिन सामने के फ़्लैट की लड़की के साथ एक छोटा हादसा न होता तो आकाश और वसुधा उनके बारे में कुछ नहीं जान पाते। वे पहले भी उनके बारे में उतना ही जानते थे जितना महानगर का एक पड़ोसी आमतौर से दूसरे के बारे में जानता है। मसलन लड़की का क़द छोटा है। गेहुँआ रंग है। कटे बाल हैं। आँखों पर नज़र का चश्मा है। वह लगभग सुबह नौ बजे एक हैंडबैग और मोबाइल लेकर निकलती है। देर रात लौटती है। शनिवार-रविवार को कभी-कभार एक साँवला लड़का उसके साथ दिखता है जिसके चेहरे की खुरदरी दाढ़ी देखकर लगता कि इसकी ज़िन्दगी भी उसकी दाढ़ी की तरह खुरदरी होगी।

हालाँकि यह हादसा कम, लापरवाही अधिक थी। दरअसल उस लड़की ने दरवाज़े के बाहर डस्टबिन रखने के लिए दरवाज़ा खोला तो उसकी नज़र ज़मीन पर पड़े एक लिफ़ाफ़े पर ठहर गई। उसके पाँव उसे उठाने के लिए दरवाज़े के बाहर निकले तो उधर हवा के तेज़ झोंके से दरवाज़ा स्वत: खट से बन्द हो गया। अब चाभी घर के भीतर थी और लड़की बाहर। आधुनिक फ़्लैटों के ताले ऐसे ही होते हैं। लड़की के पास न तो मोबाइल था और न ही रुपये। स्कर्ट-स्लीवलेस टॉप में वह कुछ क्षण हक्की-बक्की खड़ी रही।

मुसीबत में पड़ोसी ही मददगार होते हैं, यह सोचकर उसने आकाश के घर के बेल की स्विच पर हिचकिचाते हुए उँगली रख दी।

वसुधा ने दरवाज़ा खोला। लड़की के चेहरे पर झेंपी-झेंपी हताश मुस्कराहट की सलवटें ऊपर-नीचे हो रही थीं। नींद की खुमारी की चींटियाँ भी दौड़ रही थीं। कन्धों

पर गिरते हुए बालों को वह बार-बार हटा रही थी। उसकी मुस्कराहट की जुम्बिश में छिपी इल्तिज़ा को वसुधा ने पढ़ लिया।

फिर कहा, "कहिए।"

"आंटी! मेरे फ़्लैट की 'की' भीतर रह गई। आपके फ़्लैट की 'की' क्या मेरे लॉक में लग सकती है?" उसके स्वर में घबराहट का रंग उतर आया था।

वसुधा को यह लड़की अच्छी लगती थी। इस समय उसकी घबराहट और भी अच्छी लगी कि इस बहाने उससे उसकी जान-पहचान होगी। उसने लड़की को ड्राइंगरूम में बुलाया। आकाश को आवाज़ दी। आकाश ने अपने फ़्लैट की चाभी दी। लड़की ने 'की होल' में चाभी डालकर बेहद मशक़्क़त की। पसीने के कण उसकी धनुषाकार बरौनियों पर चमकने लगे। लॉक न खुला।

अचानक आकाश को याद आया। तिराहे पर जहाँ हर शाम सब्ज़ी मंडी लगती है, वहाँ एक कोने पर तरह-तरह की चाभियाँ एक लोहे के तार में लटकी होती हैं। एक पुराने टीन के बक्से के साथ चाभी बनाने वाला बैठा दिखता है। वसुधा ने आकाश से चाभी बनानेवाले को बुलाकर लाने को कहा।

आकाश उसे बुलाने चले गए। लड़की का संताप कुछ घुलने लगा। वसुधा और लड़की के बीच पसरी ख़ामोशी की दीवार भी दरकने लगी। अपरिचय की छाया अब भी दोनों के बीच फड़फड़ा रही थी। सुबह के आठ बज चुके थे। सोसाइटी में पानी छोड़ा जा चुका था। लड़की के चेहरे पर पानी से वंचित होने का अँधेरा भी छाया हुआ था। वसुधा अपनी सांत्वना की रोशनी से उसका अँधेरा छाँट रही थी।

वसुधा लड़की का ध्यान बँटाने के लिए उसके घर-परिवार के बारे में पूछने लगी।

बात करते ही लड़की खुल गई। जिस सहजता से दो अपरिचित महिलाएँ एक-दूसरे से संवाद कर लेती हैं। जानकारियाँ बाँट लेती हैं, शायद ही पुरुष कर पाते हों।

वसुधा को कुछ ही क्षण में पता चल गया कि उसका नाम जया वर्मा है। कभी-कभार उसके साथ दिखनेवाला अशोक है। जया आगरा की है। उसने पत्रकारिता का कोर्स किया है। वहाँ से कोर्स पूरा करने के बाद उसी अख़बार के मुम्बई संस्करण में सम्पादकीय विभाग में पहले ट्रेनिंग की नौकरी मिली। फिर वहीं फ़िल्म रिपोर्टर बनी। फ़िल्म के बाद उसे राजनीति की बीट दी गई। वहाँ से इस्तीफ़ा देकर फ़िलहाल एक महिला पत्रिका में डेस्क पर काम करती है। अशोक सरकारी बैंक में काम करता है। वह पहले बैंक के हेड ऑफ़िस में तैनात था। उसका तबादला कुछ महीने पहले बैंक की लातूर शाखा में कर दिया गया है। वह कभी-कभार छुट्टी में लातूर से मुम्बई आता है। लड़की का ऑफ़िस दूर है लेकिन मीरा रोड में फ़्लैट का भाड़ा कम है, इसीलिए यहाँ रहती है।

वसुधा के फ़्लैट का दरवाज़ा खुला था। अन्दर के सोफ़े से लिफ़्ट आती-जाती दिखती थी।

लड़की की आँखें बार-बार दरवाज़े के बाहर चुपके से देख लेतीं। तभी लिफ़्ट से आकाश बाहर निकलते दिखाई दिए। वह अकेले थे। लड़की का चेहरा बुझ गया। आकाश ने बताया कि उसे थोड़ी देर इन्तज़ार करना होगा। चाभी बनाने वाले ने अभी दुकान नहीं सजाई है। पास के दुकानदारों ने बताया कि वह दस बजे के पहले नहीं आता। जया को अपने पर कोफ़्त हो रही थी। उसके असमंजस को वसुधा भाँप गई।

"तुम घर की तरह आराम से बैठकर अख़बार पढ़ो। मैं चाय चढ़ाकर आती हूँ।"

आकाश भीतर से अख़बार उठाकर लाए। सेंट्रल टेबल पर रख दिया। जया ने अख़बार खोला। मुखपृष्ठ पर ख़बर थी कि ठाणे के पुलिस कमिश्नर ने सरकार को रिपोर्ट दी है कि पानी के लिए उनके यहाँ कभी भी दंगा हो सकता है। ठाणे में लगभग हर सोसाइटी में पानी के लिए झगड़ा हो रहा है। पुलिस इन दिनों चोरी या अपराध पर रोक लगाने के लिए ग़श्त लगाने के बजाय वहाँ पानी के टैंकर आने पर क़तार लगवाने में अधिक लगी रहती है। पुलिस कमिश्नर ने सभी पुलिस थानों को कहा है कि वे नियमित रूप से हाउसिंग सोसाइटी की ग़श्त लगाएँ ताकि फ़साद न हो। यही नहीं, डीएसपी को कहा गया है पानी रिलीज़ करते समय यथासम्भव मौक़े पर मौजूद रहें।

जया की दैनिक चर्या में इन दिनों अख़बार भी पढ़ने का समय नहीं मिलता। अख़बार लगा रखा था। वह उसे अपने हैंडबैग में ऑफ़िस जाते समय ठूँस लेती कि फ़ुर्सत मिलने पर पढ़ेगी। ट्रेन में सीट मिलने पर हेडलाइन्स तो पढ़ ही लेती। हालाँकि ऐसा सौभाग्य भी कम ही मिलता। एक दौर था कि वह ख़बरों के बीच साँस लेती रहती थी। कितना हलचल भरा समय था। हर समय दिमाग़ की नसें तनी रहतीं।

इस ख़बर के साथ वह पुरानी यादों में खो गई। यह उसकी बचपन की आदत थी कि लोगों के बीच में बैठी हुई अक्सर अपनी दुनिया में घूमने लगती। जब पास में बैठे लोग टोकते तो वह झेंप जाती। इससे पेश्तर कि आकाश के सामने वह झेंपती, वसुधा चाय के साथ रस्क ले आई थी।

रस्क की प्लेट आगे बढ़ाते हुए वसुधा ने बात का सिलसिला फिर शुरू किया।

"आप तो पत्रिका के सिलसिले में हीरो-हीरोइन से मिलती होंगी।" यह एक ऐसा सवाल था जिसको सुनकर जया अक्सर तिलमिला जाती। उसे इन सवालों से बेहद चिढ़ होती। हालाँकि इस सवाल से बचना भी मुश्किल था। पिछले महीने जब आगरा गई थी तो मम्मी अपने सभी रिश्तेदार-नातेदार और परिचितों के यहाँ ज़बरदस्ती उसे एक शो पीस की तरह ले गईं। सबको सगर्व बतातीं कि वह मुम्बई में महिला पत्रिका में काम करती है। वे भी सबसे पहले यही सवाल पूछते। ऐसे में वह जवाब में कुछ इस तरह मुस्कराती जैसे वह कह रही हो कि आपका सवाल सही भले हो, पर मुझे पसन्द नहीं है। उनकी आँखों में जया के लिए ऐसा भाव होता कि वह चालू या बिगड़ी लड़की है।

जया ने यही रणनीति वसुधा के साथ अपनाई। उसने दीवार पर टँगी तस्वीर पर आँख टिकाते हुए पूछा, "यह आपका परिवार है?"

'परिवार' शब्द सुनते ही वसुधा के चेहरे पर साँवली सिलवटें खिंच आईं।

ऐसी बातें छिड़ने पर वसुधा को समझ में नहीं आता कि आगे के सवालों का वह क्या जवाब दे। बेटे की चर्चा छिड़ने पर वह कमज़ोर पड़ जाती। यह उसे एक सामाजिक शर्म की बात लगती, जब उसे बताना पड़ता कि उसका इकलौता बेटा इसी शहर में कुछ दूरी पर रहता है। वह किसी अजनबी से आपसी बातचीत में परिवार के मामले में पर्दा रखती लेकिन जब कोई उस परदे के कोने से उसकी ज़िन्दगी में झाँकने लगता तो उसके मन के ज़ख़्म दिखाई देने लगते। यह अच्छा हुआ कि फिलवक़्त वसुधा को ज़्यादा तनाव नहीं सहना पड़ा। वह असमंजस में थी कि क्या कहे कि उसी समय आकाश चाभी बनाने वाले को लेकर आ गए। चाभी वाले ने चाभियों का एक गुच्छा निकाला। उसमें से एक चाभी निकाली। फिर की होल में डालने के बाद चाभी पर बने निशानों को रेती से रेतने लगा। फ़्लैट के कॉमन एरिया में रेती की किर्र-किर्र गूँजने लगी।

चन्द मिनटों में जया के फ़्लैट का दरवाज़ा खुल चुका था। उसने भीतर से पर्स लाकर चाभीवाले को रुपये दिए। धूप घुटने के बल सरकती हुई पारदर्शी काँच के दरवाज़े से झाँक रही थी। वसुधा और आकाश को आभार व्यक्त करने के बाद जया ने अपना दरवाज़ा बन्द कर लिया।

जया भीतर आते ही आत्मग्लानि से भर गई। वह जब भी किसी से अशोक से अपने रिश्ते के बारे में झूठ बोलती, उसे ऐसी ही ग्लानि होती। अशोक और वह लिव-इन में थे। वह इस रिश्ते को छुपाना भी नहीं चाहती लेकिन रियल स्टेट एजेंट ने उसे बताया था कि मुम्बई में मुसलमानों, अविवाहित लड़कियों, ट्रांसजेंडरों, सिनेमा-टीवी एक्टरों तथा लिव-इन रिश्तों में रहनेवालों को फ़्लैट मुश्किल से भाड़े पर मिलते हैं। अधिकांश हाउसिंग सोसाइटियों ने यह अलिखित नियम बना रखा है कि ऐसे लोगों को नहीं रखना है। इनके सोसाइटी में रहने से सामाजिक परिवेश प्रदूषित हो जाता है। उसके साथ काम करनेवाली एक लड़की ने मुम्बई में मकान भाड़े पर लेने के लिए बान्द्रा कोर्ट से विवाह का झूठा हलफ़नामा बनवाकर सोसाइटी को दिया था जिसमें पति का नाम और पता ग़लत था।

जया और अशोक शादी के झंझट में नहीं पड़ना चाहते। उन दोनों को फ़िलहाल लिव-इन की ज़िन्दगी अच्छी लगती। वे एक-दूसरे के साथ रहते हुए भी एक-दूसरे से अलग अपनी दुनिया में रहते। एक-दूसरे की चिन्ता करते हुए एक-दूसरे से आज़ाद रहते। इनके बीच औपचारिकता का बोझ नहीं था। कोई बिना मतलब एक-दूसरे के रहन-सहन, खान-पान और ज़िन्दगी में दख़ल नहीं देता। उनके बीच न कोई नक़ाब था और न ही वे दोनों किसी खोल में बन्द रहते। वे जब साथ होते तो उनका हर

दिन नया होता, ताज़गी भरा, सुबह की ओस की तरह हल्का और साफ़। न कोई एक-दूसरे का मोबाइल चेक करता और न ही सैलरी शीट। घर का कामकाज औरत-मर्द के खाँचे में क़ैद नहीं था। अशोक झाड़ू भी लगाता और बर्तन भी माँजता। जया बिजली-मेंटेनेन्स का बिल ऑनलाइन भरती।

आज छुट्टी का दिन था। जया पर आलस का सुरूर छाया था। छुट्टी की आहट पाते ही आलस उसकी देह का दरवाज़ा खटखटाने लगता। जया आलस का आनन्द लेती। अशोक उसका विलोम था। दोनों ने यह स्वीकार कर लिया था कि वे एक-दूसरे को उसी रूप में स्वीकार करेंगे जैसे वे हैं। जब कभी जया अशोक की चीज़ों को देखती-छूती तो उसे उनमें से अशोक की सुवास आती। उस सुवास से उसे लगता कि वह पास न होने के बावजूद उसके बहुत निकट है। वह और अधिक निकट आना चाहती। स्थान और दूरी की परतों से छनकर। भीनी-भीनी ख़ुशबू की तरह। जया को अक्सर लगता कि उसकी याद भी एक तरह की ख़ुशबू है। अशोक जब लातूर में रहता तो उसे यह फ़्लैट ही नहीं, अक्खी मुम्बई सूनी लगती। ऐसे सूनेपन में अशोक की यह ख़ुशबू उसकी देह की नीली नसों में हलचल मचा देती। उसे वे पल याद आते जब वह लता की तरह उससे लिपटी होती और अशोक की साँस उसकी साँस में ऐसे घुल जाती कि पता ही नहीं चलता कि किसकी साँस कौन सी है। वह अक्सर सोचती कि एक साँस का दूसरी साँस में घुल जाना ही क्या प्रेम नहीं है?

जया को अपना मन कई दफ़ा रेलवे के प्रतीक्षालय सरीखा लगता जहाँ आँखें मूँदे हुए हर वीकेंड पर अशोक के आने का इन्तज़ार वह विलम्ब से आने वाली ट्रेन की तरह करती। भारतीय ट्रेन की तरह अशोक कभी समय पर नहीं आता। प्लेटफार्म पर उद्घोषक की तरह मोबाइल पर उसकी आवाज़ सुनाई देती कि वह यहाँ पहुँच चुका है। जया के इन्तज़ार की घड़ियाँ कटती नहीं। उसके वश में होता तो इन्तज़ार की घड़ियों को पतंग की डोर की तरह छोटा कर लेती।

जया को मोबाइल एक जासूस-सा लगता। वह कोई कपड़ा देखती तो उसी तरह के कपड़ों के विज्ञापन फेसबुक पर दिखाई देने लगते। ट्रेन का टिकट न मिलने पर उसने एक दिन हवाई जहाज़ के टिकट का मूल्य देखा तो तमाम विज्ञापन उसी के दिखाई देने लगे। उसे लगा कि मोबाइल उसके मन को पढ़ लेता है तो उसे मेरे मन की बात अशोक को बता देनी चाहिए कि वह कितनी बेसब्री से उसका इन्तज़ार कर रही है।

प्रतीक्षा करते हुए उसे नींद आने लगी। आज उसने नींद को धता बताने का फ़ैसला किया।

नींद से लड़ने के लिए जया ने लैपटॉप खोला। फेसबुक पर लॉग-इन किया। ख़ून की तरह चमकती बारह लाल बिन्दियाँ चमक रही थीं। आठ बिन्दियाँ रिक्वेस्ट आइकॉन पर थीं। जया ने जैसे ही उन पर क्लिक किया चेहरे चमकने लगे। सभी चेहरे पुरुष के थे।

हालाँकि जया ने अपनी प्रोफ़ाइल में एंगेज्ड लिख रखा था, फिर भी लगभग सभी मैत्री अनुरोध पुरुषों के ही आते। उसे लगता कि जितनी लड़कियाँ रात के दस बजे ऑनलाइन हैं, वे उनके जैसे किसी मर्द के इन्तज़ार में पलक पाँवड़े बिछाए हुए हैं। वे मैसेज बॉक्स में 'हैलो', 'हाय', 'कैसी' हो से शुरू करके नाम, पता और अभिरुचि पूछने के साथ कई बार मिलने का भी प्रस्ताव कर देते। यह लड़की को घेरने की कोशिश होती। फिर एक लम्पट भाषा में इश्क़ का इज़हार करते। वह उनमें शायद ही किसी को जानती। जया को केवल वही महिलाएँ मैत्री अनुरोध भेजतीं जो उसकी सहपाठी या सहकर्मी होतीं। जिस महिला का प्रोफ़ाइल फ़ोटो जितना सुन्दर होता, उसके पास उतने ही अधिक पुरुषों के मैत्री अनुरोध आते। हालाँकि उसने महसूस किया था कि उसकी जिस सहेली के पास जितने अधिक फेसबुक मित्र होते, वह अपने को उतनी ही लोकप्रिय मानती। जया को लगता कि साइबर दुनिया में यह आत्ममुग्धता का दौर है। उसकी मित्र अपने फ़ोटो को आकर्षक बनाने के लिए फ़ोटोशॉप में एडिट करती। उसकी सहकर्मी निर्मला राजे तो इस प्रवृत्ति से ऐसी चिढ़ गई थी कि उसने अपने प्रोफ़ाइल फ़ोटो पर बच्चे का फ़ोटो लगा दिया था। थोड़े ही दिन में निर्मला को लगा कि फेसबुक पर वह अछूत की तरह अवांछित हो गई है। उसकी दिलचस्प पोस्ट पर दो-तीन से ज़्यादा लाइक नहीं मिलते। कम लाइक देखकर वह डिप्रेशन में चली गई।

जया की कुछ सहेलियाँ फेसबुक प्रोफ़ाइल पर अपना अर्धनग्न और उत्तेजक फ़ोटो इस अन्दाज़ से लगातीं कि हमारी देह देखो और लाइक करो। जिस तरह टीवी चैनलों में टीआरपी को लेकर आपस में मारकाट मची रहती, उसी तरह उसकी सहेलियों में लाइक को लेकर रश्क़ रहता। फेसबुक ने अचानक सभी को विचारक, कवि, टिप्पणीकार और सोशल एक्टिविस्ट बना दिया था। इसके लिए न तो कोई बौद्धिक-मानसिक श्रम की ज़रूरत पड़ती और न ही किसी प्रकार के अभ्यास और साधना की। सिर्फ़ उँगली की हल्की क्लिक से कॉपी करके यह सब हो जाता।

जया ने नोट किया था कि इन दिनों फेसबुक पर सीधा विभाजन है। यह विभाजन हाल में बनी सरकार के आने के बाद बहुत साफ़ और तल्ख़ दिखने लगा था। एक ऐसा वर्ग था जो सत्ता के पक्ष में टिप्पणी करता। वह भारत को हिन्दू राष्ट्र बनाने, गौ-रक्षा, पाकिस्तान विरोध, मन्दिर-मस्जिद की बाबत बातें करता। दूसरा वर्ग केन्द्र सरकार की जनविरोधी नीतियों का खुला विरोध करने के साथ धर्मनिरपेक्षता, लोकतंत्र, समाजवाद, मानव अधिकार की पैरवी करता। पहला वर्ग, दूसरे को छद्म धर्मनिरपेक्षवादी कहता तो दूसरा पहले को भक्त या फासिस्ट। एक तीसरा वर्ग भी था जो दलित-पिछड़ों की आवाज़ उठाता। फेसबुक प्रशासन भी दबे-छुपे सत्ता की ही मदद करता। वह उन पर कई बहाने से प्रतिबन्ध लगा देता जो सत्ता की आलोचना करते और उन पर कोई रोक नहीं लगाता जो धार्मिक सद्भाव बिगाड़नेवाले पोस्ट लगाते।

जया को पता चल गया था कि ट्रोलरों की एक साइबर सेना है जो सोशल मीडिया में सत्ता की आलोचना करनेवाले पर मधुमक्खियों के झुंड की तरह उस पर हमला कर देती। गाली देना, झूठे आरोप लगाना इन ट्रोलरों का पेशा बन गया था। एक तरह से असहमतियों को नियंत्रित करने का यह आधुनिक तरीक़ा था। व्हाट्सएप, फेसबुक, ट्विटर पर तमाम अनपढ़ इतिहासकार पैदा हो गए थे जो अफ़वाहों को इतिहास के रूप में परोस रहे थे। किसी भी तथ्य की पुष्टि के लिए किसी प्रमाण की ज़रूरत नहीं समझी जाती। उनका कथन ही प्रमाण होता। जो कोई उनके विचारों या तर्कों की काट करता या सही तथ्य पेश करता, उसे राष्ट्रविरोधी बता दिया जाता। जया के अधिकांश प्रगतिशील मित्र भी अब इसी तरह कुतर्क करते। उस दिन तो जया को बहुत धक्का लगा जब उसने बलात्कार के मुद्दे पर एक पोस्ट लिखी तो उसके ही एक पत्रकार सहयोगी ने उस पर टिप्पणी की कि लड़कियाँ ख़ुद पहले अपना काम निकलवाने के लिए अपने को परोसती हैं। फिर काम निकल जाने पर या पकड़े जाने पर पुरुष पर झूठा आरोप लगाती हैं। वह उस रात बहुत रोयी। उसने उस सहकर्मी को ब्लॉक कर दिया।

लेकिन वह किन-किन को ब्लॉक करती? समाज में घृणा फैलाने का कारख़ाना खुला था। पुरुष की वर्चस्ववादी सोच ऐसी ही होती है। लेकिन जया को इन सबसे भी भयानक बात यह लगने लगी थी जब से उसे यह पता चला कि सोशल मीडिया पर वह जो भी अपने बारे में जानकारी डालती है या लाइक करती है, वह सब सूचना एक डेटा के रूप में ये प्लेटफार्म किसी कम्पनी या राजनीतिक दलों को बेच देती है। उसकी कोई निजता अब गोपनीय नहीं है। उसका कोई भी इस्तेमाल कर सकता है।

हालाँकि जया को सोशल मीडिया की ताक़त के बारे में पता था। इसने कई देशों की सत्ताएँ बदल दीं। अफ्रीकी मुल्क ट्यूनीशिया में एक फल बेचनेवाले ने फेसबुक पर जब यह बयान दिया कि सरकारी अमला इतना घूस माँगता है कि यहाँ पेट पालना मुश्किल है तो वायरल हुए इस वीडियो को देखकर अगले दिन ट्यूनीशिया की जनता सड़क पर उतर आई। देखते-देखते यह आन्दोलन इतना तेज़ हो गया कि 27 दिन में वहाँ के शासक को देश छोड़कर भागना पड़ा। फिर इसका असर ट्यूनीशिया से सटे अरब देशों पर भी पड़ा। वहाँ जनता ने आन्दोलन किए। सोशल मीडिया की इस लहर को 'अरब स्प्रिंग' कहा गया। दुर्भाग्य से धार्मिक कट्टरता और विवाद के चलते यह जन आन्दोलन अपनी मौत मर गया।

उसे किस तरह अख़बार से निकाला गया, यह सोचते ही जया के मन में अजीब-सी उथल-पुथल मच गई।

जया ने जब अख़बार में काम शुरू किया तो पत्रकारिता अपनी ढलान पर थी। पत्रकरिता के मूल्य क्षरित हो रहे थे। अख़बारों में सम्पादकों की भूमिका बदल रही थी। कई अख़बारों के मालिक ख़ुद ही सम्पादक बन गए थे। जो सम्पादक बनाए

गए थे, उनका काम अख़बारों में ख़बरों की गुणवत्ता बढ़ाना नहीं, सरकारी महकमों में अख़बार मालिकों के अन्य व्यवसायों के लिए पैरवी करना और सरकारी विज्ञापन जुटाना था।

जया शुरू के दिनों में अपने अख़बार में न्यूज़ डेस्क पर कॉपी तैयार करती थी। कई बार अंग्रेज़ी में सामग्री होती जिसका हिन्दी अनुवाद करके वह अपने सीनियर को देती। सीनियर रवि चोपड़ा थे। तीस साल के युवा। पंजाबियों जैसी तेज़ी। गोरा रंग। क्लीन शेव होने से गोरे चेहरे में उजास। अंग्रेज़ी और हिन्दी दोनों पर अद्भुत अधिकार। पंजाबी होने के बावजूद उनकी बोलचाल की भाषा में लखनवी स्पर्श था। दरअसल वे लखनऊ से थे। महानगर बॉयज से पढ़ाई की थी। फिर दिल्ली यूनिवर्सिटी से पॉलिटिकल साइंस में पोस्ट ग्रेजुएशन किया था। देश की राजनीति पर अच्छी पकड़ थी। पकड़ कहना ठीक नहीं, उसी में डूबे रहते।

जया की कॉपी जब रवि के पास जाती तो पूरी तरह बदल जाती। उसके जटिल वाक्य छोटे और सरल हो जाते। उसके किताबी शब्दों की जगह बोलचाल के शब्द आ जाते। जया को अपने पर शर्म आती। उसे लगता कि वह कुछ नहीं जानती। रवि कम्प्यूटर पर उसकी कॉपी पर करेक्शन कर देते। वह कई बार जया को पास बुलाकर समझाते कि ख़बर इस तरह लिखो कि उसे चाय की दुकान पर आने वाला आम आदमी भी समझ ले। हालाँकि रवि चोपड़ा और एडिटर में तनातनी थी। नए एडिटर चाहते थे कि ख़बर की भाषा में अंग्रेज़ी शब्दों का प्रयोग धड़ल्ले से हो। वह कहते कि आज आम आदमी जिस तरह बोलता है, उसमें अधिकांश शब्द अंग्रेज़ी के होते हैं। अख़बार में उसी तरह की भाषा लिखो। जया दुविधा के तट पर खड़ी सोचती कि वह किसकी बात माने। हालाँकि वह रवि को मन-ही-मन अपना गुरु मानने लगी थी।

रवि के साथ वह कई बार लंच भी करती। लंच के दौरान अक्सर रवि और उनके बीच लखनऊ और आगरा में मिलनेवाली चाट-मिठाई की ख़ूबियों पर चर्चा होती। जया आगरा की आलू टिक्की की तारीफ़ करती तो रवि लखनऊ की आलू टिक्की की। दोनों ही मुम्बई में अपने यहाँ की चाट को मिस करते। एक दोपहर जब वे दोनों हँसते हुए लंच से लौट रहे थे कि नए एडिटर की नज़र उन पर पड़ गई। रवि ने आशंकित होकर जया से कहा कि अब तुम्हारे ऊपर शनि की वक्रदृष्टि पड़ गई है। उनकी बात सच निकली। जया को एडिटिंग डेस्क से हटा दिया गया। उसकी रिपोर्टिंग में तैनाती कर दी गई। जया को डेस्क का काम पसन्द था। रिपोर्टिंग में हर समय भागना पड़ता। समय की कोई सीमा नहीं होती। मुम्बई में एक जगह से दूसरी जगह जाना पहाड़ लगता। हालाँकि उसके सहकर्मी रिपोर्टिंग में जाने को तरक़्क़ी मान रहे थे। सब कह रहे थे कि जया के लिए अब आकाश खुल गया है। कुछ खुसुरफुसुर भी सुनाई दी कि नए एडिटर का मन जया पर डोल गया है।

जया के लिए सच में आकाश खुल गया था। उसे फ़िल्म और फ़ैशन बीट

मिली थी। इस चमकीली दुनिया में अपनी जगह बनाना किसी हिन्दी अख़बार के संवाददाता के लिए आसान नहीं होता। फ़िल्म की रिलीज़ के पहले प्रेस कॉन्फ्रेंस हो या प्रीव्यू अगर कोई महिला संवाददाता वेस्टर्न मॉडर्न आउटफिट में नहीं होती, तो उसे वहाँ का दरबान भी भाव नहीं देता। वह सैंडिल से देखना शुरू करता और हेयरक्लिप तक नज़र डालता। वह अपनी तीखी निगाह से ताड़ लेता कि कौन किस दर्जे का है। उसे किस तरह उनसे डील करना है। जया को तो इसलिए अपना पूरा हुलिया ही बदलना पड़ा।

वह अब अक्सर जींस या पैंट पर डीपनेक के टॉप पहनती। उसकी चप्पलें हाई हील की होतीं। लोकल ट्रेन में उसे चढ़ने और उतरने में गिरने का डर लगा रहता। एक बार तो ट्रेन चल पड़ी और वह हाई हील पहनकर दौड़ते हुए ट्रेन पकड़ने के चक्कर में फिसल गई। शुक्र था कि ट्रेन के नीचे आने से बच गई। फिर वह फ़्लैट चप्पलें पहनने लगी। हाई हील की एक जोड़ी चप्पलें अपने हैंडबैग में रखती। ट्रेन से उतरते ही उसकी फ़्लैट चप्पलें बैग में आ जातीं। हाई हील की चप्पलें पाँवों में। रिपोर्टिंग में आने के बाद से अपनी साज-सज्जा पर उसका ख़र्च बढ़ गया था।

उसे फ़िल्म और फ़ैशन का संसार नियॉन रोशनी की तरह बाहर से जितना चमकता नज़र आता, उसके भीतर प्रवेश करते ही उसमें उतना ही गहरा अँधेरा चीख़ता हुआ सुनाई देता। उसे जिस दिन फ़ैशन इवेंट कवर करना होता, उसका सुबह कपड़े पहनने का मन ही नहीं करता। नहाने के लिए बाथरूम जाना वह टालती रहती। गीज़र का गर्म पानी उसे बुलाता रहता। फ़ैशन की दुनिया का नरक, फ़िल्म की दुनिया के नरक से भी बदतर था। उसे वह झिलमिल शाम आज तक याद है जब फ़ैशन शो की स्टॉपर ग्रीनरूम में ड्रग की पुड़िया के लिए घायल हिरनी-सी छटपटा रही थी। शो मैनेजर ड्रग की एक पुड़िया बार-बार दिखाकर उससे कह रहा था कि इसे वह शो के बाद देगा। ऐसे बेहिसाब क़िस्से उसे सुनने को मिलते। फ़ैशन इंडस्ट्री फ़ैशन से ज़्यादा ड्रग और सेक्स में डूबी रहती। फ़ैशन जगत में गे होना सफलता की गारंटी मानी जाती। कई जैविक रूप से गे होते। कई सप्रयास बन जाते। कुछ जबरन बनाए जाते। छोटे शहरों से अनगिनत लड़के-लड़कियाँ फ़िल्म में अभिनेता-अभिनेत्री बनने के लिए आते। कई बार असफल लड़कियाँ मुम्बई में रहने का जुर्माना देह व्यापार में फँसकर देतीं। मजबूरी में अनेक सजीले नौजवान पुरुष वेश्या बनकर अमीर औरतों की कामवासना बुझाते।

एक शाम जया को अँधेरी मॉल में किसी की पुकार सुनाई दी। वह हकबकाकर चारों तरफ़ देखने लगी। फिर पहचानकर अपने सीनियर रवि चोपड़ा की तरफ़ दौड़ी। वे गले मिले। जया उसका हाथ पकड़कर फ़ूडकोर्ट ले गई। उन दोनों ने बहुत लम्बे समय बाद साथ बैठकर कॉफ़ी पी। जया टीवी और फ़िल्म स्टारों की कहानियाँ रस ले-लेकर सुनाती रही। रवि उसे ध्यान से सुनता रहा। फिर वहाँ से

उठते हुए उसने जया से कहा कि इस नरक से निकलो।

जल्दी ही उसे यहाँ से निकलने का मौक़ा मिल गया। उसके एडिटर एक नेशनल टीवी चैनल में चले गए थे। दूसरे एडिटर ने आते ही उसकी बीट बदल दी। उसे पॉलिटिकल बीट दी गई।

जया को पहले दिन ही अपने नए काम से अन्दाज़ा लग गया कि यह दुनिया भी अपने रंग-ढंग में कोई अलग नहीं है। एक ही दिन में उसे तीन प्रेस कॉन्फ्रेंस को कवर करना था। पहली प्रेस कॉन्फ्रेंस शिवसेना के मुख्यालय शिवसेना भवन में थी। फिर उसे कांग्रेस के महाराष्ट्र अध्यक्ष की प्रेस कॉन्फ्रेंस में पहुँचना था। तीसरी प्रेस कॉन्फ्रेंस बीएमसी कमिश्नर की थी। तीनों जगह प्रेस के कमोबेश वही चेहरे थे। उसे अन्दाज़ा लग गया था कि सरकारी प्रेस कॉन्फ्रेंस में ज़्यादातर प्रेस संवाददाता तय सवाल पूछते हैं। उनके उत्तर भी तय होते हैं।

आख़िरी प्रेस कॉन्फ्रेंस में उसके पास महाराष्ट्र 'समय' अख़बार की संवाददाता रीता जोशी बैठी थी। वहीं से वे दोनों टैक्सी में सीएसटी के पास म्युनिसिपल कमिश्नर ऑफ़िस भी गए। जया रोमन के 'वी' अक्षर की आकृति के गोथिक शैली में बने इस म्युनिसिपल कमिश्नर ऑफ़िस भवन को विस्मय से देखती। उसके सामने काँसे की मूर्ति को देखकर रीता जोशी ने उससे पूछा कि क्या तुम जानती हो कि यह किसकी है? जया ने जब सिर हिलाकर अनभिज्ञता जाहिर की, तब रीता ने बताया कि यह फ़िरोज़ शाह मेहता की मूर्ति है। पारसी बैरिस्टर थे। इंडियन नेशनल कांग्रेस के संस्थापक सदस्य भी थे। यह बीएमसी के चार बार प्रेसिडेंट भी रहे। सुनते हैं कि उन्होंने अंग्रेज़ी में साप्ताहिक अख़बार 'बॉम्बे क्रॉनिकल' भी निकाला था।

उस दिन जया को लगा कि रीता को मुम्बई के इतिहास की जानकारी है। बीएमसी कमिश्नर ने बड़े गर्व से बताया कि मानसून शुरू होने के पहले नालों की सफ़ाई का काम पूरा कर लिया गया है। जिन जगहों पर निचली सतह के कारण पानी जमता है, वहाँ से पानी की निकासी के लिए विशेष व्यवस्था की गई है। उनके इस बयान पर रीता जोशी ने जब हँसकर मराठी में कहा कि यह बयान बीएमसी हर साल देता है। हर साल बारिश में मुम्बई डूब जाती है। बीएमसी कमिश्नर भड़क गए। उनका चश्मा गुर्राने लगा। उन्होंने लगभग डपटते हुए कहा कि इतने गम्भीर विषय पर हल्के में बात करना ठीक नहीं है। आप हमारे कर्मचारियों के दिन-रात के श्रम का मज़ाक़ उड़ा रही हैं। कमिश्नर की शारीरिक भाषा को देखकर बीएमसी कमिश्नर के पास खड़े स्टाफ़ फ़ौजियों की तरह ऐसे सजग हो गए जैसे वे हमला करने के आदेश का इन्तज़ार कर रहे हों। शुक्र है कि ऐसा कुछ नहीं हुआ।

रीता जोशी प्रेस क्लब में कॉफ़ी पीना चाहती थी लेकिन जया को अपनी तीनों रिपोर्टों को लिखना था। वह चली गई लेकिन उस दिन से रीता उसके मन के प्रिय घेरे में आ गई थी।

इसी दौरान जया के प्रिय दायरे में आयकर के उपायुक्त नवीन मिश्र आ गए थे। अशोक से घनिष्ठता होने से पहले की यह बात है।

दरअसल हिन्दी दिवस के अवसर पर बैंक ऑफ़ बड़ौदा ने एक समारोह में तीन लोगों को अतिथि के रूप में आमंत्रित किया था। इसमें नवीन मिश्र हिन्दी कवि के रूप में आमंत्रित थे। अनामिका व्यास भी। सुश्री व्यास एक डिग्री कॉलेज में तदर्थ अध्यापक थीं। जब जया आयोजन स्थल पर पहुँची तो आयोजक सभागार में दीप प्रज्वलन व्यवस्था में जुटे हुए थे।

बैंक स्टाफ़ ने अनामिका से जया का परिचय कराया। फिर उन दोनों को चाय पिलाने के लिए एक कक्ष में ले गए। वहाँ वे दोनों कुछ देर ऐसे चुप रहीं जैसे एक-दूसरे को काँच की दीवार के पार से देख रही हों। जया ने अनामिका को कनखियों से देखा तो लगा कि उसके चेहरे में कुछ ऐसा लावण्य है जो किसी भी पुरुष को अपने वश में कर सकता है। गोरा सुघड़ चेहरा। नशीली काली आँखें। भरा मांसल शरीर। इन सबके साथ ही उसके पास कुछ ऐसे हाव-भाव और लटके-झटके भी थे जिन पर पुरुष अक्सर मर मिटते हैं।

कुछ देर बाद जब उनके बीच अपरिचय की दीवार का दरवाज़ा खुला तो जया को पता चला कि अनामिका जोगेश्वरी चाल में अपने भाई के साथ रहती है। वह मूलत: आजमगढ़ की है। पीएचडी पूरी करके वह किसी कॉलेज में स्थायी अध्यापक बनकर पढ़ाना चाहती है। उसे साहित्य में स्त्री-विमर्श पर काम करना प्रिय है। यदा-कदा उसने आलोचना भी लिखी है।

जया ने भी अनामिका को संकोच में बताया कि वह भी कॉलेज के दिनों में अपनी डायरी में कविताएँ लिखती थी। कॉलेज की वार्षिक पत्रिका में छपी भी थीं। हालाँकि कविता की डायरी जीवन की भाग-दौड़ में कहाँ धूल खा रही है, उसे पता नहीं है। इस पर अनामिका ने कुछ अतिरिक्त उत्साह से कहा कि अभी कुछ क्षण में एक वरिष्ठ कवि से आपकी मुलाक़ात होगी। वह आयकर विभाग में बड़े अधिकारी भी हैं।

यह नवीन मिश्र थे।

अधिकारी कवि नवीन मिश्री की तरह मीठे थे। धीमे-धीमे बोलते मानो गुफ़्तगू कर रहे हों। बैंक अधिकारी जिस सम्मान और दूरी से उनसे बात कर रहे थे, उससे लग रहा था कि कवि से अधिक उनके पद का सम्मान हो रहा था। अनामिका उनसे अनौपचारिक होकर अधिकार से बात कर रही थी। नवीन मिश्र जया से दूर बैठे थे। अनामिका से बात करते हुए उनकी आँखें जया पर टिकी रहीं। अनामिका ने उनसे जया का परिचय एक पत्रकार और गुमशुदा कवयित्री के रूप में कराया।

वह मुस्कराकर बोले, "गुमशुदा कवयित्री को यह कवि खोज लेगा।"

कार्यक्रम के बाद नवीन मिश्र ने जया से पूछा कि आप कहाँ जाएँगी, मैं छोड़ दूँगा। जया ने माफ़ी माँग ली जबकि अनामिका पूरे विश्वास के साथ उनकी सरकारी

कार में ऐसे बैठ गई गोया वह इसकी बरसों से अभ्यस्त हो। अनामिका ने जया का मोबाइल नम्बर माँगा तो नवीन मिश्र भी अपने मोबाइल में कॉन्टैक्ट खोलकर उँगलियाँ चलाने लगे।

जया की छठी इन्द्रिय ने उसे बता दिया था कि नवीन मिश्र की मिश्री आवाज़ उसे जल्दी ही सुनाई देगी।

मुम्बई की चिपचिप से त्रस्त जया हर शाम काम से लौटने के बाद नहाती। वह उस रात अपने बाथरूम से नहाकर निकली ही थी कि उसके मोबाइल पर हरि प्रसाद चौरसिया की बाँसुरी बजने लगी। ट्रू कालर नवीन मिश्र का नाम दर्शा रहा था। उस क्षण उसे अपने सम्पादक की वह बात कौंध गई कि एक पत्रकार के लिए सरकारी अधिकारी उसके सबसे बड़े आँख-नाक-कान होते हैं। उनसे बनाकर रखने से बड़े-बड़े राज़ मिल जाते हैं। नवीन मिश्र फुसफुसाती आवाज़ में किसी कविता गोष्ठी में आने के लिए उसे आमंत्रित भी कर रहे थे। आमंत्रण देने का उनका लहज़ा ऐसे था जैसे कोई प्रेमी डेट पर आने के लिए निवेदन कर रहा हो और उसे सहमति को लेकर हिचकिचाहट का अंदेशा हो।

जया ने कविता संगोष्ठी में शिरकत की सहमति नहीं दी। हाँ! उस दिन के बाद नवीन मिश्र जया से वाट्सएप से जुड़ गए। उनके सन्देश वाट्सएप पर चमकने लगे। वह कभी उस पर अपनी कविता भेज देते तो कभी आभासी फूलों के गुलदस्ते के साथ गुड मॉर्निंग की तस्वीर।

जया को इस बीच यह पता चल गया कि नवीन मिश्र का साहित्यिक हलक़े में काफ़ी रसूख़ है। हिन्दी की अनगिनत लघु पत्रिकाओं को नवीन मिश्र अपने पद के प्रताप से व्यापारियों से पाँच-दस हज़ार तक के विज्ञापन चुटकियों में दिला देते हैं। उसे यह भी पता चल गया कि लघु पत्रिकाओं में 'एक शुभचिन्तक की ओर से' छपनेवाला विज्ञापन अक्सर सेल्स टैक्स या इनकम टैक्स या आई.ए.एस. अधिकारियों के सहयोग से मिलता है। पुरस्कार देनेवाली संस्थाओं को भी विज्ञापन दिलाने में नवीन मिश्र पीछे नहीं रहते। कोई नामी लेखक या सम्पादक मुम्बई घूमने आता तो ठहरने के लिए अपने विभाग के गेस्ट हाउस या किसी होटल में रहने की व्यवस्था करवा देते। वह अपनी ही नहीं, किसी की भी रद्दी कविता को किसी पत्रिका में छपवा देते। उन पर पुरस्कार की बारिश होती। विशेषांक निकलते। किताब का विमोचन हो या पुरस्कार समारोह, उसका अध्यक्ष या विशिष्ट अतिथि उन्हें ही बनाया जाता। साहित्यिक समाज नवीन मिश्र को एक उदार, ईमानदार, समाजसेवी अधिकारी मानता। तमाम कविगण इस यारबाश की रसरंजक शामों की संगत के लिए आकुल-व्याकुल रहते। एक रात व्हाट्सएप पर उनसे की गई बातचीत जया की मोबाइल में सेव थी।

"कहो, कैसी हो?"

"ठीक हूँ।"

"मुझे नींद नहीं आ रही।"
"सब कुछ भूलकर आँखें बन्द कर लीजिए। नींद आ जाएगी।"
"भूल ही तो नहीं पाता।"
"क्या भूल नहीं पाते?"
"बता तो दूँ पर आप नाराज़ न हो जाओ।"
"नहीं हूँगी।"
"आपको भूल नहीं पाता।"
"☺ गुडनाइट।"

जया को बाद में पछतावा-सा हुआ कि उसे नवीन मिश्र से बातचीत को आगे नहीं बढ़ाना चाहिए था। अनदेखा करना चाहिए था या भड़क जाना चाहिए था। रात के अकेले में वह अपने मन को कस नहीं पाई। उसके भीतर मुम्बई का अकेलापन, ऊब और बेज़ारी थी। ऐसे में नवीन मिश्र का बातें करना उसे अच्छा लगा। छोटी बेकार की बातों के बहाव में वह बह गई। कहीं नवीन मिश्र उसे खुली और हल्की न समझ लें।

दरअसल नवीन मिश्र ने एक बालिग़ बेतकल्लुफ़ी से जया के भीतर छिपी एक स्त्री के कोमल तन्तु को स्पर्श किया था।

अगले दिन फिर दोपहर में वाट्सएप पर हुई बातचीत का मज़मून भी जया की मोबाइल में मौजूद था।

"आप नाराज़ तो नहीं?"
"नहीं।"
"शुक्र है।"
"नहीं। आज मंगल है।" ☺
मेरे लिए तो सचमुच मंगल है।
"झूठमूठ का मंगल क्या होता है?"
"तुम जानती हो।"
"नहीं, मैं नहीं जानती।"
"बताइएगा नहीं?"
"नहीं।"
"क्यों?"
"जानकार को बताया नहीं करते।"
☺
"मुझे चाँद दिख रहा है।"
"दिन में चाँद? ख़ुशक़िस्मत हो।"
"पूछोगी नहीं? कैसे?"

"कवि को कहीं भी, कभी भी, कुछ भी दिख सकता है।"

"कविता आजकल मेरे पास नहीं आती।"

"कहाँ गई है?"

"चाँद के पास।" ☺

जया को एक बार फिर लगा कि उसका शायद सिर फिर गया है। वह नवीन मिश्र को जानती ही कितना है कि वह उनसे सारे संकोचों और सीमाओं से इतनी जल्दी मुक्त हो गई। उसे लगा कि पुरुष औरतों से कामेच्छा पूरी करने के लिए बातें करते हैं जबकि औरतें इसलिए पुरुष से दोस्ती करती हैं ताकि उनसे बातें कर सकें।

उसे नवीन मिश्र से बातचीत करना अच्छा लगने लगा।

वह उस दिन बस में खिड़की की सीट पर बैठी अपने मोबाइल पर अपनी तेज़ उँगलियाँ चला रही थी। कच्ची धूप की कच्ची आँच उसके चेहरे को लाल बना रही थी। उसने आँखें बन्द कर लीं। पपोटों की सलवटों में नवीन मिश्र खड़े दिखे। अपनी रेशमी मुस्कराहट में।

किसी पुरुष से उसकी नज़दीकी इतनी जल्दी कभी नहीं हुई। उनके पास से उसे अजीब गन्ध आती। मादक गन्ध जो उसे अपने पास खींचती रहती। नवीन मिश्र में उसे कई बार अपने पापा का अक्स भी दिखता। वह उसे इस तरह दुलारते-फुसलाते जैसे कि वह छोटी बच्ची हो।

नवीन मिश्र को जब पता चला कि जया को पानी पूरी पसन्द है तो वह एक दिन पॉली हिल नाके पर पंजाबी स्वीट्स के यहाँ ले गए। वहाँ की पानी पूरी वाक़ई खटमिट्ठी और लाजवाब थी। जया की ज़बान से एक बार निकला कि मुम्बई में कभी स्वादिष्ट वड़ा पाव नहीं चखा तो वह जयहिन्द कॉलेज के पास वड़ा पाव खिलाने ज़बरदस्ती ले गए। वह उनके साथ रहती तो उसे ज़रा भी यह ख़ौफ़नाक ख़याल नहीं आता कि नवीन मिश्र शादीशुदा हैं। उनके दो बच्चे हैं। वह अपनी पत्नी के साथ बेवफ़ाई कर रहे हैं।

जया यह भी नहीं सोचती कि जो अपनी पत्नी को धोखा दे सकता है, वह एक दिन उसकी पीठ पर भी बेवफ़ाई का चाबुक चला सकता है। नवीन मिश्र के लिए वह वक़्ती बहलाव है। जया ऐसे आत्महिंसक ख़याल से बचती।

एक शाम वह नवीन मिश्र के दफ़्तर पहुँच गई। जया को देखते ही नवीन खिल गए। "चलो आज तुम्हें एक अच्छी जगह ले चलते हैं।" कार के पीछे का दरवाज़ा खोलकर उन्होंने जया को बैठने का इशारा किया। बाद में ख़ुद कार में उसके पास बैठकर ड्राइवर से कहा, "बॉम्बे जिमखाना।"

कार में नवीन मिश्र जिमखाना के इतिहास के बारे में बताने लगे कि यह क्लब अंग्रेज़ों के समय का है। पहले इसकी मेम्बरशिप केवल यूरोपियन के लिए ही थी। यहाँ तक कि पारसी कावसजी जहाँगीर को भी मेम्बरशिप नहीं मिली थी जबकि

उन्होंने इस क्लब की आन्तरिक साज-सज्जा के लिए उस समय बड़ी रक़म एक हज़ार रुपये दान भी की थी। आज भी इसकी मेम्बरशिप देश की बड़ी-बड़ी हस्तियों को भी सिफ़ारिश से ही मिलती है।

"आप मेम्बर हैं?" जया ने उत्सुकता से पूछा।

"नहीं। मैं गेस्ट हूँ।"

"आपको अपनी मिसेज के साथ ऐसी शानदार जगह जाना चाहिए।"

"मैं भी यही चाहता हूँ। लेकिन मेरा ऐसा सौभाग्य कहाँ।" नवीन मिश्र ने गहरी दुख भरी साँस ली।

"उनका आज एकादशी व्रत है। सच पूछो तो महीने में सात-आठ दिन वह उपवास पर रहती हैं। हर मंगल उपवास। फिर एकादशी या कोई और व्रत पूजा। पंडित जी के लिए हमारी मैडम के पास समय रहता है। मेरे लिए एकदम नहीं। उनके उपवास के चक्कर में बिस्तर पर मेरा उपवास हो जाता है।" वह खिलखिला कर हँसे।

नवीन मिश्र की हँसी में वासना की तरंगें उभर आई थीं। उन्होंने जानबूझकर 'बिस्तर पर उपवास' का मुहावरा जया की तरफ़ शातिर प्लेबॉय की तरह फेंका था ताकि तौल सकें कि चिड़िया किस हद तक उनके जाल में फँसने को तैयार है।

सफ़र के दौरान बॉम्बे जिमखाना की कहानी सुनाकर नवीन मिश्र जया पर अपना रौब गाँठ रहे थे। उनका क़िस्सा जारी था।

उन्होंने जया को बताया कि भारत में क्रिकेट का पहला टेस्ट मैच बॉम्बे जिमखाना ने आयोजित कराया था। इंग्लैंड-भारत का मैच था। भारतीय टीम के कप्तान सी. के. नायडू थे। पहली बार बॉम्बे जिमखाना ने ग़ैर यूरोपियन क्रिकेट खिलाड़ियों को यहाँ प्रवेश की अनुमति दी थी। यह मैच इसलिए भी यादगार माना जाता है कि लाला अमरनाथ ने पहला शतक इसी मैच में लगाया था। किसी भारतीय का किसी क्रिकेट टेस्ट में यह पहला शतक था। उनके शतक की ख़बर से इस मैच के टिकट अगले दिन ब्लैक में पाँच गुना दाम पर बिके थे। यही नहीं, अगले दिन लाला अमरनाथ की बैटिंग देखने सैकड़ों लोग पुणे से मुम्बई ट्रेन से आए थे।

सहसा जया को याद आया कि उसने कभी पढ़ा था कि ऐसे किसी क्लब में किसी क्रिकेट खिलाड़ी के लॉकर में इनकम टैक्स वालों को बड़ी काली कमाई मिली थी।

एक इमारत के सामने मिश्र की कार रुकी। यह जिमखाना क्लब था। एंट्रेन्स पर सूट-टाई में मॉडल जैसा एक ख़ूबसूरत नौजवान बुके के साथ नवीन मिश्र का इन्तज़ार कर रहा था। वह शायद नवीन मिश्र से परिचित था। उसने बड़ी अदब से 'गुड ईवनिंग' कहकर 'वेलकम' कहा। उसके हाव-भाव से लग रहा था जैसे उसे इस तरह के आवभगत करने का अभ्यास है। नवीन मिश्र जया का परिचय पत्रकार मित्र के रूप में देकर उस नौजवान के साथ मंथर गति से चलने लगे।

जिमखाना क्लब की जगमग रोशनी और माहौल देखकर जया को लगा कि

किसी अजनबी दुनिया में आ गई है। कुछ टेबलें ख़ाली थीं। भारत के नक़्शे के आकार में बने एक विशाल स्विमिंग पूल के पास की एक टेबल पर एक अधेड़ उनका इन्तज़ार कर रहा था।

"मिस्टर शाह—प्रेसिडेंट इस्पात इंडस्ट्री।" नौजवान ने परिचय ऐसे कराया जैसे वह किसी राज्य के शासक हों। सफ़ेद शर्ट-पैंट में उनकी ठसक से लग भी कुछ ऐसा रहा था।

मिश्र और शाह के हाथ ऐसे मिले जैसे फिर कभी नहीं बिछुड़ेंगे। फिर नवीन मिश्र होंठ दबाकर ऐसे मुस्कराए जैसे उन जैसे सेठों से उनका मिलना-जुलना लगा ही रहता है।

वह नौजवान दृश्य से बाहर हो गया। उसका काम शायद सिर्फ़ इतना ही था। वह मिस्टर शाह की कम्पनी का कोई सीनियर एग्जिक्यूटिव रहा होगा। शाह और मिश्र ने अपनी पसन्द के ड्रिंक ऑर्डर किए। जया ने कभी हार्ड ड्रिंक नहीं लिया था। नवीन मिश्र ने जया को वाइन या वोदका में से किसी एक ड्रिंक को लेने की सलाह दी। यह कहने पर कि वाइन हार्ड ड्रिंक नहीं है, जया बेहद हिचकिचाहट के साथ वाइन लेने पर राज़ी हुई।

शाह को पता था कि मिश्र कविताएँ लिखते हैं। बातचीत के दौरान शाह ने ग़ालिब के दो शेर सुनाए। दोनों शेर अधूरे और ग़लत थे। फ़िल्म पर बातों का सिलसिला शुरू हुआ। शाह ने गहरी साँस लेकर बताया कि अपनी पत्नी की ज़िद पर एक फ़िल्म उन्होंने प्रोड्यूस की थी। फ़िल्म फ़ील्ड का अनुभव न होने के कारण पूरा रोकड़ा डूब गया। तब से फ़िल्म निर्माण के लिए उन्होंने कान पकड़ लिए। पेंटिंग पर बात चल पड़ी। शाह ने बताया कि उनके पास एम. एफ. हुसैन के दो चित्र हैं। नवीन मिश्र ने जब शाह को हुसैन के नंगे पाँव रहने का क़िस्सा बताया कि हिन्दी के कवि गजानन माधव मुक्तिबोध के निधन के बाद उन्होंने फ़ैसला लिया कि वह अब कभी जूते-चप्पल नहीं पहनेंगे तो शाह की आँखें अचरज से फैल गईं। मिश्र ने यह भी गर्व से कहा कि मुक्तिबोध की मातृभाषा मराठी थी लेकिन वह हिन्दी में लिखते थे। आज़ादी के बाद उन्हें हिन्दी का सबसे बड़ा कवि-आलोचक माना जाता है। शाह की दिलचस्पी मुक्तिबोध में कम थी। वह उत्साह से अपना कला ज्ञान बघारने में लगे रहे कि तैयब मेहता के चित्र उन्हें ज़्यादा पसन्द हैं। इधर अतुल डोडिया का काम उन्हें अच्छा लगता है। सूज़ा और भूपेन खख्खर की पेंटिंग भी उनकी दीवारों की शोभा बढ़ा रहे हैं।

जब मिश्र ने शाह के कला प्रेम की प्रशंसा की तो उन्होंने मिश्र को अपने घर डिनर के लिए सपरिवार आमंत्रित करते हुए कहा कि आप जैसे कला पारखी देखकर ही उन्हें समझ सकते हैं। हम तो सिर्फ़ व्यापारी हैं। पेंटिंग ख़रीद लेते हैं कि कल इनका दाम बढ़ेगा।

फिर बात व्यापार की दुनिया पर शुरू हो गई। शाह का कहना था कि उदारीकरण के बाद उनके जैसे पुराने व्यापारिक घरानों की व्यापार पर पकड़ नहीं रह गई। हम सब पीछे होते जा रहे हैं। हमारे व्यापारिक घराने आज़ादी के मूल्यों के साथ जुड़े हुए थे। हम कमाते थे और चैरिटी भी करते थे। अपने स्टाफ़ के लिए हमारे मन में संवेदना थी। कई बार हम धन्धा घाटा होने पर जल्दी बन्द नहीं करते थे ताकि उससे जुड़े हज़ारों परिवार की रोज़ी-रोटी चलती रहे। अब देखिए! इधर पन्द्रह-बीस बरस में हज़ारों कम्पनियाँ खुल गई हैं जिनके बारे में पता नहीं कि वे क्या करती हैं। वे कोई चीज़ न तो बनाती हैं और न ही कोई सर्विस देती हैं, फिर भी बेतहाशा कमाती हैं। फ़र्ज़ी कम्पनियाँ ख़ूब फल-फूल रही हैं। बैंक भी उनका इतिहास-भूगोल जाने बिना लोन देते हैं। बैंकों का एनपीए बढ़ रहा है।

जया को शाह की बातें बड़ी दिलचस्प लग रही थीं। उसे सहसा लगा कि इस विषय पर अख़बार की एक अच्छी स्टोरी बन सकती है।

उसे शाह बिजनेस टाइकून सरीखे नहीं लगे। कई पत्रकारों की तुलना में शाह बेहतर कला पारखी बौद्धिक लग रहे थे। वाइन का स्वाद भी जया को मज़ेदार लगा। उसका हल्का सुरूर उसे भा रहा था। लज़ीज़ डिनर के बाद जब शाह उन्हें गेट तक छोड़ने आए तो सूट पहने वही नौजवान फिर नमूदार हुआ।

कार में एक गिफ़्ट पैकेट रखा हुआ था। नवीन मिश्र ने उसे खोलकर देखा। उनकी आँखों में ख़ुशी की चमक आई। यह शैम्पेन की एक बोतल थी। कार में जया को नवीन मिश्र का साथ अच्छा लग रहा था। उन्होंने जया की कमर में पीछे से हाथ डालकर घेर लिया। बेलार्ड स्ट्रीट में अपने घर पर उतरते समय ड्राइवर की नज़रें बचाते हुए चुपके से उसके गाल पर किस कर लिया। जया को चुम्बन के साथ मदिरा की गन्ध भी उपहार में मिली। बाद में नवीन मिश्र ने अपने ड्राइवर को निर्देश दिया कि जया को अँधेरी में उसके पीजी में छोड़ दे।

जिमखाना क्लब में शाह-मिश्र की चर्चा से सूत्र पाकर अगले दिन जया ने तय किया कि वह एक स्टोरी बैंकों के एनपीए या घाटे पर करेगी।

वह बैंकों से आरटीआई के ज़रिये जानकारी जुटाने लगी। फिर बैंकों के लोन डिपार्टमेंट से इसकी तस्दीक़ करना शुरू किया। जया जब इस स्टोरी के लिए तथ्यों को खँगालने लगी तो उसे कई हैरतअंगेज बातें पता लगीं।

बड़े कॉरपोरेट अधिकतर सरकारी बैंकों से उधार लेते हैं। बैंक अधिकारी उधार देते समय प्रोजेक्ट की जाँच अच्छी तरह नहीं करते। न तो कार्य की बारीक़ियाँ समझते और न ही बाहरी एजेंसी से परामर्श लेते हैं। ऐसे में प्रोजेक्ट की सही लागत और प्रस्तावित लागत के बड़े फ़र्क़ का पता नहीं लगा पाते।

कुछ सक्षम बैंक अधिकारी आँक भी लेते तो बैंकरों पर राजनीतिक दबाव डलवाकर वे कॉरपोरेट प्रोजेक्ट के लिए अपना लोन पास करा लेते। बैंकरों की

भाषा में 'ड्यू डिलिजेंस' पर ध्यान नहीं दिया जाता। उधार देने के बाद बैंक लोन की मोनिटरिंग नहीं कर पाता कि प्रोजेक्ट कैसा चल रहा है। इस ग़फ़लत का लाभ कॉरपोरेट उठाते हैं। एकाध साल तो वे नियमित उधार की किस्त चुकाते हैं। कई बार उधार ली गई रक़म अपने किसी दूसरे प्रोजेक्ट में लगा देते हैं। जब बैंक को उधार की किस्त समय पर नहीं मिलती तो बैंक नोटिस भेजना शुरू करते हैं। कॉरपोरेट कोई न कोई बहाना बनाकर उधार अदा करने से बचते रहते हैं।

कई बार बड़े व्यापारी प्रोजेक्ट से कमाई करते हैं और उधार अदा करने की उनकी क्षमता भी होती है तो भी नकली घाटा दिखाकर उधार लौटाना नहीं चाहते। बैंक उन्हें 'विलफुल डिफाल्टर' घोषित कर देता है। बैंक के पास कोर्ट में यह साबित करने के लिए अक्सर पक्के सबूत नहीं होते कि उधार लेनेवाले के पास चुकौती क्षमता है।

बड़े ऋणों की वसूली न होने पर बैंक हर तरह से उन्हें, उनसे उधार वापसी के लिए धमकाते और मिन्नतें करते हैं। उन्हें कई उपाय सुझाते हैं। इनमें उनके उधार की 'रिस्ट्रक्चरिंग' होती है जिसमें उधार चुकाने की अवधि बढ़ा दी जाती या उधार पर ब्याज दर कम कर दी जाती।

इस दौरान जया को लगने लगा कि बैंक एक ऐसी मिठाई की दुकान की तरह है जहाँ बैंकर ऐसे मोटे हलवाई की तरह काम करता है जिसकी आँखें बन्द होती हैं और मुँह खुला रहता है। कॉरपोरेटी मक्खियाँ उसकी मिठाइयों पर मँडराती हुई उसके खुले मुँह के भीतर आती-जाती हैं। कॉरपोरेटी मक्खियाँ मिठाई का रस लेकर छू-मन्तर हो जाती हैं। कार्रवाई के नाम पर बैंक हलवाई की तरह काग़ज़ी हाथ हिलाकर उन्हें भगाता रहता है।

जया को बैंक घोटालों का सच कीचड़ में फँसे बैलगाड़ी के पहिए की तरह लगने लगा। जितना घुमाकर उसे निकालना चाहो, उतना ही उसका पहिया दलदल में गहरे धँसता जाता है। सच पता लगाने की फेर में जया बैंकों के लोन डिपार्टमेंटों का चक्कर लगाने लगी।

वह जब कुछ जानकारी माँगने बैंक जाती तो बैंक स्टॉफ़ उसे ऐसे घूरते जैसे उनके खेत में कोई जानवर घुस आया हो। वह कई दिन बैंकों में भटकती रही। किसी से कुछ पूछती तो बताने के बजाय वे गोपनीय जानकारी का बहाना बनाकर उसे टाल देते।

तभी उसकी मुलाक़ात अशोक से हुई। अशोक बैंक में लोन डिपार्टमेंट में छोटा अधिकारी था। उसने उसे आश्वस्त किया कि वह उसे सब सूचनाएँ एक पेन ड्राइव में देगा। उसने शाम को मरीन ड्राइव पर मिलने को कहा।

मरीन ड्राइव की शाम।

जया जब भी मरीन ड्राइव आती उसे मुम्बई की ग़रीबी और अमानुषिक भगदड़ से परे यह इलाक़ा एक यूटोपिया-सा लगता।

दक्षिण की तरफ़ गगनचुम्बी इमारतें। सामने अरब सागर का अन्तहीन अबाध नीला

पानी। समुद्र के छोर पर क्षितिज के संग-संग दिखती एक बहुत हल्की मटमैली-सी रेखा। यह एक बड़े शिल्पकार की सुन्दर रचना लगती जहाँ समुद्र अपने प्राकृतिक रूप में सिर्फ़ इधर-उधर बेतरतीब बिखरा-फैला नहीं रहता बल्कि किसी रूपसी की भौंह की कमान सा गढ़ा दिखता। धनुषाकार समुद्री छोर के संग चलती लम्बी दीवार जहाँ एक मित्र-सा भरोसा देती, वहीं नीचे साफ़-सुथरी सीमेंट से बनी फुटपाथ की सड़क इस सम्पूर्ण दृश्य को एक आधुनिक महानगर का रंग दे देती।

शाम होते ही जब समुद्र के किनारे रोशनियों का झुरमुट चमकता तो पूरा वातावरण परियों के स्वप्नलोक-सा झिलमिलाने लगता। दीवार पर बैठे उँगलियों में उँगलियाँ फँसाए प्रेमी युगल नभ के स्निग्ध आलोक में इस तरह डूबे रहते कि उन्हें लगता कि यह जगह दुनिया के उस अन्तिम छोर पर है जिसके परे कुछ भी नहीं है। कुछ रोमांच प्रेमी दीवार से नीचे उतरकर भीमकाय चट्टानों पर क़ब्ज़ा जमाकर समुद्र की उच्छल लहरों को चुनौती देते रहते।

प्रेमी युगल एक-दूसरे से सटकर बैठे रहते।

जया को यह देखना दिलचस्प लगता कि अपने पड़ोसी प्रेमी युगल की शारीरिक या वाचिक शरारतों को लेकर दूसरे युगल में न तो कोई उत्सुकता रहती और न ही अपने ऐन्द्रिक उबालों को उनके सामने छिपाने को लेकर चिन्ता। मरीन ड्राइव से मालाबार हिल्स तक समुद्र के किनारे हार में जड़े हीरों की तरह जगमग करती रोशनियों के पीछे की दुनिया इन प्रेमी युगलों को इतनी विराट और रहस्यमय लगती कि उन्हें अपनी पीठों के पीछे सड़क पर दौड़ती गाड़ियों और बहती भीड़ की सुध भी न रहती। वे दिक् और काल की तरफ़ पीठ किए अपने स्वप्निल छायालोक में सिमटे रहते। उस समय शहर के हाशिये पर रहनेवाले प्रेमियों को भी यह संसार इतना अशरीरी और मायावी लगता कि उन्हें यह होश न रहता कि यहाँ से जाने के बाद लोकल ट्रेन में उन्हें धक्का-मुक्की करते, झींकते, रगड़ खाते रेल पटरी से सटी झोंपड़पट्टी की चूना झरती बदबू भरी चाल में जाकर कर्णभेदी खटर-पटर सुनते हुए अधजगी नींद के साथ सोना है।

"कितना अद्‌भुत दृश्य है!" जया ने अशोक से मिलते ही कहा।

"हाँ! एकदम अनूठा। हालाँकि इस जगमगाती दुनिया बनने के पीछे भी अँधेरी कहानी है जैसे हर अमीर आदमी के बनने के पीछे एक काली कहानी होती है।" अशोक ने मुस्कान की महीन फुहार बिखेरकर उत्तर दिया।

"क्या काली कहानी है?" जया ने उमगकर पूछा।

"फिर कभी। आज मुझे जल्दी निकलना है।" अशोक ने जया को पेन ड्राइव देते हुए कहा।

यहीं से अशोक से जया की दोस्ती शुरू हुई।

अशोक ने जया की स्टोरी तैयार करने में बड़ी मदद की। उसे बैंकिंग के तमाम

अबूझे लफ़्ज़ों के मायने समझाए। स्टोरी में कॉरपोरेट घराने के तमाम घपलों की भीतरी कहानियाँ थीं। दस्तावेज़ी सबूत थे।

इस स्टोरी में भुवन जैन इन्फ्रास्ट्रक्चर कम्पनी का घपला भी था। इस कम्पनी ने बिजली उत्पादन प्रोजेक्ट के लिए बैंक लोन लिया था। लोन की रक़म को एक ही सप्ताह के भीतर एक और बैंक से दूसरे प्रोजेक्ट के लिए गए उधार को चुकाने में लगा दिया। इसकी पक्की जानकारी बैंक से जया ने आरटीआई के ज़रिये ले ली थी।

बस अशोक से एक चूक हो गई। उसने अपने एक विश्वसनीय सहकर्मी ब्रजेश अग्रवाल को बातों-बातों में बता दिया कि जया एक स्टोरी अख़बार में लिखने जा रही है जिससे बैंक और व्यापार जगत में हंगामा हो जाएगा। अग्रवाल के पेट में यह ख़बर टिकी नहीं। उसने यह ख़बर सीनियर अधिकारियों को बता दी। सीनियर अधिकारी से यह बात भुवन जैन को पता चल गई। भुवन जैन की रिश्तेदारी संयोग से जया के अख़बार के मालिक से थी। उसने उन्हें इस स्टोरी को 'किल' करने तथा जया को सबक सिखाने को कहा। यह स्टोरी सम्पादक की मेज़ से प्रेस में छपने के लिए पहुँचती, उसके पहले जया की डेस्क पर तत्काल प्रभाव से उसकी सेवाएँ समाप्त करने का आदेश आ गया।

वह भौचक थी। उसकी आँखों में आँसू थे। कुछ देर में जया का मोबाइल बजा। दूसरी तरफ़ अशोक था। उसने घबराहट भरी आवाज़ में कहा कि बैंक ने उसका तबादला लातूर कर दिया है।

जया की एक अप्रकाशित स्टोरी से उसके जीवन में झंझावात आ गया। उसकी नौकरी चली गई। अशोक का तबादला लातूर हो गया।

जया के लिए यह बुरे दिनों की शुरुआत थी। उसे अपनी हँसी परायी लगने लगी। वह दोस्तों से मिलती तो झूठी मुस्कराती। झूठी मुस्कराहट से उसके होंठ खिंच-खिंच कर दर्द करने लगते। कई बार दुख की सुरंग में भी सुख की रोशनी के कण झिलमिलाने लगते हैं। बेरोज़गार जया और लातूर तबादले के शोक में डूबे अशोक के रिश्ते के सूत मज़बूत होने लगे। जया बेरोज़गार थी। अशोक तबादला रुकवाने के लिए बैंक ऑफ़िसर एसोसिएशन की शरण में चला गया। उनकी सलाह पर उसने एक महीने की छुट्टी ले ली।

वे दोनों उन दिनों ख़ाली थे। अकेला आदमी ख़ाली हो तो उसे दुख घेर लेता है। दो ख़ाली साथ हों तो कई बार सुख के सुमन खिल जाते हैं।

वे हर दिन चर्च गेट स्टेशन पर व्हीलर के स्टॉल पर मिलते। फिर दिन भर आवारा बादल की तरह भटकते रहते। अशोक साथ चलते हुए अक्सर टूरिस्ट गाइड की तरह यहाँ के चप्पे-चप्पे की कहानी भी बताता चलता।

मराठा हमलों से बचने के लिए किस तरह ईस्ट इंडिया कम्पनी ने अपना हेड क्वार्टर बम्बई बनाया। फ़ोर्ट में एक दीवार बनाकर किस तरह कम्पनी ने एक किले

के भीतर अपने लिए एक पूरा शहर बसाया जिसकी सुरक्षा के लिए सेना की टुकड़ी भी तैनात थी। सेना की टुकड़ी में तोपें भी थीं। अपना व्यापार बढ़ाने के लिए अंग्रेज़ों ने सूरत से पारसी, हिन्दू, जैन, मुस्लिम, बोहरा, मेमन, खाज़ा को अपने साथ लाकर यहाँ बसाया। सूरत में अंग्रेज़ी दुभाषिये पारसी ज़्यादा आए। फोर्ट की दीवार की खाइयों में जमे पानी से प्लेग का प्रकोप हुआ। हालत यह हो गई थी कि शहर के कामगार, दूधवाले मेहतर, धोबी, नाई ट्रेन से अपने देश भागने लगे। विक्टोरिया टर्मिनस सहित सभी स्टेशन सील कर दिए गए। ट्रेनों से लोगों को ज़बरदस्ती उतारा गया। ग्रांट रोड और भायखला में रोगियों को अलग-थलग रखा गया। ऐसी बीमारियों के डर से फिर इस शहर को ढहाकर नए सिरे से बम्बई बसाई गई। चौड़ी-चौड़ी सड़कें बनाई गईं। गोथिक शैली में सरकारी इमारतें बनीं। क़िले की दीवार ढहने से निकली खुली ज़मीन को चार हिस्सों में तक़सीम किया गया। उत्तर में आज़ाद और क्रॉस मैदान और दक्षिण में ओवल और कूपरेज मैदान।

अशोक पारसी समुदाय के बारे में कुछ ज़्यादा ही उत्साह से बोलता।

अशोक ने ही जया को बताया कि फ़ारस के मुस्लिम शासकों के उत्पीड़न से बचने के लिए पारसी सूरत आए थे। वहाँ वे मूलतः खेती करते थे। अंग्रेज़ी भाषा सीखकर वे अंग्रेज़ों के क़रीब आए। सफल व्यापारी बन गए। ये पारसी अंग्रेज़ों की तरह कपड़े पहनते। उन्हीं की तरह घर सजाते। उनकी जैसी भाषा बोलते। उन्हीं की तरह क्रिकेट-गोल्फ-ब्रिज खेलते लेकिन वे अपने धार्मिक रीति-रिवाजों से कट्टरता से चिपके रहे।

अशोक की बात की तसदीक़ जया को जल्दी ही हो गई जब वे दोनों एक शाम टाटा थिएटर में नाटक देखने गए। वहाँ पारसी बहुल समाज की सज-धज और बातचीत को देख-सुनकर जया को लग रहा था कि वह मुम्बई में नहीं, किसी यूरोप के थिएटर में है। अशोक से जानकर उसे हैरत हुई कि किस तरह पारसियों ने अफ़ीम, कपास, जहाज़ के धन्धे में बेतहाशा मुनाफ़ा कमाया। अशोक जब भी जे. जे. स्कूल ऑफ़ आर्ट, जे. जे. हॉस्पिटल, पेटिट लाइब्रेरी और जहाँगीर आर्ट गैलरी की तरफ़ से गुज़रता तो यह कहने से नहीं चूकता कि अफ़ीम की काली कमाई से बने ये संस्थान आज मुम्बई के प्रकाश स्तम्भ हैं।

जया ने यह भी नोट किया था कि अशोक मुम्बई के इस इलाक़े में घूमते हुए अक्सर असहज और आलोचनात्मक रहता। एक ओर दक्षिण से उत्तर में गोथिक शैली में बनी इमारतों की वास्तुकला की भूरि-भूरि प्रशंसा करता, वहीं गोथिक शैली में पेंसिल-सी बनी नोकीली इमारतों को अंग्रेज़ों के औपनिवेशिक धमक दिखानेवाले नोकीले दाँत कहता।

अशोक को गेटवे ऑफ़ इंडिया भी ऐसी इमारत लगती। उसने बताया था कि इंग्लैंड के सम्राट जॉर्ज पंचम और महारानी मेरी जब भारत से विदा ले रही थीं तो

उनकी सवारी मंगोल शैली में बने प्लास्टर ऑफ़ पेरिस के ऐसे दरवाज़े से होकर गुज़री थी जिसकी स्मृति में इसे बनाया गया था। हालाँकि पास में बने सात सितारा होटल ताज़ को अशोक भारतीय स्वाभिमान का प्रतीक कहता। अशोक को यहाँ लंगर डाले जहाज़ देखना अच्छा लगता। उसने जया से यह वायदा किया था कि उसे यहाँ से एलिफेंटा की गुफाओं को दिखाने ले जाएगा। लेकिन यह वायदा उसने अभी तक पूरा नहीं किया था।

अशोक और जया दक्षिण मुम्बई के आर्केड के लम्बे गलियारों में बनी दुकानों में घुस जाते। वहाँ तमाम देशी-विदेशी सामान दिलचस्पी से देखते। उनके महँगे दामों के टैग एक-दूसरे को दिखाकर मुस्कराते। फिर रख देते। कभी ठेले पर बिक रही फ्रूट चाट खाते तो कभी किसी रेस्तराँ में बैठकर खाते-पीते। पाँच सड़कों को जोड़नेवाली जगह फ़्लोरा फ़ाउंटेन पर कई बार किसी फ़िल्म की शूटिंग के लिए होती तैयारी को देखते। फ़्लोरा फ़ाउंटेन की कल्पना एडवर्ड फेयर की थी जिन्होंने मुम्बई के विकास के लिए बहुत काम किया था। फ़्लोरा फ़ाउंटेन के पास फुटपाथ पर सजी अंग्रेज़ी की पुरानी किताबों की दुकान में उकड़ूँ बैठकर वे दोनों तरह-तरह की किताबों के पन्ने पलटते। जब दुकानदार टोकता कि किस तरह की किताब चाहिए तो वे धीरे से उठकर चल देते। एशियाटिक लाइब्रेरी और सूसन लाइब्रेरी का वाचनालय, दोनों उनके लिए सबसे सुरक्षित जगहें थीं। वहाँ उन्हें कोई नहीं टोकता। कई दफ़ा अख़बार चेहरे पर रखकर वे दोनों दोपहर में वहाँ हल्की झपकी लेकर तरोताज़ा हो जाते।

पूरे दिन मटरगश्ती करने के बाद जब शाम की स्याह छायाएँ समुद्री नीले जल को साँवला बनाने लगतीं, वे मरीन ड्राइव पहुँच जाते। मुम्बई की हलचल से पीठ कर लेते। दीवार पर बैठकर एक-दूसरे के हाथ में हाथ लिये साँप के फन की तरह उठती हुई पानी की लहरों के बीच सुदूर क्षितिज पर सूर्य के लाल गोले को डूबते हुए निःशब्द निरखते रहते। तेज़ ठंडी हवा उमस से चिपचिपाती देह को स्पर्श करती हुई सरसराती निकल जाती और शीतल स्फुरण से उनकी इन्द्रियों को रोमांच से भर देती। उनकी निगाह उसी जगह टिकी रहती जहाँ इन्द्रधनुषी रंग धीरे-धीरे पानी में घुलकर खो जाता।

एक दिन जब अशोक जया के लहराते केश कुंडल से खेल रहा था कि अचानक जया ने उसे याद दिलाया।

"तुम इस चमकती दुनिया के पीछे छिपी काली कथा बताने वाले थे। आज सुनाओ न!"

"फिर कभी।"अशोक ने जम्हाई लेकर टालना चाहा।

"नहीं अभी।" जया ने बच्चों की तरह मचलते हुए अशोक की छाती पर अपनी कोमल मुट्ठियों की बौछार कर दी।

एक पेशेवर क़िस्सागो के अन्दाज़ में अशोक ने जेब से सिगरेट निकालकर सुलगाई।

"अंग्रेज़ों के दौर में बम्बई विकास की यह ऐसी कथा है जिसे सुनकर तुम्हें आजकल के तमाम घोटालों की याद आ जाएगी। यह भी पता चलेगा कि किस तरह अंग्रेज़ सरकार, उसके अधिकारी और उनकी बड़ी-बड़ी कम्पनियाँ मिलकर ग़रीबों के विकास के नाम पर जनता की आँखों में धूल झोंकती रही थीं।"

"क्या हुआ था?" जया की आँखें उत्कंठा से फैल गईं।

"तुम तो जानती हो कि आज मुम्बई जो दिखता है, वह ज़्यादातर समुद्र पाटकर बना है। अंग्रेज़ सरकार ने अपने अमीर साथियों के रहने के लिए बैक वे में लगभग ग्यारह सौ एकड़ और कोलाबा के पूर्वी इलाक़े में सवा सौ एकड़ ज़मीन के रिक्लेमेशन के लिए एक कम्पनी को ठेका दिया। इसके पीछे उनका तर्क यह था कि अमीर अगर मज़दूर बस्ती से इस नए इलाक़े में आकर बसेंगे तो वहाँ के ग़रीबों को मज़दूर बस्ती में ज़्यादा जगह मिल जाएगी। एक तरह से आवास की कमी को पूरा करने के लिए यह योजना थी।

सही मायनों में कोलाबा से मरीन ड्राइव तक चार मील लम्बी समुद्री दीवार बनाकर समुद्र की विकराल लहरों को चुनौती देने की भी यह बड़ी कोशिश थी।

"योजना तो अच्छी थी।" जया ने कहा।

"हाँ, लेकिन अंग्रेज़ों ने इस काम का टेंडर अपने ख़ास आदमी को दिया था। वह रेलवे में क्लर्क था और उसे भ्रष्टाचार के आरोप में निकाला भी गया था।" अशोक ने क़िस्सा जारी रखा।

"काम शुरू हुआ। विस्फोट करके चट्टानें तोड़ी जाने लगीं। समुद्र तल के दलदल से मिट्टी और कीचड़ निकाला जाने लगा। कुछ दिन बाद काम रुक गया। दरअसल कम्पनी के पास छोटे ड्रेजर थे जबकि ज़रूरत बड़े ड्रेजरों की थी। कम्पनी ने छोटे ड्रेजर को आधार बनाकर इस काम के लिए बजट पास कराया था। बाद में बड़े ड्रेजरों की ज़रूरत के बहाने बजट लगभग नब्बे प्रतिशत बढ़ा दिया गया।"

जया ग़ौर से सुन रही थी। उसकी नज़रें अशोक के हिलते हुए होंठों पर टिकी थीं। जया ने सहसा कहा, "आजकल भी तो हमारी हर सरकारी योजना में यही होता है। पहले टेंडर में कम रक़म दिखाकर ठेका ले लेते हैं। फिर काम में ख़ूब देर लगाते हैं। फिर चीज़ों के बढ़े दाम के बहाने अधिकारियों की मिलीभगत से परियोजना की लागत कई गुनी कर देते हैं।"

"बिलकुल ऐसा ही हुआ था।" अशोक के चेहरे पर उसके भीतर के ख़याल की कोई छाया घिर आई थी। उसने अपनी बात के तार को आगे बढ़ाते हुए कहा, हालाँकि पारसी वकील और कांग्रेसी नेता ख़ुर्शीद फरामजी नरीमन इस घपले को ताड़ गए। विधान परिषद के सदस्य होने के नाते उन्होंने विधान परिषद में इसकी

ग़ैर सरकारी जाँच की माँग की। मामले को सुलझाने के लिए अंग्रेज़ सरकार ने एक कमेटी गठित की जिसमें उन्हें शामिल होने का प्रस्ताव भी किया। नरीमन ने प्रस्ताव यह कहकर नामंज़ूर किया कि इस कमेटी को तत्सम्बन्धी विभागों के कामकाज को जाँचने का अधिकार नहीं दिया गया है।

"इस बड़े भ्रष्टाचार के ख़िलाफ़ चलाई जा रही नरीमन की मुहिम में वह सरगर्मी न आती अगर बी. जी. होरनीमैन के सम्पादन में निकलनेवाले अख़बार बॉम्बे क्रॉनिकल ने बढ़-चढ़ कर उनका साथ न दिया होता। बॉम्बे क्रॉनिकल अख़बार ने इसमें सरकारी धन के दुरुपयोग और बड़े अधिकारियों के बीच लेन-देन की ख़बर को खुलकर छापा।"

"बॉम्बे क्रॉनिकल तो फ़िरोज़ शाह मेहता निकालते थे। इनकी मूर्ति बीएमसी कमिश्नर के ऑफ़िस के सामने लगी है।" जया ने अपनी जानकारी का मुज़ाहिरा किया।

"हाँ वही। बॉम्बे क्रॉनिकल के वह मालिक थे।" अशोक ने उसकी बात की तसदीक़ करते हुए अपनी बात जारी रखी।

"जाँच समिति के सामने नरीमन ने अंग्रेज़ी सरकार पर पक्षपात और भ्रष्टाचार का आरोप लगाया। अख़बारों ख़ासकर बॉम्बे क्रॉनिकल में जाँच कार्रवाई की रिपोर्ट लगातार छपी। सरकार की ख़ासी किरकिरी हो गई। जैसे आजकल हमारे यहाँ होता है कि ज़बान बन्द कराने के लिए मानहानि का मुक़दमा ठोंक दिया जाता है, उसी तरह अंग्रेज़ सरकार ने अपने एक सुपरिंटेंडेंट इंजीनियर से नरीमन के ख़िलाफ़ मानहानि का मुक़दमा दायर कर दिया। इससे नरीमन की ख्याति और बढ़ गई। जनता को लगा कि नरीमन को उनकी ईमानदारी के लिए सताया जा रहा है। वे दुबारा विधान परिषद के लिए चुन लिए गए। आख़िरकार मानहानि का मुक़दमा भी अदालत में टिक नहीं पाया। इस ख़ुशी में नरीमन के सम्मान में चौपाटी पर बड़ी आम सभा हुई। नरीमन जन नायक बन गए।

"आज उन्हीं के नाम पर इसे नरीमन पॉइंट कहा जाता है।"

अशोक की सिगरेट कब की बुझ चुकी थी। ठंडी साँस लेकर लाइटर से वह दूसरी सिगरेट जला रहा था।

उस दिन अशोक को सुनकर जया ने मन-ही-मन अशोक को अपना साथी चुन लिया। अशोक को जया का साथ पहले से ही अच्छा लगने लगा था। हालाँकि दोनों को पता नहीं था कि उनके बीच यह नया रिश्ता क्या है?

इस बीच जया की एक सहेली ने उसे एक महिला पत्रिका 'नई सखी' में नौकरी दिला दी। पत्रिका का ऑफ़िस कान्दिवली में था। जया और अशोक ने मीरा रोड में रहने का फ़ैसला लिया। मीरा रोड में एक तो फ़्लैट का किराया कम था। सिक्यूरिटी डिपॉज़िट भी कम। अशोक के साथ रहने के कारण जया के संसार में नवीन मिश्र के लिए जगह नहीं रही। लेकिन न जाने क्यों नवीन मिश्र के प्रति क्रूर होने का मन

नहीं बना। जया ने नवीन मिश्र के साथ कुछ बेहद कोमल क्षण बिताये थे। वे मीठे क्षण उसकी स्मृति के सन्दूक में बन्द थे जिन्हें वह पुराने प्रिय कपड़ों की तरह ख़ाली समय में उलट-पुलट कर ख़ुश होती। दरअसल अपने अन्तःकरण को भी कई बार समझ पाना मुश्किल होता है। अपने प्रिय छूटते हैं तो कई चीज़ें छूट जाती हैं। जो बचा रह जाता है, वही अमूल्य है।

धूप कमरे के भीतर इस तरह आ गई है जैसे बिना किसी वारंट के पुलिस आदिवासियों के घरों में घुसकर उन्हें धमकाती रहती है।

जया अपने दिमाग़ से कल्पना का चेहरा हटा नहीं पा रही थी। दरअसल जिस पेशे में वह थी, वहाँ रोज़ नए-नए चेहरों से मुलाक़ात होती। इन चेहरों को साथ लेकर चलने से उसके दिमाग़ की रफ़्तार उसी तरह कम हो जाती जिस तरह अयाचित विज्ञापनों, सन्देशों, वीडियो और बेशुमार एप की भरमार से उसके मोबाइल की गति मोटे आदमी की चाल की तरह मंथर हो जाती। जया जिस तरह अपने मोबाइल से फ़ालतू सामग्री डिलीट करती, उसी तरह अपनी स्मृति से भी अनेक चेहरों को हटा देती। लेकिन कल्पना का चेहरा उसकी स्मृति में अभी भी बसा हुआ था। स्मृति में बसा भी क्यों न हो, वह आम चेहरों से अलग जो था। कल्पना की पूरी छवि उसके आँखों में उतर आई।

कल्पना जब घोड़े पर बँधी रकाब पर पाँव रखकर एड़ लगाती तो घोड़ा हवा से होड़ लेने लगता। मोटरसाइकिल पर सवार होकर जब वह उसके आगे के पहिये को धरती से ऊपर उठाकर लहराती तो देखनेवालों की उँगलियाँ अपने आप दाँतों तले आ जातीं। दो घरों की दीवारों के बीच की ख़ाली जगह को लाँघना हो या जलती आग से किसी को निकालकर बचाना हो या पाँच-छह गुंडों को अपनी मुक्केबाज़ी और जूडो-कराटे के कौशल से पछाड़कर भगाना हो, वह इन्हें ऐसी सहजता से करती मानो खेल हो।

छुटपन से अपने पापा को वह यह सब करते देखती थी। उसके पिता स्टंट डबल थे। सिने अभिनेताओं के जोखिम भरे करतबों को वह अंजाम देते। सिनेमा हॉल में उनके हैरत में डाल देनेवाले कारनामों को देखकर दर्शकों की तालियाँ नामचीन अभिनेताओं को मिलतीं और उसके पापा को मिलते, चन्द रुपये और अपनी गुमनामी के नीम-अँधेरे में यह आत्मसुख कि नायक को मिल रही तालियाँ उनकी बदौलत हैं।

कल्पना के पापा पहले इस पेशे में नहीं थे। वह महालक्ष्मी स्थित भव्य अंडाकार रेसकोर्स में जॉकी थे। इस रेसकोर्स के लगभग आठ सौ घोड़ों में से कुछ से उनका

याराना था। रेसकोर्स से निकाले गए बूढ़े घोड़े मरीन ड्राइव पर सजी-धजी बग्घियों में पर्यटकों को घुमाते थे। उनके पास से गुज़रते हुए जब पापा किसी परिचित घोड़े को पुचकारते तो वह हिनहिनाते हुए अपने पाँव रोक देता और बग्घी रुक जाती। जब तक उसके पापा घोड़े के गले पर हाथ फेरकर सहला नहीं देते, वह घोड़ा आगे नहीं बढ़ता। एक दिन रेसकोर्स प्रेमी एक फ़िल्म निर्देशक ने उसे घोड़ा दौड़ाते हुए देखा तो अपनी पीरियड फ़िल्म में उन्हें हीरो के डबल रोल के रूप में काम करने की पेशकश कर दी। कल्पना के पिता फ़िल्मों के दीवाने थे। वह एक बार उस मायावी दुनिया में गए तो रेसकोर्स की दुनिया को अलविदा कह दिया। वह सुदर्शन और बलिष्ठ थे। उनकी दोस्ती फ़िल्म के एक एक्शन डायरेक्टर से हो गई। उनकी सलाह पर उन्होंने जूडो-कराटे सीखा। मोटरसाइकिल के करतब सीखे। दरअसल इन सबमें उनका मन रमता। वह घर में भी इसका अभ्यास करते। उसी को देखकर उनकी बिटिया कल्पना भी यह सब सीखने लगी। कल्पना की माँ झनझनाकर कहती कि उसकी लड़की ऐसे मर्दाने काम नहीं करेगी। इससे कल्पना की देह सख़्त और मर्दाना हो जाएगी। फिर उससे शादी कौन करेगा? कल्पना के पिता हँसकर कहते कि यह मेरा शेर बेटा है। इसके कारनामों की ऐसी धूम होगी कि लड़के इसका हाथ माँगने के लिए तुम्हारे घर के सामने क़तार में खड़े होंगे।

कल्पना का हाथ माँगने के लिए लड़के क़तार में नहीं खड़े हुए अलबत्ता उनकी बेटी को एक्शन डायरेक्टर के पास काम माँगने के लिए क़तार में लगना पड़ा, जब एक फ़िल्म की शूटिंग के दौरान एक स्टंट में कूदने में हुई चूक से उसके पिता की पाँव की हड्डी टूट गई। प्लास्टर चढ़ा। वह इस लायक़ भी नहीं रहे कि स्टंट कर सकें। उनका बीमा भी नहीं था। कोई बीमा कम्पनी स्टंटमैन का बीमा करने के लिए तब तैयार नहीं होती थी। अगर मुश्किल से तैयार भी होती तो उसकी किस्त इतनी ज़्यादा होती कि स्टंटमैन की कमज़ोर जेब उसका बोझ उठा नहीं पाती। उसके पापा ने फ़िल्म क्रू एसोसिएशन पर कई बार सामूहिक बीमा कराने के लिए दबाव डाला था। लेकिन कोई नतीजा नहीं निकला। फ़िल्म निर्माता दुर्घटना में घायल होने पर कई बार उनको कोई मुआवज़ा भी नहीं देते थे। कल्पना के पापा को जो कुछ मिला, वह चन्द दिनों में दवा और घर ख़र्चे में सर्फ़ हो गया। आख़िरकार घर का ख़र्चा चलाने के लिए बेटी को अपने पिता की तरह अभिनेत्रियों का स्टंट डबल बनना पड़ा। माँ ने तब भी विरोध किया। कल्पना नहीं मानी। पिता के चारपाई पर लगते ही वह बड़ी हो गई थी। उसके पाँव पिता की बाइक पर पहुँचने लगे थे जिसकी किक मारकर उसने अपनी ज़िन्दगी की राह चुन ली थी।

जया जिस महिला पत्रिका में काम करती थी, उसमें कल्पना जैसी महिला स्टंट के इंटरव्यू के लिए कोई जगह नहीं थी। उसमें सिने तारिकाओं के फ़ैशन, सौन्दर्य प्रसाधन, छरहरी काया बनाने के टिप्स, शिशु पालन की हिदायतें, सेक्स

सम्बन्धी परामर्श जैसे विषयों पर सामग्री होती। जया ने बड़ी मुश्किल से इस इंटरव्यू को उसमें प्रकाशित करने के लिए अपनी सम्पादिका को मनाया कि पाठक लीक से हटकर कुछ पढ़ना और जानना चाहते हैं। जया ने जब महिला स्टंट डबल का इंटरव्यू लेने का प्रस्ताव रखा तो सम्पादिका उससे एकदम सहमत न थीं। उनका मानना था कि उसकी महिला पत्रिका जिन हाथों में या घर के ड्राइंग रूम में सेंट्रल टेबल पर दिखती है, उनकी रुचि ऐसी मामूली महिलाओं की ज़िन्दगी को जानने में नहीं, उन उच्चवर्ग की महिलाओं को जानने में होती है जिनका वह अपने जीवन में अनुकरण कर सके। हमारे पाठक महिला स्टंट डबल की ज़िन्दगी से क्या प्रेरणा प्राप्त करेंगे? उन्होंने जया से किसी ऐसे कॉरपोरेट की मालकिन या किसी बड़े औद्योगिक घराने की बहू या पत्नी से इंटरव्यू करने को कहा जिससे पत्रिका के लिए कोई मोटा विज्ञापन भी झटका जा सके। वैसे बाद में जया का उतरा हुआ चेहरा देखकर इस बार सम्पादिका ने इस इंटरव्यू के लिए अपनी सशर्त सहमति दे दी कि इस कड़ी को वह आगे नहीं बढ़ाएगी। जया इस इंटरव्यू को ज़्यादा गम्भीरता और लगन से लिख रही थी ताकि उसे इतना रोचक बनाया जाए कि पाठकों की अच्छी प्रतिक्रियाएँ मिल सकें। फिर मन-ही-मन मुस्कराई कि पाठकों की झूठी प्रतिक्रियाएँ भी तो उसे ही लिखनी हैं। वास्तविक पाठकों की मिली आलोचकीय प्रतिक्रियाएँ तो पत्रिका अक्सर छापती ही नहीं है।

इस इंटरव्यू को लैपटॉप पर लिखने के बाद वह थककर अपने फ़्लैट में घूमने लगी। सहसा उसकी नज़र अशोक के बैग पर पड़ी। अशोक अपने बैंक के सहकर्मी से मिलने चर्च गेट गया था। उसके स्वभाव के विपरीत आज उसके बैग का सामान छितरा हुआ था। जया को अपनी चीज़ें बिखेरकर रखने की आदत थी अशोक का छितराया सामान देखकर उसने सोचा, शायद मेरी संगति का असर अशोक पर भी होने लगा। जया मुस्कराई और उसके बैग के पास चली गई। बैग से एक डायरी झाँकती हुई दिखी। जया ने उत्सुकता से उसे खोला।

अशोक डायरी भी लिखता है, यह उसने कभी उसे बताया भी नहीं था। डायरी में कुछ पन्ने ख़ाली थे। उसे लगा कि शायद अशोक नियमित डायरी नहीं लिखता।

जया ने एक पन्ना खोला। वह पढ़ने लगी।

25 अगस्त

जया से अभी मोबाइल पर लम्बी बात हुई।

उससे जब भी बात करता हूँ, मुझे लगता है कि बहुत कुछ कहना शेष रह गया है। दरअसल कुछ अनुभूतियाँ ऐसी होती हैं जिन्हें बोलकर व्यक्त नहीं किया जा सकता। लिखा भी नहीं जा सकता। हाँ! कई बार ऐसा लगता है कि लिखकर

शायद उसके कुछ क़रीब पहुँचा जा सकता है। यवतमाल के एकान्त में असंख्य अनुभूतियाँ मन को अशान्त बनाए हुए हैं। मेरे मन की नाव इस अशान्ति की नदी में हिचकोले खा रही है। अपनी अनकही अनुभूतियों के बोझ से छुटकारा पाए बिना मैं उस आवारा बादल की तरह तड़पता रहूँगा जो बरसने के लिए तरसता रहता है। मन को बरसने के लिए डायरी से भली धरती कौन हो सकती है? अकेले रात में डायरी लिखते समय अपनी आत्मा के बहुत निकट हूँ।

यवतमाल की छोटी-सी शाखा में मुझे सज़ा के तौर पर भेजा गया है। यहाँ यह बात दरबान से लेकर ब्रांच मैनेजर तक जानते हैं। ब्रांच मैनेजर तो हेड ऑफ़िस की सलाह पर मुझे हर पल सज़ा देने के लिए मौक़ा तलाशते रहते हैं। मुझे जानबूझकर ऋण वसूली डिपार्टमेंट में पोस्ट किया है। ऋण वसूली सबसे मुश्किल काम है। ब्रांच मैनेजर हर मीटिंग के दौरान मुझसे हिसाब माँगते हैं गोया मेरे कारण क़र्ज़दार उधार नहीं चुका रहे हैं। डाँट मुझे उनके कमरे में पड़ती है लेकिन ब्रांच में सभी को सुनाई देती है। मुझे डाँटकर ब्रांच मैनेजर सबको डाँट लेते हैं। डाँट मुझे पूरे दिन धमकाती रहती है। रोज़-रोज़ की डाँट और अपमान सुबह की सारी ताज़गी सोख लेते हैं। बैंक जाने का मन नहीं करता। मैं बिस्तर पर निढाल पड़ा रहता हूँ। फिर हड़बड़ी में बैंक भागता हूँ। मुझे ऐसी सुबह नहीं चाहिए। सुबह ऐसी हो जिसमें जया का चेहरा मुझ पर झुका हो। उसके बालों की भीनी-भीनी ख़ुशबू गुनगुनाती हुई मुझसे लिपट जाए।

इसी इन्तज़ार में!

जया डायरी की आख़िरी सतरें पढ़कर ख़ुश हो गई। उसने डायरी का दूसरा पन्ना खोला!

28 अगस्त

ब्रांच का जीवन उस छोटे पोखर-सा है जिसमें चारों ओर से फेंके जाने वाले कंकड़ों-पत्थरों के कारण उसमें हर समय लहरियाँ उठा करती हैं। दरअसल यवतमाल आकर मैं स्मृतिजीवी हो गया हूँ। खाना पकाता हूँ तो माँ याद आती है। माँ जब खाना पकाती थीं तो उनकी धोती के पल्लू की तरह उनसे सटा रहता। उनको देखकर धीरे-धीरे मुझे खाना पकाना आ गया। सच यही है कि यवतमाल के अपने मित्रविहीन एकान्त में खाना पकाना ही समय काटने का मेरे लिए सबसे सुखद साधन है। हर माँ को अपनी बेटियों की तरह बेटों को भी खाना पकाना सिखाना चाहिए। खाना पकाना ही क्यों सिलाई-सफ़ाई जैसे गृहस्थी का हर काम सिखाना चाहिए।

आज खाना बनाने का मन नहीं किया। थकान थी। एक होटल में खा लिया। शरीर की थकन अब कुछ धुल गई। लेकिन मन की थकन?—एक टीस-सी उठती है—शूल-सी—जया की याद चुभती है।

2 सितम्बर

तपती दोपहर में आज अपने बैंक साथी के साथ उसकी मोटरसाइकिल पर बैठकर वसूली दौरे पर निकला। यह एक छोटा-सा गाँव ब्रांच के सबसे निकट है। गाँव के अधिकांश किसान सोयाबीन और कपास की खेती करते हैं। ऊबड़-खाबड़ सड़क से गाँव के बीच जितने खेत दीखते, मुझे बक़ायेदार-से लगते। मुझे वहाँ जाते समय लग रहा था कि बैंक ने मुझे उस बनिये का लठैत बना दिया है जो बक़ायेदार के दरवाज़े पर लाठी की ठक-ठक से नहीं, मोटरसाइकिल की भड़भड़ से डराता रहता है।

मिट्टी की सोंधी महक का क्या कहना! एक राही से बक़ायेदार का पता पूछा। उसने हाथ से इशारा किया जिधर कुछ बकरियाँ जा रही थीं। मोटरसाइकिल की आवाज़ से बकरियाँ इधर-उधर भागने लगीं जैसे वे भी बैंक की बक़ायेदार हों।

एक अधकच्चे से मकान के सामने निखरहरी खटिया पर सफ़ेद बाल, धँसी आँखें, सूखे डंडे से हाथ-पैर वाले, बुढ़ापे के बोझ से दबे एक बूढ़े बाबा लेटे हुए थे। मेरी मोटरसाइकिल की भड़भड़ सुनकर वह उठ गए। बूढ़े बाबा को खाँसी का दौरा उठा। खों-खों-खों से उनकी खटिया हिलने लगी। उसके नंगे काले बदन पर पसीने की पतली नालियाँ बह रही थीं। फूस के छप्पर तले एक कोने में कुदाल, खुरपी और फावड़ा सुस्ता रहे थे। मेरे साथी ने जब मराठी में उनसे कहा कि बुआई का समय है, जब तक आप पहला उधार नहीं चुकाओगे, आगे बैंक ऋण नहीं देगा तो उन्होंने जो बताया, उसे सुनकर मैं हिल गया।

बीटी कपास की उनकी फ़सल को सफ़ेद मक्खी और कीड़े चट कर रहे थे। फ़सल बचाने के लिए जब उनका नौजवान बेटा मोनोस्टार कीटनाशक डाल रहा था तो उसके असर से उसकी आँखें चली गईं। उनकी बूढ़ी हड्डियों में ताक़त नहीं बची। अब खेती कौन करे और बैंक क़र्ज़ कैसे चुकाएँ? तभी अन्दर से एक नौजवान छड़ी टेकते हुए बाहर निकला। उसकी चाल से लग रहा था कि उसकी आँखें उसका साथ नहीं दे रही हैं।

वह उनका बेटा था। उसने अफ़सोस जताया कि पहले उसके बाबा कपास बोते थे। उसमें न तो इतने कीड़े लगते थे, न तो फ़सल इतना पानी-खाद माँगती थी। बीज भी सस्ते थे। ज़्यादा पैदावार की लालच में हम सब बीटी कपास बोने लगे। नतीजा, मेरी आँखें चली गईं।

अभी भी उस नौजवान की टटोलती-सी आँखें मेरा पीछा कर रही हैं। किसानी कितना मुश्किल काम है? मुझे लगा कि किस तरह अपनी ड्यूटी निभाएँ और उनसे उधार लौटने को कैसे कहें। फिर भी नोटिस थमाकर चला आया। मुझे लग रहा था कि मेरे चारों तरफ़ ख़ूब हवा है लेकिन साँस नहीं ले पा रहा हूँ।

जया डायरी के पन्ने पलटती जा रही थी।

8 सितम्बर

कल इतना कुछ घटा और मन दुखी था कि जया को मोबाइल भी नहीं किया। डायरी लिखने के लिए कलम छूने की हिम्मत नहीं हो रही थी। अभी रात-दिन के बीच का झुटपुटा है। नींद जल्दी खुल गई है। रात का सन्नाटा टूटने वाला है।

ब्रांच में हर समय खिंचा-खिंचा रहता हूँ। मुम्बई से यहाँ आने के कारण बाहरी माना जाता हूँ। दूसरे, स्टाफ़ के लोग अफ़सर समझकर मुझसे छिटके-छिटके रहते हैं। तीसरे, ब्रांच मैनेजर का कोपभाजन होने के कारण एकाकी महसूस करता हूँ। यह सच है कि मन का बोझ बाँटने के लिए स्टाफ़ के लोग हैं। वे आपस में ख़ूब हँसी-मज़ाक़ करते हैं। एक-दूसरे को छेड़ते हैं। उनमें आपस में स्नेह सम्पर्क है। लंच में वे एक-दूसरे के खाने के डिब्बे को बेझिझक खोलते हैं। उनमें शामिल होने के लिए मेरे लिए अभी दरवाज़ा नहीं खुला है। स्टाफ़ से सिर्फ़ कामकाज की बातें होती हैं, जैसे हम रेल के डिब्बे में अजनबी से बैठकर साथ चल रहे हों। हमारे बीच अदृश्य तनाव का एक बन्धन है।

मैनेजर से आज की डाँट का कोटा खाने के बाद जब मैं अपनी कुर्सी पर वापस भन्नाया लौटा, स्टाफ़ यूनियन के एक पदाधिकारी मेरे पास आए। कुछ हमदर्दी दिखाई। उनकी बातों से लगा जैसे कि ब्रांच मैनेजर एक सत्ता हो। सत्ता के बरक्स यूनियन स्टाफ़ और मैं उनका सहज साथी हूँ। मुझे लगा कि हमारे बीच अपरिचय की जमी बर्फ़ कुछ पिघल रही है।

मैं मन-ही-मन गुनगुनाते हुए काम कर रहा था। बीच-बीच में जया की याद आ जाती जैसे शास्त्रीय गायन के बीच कोई सन्तूर के तार छेड़ देता हो। स्मृतिजीवी हूँ न!

कई बार सोचता हूँ कि जैसे मैं जया को याद करता हूँ, क्या वह भी मुझे उसी तरह याद करती होगी? जैसा मुझे याद आता है, क्या सब उसे याद आता होगा? मरीन ड्राइव की वह शाम जब जया का कोमल चेहरा मेरे कन्धों पर धीरे-से ढुलक आया था। शान्त समुद्र पर कुछ पक्षी आकाश में चक्कर लगा रहे थे। अँधेरा घिर रहा था। वह कुछ गुनगुना रही थी। उसमें धुन थी। अस्फुट शब्द थे। ऐसा लग रहा था जैसे उसका खुलकर गा पड़ने का दबा-दबा सा मन हो रहा हो।

20 सितम्बर

आज मुझे उस गाँव जाना पड़ा जहाँ एक किसान ने आत्महत्या कर ली थी।

मोटरसाइकिल से जब हम पहुँचे तो वहाँ अफ़रातफ़री मची हुई थी। गाँव के बाहर नारियल के पेड़ तले पुलिस की गाड़ी और एम्बुलेंस खड़ी थी। गाड़ियों के ऊपर लगी लाल-नीली बत्तियाँ अपनी सत्ता का रौब दिखा रही थीं। तीन-चार कारों

के अलावा टीवी चैनलों की भी दो-तीन गाड़ियाँ थीं। कुछ पुलिस के सिपाही डंडा लहराकर गाँव की भीड़ को रास्ते से हटा रहे थे। एसपी और कलेक्टर मृत किसान के घर पहुँच चुके थे। मृत किसान का घर सँकरी गली में था। वहाँ तक कार से जाने में मुश्किल थी। मेरी मोटरसाइकिल को भी पुलिस ने रोक दिया। हम बैंक से हैं और कलेक्टर साहेब ने बुलाया है, बताने और अपना पहचान-पत्र दिखाने के बाद किसान के घर हमें जाने दिया गया। चैनल वाले मेरे पीछे लग गए। पुलिस ने उन्हें रोक दिया।

घर के आगे एक औरत दुहत्थड़ मारकर रो रही थी। उसकी आँखों से आँसू ढर-ढर बह रहे थे। आँचल सर से ढरक गया था। बाल झाड़ियों की तरह बिखर गए थे। वह भगवान का नाम लेकर अपने पति के साथ उसे भी ऊपर उठा लेने के लिए फ़रियाद कर रही थी। चार-पाँच औरतों के घेरे में उसकी रुलाई बता रही थी कि वही सबसे अधिक पीड़ित है। वह अपने आँचल के कोर से अपनी आँखें पोंछ रही थी। रोने से नाक बह निकली थी जिसे वह बार-बार छिनककर ज़मीन पर फेंक रही थी। गनमैन से घिरे कलेक्टर साहेब रूमाल से अपने चेहरे का पसीना पोंछते हुए एसपी से अंग्रेज़ी में कुछ खुसुरफुसुर कर रहे थे। लाश कोठरी में थी। उसके पास किसी को जाने नहीं दिया जा रहा था। जले काठ-सी निस्तेज देह और राख-सी बुझी-बुझी आँखोंवाले आदमी को कलेक्टर ने बुलाया। कुछ समझाया। उसकी देह भाषा से लग रहा था कि वह कलेक्टर से सहमत नहीं है। वह मृतक का छोटा भाई था। एक अफ़सर हम दोनों को कलेक्टर के पास ले जाकर उनसे बोला, "सर बैंक से आए हैं।" इस पर कलेक्टर ने हमसे पूछा, "कितना लोन था?"

"सर! एक लाख बीस हज़ार।" मैंने धीरे से कहा। नोटिस के बारे में पूछने पर मैंने उन्हें बताया कि उन्हें दी गई थी।

उन्होंने हिदायत दी, "सुसाइड नोट में सिर्फ़ क़र्ज़ लिखा है। हो सकता है कि साहूकार के क़र्ज़ को न चुका पाने के कारण आत्महत्या की गई हो। आपका भी यही स्टैंड होना चाहिए।"

लाश एम्बुलेंस में रखी जाने के बाद अधिकारियों ने प्रेस को बुलाया।

लोकल प्रेस और टीवी के कुछ कैमरे थे। कुछ शोर मचा। कलेक्टर ने प्रेस को हाथ हिलाकर शान्त किया। फिर धीर-गम्भीर आवाज़ में मृतक परिवार के लिए शोक-संवेदना व्यक्त की। फिर कहा कि सुसाइड नोट से पता चलता है कि क़र्ज़ न चुका पाने की हताशा में की गई कार्रवाई है। अभी साफ़ नहीं हुआ है कि यह क़र्ज़ बैंक का था या साहूकार का। छह महीने पहले मृतक ने अपनी बहन की शादी के लिए साहूकार से क़र्ज़ लिया था। बैंक अधिकारी ने मुझे अभी बताया कि उस पर बैंक का भी क़र्ज़ था। मामले की जाँच की जाएगी, तभी कुछ अन्तिम रूप से कहा जा सकेगा। लाश पोस्टमार्टम के लिए भेजी जा रही है। प्रशासन मृतक परिवार की हर

सम्भव मदद करेगा। पत्रकारों ने कुछ और कुरेदना चाहा लेकिन कलेक्टर धन्यवाद देकर अपना लाव-लश्कर लेकर चले गए।

उनके जाने के बाद भीड़ छँट गई। भीड़ छँटते ही मौत की काली हवा चारों ओर घर, दरवाज़े, खिड़कियों और आदमियों के चेहरे पर छा गई।

हम भी बोझिल क़दमों से अपनी मोटरसाइकिल की तरफ़ चल दिए। मोटरसाइकिल पर धूल की एक मोटी चादर बिछी हुई थी। उसे साफ़ करने के लिए मेरे साथी ने बाइक के पीछे टँगे बैग से एक मटमैला कपड़ा निकाला। वह धूल पोंछने ही जा रहा था कि मेरी नज़र सहसा मोटरसाइकिल की पेट्रोल टंकी पर पड़ी जिस पर लिखा था, 'ख़ूनी।'

मैं अपने साथी को उसे दिखाना चाहता था। लेकिन मेरी आवाज़ ही नहीं निकली जैसे ज़बान को लकवा मार गया हो। फिर मैंने हाथ से इशारा किया।

"किसी बच्चे ने शरारत की है।" साथी ने हँसते हुए धूल पर लिखे अक्षर पोंछ दिए।

हम ब्रांच लौट आए। लेकिन वह लफ़्ज़ मेरी रूह पर अब भी तीखे नाख़ून से नक़्श है। ख़ूनी-ख़ूनी-ख़ूनी! जैसे कोई मेरे कान में चीख़ रहा हो।

खिचड़ी पकाई थी। पहला कौर मुँह में डालते ही ख़याल आया कि मृतक के घर चूल्हा भी न जला होगा। कौर गले में अटक गया।

जया का दिल भर आया। वह सोफ़े पर लेटकर डायरी पढ़ने लगी।

23 सितम्बर

आज सुबह ब्रांच में डाँट की जगह मेरी मेज़ पर काग़ज़ की प्लेट में एक वड़ा पाव और बर्फी का छोटा टुकड़ा मिला तो लगा कि शायद आज दिन अच्छा बीतेगा। दरअसल आज ब्रांच कैशियर का जन्मदिन था। वड़ा पाव की गन्ध जीभ को ललचा रही थी लेकिन उसका स्वाद लेने के पहले कैशियर को बधाई देने का शिष्टाचार निभाना ही था। कैशियर केबिन की तरफ़ मैंने जाते समय देखा कि पीयन निर्मल ताम्बे अपने हिस्से का वड़ा पाव और मिठाई अपने लंच बॉक्स में रख रहा है। मुझे देखकर वह शरमाता हुआ बोला, "मुझे गरिष्ठ चीजें हज़म नहीं होतीं जबकि बच्चों को यही सब अच्छा लगता है।"

अपने स्वाद और अपनी इच्छा का बलिदान करके अपने बच्चों की ख़ुशी के लिए वह ऐसा कर रहा था। मुझे उस समय ताम्बे में अपनी माँ दिख रही थी। मेरी माँ जब भी पास-पड़ोस में पूजा या कीर्तन में जाती तो वहाँ मिले प्रसाद को न खाकर घर ले आती। फिर हम सब मिल-बाँटकर उसे खाते।

कैशियर को बधाई देने के बाद अपनी सीट पर रीजनल ऑफ़िस से भेजा गया कृषि ऋण का प्रोफार्मा भर रहा था, तभी मेरी नज़र गोद में बच्चा लिये एक औरत

पर पड़ी जो मेरी तरफ़ धीरे-धीरे आ रही थी। यह वही औरत थी जो पन्द्रह दिन पहले सफ़ेद चादर से ढके अपने पति के शव पर फूट-फूट कर रो रही थी। उसकी गोद में एक छोटी लड़की थी। औरत की उम्र कम थी लेकिन मृत्यु की छाया ने एकाएक उसके चेहरे को बूढ़ा बना दिया था। वह अपने पति के खाते से रुपया निकालने में मेरी मदद चाहती थी। उसने बताया कि उसके देवर उसे घर से निकाल रहे हैं। परिवार और पास-पड़ोस एक सुर में उसे कोसता है कि उसने अपना मर्द खा लिया है जबकि झगड़े की जड़ खेत है। घर से निकालकर उसके देवर उसके हक़ की ज़मीन हथियाना चाहते हैं। उस औरत को एक चिन्ता खाए जाती है कि उसकी और बच्चों की ज़िन्दगी आगे कैसे कटेगी?"

जब मैंने पीने के लिए उसके हाथ में गिलास थमाया, आँखों के कोर पोंछते हुए उसने कहा कि इस करमजले पानी ने मेरे मर्द की जान ले ली। बीटी कपास में चार-पाँच बार पानी लगाना पड़ता है। नहीं तो उसके फूल मुरझा जाते हैं। इस बार सूखा पड़ गया। जिनके पास पम्प था, उनकी फ़सल बच गई। गाँव में ताल पोखर बचे नहीं। पाट के खेत बना दिए गए। हमें पानी कहाँ से मिलता?"

ब्रांच मैनेजर आए। उस औरत से मुझे बात करते देख उनकी त्योरियाँ चढ़ गईं। उनको लगा कि मैं बैंक का समय बर्बाद कर रहा हूँ। कनखियों से उन्होंने भौंहें उठाकर पूछा—कौन? वह औरत उनके इशारे को भाँप गई।

"मैं आती हूँ।" कहकर वह खड़ी हो गई।

"आप भले आदमी हैं। सरकारी आदमी नहीं लगते। लगता है कि आप यहाँ के नहीं हो।" उसने हाथ जोड़ते हुए कहा।

"मुम्बई से तबादले पर आया हूँ।" मैंने उसकी तारीफ़ के जवाब में दोनों हाथ जोड़ते हुए कहा।

"मेरा अन्दाज़ा सही था।" हाथ जोड़कर वह चली गई।

2 अक्टूबर

आज छुट्टी है। जया से बात हो गई है। वह मेरे न आने से उदास हो जाती है। बस थकान थी। सुबह कुछ देर मैं यूँ ही अलसाया लेटा रहा। बैंक के साथियों का कहना था कि यवतमाल की ऊब काटने के लिए छुट्टी में निकट स्थित पैनगंगा वन्य जीव अभयारण्य या टिपेश्वर वन्य जीव अभयारण्य की तफ़रीह कर सकता हूँ। सहस्त्र कुंड जलप्रपात का लुत्फ़ उठा सकता हूँ। मैं उनसे कह नहीं पाता कि दुख के ज़र्द चेहरों के बीच किसी भी रंग-रौनक में मेरा मन नहीं रमता। जब भी पतले कोमल वृन्त पर खिलखिलाते कपास के सफ़ेद फूल के बारे में कल्पना करता हूँ, सफ़ेद कफ़न से ढकी लाश की तस्वीर आँखों के सामने घूमने लगती है। दूसरे, आग उगलती धरती

के बीच घर से बाहर निकलने की मेरी ज़ुर्रत नहीं होती। तीसरे, सोचता हूँ कि जया के साथ चलेंगे।

उठता हूँ। अख़बार खोलता हूँ। मुखपृष्ठ पर किसी नेता का बयान छपा है—

'आत्महत्या करना किसानों का फ़ैशन बन गया है।'

पढ़कर दिमाग़ झनझना जाता है। लगा कि बापू के जन्मदिन पर किसी ने मेरे दिमाग़ में कील ठोंक दी हो।

कितना नीचे हम गिर गए हैं। ग़लीज़ राजनीति ने हमारी भाषा और संस्कारों को सबसे ज़्यादा बिगाड़ा है। आत्महत्या करनेवाले किसान विनायक की औरत कल अपने पति के बैंक खाते में जमा रुपया निकालने के लिए फिर बैंक आई थी। उसकी कहानी ही नेताजी ने सुन ली होती तो शायद उनकी बेशर्म आँखों के कोर पर भी एक बूँद आँसू आ जाता।

डेथ सर्टिफिकेट विनायक के देवर के पास है। वह डेथ सर्टिफिकेट अपनी भाभी को नहीं दे रहे हैं। डेथ सर्टिफिकेट के बिना बैंक मृतक के खाते का रुपया दे नहीं सकता। अपनी छोटी-सी बेटी को साथ लेकर वह पुलिस के पास अपने ससुर की शिकायत के लिए गई। पुलिस थाने में सिपाही ने डेथ सर्टिफिकेट दिलाने के बजाय उसे पूछताछ के बहाने रोक लिया। थानेदार ने बताया कि उसके पति की मौत की जाँच पुलिस हत्या की नज़र से भी कर रही है। सिपाही बार-बार उससे तरह-तरह के सवाल कर यह कहलवाना चाह रहे थे कि उसका कोई रिश्ता उस साहूकार से है जिससे उसके शौहर ने अपनी बहन की शादी के लिए मकान बन्धक रखकर उधार लिया था।

फूट-फूटकर रोते हुए उसने मुझे बताया कि पहले उसे पति की 'हत्यारी' कहा गया। अब उसे 'कलंकिनी' ठहराया जा रहा है। वह इसे अपने देवर की साज़िश मान रही थी। उसका शक था कि जानबूझकर उसका अवैध सम्बन्ध साहूकार से जोड़ा जा रहा है ताकि आत्महत्या को साहूकार और उसकी मिलीभगत से की गई हत्या साबित किया जा सके। दोनों को जेल भिजवाकर एक तरफ़ खेत से उसे बेदख़ल करने का मौक़ा उन्हें मिल जाएगा, वहीं दूसरी ओर साहूकार के पास रखा ससुर का मकान नीलामी से बच जाएगा।

अचानक उस औरत ने अपनी गाँठ से दस रुपये का एक नोट और एक रुपये का सिक्का निकालकर मुझे देते हुए विनती की। "आप तो मुम्बई में रहते हो। वहाँ सिद्धि विनायक मन्दिर की बड़ी महिमा है। उनके यहाँ मेरा प्रसाद चढ़ाकर मेरे लिए दुआ माँग लीजिएगा।"

उसकी आवाज़ इतनी सूखी थी जैसे पूरे विदर्भ का सूखा उसके गले से बोल रहा हो।

मैं एक पल के लिए सिहर गया। मेरी आँखें गीली हो गईं। मैंने उसका मुड़ा-तुड़ा नोट और सिक्का एक काग़ज़ में अलग रखते हुए कहा, "जब भी जाऊँगा, आपका प्रसाद गणपति बप्पा के चरणों में रखकर आपकी प्रार्थना उन तक ज़रूर पहुँचा दूँगा। बप्पा सब ठीक करेंगे।"

मुझे लगा कि मेरी कोरी दिलासा थोथी है। हर जगह से निराश आदमी ही अक्सर अमूर्त ईश्वर की शरण में चला जाता है। आत्मसम्मान के लिए ग़रीब किसान आत्महत्या कर लेते हैं। बैंक अधिकारियों की मिलीभगत से बेशर्म अमीरों के करोड़ों ऋण माफ़ होते हैं। कोई सवाल उठाए तो मेरी तरह भुगते।

बैंक के बड़े अफ़सरों पर कोई असर नहीं। अमीर रुपये लेकर चम्पत। बैंक ख़स्ताहाल और मरणासन्न। जनता की पसीने की गाढ़ी कमाई से सरकार द्वारा बैंक की टूटती साँस को फिर पटरी पर लाना। यह लूट का सिलसिला चलता रहता है। जया ने एक बार हँसकर कहा था कि लूट के लिए अंग्रेज़ी में कितने सुन्दर नाम बैंकरों ने दिए हैं। री-शेड्यूलिंग, री-स्ट्रक्चरिंग, राइट ऑफ़।

मुझे लगता है कि यह पढ़े-लिखों की लूट है। इसमें बन्दूक से गोली नहीं चलती। कोई ख़ून-ख़राबा नहीं होता। सिर्फ़ सुन्दर शब्द गढ़े जाते हैं। चन्द काग़ज़ों पर अबूझ भाषा में लिखा-पढ़ी करके जनता की कमाई लूट ली जाती है।

बहरहाल देर हो गई है। धूप कमरे के भीतर इस तरह आ गई है जैसे बिना किसी वारंट के पुलिस आदिवासियों के घरों में घुसकर उन्हें धमकाती रहती है।

अब जल्दी मुम्बई जाना होगा। सिद्धि विनायक भगवान का क़र्ज़ा मेरे सिर पर है न!

डायरी में और भी पन्ने थे लेकिन जया का मन बोझिल हो चुका था। उसने डायरी बन्द कर दी।

क़ुदरत की बख़्शी सभी नियामतों का बँटवारा बराबर होना चाहिए।

आकाश स्पोर्ट्स शू के तस्मे तेजी से बाँध रहे थे। छह बजे चौराहे पर उन्हें पहुँचना था जहाँ उसके दो दोस्त इन्तज़ार कर रहे थे। जूते के तस्मे का एक सिरा बड़ा था और दूसरा छोटा। लेकिन उनके पास इतना धैर्य और समय नहीं था कि तस्मों के छल्लों को बराबर आकार का बना सके। आकाश की इस हड़बड़ी पर वसुधा मन-ही-मन मुदित हो रही थी। उसे लगा कि आकाश अपना कोई काम तैयारी से नहीं करते। काम के पहले कुछ भी ख़याल नहीं रखते। फिर देर होने पर हड़बड़ी में काम बिगाड़ देते

हैं। वह कई बार हँसी में उसे 'हड़बड़राम' कहकर पुकारती। तस्मे बाँधने के दौरान गर्दन झुकी होने के बावजूद आकाश ने वसुधा की उपहासात्मक हँसी को कनखी से देख लिया था। वक़्त की कमी के कारण उसे अनदेखा कर लिफ़्ट की तरफ़ वह भागे।

सोसाइटी की इमारत से उतरते ही आकाश उस चौराहे की तरफ़ चलने लगे जिधर से चिल्ल-पों की आवाज़ सुनाई दे रही थी। वहाँ सड़क के किनारे सब्ज़ी बाज़ार की गहमागहमी से शाम गुलज़ार रहती। हाथ में थैला लटकाकर बच्चों को सँभालती औरतें सबसे अधिक मोलभाव करती दिखतीं। कभी-कभार म्यूनिसिपल कॉरपोरेशन की गाड़ी आने की ख़बर से भाजी बाज़ार में भगदड़ मच जाती। फिर तो अजब ही नज़ारा होता।

छोटी-छोटी गेंदों की तरह चारों तरफ़ आलू लुढ़क जाते। कुछ लोग लपककर दो-चार आलू अपने थैले में डाल लेते। दुर्घटना में कुचली खोपड़ी की तरह पिचककर टमाटर फैल जाते। कभी कोई ग़रीब लड़का टोकरी से छिटका अमरूद जेब में ठूँस लेता। सब्ज़ी बेचने वाले असहाय से अपनी दुनिया लुटते हुए देखते रहते। सड़क पर कुछ सब्ज़ीवाले अपना टाट-बोरा बाँधकर सड़क से दूर किसी पहचान के दुकानदार के यहाँ साँस रोककर खड़े रहते। कुछ धरपकड़ लिए जाते। उन्हें सब्ज़ी के बोरों की तरह म्यूनिसिपैलिटी की गाड़ी में पीछे बिठाकर ले जाया जाता। फिर वहाँ पता नहीं क्या कार्रवाई होती या लेन-देन होता कि अगले दिन और कभी-कभी तो कुछ ही घंटे बाद वह अपनी ठाँव पर ग्राहकों को फिर से पुकार लगा रहे होते। ग्राहकों से ऐसे हँसी-मज़ाक़ कर रहे होते जैसे अभी उनके साथ कुछ हुआ ही नहीं हो। आकाश मन-ही-मन सड़क के इन वीर बाँकुरों की जिजीविषा को प्रणाम करते।

वहीं कोने पर गन्ने के रस की दुकान पर एक छोटा क्रेशर चलता दीखता।

आकाश अपने दोनों दोस्तों के साथ सैर के बाद अक्सर वहाँ गन्ने का रस पीते। दुकानदार अंगद उन्हें पहचानने लगा था। हालाँकि आकाश को हमेशा यह आशंका सताती रहती कि जिस तरह जूठे गिलास वह एक बाल्टी में रखे गन्दे पानी में बार-बार धोता है, उससे उन्हें कोई जानलेवा छूत का रोग न पकड़ ले।

इधर कुछ दिनों से वे प्लास्टिक गिलास में रस पीने लगे थे। आकाश रस पीना छोड़ भी देते किन्तु अपनी सैर के सबसे बुज़ुर्ग साथी बलराम यादव की गन्ने के रस पीने की बलवती इच्छा को वह टाल न पाते।

बलराम को मीठे रस में नीबू के साथ चटपटे मसाले का स्वाद दिव्य लगता। सैर के उनके दूसरे साथी हनुमान तिवारी का मन भेलपूरी में अधिक बसता। वह भेलपूरी में सींगदाना और प्याज़ ख़ूब पसन्द करते। आकाश की जीभ भी भेलपूरी में नीबू रस और हरी मिर्ची का मेल बहुत अच्छा लगता, जबकि तीखी भेलपूरी से बलराम यादव के पेट में जलन होने लगती। भेलपूरी वाला अपने इन रोज़ाना के ग्राहकों को पहचान गया था। वह उन पढ़े-लिखों से अधिक लोकतांत्रिक था जो दूसरों के खान-

पान पर टीका-टिप्पणी करते हैं या उन पर अपनी पसन्द थोपते हैं। वह इन तीनों के स्वादानुसार भेलपूरी बनाता। उसे यह देखकर मज़ा आता कि पैसा देने के लिए इन तीनों बुज़ुर्ग ग्राहकों में होड़ लगी रहती। तीनों में कोई कंजूस नहीं दिखना चाहता।

हमेशा की तरह बलराम चौराहे पर खड़े अपने साथियों का इन्तज़ार कर रहे थे।

वह सबसे पहले ठिकाने पर पहुँचते। आकाश कई बार उनसे विनोद करते कि बलराम जी! आप समय के इतने पाबन्द हैं कि घड़ी मिलाई जा सकती है। बलराम के चेहरे पर मुस्कान खिंच जाती।

"मैं तो घड़ी भी नहीं पहनता आकाश भाई! बस भोंपू बजने के पहले मिल के मेनगेट पर समय पर पहुँचने की आदत का असर है।"

बलराम के साथ यही मुश्किल है। कोई बात शुरू करो, बात को खींच-खाँच कर अपने पुराने दिनों की दुनिया में घसीट लाते हैं। शायद इससे बलराम को तसल्ली मिलती है।

दरअसल अतीत में वही लोग ज़्यादा विचरते हैं जो अपने फ़िलहाल से दुखी होते हैं।

बलराम बाहर से दुखी नहीं दिखते। उनके पास दुखी होने का कोई बड़ा कारण भी नहीं है। उनके पास एक आम हिन्दुस्तानी की तुलना में सब कुछ तो है। उनका भरा-पूरा परिवार है। बेटा-बहू दोनों नौकरी करते हैं। बलराम अब चाल में नहीं, दो कमरे के अपने फ़्लैट में रहते हैं। उनका अपना कमरा है। बेटा एक बिल्डर के यहाँ अच्छी पगार पर काम करता है। बहू टीचर है। एक बेटा बंगलौर आईटी में काम करता है। वह हर महीने उनके सेविंग अकाउंट में ख़र्च के लिए रुपये डाल देता है। बेटी की शादी हो चुकी है। दामाद बैंक में क्लर्क है। फिर बलराम अक्सर अपने अतीत की दर्दभरी कहानियाँ क्यों दुहराते रहते हैं, इसका उत्तर शायद बलराम ख़ुद भी नहीं जानते।

बलराम जितना अतीत में जाते, हनुमान तिवारी उतना ही वर्तमान में अटके रहते।

हनुमान तिवारी के सिर पर तमाम संस्थाओं की इतनी ज़िम्मेदारियाँ हैं कि कई बार उन्हें यह भी सुध नहीं रहती कि कब कहाँ जाना है। वह हमेशा व्यस्त दिखते। सैर के लिए भी उनको फ़ुरसत नहीं। डॉक्टर का दबाव न होता और अपने ज़िले आज़मगढ़ के साथी बलराम से मिलने की ललक न होती तो वह सैर को भी ठेंगा दिखा देते। सैर में भी वह मिलने की जगह पर सबसे देर से पहुँचते। आते ही उनकी आवाज़ हवा में गूँजती।

"देश-दुनिया का काम भारी सिरदर्द है भाई! एक मिनट की भी फ़ुरसत नहीं। लोग घेरे रहते हैं। बड़ी मुश्किल से निकल पाया हूँ।"

उनकी इस बात पर कई दफ़ा बलराम यादव अपने नए साथी आकाश की ओर अपनी एक आँख दबाकर दबी-दबी हँसी हँसते।

शायद ऐसा एक दिन भी नहीं रहा होगा जब हनुमान ने अपनी व्यस्तता का रोना न गाया हो।

कुछ लोग संसार की कोई चीज़ नहीं छोड़ते। लालच में हर चीज़ दबोच लेना चाहते हैं। हनुमान तिवारी उनमें एक हैं।

दरअसल तीनों सैर अपने लिए करते और जताते यह कि दूसरे मित्र के लिए कर रहे हैं।

बलराम यादव का शरीर भारी था। वे धीरे-धीरे चलते। हनुमान तिवारी दुबले-पतले जैसे शरीर से मांस का वैर हो। उनकी चाल तेज़ रहती।

आहिस्ता-आहिस्ता चलते हुए बलराम कोई न कोई क़िस्सा छेड़ देते। जब उसका कोई सिरा छूटने लगता तो वह कुछ आगे बढ़कर रुक जाते। बीच-बीच में वह आकाश और हनुमान तिवारी से भी पूछ लेते कि "सुन रहे हो न?"

"सुन रहे हो न?" यह बलराम का तक़िया कलाम था।

दरअसल सूती मिल के शोर में रहने के कारण बलराम यादव के कान ख़राब हो गए थे। वह ऊँचा सुनते। उनको हमेशा लगता कि दूसरों को भी उनकी ही तरह शायद कम सुनाई देता है।

कोई भी क़िस्सा हो या घटना बलराम की सूई एक ही जगह रुक जाती—गिरिगाँव।

वह अपने क़िस्सों में अक्सर गिरिगाँव के उस दौर में पहुँच जाते जब मिलों के आसपास और फाटक के बाहर लाल लहराते झंडे सिर्फ़ मिल मालिकों की ही नींद नहीं उड़ाते थे, सत्ता के लिए लाल घूरती आँखों वाले सिग्नल भी थे। तब बलराम की आँखों में सत्तर के दशक का सूती मिलों का नक़्शा उभर आता जहाँ वह कामगार थे। वह दौर ही कुछ और था। मुम्बई की तरह बम्बई नहीं था। गिरिगाँव और लोवर परेल के आसपास मिल की काली चिमनियाँ आकाश की ओर तोप की नली की तरह सिर उठाये खड़ी रहतीं। उनसे बेहिसाब धुआँ निकलता रहता। मिल के अहाते में ट्रक से रुई की बड़ी-बड़ी गाँठे आतीं। कामगार की पीठ पटरा बनकर उन्हें उतारते। फिर उन्हें लोहे की ट्रॉलियों में रखकर ब्लोइंग रूम ले जाया जाता।

ब्लोइंग रूम में पहले रुई गाँठों को दो रोलरों के बीच से निकालकर लोहे की थापियों से धुना जाता। थापियों की चोटों की कर्णभेदी आवाज़ और रुई के महीन रेशे हवा में तैरते रहते। फिर कार्डिंग रूम में घूमते बड़े रोलर के दाँतों के बीच डालकर रुई के बीज, धूल और ग़र्द को साफ़ किया जाता। रुई चिड़िया के पंखों की तरह बेहद हल्की और मुलायम बन जाती। रुई से पतली-पतली पूनियाँ बनतीं। फिरकी की तरह घूमती हुई लम्बी-लम्बी तकलियों से पतले तार की तरह धागे बनकर गोल चर्खियों में लिपटते जाते।

धागों का तनाव बढ़ाने के लिए इन्हें खींचा जाता। फिर करघे पर कपड़े बुनने का काम शुरू होता। इसके बाद कपड़ों के धागों की सफ़ाई, मज़बूती और चिकना

बनाने के लिए उन्हें तमाम तरह के रसायनों से गुज़ारा जाता। कपड़े में सफ़ेदी लाने के लिए ब्लीचिंग की जाती।

बलराम अक्सर आकाश से भावुक होकर अपने सूती कुर्ते को छूते हुए कहते, "आकाश भाई! इसमें मज़दूरों, किसानों का पसीना मिला है।"

"हाँ दादा!"

आकाश सिर हिलाकर अपनी रज़ामन्दी दिखाते। मुलाक़ात के दिन से ही आकाश बलराम को उम्र में बड़े होने के कारण 'दादा' कहकर पुकारते थे। फिर हँसकर कहते, "लेकिन रुपया ऐसा साबुन है दादा, जो पसीने की महक को उड़ा देता है।

मिल में जॉबर ज़्यादातर मराठी होते। उत्तर भारतीय कामगारों को ज़्यादा मुश्किल वाली ड्यूटी मिलती। दरअसल मिल में नौकरी मिलना भी उन दिनों बड़ी नियामत थी। बिना सिफ़ारिश या चिरौरी के वह भी नहीं मिलती। अपनी ज़बान या अपने गाँव या अपनी जाति-धर्म को लेकर पैरवी होती। जॉबर को खिलाना-पिलाना पड़ता। मराठीभाषी मावलों और कोंकण के तटीय इलाक़ों के कामगारों को ज़्यादा आसानी से नौकरी मिलती।

गिरिगाँव के बाद बलराम के क़िस्सों में अक्सर दूसरा ज़िक्र सिने अभिनेता दिलीप कुमार का आता।

एक शाम आकाश से रहा नहीं गया। उन्होंने दिलीप कुमार से उनकी इतनी मुहब्बत का राज़ पूछा।

बलराम के चेहरे पर बेहिसाब टेढ़े-मेढ़े अक्षर उभर आए। वह कहने लगे, "हम मिल के पास एक चाल में रहते थे। चाल क्या थी, समझो तीन मंज़िला रेलगाड़ी का डिब्बा था। उसका एक बड़ा कमरा हमारे पास था। इसमें बारह लोग रहते। सभी एक ज़िले के थे। आज़मगढ़।

"आज़मगढ़?" आकाश ने विस्मय से उनकी तरफ़ देखा।

"हाँ! वही आज़मगढ़ भाई! आज पूरे देश में बदनाम है। अपराधियों और आतंकवादियों का गढ़ कहा जाता है। उन दिनों मेहनतक़श ज़िला जाना जाता था। हम सभी भोजपुरी बोलते। चाल के कोने में सुबह संडास जाने की होड़ में हम जल्दी जागते। वहाँ लम्बी क़तार लगती। उमस, चिपचिपाहट, पसीना, बदबू के बावजूद हमारा कमरा हमेशा बोलता और हँसता रहता। हम लोगों की अलग-अलग ज़िन्दगी थी। फिर भी हमारे बीच एक अजीब याराना था। सबकी अपनी छोटी-छोटी पेटियाँ थीं। एकाध को छोड़कर कोई भी पेटी में ताला नहीं लगाता। एक ही क़मीज़ पहनते-पहनते जब हम ऊब जाते तो कभी-कभार एक-दूसरे की क़मीज़ माँगकर पहन लेते। कमरे में कम लोगों के सोने की जगह थी। मिल में शिफ़्टों में काम होता। जो मिल में ड्यूटी पर जाता, उसकी जगह पर ड्यूटी करके लौटा थका आदमी

बिस्तर पर लेट जाता। हम कमरे में सोते मगर हमारा कमरा कभी नहीं सोता था। मुसीबत उस दिन होती जिस दिन मिल में छुट्टी होती। एक कमरे में हम लोगों के बैठने की जगह भी न होती।

"हालाँकि हमारे बीच ज़रूरत की एक समझ बन गई थी। हम अपना देश-परिवार छोड़कर यहाँ कमाने आए थे। हमारा एक ही कौल था कि हर हाल में पैसा बचाना है। ख़ुद पर कम-से-कम ख़र्च करना है। छुट्टी के दिन कुछ लोग कमरे में रहते। बाक़ी शहर में समय काटने के लिए निकल जाते। कोई गाँव में इन्तज़ार करते अपने बीवी-बच्चों के लिए सस्ते कपड़े, जूते, चप्पल, छाते खोजने के लिए बाज़ार की धूल फाँकता। कोई पार्क की किसी ख़ाली बेंच पर गमछा सिर के नीचे रखकर सो जाता। कोई बस स्टैंड के छज्जे के नीचे बैठकर बस से चढ़ती-उतरती सवारियों को देखकर ख़ाली समय काटता। धोती का ढीला कमाठीपुरा चला जाता। कोई पूरी शाम गिरिगाँव चौपाटी बीच की रेत पर लेटकर समुद्र की आती-जाती लहरों को देखते हुए गुज़ारता। मुझे सिनेमा का चस्का लग गया था।"

आकाश मन्द-मन्द मुस्कराए।

सहसा उन्हें अपना बचपन याद आ गया जब उन पर फ़िल्मी गानों का जुनून छाया हुआ था। आकाश के चेहरे पर बिजली की त्वरा से आई मुस्कान बलराम की आँखों से छूट गई। वह अपनी रौ में थे।

"दिलीप कुमार की पहली फ़िल्म देखी थी 'गंगा-जमुना।' आगे की सीट पर बैठकर। हम बड़े ख़ुश थे कि कम पैसे में आगे की सीट मिली। हमारे गाँव के मेले की नौटंकी में आगे की सीट महँगी रहती। यहाँ लगा कि बड़े शहर में उलटी गंगा बहती है। पता चला कि हम बुड़बक थे। सिनेमा हॉल में आगे बैठने से आँखें दुखती हैं। गर्दन अकड़ जाती है।"

बलराम अपनी बेवकूफ़ी पर पहली बार हँसे। फिर कहने लगे, "आकाश भाई! क्या फ़िल्म थी! क्या गंगा बना था दिलीप कुमार! बन्द गले का कुरता दोलँगी धोती। कमर पर बँधा गमछा। गले में लटकी काली तावीज़। मन गमगम हो गया। लगा कि कोई हमरे गाँव का नौजवान पट्ठा है। गंगा क्या नाचा था! 'नैन लड़ जैहें तो मनवा मा कसक होइबे करी।' पाँव पीछे करके चलता। फिर टाँग आगे कर दाएँ-बाएँ लहराते हुए ठुमकता। हमरा तो मन उसके साथ नाचने लगता।"

दिलीप कुमार का ज़िक्र आते ही हनुमान तिवारी का चेहरा बिगड़ गया।

"मुझे तो मनोज कुमार की फ़िल्में अच्छी लगती हैं।" हनुमान तिवारी ने बलराम की बात में अपनी चिरपरिचित लंगी मारी। बलराम ने उन्हें डपट दिया।

"बीच में न घुसो। सब्र करो। हमका भी मनोज कुमार की फ़िल्में पसन्द हैं। लेकिन हम देखे हैं कि जब भी मैं दिलीप कुमार की बात करता हूँ, तुम मनोज का राग अलापने लगते हो। दिलीप कुमार के बारे में तुम्हारी सोच को हम जानते हैं।

आकाश भाई! उस दिन भी ऐसे ही हुआ था। 'गंगा-जमुना' देखने के बाद जब मैं दिलीप कुमार की तारीफ़ कर रहा था तो तिवारी जी जैसे मेरे एक दोस्त ने मेरी तारीफ़ पर नफ़रत की अपनी बाल्टी उड़ेल दी। उसने फुसफुसाकर मुझसे कहा, जानते हो! दिलीप कुमार मुसलमान है।

"मैं हक्का-बक्का था। गंगा मुसलमान हो सकता है, कभी सपने में भी नहीं सोचा था। उनके लिए इज़्ज़त मन में और भी बढ़ गई। उसने कितने किरदार हिन्दू के किए।

उन दिनों दिलीप कुमार का रंग मुझ पर चढ़ा था। उनको कोई उलटा-सुलटा बोलता तो आगा-पीछा बिना सोचे किसी से भी लड़ जाता। एक बार तो खनवाल पर बातचीत में हमारे एक साथी ने दिलीप कुमार को पाकिस्तान का एजेंट कह दिया। मेरा ख़ून खौल गया। मैंने उसे थप्पड़ रसीद कर दिया। उसने भी मुझे धक्का दिया। हम दोनों में हाथापाई हो गई। साथियों ने हम दोनों को पकड़कर अलग किया। हमारी बोलचाल बन्द हो गई।"

हनुमान इस कथा को सुनने के बाद बलराम से दूर कुछ आगे-आगे चलने लगे जैसे उन्हें पीछे चल रही बातचीत में कोई दिलचस्पी नहीं हो।

हनुमान और बलराम के विचार नहीं मिलते। अगरचे बलराम को पक्का यक़ीन था कि एक न एक दिन बलराम और आकाश को मीरा रोड की शाखा में सदा वत्सले गाते हुए वह ज़रूर देखेंगे।

हनुमान को घुड़कने के बाद बलराम ने अपनी कथा का धागा फिर पकड़ लिया।

"गंगा-जमुना देखने के बाद हम पर दिलीप कुमार का नशा सवार हो गया था। हम गंगा की तरह बाल काढ़ते। मूँछें भी कुछ-कुछ उसी तरह की रख ली थीं। बम्बई आने के पहले अम्मा ने एक बाबा का फूँका तावीज़ बाँह में बाँध दिया था। उस तावीज़ को गंगा की तरह काले धागे में बाँधकर गले में पहन ली। पहले उलटे त्रिभुज कट कुर्ता पहनता था। गंगा-जमुना फ़िल्म देखने के बाद मैंने बन्द गले का एक कुर्ता सिलवाया। उसे हम बहुत सहेजकर रखते। किसी ख़ास जगह जाना होता तो उसे पहनते। पहनने के बाद मन-ही-मन अपने को गंगा समझकर फूलकर कुप्पा हो जाते। एक बार हमारे चाल के साथी ने तारीफ़ में कहा भी था—एकदम दिलीप कुमार लग रहे हो—उससे हौसला और बढ़ गया।"

यह कहकर बलराम के चेहरे पर कुछ वैसी ही चमक आई जैसे इस क्षण उन्होंने अपने उन दिनों का कोई फ़ोटो चुपके से देख लिया हो। उनकी बात का धागा नहीं टूटा।

"'पैग़ाम', 'लीडर' और 'सगीना महतो' फ़िल्में देखकर हम तो दिलीप साहेब के पूरी तरह मुरीद हो गए। पैग़ाम तो कई बार देखी। उसकी कहानी अपनी कहानी लगती।"

चलते हुए बोलते समय बलराम हाँफने लगे। चेहरा सुर्ख़ हो गया।

बलराम थक गए थे। तीनों ने गन्ने का रस पिया। हनुमान तिवारी अपना मूल

संकल्प नहीं भूले थे। "आप लोग सुबह शाखा में आइए। आपके अनुभव से हमारी शाखा समृद्ध होगी।" बलराम और आकाश दोनों समवेत स्वर में बोले, "ज़रूर।" वे हनुमान को कभी निराश नहीं करना चाहते।

अगले दिन सैर पर आने के लिए हनुमान तिवारी को इतना ही आश्वासन काफ़ी था।

बहू-बेटा के काम पर चले जाने के बाद बलराम फ़्लैट में जब अकेले रह जाते तो अपने कमरे की दीवार पर टँगी अपनी बीवी के पीले धुँधले फ़ोटो के सामने खड़े हो जाते मानो उनसे कुछ कहना चाहते हों जो उनके रहते उनसे दूर रहने के कारण कभी नहीं कह पाए थे। यह फ़ोटो मेले में उन्होंने ज़बरदस्ती खिंचाया था। उनकी घरवाली रामकली की शर्मीली मुस्कान और उनके दुबले-पतले शरीर की दृढ़ता और सहनशीलता की चमक उसमें दिखती। बलराम जानते थे कि उस ज़र्द फ़ोटो में उनकी घरवाली की भीतरी टूटन सामने कभी नहीं आएगी जो शौहर से दूर रहने से उनके भीतर पैदा हुई थी। वह टूटन को अपनी फ़ौलादी कर्मठता की ओट में हमेशा छिपा लेती थी। मन के ज़ख़्म फ़ोटो में नहीं आते। फ़ोटो में उन्होंने नई धोती ज्यूँ-त्यूँ लपेटे हुए सिर पर ओढ़ रखी थी। वही धोती जिसे क्राफोर्ड मार्केट से कई दुकानों के चक्कर लगाकर बलराम ने ख़रीदा था। काली किनारी की पीली धोती साँवली रामकली पर ख़ूब फबती।

हर मुम्बई प्रवासी की तरह बलराम अब अक्सर आत्मग्लानि से भर जाते हैं कि जब भी वह सालाना छुट्टी पर अपने गाँव जाते थे तो उन्हें वहाँ अपने घर में एक नए बच्चे की किलकारी सुनाई पड़ती। फिर छोटे-छोटे बच्चों को जब पालना-पोसना था, वह अपनी घरवाली के साथ नहीं रहे। उन्हें हमेशा यह कचोट बनी रही कि उन्होंने सौरी में अपनी किसी नवजात सन्तान का रोता चेहरा नहीं देखा। ऐसे समय में वह या तो बॉम्बे की मिल में रुई की धूल फाँक रहे होते या अपनी चाल में अकेलेपन की आँच में झुलस रहे होते।

आख़िरकार उनकी घरवाली ने भी बदला ले ही लिया। वह भी उनका साथ जल्दी ही छोड़कर ऊपर सिधार गई।

हर मुम्बई प्रवासी की तरह यह बात भी घुन की तरह बलराम यादव की आत्मा को कुतरती रहती कि वह रामकली को अन्तिम समय देख भी न सके। उसके न रहने का तार जब मिला तो दो दिन बीत चुके थे। उसी दिन रेल के जनरल डिब्बे में बैठकर जब वह गाँव पहुँचे तो उसका बेटा सिर घुटाए लोटा लिये घर से बाहर किरिया पर बैठा था। उस दिन उन्हें लगा कि परदेस में रहकर वह कितने दरिद्र हैं। वह कितने अभागे हैं कि अपनी रामकली की अन्तिम यात्रा में अपना कन्धा भी न दे सके।

बलराम यादव अकेले में अक्सर अपने गाँव को याद करते।

बचपन में हवा के झकोरे से, पीपल की पत्तियों की सरसराहट से, रात में डर

से काँपना। ताल में जलकुम्भी के फूलों को ख़ाली समय में निहारना। फूले हुए धानों की महक से मन का गमकना। आँगन में चारपाई पर लेटे-लेटे तारों को निरखते हुए नींद के आग़ोश में खो जाना। चिड़ियों के घोंसलों से आबाद पेड़ की डालियों पर बन्दरों की तरह उछल-कूदकर लच्ची-दांडी खेलना। आँधी के झोंकों से पेड़ों से टप-टप आमों का चू कर गिरना। बाग़ के रखवाले को झाँसा देकर आम चुराकर कसकर भागना। ताल में भैंस की पीठ पर बैठकर लोकगीत गुनगुनाना। ढोलक मँजीरे की तेज़ आवाज़ के साथ ताली पीटते हुए कीर्तनियों का मधुर स्वर में भजन सुनना। होली में गोबर-कीच से दोस्तों को पोत देना। सावन में अखाड़े की मुलायम मिट्टी में कुश्ती लड़ते हुए पसीना बहाना। नए कल्लों की तरह मुलायम लाल होंठों वाली कमली का बौखल की तरह जवानी के दिनों में पीछा करना।

मुम्बई की भीड़ और शोरगुल में भी अपने गाँव की खट्टी-मीठी स्मृतियों को पिछले पचास सालों से अपनी आत्मा की दराज़ में हिफ़ाज़त से उन्होंने छिपा रखा है। एक प्रवासी की अपने गाँव-घर की स्मृतियाँ और वहाँ लौटने का स्वप्न ही परदेस में उनका सबसे बड़ा सम्बल होता। बलराम अपने गाँव की इस हँसती-गाती दुनिया को छोड़कर बीस साल की उम्र में अपने पिता के पास मुम्बई आए थे। पचास साल मुम्बई में रहते हो गए। अपने पिता की भी मुम्बई रिहाइश को जोड़ें तो पिछले बहत्तर साल से उनकी चार पीढ़ियाँ मुम्बई में रह रही हैं। फिर भी मुम्बई उन्हें अपना नहीं मानती। बाहरी कहती है।

हर प्रवासी का सबसे बड़ा दुख यही होता।

एक शाम सैर के दौरान उनका यह दुख छलक आया। हनुमान तिवारी उनके दुख पर भड़क गए।

"इस मुम्बई को बनाने में हम सबका भी ख़ून-पसीना लगा है। मुम्बई हमारी भी है। इस पर हमारा बरोबर हक़ है।"

हनुमान अक्सर तैश में अपने दिल की भड़ास इसी तरह निकालते। उनकी यह सीधी-सी बात बलराम के मर्म को छू जाती। हनुमान की तमाम बातों से वह इत्तफ़ाक़ नहीं रखते। बस मुम्बई को लेकर उनके इसी जज़्बे के मुरीद रहते। इसी कारण उनकी दोस्ती की साँस अभी तक नहीं टूटी थी।

"तिवारी जी ठीक कहते हैं।" बलराम ने सीधी आँखों से आकाश की ओर देखा गोया उनकी सहमति की उन्हें दरकार हो।

"मगर बलराम भाई! आप प्रवासी उत्तर भारतीय संघ के अभी तक मेम्बर भी नहीं बने हो। हमारी ताक़त बिखरी हुई है। आप संगठन से जुड़ोगे तो हमारी ताक़त बढ़ेगी।" हनुमान ने बलराम से कुछ रूठे-से स्वर में कहा।

हनुमान अपने संगठनों से किसी को जोड़ने का मौक़ा नहीं छोड़ते, चाहे प्रवासी उत्तर भारतीय संघ हो या शाखा हो। चन्दा माँगना हो या मेम्बर बनाना हो, किसी से

कहने में उन्हें न तो कोई संकोच होता और न लाज आती। उनके लिए हर आदमी एक सम्भावना होता।

"तिवारी भाई! आप जोड़ते कहाँ हो? आप तो तोड़ते हो। प्रवासी संघ हो या आपकी शाखा, दोनों जोड़ते नहीं, तोड़ते हैं। एक मराठी भाइयों से अलग करता है तो दूसरा मुसलमान भाइयों से। हम तो सबके साथ दाल में नमक की तरह मिलकर रहना चाहते हैं।"

बलराम की झिड़की हनुमान को नहीं भायी।

"आप भी बलराम भाई हमें ग़लत समझते हैं।" एक झिझकती शिकायत हनुमान के होंठों से निकली। फिर वह आगे बढ़ गए जैसे उन्होंने कुछ सुना ही न हो।

बलराम भाँप गए कि आज कुछ ज़्यादा ही हो गया। उन्होंने फिर पुचकारने के अन्दाज़ में पुकारा।

"अरे तिवारी भाई! बचकर मत निकलिए! आज आपको भेलपूरी खिलानी है। आकाश भाई कब से रट लगाए हुए हैं कि आज तिवारी जी की टेंट ढीली करानी है।"

हनुमान की तेज़ चाल कुछ धीमी हो गई। बलराम और हनुमान के बीच इस तरह अक्सर गरम-नरम चलता रहता। उम्र में बड़े होने की बलराम कुछ ज़्यादा छूट ले लेते हैं, आकाश ने सोचा।

"बलराम दादा ठीक कहते हैं। आज आपको भेलपूरी खिलानी होगी।" आकाश के बोलने से हनुमान कुछ नरम पड़ गए।

उस शाम ज़्यादा सींगदाना और ज़्यादा प्याज़ मिली भेलपूरी खाने के बावजूद हनुमान का चेहरा नाराज़गी से तिरछा ही बना रहा। अगले दिन सैर पर हनुमान नहीं आए। उन्होंने आकाश को मोबाइल करके बता दिया था कि कान्यकुब्ज ब्राह्मण सभा की कार्यकारिणी की बैठक है। संगठन मंत्री के लिहाज़ से उनका वहाँ रहना ज़रूरी है। लिहाज़ा वह नहीं आ पाएँगे।

"लगता है कि तिवारी जी को कल बात ज़्यादा चुभ गई। इसीलिए नहीं आए।" बलराम के स्वर में थोड़ा रंज घुला था।

"मुझे तो उनकी आवाज़ से ऐसा कुछ नहीं लगा। फिर आपके और उनके बीच खटर-पटर चलती ही रहती है।" आकाश ने उनके सन्देह के बादलों को हटाते हुए दिलासा दिया। बलराम सन्तुष्ट न दिखे। आकाश ने फिर जोड़ा, "देखिएगा! कल मुस्कराते हुए फिर दिखेंगे। आपके बिना उन्हें चैन कहाँ?"

बलराम को राहत मिली। उनके क़दम आगे बढ़े। उनका दायाँ हाथ बार-बार उनके कुरते की ऊपर की बाईं जेब पर एक छोटी गौरैया की तरह मँडरा रहा था। मन भी कुछ भटका-सा लग रहा था जैसे वह कुछ तय नहीं कर पा रहे हों। आकाश एक्सप्रेस हाइवे से मीरा रोड को जोड़ने वाली सड़क पर बन रहे नए अपार्टमेंटों की

वास्तुशिल्पों को निहार रहे थे कि अचानक बलराम ने अपनी जेब से एक पीला-सा फ़ोटो निकाला और उनकी तरफ़ बढ़ा दिया।

आकाश ने दाहिने हाथ में फ़ोटो लेकर अपने बाएँ हाथ से पैंट की जेब से चश्मेदानी निकाली। उनकी दूर की नज़र ठीक थी। नज़दीक की चीज़ पढ़ने या देखने के लिए वह अक्सर चश्मा लगाते।

पीले फ़ोटो में तीन चेहरे थे। लँगोट पहने एक चेहरे को आकाश आँखों पर ज़ोर देकर पहचान गए। वह बलराम की जवानी का फ़ोटो था। उनके गले में एक मेडल था। बीच में खड़े आदमी को वह नहीं पहचान पा रहे थे। वैसे उनकी दाहिनी ओर धोती-कुर्ता पहने आदमी की आँखें और भौंहें लँगोटधारी से कुछ-कुछ मिलती-जुलती थीं। आकाश ने उनकी और बलराम की मिलती-जुलती गोल ठुड्डी से अनुमान लगाया कि शायद बलराम के पिताजी होंगे।

"दादा! आप कुश्ती लड़ते थे?"

बलराम कुछ नहीं बोले सिर्फ़ मुस्कराए जैसे उनका मुस्कराना ही उनकी सहमति का संकेत था।

"दाहिनी ओर तो आपके पिताजी लग रहे हैं। बीच में खड़े आदमी को नहीं पहचान पा रहा हूँ। नेता हैं क्या?" आकाश ने जिज्ञासा दिखाई।

"आप सही हैं आकाश भाई! यह कॉमरेड कृष्णा देसाई हैं। हमारे यूनियन के नेता। सीपीआई के एमएलए भी थे। म्यूनिसिपल कॉरपोरेशन के मेम्बर भी। उनकी दाहिनी तरफ़ मेरे बप्पा हैं। गिरिगाँव के अखाड़े में भी वह कुश्ती लड़ने जाते थे। उन दिनों पहलवान अखाड़े में व्यायाम तो करते ही थे, गणेश चतुर्थी या किसी नेता का भाषण होने पर भीड़ को सँभालने की ज़िम्मेदारी भी निभाते थे। किसी को डराने-धमकाने के लिए भी पहलवानों की मदद ली जाती थी।

"कुश्ती आपके ख़ून में है?" आकाश के मुँह से अनायास निकला। बलराम के चेहरे पर गर्व झलक आया।

"बप्पा को अपनी पहलवानी पर बड़ा नाज़ था। यह फ़ोटो दो कारणों से मेरे बप्पा के दिल के क़रीब था। एक तो इसमें उनके गुरु कृष्णा देसाई थे। दूसरा मैं था जिसे कृष्णा देसाई ने अपने हाथों से कुश्ती मुक़ाबले में जीत का मेडल दिया था। आकाश भाई! आज आप नहीं समझ सकते कि उन दिनों कॉमरेड कृष्णा देसाई या कॉमरेड डाँगे का हमारे लिए क्या मतलब था। वे हम सबके हीरो थे। कृष्णा देसाई जितने बड़े नेता, उतने ही सरल। वह ख़ुद कपड़ा मिल में काम कर चुके थे। मज़दूरों का दुख-दर्द समझते थे।

"वह मिल मज़दूरों से मिलते। उनके साथ कैरम और शतरंज खेलते। अखाड़ों में जाना उन्हें पसन्द था। पहलवानों से उनकी ख़ूब छनती। पहलवानों को लगता ही नहीं कि उनके पास बैठा आदमी एमएलए है या म्यूनिसिपल कॉरपोरेशन का नेता।

लेकिन वह मिल मालिकों और सत्ता की आँख की किरकिरी थे। दोस्तों के दोस्त और दुश्मनों के लिए काल भैरव।"

बलराम ने गहरी साँस ली। ज़्यादा बोलने से वह हाँफ रहे थे। हालाँकि भीतर से वह थके नहीं थे। थोड़ी देर ठिठकने के बाद कॉमरेड कृष्णा देसाई फिर उनकी स्मृति के दरवाज़े पर दस्तक देने लगे।

"हत्या के एक मामले में पुलिस को कॉमरेड देसाई पर शक था। वे कलकता में जाकर छिप गए। वहीं उनका सम्पर्क मार्क्सिस्ट पार्टी से हुआ। यहीं से उनके जीवन में बदलाव आया। वह अक्सर कहते कि दिमाग़ के साथ देह का मज़बूत भी होना ज़रूरी है।" बलराम कहकर चुप हो गए जैसे कॉमरेड देसाई सामने खड़े हों।

बलराम को याद था कि रत्नागिरी से बम्बई आए कॉमरेड कृष्णा देसाई की बहादुरी की कितनी कहानियाँ उन दिनों मिल मज़दूरों के बीच रुई के फाहों की तरह उड़ती रहती थीं।

कोई मज़दूर साथी भारत छोड़ो आन्दोलन के दौर का उनका क़िस्सा बयान करता जब 1946 में नौसेना विद्रोह के समय लालबाग में अंग्रेज़ी फ़ौजों से कॉमरेड देसाई ने जमकर लोहा लिया था। उन्होंने अंग्रेज़ों की मशीनगन उनसे ही छीनकर उन पर गोलियाँ बरसाई थीं। अंग्रेज़ पुलिस उनके पीछे हाथ धोकर पड़ गई।

बलराम आज आकाश पर पूरी तरह मेहरबान थे।

"चलो! आकाश भाई! आज गन्ने का रस नहीं, कहीं बैठकर चाय पीते हैं।" उन्होंने कहा।

"कुछ क़दम पर एक छोटी-सी चाय की दुकान नई खुली है। साफ़-सुथरी भी है। अभी लोग कम आते हैं। वहाँ चलकर बैठते हैं।" आकाश ने अपनी छोटी उँगली उठाकर दिशा-निर्देश के तीर के निशान की तरह इशारा किया।

रेस्तराँ ख़ाली था। आकाश ने चाय के लिए बोल दिया। आकाश के चेहरे पर चमकती उत्सुकता को पढ़कर बलराम ने कहानी के दूर छिटके सिरे को फिर पकड़ लिया।

"आकाश भाई! पहले इसे हम बम्बई कहते थे, मुम्बई नहीं। महाराष्ट्र और गुजरात अलग राज्य बनने तक बम्बई में आपसी भेदभाव बहुत कम था।

"शिवसेना बन चुकी थी। बम्बई पहली बार बँटना शुरू हुई। मराठी माणूस और बाहरी माणूस का बीज पड़ गया था। दक्षिणवासियों को मदरासी कहकर उन्हें चिढ़ाना-भगाना शुरू हो चुका था। 'बजाओ पुंगी, हटाओ लुंगी' का नारा बम्बई की हवा में गूँजने लगा था। उडुपी में हम मज़दूर कई बार चाय पीने और डोसा खाने जाते थे। उन पर शिवसेना का हमला होने लगा था। मद्रासियों को ठिकाने लगाने के बाद फिर मुसलमान और कम्यूनिस्ट उनके निशाने पर आ गए। कम्यूनिस्टों का मनोबल तोड़ने के लिए परेल की दलवी बिल्डिंग में सीपीआई के दफ़्तर पर शिव

सैनिकों ने हमला कर दिया। वहाँ तोड़-फोड़ की। दफ़्तर की फ़ाइलों को जला दिया। कुर्सी-मेज़ उठाकर बाहर फेंक दिया।

"कॉमरेड देसाई को अपमान लगा। उन्होंने पार्टी से जवाबी कार्रवाई की माँग की।"

बलराम कमर पर हाथ रखकर ठहर गए। फिर बोले,

"वे बड़े हिम्मती थे। एक बार उन पर चुनाव प्रचार के दौरान जानलेवा हमला भी कराया गया। उस हमले में अपने ब्रीफ़केस को चेहरे के आगे करके वह बच गए थे। ऐसे हमलों से मुक़ाबले के लिए कॉमरेड देसाई ने लोकसेवा दल बनाया। पार्टी इस दल के पक्ष में नहीं थी। दल के मेम्बरों की रात में क्लासेज होतीं। मैं भी लोकसेवा दल का मेम्बर था।"

"आप भी हिंसा के हिमायती थे?" आकाश ने चुटकी ली। बलराम यादव के चेहरे का रंग कुछ सुर्ख़ हो गया।

"बिलकुल! मेरे बप्पा कॉमरेड कृष्णा देसाई के पक्के समर्थक थे। बॉम्बे के लाल बाग़, परेल और गिरिगाँव इलाक़े में कॉमरेड देसाई की तूती बोलती थी। लोकसेवा दल में वह मज़बूत नौजवानों को ही चुनते। बॉम्बे से दूर लोनावाला में उनको कैम्प में ले जाते। वहाँ हथियार चलाने और दुश्मन से अपनी रक्षा करने के गुर भी सिखाये जाते।"

"आपने भी सीखा था?" आकाश की आँखों में जिज्ञासा थी।

"मैं भी लोनावाला कैम्प में जाने वाला था। पूरी तैयारी हो चुकी थी। मगर उसके पहले ही मनहूस घड़ी आ गई। एक दिन पहले कॉमरेड की हत्या हो गई।

"हत्या?" आकाश का मुँह खुला ही रह गया।

"हाँ हत्या। धोखे से बुलाकर हत्या।" बलराम की आवाज़ दुख से सीझी हुई थी। उनकी आँखें डबडबा आईं। आकाश ने पहली बार उन्हें इतना कमज़ोर देखा था। उनके मुँह से निकलते शब्द तेज़ हवा में फड़फड़ाते कपड़े की तरह काँप रहे थे।

"कॉमरेड उस रात अपने घर में खाना खाने जा रहे थे कि उनके कुछ साथियों ने कैम्प के बारे में बातचीत के लिए बुलाया। सरोजनी भाभी को यह कहकर "जल्दी लौटता हूँ," वह बिना खाए उनके साथ चले गए। वहाँ धोखे से अँधेरे में गुप्ती मारकर उनकी हत्या कर दी गई। हम सब पर पहाड़ टूट पड़ा। अगले दिन पचीसेक मिल के मज़दूरों ने उनकी हत्या के विरोध में हड़ताल की। अपने बप्पा के साथ मैं भी उनके जनाज़े में था। जनाज़े में कॉमरेड कृष्णा देसाई लाल सलाम-लाल सलाम के नारे लगाते हुए हज़ारों लोगों ने ग़ुस्से और ग़म के साथ उन्हें आख़िरी विदाई दी।"

बलराम के कप की चाय ठंडी हो गई थी। उन्होंने सिर्फ़ एक-दो घूँट ही चाय पी थी। क़िस्सा सुनाने में इतने डूबे रहे कि चाय पीने का ख़याल भी न रहा।

"हत्यारे पकड़े नहीं गए?" आकाश ने पूछा।

"पुलिस ने उन्नीस लड़कों को सन्देह में पकड़ा। तीन छूट गए। बाक़ी को सज़ा हुई। कॉमरेड की मौत से ख़ाली विधान सभा सीट से उनकी बीवी सरोजनी भाभी चुनाव लड़ीं। कांग्रेस और कई पार्टियों ने समर्थन किया। फिर भी सरोजनी भाभी हार गईं। शिवसेना को एमएलए की पहली सीट कॉमरेड देसाई की मौत से मिली। उसके बाद गिरिगाँव में लाल झंडे का रंग फीका पड़ने लगा। केसरिया शेर दहाड़ने लगा।"

बलराम के केशविहीन सिर पर पसीने की छोटी-छोटी बूँदें चमक रही थीं। आकाश की आँखों के सामने सारा दृश्य झिलमिलाने लगा।

"आकाश भाई! दो तरह की मौत होती है। एक मौत ऐसी होती है जिसमें आदमी गुज़र जाता है तो वह अपने साथ केवल शरीर ले जाता है। दूसरी तरह की मौत अपने साथ लाखों लोगों के सपने और उम्मीद ले जाती है। कॉमरेड कृष्णा देसाई की हत्या दूसरी तरह की थी। उसके कुछ दिन के बाद से ही मेरे बप्पा बीमार रहने लगे। बाद में पता चला कि उन्हें कैंसर है। लेकिन कैंसर सिर्फ़ मेरे बप्पा को ही नहीं हुआ था, समाज में भी नफ़रत के कीटाणु धीरे-धीरे फैल रहे थे। नफ़रत के रोग से लड़ने के पहले ही हम हार मान चुके थे।"

"यूनियन लीडर दत्ता सामन्त को भी तो ऐसे ही मार दिया गया था।" आकाश कॉमरेड देसाई और दत्ता सामन्त के बीच की कड़ी जोड़ने लगे।

"अरे! हमारे वह डॉक्टर साहेब थे। बेहद उम्दा आदमी। ज़िद्दी और घमंडी भी। उनकी ज़िद और सूती मिल मालिकों की लालच में लाखों मज़दूर बरबाद हो गए। वह कांग्रेस से जुड़े थे। उनका यह ज़लाल था कि इंदिरा जी भी उनसे ख़ौफ़ खाने लगी थीं। हम मज़दूरों को भरोसा था कि उनकी अगुवाई में हमको कुछ ज़्यादा फ़ायदा होगा लेकिन डॉक्टर साहेब ने इतनी लम्बी हड़ताल चलाई कि मज़दूरों के घरों में अनाज का दाना नहीं रहा। बड़ा ख़राब दौर था। मुझे भी मिल से निकाल दिया गया।"

"फिर तो बड़ी मुसीबत आ गई होगी?" आकाश का स्वर करुणा से भीग गया।

"सबसे बड़ा दुख था कि अपने मुआवज़े और हक़ के लिए दौड़ना। मुकदमेबाज़ी। आज जहाँ फीनिक्स मॉल की जगमगाती रोशनियों में बड़ा तबका ऐश करता है, वह ज़मीन हमारे पसीने से सींची हुई है।"

चाय के जूठे कप उठ चुके थे। आकाश और बलराम के आसपास की हवा बदल गई थी। चाय वाला दो-तीन बार मँडराकर कुर्सी छोड़ देने का संकेत दे चुका था। बलराम के भीतर जमी बर्फ़ पिघलकर बह चुकी थी। अलबत्ता उन्हें लग रहा था कि कहने में उनसे बहुत कुछ छूट गया है। आकाश उन छूटे दृश्यों और भावों को अपनी कल्पना में जोड़कर उन्हें पूरा करने की कोशिश कर रहे थे कि बलराम ने उनसे अपना फ़ोटो लेकर जेब में रख लिया।

अगले दिन हनुमान तय जगह पर पहले से ही खड़े कुछ बुदबुदा रहे थे। आकाश ने नोट किया था कि बुदबुदाते समय उनका चेहरा और शरीर के अंग भी हिलते रहते

जैसे उनके अंग किसी से बेचैन होकर बात कर रहे हों। बलराम को देखते ही वह चहककर बोले, "आपको यज्ञ के लिए चन्दा देना है। सौ रुपये की रसीद आप दोनों के नाम मैंने पहले ही काट दी है। कान्यकुब्ज ब्राह्मण सभा लातूर में जलवृष्टि के लिए पर्जन्य यज्ञ करने जा रही है। लातूर में भयानक सूखा पड़ा है। फ़सल चौपट हो गई है। आदमी और जानवर प्यासे मर रहे हैं। बाँध सूख गए हैं। ज़मीन के नीचे का पानी रसातल में चला गया है। बोरवेल काम नहीं कर रहे हैं। सरकारी पानी का टैंकर हफ़्ते-दस दिन में एक बार आता है। सुना है कि कई बूढ़े पुरनिया पानी की क़तार में खड़े-खड़े बेहोश हो गए। एकाध तो ऊपर सिधार गए। लातूर पर जैसे भगवान का कोप आ गया हो। वहाँ कभी भूकम्प आता है तो कभी अकाल। हालत ऐसी हो गई है कि सरकार 'जलदूत' नाम की रेलगाड़ी से पानी पहुँचा रही है।"

"पानी के लिए यज्ञ?" आकाश ने अचरज से पूछा। उसने सुना था कि त्रेताकाल में राजा जनक ने राज्य में अकाल पड़ने पर खेत जोता था। जोतने के दौरान सीताजी खेत में गड़े मटके में मिली थीं। लेकिन इक्कीसवीं शताब्दी में आज भी लोग मुम्बई जैसे आधुनिक महानगर में ऐसा सोचते और करते हैं, उसे यक़ीन नहीं हो रहा था। वह हनुमान को ऐसे देखने लगे जैसे वह त्रेताकाल से इस कलिकाल में अभी-अभी अवतरित हुए हों।

"हाँ भाई! कान्यकुब्ज ब्राह्मण सभा अपनी सामाजिक ज़िम्मेदारी समझती है। इसीलिए हम लातूर में बारिश के लिए मेघ देवता इन्द्र को प्रसन्न करने के लिए यज्ञ करने जा रहे हैं। काफ़ी ख़र्चा आएगा। एक लाख साठ हज़ार आहुतियाँ देनी होंगी। एकतीस क्विंटल हवन सामग्री लगेगी। एकतीस किलो देशी घी लगेगा। आप सबको भी मदद करनी होगी। अच्छे वेदपाठी ब्राह्मण मिल गए हैं। यज्ञ अच्छी तरह करा देंगे। आजकल ऐसे ब्राह्मण कहाँ मिलते हैं जो संस्कृत के श्लोक शुद्ध पढ़ सकें।"

हनुमान ने अपने माथे पर ऐसे हाथ फेरा जैसे ब्राह्मण मिलना सबसे बड़ी समस्या थी जिसका बोझ अब उनके सिर से हट गया है।

"आकाश भाई! अपने तिवारी जी को ज़रा समझाइए। हम तो ज़्यादा पढ़े-लिखे हैं नहीं। बस लोकसेवा दल की नाइट क्लास से दुनिया को थोड़ा कुछ जानने-समझने लगे हैं। कभी यज्ञ करने से पानी बरसा है?"

बलराम खुदी हुई सड़क पर गिरने से बचते हुए बोले।

मीरा रोड की सड़क खुदी पड़ी थी। सड़क बनती। फिर खुदती। कभी पानी का पाइप डालने के लिए तो कभी गैस पाइप लाइन डालने के लिए। कभी बिजली का तार डालने के लिए खुदाई होती तो कभी टेलीफ़ोन लाइन डालने के लिए।

"मैंने तो कभी नहीं सुना। वैसे अपना देश अजूबा है। जब भाखड़ा बाँध बना था तो कुछ लोगों ने यह अफ़वाह उड़ा दिया था कि यहाँ के पानी से बिजली निकाल

ली जाती है जिससे पानी का तत्त्व ख़त्म हो जाता है। मैंने अख़बारों में पढ़ा था कि बुंदेलखंड और बिहार के कुछ इलाक़ों में इन्द्र देवता को प्रसन्न करने के लिए गाँव की औरतों ने निर्वस्त्र होकर खेतों को हल से जोता। मंत्र पढ़ा। फिर भी वहाँ बारिश नहीं हुई। कई जगह बारिश बुलाने के लिए मेढकों का विवाह भी किया गया। फिर भी आकाश से एक बूँद पानी नहीं गिरा।"

आकाश के स्वर में उपहास था। हल्का सा व्यंग्य भी जो किसी समझदार को तिलमिलाने के लिए काफ़ी था। हालाँकि हनुमान दूसरी मिट्टी के बने थे।

"बलराम दादा तो कम्यूनिस्टों की संगत में हिन्दू विरोधी बन गए। नास्तिक हैं। इधर मैंने देखा है कि आकाश भाई आप भी उनकी लाइन पर चल रहे हैं।" हनुमान के चेहरे पर बौखलाहट थी जो कई बार अकेले घिर जाने पर झलकती थी।

"तिवारी जी! आप हर मसले को ऐसे मत उलझाइए। पानी एक बड़ा मुद्दा है। जहाँ तक लातूर में पानी की समस्या है, यह जितना क़ुदरती है, उससे अधिक आदमी का अपना बनाया संकट है। लातूर में औसत वर्षा 900 मिलीमीटर के आसपास होती है, जबकि राजस्थान की औसत वर्षा 300 से 600 मिलीमीटर के आसपास होती है। राजस्थान भी तो अपना काम कम पानी में चलाता है। इसका मतलब है कि क़ुदरत ने लातूर के साथ अन्याय नहीं किया है। राजस्थानी पानी का इस्तेमाल लातूर के लोगों की तुलना में बेहतर ढंग से करते हैं। आपने कभी सुना कि राजस्थान में पानी रेलगाड़ी से भेजा गया हो।"

आकाश कुछ पल के लिए ठहरे जैसे साँस ले रहे हों। फिर उसी त्वरा से अपनी बात कहने लगे।

"फिर आप पूछेंगे कि लातूर में पानी संकट क्यों है? दरअसल लातूर के किसान गन्ना-कपास की खेती ज़्यादा नक़दी के लिए करते हैं। ये दोनों फ़सलें लातूर का सबसे ज़्यादा पानी पी लेती हैं। बाक़ी बचे-खुचे पानी का एक बड़ा हिस्सा वहाँ के चीनी के कारख़ानों में खप जाता है। फिर सरकार वहाँ दूसरे कारख़ानों को लगाने की अनुमति भी दे देती है। धुआँ उगलते ये कारख़ाने ज़मीन का पानी पूरी तरह सुखा देते हैं। फिर पानी का संकट गहरा जाता है।"

आकाश ने हनुमान के सामने सीधे आईना रख दिया। हनुमान इधर-उधर देख रहे थे जैसे आईना देखने पर उनको अपना बिगड़ा हुआ चेहरा दिखाई देगा। बलराम मन-ही-मन अपनी युक्ति पर ख़ुश थे कि उन्होंने आकाश को सही आँका।

"अमीर-ग़रीब सबमें पानी का बराबर बँटवारा हो, पानी का ही क्यों, क़ुदरत की बख़्शी सभी नियामतों का बँटवारा बराबर होना चाहिए।" बलराम ने शब्दों का अपना हथौड़ा चलाया। ईवनिंग क्लास में एक बार पढ़ाते हुए ऐसा ही कुछ उनके किसी कॉमरेड ने कहा था जो अचानक उनके दिमाग़ में कौंध गया था।

"आप दोनों सौ-सौ रुपये मत दो। मगर भगवान के लिए हिन्दू परम्परा और

संस्कृति का मज़ाक़ मत उड़ाओ।" हनुमान ने कुछ झुँझलाकर तमतमाते हुए अपना आख़िरी बाण छोड़ा।

"हमसे दो सौ रुपये लीजिए। यज्ञ के लिए नहीं। लातूर के लोगों की मदद के लिए। जहाँ तक हिन्दू होने की बात है, मैं पक्का हिन्दू हूँ लेकिन आप जैसा नहीं।" बलराम यादव की झिड़की में तिलमिलाहट थी। वह कई बार अपनी धोबी पछाड़ बात से दूसरे को चारों खाने चित कर देते थे।

हनुमान हकलाते हुए कुछ कहना चाह रहे थे। फिर पता नहीं क्या सोचकर ख़ामोश हो गए। आकाश को तसल्ली थी कि वह इस बहस-मुबाहसे के आख़िरी दौर में ख़ुद कुछ अप्रिय कहने से बच गए।

रस बेचनेवाले ने इन तीनों को अपनी ओर आता देखकर प्लास्टिक के तीन गिलास निकाल लिए थे। फिर क्रेसर में नए गन्ने लगाकर पेरने लगा था।

तीखी बातचीत की गर्मी के बाद तीनों को गन्ने का रस ठंडा और मीठा लग रहा था।

ताक़तवर अमीर तबका विभिन्न माध्यमों से धीरे-धीरे यह विचार फैलाता है कि क्रिकेट की पिचों पर ख़र्च किया गया पानी आम आदमी के हित में है। क्रिकेट से इतना कर मिलेगा कि राज्य की ग़रीबी दूर हो जाएगी।

आकाश की आँखें टेलीविज़न के परदे पर टिकी हुई थीं।

टीवी परदे पर बहस चल रही थी कि आईपीएल अर्थात् इंडियन प्रीमियर लीग के ट्वेंटी-ट्वेंटी क्रिकेट मैच का फ़ाइनल मुम्बई के प्रतिष्ठित वानखेड़े स्टेडियम में खेलना उचित है या नहीं।

दरअसल एक एनजीओ ने हाईकोर्ट में जनहित याचिका दायर की थी कि पूरे महाराष्ट्र राज्य में पानी की कमी को लेकर हाहाकार मचा है, ऐसे में क्रिकेट पिचों को तैयार करने के लिए साठ लाख लीटर पानी ख़र्च करना कितना मानवीय है? न्यायालय ने राज्य सरकार से पूछा कि पानी की क़िल्लत के कारण जब महाराष्ट्र सरकार ने होली को सूखी मनाने की अपील की हो, वहाँ सिर्फ़ मनोरंजन के लिए इतना पानी ख़र्च करना कितना जायज़ है?

आकाश को लगा कि यह समाज कितनी तेज़ी से स्वार्थी, स्वकेन्द्रित और संकुचित होता जा रहा है। तिकड़मों, फ़रेबों और चालबाज़ियों से बना एक ताक़तवर अमीर

तबका समाज में यह विचार फैला रहा है कि क्रिकेट की पिचों पर ख़र्च किया गया पानी आम आदमी के हित में है। क्रिकेट से राज्य को इतना कर मिलेगा कि वह ग़रीबों के लिए अनेक कल्याणकारी काम कर सकता है। खेल को किस तरह बाज़ार ने लील लिया है, आईपीएल इसका सबसे सटीक उदाहरण है। यहाँ हर साल क्रिकेट खिलाड़ियों की बोली करोड़ों में लगती है। आकाश ने एक बार हिसाब लगाया था कि इस लीग में खेलने के लिए कई बार किसी गेंदबाज को एक गेंद फेंकने के लिए लाख रुपये से अधिक मिल जाते हैं, जबकि ट्रक पर सामान चढ़ानेवाले मज़दूर को पूरे दिन काम करने के बाद पाँच सौ रुपये मिलते हैं।

कॉरपोरेट के तथाकथित किराये के टट्टू टीवी ज्ञानी नहीं बताते कि क्रिकेट के खेल में भी रुपये आम आदमी की जेब से आते हैं। क्रिकेट आम आदमी से रुपये भी ऐंठता है। उनका पानी भी हड़प लेता है। ग़रीबों के घर की बाल्टियों का पानी छीनकर क्रिकेट की पिचों या पाँच सितारा होटल के स्विमिंग पूलों में पहुँचता, जहाँ मुम्बई के अमीर और क्रिकेट खिलाड़ी बिकनीधारी सुन्दरियों के साथ छप-छप नहाते। प्रकृति पृथ्वी के सभी बाशिन्दों के लिए पानी का उपहार देती जिसे अमीर और ताक़तवर छल-बल से अपने क़ब्ज़े में कर लेते। गाँव के ताल-पोखर, कुआँ, बावड़ियाँ पानी की बूँदों के लिए कलपती रहतीं लेकिन स्विमिंग पूलों में कभी पानी की कमी नहीं रहती। आकाश हैरान रह जाता कि स्टेडियम में क्रिकेट मैच के दौरान पानी से ज़्यादा सॉफ्ट ड्रिंक मसलन कोक और कैम्पाकोला आसानी से सुलभ रहता। आकाश ने अख़बार में यह ख़बर पढ़ी थी कि जहाँ ऐसी सॉफ्ट ड्रिंक के कारख़ाने लगाए गए हैं, वहाँ के आसपास के भूजल का स्तर बहुत नीचे चला गया है, या सूख गया है। सॉफ्ट ड्रिंक बनाने में पानी की खपत कई गुना ज़्यादा होती है। इस तरह आम आदमी का पानी ऐसी कम्पनियाँ लूटकर बेतहाशा मुनाफ़ा कमाती हैं।

मुनाफ़ा आज का मूलमंत्र है।

आकाश ने रिमोट का बटन दबाकर चैनल बदल दिया। यहाँ चश्मा लगाए एक एंकर अंग्रेज़ी में परदे पर चीख़ रहा था कि 'नेशन वांट्स टू नो।' यह उस एंकर का तक़िया कलाम था। वह अपने चैनल पर आमंत्रित पैनल से ऐसे बात करता गोया वह उनका बॉस हो। वह अक्सर उनसे सवाल पूछता। फिर हाँ-ना में उत्तर सुनना चाहता। जो उत्तर उसके अनुकूल न होते तो उनकी बात बीच में काटकर दूसरा सवाल पूछने लगता। राष्ट्रप्रेम की आड़ में अपने विरोधी को राष्ट्रद्रोही बता देता।

आकाश को टीवी से चिढ़ होती जा रही थी। कहीं उस छोटे परदे पर कोई बाबा अवतरित हो जाते जो लोगों की समस्याएँ कभी केला या समोसा खिलाकर तो कभी किसी ख़ास रंग की क़मीज़ पहनाकार दूर कर देते। बाबा अपने किसी भक्त को काले कुत्ते को बिस्कुट खिलाने से नौकरी मिलने का झाँसा देते तो किसी नि:सन्तान को सन्तान पाने के लिए जलेबी खाने की सलाह देते।

आकाश को ऐसी आस्था और अन्धविश्वास से डर लगता। वह सोचता कि टीवी चैनल अपने लाभ के लिए किस तरह जनविवेक को नष्ट कर रहे हैं। जो चैनल साम्प्रदायिक दंगे के किसी अपराधी को एक मिनट में न्यायाधीश बनकर देवता बना देते वही चैनल ज़मीनी स्तर पर सक्रिय किसी सामाजिक कार्यकर्ता को नक्सली या अर्बन नक्सली कहकर अपराधी बना देते।

देवता का ख़याल आते ही आकाश को अन्ना हजारे की सुध हो आई। मीडिया ने किस तरह एक समय में उन्हें दूसरा गांधी बना दिया था। अन्ना भ्रष्टाचार विरोध के प्रतीक बन गए थे। अन्ना से जुड़ी एक-एक पल की ख़बर टीवी पर दिखती। कहीं अन्ना लोकपाल विधेयक के लिए अनशन कर रहे हैं तो कहीं केन्द्रीय सरकार की कैबिनेट उनकी अगवानी कर रही है।

आठ महीने अन्ना टीवी पर छाए रहे।

आज अन्ना को मीडिया में कोई नहीं पूछता। मीडिया के इस चरित्र को आकाश कई बार समझ नहीं पाता।

आकाश इसी उधेड़बुन में टीवी का रिमोट ऐसे बदल रहे थे जैसे चेन स्मोकर बेचैनी में जलती सिगरेट के एक-दो कश लेकर फेंककर झट से दूसरी जला लेता है। सहसा उन्हें कॉलबेल की आवाज़ ने चौंका दिया। उन्हें लगा कि शायद कोरियर वाला हो। बंगलौर से उनकी बेटी रुनझुन ने शायद नेटशॉपिंग से कुछ भिजवाया हो। आजकल रुनझुन को नेटशॉपिंग का चस्का लग गया है। रात में नींद न आने पर वह या तो फेसबुक पर आँखें गड़ाए रहती या नेटशॉपिंग के लिए नए-नए सामानों के लिए सर्फ़िंग करती रहती। कुछ अपने लिए और कुछ आकाश-वसुधा के लिए ऑर्डर करती। जब वे दोनों कोरियर पैकेट खोलते तो अक्सर उसमें ऐसा सामान होता जिसकी ज़रूरत उन्हें नहीं होती। जब वसुधा फ़िज़ूल का सामान भेजने के लिए नाराज़ होती तो वह कहती, "चिल्ल माँ! ज़रूरत न हो तो किसी को गिफ़्ट कर देना।"

आकाश अनमने-से उठे। दरवाज़ा खोला।

सामने एक सुन्दर युवती विराजमान थी। हाथ में काग़ज़ और बालपेन। दूधिया रंग। आँखें उजली एकदम रोशनदान-सी।

"नमस्ते अंकल!" उसकी आवाज़ की बनावटी मिठास पकड़ में आ रही थी। आकाश के होंठ जवाबी मुस्कान में थोड़े तिरछे होकर बरबस बोल उठे, "नमस्ते।"

वह सुखी घर सोसाइटी में बेहद लोकप्रिय थी। सोसाइटी के बाल-वृन्द उसे 'डॉग आंटी' कहते। पामेरियन नस्ल के कुत्ते के साथ वह सुबह-शाम सैर करने निकलती तो उससे अंग्रेज़ी में बातें करती रहती। कुत्ता भी ऐसे सिर हिलाता-डुलाता जैसे उसकी अंग्रेज़ी समझ रहा हो।

डॉग आंटी के हाथ में पेपर नैपकिन होता। जब कुत्ता अपनी सूखी लेंड़ी ज़मीन पर गिराता तो डॉग आंटी लपककर उसे पेपर नैपकिन में ऐसे उठातीं जैसे

कोई ग़रीब बच्चा हलवाई की दुकान में ज़मीन पर गिरा कोई लड्डू चुपके से उठा लेता है।

जब वह कुत्ते के साथ चलती तो लगता कि पानी की तेज़ बौछार में गन्ध बिखेरती हुई कोई कोमल लता हिल-डुल रही हो। सोसाइटी में बच्चों के कई अंकल उस हिलती-डुलती कमनीय काया को पल भर देखने के लिए चलते-चलते ठहर जाते। वह अपनी उम्र को धोखा देती। उसे देखकर लगता कि जैसे उसकी उम्र आगे के बजाय पीछे चलती हो। सोसाइटी की व्हाट्सएप की वॉल पर निशा बंसल की छवि फ़ायरब्रांड लेडी की थी। वह हर मसले में दख़ल देती। नुक्ताचीनी करती। सोसाइटी के मुद्दों पर पोस्ट लिखती। व्हाट्सएप पर तोहफ़े में मिले पोस्टों को भी उदारता से फ़ॉरवर्ड करती। सोसाइटी की मैनेजमेंट कमेटी को कठघरे में खड़ा करने से नहीं चूकती। मैनेजमेंट कमेटी मेम्बर उसके कुत्ते की परछाईं भी देखकर इधर-उधर कतराकर निकल जाते। अगर भूलवश कोई अकस्मात् सामने आ जाता तो वह बहाना बनाकर उससे पीछा छुड़ाने की कोशिश करता कि उसे अस्पताल जाना है या लोकल ट्रेन पकड़नी है।

सोसाइटी के बच्चों की 'डॉग आंटी' निशा बंसल उनके सामने थीं।

सोसाइटी के सदस्यों का यह स्थायी आरोप था कि वह सबका ध्यान आकृष्ट करने के लिए व्हाट्सएप पर सक्रिय रहती है। दरअसल निशा की नज़र सोसाइटी के अगले चुनाव में प्रेसिडेंट पोस्ट पर है।

आकाश के स्वागत भाव को भाँपते ही निशा के अंग-प्रत्यंग की चंचल मछलियाँ हरकत में आ गईं जैसे इन मछलियों को आकाश की आँखों में मीठे और ताज़ा पानी का ताल दिख गया हो।

निशा चहकी, "अंकल मैं सिर्फ़ दो मिनट लूँगी।"

उसकी आवाज़ में विनम्रता से अधिक दबंगई थी।

"आइए! आप भीतर आइए!" आकाश के आग्रह में परिचय राग का सुर बज रहा था।

सोफ़े पर बैठते ही उसने अपने हाथ का काग़ज़ आगे बढ़ा दिया, "अंकल! सिर्फ़ इस पर साइन करना है।"

काग़ज़ को हाथ में थामकर उसमें लिखे मज़मून को सरसरी तौर पर देखते हुए आकाश ने सहज ही पूछा, "यह क्या है?"

"अंकल मैं डी-1003 में रहती हूँ। मेरे सामने के फ़्लैट डी-1004 में तीन लड़कियाँ भाड़े पर रहती हैं। दरअसल वे बार गर्ल हैं। पूरी सोसाइटी का माहौल ख़राब कर रही हैं। देर रात में ड्रिंक करके गाती-लड़खड़ाती हुई आती हैं। लॉबी में शराब की बोतलें पड़ी मिलती हैं। उनके पास तरह-तरह के लोग आते हैं। तेज़ आवाज़ में म्यूज़िक लगाकर हड़कम्प मचाते हैं। गन्दी-गन्दी गालियाँ बकते हैं। कभी-कभी उनके बीच

झगड़े भी होते हैं। हम बाल-बच्चे वाले हैं। मेरा आठ साल का बेटा शोरगुल से जग जाता है। मेरे बच्चे पर इसका बुरा असर पड़ रहा है।"

निशा ने कमरे की सजावट पर उड़ती निगाह डालकर एक साँस में यह सब कह दिया जैसे वह बहुत हड़बड़ी में हो।

"देखता हूँ।" आकाश काग़ज़ लेकर अपना चश्मा लेने के लिए उठे।

"सोसाइटी के रहवासियों की ओर से हम उन्हें बाहर का रास्ता दिखाने के लिए पुलिस को लिख रहे हैं। उनका फ़्लैट मालिक यहाँ रहता नहीं है। उसे ज़्यादा भाड़ा मिल रहा है। वह उन्हें हटाने को तैयार नहीं। हमें ऐसे गन्दे लोगों को सोसाइटी से भगाना होगा।"

निशा की आवाज़ में तुर्शी थी। चेहरे पर सुर्ख़ी।

"सोसाइटी की मैनेजमेंट कमेटी क्या कहती है? सीधे पुलिस के पास जाना क्या ठीक होगा?" आकाश ने ठहरी आवाज़ में कहा गोया वह इस तौर-तरीक़े से असहमत हो।

निशा तमतमा उठी मानो किसी ठहरे ताल में आकाश ने कंकड़ फेंक दिया हो। आवेश की गोल-गोल छोटी-छोटी लहरें उसके चेहरे पर तैरने लगीं।

"मैनेजमेंट कमेटी को कई बार बोला। लिखकर भी दिया। वहाँ सब बहुत ढीला-ढाला है। कोई पचड़े में पड़ना नहीं चाहता। कल मैं पुलिस स्टेशन गई थी। इंस्पेक्टर ने कहा कि वह कोई कार्रवाई तभी कर सकते हैं जब सोसाइटी के रहवासी या सोसाइटी मैनेजमेंट लिखकर दे कि उस फ़्लैट में रहनेवाली लड़कियाँ ग़लत धन्धा करती हैं।"

आकाश अपलक निशा को देख रहे थे।

"आपको कैसे पता चला कि वे धन्धेवाली या बार गर्ल हैं?"

"अंकल उनके अजीबोग़रीब विज़िटर। उनके रहने के तौर-तरीक़े। उनके यहाँ काम करने वाली बाई ने भी ख़ुफ़िया तौर पर बताया है।"

आकाश सोफ़े से उठकर डाइनिंग टेबल की ओर गए। काँच के गिलास में पानी ढरकाते हुए कहा, "अच्छा! बाई ने क्या इस काग़ज़ पर दस्तख़त किया है?"

"नहीं अंकल! अपना नाम न बताने की शर्त पर उसने यह सब बताया है।" निशा अकबकाकर बोली।

"निशा जी! जिस बाई ने उनके घर ऐसे-वैसे लोगों को आते-जाते देखा है जब वह गवाह बनने को तैयार नहीं तो मैं तो उन लड़कियों को जानता-पहचानता तक नहीं। बिना जाने-देखे किसी लड़की के बारे में इतना बड़ा आरोप लगाना क्या मेरे लिए ठीक होगा?" आकाश ने पानी का गिलास निशा को पकड़ाते हुए कहा।

खिसियाहट छिपाते हुए निशा सोफ़े से उठ खड़ी हुई। होंठों तक पानी का गिलास ले जाने के पहले रोक लिया और मेज़ पर रख दिया। वह समझ गई कि इस क्षण वह अकेली है।

"ठीक है अंकल! आप साइन नहीं करना चाहते तो कोई बात नहीं। लेकिन हम उन्हें सोसाइटी में रहने नहीं देंगे।"

निशा की उम्मीद की पत्तियाँ झर चुकी थीं।

आकाश और निशा दोनों पतझड़ की दो सूखी टहनियों की तरह दरवाज़े पर अलग-अलग तने हुए खड़े थे।

"नमस्ते अंकल," कहकर वह लिफ़्ट के बजाय सीढ़ियों से खट-खट करती हुई उतर गई।

अचानक आकाश को ख़याल आया कि आज निशा के साथ उसका कुत्ता नहीं था।

कुछ लोग अपनी किसी ख़ास पहचान के साथ ही पूरे होते हैं। कुत्ते के बिना निशा भी इस समय अधूरी लग रही थी।

वैसे निशा की बात सच थी।

उस फ़्लैट में तीन लड़कियाँ रहती थीं। गीता, रूबी और ब्यूटी। यह भी सच था कि तीनों बार गर्ल थीं। देर रात सोतीं और सुबह देर से उठतीं। जब शहर में लोग सपनों में डूबे होते, तीनों अपने-अपने चेहरे का मेकअप धो रही होतीं। कई बार उनके यहाँ रात में पार्टियाँ भी हुई थीं। किसी के हाथ से बोतल छूटकर गिर भी गई थी। लेकिन वे अपने फ़्लैट में कभी कोई ग्राहक नहीं लाती थीं। हाँ, गीता का दोस्त तारिक़ कई बार उसे छोड़ने आता था।

अपना मेकअप उतारने के बाद उनमें से कोई वाटर सप्लाई नॉब नीचे कर देता ताकि सुबह पानी का टंटा न हो। उनकी नींद की उम्र बहुत छोटी होती। आँख लगते ही सुबह के आठ बज जाते। बाथरूम में रखी टंकी भरने के बाद पानी गिरने की आवाज़ से उनकी नींद टूट जाती। जितनी गहरी नींद टूटती, उतनी गहरी आवाज़ में वे सोसाइटी को गाली देतीं। "साले भड़ुए! यह वक़्त है पानी छोड़ने का।"

उधर निशा बंसल काग़ज़ और बालपेन लेकर पुलिस को शिकायत करने की तहरीर पर रहवासियों के दस्तख़त कराने के लिए हल्कान हो रही थी। इधर गीता रूबी पर चिल्ला रही थी, "पानी बहेला। नॉब घुमा रंडी। नींद की वाट लग रही है।"

पास में लेटी रूबी का सपना टूट गया। वह भुनभुनाई।

गीता ने नींद में भी रूबी की भुनभुनाहट सुन ली।

ब्यूटी उठी और बाथरूम जाकर नॉब घुमा दिया। पानी बन्द हो गया। हालाँकि नाली में पानी बहने की चुल-चुल आवाज़ देर तक वैसी ही बनी रही जैसे ट्रेन चली जाने के बाद रेल पटरी पर कुछ देर तक उसकी गूँज बनी रहती है।

गीता हर दिन मोबाइल अलार्म लगाती। अलार्म ठीक वक़्त पर बजता। किन्तु अलार्म की आवाज़ की ज़द कई बार नींद के उस कवच को नहीं भेद पाती जहाँ गीता सपनों के आग़ोश में लिपटी रहती। मोबाइल का अलार्म तीस सेकंड बाद

दोबारा एक कर्तव्यनिष्ठ सैनिक की तरह बजता। तीन बार कान की सुरंग से नींद पर हमला करने के बावजूद जब गीता, रूबी और ब्यूटी में से कोई नहीं जगती तो वह ऐसे ख़ामोश हो जाता जैसे दुश्मन के डर से खंदक में छिपा सैनिक अपनी साँस रोक कर चुप रहता है।

गीता आज अलार्म के दूसरे हमले से जग गई। तीसरी बार हमला होने के पहले अलार्म बन्द करने का बटन दबा दिया।

गीता की आँखें भरे बादल की तरह नींद से भरी हुई थीं। देह पकी-पकी-सी लग रही थी जैसे उस पर शोथ चढ़ आई हो। चाह रही थी कि कोई उसको कसकर दबा दे। उसने रूबी को आवाज़ दी, "डार्लिंग आ न! जरा देह दबा दे ना।"

गीता पर गुज़री हुई रात का ख़ुमार तारी था। जिस्म की सारी रगें ताँत की तरह तनी हुई थीं। उधर रूबी अँगड़ाइयाँ ले रही थी। उसकी भी देह थककर चूर हो गई थी। ब्यूटी टॉयलेट में थी। गीता और रूबी के जिस्म बगावत के मूड में थे। गीता और रूबी की आँखों ही आँखों में कुछ ख़ुफ़िया बातें हुईं। होंठों पर हल्की जुम्बिश हुई। फिर उन्होंने ज़ोर से कहा, "खेला।"

गीता कपड़े के लट्ठे की तरह लुढ़कती हुई बिस्तर के एक कोने से दूसरे कोने पर पहुँच गई। रूबी बहुत नाज़ुक थी। उबले अंडे की तरह गर्म और नर्म। दोनों ने एक-दूसरे को ऐसे जकड़ लिया जैसे दो साँप आपस में गुँथ गए हों। गीता ने रूबी की रानों पर अपनी रानें चढ़ा दी। रूबी ने अपनी दूसरी टाँग गीता पर। वे एक-दूसरे को भींचे हुए काफ़ी देर तक ज़ोर-ज़ोर से दबाती रहीं। दोनों की गर्म साँसें एक-दूसरे के चेहरे को सुर्ख़ बना रही थीं। चन्द मिनटों में उनकी खिंची देह की रगें ढीली पड़ गईं। फिर वे एक-दूसरे से अलग हो गईं जैसे साँप से केंचुल अलग हो जाता है। जब वे बुरी तरह थकी होतीं तो इनके बीच अक्सर देह मसाज़ का यही खेल चलता।

वैसे वे तीनों अपने स्वभाव में अलग-अलग थीं। सेल्फ़ी प्रेमियों की तरह वे तीनों अपनी देह की ख़ूबसूरती पर ख़ुद ही फ़िदा रहतीं।

अपनी देह की गोलाइयों, अपनी देह के कोणों, उभारों, ढलानों और चिकनाइयों के साथ अपने रंग की आब को हरदम महसूस करती रहतीं। यही नहीं, एक-दूसरे की तारीफ़ में मीठी चुटकियाँ भी लेतीं।

ब्यूटी अक्सर गीता को 'बूटीफुल' कहती।

गीता का क़द लम्बा, रंग साफ़ था। देह पर गोश्त का बोझ नहीं था। कमर में पसीना बहने की नालियाँ नहीं बनी थीं। वक्ष सुडौल थे। अँगड़ाई लेने पर गोलाई में ख़मीर की तरह वक्ष उठते दिखाई देते। बात करते समय उसके हाथ कबूतर के पंखों की तरह हिलते-डुलते रहते। बार में उसे सब नशीली शराब कहते। वह इतनी बिन्दास थी कि नहाने के लिए बाथरूम में जाने के पहले बेझिझक अपने कपड़े कमरे में उतार देती। रूबी उसकी देह से रश्क करती। वह चिल्लाती, "शर्म कर गीता शर्म कर।"

गीता कहती, "किस बात की शर्म? मैं तो पैदाइशी बेशर्म हूँ। माँ-बाप पेट में ही मारना चाहते थे लेकिन मैं इतनी बेशर्म कि इस दुनिया में आ गई।"

गीता ने अपनी नाभि के पास तितली का एक टैटू गोदवाया था। गीता का प्रेमी उसे प्यार से तितली कहता। उसी की चाहत में उसने यह टैटू बनवाया था। जब गीता टैटू छूती तो उसे अपने प्रेमी की याद आती। उस क्षण वह तितली बनकर उसके साथ उड़ने लगती।

रूबी का क़द दरमियाना था।

रंग गीता से थोड़ा-सा दबा। नोकदार चेहरा। तड़पती आँखें। बतरस में माहिर। ठिठोलीबाज़। हँसती तो लगता सामने कोई नर्म घास बिछती चली आ रही हो। सिगरेट की लती। सिगरेट पीते समय उसकी मुखमुद्रा गम्भीर हो जाती। कई लोग उसकी सिगरेट पीने की अदा के दीवाने हो जाते। हालाँकि मर्दों से बेरुख़ी से पेश आती थी। दरअसल उसके सगे मामा ने बचपन में स्कर्ट उठाकर जो उसके साथ किया था, उसे वह कभी भूल नहीं पाती।

ब्यूटी नाज़ुक थी और शरमीली भी। क़द छोटा। ठोढ़ी नुकीली। आँखें छोटी-छोटी। वह बार गर्ल कम, घरेलू लड़की ज़्यादा लगती। तभी बोलती, जब उससे कोई बोलता। वह एक ख़ामोश मीठा कुआँ थी। उसे शेरो-शायरी और कविता पढ़ने का शौक़ था। उसकी माँ बहुत अच्छा गाती थी। माँ कैंसर से मर गई। पिता बहुत पीते थे। पीने के लिए बेटी को बेच दिया।

गीता और रूबी के लिए ब्यूटी एक खिलौना थी। वे उसे डॉल कहतीं। उसके अंग-प्रत्यंग को छूतीं, सहलातीं और बहकती आवाज़ में चूम लेतीं। कई बार बेर की तरह उसके छोटे-छोटे वक्षों को लेकर फ़िक्र करतीं। उन्हें गुब्बारों की तरह बड़ा करने को कहतीं। डॉक्टर से इलाज कराने की सलाह देतीं। वे कहतीं कि ऐसे बाज़ार में चल नहीं पाओगी। चेहरे के बाद सबसे पहले मर्द की निगाहें इन उभरी गेंदों पर टिकती हैं। ब्यूटी उनकी सलाह को सिर्फ़ फिस्स से हँसकर टाल देती।

इन तीनों के लिए हर दिन नया होता। बीती रात को वे पुरानी बेकार चाभियों के गुच्छे की तरह दिन के ख़ुशनुमा ताल में फेंक देतीं। तीनों को किचन में जाना सबसे बड़ा दंड लगता। सबसे ज़्यादा गीता वहाँ जाने से बचती। सबसे ज़्यादा ब्यूटी किचन में रहती। दोपहर के बाद का समय उनके लिए खुली हवा में उड़ने का वक़्त होता। वे एक-दूसरे की उड़ान में शरीक होना चाहतीं।

वे सोचतीं कि ऊपर उड़ना कितना अच्छा लगता है!

गीता ने जमुहाई लेकर अपनी नज़र कमरे के चारों तरफ़ दौड़ाई। पूरा कमरा घुड़साल-सा छितरा था। उसकी एक चप्पल एक कोने पर थी तो दूसरी बाथरूम के पाँवपोश से टिकी ऐसी लग रही थी जैसे किसी सोच में डूबी हो। उसकी पैडेड ब्रा कुर्सी पर सो रही थी। जींस बिस्तर के पैंताने पर लावारिस-सी पड़ी हुई थी। जींस

की एक टाँग फूली-सी ऊपर उठी हुई थी जैसे उसने चिढ़कर मुँह फुला लिया हो। उसका टॉप दाहिने बाजू पर खिसियाया ऐसे पड़ा था मानो दाँत किटकिटाकर जता रहा हो कि उसे अपनी जगह पर नहीं रखा गया है। ब्यूटी अपनी पोशाक तहाकर रखने के बाद सोती। रूबी का हाल गीता जैसा ही था। देर रात जब वे दोनों थककर आतीं तो कपड़े तहाकर रखना तो दूर, कई बार बदलने का भी होश उन्हें नहीं रहता।

गीता ने तकिये के सिरहाने से मसाले की पुड़िया निकाली। दाँत से कोना काटकर मुँह में फाँक लिया।

उसके मन की उमस कमरे की गुमसुम ख़ामोशी में डूबकर और भी गहरी हो गई। घोंसलों में सेए हुए चूज़ों पर अपने पंख खोलकर मँडराती गौरैया की तरह उसकी स्मृतियाँ बार-बार गोल्डन बार की घटनाओं पर घूम रही थीं। वह अक्सर सोचती कि गोल्डन बार की उसकी ज़िन्दगी पानी के बुलबुलों सरीखी है। उनका वजूद उस सितारे जैसा है जो अपने परिवार के आसमान से टूटकर बार की गुमनामी की खाई में गिर गया हो।

गीता गोल्डन नाइट बार की कुछ प्रिय स्मृतियों को मीठी टॉफियों की तरह चुभलाने लगी। स्मृतियों का मीठा रस वर्तमान की कड़वाहट को सोखने लगा।

गोल्डन नाइट बार का चमकता साइन बोर्ड।

धुली-धुली सी देह, गीले-गीले चिपके बाल। जोवन मस्क की सुवास बिखेरती हुई जब वे तीनों गोल्डन नाइट बार के लिए निकलतीं तो अपने हैंडबैग में लिपस्टिक, ऑइब्रो पेंसिल, छोटा सेनिट्री पैड और सुपर कंडोम और गर्भनिरोधक टैबलेटों को ज़रूर सुनिश्चित कर लेतीं। ऑटो से पहुँचने पर गणपति, साईं बाबा और बालाजी की तस्वीरों के नीचे अपनी गद्दी पर बैठे बार मालिक बाला शेट्टी दिखते। वह मूलतः मंगलौर के थे लेकिन पिछले दो दशक से मुम्बई में रहने के कारण अपने को मुम्बईवासी मानते थे। गोल्डन नाइट बार में सुबह आने के बाद वह पुरानी सूखी गेंदे की माला को फ़ोटो से उतारते। फिर उन तस्वीरों पर नई माला पहनाकर ऐसे आँख मूँदते जैसे इस दुनिया की मोह-माया से उनका कोई सम्बन्ध न हो। ताज़े फूल चढ़ाकर, अगरबत्ती जलाकर उन देवताओं की तस्वीरों के चारों ओर वर्तुलाकार घुमाने के बाद वह नावरूपी अगरबत्तीदान के छेद में खोंस देते। फिर बेसुरी आवाज़ में गणेश आरती गाते। इस पूजा में बेयरे और स्टाफ़ भी शामिल हो जाते।

गीता को गोल्डन बार में सबसे ज़्यादा दिलक़श और आज़ाद जगह ड्रेसिंग रूम लगती। ड्रेसिंग रूम क्या था, बस एक लम्बे आईने के सामने छोटी-सी जगह थी जहाँ लड़कियाँ डांस फ़्लोर पर जाने के पहले साज-सिंगार करती थीं। वह जगह ख़ूब गुलज़ार रहती।

वहाँ हँसी के खिलखिलाते गुच्छों के बीच कभी किसी को कंघी नहीं मिलती। कोई अपने बालों के घूँघर ठीक कर रही होती। कोई अपने बालों को सीधा रखने के

लिए अपनी गर्दन पीछे करके उन्हें सँवार रही होती। कोई अपनी आँखों में काजल की रेख की चमक को देख रही होती। कोई मोटे काजल से अपनी छोटी आँखों को बड़ी दिखाने के लिए जतन कर रही होती। कोई पलकों को नीले या बैगनी शेड से सजा रही होती। कोई इस बात से झुँझला रही होती कि उसकी लिपस्टिक किसी ने बिना पूछे लगा ली। कोई अपनी बिन्दी को अपने कपड़ों से मैच कर रही होती। किसी की चोली इतनी कसी होती कि उसे लगता कि वह ज़्यादा देर इसे पहनकर नाचेगी तो पीठ दर्द करने लगेगी।

ड्रेसिंग रूम की हर लड़की में कुछ चीज़ें एक-सी रहतीं, मसलन उन सबकी चोली पीछे से इतनी खुली होती कि जब वे नाचते हुए घूमतीं तो उनकी चिकनी पीठ पूरी नंगी दिखती। घाघरे या शॉर्ट की बनावट ऐसी होती कि नंगीं टाँगें ग्राहकों को बरबस अपनी ओर खींच लेतीं। टॉप आगे से ऐसे खुले होते कि ज़रा सा झुकने पर छातियों की घाटियाँ आँखों को अपने भीतर आने का निमंत्रण देने लगतीं।

वहाँ हर लड़की एक-दूसरे से पूछती कि वह ठीक लग रही है या नहीं? इसका मतलब सिर्फ़ यह होता कि वह क्या ख़ूबसूरती में सबको पछाड़ रही है या नहीं? ठी-ठी, ही-ही, खी-खी के बीच छेड़छाड़ कभी उन्हें मीठी गुदगुदी-सी लगती तो कभी तल्ख़। गोल्डन बार में चिकनी नर्म बाँहों और सुडौल जिस्मों के इस गुलबहार इलाक़े में मर्द को आने की इजाज़त नहीं होती।

बार में मर्दों का खेल तब शबाब पर होता जब दिन भर तपी हुई सड़कें शाम को ठंडी होने लगतीं। जैसे-जैसे मुम्बई और मीरा रोड के दफ़्तर और दुकानें ख़ाली होने लगतीं, गोल्डन बार की टेबलें एक-एक करके भरने लगतीं। चखना के साथ कोई रम या बीयर का ऑर्डर देता। कोई सोडा के साथ ओल्ड मंक के लिए बोलता तो कोई टीचर ब्रांड पर फ़िदा रहता। कुछ ग्राहक तो ऐसे थे जो सबसे पहले आगे की टेबल घेर लेते। शेट्टी डांस फ़्लोर के पास की सीटों पर रिज़र्व का बोर्ड लगवा देता। कोई मालदार ग्राहक आने पर यह सीट उसकी हो जाती। नियमित ग्राहकों की पसन्द बेयरों को पता होती। वे बड़ी अदब से उनसे ऑर्डर लेते। उन्हें हमेशा अपनी टिप का ख़याल रहता।

शेट्टी फ़िल्मी गाने चलवा देता। शुरू में हल्की बीट वाले। पहले वे लड़कियाँ डांस फ़्लोर पर आतीं जिनकी माँग ग्राहकों में कम थी। ब्यूटी भी उनमें से एक थी। वे धीमे-धीमे ऐसे नाचतीं मानो उन्हें हौले-हौले थिरकने में मज़ा आ रहा हो। बातचीत के टुकड़े हॉल में तैरते रहते। जब हॉल की टेबलें भर जातीं तो चुस्त मज़ाक़ों और मज़ेदार क़हक़हों से हॉल गूँजने लगता। गाने की आवाज़ उसमें खोने लगती। फिर गीता की डांस फ़्लोर पर आने की बारी होती। वह गोल्डन बार की नम्बर वन आइटम थी। इस बार में कद्दू की तरह उभरी तोंद के वजन से कराहती हुई देह के ऐश्वर्य से लबरेज ग्राहकों को देखकर कोई अनुमान भी नहीं लगा सकता था कि इस शहर

में मुर्दे जैसे स्याह ढाँचेवाले काँखते-कराहते लोग भी रहते होंगे। कुछ लोगों के लिए गोल्डन बार नयनसुख और नशे के सुरूर की ही जगह नहीं, बल्कि धन्धा करने की जगह भी थी। यहाँ कई बार ऐसे बड़े सौदे पक्के होते जो सरकारी दफ़्तर की टेबलों या कारोबारियों की दाग़ लगी गन्दी गद्दी पर मँगाई गई सड़ी चाय पर तय नहीं हो पाते।

गाने की तेज़ बीट पर गीता का जिस्म साँप-सा लहराने लगता। वह ग्राहकों की तरफ़ बनावटी गुनगुनी मुस्कान ऐसे फेंकती जैसे गुलाब की पंखुड़ियाँ एक-एक करके तोड़कर लुटा रही हो। आँखों और भौंहों के इशारों से ग्राहकों के मन के कोने में फुसफुसाती। गानों के साथ उनके होंठ भी हिलते रहते। कभी अल्हड़ अन्दाज़ से कूल्हे को चिड़ियों के पंख-सी फड़फड़ाती तो कभी नंगी टहनी-सी खुली बाँहों को ऐसे लहराती जैसे वे हवा के बोझ को सह नहीं पा रही हों और मदहोश होकर झूम रही हों। गीता नाचते हुए ऐसे दिखती जैसे वह किसी पेशेवर तैराक की तरह पानी में आराम से तैर रही हो। आसपास की आँखों के अश्लील प्रहार उसके नाचते जिस्म पर पानी की तरह गुज़र जाते। कोई आहें भरता तो कोई बजते गाने के बोल गुनगुनाने लगता। कोई शेर सुनाता तो कोई खोया-खोया चाँद-सा दिखता। नाचते समय भी कारोबारी मुस्कराहट उसके होंठों पर थिरकती रहती। कभी अगर मुस्कराना भूल जाती तो एक झटके से अपनी मुस्कराहट को जबरन रोशन करती। फिर चकाचौंध रोशनी में पानी की लहर की तरह अपनी देह के हल्के से स्पर्श से आगे बैठे मालदार ग्राहक को रोमांचित कर देती।

गीता को नाचने में आनन्द आता। बचपन से ही उसे नाच-गाने से इश्क़ था। किसी के घर शादी हो या जन्मदिन, वह बिन्दास नाचती। गोल्डन बार में कोई उसे फ़िल्म अभिनेत्री माधुरी का रूप बताता तो कोई उसे फ़िल्म अभिनेत्री ऐश्वर्या के ख़िताब से नवाजता। उसने नृत्य कला का अभ्यास किया था कि किस तरह अंगों को थिरकना चाहिए कि वे हँसते हुए दिखें। नाचते हुए माधुरी दीक्षित की तरह वह धीमी मुस्कान की लहरियाँ बिखेरती रहती। वह अपनी नृत्य-शैली में कुछ नखरा भी जोड़ देती। वह नाचते-नाचते कभी अपने होंठों के कोरों को ऐसे दबाती जैसे अपनी कामेच्छा के उठे ज्वार को दबा रही हो तो कभी आँखें झिपझिपाकर यह जताती कि उसे ग्राहक की उपस्थिति बेक़रार कर रही है। नाच के इन तड़कामार मसालों का असर आमदनी पर होता। बार में रुपयों की सबसे ज़्यादा बारिश गीता पर होती।

जब रात अपने उरूज पर होती तो संगीत भी तेज़ हो जाता। तेज़ बीटवाले गाने फ़ज़ा को गरमा देते। लड़कियों का जिस्म तपने लगता। पाँवों में गति आती जैसे किसी ने उनमें फिरकी डाल दी हो। भोजपुरी फ़िल्मों के दो मायनों वाले गानों या एक्टर गोविन्दा की फ़िल्मों के कामुक गाने, मसलन 'सरकाई लियो खटिया जाड़ा लगे' जैसे चलते ही सीटियाँ बजने लगती। क़हक़हों के शोले भड़कने लगते। गीता अपनी नंगी पीठ के कमानीदार ख़म और झूठी अँगड़ाइयों का नाटक और बढ़ा देती। किसी

ग्राहक की आँखें नाचतीं तो किसी का सिर झूमने लगता तो किसी का पेट थिरकने लगता। कोई फ़्लोर पर आकर झूमने लगता। गीता और उसके साथ की लड़कियाँ ऐसे मनचलों को अनदेखा करतीं।

शेट्टी का मंत्र था ग्राहक को भाव नहीं देने का। रूप की दुनिया में जितना अनदेखा करोगी, उतना ही तुम्हारा भाव बढ़ेगा। ग्राहकों की नोटों की गड्डियाँ बहकने लगतीं। फिर नोट लड़कियों पर बर्फ़ के फाहों से गिरने लगते। लड़कियाँ नोटों को नहीं उठातीं। वे ऐसे दिखातीं गोया वे सच्ची नृत्य कलाकार हैं। इन भौतिक चीज़ों से बहुत ऊपर हैं। चढ़ी आँखों के साथ कई ग्राहक रुपयों की माला लेकर गीता को पहनाने के लिए लपकते। वैसे बार में लड़कियों को छूने के लिए तथाकथित रूप से मनाही थी, फिर भी ग्राहकों के अंग उन्माद और उत्तेजना में उनका बदन या हाथ छूने की कोशिश से लरज़ उठते। ग्राहकों के होंठ झुलसकर रह जाते, लेकिन लड़कियाँ उनको चरका देकर सर्र से दूसरी तरफ़ निकल जाती। फिर आँखों या होंठ के इशारे से चिढ़ाकर उनकी वासना की आग को और अधिक सुलगा देतीं।

गीता को पता था कि गोल्डन बार में विवाहित बैठे हों या अविवाहित, किसी को अपने घर लौटने की सुध नहीं रहती। घर उनके लौटने की बाट जोहता। घर को वे याद भी नहीं करना चाहते लेकिन वह अदृश्य रूप में उनका पीछा करता रहता। घर की दैनिक रहट में पसीने से लथपथ बीवी का आँचल उन्हें बाँध नहीं पाता। घर-गृहस्थी का संसार काटने दौड़ता। बीवी की चखचख से कोई भागता तो कोई शाम को आटा-दाल-सब्ज़ी लाने की क़वायद से। घर की रगड़ा-रगड़ी से बचने के लिए कई ग्राहक बार में आते ही मोबाइल ऑफ़ कर देते। किसी का मोबाइल घनघनाता तो भुनभुनाते हुए बार से बाहर निकलकर घरवाली से मिमियाते हुए बोलता कि ऑफ़िस में काम ज़्यादा है, देर होगी। हर दिन एक बहाना नहीं चलता। डांस बार का लुत्फ़ लेने के लिए घरवाली से नित नए-नए बहाने गढ़ने पड़ते। कभी ट्रैफ़िक जाम का बहाना तो कभी किसी बीमार साथी को अस्पताल देखने जाने का बहाना तो कभी किसी की शादी में जाने का बहाना। घरवाली झूठे बहाने जानते हुए भी अनजान बनी रहती। घर में रोटियाँ सूख जातीं। सब्ज़ी ठंडी हो जाती। उनके बच्चों की आँखें इन्तज़ार करते-करते बन्द हो जातीं। अगले दिन घरवाली का उलाहना भी होता। झगड़े भी होते। चूड़ियाँ टूटतीं। देह पर मार के नीले निशान झलकते।

अदृश्य परमेश्वर को तो आरती-प्रसाद से रिझाकर वश में किया जा सकता जबकि घर के इस दृश्य परमेश्वर से पार पाना मुश्किल होता। घर के परमेश्वर डांस बार में जितनी रक़म उन पर लुटाते, उसमें उनकी पत्नी की अनगिनत साड़ियाँ स्वाहा हो जातीं। उनकी बेटी की अच्छी पढ़ाई काल-कवलित हो जाती। अच्छे फ़र्नीचर के सपने मर जाते। परिवार के साथ बाहर घूमने के कार्यक्रम की बलि चढ़ जाती। पिता या आई का इलाज स्थगित होता रहता।

इन घर परमेश्वर के चेहरे के पीछे कई चेहरे होते। इनकी उम्र अक्सर मझोली होती। इनके वालेट में अक्सर बीवी या बच्चे की तस्वीर होती। कोई गीता के पिता या चाचा की उम्र का होता तो कोई बड़ा भाई जैसा। गीता इन्हें देखकर ग़ुस्से से भर जाती लेकिन यही वे लोग थे जो उस पर दिल फेंककर सबसे ज़्यादा रुपये लुटाते।

ऐसे ग्राहकों के अनगिनत चेहरे गीता के सामने नाचने लगे।

लम्बी-लम्बी मूँछोंवाला वह अधेड़ ग्राहक जिसका आधा चेहरा उसकी मूँछों से ढका रहता। एक ऐसा ग्राहक आता जिसके सिर की गुद्दी के बाल ग़ायब थे लेकिन अपनी गंज छिपाने के लिए आगे बालों को बढ़ाकर छप्पर-सा छाए रहता। मधुमक्खी के छत्ते जैसा चेहरेवाला एक ग्राहक उसे लगातार घूरता रहता, जैसे वह उसके जिस्म को भूखे भेड़िये की तरह कच्चा चबा जाएगा। एक के हाथ में हमेशा रूमाल रहता। वह लगातार रूमाल से अपनी नाक साफ़ करता रहता। कई बार रोशनी के कीड़े उसकी नाक का रस पीने आ धमकते।

एक ग्राहक कुछ देर से आता। उसे अक्सर पीछे की टेबल मिलती। उसके पास एक काला ब्रीफ़केस होता। ब्रीफ़केस वह हमेशा अपनी गोद में रखता। बेयरे उसे ब्रीफ़केस टेबल के नीचे रखने को कहते। वह उसे नीचे कभी नहीं उतारता। एक अकेले बैठा रहता। गिलास उठाकर एक-दो घूँट पीता। फिर गिलास को धीरे-धीरे मेज़ पर घुमाता रहता। एक ऐसा भी था जो बार में तब तक बना रहता जब तक वहाँ की बत्तियाँ बुझने नहीं लगतीं। एक काले मेढक की तरह मुँह खोले हुए बार बालाओं की मोटी नंगी पिंडलियों पर फ़िदा रहता। एक गद्गद होकर अपने लिखे घटिया शेर पास में बैठे दोस्त को सुनाकर घोड़े की तरह हिनहिनाता रहता। फिर थोड़ी देर बाद अपनी कुर्सी से उठकर वाशरूम जाता। टॉयलेट से 'आह-आह' की आवाज़ बाहर सुनाई देती रहती। गीता को ही नहीं, सभी बार बालाओं और बेयरों को पता होता कि वह वहाँ क्या करने जाता है।

कई बार ग्राहक गाना गुनगुनाते। एक तो नाच का ऐसा दीवाना था कि किसी भी बार डांसर के साथ सिर पर गमछा डालकर नाचने लगता। शेट्टी के बाउंसर उसे पकड़कर उसकी टेबल पर बिठा देते। कई बार गालियों की बौछार से बार ऐसे गूँज जाता गोया गोलियाँ चल रही हों। एक दफ़ा तो माफ़िया के दो गुटों में सचमुच की गोलियाँ चल गई थीं। गीता थर-थर काँप गई थी।

गीता उन ग्राहकों पर तरस खाती जो इतने धुत्त होते कि अपनी टाँगों पर सीधे खड़े नहीं रह पाते। हालाँकि बार के बाहर टैक्सी वाले, ऑटो वाले ऐसे ग्राहकों का ही इन्तज़ार करते रहते। ये ग्राहक उनके लिए सोने की खान होते। उनसे ज़्यादा रक़म वसूल लेते।

उम्र में दुगने कई बार गीता का नाम आँखों में रोमांस भरकर पूछते। गीता उनकी ओर देखकर ऐसे मुस्कराती जैसे कह रही हो कि आप मेरे बाप से छोटे नहीं हो। कोई

मोबाइल नम्बर माँगता। कोई अपने साथ फ़िल्म ले जाना चाहता तो कोई गिलास उसके होंठों के आगे करके कहता कि इसका एक घूँट पीकर इसे अमृत में बदल दो। कोई उसे लाँग ड्राइव पर लोनावाला ले जाना चाहता तो कोई बाक़ायदा सोने की अँगूठी जेब में रखकर लाता और बार के बाउंसरों की नज़रें बचाकर मौक़ा देखता रहता कि शादी का प्रस्ताव कब करे। शेट्टी को भी ऐसे मनचले रास आते। ये कोई ज़्यादा बवाल नहीं मचाते। इनको सँभालना आसान होता। हालाँकि बार बालाओं के लिए ऐसे उम्रदराज़ ग्राहक वहशी साबित होते। ये अपनी खुली आँखों से उनके ज़िस्म को मथ डालते।

एक पुलिसवाला सादी वर्दी में आता। शेट्टी उसके लिए टेबल रिज़र्व रखता। शराब-कबाब ही उसके लिए मुफ़्त नहीं होता। लड़कियों पर लुटाने के लिए रुपया भी वह उसे देता। बार में गीता को दिलफेंक जवान ही पसन्द आते। लेकिन वे ज़्यादातर खड़की होते। वह जानती कि इन क़द्रदानों के पास ज़्यादा रक़म नहीं होती।

गीता को बस तारिक़ कुछ भाता। वह रिकवरी एजेंट था।

तारिक़ का रूटीन गीता को अजीबोग़रीब लगता। वह सारा दिन अपने पर ही सर्फ़ करता। वह दो केले और छह अंडों की सफ़ेदी का नाश्ता करके बाइक से सुबह जिम पहुँच जाता। जिम में दो घंटा बिताने के बाद उसे बहुत ज़्यादा भूख लगती। प्रोटीन शेक के बाद क्रैब या फ़िश या घोंघा का कोई आइटम लेता। नहाने के बाद वह आराम करता।

तारिक़ की सौतेली माँ उसके बाप से उसकी भूख को लेकर चिल्ल-पों करती। उसका बाप महाराष्ट्र पुलिस में सिपाही था। उसने एक दिन ख़ुद अपनी आँखों से देखा था कि तारिक़ एक के बाद एक करके बीस रोटियाँ निगल गया। तारिक़ को इस बात का अहसास भी नहीं था कि इस देश में जहाँ करोड़ों लोग भूख मिटाने के लिए पानी और धैर्य पीते हैं, वहाँ तीन आदमियों का खाना वह अकेले हड़प लेता है। उसकी सौतेली माँ अक्सर अकेले में उसे कोसती कि इस मुस्टंडे साँड़ को खाने-सोने के अलावा कोई काम नहीं है। पता नहीं इसके पेट में कौन जिन्न बैठा है।

सौतेली माँ को इससे भी खुंदक थी कि तारिक़ अपनी कमाई का एक धेला भी घर को नहीं देता। वह अपनी पूरी कमाई अपनी देह और शौक़ पर उड़ा देता। उसकी सौतेली माँ तारिक़ की साँड़-सी देह और पागल हाथी सा ग़ुस्सा देखकर उससे कुछ कहने की हिम्मत भी नहीं कर पाती। शौहर पुलिस महकमे में थे। उनकी ऊपरी कमाई थी जिससे घर में कोई कमी नहीं थी, फिर भी उसकी सौतेली माँ को लगता कि तारिक़ उसके बच्चों का हिस्सा खा रहा है, जबकि सच तो यह था कि वह अभी तक अपने पाँव भारी होने का इन्तज़ार कर रही थी। शादी के बीस साल बाद भी औलाद अभी तक उसकी कोख में नहीं आई थी। उसकी उम्मीद उसे अभी तक बनी हुई थी। भावी औलादों के लिए वह अधिक फ़िक्रमन्द थी।

तारिक़ अपने खाने और जिम के अलावा मीरा रोड के सिने प्लस के पास रिकवरी ऑफ़िस जाता। रिकवरी टीम के साथ सिर्फ़ उसे खड़ा रहना पड़ता। उसकी भारी-भरकम देह, उभरी मांसपेशियाँ और बड़ी-बड़ी लाल आँखें डराने के लिए हथियार का काम करतीं। उसकी बढ़ी दाढ़ी और छोटे-कटे बाल उसे डरावना बनाने में कुछ और मदद करते।

एक शाम मौज मस्ती के लिए तारिक़ का बॉस उसे गोल्डन नाइट बार लाया था। वहीं गीता का दिलक़श डांस और मोहिनी अदाएँ देखकर उसका दिल उस पर आ गया था। उसके मोटे दिमाग़ से पतली-दुबली गीता किसी तरह निकलती न थी। गीता को देखने का उसका हर पल जी करता। वह कभी कल्पना करता कि किसी निर्जन जगह में गीता की गुदगुदी गोद में सिर रखकर नीले आसमान की ओर टकटकी लगाए हुए है। अँधेरी रात में चमकते चाँद से अपने चेहरे पर गीता रेशमी स्याह बालों का दुपट्टा डालकर झुकी हुई है। गीता के एहसास की लहर से उसके ख़ून में एक ख़ास क़िस्म का उबाल पैदा हो जाता। उसकी साँस तेज़ चलने लगती। आँखें बन्द हो जातीं।

तारिक़ गीता की नज़रों से सामना करने से कतराता। गीता ने उसकी नज़रों को पढ़ लिया था। लेकिन वह कई बार प्यार में धोखा खा चुकी थी। इसलिए इस बार वह धोखा नहीं खाना चाहती थी। उसे प्यार से डर लगने लगा था। वैसे प्यार के बिना उसे ज़िन्दगी ख़ाली-ख़ाली-सी लगती लेकिन वह प्यार की हर कोशिश को जाँच-परख लेना ज़रूरी समझती। तारिक़ को देखकर उसकी तबीयत मचल उठती। एक दिन ऐसा आया कि डांस फ़्लोर पर नाच के एक नखरे के तौर पर तारिक़ के गाल पर एक मीठी चपत दे दी। दूसरे ग्राहकों को यह चपत बार गर्ल की एक पेशेवराना हरकत लगी जबकि तारिक़ के लिए प्यार की ठोस शुरुआत उसी दिन से हुई।

प्यार की उस नन्ही सी चपत से उनके बीच राह खुल गई थी।

बार में वासना की आग में उनके देह सुलगते। होंठ सूख के रह जाते। एक दिन पेपर नैपकिन पर गीता ने अपना मोबाइल नम्बर लिखकर उसे उस समय पकड़ा दिया जब तारिक़ वाशरूम जा रहा था। फिर क्या था! तारिक़ और गीता दोनों गोल्डन बार से बाहर भी मिलने लगे। समुद्र के किनारे जुहू बीच पर नीम रोशनी में उनके होंठ पहली बार मिले। फिर देह स्पर्शों तक पहुँचने में उन दोनों को ज़्यादा समय नहीं लगा।

गीता की नज़र कमरे में लगे उस फ़ोटो पर जा टिकी।

यह फ़ोटो उस दिन का था जब वह पहली बार तारिक़ के साथ जुहू बीच गई थी। उसे याद है कि किस तरह फ़ोटोग्राफ़र उन दोनों के पीछे पड़ गया था। "समुद्र की लहरों के बीच मस्त फ़ोटो खींच दूँगा। बस पाँच मिनट में फ़ोटो तैयार। हमेशा के लिए यादगार।"

तारिक़ फ़ोटो खिंचाने को राज़ी न था। गीता ने बमुश्किल तारिक़ को फुसलाकर राज़ी किया था।

फ़ोटो में गीता समुद्र की लहरों के बीच उल्लास में तारिक़ के ऊपर पानी फेंक रही है। तारिक़ अनमना-सा उसे देख रहा है।

वह शाम कितनी यादगार थी। गीता उस शाम की फ़ज़ा में खो गई।

जुहू चौपाटी पर छोटा-मोटा मेला लगा था। कहीं गुब्बारे वाला तो कहीं पिपिहरी वाला बच्चों के इर्द-गिर्द मँडराकर उनको ललचा रहा था। एक मालिश वाला हैंगर में तेल शीशियाँ लटकाए हुए एक ख़ास पतली आवाज़ में 'तेल मालिश तेल मालिश' पुकार रहा था। उसकी चौकन्नी आँखें अकेले मर्दों को सम्भावित ग्राहक के तौर पर ताड़ रही थीं। उसे एक ग्राहक मिल भी गया।

मालिश करने का दृश्य बड़ा रोचक था।

मालिश वाले ने अपनी शीशी से तेल अपनी गदेली में लिया। फिर घुटने के बल बैठकर अपनी सख़्त गदेली से उसके दोनों कन्धे पकड़कर गर्दन के पिछले हिस्से को अपनी उँगलियों से धीरे-धीरे दबाने लगा मानो उसके तनाव की गाँठों को मुलायम बना रहा हो। अपने अँगूठे पर ज़ोर लगाकर वह उसके कान के निचले हिस्से तक ले गया। ग्राहक के मुँह से मीठे दर्द की सिसकारी निकलती रही, जैसे उसकी ताँत सी तनी नसों के दबने से उसे मज़ा आ रहा हो। मालिशवाले के हाथ तरह-तरह के करतब कर रहे थे। ग्राहक की मांसपेशियों को कुछ देर दबाने के बाद मालिशवाला अपने अँगूठे पर ज़ोर लगाते हुए उसे उसकी रीढ़ की हड्डी तक सरपट ले गया जैसे वह उसकी पीठ पर अँगूठे की रेलगाड़ी दौड़ा रहा हो। ग्राहक की आँखें एक अजीब आनन्द से मुँद गईं। जब मालिशवाले ने अपने कन्धे पर ग्राहक का एक हाथ रखकर ज़ोर का झटका दिया तो एकबारगी उसकी हल्की सी कराह निकल गई। फिर ग्राहक की पूरी देह पर अपनी छोटी-छोटी मुक्कियों और हल्की-हल्की थपकियों की बौछार कर दी। मालिश कराने के बाद ग्राहक के हाव-भाव से ऐसा लग रहा था जैसे उसकी भारी देह हल्की हो गई हो और अलगनी पर टँगी पतली सूती लुंगी की तरह हवा में हल्की होकर उड़ रही हो।

उसे याद है कि उस नज़ारे को देखने के बाद तारिक़ भी मालिश करवाने के लिए मचलने लगा था। लेकिन गीता की मीठी झिड़की से उसकी इच्छा पर पानी पड़ गया।

गीता अभी भी जुहू चौपाटी की स्मृति में डूबी हुई थी।

वहाँ एक आदमी ठेले पर मटमैली क़मीज़ पहने सुनहरे मीठे दाने वाली मकई को हल्की आँच में भून रहा था। वह आग को दफ्ती हिलाकर परचाता तो तिड़-तिड़ सी आवाज़ के साथ चिंगारियाँ उड़कर हवा में बिखर जातीं। उसके पास खड़ा एक लड़का मकई के बालों को अपने होंठों पर रखकर मूँछ बनाकर बग़ल में खड़े लड़के को हँसा रहा था। गले में कपड़े का फन्दा डाले एक अधेड़ 'सींगदाना सींगदाना' की

आवाज़ लगा रहा था। एक पतले स्ट्रॉ से हवा में एक लड़का साबुन के बुलबुले उड़ा रहा था। उसकी छोटी बहन उन बुलबुलों को पकड़ने के लिए उसके पीछे दौड़ रही थी। कुछ लोग रेत पर बैठे समुद्र की उठती-गिरती लहरों के सौन्दर्य में खोए हुए थे। कुछ चादर बिछाकर अपने परिवार के साथ खा-पी रहे थे। दो-तीन उत्साही लड़के अपनी क़मीज़ उतारकर चमकती नंगी पीठ और शॉर्ट्स पहने समुद्र की लहरों के साथ मस्ती के साथ खिलवाड़ कर रहे थे। स्कूली लड़कियों का एक समूह उन नहाते बच्चों को देखकर खिलखिला रहा था। एक युवती अपने पुरुष साथी के साथ गीली रेत में बैठी थी। समुद्र की तेज़ सर्पिल लहर जब उसके पाँवों को छूती तो उसके चेहरे पर दिव्य चमक कौंध जाती जैसे किसी ने उसके कौमार्य को पहली बार छू दिया हो।

गीता का भी समुद्र की लहरों में पाँव डुबोकर बैठने का मन था। लेकिन तारिक़ इस भीड़ भरे माहौल में एकान्त और अँधेरा खोज रहा था। ऐसा अँधेरा और एकान्त जहाँ वासना के फूल खिलने की सम्भावनाएँ हों।

सूरज का गोला अभी क्षितिज पर पानी में डूबने वाला था लेकिन अँधेरे की चादर फैलने में अभी देर थी। तारिक़ गीता के साथ उस तरफ़ बढ़ा जिधर रेत पर कुछ लड़के फुटबॉल खेल रहे थे। पास में ही भड़काऊ मेकअप में तीन-चार औरतें घूम रही थीं। उनके पीछे पाँच-छह लड़के मँडरा रहे थे। गीता को उनको पहचानने में ज़रा भी देर नहीं लगी। वे धन्धेवाली थीं। बीड़ी पीते हुए उनके दल्ले आसपास शिकारी आँखों से उन पर नज़र रखे हुए थे। गीता को तारिक़ के साथ चलने में गर्व महसूस हो रहा था। वह चोरी-छुपे तारिक़ के हाथ-पैरों की बलशाली मांसपेशियाँ देखकर ख़ुश होती कि वह एक हट्टे-कट्टे जवान के संग है। हाथी की तरह मदमाती चाल चलता हुआ तारिक़ हर एक को अपनी ओर आकर्षित कर रहा था। थोड़ी दूर चलने पर उसे एक होटल के इमारत की लम्बी दीवार दिखाई दी जिसके नीचे नीम अँधेरा था।

यहाँ नीम अँधेरा था लेकिन एकान्त नहीं था। नीम अँधेरे में वासना की फुसफुसाहट का रोमांच था।

जोड़ों की क़तार की तरफ़ तारिक़ बढ़ा। फिर एक ख़ाली जगह देखकर गीता का हाथ पकड़कर रेत पर बैठ गया। गीता की आँखें क़रीब बैठे जोड़े पर गईं। लड़का-लड़की के बीच खींचातानी चल रही थी। लड़की कुछ विरोध कर रही थी। लड़के के हाथ लड़की की देह को टटोल रहे थे। किसी की बिना परवाह किए वे युगल रति रंग में डूबे थे मानो उनके लिए वहाँ कोई मौजूद नहीं हो। उसे उस तरफ़ देखते देखकर तारिक़ ने उसकी उँगली में अपनी उँगली फँसाते हुए कहा, "उधर मत देखो।"

इस महानगर में जीने का यही एक मंत्र है—दूसरों को मत देखो। दूसरों की परवाह मत करो।

मुम्बई में जगह की क़िल्लत ने आदमी के निजी क्षण को किस तरह सार्वजनिक

बना दिया है। गीता अभी यह सोच ही रही थी कि उसे अपनी गर्दन पर गीले होंठों की सरसराहट महसूस हुई। इस स्पर्श में थोड़ी गुदगुदी और हल्का सा ताप था। गीता ने कामोत्तेजना से सिहरकर तारिक़ के कन्धे पर अपना सिर टिका दिया। तारिक़ के हर स्पर्श के साथ उसकी गर्म साँसों की रफ़्तार बढ़ जाती। सहसा तारिक़ ने उसे अपने बाँहों में कस लिया। फिर उसने उसके होंठ पर अपने होंठ रख दिए।

सहसा गीता का ध्यान टूट गया। उसने सोचा कि तारिक़ ने अपने बारे में बहुत कुछ छिपाकर रखा है।

गीता के लिए वह आँख खोलने वाली रात थी।

गोल्डन बार में उसके साथ काम करने वाले बेयरे शंकर ने उसे बताया था कि जिस तारिक़ के पीछे तुम जान देती हो, वह चरसिया है। तारिक़ उसी की झोंपड़-पट्टी में अक्सर रात में आता है। यही नहीं, वह वहाँ के स्कूल के सामने चाय के खोखे के पास लंच ब्रेक में सफ़ेद पाउडर भी बेचता है। सफ़ेद पाउडर का मतलब म्याऊँ-म्याऊँ या एमकैट से है, जो नशीली दवा है।

पहले गीता ने शंकर की बात पर यक़ीन नहीं किया था। उसने सोचा कि हो सकता है कि शंकर शायद तारिक़ से अपना पुराना हिसाब चुकता करने के लिए यह सब कह रहा हो। गीता को याद था कि एक बार ड्रिंक सर्व करने में देरी होने पर तारिक़ ने शंकर को गोल्डन बार में इतनी ज़ोर से चाँटा रसीद किया था कि उसके होंठ फट गए थे। मुँह से ख़ून निकलने लगा था। शायद शंकर उस दिन का हिसाब बराबर करने के लिए उसे भड़का रहा हो।

शंकर की बात गीता के मन में कई दिन घुमड़ती रही।

आख़िरकार एक रात शेट्टी से छुट्टी लेकर गीता शंकर के साथ तारिक़ की जासूसी करने निकल पड़ी। शंकर ट्रेन की पटरियों के पास रात में गन्दी-सी झोंपड़पट्टी में उसे ले गया। वहाँ एक चाल में एक कोने के पास नीम रोशनी में तारिक़ एक नौजवान से सिलोफ़न पेपर में हशीश की गोलियाँ ले रहा था। गीता के लिए यह एक नया मंज़र था।

वहाँ एक लड़के ने पहले माचिस की दो तीलियाँ एक साथ जलाईं। फिर जलती तीलियों को हथेलियों के घेरे में लेकर चिलम के पास ले गया। दूसरे लड़के ने भीगे पतले कपड़े से पकड़कर ज़ोर से चिलम फूँकी। फिर पास में बैठे तारिक़ को उसने पकड़ा दिया। तारिक़ को चिलम का सुट्टा लगाते देखकर गीता का दिमाग़ भन्ना गया। वह बारहा खों-खों करके खाँस रहा था।

गीता को उस रात अजीब से ख़याल आते रहे। तारिक़ की सचाई ने उसे विचलित कर दिया था।

अगली दोपहर गीता ने उस स्कूल पर धावा बोल दिया जिसका पता शंकर ने

दिया था। अपनी बाइक के साथ खड़ा तारिक़ वहाँ स्कूली बच्चों को कुछ सफ़ेद पाउडर जैसी चीज़ बेच रहा था। गीता को देखकर वह चौंक गया। गीता ने तारिक़ से नाराज़गी जताई तो वह लापरवाही से दूसरी ओर देखने लगा, जैसे सफ़ेद पाउडर बेचने से उसका कोई सम्बन्ध ही न हो। फिर चिढ़ाते हुए गीता से कहा,

"कोक में थोड़ा-सा तुम भी लो।"

"तुम पागल हो गए हो।" गीता ने तमककर कहा।

"सच में तुम्हें इतना मज़ा आएगा कि दूसरी दुनिया में पहुँच जाओगी। चरम सुख-सा मज़ा मिलेगा। फिर बार-बार इस पाउडर के लिए मुझसे चिरौरी करोगी।" उसने गीता की बाँह पकड़कर कहा। तारिक़ के चेहरे पर एक ऐसी अश्लील मुस्कराहट तैर गई जैसी कई बार गीता गोल्डन बार में उन ग्राहकों के चेहरे पर देखती थी जो नोटों की गड्डियाँ हवा में उड़ाते रहते थे।

"तुम्हारा दिमाग़ ख़राब हो गया है। मुझे तुमसे कोई बात नहीं करनी।" उसने अपनी बाँह झटके से छुड़ाते हुए कहा।

"इस पाउडर को बेचने पर कोई सरकारी पाबन्दी नहीं है।" तारिक़ ने गीता की उँगलियों को अपने पंजों में फँसाते हुए कहा।

फिर वह गीता की उँगलियों को धीरे-धीरे सहलाने लगा।

तारिक़ जानता था कि उसके इस स्पर्श के जादू से गीता का बचना आसान नहीं है। लेकिन तारिक़ का जादू ज़्यादा देर नहीं चला। फिर उसके घेरे से गीता बाहर आ गई जैसे उस जादू की अचानक किसी दुर्घटना में बेवक़्त मौत हो गई हो।

"इस ज़हर से बच्चों को नशे की लत लग जाएगी। उनकी ज़िन्दगी बर्बाद हो जाएगी।" गीता ने भीगी आवाज़ में कहा। तारिक़ उचककर अपनी बाइक पर बैठा। फिर बैठे-बैठे ही किक मारी। पीछे स्कूली बच्चों की धमाचौकड़ी का शोर था। बाइक के स्टार्ट होने की भड़भड़ में बच्चों की चिल्ल-पों दब गई। "जैसा भी हो, यह मेरा धन्धा है। मेरे को जास्ती पढ़ाने की ज़रूरत नहीं। पहले ख़ुद को देख। तेरे धन्धे के बारे में कभी अपुन कुछ बोला। अपुन कभी बोला कि तू घर उजाड़ती है। फिर अपुन के धन्धे के बारे में कहने का तेरे को क्या हक़ है?"

उसने अपनी आँखों से गीता को पीछे बाइक की सीट पर बैठने का इशारा करते हुए कहा। गीता सन्न रह गई जैसे उसने साँप देख लिया हो।

"तुम जाओ। मैं चली जाऊँगी।" गीता पीठ पीछे करके चल दी।

"अपुन सुखी घर सोसाइटी की तरफ़ जा रहा है। छोड़ देगा।" तारिक़ ने अपनी बाइक मोड़कर गीता के पास आकर कहा।

"तू मेरे को पहले ही छोड़ चुका है। अब छोड़ने का फ़ैसला अपुन को लेना है।" एक ऑटो को हाथ के इशारे से रोकती हुई वह बोली।

अप्रिय यादें भटकाती ही नहीं, आपकी ताक़त को भी चूस लेती हैं। तारिक़ की अप्रिय स्मृतियों से गीता का सिर भारी हो गया था। इस समय उसे सिगरेट पीने की गहरी तलब लग रही थी। उसके लाइटर से सुनहली लौ निकली। फिर उसने अपनी सिगरेट को उसके आगे कर दिया। एक क्षण उसे लगा कि उसकी हालत जलती सिगरेट जैसी है। जलती वह है, सुरूर दूसरे पर चढ़ता है।

तारिक़ और उसका रिश्ता कभी सीधा नहीं रहा। उसमें तमाम उतार-चढ़ाव रहे। तारिक़ के झूठ-धोखों को लेकर पहले भी उनके बेशुमार झगड़े होते थे। फिर भी उनके पास बातचीत के लिए इतनी सँकरी गली बची रहती थी कि वे सब कुछ भूलकर एक बार फिर से अपनी दुनिया शुरू कर लेते। उनके बीच मनमुटाव के काले बादल छँट जाते। मन साफ़ दिन सरीखे खिल जाते। लेकिन इस बार गीता उस आख़िरी छोर तक पहुँच गई थी जहाँ से लौटना मुश्किल होता है। अगर कोई लौटता भी है तो उस घायल सिपाही की तरह जो शरीर से भले ही जीवित हो लेकिन उसका हारा मन लड़ाई के मैदान में गिरा-पड़ा छटपटाता रहता है।

गीता ने तारिक़ के मोबाइल नम्बर को ब्लॉक कर दिया। तारिक़ भी गोल्डन बार गाहे-बगाहे ही आता।

फिर अचानक 15 अगस्त, 2005 को महाराष्ट्र में बार डांस पर सरकारी रोक लग गई। गीता की ज़िन्दगी बदल गई।

गीता की पुरानी ज़िन्दगी वाक़ई आज से बेहतर थी। बार में डाँस गर्ल के दौर में वह कुछ हद तक अपने मन की मालिक थी। शेट्टी उसे देह धन्धा करने के लिए मजबूर नहीं करता। जो ग्राहक शेट्टी से गीता के लिए बात करता, उसे पहले वह टाल देता। अगर वह फिर भी ज़िद करता तो वह गीता से बस मिला भर देता। गीता को नाचना प्रिय था। नाचने में उसे आनन्द आता। नाचते समय वह एक नई दुनिया में पहुँच जाती। ग्राहकों की आँखों में वह कई बार अपने नृत्य के लिए प्रशंसा देखकर पुलक से भर जाती। दूसरों की उपस्थिति में कई बार तेज़ रोशनी में भी नाचते समय अपने को महसूस करती। अपने को छूती। अपने साथ रहती। वह उस बीच अपना एक एकान्त रच लेती जिसमें ख़ुद को पाती। ये उसके लिए सबसे यादगार पल होते। लेकिन बार डांस बन्द होने के सरकारी आदेश के बाद जो लोग पहले उसका पता पूछते थे, पहाड़ी रमणीय लोनावाला ले जाना चाहते थे, उनका अब कोई पता नहीं था। अगर वे बाहर कहीं दिख भी जाते तो ऐसे आँखें फेर लेते गोया उसे पहचानते ही न हों। उसे बार में कोई आसानी से छेड़ नहीं पाता। कोई मनचला ज़ुर्रत करता तो शेट्टी के बाउंसर उसे बाहर का रास्ता दिखा देते। यही नहीं, बार में इतनी आमदनी थी कि उसने कुछ रक़म बचा भी ली थी। वह अपनी बचत से वन बीएचके फ़्लैट ख़रीदना चाहती थी।

नासपीटे मंत्री पाटिल की ज़िद से बार बन्द हो गए। बार में डांस बन्द होने से

उसकी ज़िन्दगी का एक हिस्सा खोल की तरह अलग हो गया। ज़िन्दगी ऐसी हो गई जैसे किसी ने ख़ाली भगौने को जलते गैस बर्नर पर रख दिया हो। हर समय तनाव बना रहता। ज़िन्दगी जीने की कोई पुख़्ता नींव उसे नहीं दिखाई देती।

उन दिनों चिन्ता और नींद के दो खाने दिमाग़ में बन गए थे। दोनों के बीच पार्टीशन बन गया था। एक बेख़बर नींद की कमी ने उसे चिड़चिड़ा बना दिया था। उसे कुछ समझ में नहीं आता था कि बेरोज़गारी के दलदल में वह अपने को ज़िन्दा रखने की मियाद किस तरह बढ़ाए? गोल्डन बार में शेट्टी ने जो प्रस्ताव दिया, वह और कुछ नहीं, फ़क़त देह का धन्धा था। कुछ दिन वह टाल-मटोल करती रही, आख़िरकार राज़ी हो गई।

अब क्या करती है। छिः-छिः घिन आती है—उसे सोचकर।

गीता उठी। रूबी के पैकेट से एक अदद सिगरेट निकाली। लाइटर का बटन दो-तीन बार दबाया। हल्की नीली लौ से सिगरेट जलाकर गहरा कश लिया। वह सिगरेट तभी पीती जब गहरी निराशा में होती।

वह ख़यालों में डूब गई।

मुम्बई में वह बॉलीवुड स्टार बनने आई थी। वह सोचती कि किसी दिन कोई एक लम्बी कार उसके घर के सामने रुकेगी। कॉन्ट्रैक्ट होगा जिसमें लिखी बड़ी रक़म को वह तिरछी नज़र से देखेगी। बड़े-बड़े साइन बोर्ड पर उसकी आनेवाली फ़िल्म की कोई उत्तेजक तस्वीर होगी।

ऐसा कुछ नहीं हुआ। वह मुम्बई मायानगरी में ऐसी फँसी कि बार गर्ल बन गई। अब क्या करती है, यह सोचते-सोचते उसे रुलाई आने लगी।

सिगरेट का गहरा कश लेते हुए सुबह-सबेरे यह सब याद करते ही उसका मन कसैला हो गया। गीता को अपने फ़्लैट के सामने रहने वाली निशा बंसल का चेहरा कौंध गया। निशा डरती रहती कि वह और उसकी दोनों सहेलियाँ उसके शौहर पर डोरे डाल रही हैं।

गीता अपने विचारों के इर्द-गिर्द लिपटे जालों में क़ैद थी। विचारों की डोरी कभी इधर लुढ़कती तो कभी उधर। उसने सिगरेट का आख़िरी क़श लेकर बचे टोटे को चाय के कप में डाल दिया।

अगर हर मियाँ-बीवी के साथ सब कुछ ठीक-ठाक होता तो उसे कौन पूछता, उसके नाच को कौन पूछता? यह सोचकर वह मन-ही-मन मुस्कराई। फिर सहसा ज़ोर से चिल्लाई।

"टॉयलेट में सो रही है क्या? कब निकलेगी? मुझे ज़ोर से लगी है।"

उधर टॉयलेट के फ़्लश में बाल्टी से पानी डालने की आवाज़ आई।

आध्यात्मिकता के लिबास में तमाम विषमताएँ भी महान दिखती हैं।

“हाय अल्लाह! मेरे बाल ऐसे गिरते रहे तो जल्दी ही गंजी हो जाऊँगी। यहाँ का पानी बालों का दुश्मन है।”

कँघी में फँसे बालों के गुच्छे को निकालते हुए गीता ने कहा।

“क्या अल्लाह! अल्लाह! पुकारती रहती है। सोसाइटी में कोई सुन लेगा तो हंगामा बरप जाएगा। नाम गीता और ज़बान पर अल्लाह। नकली पहचान का बवाल बनाकर यहाँ से निकाल देंगे। वैसे ही वे हमारे पीछे पड़े रहते हैं।”

ब्यूटी ने अपनी साड़ी की चुन्नटें तहाते हुए कहा।

“क्या करूँ? जब से आँखें खोली हैं, अल्लाह सुनती-कहती रही हूँ। मुसलमान हूँ लेकिन हरामी दल्ले ने नाम गीता रख दिया तो इसमें मेरा क्या क़सूर। मगर आज तू सती-सावित्री बनकर कहाँ जा रही है? धन्धे पर साड़ी पहनकर जाएगी?” गीता ने शरारत से आँखें नचाते हुए पूछा।

“आज छुट्टी पर हूँ। किसी से मिलने जाना है।” ब्यूटी ने अपने दिल में उठती क़लाबाज़ियों को दबोचते हुए कहा।

“अरे वाह! मेरी छोटी चुहिया पर मेरा रंग चढ़ रहा है।” बालों पर थूक के छींटे मारकर गीता ने उसे डस्टबिन में डाल दिया। बचपन में उसकी अम्मी भी अपशगुन उतारने के लिए ऐसा ही करती थी। फिर शोखी से बोली, “भला ऐसे मौक़े पर साड़ी चलेगी? वह बुड्ढा है या ठरका?

“उम्रदराज़। मगर बुड्ढा नहीं। हाँ! पुराने ख़याल का है। तुम्हारी नज़र बड़ी तेज़ है।” ब्यूटी ने उसकी पीठ पर हल्की सी धौल जमाते हुए उसे ख़ुश करने की कोशिश की।

“अपुन पुराने खिलाड़ी हैं।” गीता ने ज़ोर से क़हक़हा लगाया।

“ये साले सारे मर्द बड़े नौटंकीबाज़ होते हैं। किसी को साड़ी पहनी औरत चाहिए तो किसी को जींस। हरामियों का मक़सद एक ही होता है। कपड़े उतारना।” कुर्सी पर आलती-पालथी मारकर बैठते हुए गीता ने तंज़ किया।

“तू तो ख़ुद इतनी क़मीनी है कि अपना कपड़ा उतारने के पहले उसका ही कपड़ा उतार देगी। मगर मेरा वह ऐसा नहीं है। अभी तक उसने मुझे छुआ भी नहीं।” ब्यूटी की आवाज़ में आवेश के साथ कुछ अभिमान का भी पुट था।

“हम शादी करने वाले हैं।” लिपस्टिक की सुर्ख़ी को हल्का करने के लिए अपने होंठों पर टिश्यू पेपर फेरते हुए उसने अपनी बात जारी रखी।

“हा! हा! हा! अच्छा फेंकती हो।” भौचक गीता ने उसकी बात को हवा में उड़ाते हुए कहा।

“सच! वह जल्दी कर रहा है। मैं ही टाल रही हूँ।” ब्यूटी ने यक़ीन दिलाने

की कोशिश की। फिर बात को पूरा करने के लिए कहा, "आज उनकी गुरु माँ से मुलाक़ात होनी है। तभी तो साड़ी पहन रही हूँ।"

"अरे! बात यहाँ तक पहुँच गई। हमें कुछ बताया तक नहीं।" गीता ने रूठने का अभिनय करते हुए मुँह फुला लिया।

"यार! मैं इस धन्धे से थक चुकी हूँ। कुत्ती ज़िन्दगी है। सोचा तभी बताऊँ जब कुछ पक्का हो।"

"कहाँ मारा यह हाथ? गोल्डन बार का कोई पुराना चम्पू है?" गीता की आवाज़ में ख़ुशी से अधिक जिज्ञासा थी।

"नहीं! मैरिज ब्यूरो से खोजा है।" ब्यूटी की बात सुनकर गीता चकरा गई। उसे लगा कि वह कुर्सी से गिर जाएगी।

"तूने तो ग़ज़ब ढा दिया। हम तुझे चुहिया समझते थे। तू तो बिल्ली से भी दो क़दम आगे निकली। उसने आगा-पीछा नहीं पूछा?"

"थोड़ा-कुछ पूछा। उलटा-सीधा बता दिया। उसे बस घर में एक औरत चाहिए। घर सँभालने वाली औरत। उसकी बीवी उसे छोड़ गई है। उसकी बीवी से उसके बिज़नेस पार्टनर का लफड़ा था। वह काफ़ी टूटा हुआ है।"

"माँ-बाप शादी में फँसाते हैं, तू तो शादी में ख़ुद ही फँस रही है। अपनी शादी का अंजाम जानती है?" गीता ने हल्के व्यंग्य से कहा।

ब्यूटी ने अपनी मुस्कराहट से जता दिया कि उसे गीता के व्यंग्य की परवाह नहीं है। ब्यूटी बातचीत को एक दिलचस्प खेल की तरह खेल रही थी।

"जानती हूँ, तभी शादी कर रही हूँ। अभी कौन सा सुख है?" ब्यूटी इस प्रसंग के दरवाज़े को बन्द करने के लिए बोली।

"मोहब्बत करता है?" गीता गम्भीर हो गई थी।

"मोहब्बत न वह करता है और न मैं। मोहब्बत के ढोंग हर रात हम-तुम देखते-देखते थक चुके हैं।" ब्यूटी ने बेबाक़ी से कहा।

"मालदार बन्दा है?" खोजी आँखों से गीता ने पूछा।

"हाँ!" ब्यूटी की आँखों में चमक थी। चमक जिसमें व्यावहारिकता झलकती है।

कुछ देर कमरे में सन्नाटा छाया रहा। गीता उदास हो गई। वह अपने बारे में सोचने लगी।

तारिक़ के अलावा कई मर्द उसके पीछे पड़े। कोई उसके मन पर ही नहीं चढ़ा। पहले उसे सब मर्द एक जैसे लगते। स्खलन के बाद बिस्तर पर स्लथ पड़े अजनबी की तरह। उसकी ज़िन्दगी में दुबारा आने के बावजूद आजकल तारिक़ का रंग-ढंग बदला हुआ है। वह अब जब भी उससे मिलती है, उसे ख़ुशी नहीं, पछतावा ही होता है।

"कैसी लग रही हूँ?" ब्यूटी ने कुछ उत्साहित होकर पूछा।

"एकदम टिंच बहू।" गीता एकटक उसे निहार रही थी।

ईर्ष्या की तीली गीता के भीतर जल गई थी।

ईर्ष्या भी शायद उनसे अधिक होती है जो हमारे क़रीबी होते हैं। अजनबी से कोई अपनी तुलना नहीं करता।

"आपसे एक मदद भी लेनी है।" गीता की बाँह पर हाथ रखते हुए ब्यूटी ने कहा।

"मदद?" गीता का ध्यान अभी कहीं और अटका था।

"हाँ मदद! तुमने जिस प्लास्टिक सर्जन से बूब जॉब कराया था, उसका पता चाहिए।"

"वाह! आ गई रास्ते पर। दूल्हे को बड़ी गेंदें पसन्द हैं?" गीता ने अपनी पीठ को सीधा करते हुए कुछ मज़ाक़ में पूछा।

"नहीं यार!" वह लजा गई।

यह एक बार-गर्ल का नकली लजाना नहीं, एक युवा लड़की का लजाना था। गीता ने मुद्दत बाद ब्यूटी के चेहरे पर सहज लाज देखी थी।

"फिर? तेरी फ़िगर तो ठीक-ठाक है। क्या नोज जॉब कराएगी?" उसने कुछ इस तरह कहा जैसे वह ख़ुद डॉक्टर हो।

"छोड़! अभी जल्दी में हूँ, लौटकर बात करती हूँ।" ब्यूटी ने सैंडिल पहनते हुए गीता को टाला।

गीता को ब्यूटी की सैंडिल नई लगी। कोई और समय होता तो वह उसके बारे में ज़रूर पूछती कि कहाँ से और कितने में ख़रीदी? इस समय उसकी उत्सुकता उसमें थी जो ब्यूटी छिपा रही थी।

वह कुर्सी से उठी और उसके चेहरे के पास अपना चेहरा ले आई।

"यार! तेरे होंठ इतने पतले, सुर्ख़ और ख़ूबसूरत कि मर्दों का ही नहीं, मेरा भी मन चूमने को करता है। बूब जॉब नहीं कराना। नोज जॉब नहीं कराना, फिर ऐसा क्या है जो तू प्लास्टिक सर्जन का पता पूछ रही है।" गीता ने ब्यूटी की तिकोनी ठुड्डी पकड़कर ऊपर उठाया। वह ब्यूटी पर झुक गई थी जैसे उसके गले में लटक जाएगी। ब्यूटी के परफ़्यूम की भीनी-भीनी गन्ध गीता के पास सरक आई थी।

"कुछ ख़ास नहीं। बस ऐसे ही पूछा था।" उसकी आँखों में झिझक थी। झिझक जो आँखें मिलाने से कतराकर अपना अलग रास्ता खोजने लगती हैं।

गीता की ज़िद्दी आँखों के सामने ब्यूटी की छिपाने की कोशिश बेमानी-सी हो गई।

"झिल्ली यार! जिसके पीछे मर्द पागल रहते हैं। सबको कुँवारी चाहिए।" बोलते हुए ब्यूटी की ज़बान लरज रही थी जैसे यह अश्लील से अधिक जुगुप्सामय हो।

गीता आश्चर्य से ब्यूटी को देखती ही रह गई जैसे वह उस पर विश्वास न कर पा रही हो। चन्द लम्हे पहले जहाँ खिला-खिला-सा माहौल था, उसे वह बेतुका और भारी लगने लगा। वह एक अजीब से तनाव में घिर गई। "तू ऐसे घटिया आदमी के

साथ ज़िन्दगी काटेगी? वह तो तुम्हारे आशिकों-ग्राहकों के नाम पूछ-पूछ कर जीना हराम कर देगा।"

गीता की आवाज़ ऐसे काँप रही थी मानो इन सड़े-गले विचारों की लाश को ढोने को लेकर ग़ुस्सा ही न हो बल्कि किसी ने उससे ही उसकी अक्षत योनि का सबूत माँग लिया हो। वह ब्यूटी को तमतमाकर देखने लगी जैसे कल्पना में थप्पड़ों से उसका चेहरा लाल कर रही हो।

ब्यूटी सहम सी गई। उसकी आँखों पर एक छोटा-सा काला बादल उमड़ आया। हवा उदास लगने लगी। वह शायद इसी अशुभ से बचने के लिए इस समय गीता से यह बात छिपा रही थी। मगर गीता जानने के लिए बेचैन थी। बता दिया तो इतना ग़ुस्सा। गीता सही है या ग़लत उस पर सोचने का अभी समय नहीं है। उसे सिर्फ़ बार-गर्ल के नर्क से बाहर एक नए घर का सपना दिख रहा है। झिलमिल-सा सपना।

ब्यूटी ने अपना हैंड बैग उठाया। उसकी ओर देखे बिना कहा, "बाय-बाय! फिर बात करेंगे।"

गीता हैरत और ग़ुस्से से भरी नज़रों से ब्यूटी को जाते हुए देखती रही।

विवाह के पहले लड़की की योनि की झिल्ली अगर फट गई तो वह चरित्रहीन और कुलटा है। लड़का विवाह के पहले अपने वीर्य की बारिश चाहे जहाँ और जितनी करता रहे, वह अक्षत वीर्य पुरुष है। पुरुष से कोई सवाल नहीं पूछता। सारी परीक्षाएँ स्त्री के लिए हैं।

गीता को लग रहा था कि ब्यूटी को अपना सारा अतीत भावी पति को बताकर ही शादी करनी चाहिए। कोई चीज़ छिपाकर रखना कभी भी सन्देह पैदा कर सकता है। रिश्ते में सब कुछ काँच की तरह साफ़ होना चाहिए।

उधर ब्यूटी ने गीता को 'बाय-बाय' करके जैसे ही अपना दरवाज़ा खोला, निशा बंसल भी अपने फ़्लैट में चाभी लगाकर अपना दरवाज़ा खोलती दिखाई दी। उसके बन्द फ़्लैट के भीतर से उसके कुत्ते के भूँकने की आवाज़ आ रही थी। ब्यूटी को बाहर आता देखकर निशा पलटी। उनकी आँखों में हिकारत थी। दरअसल उसे सामने के फ़्लैट में रहनेवाली तीनों लड़कियाँ फूटी आँख नहीं सोहाती थीं। निशा की आँखों में चमकती हिकारत लाँघती हुई ब्यूटी लिफ़्ट की तरफ़ बढ़ गई। नीचे उतरने का बटन दबाया।

ब्यूटी को जाने के पहले एटीएम से रुपये भी निकालने थे। एटीएम सुखी सोसाइटी के पास की इमारत में था। एटीएम केबिन से सटा एक फ्लावर शॉप था। तमाम क़िस्मों के फूलों की ख़शबू एटीएम से रुपया निकालनेवालों को मुफ़्त में मिलती रहती। वहाँ ब्यूटी जब पहुँची तो देखा कि एटीएम मशीन के सामने एक बुज़ुर्ग खड़े हैं। वह बुज़ुर्ग जब एटीएम केबिन से काफ़ी देर के बाद भी नहीं निकले तो ब्यूटी ने काँच का दरवाज़ा थोड़ा खोलकर कुछ झुँझलाकर पूछा, "कितनी देर लगेगी?"

उसकी आवाज़ सुनकर बुज़ुर्ग केबिन से बाहर निकले। बुज़ुर्ग की आँखों से आँसू ढरक रहे थे। ब्यूटी ने उनको रोते हुए देखकर सोचा कि शायद उसके कड़क बोलने से वह दुखी होकर रो रहे हैं।

"क्या हुआ अंकल? आप रुपये निकाल लीजिए। मुझे इतनी जल्दी नहीं है।" ब्यूटी ने उन्हें रास्ता देते हुए कहा।

बुज़ुर्ग उसी तरह रोते रहे। नीली वी-नेक टी-शर्ट में अस्सी से ऊपर उनकी उम्र लग रही थी। पढ़े-लिखे भी लग रहे थे।

"एक धोखेबाज़ लड़का रिलायन्स बाज़ार का यह कार्ड देकर मेरे बैंक का डेबिट कार्ड लेकर चला गया।" बुज़ुर्ग की आवाज़ में गहरी टीस थी।

उन्होंने बताया कि वह रुपया हमेशा की तरह निकाल रहे थे। उन्हें कुछ देर लग रही थी। अचानक एक लड़का आया। उसने उनसे जल्दी रुपया निकालने को कहा। फिर उस लड़के ने कहा कि अंकल आपको मुश्किल हो रही है। मैं रुपये जल्दी निकाल देता हूँ। उसने उनका डेबिट कार्ड लिया। फिर कोड पूछकर पाँच हज़ार रुपये निकालकर हाथ में पकड़ा दिए। कार्ड भी वापस दे दिया। उन्होंने रुपये गिने। कार्ड जेब में रख लिया। उस लड़के की मदद के लिए उसने उसे 'थैंक यू' भी कहा। उसी समय उनके मोबाइल में बैंक से विदड्राल मैसेज भी आ गया।

अभी वह घर पहुँचे ही थे कि उनके मोबाइल में 10000 रुपये का विदड्राल का दूसरा मैसेज आ गया। फिर तीसरा विदड्राल मैसेज 10000 रुपये का आया। उन्हें लगा कि यह कैसे हो गया? उन्होंने यह रक़म तो निकाली नहीं है। वह भागे–भागे यहाँ आए। स्वाइप करने के लिए अपना कार्ड निकाला तो देखा कि वह उनका डेबिट कार्ड नहीं, रिलायन्स बाज़ार का कार्ड है। बैंक बन्द हो चुका है। उन्हें समझ में नहीं आ रहा है कि वह किससे शिकायत करें। उनका बेटा पुणे में काम करता है।

"आप अपने बेटे से कहकर पहले अपना कार्ड ब्लॉक कराइए।" गीता ने द्रवित होकर कहा।

"बेटा नाराज़ होगा।" उनकी आँखों में डर था।

"अंकल, मुझे भी यह सब नहीं आता। दूसरे किसी अजनबी पर भरोसा करना ठीक नहीं। अगर कार्ड ब्लॉक न होगा तो वह बदमाश पता नहीं कितना पैसा निकाल ले। मैं आपके बेटे को फ़ोन कर दूँ?" ब्यूटी ने कहा।

"नहीं मैं करता हूँ।" मोबाइल स्क्रीन खोलकर बुज़ुर्ग ने नम्बर दबा दिया।

ब्यूटी ने एटीएम से रुपये निकाले। बुज़ुर्ग अपने बेटे से सुबकते हुए बात कर रहे थे। ब्यूटी ने अपने मोबाइल पर ओला टैक्सी बुक की।

टैक्सी आने में सात मिनट का समय दिखा रहा था। भाड़ा भी पाँच सौ दस रुपये के आसपास दिखा रहा था। टैक्सीवाले का फ़ोन आने पर उसने पिकअप पॉइंट पर आने का रास्ता समझाया।

ब्यूटी को इन दिनों ओला या उबर टैक्सी ज़्यादा आरामदायक लगती। एक तो ओला या उबर टैक्सी एसी होती। कई बार तो काली-पीली टैक्सी से भी कम पैसे में पहुँचा देती। वैसे ब्यूटी का उबर टैक्सी में पिछली बार का अनुभव अच्छा नहीं था। वह मीरा रोड से उबर टैक्सी में अकेली दिन में माहिम जा रही थी। टाइम काटने के लिए पीछे बैठी वह फेसबुक में डूबी थी कि अचानक मलाड के पास ट्रैफ़िक धीमी होने पर उसकी निगाह ड्राइवर के पास अटक गई। ड्राइवर गन्दी फ़िल्म देख रहाथा। उसके मुँह से हल्की-हल्की सिसकारी निकल रही थी जैसे वह हस्तमैथुन कर रहा हो। ब्यूटी टैक्सी में अकेली थी। उसने सोचा कि अभी कुछ कहने पर हंगामा करेगा। उसने रूबी को मोबाइल से कॉल लगाते हुए कहा, "मैं मलाड पहुँच रही हूँ। गर्दी ज़्यादा है।"

उसकी आवाज़ से ड्राइवर सहम गया। उसने अपना मोबाइल झट से बन्द कर दिया। उसने यह वाक़या रूबी को बताया। उसी ने उबर कम्पनी को टैक्सी ड्राइवर की शिकायत की। बाद में उबर कम्पनी के अधिकारी ने बताया कि उस ड्राइवर को हटा दिया गया है। तब से वह अमूमन काली-पीली टैक्सी या ऑटो में ही चलना पसन्द करती है।

हालाँकि आज का मामला कुछ अलग है। उसे ख़ास तौर से जुहू में इस्कॉन मन्दिर जाना था जहाँ उसका भविष्य तय होना है। काली-पीली टैक्सी में पसीने से लथपथ होकर जाना सही न होगा, यह सोचकर उसने इस बार उबर के बजाय ओला टैक्सी मँगाई थी।

सेडान टैक्सी उसके पास आकर खड़ी हो गई। ब्यूटी ने टैक्सी नम्बर पर निगाह डाली। सन्तुष्ट होने के बाद टैक्सी के पीछे के दरवाज़े को खोलकर बैठ गई। अचानक ड्राइवर ने फूलों की दुकान देखकर कहा, "मैडम एक मिनट में आता हूँ।" वह तेज़ क़दमों से गया। फिर एक सुन्दर बुके लेकर लौटा। वह अपनी बग़ल की सीट पर बुके रखकर ब्यूटी से कोड पूछकर चल पड़ा।

गर्मी बहुत थी। एसी का असर कम था। ब्यूटी ने ड्राइवर से एसी कुछ और बढ़ाने के लिए आग्रह किया। एसी तेज़ होते ही बुके के फूलों की सुगन्ध पीछे ब्यूटी की घ्राणेन्द्रियों को सहलाने लगी। सुगन्ध जितनी ड्राइवर के पास थी, उतनी ही ब्यूटी के पास। सुगन्ध के लिए ड्राइवर और मुसाफ़िर में कोई अन्तर नहीं था। ब्यूटी से बिना बोले रहा नहीं गया।

"फूलों की महक अच्छी है। घर में किसी का बर्थडे है?"

"मेरी बहन का बर्थडे है। बहन जोगेश्वरी में रहती है। इस्कॉन टेम्पल से लौटते समय क़रीब पड़ेगा। इसलिए आपकी कॉल ले ली। मेरी आख़िरी ट्रिप है" उसने टैक्सी के रियर व्यू मिरर में आँखें टिकाये हुए कहा।

ड्राइवर बातूनी लग रहा था।

ब्यूटी को अच्छा लगा कि ड्राइवर अपनी बहन का इतना ख़याल रखता है। आजकल बहन का मतलब राखी रह गया है। बाज़ार का दबाव न होता तो अब राखी भी फीकी होती। ब्यूटी का भी एक भाई था। उसने ब्यूटी से नाता तोड़ लिया था। ब्यूटी सिर्फ़ अपने भाई के लिए ही नहीं, पूरे परिवार के लिए मर चुकी है।

"आपकी बहन सौभाग्यशाली है। उसे आप जैसा भाई मिला।" ब्यूटी की आवाज़ में ओस सी नमी थी।

"नहीं मैडम! मैं ख़ुशनसीब हूँ कि मुझे ऐसी अच्छी बहन मिली है। हालाँकि वह मेरी सगी बहन नहीं, मुँहबोली बहन है।" फिर बात को आगे बढ़ाया।

"वह मुँहबोली बहन मुम्बई की बारिश में मिली थी। मुम्बई में तो हर साल बारिश ख़ूब होती है। लेकिन ऐसी आफ़त की बारिश कभी नहीं देखी थी। मुम्बई जो कभी रुकती नहीं, बीस मिनट की बारिश में घुटनों के बल रेंगने लगी थी। वह बारिश मुझे वैसे ही याद है जैसे मुझे अपने अब्बा का इन्तकाल याद है।

"26 जुलाई, 2005। दिन मंगलवार।"

वह उस तरह बोल रहा था जैसे किसी सूखे हुए ज़ख़्म की पपड़ी को खरोंच रहा हो।

"मैं तब यहाँ नहीं थी। लेकिन इसके बारे में काफ़ी कुछ सुना है।" ब्यूटी के स्वर में उदासीनता थी। मध्य वर्ग सरीखी उदासीनता। 'दुनिया भाड़ में जाए, मुझे क्या करना' वाली उदासीनता।

ड्राइवर ने इस उदासीनता को सूँघ लिया था। ऐसी उदासीनता से वह कभी निराश नहीं होता था। उसकी ज़्यादातर सवारियाँ ऐसी ही होतीं। कई बार तो उसे ऐसी सवारियाँ मिलतीं जो चौक पर बनी उन पत्थर की मूर्तियों की तरह होतीं जिन पर उसकी बात बारिश के पानी की तरह बह जाती।

"उन दिनों मेरे पास काली-पीली टैक्सी थी। कुर्ला में सवारी छोड़कर बान्द्रा-कुर्ला कॉम्प्लेक्स की तरफ़ आ रहा था। रोड पर बारिश का पानी विंड स्क्रीन तक आने पर अपनी टैक्सी वहीं किनारे खड़ी कर दी। छाता लेकर एक दफ़्तर की इमारत में बारिश रुकने का इन्तज़ार करने लगा। मुझे अपनी बेगम आयशा को लेकर फ़िक्र थी। न मेरे पास मोबाइल था और न ही आयशा के पास। वह पेट से थी। उसका सातवाँ महीना चल रहा था। वह दादर में बैंक में ग्रुप 'सी' में काम करती थी। वैसे उसे जचगी के लिए भी छुट्टी मिल सकती थी। मैंने कहा भी था कि छुट्टी ले लो। आप जानती ही हैं कि औरतों का अपना हिसाब होता है। उसने कहा कि वह डिलीवरी के बाद छुट्टी लेगी। अभी बैंक में उसे कोई भारी काम नहीं करना पड़ता। सिर्फ़ फ़ाइल या काग़ज़ इधर-उधर लेकर जाना होता है। बोरीवली से दादर ट्रेन से जाने में कोई दिक़्क़त भी नहीं है। चढ़ने-उतरने वाली दोनों जगहों से ट्रेन बनकर चलती है। लेडीज कोच में बैठने की जगह मिल जाती है।"

ड्राइवर यह सब ऐसे बता रहा था जैसे पीछे बैठी सवारी से उसका पुराना नाता हो। उसने बात का सिलसिला जारी रखा।

"आयशा बैंक से जब दादर स्टेशन पहुँची तो वहाँ की गर्दी देखकर उसके होश उड़ गए। रेल पटरियों पर पानी भरने के चलते सभी ट्रेनें कैंसिल हो गई थीं। बाहर आई तो वहाँ न तो बस दिखाई दे रही थी और न ही टैक्सी। सड़क पर कमर तक पानी भरा था। आकाश से मोटी-मोटी बूँदें अभी भी गिर रही थीं। छाता लिये लोग पैदल चींटी की चाल से जा रहे थे। मुसीबत में औरतों में पता नहीं कहाँ से इतनी हिम्मत आ जाती है।

कोई उपाय न देख आयशा ने अपनी चप्पलें बैग में रखीं। एक हाथ में छाता लिया। कन्धे पर हैंडबैग टाँगकर वह पैदल चल पड़ी। पानी में भीगी साड़ी भारी होकर अरझ रही थी। वह दूसरे हाथ से साड़ी पकड़कर चलने लगी। सड़क पर मेनहोल खुले होने के डर से लोग डिवाइडर से सटकर चल रहे थे। पानी बेहद गन्दा था। उसमें नालियों का पानी भी घुल गया था। ऐसे वक़्त में गन्दगी को लेकर मैडम कौन सोचता है! आयशा के पाँवों से पानी में बहते पॉलिथीन के बैग साँप की तरह लिपट जाते। थोड़ी देर चलने के बाद आयशा की हालत बिगड़ने लगी। वह पेट में एक और जीव का बोझ लेकर चल रही थी। दूसरे, हमारी दो साल की बेटी खोली में अम्मी के पास थी। उसको लेकर वह बेहद हल्कान थी। उसके पाँव लड़खड़ाने लगे। साँसें फूलने लगीं।"

टैक्सी ड्राइवर थोड़ी देर के लिए ठहर गया जैसे उसकी आवाज़ थक गई हो। लेकिन बात की डोरी उसने फिर पकड़ ली।

"ख़ुदा का शुक्र था कि पीछे चल रही औरत आयशा की मुसीबत भाँप गई। आप जानती ही हैं कि औरतों की आँखें बहुत तेज़ होती हैं। मर्दों की तुलना में उनमें अजनबियों से बहनापा भी जल्दी हो जाता है। उसने आयशा को सहारा दिया। हौसला बढ़ाया। सान्ताक्रूज़ आते-आते आयशा पस्त हो गई थी। उसके क़दम नहीं उठ रहे थे। उसे लगा कि वह बेहोश होकर गिर जाएगी। पीछे चलने वाली औरत ने अपने बैग से बिस्कुट निकालकर उसे खिलाया। फिर आयशा को दिलासा देते हुए बोली कि किसी तरह जोगेश्वरी पहुँच जाएँ तो मेरे घर पर रुक जाना।"

ड्राइवर अचानक झटके से रुक गया। एक कार अचानक उसे ओवरटेक करके उसके सामने आ गई थी।

ब्यूटी के मुँह से अचानक निकला, "देखकर चलिए।"

"पहले मुम्बई में कोई ऐसे गाड़ी चलाने की जुर्रत नहीं करता था। आजकल के अमीरज़ादों के हाथ में स्टीयरिंग बेकाबू रहते हैं। उनके लिए आदमी की जान की कोई क़ीमत नहीं है।"

ड्राइवर ग़ुस्से में था। फिर उसकी टूटी रामकहानी शुरू हो गई।

"बारिश रुकने का नाम नहीं ले रही थी। मैं भी बोरीवली के लिए पैदल चल पड़ा। वेस्टर्न एक्सप्रेस हाइवे समुद्र बना हुआ था। गाड़ियाँ बम्पर से बम्पर सटाकर चल रही थीं। एक ख़ाली टैक्सी वाले को अपने धन्धे का हवाला देकर गोरेगाँव तक पहुँचा। वहाँ से पैदल चलकर बोरीवली में एक बजे रात घर का दरवाज़ा खटखटाया। घर में बिजली नहीं थी। मोमबती की रोशनी में मेरी अम्मी जग रही थीं। दो साल की मेरी बेटी 'अम्मा-अम्मा' कहती रोती हुई सो गई थी। मेरी अम्मी ने मुझे बताया कि थोड़ी देर पहले पड़ोसी ख़बर दे गए हैं कि आयशा का फ़ोन आया था कि वह ठीक है। उसकी चिन्ता न करना। अम्मी की बात सुनकर तसल्ली हुई।"

ड्राइवर की आवाज़ भर्राकर धीमी हो गई थी। मगर रुकी नहीं थी।

"अगले दिन सुबह सात बजे आयशा बेगम घर पहुँचीं। उसने बीती रात का क़िस्सा सुनाया। किस तरह उसकी अनजानी हमसफ़र आशा कुलकर्णी ने फ़रिश्ते की तरह मदद की। दरअसल कमर तक पानी में चलते-चलते थकान से आयशा बेहाल निढाल होकर गिर-पड़ रही थी। स्ट्रीट लाइट भी चली गई थी। कुछ लड़के मोमबत्ती जलाकर रास्ता दिखा रहे थे। आयशा की बुरी हालत देखकर आशा बहन उसे जोगेश्वरी के अपने घर ले गईं। ज़बरदस्ती खाना भी खिलाया। आयशा खाने को तैयार न थी। वह रो रही थी। चिन्ता भी कर रही थी कि उसकी दो साल की बेटी न जाने कैसी होगी। उसकी हलक़ से कौर नहीं निगला जा रहा था। आशा बहन ने आयशा को उसके कोख के बच्चे की क़सम देकर ज़ोर-ज़बरदस्ती से खाना खिलाया। आज वही बच्ची बारह साल की हो गई। उसका नाम भी मैंने आशा बहन के नाम पर आशा रखा। आशा बहन ने उस दिन आयशा को मदद न की होती तो पता नहीं क्या होता।" ड्राइवर की आवाज़ भर्रा गई थी जैसे अक्सर बुख़ार में हो जाती है।

"आज उसी आशा बहन का जन्मदिन है। आयशा अपने बैंक से सीधे आशा बहन के घर केक लेकर पहुँचेगी।" अँधेरी फ्लाईओवर के पास ड्राइवर ने गियर बदलते हुए कहा। उसके साथ भागते नज़ारे धीमे हो गए थे।

ब्यूटी ने सीट के बाईं ओर खिसककर ड्राइवर को तिरछी निगाह से देखा।

"काश! इस ड्राइवर जैसा मेरा भी भाई होता।" ब्यूटी ने एक ठंडी आह भरी।

"उस बाढ़ से बड़ा नुक़सान हुआ मैडम। एक मेरे पहचान के थे। उनके अब्बा हुज़ूर की लाश श्मशान में थी। उनकी क़ब्र की मिट्‌टी बह गई। उस दिन कई बीमार अस्पताल नहीं पहुँच पाए। जाम में फँसकर रास्ते में ही गुज़र गए। बारिश से बचने के लिए जिन्होंने कार का शीशा बन्द कर रखा था, उनमें कई कार में ही साँस घुटने से अल्लाह को प्यारे हो गए। दरअसल कार लॉक में पानी चले जाने के कारण कुछ लॉक खुले तक नहीं। तब से मैं अपने डेस्क बोर्ड में हथौड़ी रखता हूँ।

"ड्राइवर ने डेस्क बोर्ड खोलकर एक छोटी-सी हथौड़ी दिखाई।" फिर हँसकर बोला, "कार लॉक ख़राब होने पर यह हथौड़ी शीशे को तोड़ने के काम आ सकती

है। रात में कोई गुंडा-मवाली परेशान करे तो उसका सिर भी फोड़ सकती है।"

ड्राइवर की सिर फोड़ने की बात से ब्यूटी थोड़ा डर गई। उसने बात की दिशा बदल दी।

"अगर यही हाल रहा तो हर साल बाढ़ आती रहेगी। मुम्बई पूरा कंक्रीट बनता जा रहा है। कच्ची ज़मीन ग़ायब होती जा रही है। बारिश का पानी ज़मीन में रिसकर जाता ही नहीं है। पॉलिथीन सीवेज जाम कर देता है। हाईटाइड में पानी की निकासी का कोई पुख़्ता इन्तज़ाम नहीं है। पानी कहाँ जाएगा? सड़क पर ही बहेगा न?" ब्यूटी ने कहा।

"पहले इतनी बारिश भी नहीं होती थी मैडम! उस दिन मुम्बई में नौ सौ मिलीमीटर से भी ज़्यादा बारिश हुई थी। अख़बार में पढ़ा था कि जंगल-पहाड़ कटने से मौसम में भी बदलाव आया है। समुद्र में जहाज़ का तेल-कचरा गिरने से अरब सागर गर्म हो जाता है जिससे बारिश ज़्यादा होती है।" ड्राइवर जता रहा था कि वह निरक्षर भट्टाचार्य नहीं है। अख़बार भी पढ़ता है।

ब्यूटी चुप रही। इस बात को ज़्यादा बढ़ाना नहीं चाहती थी। पर्यावरण-भ्रष्टाचार जैसे भारी मसले वैसे भी उसे समझ में नहीं आते। हालाँकि ब्यूटी की चुप्पी से ड्राइवर को लगा कि कार में पीछे बैठी सवारी उसकी जानकारी के रुतबे में है।

"मेरे देखते-देखते मुम्बई के आसपास के तमाम पहाड़-समुद्र पाटने से ग़ायब हो गए। जंगल-हरियाली ग़ायब हो गई। माहिम की क्रीक पर हज़ारों इमारतें बन गईं। मैन्ग्रोव ख़त्म हो गए। मीठी नदी गन्दा नाला बन गई मैडम! काली-पीली टैक्सी में भी आजकल जैसी गर्मी नहीं लगती थी। अब हर साल गर्मी बढ़ती जा रही है।"

टैक्सी गंतव्य की ओर भाग रही थी और ड्राइवर की कथा जारी थी। इस बीच ब्यूटी के व्हाट्सएप पर सुरेश भंडारी के दो मैसेज आ चुके थे। सुरेश भंडारी वही व्यापारी थे जो ब्यूटी से शादी बनाने के लिए नासिक से यहाँ मिलने आए थे। भंडारी का पहला मैसेज था—गुरु माँ आ गईं।

दूसरे मैसेज में लिखा था—आरती शुरू हो गई। टैक्सी जुहू सर्किल पर ट्रैफ़िक सिग्नल पर रुक गई। कारों की लम्बी क़तार थी। ड्राइवर ने फिर पूछा,

"मीठीबाई कॉलेज होकर चलूँ या अमिताभ बच्चन के घर की तरफ़ से?"

ड्राइवर आम आदमी की नस को जानता था। देश के हर हिस्से से मुम्बई भ्रमण पर आने वाले पर्यटक सदी के नायक के नाम से चर्चित सिने अभिनेता अमिताभ बच्चन का बँगला एक दर्शनीय स्थल की तरह देखने आते। ऊँची दीवार के पीछे छिपे बँगले को आठवें आश्चर्य की तरह देखते। फिर अपने गाँव-देश लौटकर बँगले की झूठी-सच्ची कहानी गढ़कर सुनाते। कोई डींग हाँकता कि उसने 'सदी के महानायक' की छाया देखी। कोई आँखें फैलाकर कहता कि अमिताभ बच्चन ने उसे देखकर हाथ हिलाया। ड्राइवर भी जब अपने गाँव जाता था तो उससे भी सब यही पूछते थे

कि भैया, तुम अमिताभ बच्चन या शाहरुख़ ख़ान से कभी मिले हो? उनका बँगला कैसा दीखता है?

एक क्षण के लिए ब्यूटी ड्राइवर के सवाल पर पसोपेश में पड़ गई। फिर हिचकते हुए उसने उत्तर दिया।

"जिधर जाम कम मिले और जल्दी पहुँच जाएँ।"

तभी ब्यूटी के मोबाइल पर सुरेश भंडारी का नाम फिर चमका। ब्यूटी ने मोबाइल का बटन दबाकर कान से लगाया। "कहाँ पहुँचीं? गोविन्दा रेस्तराँ में आ जाना। हम इन्तज़ार कर रहे हैं।"

"बस पहुँचने वाली हूँ।" कहकर ब्यूटी ने कॉल काट दी।

इस्कॉन मन्दिर जगमगा रहा था। ब्यूटी ने घड़ी देखी। वह आधा घंटा लेट थी। टैक्सी का बिल चुकाकर हड़बड़ाती हुई ब्यूटी ने गोविन्दा रेस्तराँ के रास्ते के बारे में माला जपते एक प्रभु से पूछा।

सफ़ेद क़मीज़ में अधेड़ सुरेश भंडारी उसे दूर से दिख गए। उनके पास सफ़ेद धोती में सुघड़ नाक-नक़्श की गुरु माँ को पहचानने में भी उसे तनिक भी देर न लगी। ब्यूटी को पहली बार सफ़ेद रंग की धोती के सौन्दर्य में पवित्रता दिखी। उसने ज़्यादातर सफ़ेद कपड़ों में लोगों को मातम मनाते हुए देखा था। गुरु माँ के बाल ख़ूब घने और काले थे। त्वचा की स्निग्धता से उनके उम्र का क़यास लगाने में किसी को भी धोखा हो सकता था। ब्यूटी कुछ देर संकोच में खड़ी रही। सहसा दरवाज़े पर भंडारी की टोहती नज़र उस पर पड़ गई। भंडारी उसे देखकर मुस्कराए। ब्यूटी की हिचकिचाहट को भाँपकर वह अपनी कुर्सी से उठकर ब्यूटी की अगवानी के लिए आए।

"गुरु माँ," भंडारी ने इशारा किया। फिर प्रणाम की मुद्रा में बोले, "यह सुगन्धा।"

ब्यूटी ने भंडारी को अपना यही नाम बताया था।

ब्यूटी झुकी और अपनी साड़ी के पल्लू को नीचे करके चरण स्पर्श किया।

गुरु माँ ने कुर्सी पर बैठे-बैठे ब्यूटी के सिर पर हाथ रख दिया।

ब्यूटी को लगा कि पहले चरण की परीक्षा कुछ ठीक-ठाक निकल गई।

गोविन्दा रेस्तराँ में सब कुछ स्वादिष्ट था। बस! मांस, अंडा, प्याज़ और लहसुन नहीं था। यह अधेड़ और बूढ़ों के लिए जगह थी जो शुद्ध शाकाहारी भोजन के आग्रही थे। वहाँ युवा लड़के-लड़कियाँ कम थे। सात्त्विक भोजन उन्हें बेस्वाद लगता होगा। इक्का-दुक्का विदेशी भी थे जिन्होंने यहाँ दीक्षा ली थी। कुछ सामिष पर्यटक भी थे। स्वाद से समझौता कर यहाँ बैठे हुए थे। एक बंगाली परिवार कुछ ऐसा ही लग रहा था। उसकी बेटी मुँह फुलाए बैठी थी। लड़की की माँ उसे कल सामिष भोजन खिलाने के लिए आश्वस्त कर रही थी। पिता पिनपिना रहे थे कि इस नए शहर में एक शाम सात्त्विक भोजन का स्वाद लेने में क्या हर्ज है?

गुरु माँ की आँखें ब्यूटी का चेहरा टटोल रही थीं।

अपने को भेदती आँखों से देखते हुए पाकर ब्यूटी कुछ असहज हो गई। वह सोच रही थी कि किसी के चेहरे-मोहरे को देखकर कोई किसी की शख़्सियत कैसे जान सकता है।

क्या गुरु माँ के पास कोई दैवी शक्ति है? अपनी दैवी शक्ति से क्या उसके चेहरे को पढ़कर यह जान पाएगी कि वह बार गर्ल है। चेहरा देखकर जो शादियाँ होती हैं, वे आगे चलकर कितनी सफल होती हैं? ब्यूटी इन्हीं सवालों के फन्दों में उलझी थी कि तभी भंडारी ने गुरु माँ की तरफ़ हाथ जोड़कर भक्ति विह्वल होकर कहा, "गुरु माँ के आशीर्वाद से ही मैं कोई काम-काज शुरू करता हूँ।"

गुरु माँ के चेहरे पर स्मित की महीन रेखा खिंच गई। उन्होंने ऊपर हाथ उठाया जैसे आकाश से उनके पास देववाणी आती हो। वह चुप रहीं हालाँकि उनकी चुप्पी बोल रही थी—सब प्रभु की कृपा।

"गुरु माँ ने यहाँ आने की कृपा की जबकि कल सुबह की फ़्लाइट से शिकागो जाना है।" भंडारी के स्वर में कृतज्ञता छलक रही थी।

ब्यूटी असमंजस में थी कि ऐसे अवसर पर उसे क्या कहना चाहिए? वह ख़ामोश रही।

भंडारी ने ब्यूटी की ओर देखते हुए शिकायती लहज़े में कहा, "आपने देर कर दी। यहाँ मन्दिर में बड़ी भव्य आरती थी। सुगन्धा! आपको भी अच्छी लगती।"

गुरु माँ की आँखें ऐसे मुस्कराईं जैसे वह अपने भक्त की बात की ताक़ीद कर रही हों।

"बेटी, तुम क्या करती हो?" गुरु माँ ने पहली बार ब्यूटी से कुछ पूछा।

"डांस टीचर हैं गुरु माँ।" भंडारी ने तपाक से जवाब दिया जैसे कि सवाल उनसे किया गया हो। फिर ब्यूटी से मुख़ातिब होकर जोड़ा, "इसीलिए कह रहा था कि सुगन्धा को आरती में बेहद आनन्द आता। भक्तजन पूरी तरह से डूबकर नृत्य कर रहे थे। पुरुषों का इतना सुन्दर नृत्य मैंने पहले कभी नहीं देखा। उनकी पतली काया कितनी सुन्दर लय में थिरक रही थी। इतना उल्लासभरा माहौल था कि सुगन्धा भी अपने को रोक न पाती। गुरु माँ की देह भी झंकृत हो रही थी। इस बहाने गुरु माँ भी आपका नृत्य देख लेतीं। उनका आशीर्वाद आपको मिल जाता।"

"रास्ते में जाम बहुत था। मेट्रो का काम चलने से सड़क और सँकरी हो गई है।" ब्यूटी की आवाज़ में क्षमा-याचना थी।

"मुझे इसीलिए मुम्बई नापसन्द है। आपको नासिक में रहना होगा।" भंडारी ने ब्यूटी पर हक़ जताते हुए कहा।

"गुरु माँ विदेश से जैसे ही लौटकर आएँगी तो उनके लोनावाला आश्रम में विधि-विधान से विवाह होगा। कोई तड़क-भड़क नहीं। कोई आडम्बर नहीं। सुगन्धा! तुम्हें कोई एतराज़ तो नहीं" सुरेश भंडारी ने निर्णायक स्वर में कहा।

सुगन्धा ने धीमे से सिर हिला दिया। चोर निगाह से पड़ोस में बैठे परिवार की थाली में व्यंजन को देखकर उसको और भी तेज़ भूख लग आई थी। उसने गर्दन घुमाकर इधर-उधर देखा। सब खाने में तल्लीन थे। पूरे हॉल में मुँह की चपचप की चहचहाहट छितरी हुई थी।

ब्यूटी ने टैक्सी से उतरते समय नोट किया था कि यह पहला मन्दिर है जिसके दरवाज़े पर ग़रीब और भिखारी कटोरा लेकर नहीं बैठे हैं। शायद भिखारियों को भी पता है कि यहाँ के भक्तों की टेंट से कुछ नहीं मिलेगा। फिर उसे ख़याल आया कि विदेशी पर्यटकों की आँखों को यहाँ की ग़रीबी न चुभे, इसलिए हो सकता है कि मन्दिर प्रशासन उन्हें आसपास बैठने न देता हो। उसे लगा कि आध्यात्मिकता के लिबास में तमाम विषमताएँ भी महान दिखती हैं।

"मैं सिर्फ़ बकबक कर रहा हूँ गुरु माँ! आप क्या ग्रहण करेंगी? वैसे यहाँ की खीर लाजवाब है।" सुरेश भंडारी ने उमंग से भरकर कहा। उनकी बात से लग रहा था कि वह पहले भी गोविन्दा रेस्तराँ के व्यंजनों का स्वाद ले चुके हैं।

"मुझे फल पसन्द है। लेकिन रात्रि बेला में फल ग्रहण करना उचित नहीं। आज शुभ अवसर है। तुम्हारा मन रखने के लिए थोड़ी खीर चख लूँगी।

सुरेश भंडारी उठे। ब्यूटी को साथ आने का इशारा किया। बुफ़े व्यवस्था थी। पानी पूरी थी। सेव पूरी भी। ब्यूटी का मन पानी पूरी को देखकर मचल रहा था। गुरु माँ का ख़याल आते ही उसने पानी पूरी का ख़याल मुल्तवी कर दिया। भंडारी खीर की तरफ़ बढ़ गए। ब्यूटी को लगा कि शिष्टाचार के नाते उसे भंडारी की प्रतीक्षा करनी चाहिए। उनके साथ ही थाली में खाना लेना शुरू करना चाहिए। वह ख़ामोश भंडारी का इन्तज़ार करने लगी।

सुरेश उसके पाँव का पहिया बनने जा रहे थे। वह एक नई सड़क पर उस पहिये के साथ चलने के लिए तत्पर थी।

हर शहर का अपना मिज़ाज होता है। अगर आप उसके मिज़ाज के अनुरूप उससे पेश नहीं आते हैं तो वह आपसे रूठा और उखड़ा-उखड़ा रहता है।

साँझ बेला थी।

अनिल सिन्हा ईखों को भालों की तरह हाथ में पकड़े हुए ऐसे उत्साह से आ रहे थे जैसे कोई सैनिक रणक्षेत्र से विजय के बाद वापस घर लौट रहा हो। ईख की

पत्तियाँ एक-दूसरे से गले मिलतीं तो सरसराहट-सी आवाज़ निकलती जैसे हवा उनसे कोई छुवन-छुवाई खेल रही हो।

अनिल सिन्हा को देखकर सुखी घर सोसाइटी की महिला चौपाल में बैठी वसुधा के होंठों पर माचिस की जलती तीली की तरह मुस्कान की एक लौ क्षण भर के लिए चमक गई। उसे ऐसे शौहर अच्छे लगते जो घर के कामकाज में पूरी हिस्सेदारी करते।

दरअसल महिला चौपाल का माहौल कुछ घुटा-घुटा-सा हो गया था। ऐसा होना नई बात नहीं थी। महिला चौपाल में घर-संसार के मुद्दों पर सम-विषम सुर बजते रहते। एक तरफ़ प्रायः वसुधा होती और दूसरी तरफ़ चौपाल की लगभग सभी महिलाएँ। दोनों पक्ष अपने-अपने तर्कों पर अड़े रहते। वहाँ कभी चर्चा होती कि अमुक फ़्लैट में रहनेवाली शादीशुदा होने के बावजूद माँग में सिन्दूर नहीं लगाती, बिछुवे और मंगलसूत्र नहीं पहनती। वसुधा उनसे कहती कि हर औरत को अपने ढंग से पहनने-रहने का अधिकार है। सिर्फ़ समाज को दिखाने के लिए कि औरत शादीशुदा है, वह कोई ख़ास ज़ेवर क्यों पहने या कोई ख़ास शृंगार क्यों करे? वसुधा उन औरतों को सुस्त घड़ी कहती जो कमज़ोर बैटरी के कारण समय से पीछे चलती हैं।

महिला चौपाल में मसलों की कमी नहीं रहती। कभी मुद्दा होता कि आजकल की बहुओं में लाज-शर्म ही नहीं बची है। वे ऐसे खुले और बदन दिखाऊ कपड़े पहनती हैं जैसे ऑफ़िस में काम पर नहीं, धन्धा करने जा रही हों। इस पर वसुधा हँसकर फुरेरी लेती कि जब कोई माँ अपनी बेटी को कोई कपड़ा पहनने या फ़ैशन करने से नहीं मना करती तो बेटी जैसी अपनी बहू के पहनने या फ़ैशन करने पर क्यों एतराज़ हो? वसुधा की बातें प्रायः दूसरे पक्ष के गले नहीं उतरतीं। वे बहुत ही रूखे और अनमने भाव से वसुधा को सुनती रहतीं। महिला चौपाल में कभी लव मैरिज बनाम अरेंज्ड मैरिज पर बहस होने लगती। लव मैरिज के विरोध में वहाँ अधिकांश महिलाएँ होतीं। उनकी राय लगभग एक-सी होती कि लव मैरिज में तलाक़ ज़्यादा होते हैं। वसुधा को उन पर तरस आता। उसे लगता कि परिवार-समाज से डरी और इश्क़ में नाकाम औरतें बस यही सोच सकती हैं। तलाक़ कोई बदनुमा दाग़ नहीं, एक नई ज़िन्दगी शुरू करने का एक दरवाज़ा है। नरक-सी शादी ढोने से ज़्यादा अच्छा है कि औरत अपने शौहर से तलाक़ लेकर अपनी ज़िन्दगी को अपनी शर्तों पर नए सिरे से शुरू करे। समाज में बदनामी के डर से पूरी ज़िन्दगी घुट-घुट कर क्यों जीना?

इन बहसों में जब-तब तल्ख़ी आ जाती। चुनाँचे वातावरण अक्सर बोझिल हो जाता।

आज माहौल कुछ ज़्यादा ही भारी हो गया था।

दरअसल 'सी' ब्लॉक की मिसेज अग्रवाल की पीड़ा कुछ अलग थी। वह अपना दुखड़ा चौपाल में रो रही थीं। उनकी बहू पीरियड के दिनों में भी रसोई में घुस जाती है, छूत-छात का भी ध्यान नहीं रखती। उसने अपने बेटे से इस बाबत बहू की

शिकायत भी की लेकिन बेटा भी अपनी लुगाई के सुर में सुर मिलाने लगता। सभी महिला चौपालियों ने एक सुर से मिसेज अग्रवाल की बहू के लिए छि:-छि: करके अपनी भावना व्यक्त की। अभद्र शब्दों से उनकी बहू की लानत-मलामत करते हुए मिसेज अग्रवाल को सान्त्वना दी। केवल वसुधा की राय अलग थी। उसने माहवारी के दिनों में आंगिक सफ़ाई पर ध्यान देने की ज़रूरत मानी लेकिन इसको लेकर पुराने ख़यालों और बन्दिशों को औरतों पर नाजायज़ बोझ बताया। उसने पुख़्तगी से कहा कि आज की औरतें सेनेटरी पैड पहनकर बाहर काम पर ही नहीं जातीं, बल्कि ओलम्पिक में कुश्ती भी लड़ती हैं। वसुधा की बेबाक बातों से बाक़ी महिला चौपालियों का चेहरा नाराज़गी से सूजा हुआ था।

वसुधा अक्सर समाज में छिपे कोढ़ के उन रिसते घावों को खोल देती थी जिन्हें महिलाएँ आदर्शों के नाम पर सालों-साल सहती रहती थीं।

बहस के गर्म माहौल में अनिल सिन्हा को छठ पूजा के लिए ईख लाते देखकर वसुधा को लगा कि अनिल सिन्हा की पत्नी शीला आज छठ पूजा में जुटी होंगी। वह पिछले कई दिनों से शाम के महिला चौपाल में नहीं आ रही थीं।

गोवर्धन पूजा के बाद से ही शीला ने छठ की तैयारी शुरू कर दी थी।

सोसाइटी में सबसे बड़ी मुसीबत गेहूँ धोकर सुखाने की थी। जबसे शीला मुम्बई आई है, उसके यहाँ बन्द पैकेट में आटा आना शुरू हो गया। शीला याद करती कि मुज़फ़्फ़रपुर में उसकी अम्मा छठ के लिए किस तरह गेहूँ साफ़ करती थीं। चलनी से पहले छानकर गेहूँ से कंकड़-गर्द निकालती थीं। पानी भरी बाल्टी में रगड़-रगड़ कर उसे धोती थीं। फिर चारपाई पर पुरानी चादर बिछाकर धुले गेहूँ को धूप में सुखाती थीं। शीला को गेहूँ रखवाली का काम सौंपा जाता था। उसे रखवाली का काम भाता भी। उतनी देर उसे पढ़ाई से छुट्टी मिल जाती थी। अम्मा को दिखाने के लिए हाथ में किताब लेकर वह पढ़ने का नाटक करती। आकाश में उड़ते बादलों के धूप-छाँह का दिलचस्प खेल देखते हुए हुर्र-हुर्र करके परिन्दों को उड़ाती रहती।

शीला को सब कुछ बेहद आत्मीय लगता। इतना आत्मीय कि उसे यह भान ही न रहता कि वह बिहार के मुज़फ़्फ़रपुर के खुले मकान में नहीं, महाराष्ट्र में ठाणे ज़िले में मीरा रोड के एक दड़बेनुमा फ़्लैट में है।

सोसाइटी में शीला के फ़्लैट की बालकनी में धूप नहीं आती। कपड़े उस तरह नहीं सूखते, जैसे नए पैकेट खुलने पर बिस्कुट में करारापन होता है। यहाँ फ़्लैट के सूखे कपड़ों में सीले बिस्कुट-सा लुजलुजापन बना रहता। प्रेस करने के बाद भी कपड़ों में कड़की नहीं आती।

गेहूँ सुखाने के लिए शीला के पास सोसाइटी की छत ही थी। सोसाइटी प्रबन्धन ने छत पर रहवासियों का जाना बन्द कर रखा था। दरअसल कुछ महीने पहले एक लड़की ने सोसाइटी की छत से कूदकर आत्महत्या कर ली थी। एक अफ़वाह यह

भी थी कि लड़की के दग़ाबाज़ प्रेमी ने अपना पीछा छुड़ाने के लिए उसको छत से धक्का दिया था। इस घटना के बाद से सोसाइटी ने छत के दरवाज़े पर ताला जड़ दिया। सिर्फ़ लिखित में अनुरोध करने पर सिक्यूरिटी सुपरवाइज़र उस ताले की चाभी रहवासी को किसी काम के लिए देता।

अनिल सिन्हा एक दिन के लिए छत के दरवाज़े की ताली ले आए थे। शीला ने धूप में गेहूँ सुखा लिया था।

लिफ़्ट की ओर जाते हुए अनिल सिन्हा अपनी माँ की छठ पूजा से जुड़ी स्मृतियाँ टटोल रहा था।

उसे भली-भाँति याद है कि उन दिनों घर में उत्साह की लहर छाई रहती। अनिल को सबसे ज़्यादा आनन्द माँ-पिताजी की पूजा की तैयारी को देखते हुए मिलता था। बस! खान-पान की बन्दिश से उसका मन थोड़ा उखड़ा रहता। गोवर्धन पूजा के दिन से ही घर की रसोई में लौकी-कुम्हड़ा की बारिश शुरू हो जाती। हफ़्ते में दो दिन गोश्त न मिलने पर अनिल को लगता कि उनकी ज़िन्दगी बेस्वाद और बीमार हो गई है। वह शाकाहारी खाने को घास-फूस कहता। हालाँकि 'नहाय खाय' के दिन घर में माँ के हाथ की बनी बिना लहसुन-प्याज़ के लौकी या कद्दू की सब्ज़ी और अरहर की दाल के साथ आलू का चोखा और खरना के दिन बनी गुड़ की खीर और आटे के लड्डू के अद्भुत स्वाद को वह जब-तब याद करता रहता। छठ हर साल आती। हर छठ पूजा अनिल को अलग लगती। जब वह आँखें मूँदकर बचपन की छठ पूजा के समूचे दौर को याद करता तो उसे केवल घाट पर सजी-धजी औरतों के हुजूम के बीच अपने सिर पर माँ का दउरा (टोकरी) ले जाने का उत्साह याद आता। दउरा में रखे फल और मिठाई को देखकर उनका मन भी ललचाता रहता।

अनिल को घाट जाना सबसे अच्छा लगता। निर्जल उपवास के बावजूद खुली हवा में आकाश तले वहाँ औरतों का हँसना-छेड़ना-खिलखिलाना उसे किसी चमत्कार से कम नहीं लगता। उस समय व्रती महिलाओं में एक अजीब उच्छलता दिखती। न कोई कुंठा, न ही कोई ग्रन्थि। वे सहज और निर्मल दिखतीं जैसे पूरे वर्ष के मन का मैल उस घाट के पानी में उतारकर बहा दिया हो। घाट पर उसे अनगिनत अपरिचित चेहरे भी अनजाने नहीं लगते। उसे लगता कि वह किसी बड़े परिवार के बीच चला आया हो।

आज अनिल सिन्हा को इस बात की ख़ुशी थी कि इस बार सोसाइटी में अकेले उसका ही नहीं, राजेश वर्मा का परिवार भी छठ पूजा कर रहा है। राजेश के पास कार है जिसमें पूजा का सामान रखकर जुहू चौपाटी जाएगा। राजेश तीन दिन पहले सपत्नीक उसके घर आया था। शीला से पूजा में मदद के लिए विनती की थी। राजेश वर्मा की हाल में शादी हुई थी। उसकी मराठी बीवी माधुरी भातखंडे को छठ पूजा के बारे में कुछ भी पता न था। माधुरी दरअसल छठ पूजा करने के लिए तैयार भी न थी।

उधर राजेश की माँ मोबाइल पर आरा से बार-बार अनिल और माधुरी को छठ व्रत रखने को कहती रहतीं। पूजा का विधि-विधान विस्तार से बताया करतीं। एक दिन तो माधुरी उखड़कर अनिल से भिड़ गई, "मैंने तुमसे शादी की है या तुम्हारी मम्मी से? मैं यह व्रत नहीं रखूँगी।"

राजेश को माधुरी का तमतमाता चेहरा उसकी माँ से मिलता-जुलता लगा। वह जब ग़ुस्सा होती तो उसमें उसकी माँ का अक्स दीखता था।

"व्रत मत रखना। मम्मी को कहने दो।" राजेश ने खिड़की के बाहर देखते हुए मायूसी से कहा।

इधर कुछ दिनों से जब भी वे दोनों बात करते तो उनके बीच मम्मी-पापा का ज़िक्र ऐसे आ जाता जैसे अलमारी में छुपा कोई चूहा अचानक बाहर निकल पड़ा हो। कई बार दम्पतियों के रिश्तों को उनके परिजन चूहों की तरह कुतरते रहते हैं। वे असहाय कुछ भी नहीं कर पाते।

अच्छा यह हुआ कि माधुरी की आँख के कैमरे ने राजेश की उदासी को पकड़ लिया। वह ऐसी उदासी थी जिसकी कोई चीख़ सुनाई नहीं देती, उसे सिर्फ़ मन की आँखों से पकड़ा जा सकता है। माधुरी अपने प्रिय राजेश का दिल दुखाना नहीं चाहती थी। उसे याद आया कि राजेश ने गणेश चतुर्थी के समय कितने उत्साह से उसका साथ दिया था। बेशिकन चेहरे से गणपति बप्पा की स्थापना से लेकर तीन दिनों की विधिवत् पूजा की थी। मूर्ति विसर्जन में पूरी निष्ठा से वह बना रहा। राजेश भी गणपति पूजा के बारे में कुछ भी नहीं जानता था। माधुरी जैसा करने को कहती, वैसा करता जाता।

माधुरी छठ व्रत को लेकर एक अजीब सी कशमकश से गुज़र रही थी। दरअसल माधुरी का छठ पूजा से उतना विरोध नहीं था जितना व्रत के लम्बे समय और व्रती के लिए बनाई गई बन्दिशों से था। छठ पूजा उसे गणेश चतुर्थी से भी कठिन लग रही थी। उसका सबसे बड़ा डर राजेश के सामने आ गया।

"एक दिन की पूजा हो तो कर लूँ। एक दिन के लिए सात-आठ घंटे का व्रत हो तो रख लूँ। लेकिन इस पूजा में बड़ा लफड़ा है। दूसरे, मुझे इसका कुछ अता-पता नहीं। तुम्हारी मम्मी जो बताती हैं, वह सब मेरे सिर के ऊपर से निकल जाता है। कभी कहती हैं कि इस दिन पूजा के लिए फ़लाँ पकवान बनाना है। इस तरह पूजा करनी है। फिर छत्तीस घंटे का निर्जल व्रत सुनकर मेरी तो आत्मा काँप उठती है। तुम्हें मालूम है कि मुझे कितनी भूख लगती है।" माधुरी ऐसे बोल रही थी जैसे उसे अभी भूख लग आई हो और उसे वह सह नहीं पा रही हो।

"जानता हूँ। तुम्हें इतनी भूख नहीं लगती होती तो हमारी मुलाक़ात कैसे होती?"

राजेश की आँखों के सामने वह दृश्य तैरने लगा जब माधुरी ऑल इंडिया रेडियो की अखिल भारतीय संगीत प्रतियोगिता में ऑडिशन देने के लिए आई थी। ऑडिशन

की अपनी बारी का इन्तज़ार करते हुए तेज़ भूख से उसका चेहरा मुरझा गया था। राजेश रेडियो में प्रोग्राम एग्जिक्यूटिव था। उस प्रतियोगिता को आयोजित करा रहा था। माधुरी ने उससे अपनी बारी आने में लगनेवाले समय के बारे में पूछा। फिर कैंटीन में जाकर नाश्ता करने के लिए इजाज़त माँगी। राजेश ने उसका नाम पूछकर प्रतिभागियों की सूची देखकर उससे कहा कि उसका नम्बर आने में देर है। वह आराम से नाश्ता करके आ सकती हैं। नाश्ता करके लौटने पर राजेश ने उसे ध्यान से देखा।

छोटा क़द। पतले नाक-नक्श। तिकोना चेहरा। दूधिया रंग। मराठी धज की साड़ी से राजेश ने अनुमान लगा लिया था कि वह महाराष्ट्र से है। बात का सिलसिला शुरू करने के लोभ में उसने माधुरी से पूछा,

"आप कहाँ से हैं?"

"मूलत: नासिक की हूँ। फ़िलहाल एक साल से मुम्बई में हूँ।"

"क्या गाएँगी?"

"ख़याल।" माधुरी का स्वर निश्चिन्त-सा था जैसे उसने पहले से तय कर रखा हो।

"किस घराने से सीखा है?" उसने ऐसे पूछा गोया माधुरी की परीक्षा ले रहा हो।

"घराना?" माधुरी के चेहरे पर हिचकिचाहट थी।

"मेरा मतलब किससे सीखा है?"

"संगीत विशारद किया है। वैसे मेरे गुरु मेरे पिताजी रहे हैं। मेरे पिताजी के दोस्त रेडियो के ग्रेड वन आर्टिस्ट रहे हैं। उनसे भी कुछ महीने से सीख रही हूँ।"

"पिताजी नहीं आए?" राजेश ने इधर-उधर अपनी टोहती आँखें दौड़ाईं।"

"वह बीमार हैं।" माधुरी के मुँह से एक सर्द आह-सी निकली। बात का सिरा वहीं टूट गया। अचानक स्टूडियो से इंटरव्यू कमेटी ने राजेश को किसी काम के लिए भीतर बुला लिया।

राजेश को याद है कि उस दिन ऑडिशन में माधुरी ने बहुत मामूली स्तर का ख़याल गाया था। कुछ वैसा, जैसा संगीत स्कूल-कॉलेज में सिखाया जाता है। संगीत व्याकरण के लिहाज़ से उसका गाना काफ़ी ठीक था लेकिन उसमें सुरों का रस नहीं था। बस सुरों की नकल थी। उसके लिए अच्छा यह था कि ऑडिशन के इंटरव्यू पैनल में संगीत स्कूल के संगीत विशारद ज़्यादा थे। उन्हें माधुरी का गाना ठीक लगा। वह ऑडिशन में पास हो गई।

फिर उन दोनों के मिलने का सिलसिला चल पड़ा।

माधुरी हर तीन महीने में जब रेडियो प्रोग्राम देने आती, तब राजेश अपनी कैंटीन में उसे चाय पिलाने ज़रूर ले जाता। उन दिनों अविवाहित राजेश को मुम्बई बेगानी लगती। हर शहर का अपना मिज़ाज होता है। अगर आप उसके मिज़ाज के अनुरूप उससे पेश नहीं आते हैं तो वह आपसे रूठा और उखड़ा-उखड़ा रहता है। बाहर से आनेवालों को मुम्बई पहले बहुत रूखा और उदासीन लगता है। हालाँकि जब आप

एक बार यहाँ रहने लगते हैं तो धीरे-धीरे मुम्बई उसी तरह आत्मीय और प्रिय लगने लगता है, जिस तरह माता-पिता द्वारा तय की गई शादी में जो पति शुरू में अपनी पत्नी का चेहरा तक नहीं देखना चाहते, वे कुछ अरसे बाद अपनी पत्नी को कुछ दिन के लिए भी मायके भेजने के लिए तैयार नहीं होते। राजेश जब माधुरी से मुम्बई शहर की रुक्षता का रोना रोता तो माधुरी उससे मुस्कराकर कहती कि नासिक से मुम्बई आने पर शुरू में उसे भी ऐसा लगता था। यह शहर ख़ुद नहीं खुलता। इसे खोलने के लिए इसके क़रीब आना पड़ता है। इसके भीतर छिपे रस को तलाशना पड़ता है। जो यह रस एक बार चख लेता है, वह हमेशा के लिए यहाँ का हो जाता है।

माधुरी की बात सच निकली। राजेश इस शहर की आत्मा खोजने के साथ माधुरी के मन को भी खोजने लगा। माधुरी का मन संगीत में बसता था। वह उससे कहता कि उसे रियाज़ के साथ दूसरे बड़े फ़नकारों को भी ख़ूब सुनना चाहिए। रेडियो में होने से राजेश को बड़ी-बड़ी संगीत महफ़िलों के पास मिलते रहते। वह कुछ पास माधुरी को दे देता था। कई बार वे दोनों संगीत कार्यक्रमों में साथ जाकर आनन्द लेते थे। इन कार्यक्रमों से माधुरी की संगीत में रुचि और गम्भीर हो गई। माधुरी को लगने लगा कि किसी घराने के मशहूर गुरु से तालीम लेनी चाहिए। तालीम की व्यवस्था के साथ राजेश ने अपने सम्पर्क से उसे मीरा रोड के एक स्कूल में संगीत टीचर की नौकरी दिला दी।

यह मुम्बई का वह दौर था जब महाराष्ट्र में नव निर्माण सेना बन चुकी थी और अपने पाँव जमाने के लिए उत्तर भारतीयों को अपना निशाना बना रही थी। उनके नेता छठ पूजा की आलोचना करके हड़कम्प मचा चुके थे। उनका मत था कि छठ पूजा उत्तर भारतीयों का मुम्बई में अपना संख्या बल दिखाने का ड्रामा है। उनकी इस प्रतिक्रिया पर पटना सिविल कोर्ट में एक याचिका भी दायर की गई। रेलवे भर्ती बोर्ड की परीक्षा देने आए उत्तर भारतीयों पर नव निर्माण सेना के कार्यकर्ताओं का हमला हो चुका था। विधान सभा में मराठी के बजाय हिन्दी में शपथ लेने पर राजनीतिक पार्टी के एक नेता की काफ़ी मज़म्मत की जा चुकी थी। इसी दौर में राजेश वर्मा और माधुरी की अन्तरंगता बढ़ रही थी। दिन में माधुरी स्कूल में संगीत सिखाती थी। शाम को वह किराना घराने के एक गुरु से ख़याल में तालीम लेती। तीन साल के इस मेल-मिलाप से उनके बीच की अन्तरंगता शादी में बदल गई।

राजेश और माधुरी ने आग के सामने फेरे मुम्बई में लिये लेकिन उसकी आग आरा में लग गई। राजेश की माँ इस शादी से कई कारणों से नाराज़ थीं। एक बड़ा कारण यह था कि उसके कमाऊ बेटे की शादी अपनी जाति में नहीं हुई थी। बिरादरी में वह मुँह दिखाने लायक़ नहीं रह गई थीं। हालाँकि राजेश के पिता को यह सन्तोष था कि हिन्दू वर्णाश्रम के लिहाज़ से माधुरी ऊँची जाति की थी। राजेश कायस्थ था।

माधुरी ब्राह्मण थी। लेकिन उसके पिता को इसका गहरा रंज था कि उनके सरकारी नौकरीशुदा बेटे की शादी में कुछ भी दहेज नहीं मिला, जबकि उनके रिश्तेदारों ने अपने नालायक बच्चों की शादियों में भी ख़ासा दहेज झटक लिया था। माधुरी के पिता की माली हालत अच्छी न होने के कारण शादी का ज़्यादातर ख़र्च प्रेम में लुटे उनके बेटे ने उठाया था। राजेश की माँ को सबसे ज़्यादा क्रोध तब आता जब वह अपने देश की किसी रीति या परम्परा को अपनाने के लिए माधुरी की माँ से कहतीं तो माधुरी की माँ यह कहकर मना कर देतीं कि उनके यहाँ ऐसा नहीं होता। इस तरह आरा और मीरा रोड के बीच तनातनी बनी रहती।

राजेश इस तनातनी की गाँठ को खोलने की भरसक कोशिश करता। कभी माँ को कुछ कहकर ख़ुश करता तो कभी माधुरी की बात मानकर उसे प्यार से पिघला देता। वह उन अवसरों की तलाश में रहता जब दोनों को एक साथ ला सके। छठ पूजा ऐसा ही एक अवसर था। राजेश मन-ही-मन प्रार्थना कर रहा था कि माधुरी किसी तरह छठ पूजा करने के लिए तैयार हो जाए। उसकी ख़ुशी का तब कोई ठिकाना न रहा जब उसकी प्रार्थना हमेशा की तरह इस बार भी पूरी हो गई।

वे दोनों पूजा के विधि-विधान के बारे में मार्गदर्शन के लिए अनिल सिन्हा के घर गए। अनिल सिन्हा की पत्नी शीला ने उन्हें पूरा भरोसा दिलाया कि वह माधुरी की पूजा निष्कंटक करवा देंगी। उस क्षण राजेश को लगा जो परिचय उनके और सिन्हा परिवार के बीच तिल-तिल कर आगे बढ़ रहा था, वह अपरिचय की सीमा लाँघकर आत्मीयता की घरेलू गरमाई तक पहुँच गया है।

शीला भाभी ने पूजा सामग्री की लिस्ट तैयार करा दी। राजेश पूजा के लिए बाँस की दो टोकरियाँ, अर्घ्य देने के लिए लोटा-गिलास, थाली के साथ फल-फूल और पूजा सामग्री ले आए। माधुरी नई साड़ी ख़रीदने के लिए शीला भाभी के साथ बाज़ार गई।

माधुरी की खरनी की पूजा ठीक-ठाक निपट गई। लेकिन उसकी सबसे बड़ी चुनौती अगले दिन की थी। निर्जल व्रत भी रखना था। ठेकुआ आदि भी बनाना था। शीला भाभी माधुरी के लिए वरदान साबित हुईं। फिर साँझ बेला में अर्घ्य के लिए दोनों परिवार राजेश की कार में बैठकर चल पड़े।

जुहू तट पर दूर से रंगीन साड़ियों का मेला दिखाई दे रहा था। राजेश वर्मा को कार पार्किंग के लिए जगह नहीं मिल रही थी। माधुरी का उपवास से म्लान पीला-थका चेहरा देखकर राजेश ने जैसे ही किनारे कार रोकी एक सिपाही डंडा घुमाता हुआ उनकी तरफ़ दौड़ा। राजेश ने सिपाही से चिरौरी करके पूजा का सामान उतारा। सबको वहीं ठहरने के लिए कहकर कार पार्क करने चला गया।

देर हो रही थी। सूर्य अस्ताचल की तरफ़ चल पड़े थे। गीली रेत पर पाँवों के अनगिनत बूटे चमक रहे थे। दउरा माथे पर रखकर राजेश और अनिल तेज़ चलना चाह रहे थे। लेकिन रेत पर चलते हुए उनके पाँव ख़ुद-ब-ख़ुद धीमे हो जाते। थोड़ी-थोड़ी

दूर पर लोगों के झुंड के बीच में रेत पर ईखों को जोड़कर बनाए सैकड़ों घर दिख रहे थे। पास में पूजा का सामान सजा हुआ रखा था। चारों ओर बहुत सी आवाज़ों का शोर था। जब लोगों को कुछ सुनाई नहीं देता तो लोग इशारों से बात करने लगते। कुछ दूर पर दो-तीन मंच बने थे जहाँ बड़े-बड़े लाउडस्पीकर लगे थे। रंगीन रोशनियों का मेला लगा था। भोजपुरी में कुछ कलाकार छठ मैया के गीत गा रहे थे। मंचों के आसपास युवकों की भीड़ अधिक थी। उनके बीच रास्ता बनाकर कुछ लोग मंचों के निकट जा रहे थे। गीत तब थोड़ी देर रुक जाता जब कोई नेता आता और भाषण देकर छठव्रतियों और उनके परिवारों को शुभकामनाएँ देने लगता। राजेश को उन नेताओं की शुभकामनाओं में वोटों की लालसा की गन्ध आ रही थी। हालाँकि उनके शब्दों में एक ऐसी धड़कन भी थी जो अपनेपन से लबरेज़ और कोमल लग रही थी। उसे सहसा लगा कि इन मंचों से दी जा रही शुभकामनाएँ उस राजनीति का सिर्फ़ जवाब भर नहीं हैं जो खुलेआम यह कहती है कि छठ पूजा मुम्बई की संस्कृति को दूषित कर रही है बल्कि घुलने-मिलने की वह संस्कृति है जिसे राजनीति की गन्दी छाया ने अभी तक पूरी तरह से नहीं घेरा है।

समुद्र के विराट रहस्य के बीच उसके सुदूर छोर पर लाल तरबूज की कटी फाँक सा सूरज रफ़्ता-रफ़्ता जल की अन्तहीन गहराइयों में सरकता जा रहा था। समुद्र के जल का रंग पल-प्रतिपल बदल रहा था। क्षितिज पर डूबते सूर्य की अनगिन भंगिमाएँ कुछ ऐसे बदल रही थीं जैसे प्रेम की कामना में डूबा कोई प्रेमी अपनी प्रेयसी को अपनी तरह-तरह की हरकतों से रिझाने की कोशिश कर रहा हो। इधर घुटनों तक पानी में खड़ी व्रती महिलाएँ परिक्रमा करती हुई सूर्य देवता को दूध या पानी से अर्घ्य देते हुए छठी मैया की जय और ॐ सूर्याय नमः का जाप कर रही थीं। सूर्य के आशीर्वाद से भीगे पीले आलोक की छाया व्रतियों के चेहरों पर चमक रही थी। व्रतियों के दउरों में जलता दीपक उनके मन के भीतर जमे अन्धकार में उजास भर रहा था।

माधुरी को यह सब करना कुछ अटपटा लग रहा था। उसने एक ही मूलमंत्र अपना लिया था। जैसे-जैसे शीला भाभी करतीं, हूबहू उनकी नकल कर लेती। राजेश के मोबाइल का कैमरा ऑन था। पूजा-अर्चना करती हुई माधुरी की तस्वीरों को राजेश उमंग से मोबाइल में क़ैद कर रहा था। वह कई बार माधुरी को देखकर मंत्रमुग्ध हो जाता कि क्या यह वही स्त्री है जो कुछ दिन पहले इस व्रत को न रखने के लिए इतना कोहराम मचा रही थी? वह अब इतनी श्रद्धा से छठ मैया की पूजा-अर्चना कर रही है। पहली बार उसे लगा कि मनुष्य प्रेम में कितना बदल जाता है।

माधुरी के चेहरे पर ललाट से लेकर नाक तक खिंची पीले सिन्दूर की रेखा ख़ुशी की तरह चमक रही थी मानो भीतर अट नहीं पा रही हो। राजेश ने झट से उसकी इस सुन्दर छवि को अपने कैमरे में क़ैद किया। फिर उसे तुरन्त व्हाट्सएप पर अपनी माँ को भेज दिया।

राजेश की माँ ने जब नाक पर सिन्दूर लगी माधुरी की यह तस्वीर देखी तो उसके होंठों पर मुस्कान थिरकने लगी। उसे लगा कि छठ मैया के आशीष से उसका खोया बेटा मिल गया है। बोनस में बेटी भी।

सेंवइयाँ मीठी थीं। उनकी मिठास सिपाहियों के चेहरों पर भी चमक रही थीं।

लिफ़्ट में आते ही आकाश की नज़र काली लेंड़ियों पर पड़ी जो फ़र्श के बीचोबीच ऐसे छितरी हुई थीं जैसे किसी ने उन्हें जानबूझकर छितराया हो। उसकी तीखी बदबू आकाश की नाक का हाल बेहाल कर रही थी। उसने लिफ़्ट के फैन और फ़्लोर के बटन दबाने के बाद अपने मोबाइल के कैमरे में उसकी तस्वीर ले ली। घर पहुँचते ही उन्होंने सुखी घर सोसाइटी का व्हाट्सएप ग्रुप खोला। वह उस पर लिफ़्ट के फ़र्श पर छितरी लेंड़ियों की तस्वीर पोस्ट करने जा ही रहे थे कि सहसा उनके उत्साह पर ओस पड़ गई। व्हाट्सएप ग्रुप में लेंड़ियों की तस्वीर पहले से ही पोस्ट की हुई दिखी। उस पोस्ट पर काँय-काँय मची हुई थी। उस पोस्ट के अलावा बक़रीद मामले पर भी व्हाट्सएप पर बहस चल रही थी। कोई ज़िलहिज्ज: के चाँद के नज़र आने के दिन को लेकर पोस्ट पर तक़रीर कर रहा था कि उस दिन चाँद दिखा था तो उस हिसाब से ज़िलहिज्ज: की दसवीं तारीख़ पर ईद-उल-जुहा इस दिन मनाया जाना चाहिए तो कोई सुखी घर सोसाइटी में क़ुर्बानी के इन्तज़ामात को लेकर फ़िक्र दिखा रहा था।

'सी' ब्लॉक की आठवीं मंज़िल पर रहने वाले रोहित शर्मा का अपना राग था।

वह पुरज़ोर तरीक़े से सोसाइटी बिल्डिंग में बकरे की रिहाइश और क़ुर्बानी को लेकर सवाल उठा रहे थे। शर्मा हमेशा सफ़ेद खद्दर की क़मीज़-पैंट पहनते। उनके माथे पर हमेशा तिलक ऐसे चमकता रहता गोया अभी-अभी उनके ललाट पर रवि उदय हुआ हो। सिर पर शिखा गिरे एंटीना की तरह झुकी रहती। सोसाइटी की बैठकों में उनकी राय हमेशा अलहदा होती। सोसाइटी के कमेटी मेम्बर के लिए एक बार वह चुनाव भी लड़ चुके थे जिसमें मात्र चार वोट से वह हार गए थे। शर्मा की दलील थी कि सोसाइटी में कुछ जैन और हिन्दू रहवासी भी हैं। बकरे की क़ुर्बानी उनकी भावनाओं को आहत करेगी। रहवासियों के बीच तल्खियाँ बढ़ेंगी। दूसरी दलील यह भी थी कि ऐसी क़ुर्बानी जानवरों पर अत्याचार है।

इस टिप्पणी पर फ़्लैट ए-202 के सुरेश अस्थाना ने मन्दिरों में देवियों पर की जाने वाली बलि प्रथा का हवाला दिया। फिर उन देवस्थानों का नाम दिया जहाँ अभी

भी यह प्रथा चल रही है। हिन्दू समाज की कुरीतियों का ज़िक्र करते हुए पोस्ट पर अपना मत लिखा कि कई तांत्रिक और अघोरी तो लोगों को मनोरथ पूरा करने का झाँसा देकर आदमी या बच्चों की बलि तक चढ़ा देते हैं। रोहित शर्मा ने पोस्ट पर टिप्पणी करते हुए सुरेश अस्थाना को नास्तिक, हिन्दू विरोधी और वामी घोषित किया। पाकिस्तान जाने की सलाह दे डाली। बकरे की क़ुर्बानी को लेकर उनकी एक नायाब गुज़ारिश बहस का सबब बन गई कि मुस्लिम रहवासी इको फ्रेंडली बक़रीद मनाएँ। बकरे की शक्ल का केक काटकर सोसाइटी के सामने आधुनिक ढंग से बक़रीद मनाने की नई मिसाल पेश करें।

सोसाइटी की प्रेसिडेंट शकीला ख़ान रोहित शर्मा से सहमत न थीं। उनका कहना था कि हम सभी धर्मों का त्योहार मनाते हैं। इसे भी मनाएँगे। हम गणपति की मूर्ति पूजा करते हैं जबकि हमारे यहाँ बुतपरस्ती गुनाह है। बकरा क़ुर्बानी को लेकर हिन्दू रहवासियों को भी उदार होना चाहिए। वह सबको भरोसा दिला रही थीं कि क़ुर्बानी को परदे में किया जाएगा। यह ध्यान रखा जाएगा कि किसी की भावनाओं को चोट न पहुँचे। उन्होंने सोसाइटी के हिन्दू रहवासियों से अपील की कि उन्हें मुस्लिम रहवासियों के त्योहारों का इक़राम करना चाहिए।

शाहिद अंसारी डरे हुए थे। उनके बकरे ने ही लिफ़्ट में गन्द फैलाई थी। यह दृश्य सीसी टीवी कैमरे में क़ैद भी हो गया होगा। बकरे को देखकर घर-परिवार के लोग जोश में आ गए। इसलिए गन्द साफ़ करने में थोड़ी देर हो गई। वह जब तक साफ़ करने आते, लिफ़्ट नीचे चली गई। किसी ने उसका फ़ोटो खींचकर व्हाट्सएप ग्रुप में डाल दिया। हंगामा बरपा हो गया। फिर कोई फ़साद न हो जाए, इस डर से वह लिफ़्ट की गन्दगी साफ़ करने गए ही नहीं।

शाहिद ग्यारहवीं मंज़िल पर रहते थे। रोज़े-नमाज़ के पाबन्द पुरानी मोटरों के बेचने-ख़रीदने का धन्धा करते थे। उनकी बेगम ज़ीनत नाज़ुक बदन और हसीन थीं। शाहिद उन पर जान छिड़कते थे। वह सिलाई-बुनाई और पकवान बनाने में माहिर थीं। वह क़ुरान और उर्दू के साथ थोड़ा-बहुत हिसाब भी कर लेती थीं। सुबह उठकर नमाज़ और तिलावते क़ुरान के बाद मशीन की तरह बच्चों को तैयार कर स्कूल भेजती थीं। उनकी तीन औलादें थीं। बड़ी बेटी सकीना दसवीं में पढ़ती थी। उसकी पीठ पर इमरान थे। वह आठवीं जमात में पढ़ते थे। सबसे दुलारे और छोटे शमीम थे। निहायत शोख़ और बातूनी। दूसरी जमात में पढ़ते थे।

रमज़ान के दिनों में उनके पूरे घर में ख़ुशी और पाक़ीज़गी का आलम छाया हुआ था। ज़ीनत बेगम की मशरूफ़ियत बढ़ गई थी। वह इफ़्तारे-सहरी के इन्तज़ाम में उलझी रहतीं। ईद पर नए कपड़ों का बन्दोबस्त करना भी ख़ासा सिरदर्द होता। हर एक की अपनी पसन्द और फ़रमाइश रहती। सकीना को बूटों वाला गरारा चाहिए। इमरान के लिए कुरता-पाजामा। शाहिद मियाँ का दिल इस बार काली अचकन पर

आया हुआ था। नन्हे की अपनी कोई पसन्द नहीं थी। वह अम्मी की पसन्द के मुन्तज़िर थे। ज़ीनत को अपनी पोशाक के बारे में सोचने की फ़ुर्सत भी न थी। ईद की ख़रीदारी के लिए रोज़े के दरमियान दुकान-दुकान भटकने से थकान होती। हालाँकि जब मनपसन्द चीज़ बाज़ार में मिल जाती तो ज़ीनत का मन ख़ुशी से नाचने लगता। वह तो सिर्फ़ यह सोचकर मन-ही-मन ख़ुश होती रहती कि जब उनका पूरा परिवार नए कपड़े पहनकर सोसाइटी में निकलेगा तो वहाँ के रहवासियों को उनकी हैसियत का अन्दाज़ा लगेगा। ज़ीनत बेगम की ज़िन्दगी ऐसी छोटी-छोटी ख़ुशियों से चलती। शाहिद मियाँ ख़र्चों की फ़िक्र में फँसे रहते। सदक़ा-ज़कात के हिसाब का भी उन्हें ख़याल रखना था। उन्हें ऐसी कठिन चीज़ों में फँसे रहना अच्छा लगता। वह उनसे बाहर निकलना भी नहीं चाहते।

शाहिद मियाँ पुरानी क़द्रों की शिद्दत से क़ायल थे। ज़्यादातर पुराने उसूलों पर चलते थे। बेटी सकीना ज़हीन थी। पढ़ने में तेज़ भी। अब्बा शाहिद उसे एक मिसाली ख़ातून बनाने का ख़्वाब देखते जबकि सकीना की अम्मी ज़ीनत उसे अच्छी तालीम दिलाकर रौशन ख़याल बनाना चाहती थीं।

शाहिद परदे के हक़ में थे। उनकी बेगम परदे की सख़्त मुख़ालिफ़ थीं। उनका बुर्क़ा ओढ़ने का मन न करता। बुर्क़े में उनका दम घुटता। अगर्चे वह जब अपने शौहर शाहिद के साथ बाहर निकलतीं तो शाहिद की ख़ुशी के लिए बुर्क़ा ओढ़ लेतीं। वह चाहतीं कि उनकी बेटी सकीना इस रिवाज़ से बचे। सकीना अपने नए रौशन ख़याल से अपने अब्बा के परदे का तसव्वुर जलाकर राख कर दे।

पिछले कई बरसों से शाहिद हुसैन ईद-उल-जुहा पर बकरे की क़ुर्बानी देते आए हैं। उन्होंने यह बात गाँठ कर ली थी कि जब उनकी माली हैसियत साढ़े सात तोला सोना या साढ़े बावन तोला चाँदी या इतनी बराबर नकदी की हो जाएगी तो वह बक़रीद पर बकरे की क़ुर्बानी देंगे। जब उनको लगा कि उनकी माली हालत तयशुदा हिसाब से बेहतर हो गई है, वह इस फ़र्ज़ को पूरी शिद्दत से निभाते चले आ रहे हैं।

शाहिद पहले चाल में रहते थे। वहाँ एक दफ़ा बक़रीद के तीन दिन पहले वह आठ हज़ार रुपये में एक तन्दुरुस्त बकरा ख़रीदकर लाए थे। उन्होंने बकरा दरवाज़े पर बिजली के खम्भे से बाँध रखा था। उनका बकरा बक़रीद के ऐन एक दिन पहले घर के दरवाज़े से चोरी हो गया। तब से उन्होंने बकरे को घर से बाहर रखने के लिए तौबा कर ली। उस दिन उन्होंने हलफ़ उठाई कि वह हमेशा बकरा अपने घर के भीतर ही बाँधेंगे।

इस बार की बक़रीद के मौक़े पर बकरा मंडी में आग लगी थी। मामूली मरगिल्ले बकरे भी दस हज़ार रुपये से कम नहीं थे। बड़े, तन्दुरुस्त और ख़ूबसूरत बकरों की क़ीमत लाखों में थी। इनको किसिम-किसिम के ख़िताब दे रखे थे। आज के बाज़ार

और समाज में सिनेमा का भाव ज़्यादा है तो गाहकों को लुभाने के लिए उन्होंने अपने बकरों को फ़िल्मी नाम अता किए गए थे। किसी ने अपने बकरे का नाम शाहरुख़ रखा था। कोई उसे सलमान के नाम से पुचकार रहा था। कइयों ने बकरों को क्रिकेट खिलाड़ी बना दिया था। कोई बकरा अज़हरुद्दीन था तो कोई सबा करीम। शाहिद जो बकरा लाए थे, वह बहुत ख़ूबसूरत और हट्टा-कट्टा था लेकिन उसकी उम्र कम थी। एक बरस से कुछ ही ऊपर रही होगी। बकरे की उम्र एक बरस से कम होने पर क़ुर्बानी गुनाह थी। इतने छोटे बकरे के लिए भी उन्हें सत्रह हज़ार रुपये चुकाने पड़े थे। इतने महँगे बकरे को वह सुखी घर सोसाइटी के पार्किंग स्लॉट में रखकर चोरी हो जाने का जोखिम नहीं उठा सकते थे। यही वजह थी कि ग्यारहवीं मंज़िल के अपने फ़्लैट में बकरा ले जाने के लिए उन्हें लिफ़्ट की ज़रूरत पड़ी। उस मुए बकरे ने थोड़ा लिहाज़ भी नहीं बरता। लिफ़्ट में ही गू कर दिया। फिर पूरी सोसाइटी में तूफ़ान फट पड़ा।

तूफ़ान का सबब सिर्फ़ बकरे का लिफ़्ट की गन्दगी से ही नहीं था। इसकी अन्दरूनी जड़ें गहरी थीं। दरअसल सोसाइटी मीरा रोड के मुस्लिम बहुल इलाक़े में थी। उसके पीछे मस्जिद थी जहाँ से पाँचों वक़्त नमाज़ मसलन फ़ज्र, ज़ुह्र, अस्र, मग़रिब और इशा के लिए अज़ान लाउडस्पीकर से सुनाई देती थी।

फ़ज्र की नमाज़ के लिए अज़ान सुनते ही मुस्तक़िल नमाज़ी मस्जिद की ओर चल पड़ते। कुछ उन लोगों की नींद में ख़लल पड़ जाती जो वहाँ नहीं जाते। हालाँकि कुछ दिनों से आकाश ने यह भी नोट किया था कि अज़ान के ख़त्म होने के तुरन्त बाद मन्दिर से लाउडस्पीकर पर आरती का कैसेट बजना शुरू हो जाता जो लगभग आधा घंटा चलता था। ऐसे में आकाश को कई बार लगता कि अज़ान की होड़ में आरती लाउडस्पीकर पर सुनाई जाती है। रोहित शर्मा हमेशा शिकायत से भरे रहते। जब भी मौक़ा पाते तो पूछते कि भाई अज़ान इतनी तेज़ आवाज़ में लाउडस्पीकर से क्यों दी जाती है? शाहिद भाई कभी पलटकर यह तंज़ नहीं कसते कि मन्दिर में रिकार्डेड आरती लाउडस्पीकर से क्यों सुनाई जाती है बल्कि बड़ी संजीदगी से जवाब देते कि इस्लाम में नमाज़ सामूहिक रूप से पढ़ी जाती है। लोग अपने काम में या नींद में रहते हैं। नमाज़ के लिए लोगों को बुलाने के मक़सद से ऊँची आवाज़ में अज़ान एक पुकार है। इसे काफ़ी सोच-समझकर अल्लाहताला ने शुरू किया है। फिर वह क़िस्सा दुहराने लगते।

नमाज़ के लिए लोगों को किस तरह बुलाया जाए, इस पर अल्लाहताला के पास कई सुझाव आए। किसी का कहना था कि नमाज़ के पहले कोई झंडा बुलंद किया जाए। कोई बिगुल बजाने के हक़ में था। कोई घंटियाँ बजाकर बुलाने की बात कर रहा था। अल्लाहताला को अज़ान ही ठीक लगा। दरअसल पहले अज़ान दीवार पर चढ़कर तेज़ आवाज़ में दी जाती थी। फिर मस्जिद में ऐसी मीनारें बनाई जाने लगीं

जिनमें आवाज़ गूँजती हुई दूर तक जाए। अब समाज में शोर ज़्यादा है। रिहाइश की दूरियाँ बढ़ी हैं तो लाउडस्पीकर का इस्तेमाल होता है।

रोहित शर्मा शाहिद भाई की तक़रीर से मुतमइन नहीं होते। उनके ज़ेहन में तमाम सवाल कुलबुलाते रहते मगर बिगाड़ की डर से अपनी ज़बान पर नहीं लाते।

सोसाइटी में रोहित शर्मा सरीखे कई लोग थे जो मुस्लिमों के बारे में उलटी-सीधी बातें करते रहते। सरदार गुरमिन्दर सिंह को इस बात पर सख़्त एतराज़ रहता कि मस्जिद के आसपास की रिहाइशी इमारतों में इस्लामी झंडे लहराते रहते हैं। वह कहते कि देश के राष्ट्रीय ध्वज के बजाय इस्लामी झंडों को आसमान में लहराते हुए देखकर उन्हें लगता है वह किसी इस्लामी देश या पाकिस्तान में आ गए हैं। इन इस्लामी झंडों के कारण उनकी प्रॉपर्टी के दाम बीस फ़ीसदी गिर गए हैं। फ़्लैट का किराया कम मिलता है। मुस्लिमों को फ़ायदा होता है। उनको सस्ते में रिहाइश मिल जाती है। जब सरदार गुरमिंदर यह कहते तो यह भूल जाते कि उनके पास के हनुमान मन्दिर में लहराती हुई केसरी झंडियाँ देखकर यही बात मुस्लिमों को लगती है कि वे हिन्दू देश में हैं जबकि यह देश सेक्युलर है।

रोहित शर्मा के ज़ेहन और ज़बान में मुस्लिमों के बारे में ऐसे विषैले विचार होते कि सामने वाला अक्सर खिन्न हो जाता। उनका दावा होता कि सोसाइटी में जिन फ़्लैटों में मुस्लिम परिवार रहते हैं, उनका बड़ा परिवार होने की वजह से उनके यहाँ पानी का ख़र्च ज़्यादा होता है। चूँकि मेंटेनेन्स में सबसे बड़ा हिस्सा पानी पर ख़र्च होता है, इसलिए मेंटेनेन्स फ़्लैट के कारपेट एरिया के हिसाब से नहीं, फ़्लैट में रहनेवाले सदस्यों के हिसाब से लगाया जाना चाहिए। वह एक बार सोसाइटी की आम सभा में इस बाबत प्रस्ताव भी लाए थे लेकिन वहाँ मौजूद सब लोगों ने एक सिरे से यह कहकर ख़ारिज कर दिया कि अक्खा मुम्बई में कारपेट एरिया में प्रति फ़ीट के हिसाब से मेंटेनेन्स लेने की परिपाटी चल रही है। रोहित शर्मा के इस प्रस्ताव से रहवासियों के भीतर एक बड़ी दरार खिंच गई।

बहरहाल क़िस्सा-कोताह यह कि बकरे की आमद से शाहिद हुसैन के घर रौनक आ गई थी। उनके छोटे बेटे शमीम उर्फ़ नन्हे को तो प्यारा दोस्त मिल गया था। जानवर हों या परिन्दे, उनके बच्चों से नन्हे को बेपनाह मोहब्बत थी। वह अपने अब्बा से कई बार एक छोटा पिल्ला पालने की इल्तजा कर चुके थे। अब्बा यह कहकर हर बार सख़्ती से मना कर देते कि उनके पास अल्लाहताला की रहमत से तीन पिल्ले पहले से ही घर में आफ़त काटे हुए हैं। अब और की गुंजाइश नहीं है।

क़ुर्बानी के लिए लाए गए बकरे की ऊँचाई नन्हे मियाँ के बराबर थी। दूधिया रंग। पीपल के पत्ते की तरह लटके हुए दो कान। कटहल के कोए की तरह उभरी हुई बड़ी-बड़ी आँखें। आँखों में कातरता का चमकता पानी मानो पूरे जहान में उससे निरीह कोई भी जीव न हो।

हरे चारे के पास ही एक तश्तरी में सूखा चारा अम्मी ने बकरे के लिए रख दिया था। नन्हे मियाँ ने बकरे का नाम हातिम रखा था। दरअसल हातिम नाम नन्हे को बेहद अज़ीज़ था। वह ख़ुद अपना नाम हातिम रखना चाहते थे। यही नहीं, वह अब्बा से कई बार दरख़्वास्त कर चुके थे कि उसका नाम मदरसे में शमीम हुसैन से बदलवा कर हातिम हुसैन करवा दें। नन्हे की मासूम माँग को उसके अब्बा मुस्कराकर टाल देते। दरअसल सकीना आपा से हातिमताई के क़िस्से सुनना नन्हे को बेहद दिलचस्प लगता। नन्हे क़िस्सा सुनते हुए ख़ुद-ब-ख़ुद हातिमताई बन जाते और सवालों की खोज में अपनी ही एक अनोखी दुनिया में सफ़र करने लगते।

सकीना आपा ने बकरे हातिम को ख़ूब सजा-धजा दिया था। उसकी सफ़ेद देह पर नीले रंग से एक तिरछा आधा चाँद बना दिया था। उसके सींग और खुर लाल रंग से रँग दिए थे। गले में गेंदे के फूलों की एक माला पहना दी थी। इमरान ने अपने गुब्बारे फुलाकर उसकी सींग में बाँध दिए थे। हातिम को देखकर नन्हे को लग रहा था जैसे कोई दूल्हा बरात में सज-धजकर जाने के लिए तैयार हो।

नन्हे हर समय हातिम के इर्द-गिर्द मँडराया करते। उससे बेसिर-पैर की बातें करते। कभी अपने दोस्त सुहैल की उससे शिकायत करते कि वह स्कूल बस में खिड़की वाली सीट पर उसे बैठने नहीं देता जिसकी वजह से वह सड़क के दिलचस्प नज़ारों से महरूम हो जाते हैं। कभी अपने बड़े भाई इमरान के लिए अपने मन में जमे ग़ुस्से का इज़हार करते कि वह छोटा समझकर अपने साथ उसे क्रिकेट नहीं खिलाते। यही नहीं, हमेशा वह नन्हे से डाह करते कि अम्मीजान उनसे ज़्यादा नन्हे को लाड़ करती हैं। नन्हे के पास शिकायतों की बड़ी पोटली थी जिसे कोई घर में सुनने को राज़ी नहीं था। अम्मी को रसोई-घर-गृहस्थी से फ़ुरसत नहीं मिलती कि उनकी शिकायतों पर ग़ौर करें। अब्बा का चेहरा हमेशा ऐसा बना रहता जैसे पूरी दुनिया का बोझ उनके सिर पर हो। एक सकीना आपा थीं जो उनकी बात को कान देतीं। लेकिन आजकल उनका मन भी कहीं भटका-भटका-सा लगता। वह अक्सर खोई-खोई-सी रहतीं। नन्हे कुछ कहते तो हल्की सी हुँह कहकर उठकर चल देतीं। ऐसे में उनके नए दोस्त हातिम जिस संजीदगी से कान हिलाते हुए उनकी शिकायतें सुनते, उससे नन्हे के मन को बेहद सुकून मिलता।

हातिम और नन्हे का आशिक़ाना बढ़ गया था। नन्हे की दिली ख़्वाहिश थी कि अपने दोस्त ईशान से हातिम को मिलाएँ। ईशान उसका ज़िगरी दोस्त था। अपनी चॉकलेट में हमेशा नन्हे को हिस्सा देता। ईशान गोश्त नहीं खाता था। फिर भी वे दोनों अपनी खाने की चीज़ों की अदला-बदली करते रहते। नन्हे सिर्फ़ मांसाहारी चीज़ें ईशान को नहीं देता। हालाँकि नन्हे की अम्मी के बनाए मीठे खुरमे ईशान को बेहद पसन्द थे जबकि नन्हे को ईशान की मम्मी के बेसन के लड्डू भाते।

अम्मी हातिम के पास बार-बार जाने के लिए नन्हे को बरजतीं। नन्हे को अपना

होमवर्क पूरा करने के लिए झिड़कतीं। नन्हे पर उनकी झिड़की का असर चन्द मिनटों के लिए होता। वह थोड़ी देर में फिर हातिम के पास किसी ज़िद्दी भँवरे की तरह दिखाई देने लगते। नन्हे का बहुत मन था कि वह हातिम को नीचे ले जाएँ। अपने सभी दोस्तों से मुलाक़ात कराएँ। ख़ूबसूरत हातिम को देखकर उसके महबूब दोस्त डाह से जलकर ख़ाक हो जाएँगे। लेकिन अब्बा ने हातिम को नीचे ले जाने की इजाज़त नहीं दी। लिफ़्ट में बकरे ने जो गन्दगी की थी, सोसाइटी में अभी उसका ही कोहराम थमा नहीं था। वह नहीं चाहते थे कि कोई और नया बखेड़ा उनका सुख-चैन छीन ले।

नन्हे जितना नर्मदिल थे, उनके बड़े भाई इमरान उतने ही सख़्तजान। चींटों-कीड़ों को मारने में इमरान का कोई सानी नहीं था। अम्मी या सकीना आपा घर में जब भी कोई कॉकरोच या छिपकली देखतीं तो इमरान-इमरान की गोहार लगाना शुरू कर देतीं। इमरान कभी चप्पल तो कभी अपना बल्ला लेकर उन पर ऐसे पिल पड़ते जैसे कोई हल्दीघाटी की जंग लड़ रहे हों। चप्पलों से कॉकरोच को पीटना उनका सबसे दिलअज़ीज़ शगल था। घर में चूहों का उत्पात बढ़ जाता तो रोटी के लुकमे में ज़हर की गोलियाँ रखी जातीं। चूहे मरने के बाद कूड़े में फेंकने की ज़िम्मेदारी अक्सर इमरान को सौंपी जाती। वह हाथ में चूहे की पूँछ हिलाते हुए ऐसे ले जाते गोया यो-यो खेल रहे हों।

जब से बक़रीद का ख़ूबसूरत बकरा घर में आया था, इमरान का मन उसकी क़ुर्बानी के बाद उसके लज़ीज़ गोश्त में बसा हुआ था। उनकी ज़बान पर कभी बकरे की मटन कलेजी तो कभी हलीम या मटन कोरमा या कबाब तो कभी बिरयानी का स्वाद तैरने लगता। इमरान को कीमा तहरी भी बेहद पसन्द थी। अम्मी के हाथ के सीख़ कबाब का कोई जवाब नहीं होता। बक़रीद पर घर में दो-तीन दिन तक तरह-तरह के पकवान बनते। तमाम नाते-रिश्तेदार आते। उस वक़्त इमरान मेहमानों के सामने बेहया की तरह डटे रहते। मेहमानों के सामने अम्मी को न चाहते हुए भी बच्चों को पकवान परोसना पड़ता। इमरान को लग रहा था कि बक़रीद आज क्यों नहीं, दो दिन बाद क्यों है? बकरे के मुलायम गोश्त के पकवानों का तसव्वुर करते ही बक़रीद में क़ुर्बानी के इन्तज़ार का उनका सब्र टूटने लगता।

सोसाइटी में व्हाट्सएप ने माहौल को गरमा दिया था। वहाँ पर चल रही बहस रुकने का नाम ही नहीं ले रही थी। शाहिद हुसैन ने बक़रीद का बकरा अपने फ़्लैट में रखा था जबकि सोसाइटी में सजे-धजे दो और बकरे अलहदा पार्किंग में अपना सर नीचे किए हुए मिमिया रहे थे। कुछ पार्किंग स्लॉट ख़ाली थे। ख़ाली पार्किंग देखकर कोई भी अपनी कार लगा देता। फिर उससे पार्किंग ख़ाली करने के लिए सिक्यूरिटी स्टाफ़ को बुलाना पड़ता। इस झंझट से बचने के लिए ख़ाली कार पार्किंग के मालिकों ने अपने हक़ की हिफ़ाज़त के लिए ज़ंजीरें लगा रखी थीं।

सोसाइटी में जिनके पास कार नहीं थी, उन्हें भी उम्मीद थी कि एक दिन उनकी

पार्किंग में कार चमचमाएगी। इसी उम्मीद में उन्होंने बिल्डर से पार्किंग ख़रीद ली थी। यह उम्मीद उसी तरह की थी जैसे कि बच्चे के जन्म से पहले पिता घर में पालना ले आते हैं। सोसाइटी में ऐसे तमाम लोग थे जिनके पास कार तो थी लेकिन पार्किंग नहीं थी। वे अपनी कार सड़क के किनारे खड़ी करते जहाँ बारिश, धूप, धूल के अलावा चिड़ियों की बीट की मार कार सहती रहती।

एक बकरा पोडियम से उतरने वाली सीढ़ी के पास पार्किंग में बँधा था जिस पर हर राहगीर की निगाह अदबदाकर पड़ती। जिस जगह रोज़ाना एक शानदार कार चमकती रहती थी, वहाँ एक बकरे को देखकर कुछेक को हैरत भी हुई। रोहित शर्मा का ख़ून खौल गया। वह गुरमिन्दर सिंह को लेकर पुलिस स्टेशन भी चले गए। उन्होंने सोसाइटी में बक़रीद पर अशान्ति पैदा होने के अंदेशे से बकरे की क़ुर्बानी रद्द करने की लिखित विनती की। पुलिस सब इंस्पेक्टर प्रशान्त जोशी ने फ़ौरन सोसाइटी का दौरा किया। सोसाइटी की प्रेसिडेंट शकीला ख़ान और सेक्रेटरी जॉन फर्नांडीज से मुलाक़ात की। पुलिस में की गई शिकायत के बारे में बताया। फिर क़ानून-व्यवस्था का हवाला देकर क़ुर्बानी टालने की कोशिश करने को कहा। शकीला ख़ान ने पुलिस को दिलासा दिया कि यहाँ ऐसा कोई फ़साद नहीं होगा। सब रहवासी अमनपसन्द हैं। एहतियात के तौर पर सब इंस्पेक्टर जोशी डंडेवाले एक पुलिस कांस्टेबल को सड़क पर गश्त की ड्यूटी देकर चले गए। सोसाइटी में पुलिस आई थी। क़ुर्बानी को मना कर गई, यह बात हर फ़्लैट में बिजली सी फैल गई।

प्रेसिडेंट शकीला ख़ान ने फिर सोसाइटी के एप पर यह बात साफ़ की कि क़ुर्बानी रद्द नहीं हुई है। सुबह ईद की नमाज़ पढ़ने के बाद होगी। क़ुर्बानी खुले में नहीं, परदे में की जाएगी। कोई शोर-शराबा नहीं होगा। कोई किसी पर तंज़ नहीं करेगा। हम सब अमन से बक़रीद मनाएँगे। क़ुर्बानी के बाद उस जगह को फ़ौरन साफ़ किया जाएगा।

शाहिद ख़ान सोसाइटी में चल रही इस उठा-पटक को लेकर फ़िक्रमन्द थे। उन्हें ज़रा-सा भी अंदेशा नहीं था कि बकरे की क़ुर्बानी को लेकर इतना हड़कम्प मच जाएगा। पुलिस को आना पड़ेगा। वह समझते थे कि यहाँ पढ़े-लिखे लोग रहते हैं तो यहाँ ज़्यादा समझदारी होगी। उन्हें याद आया कि जब वे चाल में रहते थे तो बक़रीद पर कभी कोई दिक़्क़त नहीं हुई।

शाहिद के नाते-रिश्तेदारों ने नया नगर में मुस्लिम हाउसिंग सोसाइटी में उसे फ़्लैट लेने की सलाह दी थी। 92 के दंगों के दौरान हाउसिंग सोसाइटी में मुस्लिम परिवारों पर जिस तरह से हमला हुआ था, उनके फ़्लैट के नाम के आगे क्रॉस लगाकर कत्लेआम किया गया था, उससे शाहिद के मन में ख़ौफ़ बसा था। दूसरे, वह चाहते थे कि उनके बच्चे हिन्दू-मुस्लिम के मिले-जुले माहौल में पले-बढ़ें। वह मज़हबी ज़रूर थे। लेकिन उनका मज़हब ही उम्दा और आला है, यह बात उनके गले से नहीं उतरती थी।

वह अपनी बेगम ज़ीनत से सोसाइटी एप ग्रुप पर हो रही बहस का ज़िक्र जब कर रहे थे तो नन्हे के कानों में उनकी बातों के कुछ टुकड़े पड़ गए। नन्हे का रंजोग़म बढ़ गया जब पता चला कि कल सुबह उनके हातिम की क़ुर्बानी दी जाएगी। क़ुर्बानी के लिए बीते सालों में भी बकरे आए थे लेकिन उनसे उनकी हातिम जैसी दोस्ती नहीं हुई थी। नन्हे हातिम के मासूम चेहरे को देखते तो उसके गले पर चाक़ू के वार के बाद मिमियाती कराह की तसव्वुर उनको दहला देती। एक अनजानी ताक़त नन्हे को अब्बा के पास ले गई। अब्बा के चेहरे पर परेशानी के बादल मँडरा रहे थे। उनकी परेशानी कम करने के लिहाज़ से नन्हे ने तजवीज़ रखी।

"अब्बा, आप क़ुर्बानी रद्द कर दें।"

शाहिद का चेहरा फ़क हो गया। नन्हे की बात उनकी छाती में डंक-सी चुभ गई। उनकी हैरतभरी आँखें नन्हे की आँखों में उलझ गईं। वह समझ नहीं पा रहे थे कि यह ख़याल नन्हे मियाँ के मन में कैसे आया? कहीं उसके चिपकू दोस्त ईशान का असर तो उस पर नहीं आ गया? नन्हे की अम्मी डर गईं कि कहीं शाहिद पाक रमज़ान के महीने में ग़ुस्से से फट न पड़ें। नन्हे की अब्बा से कुटम्मस न हो जाए। ऐसा कुछ नहीं हुआ। नन्हे की सादगी भरे अल्फ़ाज़ों पर शाहिद को ग़ुस्सा नहीं आया।

"ऐसा नहीं कहते बेटा! यह गुनाह होगा। बकरा लाकर क़ुर्बानी रद्द करने पर ख़ुदा को क्या मुँह दिखाऊँगा?" शाहिद नन्हे के रेशमी बालों में हाथ फेरते हुए बोले।

"हातिम बहुत प्यारा है। हम उसे पालेंगे। मैं उसके साथ खेलूँगा।"

"बेटा, यह मेरी नीयत पर दाग़ होगा। हमें इस रोज़ अपनी सबसे अज़ीज़ की क़ुर्बानी देनी होती है। पैग़म्बर हज़रत इब्राहिम जैसे अल्लाह के नेक बन्दे की नीयत और क़ुर्बानी के जज़्बे की ख़ुद ख़ुदा ने आज़माइश ली थी। एक दिन हज़रत इब्राहिम ने ख़्वाब में देखा कि अल्लाताला उन्हें हुकुम दे रहे हैं कि अपने किसी बेइन्तहा अज़ीज़ को अल्लाह की राह में क़ुर्बान करें। अल्लाह का हुक्म मानकर वह यह सोचने लगे कि कौन उनका सबसे अज़ीज़ है। काफ़ी सोच-विचार के बाद हज़रत इब्राहिम को महसूस हुआ कि उनका बेटा इस्माइल उनका सबसे अज़ीज़ है। उन्होंने फ़ैसला लिया कि वह अपने बेटे इस्माइल को अल्लाह के लिए क़ुर्बान करेंगे। क़ुर्बानी के लिए इस्माइल तैयार हो गए। क़ुर्बानी देते समय बेटे की मुहब्बत में उनके हाथ काँप न जाएँ, इसलिए हज़रत इब्राहिम ने अपनी आँखों पर पट्टी बाँध ली। जब अपने बेटे की क़ुर्बानी देकर अपनी आँखों की पट्टी खोली तो उनकी औलाद की जगह रेत पर एक दुम्बा ज़िबह पड़ा था। दरअसल हुआ यह था कि हज़रत इब्राहिम के जज़्बे से ख़ुश होकर अल्लाह ने अपने फ़रिश्ते को भेजकर इस्माइल की जगह दुम्बे को रखवा दिया था। इस तरह अल्लाह ने उनके बेटे की जान की जगह दुम्बे की क़ुर्बानी क़बूल की।"

नन्हे मुतमइन होकर अपने अब्बा की तक़रीर सुन रहे थे। वह पहले भी इसे

सुन चुके थे। हर बार उसे इसे सुनना अच्छा लगता। अब्बा ने फिर जोड़ा, "हातिम तुम्हारा सबसे दिलअज़ीज़ है। इसकी क़ुर्बानी करना तुम्हारा सबसे बड़ा फ़र्ज़ है। अल्लाह की तुम पर रहमत बरसेगी।"

नन्हे ख़ामोश हो गए। उनके मन में तमाम सवाल अभी भी घुमड़ रहे थे। उन्हें इस वक़्त ईशान की कही बात याद आ गई जो हर दिन उसे कहता कि जीव हत्या पाप है। नन्हे को समझ में नहीं आ रहा था कि हर मज़हब के उसूल अलग-अलग कैसे होते हैं? अचानक उनके इमरान भाई बातचीत में कूद पड़े।

"क़ुर्बानी से तुम्हें जन्नत नसीब होगी नन्हे मियाँ। वहाँ लज़ीज़ पकवान होंगे। ख़ूबसूरत हूरें होंगी। स्कूल जाने का लफड़ा भी नहीं रहेगा।"

इमरान की बात पर उनके अब्बा ने मुस्कराते हुए इमरान के सिर पर हल्की-सी चपत लगाई। फिर उठकर मास्टर बेडरूम में चले गए। नन्हे से रहा नहीं गया। वह बोल पड़े,

"ईशान कहता है कि जो जीव हत्या करता है, वह नरक में जाता है।"

ईशान नरक की दहशतभरी तस्वीर इस तरह खींचता कि नन्हे के रोंगटे खड़े हो जाते। वहाँ लोगों को नंगे पाँव अंगारों पर चलना पड़ता है। कोल्हू के बैल की जगह आदमी को काम करना पड़ता है। खौलते तेल के कड़ाह में आदमी की उँगलियाँ डाल दी जाती हैं। पहाड़ से रस्सी में बाँधकर औंधे मुँह लटकाया जाता है। ईशान के नरक की यह तस्वीर लगभग वैसी ही होती जैसी उसके हाफ़िज़ मामू दोज़ख़ की तस्वीर पेश करते। नन्हे को दोज़ख़ से बेहद डर लगता।

नन्हे की बात पर इमरान भाई तैश में आ गए। उन्होंने गुर्राते हुए कहा, "अब्बा कल ही फ़िक्रमन्द थे कि नन्हे ईशान की सोहबत में बिगड़ रहे हैं। तुम्हारी बातों से लग रहा है कि उनका कहना कितना सही है। तुम्हें ईशान से दूर रहना चाहिए।"

इमरान की सलाह से नन्हे का मूड बिगड़ गया। इमरान भाई की ऊटपटाँग बातों को सुनकर उसे हमेशा कोफ़्त होती। वह हातिम के पास गए। उसके माथे पर हाथ फेरने लगे।

सोसाइटी में अमन बनाए रखने की ज़बान पुलिस को देने के बाद प्रेसिडेंट शकीला ख़ान की ज़िम्मेदारी बढ़ गई। उन्होंने फ़ौरन से पेश्तर सोसाइटी के ओहदेदारों की बैठक बुलाई। यह पाया गया कि ज़्यादातर रहवासी सुलहपसन्द हैं। जो चन्द क़ुर्बानी पर एतराज़ जता रहे हैं, उनसे मिला जाए। उनसे भी मिला जाए जो क़ुर्बानी देने जा रहे हैं। इसके लिए कार्यकारिणी की दो टीमें बनाई गईं। शकीला ख़ान क़ुर्बानी देने वालों से उनके घर जाकर अलग-अलग मिलीं। उनसे उन्होंने गुज़ारिश की कि यह वक़्त बेहद नाज़ुक है। सियासी हालात ऐसे हैं कि ज़रा सी चूक होने पर सारा इल्ज़ाम हमारे मज़हब वालों पर ही लगेगा। इस शहर में पहले भी फ़साद की दरिन्दगी को हम भुगत चुके हैं। बी-503 के इब्राहिम अंसारी की बेरहम दास्तान तो आप सब जानते

ही हो। उनकी बेगम अपने बेटे के ग़म में अपाहिज हो गईं। क़ुर्बानी परदे में दीजिए। क़ुर्बानी को लेकर ज़्यादा शोर-शराबा न कीजिए। इस सोसाइटी में कई फ़िरके के लोग रहते हैं। उनका भी हमें ख़याल रखना है। किसी के उकसावे में नहीं आना है। कुछ लोग नहीं चाहते हैं कि मैं यहाँ की प्रेसिडेंट बनी रहूँ। माशाल्लाह एक तो मुसलमान और दूसरे औरत ज़ात। फ़साद होने पर उनको हज़म नहीं होगा। वह इसी बहाने मुझे हटा देंगे। आपकी क़ौम का एक ख़ैरख़्वाह बिना वजह शहीद हो जाएगा।

शकीला ख़ान की बातों का जादुई असर हुआ।

अल्पसंख्यक होने का डर अक्सर आपसी सम्बन्धों को जोड़ने में फेविकोल का काम करता है।

दूसरी टीम फर्नांडीज की अगुआई में उन रहवासियों से मिली जिन्होंने पुलिस से शिकायत की थी। फर्नांडीज ने कहा कि सोसाइटी सबकी है। यहाँ सभी त्योहार उत्साह से मनाए जाते हैं। हम जिस तरह होली, दीवाली और गणपति पूजा मनाते हैं, उसी तरह ईद-बक़रीद और क्रिसमस भी। जब शिकायतियों ने तर्क किया कि उनके धर्म में जीव हत्या पाप है। बक़रीद में सरेआम निर्दोष पशु का वध करना उसमें भागीदार होना है। उनकी इस बात पर फर्नांडीज ने कहा कि जो काम आप कर ही नहीं रहे हैं, उसके भागीदार कैसे होंगे। दूसरे, मुसलमान भी बुत पूजा नहीं करते। फिर भी गणपति चतुर्थी पर बाक़ायदगी से शरीक होते हैं। यही नहीं, जैनियों के पर्युषण पर्व पर मीरा भयन्दर रोड में मुसलमान की एक भी दुकान पर मांस नहीं बिकता जबकि उनके धन्धे पर असर पड़ता है। फिर भी वे कोई विरोध नहीं करते। आपको भी थोड़ा सा बड़ा दिल दिखाना चाहिए। जहाँ तक क़ुर्बानी का सवाल है, इसे आड़ में किया जाएगा। क़ुर्बानी के बाद उस जगह की साफ़-सफ़ाई की ज़िम्मेदारी क़ुर्बानी करने वाले की होगी। जो ऐसा नहीं करेगा, उनसे पहले हम और फिर बाद में पुलिस निबटेगी।

सबसे बातचीत माकूल रही। सिर्फ़ रोहित शर्मा कुछ उखड़े-उखड़े रहे। बातचीत के दौर में रोहित शर्मा अपने दाहिने हाथ में काले धागे से बँधे तावीज़ को उँगली से ठीक करते रहे जैसे तावीज़ उसे नहीं, वह तावीज़ के ग़ुस्से को शान्त कर रहे हों। उन्होंने कोई ठोस आश्वासन नहीं दिया। ख़ामोशी से हाथ जोड़ दिए। उनकी मुखमुद्रा से लग रहा था कि फर्नांडीज की बातों से उनका इत्तफ़ाक़ नहीं है।

चलते-चलते फर्नांडीज ने रोहित शर्मा के लिए चूहेदानी के भीतर रोटी का एक लुकमा लटकाते हुए कहा।

"आप जैसे अनुभवी की कमेटी में दरकार है। हम चाहते हैं कि अगली बार आप ज़रूर इसमें रहें।"

रोहित शर्मा की आँखों का रंग बदल गया। वह सहसा विनम्र हो गए।

लालच में कई बार कट्टर से कट्टर आदमी भी कुछ देर के लिए बदल जाता है।

"मुझे कमेटी में किसी पोस्ट का लालच नहीं है। मुझे ख़ुशी मिलती है, जब मैं

किसी के काम आता हूँ। पूरा दिन ख़ाली रहता हूँ। सोसाइटी का काम तो वैसे भी पब्लिक की सेवा है।"

फर्नांडीज की चाल काम आ गई। पद के लालच ने रोहित शर्मा के भीतर के कट्टर हिन्दू को फ़िलहाल डाँटकर ख़ामोश कर दिया। फर्नांडीज ने रोहित शर्मा को 'गुडनाइट अंकल' कहा और विदा ली।

नन्हे हातिम को लेकर फ़िक्रमन्द थे। वह बिस्तर पर उठते-बैठते। करवट लेते। चुपके से हातिम के पास जाते। वह उसे जब छूते तो हातिम की आँखें उसकी छुवन को पहचानकर थोड़ा सा कँपकँपातीं। अधखुली आँखें पूरी खुल जातीं। नन्हे को लग रहा था कि हातिम की साँसें तय हैं। क़ुर्बानी हातिम का नसीब है। नन्हे ही नहीं, वह मासूम जानवर भी अपना नसीब बदलने में लाचार है। हामिद को भी शायद अपनी अन्तिम घड़ी का धड़का लग गया था। उसकी मिमियाहट में भी नन्हे को फ़र्क़ लग रहा था। पहले नन्हे जब उसे छूते तो उस वक़्त उसकी मिमियाहट में एक कमसिन मचलने की उमंग होती थी लेकिन अब उसकी पतली-सी आवाज़ में गले में फँसने की फसफसाहट-सी निकलती जैसे वह अपना वर्तमान नहीं, भविष्य जी रहा है। एक दर्दभरी आवाज़ जिसमें जीने की तमन्ना छिपी रहती।

समय को क़ैद नहीं किया जा सकता। चाँद को भी।

चाँद देखने की बेताबी सकीना, इमरान और नन्हे, तीनों में बेहिसाब थी।

बालकनी में खड़े-खड़े वे आसमान की ओर टकटकी लगाए हुए थे। ज़ीनत जब भी अपने फ़्लैट की बालकनी से चाँद देखने खड़ी होती तो उसे अपने बचपन में अपने घर की छत से चाँद देखने की याद आती।

उन दिनों ईद-बक़रीद मनाने का मज़ा ही कुछ और था। ज़ीनत की अम्मी मशीन से मैदे की लच्छेदार सेंवइयाँ बनातीं। पास-पड़ोस में इस पर चर्चा होती रहती कि इस बार किसकी सेंवइयाँ पतली और कुरकुरी होंगी। इफ़्तारी में जब सब पड़ोसी एक साथ तरबूज, खजूर, केले और रूह-अफ़ज़ा के साथ एक-दूसरे के बीच चुहल और छेड़छाड़ करते हुए रोज़ा खोलते तो उसे लगता कि दुनिया में इससे सुन्दर दृश्य कोई नहीं हो सकता। कोई किसी को खजूर लेने का इसरार करता तो कोई किसी को शरबत का गिलास ख़ुलूस से पकड़ा रहा होता। लेकिन यहाँ सोसाइटी में सामूहिक इफ़्तार का रिवाज़ ही नहीं था। सब अपने फ़्लैट के बन्द दरवाज़े के भीतर रोज़ा खोलते।

फ़िलवक़्त बालकनी में सकीना, इमरान और नन्हे तीनों के बीच अन्दर ही अन्दर एक मुक़ाबला चल रहा था कि कौन पहले चाँद देखेगा? कौन सबसे पहले ख़ुशी से ताली बजाकर, चिल्लाकर यह ख़ुशख़बरी सबको देगा कि चाँद दिख गया, चाँद दिख गया। फिर पूरे घर में ख़ुशियों की बरात-सी आ जाएगी। चाँद दिखने की ख़ुशी की मीठी बयार सिर्फ़ उनके फ़्लैट तक महदूद नहीं रहेगी बल्कि उन ग़रीब-गुरबों

तक पहुँच जाएगी जो पूरे साल ज़कात के इन्तज़ार में आँखें बिछाए रखते हैं। वे तीनों आसमान तकते रह गए। आख़िरकार यह बाज़ी अब्बू के हाथ लगी। वह टीवी पर आँखें गड़ाए हुए थे। उन्होंने जैसे ही ख़बर सुनी कि मुम्बई में चाँद दिख गया वह बालकनी में आकर बोले कि बच्चों ग़ौर से आसमान देखो। चाँद दिख गया। वाक़ई आसमान पर चाँद मुस्करा रहा था। फिर फ़ज़ा में ख़ुशी की लहर दौड़ गई। सब एक-दूसरे को चाँद देखने की मुबारकबाद देने लगे।

अगली सुबह नन्हे आँखें मिचमिचाते हुए उठे तो पूरे घर में कचरधान मची थी। ईद की नमाज़ मस्जिद में अता करने के लिए उनके अब्बा काली अचकन और चुस्त पाजामे में सजे-धजे बैठे थे। अम्मी किचन में थीं। मिक्सी की घरघराहट के साथ मसाले की ख़ुशबू घर में उड़ रही थी। सकीना आपा नीले घेरदार गरारे में इतराई-सी ऐसे घूम रही थीं गोया उनका जिस्म बादल की तरह एकदम हल्का होकर उड़ जाने पर तुला हो। नन्हे को देखकर उन्होंने आँखें ऐसी बनाईं मानो आँखों ही आँखों में पूछ रही हों कि भाई! मिज़ाज तो अच्छे हैं? इमरान भाई बाथरूम में ग़ुस्ल कर रहे थे। नहाते समय वह हमेशा की तरह कोई फ़िल्मी गाना गुनगुना रहे थे जिनके लफ़्ज़ बाहर पानी की धार में लोटे में बजते कंकड़ों की तरह सुनाई दे रहे थे। उनका नया कुरता-पाजामा बिस्तर पर बाथरूम से उनके बाहर निकलने का इन्तज़ार कर रहा था। उसके बग़ल में छोटी नाप का कुरता-पाजामा था जो अम्मी ने शायद नन्हे के लिए रख दिया था।

फ़्लैट में अगरचे कोई नहीं था तो हातिम। उसे अब्बा हुज़ूर नन्हे की नींद खुलने के पहले ही पार्किंग में लगे लोहे के छल्ले से बाँध आए थे। उन्हें अंदेशा था कि कहीं हातिम की क़ुर्बानी के लिए नन्हे सुबह उठकर फिर भुनभुन न करे। ऐसे पाक दिन में किसी क़िस्म की चीं-चीं घर का माहौल बिगाड़ देती है।

हातिम को अपनी जगह न पाकर नन्हे उदास हो गए। इमरान भाई के बाथरूम से निकलने के बाद नन्हे बड़े बेमन से ग़ुस्ल के लिए गए। उन्हें भान हो गया था कि हातिम की क़ुर्बानी रोकने के लिए अब कोई भी फ़रियाद अनसुनी रहेगी। उन्हें पहली बार महसूस हुआ कि मज़हबी मामलों में ज़ेहन की कचहरी को कोई नहीं सुनता।

नमाज़ के बाद सबने एक-दूसरे को गले मिलकर बधाई दी। उदास मन से नन्हे भी सबसे गले मिले। ईद की झक सफ़ेद कपड़ों की ख़ुशी के बीच उनके साँवले दुख की कोई जगह नहीं थी। ईद मुबारक-ईद मुबारक लफ़्ज़ हवा में रंगीन गुब्बारों की तरह उड़ रहे थे।

सुखी घर सोसाइटी में तीन बकरों की क़ुर्बानी दी गई।

वसुधा-आकाश उस दिन अपने फ़्लैट में ख़रगोश की तरह दुबके रहे। लॉबी में नीचे ही नहीं उतरे।

यही हाल रोहित शर्मा का भी रहा।

हातिम की क़ुर्बानी में नन्हे नहीं गए। क़ुर्बानी गोश्त के तीन हिस्से किए गए। एक हिस्सा अपने लिए रखा गया। दूसरा हिस्सा ग़रीबों के लिए रखा गया। तीसरा हिस्सा नाते-रिश्तेदारों के लिए। अब्बा ने इमरान भाई के ज़रिये सोसाइटी के कई रहवासियों को भी गोश्त भेजा। इनमें शकीला ख़ान तो थीं ही, अस्थाना भी थे जिन्होंने खुलकर सोसाइटी में क़ुर्बानी के हक़ की पैरवी में उनका साथ दिया था।

गोश्त के बने पकवानों से नन्हे उदासीन थे। गोश्त उन्हें पसन्द था लेकिन उन्होंने उस दिन उसे चखा भी नहीं। इमरान भाई ने तंज़ कसा, "नन्हे मियाँ जैनी बाबा हो गए हैं।"

इस तंज़ से नन्हे भरे बादल की तरह सुबुक-सुबुक कर रोने लगे। उनकी क़मीज़ की आस्तीनें आँसू पोंछने से गीली हो गईं। अम्मी ने उकड़ूँ बैठकर नन्हे को कलेजे से लगाया। इमरान को घुड़का।

"नासपीटे इस तरह छोटे भाई को सताते हैं?"

इमरान हथेली से अपनी हँसी दबाकर सरक लिए। अम्मी के प्यार की गर्मी से नन्हे का जमा दुख पिघलने लगा। उनके आँसू झर-झर बहने लगे।

ग़श्त लगाते हुए दो सिपाही सोसाइटी का मौक़ा-मुआयना करने आए। प्रेसिडेंट शकीला ख़ान से मिलकर हालात की जानकारी ली।

"सब ठीक है," सुनकर बक़रीद की बधाई दी। शकीला ख़ान का बेटा दो रकाबियों में सेंवइयाँ लाया। सिपाहियों के हाथ में थमा दिया।

सेंवइयाँ मीठी थीं। उनकी मिठास सिपाहियों के चेहरों पर चमक रही थी।

> उनके चेहरे पर अपनों से दूरी का दर्द था। यह बुढ़ापे का उतना अधिक नहीं, जितना अकेले कर दिए जाने का दर्द था। यह दर्द बुढ़ापे में दुरदुराये जाने के बाद ज़िन्दा रहने का था।

आकाश सुखी घर के पोडियम पर जाने के लिए सड़क से सात सीढ़ियाँ चढ़े। आठवीं सीढ़ी पर आकर वह ठिठक गए। उनकी साँस कुछ फूल रही थी। बढ़ती उम्र का पता घुटने देते हैं। सीढ़ियों को देखकर वह पहले उसी तेज़ी से चढ़ते जैसे अपने युवा दिनों में अपने दफ़्तर ठीक समय पर पहुँचने के लिए तीन माले की सीढ़ियाँ दौड़कर चढ़ते थे। अब तीन-चार सीढ़ियाँ चढ़ते ही उनकी टाँगें गीले बोरे-सी भारी होकर चेतावनी देने लगतीं कि अब वे पहले जैसी नहीं हैं। उन्होंने एक लम्बा रास्ता तय कर लिया है।

आकाश आठवीं सीढ़ी पर खड़े होकर कुछ पल सुस्ताए। फिर बाक़ी की छह

सीढ़ियाँ चढ़ने लगे। आकाश की कनपटियाँ जून की शाम की उमस से गीली थीं। उन्होंने रूमाल से उन्हें पोंछा। पोडियम की सीढ़ियों पर आती सर्र-सर्र हवा उनकी कनपटियों को अपने ठंडे स्पर्श से सहला रही थी।

सोसाइटी का पोडियम आसपास की इमारतों से काफ़ी ऊँचा था। अगर पुरानी कार हो तो पोडियम पर पहुँचने के पहले उसे सेकेंड गियर से फ़र्स्ट गियर में लाना पड़ता। अक्सर ऑटो रिक्शा चालक पोडियम की ऊँचाई देखते ही ऊपर न जाने के तमाम बहाने बनाना शुरू कर देते।

पोडियम पर बच्चों का कोहराम मचा था। कुछ बच्चे फिसलपट्टी पर फिसलते हुए चीख़ रहे थे। आकाश की आँखें बच्चों के कोहराम में रज़िया अंसारी की व्हीलचेयर खोज रही थीं। इब्राहिम शायद आज जल्दी अपने फ़्लैट वापस चले गए थे।

अचानक आकाश की नज़र दो लड़कों पर पड़ी जो एक-दूसरे से गुत्थम-गुत्था थे। बड़ा लड़का ताक़तवर लग रहा था। उसने छोटे लड़के के बालों को अपनी मुट्ठी में कसकर जकड़ रखा था। छोटा लड़का बड़े लड़के की क़मीज़ नीचे से खींच रहा था। छोटा लड़का जहाँ दर्द से बिलबिला रहा था, वहीं बड़ा लड़का उसे गालियाँ दे रहा था। गोल घेरे में तीन-चार लड़के और दो लड़कियाँ कुछ विस्मय और थोड़ा डर से उनका मल्लयुद्ध देख रहे थे। सोसाइटी की आसपास की हवा में झगड़े की आवाज़ गूँज रही थी। फिर भी वहाँ मौजूद कोई शख़्स उनका बीच-बचाव करने के लिए आगे नहीं आ रहा था। इस मल्लयुद्ध से बेख़बर सीमेंट की चारदीवारी पर बैठी सोसाइटी की महिलाएँ अपनी गृहस्थी की व्यथा-कथा को एक-दूसरे से बाँट रही थीं। वहाँ जितनी गृहस्थी थीं, उतनी ही व्यथा-कथाएँ। यह सच था कि सोसाइटी की इमारत के फ़्लैट लगभग एक जैसे थे। उनकी लम्बाई-चौड़ाई मिलती-जुलती-सी थी। उनका नक्शा भी कमोबेश एक सा था। शहरों की आधुनिक संरचना ने घर के भीतर की वास्तुकला की विविधता नष्ट कर दी थी। उनकी अविकल्पनीय एकरसता ने बहुरंगी सौन्दर्यबोध की सम्भावनाओं पर पानी फेर दिया था। फिर भी हर फ़्लैट की अपनी व्यथा-कथा अलग-अलग थी। यही नहीं, हर दिन कोई नई व्यथा उनकी कथा में जुड़ जाती।

आकाश उन लड़कों की तरफ़ आगे बढ़े। पुरज़ोर आवाज़ में कहा, "यह क्या हो रहा है?"

दोनों लड़के उसी रौ में लड़ते रहे गोया उन्होंने कुछ सुना ही नहीं। बड़ा लड़का अपने आकार-प्रकार से मिले बल का प्रयोग कर रहा था। छोटा अपने जोश से लड़ रहा था। कमज़ोर के पास लड़ने के लिए अधिकतर जोश ही हथियार होता है। ताक़त से सब डरते हैं। जोश को ताक़त से डर नहीं लगता। जब तक कमज़ोर के पास जोश और संकल्प है, उसे कोई पराजित भी नहीं कर सकता। छोटा लड़का फ़र्श पर गिर पड़ा। आकाश ने लपककर छोटे लड़के को उठाया। बड़े लड़के को

डपटा। आकाश की डपट को सुनकर लिफ़्ट से निकलकर आते हुए दो रहवासी भी आ गए। उनके आने से आकाश को और बल मिला। बड़ा लड़का अपनी क़मीज़ की सिलवटों को ठीक करते हुए थोड़ा पीछे हट गया। फिर बोला, "आज बच गया साले! फिर देखूँगा।"

छोटा भी पीछे नहीं रहा, "मेरी बहन के लिए गन्दा बोला तो फिर सिर फोड़ दूँगा।"

छोटे लड़के के बाल कटीली झाड़ियों की तरह उलझे हुए थे। उसका गोरा चेहरा थप्पड़ों से लाल हो गया था। आकाश ने ग़ौर किया कि छोटे लड़के के नाक-नक्श बहुत सुन्दर हैं। पतले-पतले होंठ। छोटा-सा माथा। सुघड़ छोटी नाक। उसने उसके कन्धे पर हाथ रखकर दिलासा दिया। फिर समझाया, "आपस में नहीं लड़ते। आप सब दोस्त हैं।"

आकाश को सहसा अपनी बात खोखली लगी। उन्हें लगा कि उनकी बात को वहाँ मौजूद बच्चे उसी तरह सुन रहे हैं जैसे किसी सभा में धर्मांध राजनेता के आपसी भाईचारे के आह्वान को श्रोता उबासी लेते हुए सुनते हैं।

बड़े लड़के का नाम श्याम था और छोटे का रोहन। श्याम 'ए' विंग में रहता था। रोहन 'डी' विंग में। श्याम दसवीं में था, रोहन सातवीं में। श्याम की आवाज़ फटी हुई थी। मूँछों पर हल्के रोयें दिखाई देने लगे थे। रोहन चेहरे-मोहरे से कमनीय था। इतना कमनीय कि कई बार लगता कि वह भूल से लड़का बन गया है। सोसाइटी में श्याम के पिता का अपना फ़्लैट था। रोहन का परिवार यहाँ भाड़े पर रहता था। श्याम सोसाइटी में काफ़ी दिनों से रह रहा था। रोहन कुछ महीने से था।

श्याम वहाँ खेल रहे लड़कों में सबसे बड़ा और दबंग था। बाक़ी छह-सात लड़के उसके पिछलग्गू थे। सोसाइटी में उस उम्र के बच्चों के खेलने की जगह नहीं थी। पोडियम का कुछ हिस्सा ओपन पार्किंग के लिए रखा गया था जहाँ कारें खड़ी रहती थीं। कुछ हिस्से में लड़कियाँ रैकेट और शटल कॉर्क से बिना नेट के बैडमिंटन खेलती रहतीं। किशोर लड़के खेलने के बजाय ख़ाली पार्किंग की जगह पर गपशप करते रहते।

श्याम के बिना उनकी गपशप बैठक फीकी होती। श्याम के पास स्कूल के अन्तहीन दिलचस्प क़िस्से होते। पिछलग्गू लड़के उन क़िस्सों को अचरज से सुनते। वह बताता कि किस तरह टेस्ट में नकल करता। किस तरह एक बार मिस ने उनकी चीटिंग पकड़ ली। क्लास के सभी स्टूडेंट को सज़ा के तौर पर फेल कर दिया जिन्होंने अपनी आंसर शीट में एक ग़लत उत्तर की नकल की थी। किस तरह वह पेट ख़राब होने का बहाना बनाकर वाशरूम जाता। वहाँ ज़्यादा देर रुकता ताकि उतनी देर बोरिंग पढ़ाई से उसे छुट्टी मिल सके। ब्रेक होने के पहले किस तरह मुँह बन्द करके टिफ़िन टाइम के बीच टिफ़िन ख़त्म कर लेता ताकि ब्रेक में खेलने का समय मिल सके। वह सीना तानकर गर्व से बताता कि पीरियड के दौरान कुछ लड़के जानबूझकर बात

करते ताकि मिस का ध्यान भटक जाए। वह ग़ुस्से में उन्हें डाँटें। जितनी देर मिस डाँटतीं और उन्हें अच्छे बच्चे बनने का पाठ पढ़ातीं, उतनी देर पूरी क्लास को पढ़ने से छुट्टी मिल जाती। वे अपनी सफल रणनीति पर मन-ही-मन हँसते। टेस्ट या हाफ़ इयरली एग्जाम की जब आंसर शीट दिखाई जाने वाली होती तो वे रेड पेन लेकर जाते और आंसर शीट में अंक बढ़ा लेते। फिर मिस से कहते कि उनकी आंसर शीट के टोटल में ग़लती है। उस दिन क्लास में इतना हड़कंप होता कि मिस को पता भी न चलता कि किसने कब अंक बढ़ा लिये। दरअसल लड़के गोल घेरा बनाकर एक-दूसरे की आंसर शीट से अपने अंक मिलाते। फिर गुलगपाड़े में अपने एक-दो सवालों में अंक बढ़ा लेते। मिस भी अपनी अंक जोड़ने की क्षमता पर अविश्वास करके कई बार अंक बढ़ा देतीं। यदि मिस उनकी कारस्तानी पकड़ लेतीं तो वे कान पकड़कर "सॉरी मिस-सॉरी मिस" कहकर माफ़ी माँगने लगते।

श्याम की बात में कितनी सचाई होती और कितना झूठ, कई बार यह पता करना मुश्किल हो जाता। वह सच को झूठ में इस तरह से घुला-मिला देता कि सोसाइटी के लड़के उस पर यक़ीन ही नहीं करते बल्कि कुछ तो उसके कारनामों को अपने स्कूल में अमल में भी लाने लगे थे।

इधर दो-तीन महीने से उसके क़िस्सों में लड़कियों और मिस के चटपटे प्रेम प्रसंगों का ज़िक्र ज़्यादा होने लगा था। वह कुछ इस तरह खुल गया था जैसे इस उम्र में हर किशोर का दिमाग़ खुलता है, ख़ासतौर से स्त्री जननांगों को लेकर रहस्य जब जादू की तरह उनके सामने खुलने लगता है। इंग्लिश मिस चटर्जी पर अपने क्रश के क़िस्से को श्याम बेहद रोमांचित होकर सुनाता।

कुछ दिन बाद उसका नया शिगूफ़ा शुरू हो गया। मैथ मिस डिसूज़ा का इन दिनों किस तरह एक्टिविटी टीचर जॉन के साथ रोमांस चल रहा है। मिर्च-मसाले के साथ उसने उनके 'किस' के क़िस्से को सुनाया। कैसे उन्होंने उन दोनों को इंडोर स्पोर्ट्स रूम में 'किस' करते देखा। उसके क्लासमेट रसिक मोदी ने किस तरह उन दोनों की किस लेते हुए फ़ोटोशॉप की तस्वीर व्हाट्सएप पर डाली। किस तरह प्रिंसिपल ने उसके पेरेंट्स को बुलाकर स्कूल से रेस्टीकेट करने की धमकी दी। यह बताते समय श्याम हँस-हँस कर पागल हो जाता। उसकी साँस उस समय काफ़ी गर्म और नशीली हो जाती जब वह लड़कियों के छेड़ने का ज़िक्र करता। क्लास की विन्डो सीट पर बैठकर उधर से निकलने वाली लड़कियों को कभी सीटी बजाकर तो कभी कोई कमेंट पास कर वह किस तरह छेड़ता है और किस तरह लड़कियाँ झुँझलाकर 'ईडियट' या 'नट' कहते हुए चली जाती हैं, इसे बताने में ख़ूब रस लेता।

पीटीएम में जब भी श्याम के पापा-मम्मी जाते तो उन्हें बड़ी कोफ़्त होती। अधिकांश अभिभावकों को अपने बच्चों के लिए तारीफ़ के गुलदस्ते मिलते लेकिन श्याम के लिए उन्हें शिकायतों का डस्टबिन मिलता।

श्याम को स्कूल में सब जानते-पहचानते।

दरअसल दुष्टता में दुर्निवार आकर्षण होता है।

स्कूल में दुष्ट लड़के को सभी जानते-पहचानते हैं। स्कूल के गेटकीपर से लेकर प्रिंसिपल तक। सीधे-सादे-सरल बच्चों को स्कूल में कोई नहीं जानता। सीधे-सरल बच्चे स्कूल में सुगन्ध की तरह होते। वहाँ होते हुए भी नहीं दिखते। वे दुष्ट बच्चों की आड़ में छिपे रहते। उनकी अच्छाई छिपी रहती। उनका अनुशासन छिपा रहता। दुष्ट बच्चे हर जगह दिखते। वे सुबह असेम्बली में लेट होने पर लाइन में अलग खड़े दिखते। पीरियड में वे क्लास के बाहर खड़े दिखते। कभी-कभार प्रिंसिपल रूम से डाँट खाकर निकलते दिखते। स्कूल छोड़ देने के बाद भी टीचर उनको बाज़ार या मॉल में देखकर पहचान लेते। यही नहीं, उस दुष्ट लड़के का नाम भी याद रखते। सड़क पर टीचर दिख जाएँ तो सीधे-सादे बच्चे उन्हें नमस्ते करते और टीचर को याद भी दिलाते कि वह उनका छात्र रहा है।

यह अजीब समाज था जहाँ अच्छाई सब भूल जाते। दुष्टता हमेशा याद रहती।

श्याम से रोहन कुछ-कुछ डरता था लेकिन उसके साथ रहकर गपशप सुनने का उसका मन भी करता।

श्याम गपशप के दौरान छोटे लड़कों को ऊपर पोडियम में छोड़कर कभी-कभी रिज़वान के साथ बेसमेंट पार्किंग में खिसक जाता। बचे छोटे लड़के अपना गोल बना लेते। वे समझ जाते कि श्याम का उस दिन के गप्प का कोटा ख़त्म हो चुका है। बेसमेंट में कुछ मटियाली रोशनी रहती। कुछ हिस्सों में अँधेरा रहता। रोहन और अखिल कुतूहल में एक बार उनके पीछे-पीछे जासूसी करने गए थे कि वे दोनों बेसमेंट में अकेले क्या करते हैं? बेसमेंट में बड़े-बड़े चूहे धमा-चौकड़ी मचा रहे थे। हल्की बदबू भी थी। रोहन को थोड़ा डर भी लगा। वहाँ अँधेरे में दो सुर्ख़ बिन्दियाँ फुसफुसाहट के साथ चमकती दिखाई दीं। वे समझ गए कि वे चोरी-छिपे सिगरेट पीने वहाँ जाते हैं। लेकिन कुछ बातें उनके लिए अभी भी रहस्य थीं। उन्हें यह पता नहीं चला कि सिगरेट पीने के साथ श्याम अपनी मोबाइल में रिज़वान को वहाँ पोर्न भी दिखाता है। यही नहीं, वे बेसमेंट में बने टॉयलेट में जाकर हस्तमैथुन भी करते हैं।

रोहन के साथ झगड़ा स्थगित होने के बाद उस शाम श्याम पोडियम पर ही बना रहा। वह उन लड़कों में था जो झगड़ों को कपड़ों पर पड़ी धूल की तरह झाड़ देते हैं। रोहन की बात अलग थी। उसके मन में कोई छोटी-सी भी बात गोंद की तरह लम्बे समय तक चिपकी रहती। श्याम ने उसकी बहन को लेकर जो बात कही थी, उसका मन कर रहा था कि श्याम की जीभ को कैंची से काटकर टुकड़े-टुकड़े करके काले कौव्वे को खिला दे। उसका गला धुले कपड़ों की तरह निचोड़कर दबा दे।

आकाश ने डुप्लीकेट 'की' से दरवाज़ा खोला।

सामने सोफ़े पर वसुधा ख़ामोश बैठी दिखाई दी। उसकी ख़ामोशी में आज ज़हर घुला लग रहा था। पिछले दिनों की निराशा घुली ख़ामोशी से यह अलग था। इन दिनों वह बुझी-बुझी-सी रहती, अपने बुढ़ापे को लेकर आशंकित रहती। कम बोलती। पिछले साल इसी माह में वह ओल्ड एज होम गई थी। उसकी माँ की बरसी थी। पता नहीं कैसे उसके मन में यह विचार आया कि वह अपनी माँ की याद में किसी ओल्ड एज होम जाएगी खाने का सामान लेकर। उनके साथ लंच करेगी। वहाँ से लौटने के बाद वसुधा पूरी तरह बदल गई। आकाश को विश्वास नहीं हो पा रहा था कि हर समय चटर-पटर करने वाली वसुधा इतनी ख़ामोश कैसे बनी रह सकती है?

दरअसल उसकी ख़ामोशी में निराशा का पानी घुल गया था। उसे भय लगने लगा था कि आकाश के न रहने पर उसे ओल्ड एज होम ही जाना पड़ेगा। ओल्ड एज होम के दृश्य उसका पीछा करते रहते।

कहने को वह ओल्ड एज होम था लेकिन वसुधा को वह बूढ़ों का अस्पताल और जेल का मिला-जुला रूप अधिक लग रहा था। वहाँ के बेड अस्पताल की तरह स्टील रॉड के थे। छोटे-छोटे कमरे थे। एक बड़ा हॉल था। हवा में पेशाब की बदबू थी। वातावरण में मृत्यु की छाया।

वसुधा की तेज़ नाक बदबू सह नहीं पा रही थी लेकिन उसने अपने चेहरे पर कोई अप्रिय भाव आने नहीं दिया। बदबू वहाँ रहनेवालों को भी आती होगी लेकिन वसुधा को लग रहा था कि वहाँ रहनेवाले लोग जैसे ऐसी बदबू के आदी हो गए हैं।

वहाँ चाय दो वक़्त मिलती। उसकी मात्रा बहुत कम होती। ओल्ड एज होम रहवासी महेश सावन्त ने जब देखा कि आसपास कोई आदमी नहीं है तो उन्होंने धीमी आवाज़ में वसुधा को सहमते हुए बताया कि यहाँ चाय में दूध-पानी-पत्ती का घोल ऐसा होता है कि देखने में चाय लगती है लेकिन पीने में चाय भगौने का धोवन लगती है। कई दिनों से हजामत न करने से सफ़ेद खुरदरी दाढ़ी से महेश सावन्त के चेहरे की झुर्रियाँ छिप गई थीं लेकिन गले की झुर्रियाँ उनकी उम्र की चुगली कर देती थीं। महेश सामन्त को चाय की तलब ज़्यादा लगती। ओल्ड एज होम में उन्हें चिरौरी करने पर भी चाय दो बार से ज़्यादा नहीं मिलती। उन्हें अक्सर अपनी घरवाली की याद आती। वह ख़ुद चाय कम पीती थीं लेकिन महेश के लिए भुनभुनाकर भी चाय बना देतीं। वह कहतीं कि तुम इतनी चाय पीते हो कि बहू तुमसे तंग आकर तुम्हें घर से बाहर कर देगी। उसकी काली ज़बान सच हो जाएगी, महेश ने कभी सोचा भी न था।

लुंगी पहने दिलीप मांजेकर अपनी खाट पर बैठे शून्य में ताक रहे थे। ओल्ड एज होम के मैनेजर ने बताया कि उनके इकलौते लड़के ने उन्हें ठग लिया था। मलाड में उन्होंने वन बीएचके फ़्लैट किसी तरह किस्तों में ख़रीदा था। अमेरिका में नौकरी मिलने के बाद उनका बेटा उन्हें वहाँ ले जाने के लिए भारत आया। फ़्लैट बिकवा

दिया। फिर एअरपोर्ट के बाहर उन्हें छोड़कर अमेरिका चला गया। शुक्र है कि वह सचिवालय में थे। पेंशन मिलती है जो ओल्ड एज होम ले लेती है। जीने से अधिक वह यहाँ मृत्यु का इन्तज़ार कर रहे हैं।

वसुधा एक बेड के पास फल लेकर गई। उस पर एक बूढ़ा सो रहा था। बेड से सफ़ेद साँप-सी पतली ट्यूब लटकी हुई थी। शायद उसे मधुमेह की बीमारी थी। बार-बार बाथरूम ले जाने के झंझट से बचने के लिए यह नली उसके अंग में डाल दी गई थी। उसके नीचे एक पैन रखा हुआ था जिसकी तलहटी में पीला-सा द्रव्य चमक रहा था।

झुकी काया वाले अर्नब घोष की आँखें भर आईं जब उन्होंने आकाश को बताया कि उनका इंजीनियर बेटा इसी शहर में रहता है लेकिन मिलने नहीं आता। उनके चेहरे पर अपनों से दूरी का दर्द था। यह बुढ़ापे का उतना अधिक नहीं, जितना अकेले कर दिए जाने का दर्द था। यह दर्द बुढ़ापे में दुरदुराये जाने के बाद ज़िन्दा रहने का था।

फिर भी अर्नब ने अपने बेटे की तारीफ़ की कि वह नियमित रूप से हर माह ओल्ड एज होम को रुपये भेजता है। वसुधा ने मिठाई देते हुए उनसे पूछा कि आपका क्या खाने का सबसे ज़्यादा मन करता है? अर्नब के मुँह से झट निकला—मछली-भात। यहाँ नॉनवेज नहीं देते।

वसुधा वेज थी। वह इस ग्लानि से भर गई कि वह किस तरह अर्नब की इच्छा पूरी करे? आकाश उसकी दुविधा समझ गए। आकाश ने ऑनलाइन ओल्ड एज होम का पता देकर उनके लिए मछली-भात ऑर्डर कर दिया।

वसुधा के दिमाग़ से एक छवि नहीं निकलती। वह छवि उसे झुलसाकर रख देती। वह सत्तर के आसपास की औरत रही होगी। उसके बाल सन की तरह सफ़ेद थे। मांग के बीच बाल उड़े हुए थे जहाँ से खोपड़ी की तलहटी दिखती थी। पिचके चेहरे वाली वह ऐसी लग रही थी जैसे अब हर चीज़ उसके लिए बेमानी हो गई है। उसके चेहरे की साँय-साँय का रंग अकेलेपन से मिलता था। बस उसके लिए कोई चीज़ माने रखती थी तो वह घर था। वसुधा जब उसके सामने आई तो वह धीरे-धीरे बुदबुदा रही थी, 'मुझे घर ले चलो' उसकी आवाज़ जंग लगे दरवाज़े की तरह चुरमुरा रही थी। जब वसुधा ने उसे सेब दिया तो ग़ुस्से में उसने उठाकर फेंक दिया। वसुधा अकबक थी।

वसुधा के मन में अचानक घरों से बेदख़ल लोगों को देखकर यह ख़याल आया कि एक कमरे में बन्द चारपाइयों पर पड़े-पड़े दिन-रात ये लोग क्या सोचते होंगे? पीछे अतीत की तरफ़ देखकर ख़ुश होते होंगे या आगे अपने भविष्य के इन्तज़ार में भयभीत होते होंगे? बग़ल की चारपाई पर लेटे आदमियों के बारे में क्या यह कयास लगाते होंगे कि इनमें कौन पहले ऊपर जाएगा?

वसुधा ओल्ड एज होम से लौटने के बाद उसके बारे में सोचने से डरती। ओल्ड

एज होम की झुर्रियों वाले पोपले चेहरों, छतों को सूखी आँखों से निहारने वाली औरतों में वह अपना चेहरा देखती। अक्सर उसे लगता कि कोई उसे ओल्ड एज होम की तरफ़ घसीट रहा है। चेहरा दर्द से खिंच जाता लेकिन मुँह से आवाज़ नहीं निकलती। उसने एक बात नोट की थी कि ओल्ड एज होम में ग़रीब परिवार के लोग कम थे। ज़्यादातर के बच्चे सम्पन्न और पढ़े-लिखे थे।

दूसरी बरसी आने में कुछ ही दिन बाक़ी थे। इस बार वसुधा ओल्ड एज होम में बीस कम्बल बाँटना चाहती थी। आकाश से वह कई बार बाज़ार जाकर कम्बल ख़रीदने के लिए कह चुकी थी लेकिन टालूराम आकाश को इसकी फ़िक्र ही नहीं थी। वसुधा की ख़ामोशी में इसीलिए ज़हर उमड़ रहा था। ज़हर उमड़ने का एक कारण और भी था।

पिछली रात आठ बजे जब उसने सुना कि सिर्फ़ चार घंटे के बाद एक हज़ार और पाँच सौ के नोट बेकार हो जाएँगे, तो उसके ग़ुस्से का पारा आसमान छूने लगा था। वह महीने के घर ख़र्च से जो भी बचत करती थी, वे सब बड़े नोट होते थे। नोटबन्दी की ख़बर सुनने के बाद उसने जाकर तुरन्त अपनी स्टील की अलमारी का लॉकर खोला और रुपये गिनने बैठ गई। उसके पास हज़ार के तीन नोट थे और पाँच सौ के छब्बीस। उसे लगा कि उसके अठारह हज़ार रुपये पानी में चले जाएँगे। आकाश ने भी अपना वॉलेट देखा। उसमें पाँच सौ के कुल तीन नोट थे। फिर वह अपनी अलमारी से उन किताबों को खोल-खोल कर देखने लगे जिनमें वह रुपया छुपाकर रखते थे। किताबें उनके लिए ज्ञान की ही नहीं, रुपयों के छिपाने की तिजोरी भी थीं। वहाँ उन्हें सिर्फ़ दो ही नोट मिले। दरअसल जबसे एटीएम से अहर्निश रुपये निकालने की व्यवस्था हुई, वह दैनिक ज़रूरतों के लिए कम-से-कम रक़म बैंक से निकालते, वह सोचते कि बैंक में रुपया रहेगा तो उस पर कुछ ब्याज़ मिलेगा और सुरक्षित भी रहेगा।

नोटबन्दी की पहली सुबह आकाश बैंक रुपया बदलवाने के लिए गए थे लेकिन वहाँ लम्बी क़तार देखकर उलटे पाँव लौट आए। वसुधा उनके असफल लौटने पर झुँझला गई थी। यह झुँझलाहट तब और बढ़ गई जब मंगला बाई का मोबाइल आया कि वहग आज नहीं आएगी। उसके पास पाँच सौ के कुछ नोट हैं जिन्हें बैंक से क़तार में लगकर बदलवाना है। झाड़ू-पोंछा, बर्तन सब करना पड़ेगा, यह सोचकर वसुधा मन-ही-मन पस्त हो गई थी।

वसुधा की तरफ़ देखकर आकाश मुस्कराए। लेकिन वसुधा ने आँखें नहीं मिलाईं, शायद अभी भी उसका रोष कम नहीं हुआ था। वैसे आज आकाश ने झाड़ू लगाई थी। पोंछा वसुधा ने लगाया। पोंछा लगाते समय वसुधा ने आकाश को उन गन्दगियों की ओर इशारा किया जो उनके झाड़ू लगाने के बाद भी मुख़्तसर ज़िद्दी बच्चों की तरह रूठी पड़ी हुई थीं। आकाश ने तब एक लम्बी साँस ली थी जैसे कह रहे हों, क्या दुर्गत है मेरी। सरकार भी क्या-क्या फ़ैसले ले लेती है, भुगतना उन्हें पड़ता है।

न नोटबन्दी होती और न ही मंगला छुट्टी लेती। न ही झाड़ू लगाने के अपने कौशल पर उसे वसुधा से तंज़ सुनना पड़ता।

अबोला तोड़ने के लिए आकाश ने ओल्ड एज होम के लिए कम्बल ख़रीदने का राग छेड़ा।

"बरसी में दो दिन बाक़ी हैं। कल शाम कम्बल ख़रीद लेते हैं।" आकाश ने चिन्ता जताते हुए कहा।

"बहुत जल्दी ख़याल आ गया आपको।" वसुधा की ज़हर बुझी आवाज़ निकली। "आपके वॉलेट में सब्ज़ी ख़रीदने लायक़ रुपये होंगे। घर में आप रुपये रखते नहीं। घड़ी-घड़ी रुपये निकालने एटीएम भागते हैं। मेरे पास हज़ार-पाँच सौ के कुछ नोट हैं। वे बाज़ार में चलेंगे नहीं। कम्बल कहाँ से ख़रीदेंगे?"

"बेटे से पूछते हैं, हो सकता है कि उसके पास हो।" आकाश चार्जर पर लगा मोबाइल उठाने के लिए उठे।

"रहने दीजिए। वह भी आपका ही बेटा है। टैक्सी का किराया देने के लिए भी यहाँ आकर कई बार आपसे या मुझसे रुपये यह कहकर माँगता है कि एटीएम से निकालना रह गया। लगता ही नहीं कि वह मल्टी नेशनल कम्पनी में बड़ी पोस्ट पर है।"

"कल कुछ इन्तज़ाम करता हूँ।" आकाश ने तसल्ली दी। वसुधा झनझनाती हुई सिंक में पड़े बर्तन धोने लगी। गन्दे बर्तन काफ़ी थे। आकाश धुले बर्तनों को पोंछकर स्टैंड में रखने लगे।

अगले दिन मंगला फिर नहीं आई। मोबाइल से बताया कि कल बैंक में क़तार में लगे एक बूढ़े आदमी के चक्कर खाकर गिरने से हुड़दंग मच गया। उसका काम नहीं हो पाया। वह आज फिर काम पर नहीं आएगी। आकाश को थोड़ी सफलता मिली। दो घंटे क़तार में खड़े रहने के बाद वह दो हज़ार रुपये निकाल पाए। क़तार में उनके पीछे एक सज्जन इस बात को लेकर परेशान थे कि तीन दिन बाद उनकी बेटी की शादी है। बैंक से कुछ दिन पहले ख़र्च के लिए रुपये निकाले थे। बैंक से उन्हें बड़े नोट मिले थे। अब उन नोटों को कैसे बदले क्योंकि रुपयों को बदलने की सीमा है? दूसरे, शादी के लिए नकदी का कैसे इन्तज़ाम करें?

सोसाइटी के व्हाट्सएप पर रोहित शर्मा की पोस्ट थी। पोस्ट में नोटबन्दी का गुणगान था। नोटबन्दी से देश का काला धन बाहर आ जाएगा। जो भ्रष्ट अमीर अपनी तकियों और बिस्तर के नीचे हज़ार-पाँच सौ के नोट रखकर सोते हैं, उनके रुपये रद्दी काग़ज़ बन जाएँगे। बैंक में रक़म बदलवाने पर इनकम टैक्स वाले दबोच लेंगे। हमारी जनता पिछड़ी है। लेन-देन कैश में करती है। अब देश को कैशलेस इंडिया बनाना है। सरकार देश को डिज़िटल इकोनॉमी में लाना चाहती है। सबसे बड़ा धक्का कश्मीरी आतंकवादियों को लगेगा। उनके पास पाकिस्तान से आए नोट बेकार हो जाएँगे। रुपये लेकर जो कश्मीरी लड़के पुलिस बल पर पत्थरबाज़ी करते हैं, उनकी

रीढ़ टूट जाएगी। रोहित शर्मा की पोस्ट फ़ॉर्वर्डेड थी। उन्होंने बस शेयर किया था। टीवी के लगभग सभी चैनलों का भी यही सुर था। उनके एंकर चीख़-चीख़ कर बता रहे थे कि देश में आज़ादी के बाद यह सबसे बड़ी आर्थिक क्रान्ति है। सबसे दिलचस्प ख़बर एक चैनल के पत्रकार ने दी थी कि सरकार अब नए नोटों में ऐसा चिप लगाने जा रही है कि जहाँ भी ये नए नोट होंगे, सरकार को पता चल जाएगा और सरकार काला धन रखने वाले को आसानी से पकड़ लेगी। आकाश एटीएम पर 'नो कैश' की नोटिस देख रहे थे। बैंकों के सामने बूढ़े-जवान को लम्बी-लम्बी क़तारों में खड़ा देख रहे थे। कुछ उड़ती ख़बरें ये भी थीं कि कुछ बड़े व्यापारी अपने कर्मचारियों को क़तार में लगाकर और कुछ ताक़तवर राजनेता और अमीर बैंक की मिलीभगत से अपने रुपये बदलवा रहे थे।

मंगला तीन दिन उनके यहाँ काम पर नहीं आई। आख़िरकार उसकी घर की जमा पूँजी बैंक में आ गई।

"बैंक में ग़रीबों का पैसा और अमीरों की क़र्ज़ माफ़ी।" जया और अशोक ने आकाश से हँसकर कहा। "देखिएगा! कुछ सालों में चन्द अमीर और अमीर हो जाएँगे और छोटे कारोबारियों का धन्धा नकदी न होने के कारण चौपट हो जाएगा।"

हालाँकि वसुधा के साथ बरसी पर आकाश ओल्ड एज होम गए। वसुधा खाने की तमाम चीज़ें बनाकर ले गई थी। पिछले बरस के कई लोग वहाँ नहीं थे। कुछ नए चेहरे आ गए थे। वसुधा को कसक बनी हुई थी कि वे उस दिन कुछ ही कम्बल ले जा पाए। वसुधा कुछ नोटबन्दी और कुछ आकाश के ढिल्लर स्वभाव को कोस रही थी।

आकाश को वापसी में लगा कि यह ओल्ड एज होम नहीं, मलमूत्र में सने, पथराई आँखों वाले झुर्रियों से भरे चेहरों का ज़िन्दा क़ब्रिस्तान है। यहाँ के रहवासियों के भौंहों के बाल ही सफ़ेद नहीं हो गए हैं, आत्मा में भी झुर्रियाँ पड़ गई हैं।

वह डर गए कि कहीं यही तो उनका भी भविष्य न होगा।

जीवित रहते हम सोचते हैं कि यह बात कभी उनसे कह देंगे लेकिन ज़िन्दगी की कुछ रगड़ में और कुछ टालने के चलते हम वे बातें कभी कह नहीं पाते। उनके न रहने पर वे छोटी-छोटी बातें याद आतीं जो ज़िन्दगी में उदासी भरने के बावजूद उसे जीने लायक़ बनाए रखतीं।

कहते नहीं थे लेकिन सुखी घर सोसाइटी के सभी फ़्लैट मालिक मन-ही-मन अक्सर सोचते रहते कि अपना पेट काट-काट कर बचाई अपनी गाढ़ी कमाई बिल्डर को

देने के बाद भी सुबह-सुबह अपने टॉयलेट और रसोई में पानी के लिए जिस तरह झींकना पड़ता है, उससे अच्छा इतनी रक़म बैंक में जमा कर उसके ब्याज से कहीं अच्छी जगह भाड़े पर फ़्लैट लेकर रहते। अपने घर में रहने के सुख के बावजूद फ़्लैट मालिकों को अजीब-सी बेबसी जकड़ लेती। उनके भीतर कुछ भरभराकर टूटने लगता। कुछ तो अपना सिर पकड़कर सोसाइटी में फ़्लैट ख़रीदने के अपने फ़ैसले पर पछताते तो कुछ मीरा भयन्दर महानगरपालिका पर भड़ास निकालते कि बिना जाँच किए कि हाउसिंग प्रोजेक्ट में पानी की उचित व्यवस्था है या नहीं, किस तरह एमबीएमसी के अधिकारियों ने कम्पलीशन सर्टिफिकेट और नो ऑब्जेक्शन सर्टिफिकेट जारी कर दिए? एक तरफ़ हर महीने बैंक की ईएमआई और टैंकर से पानी मँगाने के कारण सोसाइटी की भारी मेंटेनेन्स से उनके घर का बजट बिगड़ा रहता तो दूसरी तरफ़ पानी की कमी से घर में अशान्ति बनी रहती। कई बार भीषण गर्मी में सुबह बिना नहाये काम पर उन्हें जाना पड़ता तो कभी गन्दे बर्तन-कपड़े मुँह चिढ़ाते रहते।

आकाश अपना नाम उस कमेटी में देखकर अचरज में पड़ गए थे जो सोसाइटी में एमबीएमसी की वाटर पाइप लाइन लाने के लिए बनाई गई थी। आकाश का अन्दाज़ा था कि हर दिन पानी के बारे में व्हाट्सएप में लिखने से चिढ़कर शायद उन्हें इस कमेटी में डाल दिया गया है। हालाँकि कमेटी में चार और लोग थे। इस कमेटी को एमबीएमसी के अफ़सरों से मिलकर काम कराना था।

कमेटी में पहला नाम लम्बे-दुबले कसरती साँचे में ढले ए-विंग के योग गुरु प्रफुल्ल ताम्बे का था। वह मामूली फीस लेकर सवेरे पोडियम पर रहवासियों को योग सिखाते। सोसाइटी के कुछ श्वेतकेशी वरिष्ठ तोंदिल रहवासी और थुलथुल काया स्वामिनी कई प्रौढ़ महिलाएँ दोनों अपना-अपना आसन काँखों में दबाकर लाते और पोडियम के एक कोने पर बिछाते। अनुलोम-विलोम से लेकर सूर्य नमस्कार करने के बाद हर दिन अपनी कम हुई चर्बी का आकलन करते रहते। पता नहीं क्यों, ताम्बे से योग सीखनेवालों की संख्या घटकर अब मात्र चार रह गई थी। उनके इन चार शागिर्दों में एक अदद उनकी पत्नी भी थीं।

कमेटी में दूसरा नाम इब्राहिम अंसारी का था लेकिन उन्होंने अपनी शरीक़ेहयात की बीमारी का हवाला देकर अपना नाम हटवा लिया था। उनकी जगह पर बी-विंग से दीपक कुकरेजा को उनके अनुरोध पर कमेटी में शामिल कर लिया गया था। बिल्डिंग में नीचे कुकरेजा की स्नैक्स की दुकान थी जिसमें सुबह इडली-वड़ा चटनी के साथ मिलता। दोपहर में कुकरेजा भजिया तलते। शाम को समोसे बनाते। उनकी दुकान पर चाय हर समय मिलती। काँच के जार से झाँकते बिस्कुट, चकली और नमकीन भी आँखों को लुभाते। एक छोटा फ्रिज भी था जिसमें सॉफ्ट ड्रिंक की बोतलें रखी रहतीं। कुकरेजा की दुकान में पानी की खपत बहुत अधिक रहती

जबकि पानी की सप्लाई कम रहती। पानी बचाने और प्लेटें धोने से मुक्ति के लिए वह प्लेट पर अख़बार का टुकड़ा बिछाकर नाश्ता देते। ग्राहक नाश्ता खाकर प्लेट लौटाते तो वह काग़ज़ हटा देते। फिर प्लेट पर नया काग़ज़ लगाकर दूसरे ग्राहक को दे देते। चाय वह काग़ज़ के कप में देते। स्नैक्स के अलावा वह सोसाइटी में बोतलबन्द पानी भी बेचते।

झुके कन्धों पर हिलती सारस-सी लम्बी गर्दन और कुछ-कुछ सफ़ेद पड़ती कनपटीवाले रुस्तम मोदी के इस कमेटी में होने पर किसी को आश्चर्य नहीं था। चलते हुए वह अपनी लम्बी गर्दन नीचे ऐसे झुका लेते गोया सामने से कोई हमलावर आ रहा हो। वह इस बात का अपना विज्ञापन हमेशा करते रहते कि सोसाइटी में आने के पहले डायमंड हाउसिंग सोसाइटी में दस साल तक सेक्रेटरी के रूप में काम कर चुके हैं। मलाड में अपना महँगा फ़्लैट बेचकर यहाँ फ़्लैट ख़रीदा है। बाक़ी रुपया शेयर मार्केट में लगाया है। जब वह किसी से मिलते तो शेयर मार्केट में निवेश करने की अयाचित सलाह देते रहते। अक्सर यह जुमला दोहराते। "बिना मेहनत किए जल्दी अमीर बनना है तो रुपया बैंक में फ़िक्स्ड डिपॉजिट में जमा न करो, शेयर ख़रीदो-बेचो। म्यूचुअल फ़ंड में डालो।"

सुनील नागराज कमेटी के एकमात्र ऐसे मेम्बर थे जिनसे आकाश अपरिचित थे। उनके बारे में पता चला कि उनकी बेटी सावित्री नागराज वानखेड़े स्टेडियम में ड्यूटी ऑफ़िसर है। डीएमके पार्टी के पक्के समर्थक और हिन्दी विरोधी चेन्नई से आए तमिलभाषी नागराज तमिलनाडु की प्रशासकीय सेवा से रिटायर्ड थे। अविवाहित बेटी के कारण उन्हें मुम्बई आना पड़ा। हिन्दी-मराठी कम जानते। हिन्दी थोड़ी समझ लेते। बोलने में कठिनाई होती। लेकिन अब सब्ज़ी-फल बेचने वालों से मोलभाव करते हुए हिन्दी सीख रहे थे। शायद उन्होंने यह गुर सीख लिया था कि भाषा सीखने का तरीक़ा वही अच्छा होता है जो ज़िन्दगी के बीच रहकर धीमी रफ़्तार से सीखा जाता है।

आकाश ने महानगरपालिका के अफ़सरों से मिलने के पहले मिल-जुलकर रणनीति बनाने के लिए एक बैठक करने का सुझाव दिया।

बैठक कमेटी रूम में हुई। बैठक में प्रेसिडेंट और सेक्रेटरी भी मौजूद थे। उन्होंने सन्दर्भ के लिए एमबीएमसी की वाटर पाइपलाइन लाने के लिए एक साल पहले किए गए भुगतान की रसीदों की फ़ोटोकॉपी कमेटी को दी। रहवासियों की लिखित अपील भी सौंपी जिसमें पानी कमी से जुड़ी तकलीफ़ों का हवाला था। बैठक में योग गुरु ज़रूर आए लेकिन उन्होंने एमबीएमसी दफ़्तर साथ जाने से इनकार कर दिया। यही नहीं, बैठक में रहते हुए भी वे बैठक में मौजूद नहीं रहे। मोबाइल पर कॉल आने के बहाने वह बैठक के दौरान बाहर जाकर किसी न किसी से बतियाते रहे। उन्होंने कमेटी को यह ज़रूर दिलासा दिया कि यदि ज़रूरत पड़ी तो कॉरपोरेटर का

हाथ पकड़कर इस काम को चुटकी में करा देंगे। कॉरपोरेटर की पत्नी को उन्होंने काफ़ी दिन योग सिखाया है।

बैठक बोझिल हो गई थी। सबको चाय की तलब लग रही थी। आकाश ने इस तलब को जब सार्वजनिक कर दिया तो सेक्रेटरी को एहसास हुआ कि प्रबन्धकीय चूक हो गई है। उन्होंने चाय की व्यवस्था न कर पाने के लिए सबसे क्षमा माँगी।

अगले दिन एमबीएमसी दफ़्तर के लिए वे चारों जन दो ऑटो में चल पड़े। आकाश के साथ श्यामवर्ण और प्रथुल काया सुनील नागराज थे। ऑटो के चलते ही सुनील नागराज की ज़बान भी अंग्रेज़ी में चल पड़ी। आकाश को लग रहा था कि जिस दिन कमेटी की बैठक हुई थी, उसी दिन से वह कुछ कहने के लिए उतावले हो रहे थे। नए परिचय के असमंजस को धता बताते हुए उन्होंने आकाश से कहा कि उनके शहर चेन्नई में भी पानी की बड़ी कमी बनी रहती है, उनका शहर ही नहीं, पूरा तमिलनाडु परेशान है। कर्नाटक कावेरी नदी का पानी नहीं छोड़ता। जिस साल बारिश कम होती है, उनके यहाँ पानी के लिए हाहाकार मच जाता है। लोग धरना देते हैं। रैली निकालते हैं। तमिलनाडु सरकार सुप्रीम कोर्ट गई। सुप्रीम कोर्ट ने फ़ैसला दिया कि कावेरी नदी से तमिलनाडु को लगभग चार सौ टीएमसी और कर्नाटक को लगभग दो सौ टीएमसी मिलेगा। फ़ैसले के बावजूद कर्नाटक और तमिलनाडु में छत्तीस का आँकड़ा बना रहता है।

सुनील नागराज के अंग्रेज़ी उच्चारण में तमिल का पुट था। वाक्य पूरा करने के पहले बोलते समय नागराज टोहती आँखों से आकाश को बीच-बीच में देख लेते मानो इस बात की पुष्टि कर रहे हों कि आकाश उनकी बात को ध्यान से सुन रहे हैं या नहीं? जब से नागराज मुम्बई आए हैं, उन्हें हमेशा अपने उच्चारण को लेकर शक बना रहता कि लोग उनकी बात समझ नहीं पाते हैं।

महानगरपालिका भवन के मेन गेट पर काफ़ी हलचल थी। नागराज अपनी पैंट की बैक पॉकेट में रखे वॉलेट से भाड़ा निकालकर देते, उसके पहले आकाश ने ऑटो ड्राइवर को भाड़ा देकर उससे बाक़ी रक़म ले ली। आकाश जानते थे कि पॉकेट से वॉलेट निकालने में देर करना पेमेंट करने से बचने का एक आज़माया नुस्खा है।

कुकरेजा और रुस्तम मोदी का ऑटो पहले पहुँच चुका था। वे दोनों गेट पर इन्तज़ार कर रहे थे।

एमबीएमसी भवन के सामने कुछ लोग धरने पर बैठे हुए थे। कुछ के हाथ में पोस्टर थे। उनमें मराठी में लिखा था। 'हंगामी कर्मचार्यांना कायम करा' (अस्थायी कर्मचारियों को स्थायी करो।) एक बैनर पर लिखा था। 'हंगामी मजूर संघर्ष समिती' (अस्थायी मज़दूर संघर्ष समिति।) एक मैली-सी चादर पर बैठे वे थोड़े अन्तराल पर "हाय-हाय! हाय-हाय! कमिश्नर हाय-हाय! कायम करा! कायम करा!" (रेगुलर करो! रेगुलर करो! नौकरी रेगुलर करो!) के नारे लगाते। उनके हवा में उठे हाथ

मटमैले, सख़्त और खुरदरे थे। उनकी आवाज़ में ख़ुद्दारी थी।

रुस्तम मोदी ने उनकी ओर कुछ अनमने मन से देखकर कहा, "ये लोग परमानेंट होगा या नहीं, पता नहीं, लेकिन इनकी यह बैठने की जगह ज़रूर परमानेंट हो गई है। सबको परमानेंट नौकरी चाहिए। परमानेंट होने के बाद सब साला नमकहरामी करता है। अब सरकार जल्दी किसी को परमानेंट ही नहीं करता। न किसी को पेंशन-ग्रेच्युटी देता। न ही कोई सुविधा। नौकरी जाने के डर से वे अब पहले से अच्छा काम करता है।"

आकाश को मोदी की सोच खोटी लगी। उनमें खाये-अघाये उच्च-मध्यवर्ग की सोच झलकी। देश में उदारीकरण लागू होने से सबसे बेहाल मज़दूर तबका हुआ है। लेकिन टेक्नोलॉजीजीवी एक नया मध्यवर्ग उभरा है जो मज़दूरों के प्रति उपेक्षा भाव रखता है। मोदी उसी की आवाज़ बोल रहे थे।

वे आगे बढ़े।

रुस्तम मोदी साइन बोर्ड पर चौकन्नी नज़र डालते हुए जल विभाग का बोर्ड खोज रहे थे। दीपक कुकरेजा ने एक आदमी से पूछा तो उसने बिना बोले हाथ के इशारे से सीधे जाने को कहा। रुस्तम मोदी की सारस सी गर्दन हिली। उनके लम्बे डग आगे बढ़ गए।

सुखद था कि जल विभाग में भीड़ ज़्यादा नहीं थी। आकाश ने सोचा कि शायद मीरा रोड के नागरिक जल विभाग की लगातार परिक्रमा करते-करते थक-हार कर यहाँ आना छोड़ चुके हैं। अफ़सर कुर्सी पर बैठे थे।

रुस्तम मोदी ने आगे बढ़कर प्रार्थना-पत्र के साथ वाटर पाइप कनेक्शन की रसीद अफ़सर को दी। अफ़सर ने अनमने मन से रसीद ली, फिर अपने कम्प्यूटर की बोर्ड पर उँगलियाँ चलाईं। मॉनिटर पर स्क्रीन को देखने के बाद वह रसीद लौटाकर मुस्कराते हुए बोले, "तुमचा नम्बर दोनशे बत्तीस आहे। खूप वेल लागेल" (आपका नम्बर दो सौ बत्तीस है। अभी ज्यास्ती समय लगेगा।)

रुस्तम मोदी अंग्रेज़ी में सुखी घर सोसाइटी के रहवासियों की पानी की तकलीफ़ बढ़ा-चढ़ा कर अफ़सर से बयान करने लगे। उसने बीच में ही मोदी को टोका, "मराठीत बोला।" (मराठी में बोलो।)

रुस्तम मोदी की बात की लय टूट गई। फिर मराठी में उनकी आवाज़ ऊँची हो गई। ऐसा लगा जैसे वह अब अफ़सर को ही नहीं, नगरपालिका की दीवार को भी सुना रहे हैं। अफ़सर असहाय नज़रों से ताक रहे थे। मोदी की आवाज़ में ग़ुस्सा झलक रहा था। कुकरेजा डर गए कि कहीं मोदी के ग़ुस्से से नाराज़ होकर अफ़सर काम और न अटका दे।

कुकरेजा ने अपनी कोहनी से आकाश को टहोका मारा। इस टहोके का मतलब था कि वह आगे बढ़कर अफ़सर से बात करें। आकाश साँसत में थे। उन्हें मराठी

नहीं आती थी। हालाँकि दूसरी बार कुकरेजा की कोहनी की हल्के टहोके के दबाव से उन्हें हिन्दी में दख़ल देना पड़ा।

"सर! हम सब बेहद परेशान हैं। आप ही कोई उपाय बताइए।"

मोदी की आवाज़ रुक गई। उनका गोरा चेहरा सुर्ख़ हो गया था। आकाश की बात सुनकर अफ़सर के चेहरे पर अजीब-सी कुटिल मुस्कान चमकने लगी।

अफ़सर अभी तक कठघरे में था जहाँ वह जवाबदेह था। अब वह उसे जवाबदेही लगानेवालों पर ही जवाबदेही तय करने लगा, "आप सब लोग फ़्लैट बिना जाँच-पड़ताल ले लेते हो। पानी-सड़क है या नहीं, बिल्डर ने सब परमिशन लिये हैं या नहीं, कुछ भी नहीं देखते। जब काम बिगड़ जाता है तो यहाँ दौड़ते हो।"

आकाश कहना चाहता था कि पहले शहरों को नगरपालिका के कॉरपोरेटर चलाते थे, अब कॉरपोरेटर नहीं बिल्डर चलाते हैं। लेकिन उसने अपने को बोलने से रोक लिया।

सुनील नागराज का सिर अफ़सर की सहमति में हिलने लगा। उनके हिलते सिर का अनुकरण कुकरेजा ने भी किया। सहमति में दो हिलते सिर को देखकर अफ़सर का स्वर साँप के फन-सा ऊपर उठा, "आपकी लापरवाही हमारी मुसीबत बन जाती है।"

अफ़सर की बात सुनकर रुस्तम मोदी के मन में दबी चिनगारी सुलग गई जैसे किसी ने सूखी घास में तीली लगा दी हो। उनकी मराठी अपने रंग में आ गई। "बिल्डर जब कन्स्ट्रक्शन कर रहा होता है तो आप भी कुछ नहीं देखते। जब फ़्लैट बन जाते हैं तो हर चीज़ आपको ग़ैरक़ानूनी लगने लगती है। फिर ग़ैरक़ानूनी काम किस तरह क़ानूनी बनता है, यह आपसे अच्छा कौन जानता है।"

रुस्तम मोदी को उबलते देखकर कुकरेजा ने उनकी बाँह खींची। पटरी पर आई बात फिर बिगड़ रही थी। सुनील नागराज खड़े-खड़े अपनी प्रथुल देह के भार से थक गए थे। वह अफ़सर के सामने रखी कुर्सी पर पसर गए। आकाश ने फिर बात सँभाली। "सर! वाटरलाइन हमारी बिल्डिंग के पास आ चुकी है। सिर्फ़ थोड़ा ही काम कराना होगा।"

इस बीच अफ़सर के पास एक आदमी आया। उसने झुककर उसके कान में कुछ कहा। अफ़सर अपनी कुर्सी से उठा और क्षमा माँगने की मुद्रा में बोला, "मुझे बड़े साहेब के पास जाना है।"

अफ़सर चला गया। अब उन चारों को समझ में नहीं आ रहा था कि उन्हें क्या करना चाहिए? रुकना चाहिए या चलना चाहिए? वे पसोपेश में ही थे कि तभी अफ़सर का कनबतिया उनके क़रीब आकर बोला, "आपको जल्दी वाटर कनेक्शन मिल सकता है। यहाँ सब पुश से चलता है।"

"कैसा पुश?" कुकरेजा ने उमगकर कहा जिसमें उम्मीद की चमक थी।

"पॉलिटिकल पुश।" उनकी आवाज़ में हनक थी। सबकी आँखें उस आदमी पर टिक गईं।

"आपके इलाक़े की कॉरपोरेटर चाहे तो कनेक्शन आउट ऑफ़ टर्न भी मिल सकता है।" उस आदमी ने अधूरी बात पूरी की।

"हमारा तो उनसे कोई परिचय नहीं है," आकाश ने अपना हाथ अपनी ओर करते हुए कहा।

"गांधी जी सबसे परिचय करा देते हैं। यह परिचय सबसे पक्का है। बाक़ी परिचय सब ख़ाली-पीली है।" उसने हँसते हुए कहा। उसकी आवाज़ में निर्लज्ज ढिठाई थी। फिर फुसफुसाया।

"बीस।" यह लफ़्ज़ उन चारों के कानों में मक्खी की तरह मँडराने लगा।

उसने फिर जोड़ा, "दो महीने में काम हो जाएगा।"

"बीस हज़ार?" कुकरेजा ने बात साफ़ करने के लिए दुहराया।

"बीस पेटी।" फिर उसने उसकी तरफ़ ऐसी तौहीन नज़र से देखा जैसे कई बार कार मालिक मोबिल-कालिख से पुते कार मिस्त्री को देखता है।

रुस्तम मोदी बड़बड़ाए, "बास्टर्ड पिम्प! आ गया अपनी औक़ात पर।" ग़ुस्से में उनके होंठों के कोनों पर थूक की रेखा उभर आई थी।

कुकरेजा ने उसके प्रस्ताव को पलकें झपकाकर स्वीकार किया जैसे और कोई विकल्प न हो।

"रोकड़ा हाई है। हम सोचते हैं। हम सब मिलकर शायद ही इतनी रक़म जुटा पाएँ।" कुकरेजा की आवाज़ की नोक काफ़ी नुकीली थी।

आकाश मन-ही-मन भुनभुनाए। कुकरेजा को यह सब कहने की क्या ज़रूरत थी?

"सोचने से सब कुछ हो जाता है।" उस आदमी ने हौसला बढ़ाया। हालाँकि उसके हौसले को अनाथ बच्चे की तरह कोई गोद लेने वाला नहीं था।

चारों जन निराश और निःशब्द वहाँ से चल पड़े। उनका प्रार्थना-पत्र पेपरवेट के नीचे दबा कनखियों से मुँह चिढ़ा रहा था।

अफ़सर अपनी कुर्सी की तरफ़ लौट रहा था। उन चारों को देखकर वह ऐसे मन्द-मन्द मुस्कराया जैसे वह महामुनि व्यास की तरह पूरी महाभारत का रहस्य जानता है।

बिल्डिंग के बाहर दस-बारह लोग धूप में बैठे थे। मर्द-औरत दोनों। औरतें साड़ी के पल्लू से और मर्द रूमाल से अपना सिर ढके थे। कुछ हाथों में मिट्टी के मटके थे। कुछेक के हाथों में प्लास्टिक की बाल्टी। एक औरत हाथ से ख़ाली मटका बजा रही थी जिसे सुनकर लग रहा था मानो भूखा पेट बज रहा हो। उनके मुँह से बार-बार कुछ नारे हवा में गूँज रहे थे :

"पाणी द्या! पाणी द्या!" (पानी दो-पानी दो! एमबीएमसी पानी दो!)

"हाय-हाय-हाय-हाय! एमबीएमसी हाय-हाय!"

उनकी हाय-हाय में तपते तवे-सी तपन थी। उनके भौंहों से चूती पसीने की बूँदें हाय-हाय के तपते तवे पर छन्न से पड़कर झुलस जातीं।

यह धरना पानी को लेकर था। फिर भी अपने इत्मीनान के लिए आकाश ने किनारे बैठे आदमी से दरियाफ़्त किया। पता चला कि वे सब मीरा रोड हाउसिंग सोसाइटी संघर्ष समिति से हैं। पिछले कई दिनों से उनके इलाक़े में पानी नहीं आया है।

अचानक एक जत्था उसमें और जुड़ गया। एक आदमी के हाथ में प्लास्टिक की बोतल थी। उसने बोतल का ढक्कन खोला और कुछ घूँट पीकर बग़ल बैठी महिला के हाथ में पकड़ा दिया। फिर 'हाय-हाय' करने लगा। पानी की कुछ बूँदें आदमी की क़मीज़ पर चमक रही थीं। अख़बार से सिर ढके एक आदमी परेशान मुद्रा में लगातार खाँस रहा था। खाँसी और धूप से उसका चेहरा लाल हो गया था।

रुस्तम मोदी और दीपक कुकरेजा को जल्दी थी। सुनील नागराज का सिर 'हाय-हाय' के शोर से दुख रहा था। वे तीनों एक ऑटो में बैठकर सोसाइटी चले गए।

आकाश को अचानक उस धरने में एक चेहरा पहचान में आ गया। वह उसका न्यूज़पेपर हॉकर था। वसुधा उसका नागा याद रखती। कैलेंडर में क्रॉस का निशान लगा देती। वह कभी वसुधा से नागे को लेकर हुज्जत भी नहीं करता। ना-नुकर किए बिना पेमेंट ले लेता। उसकी बोली में अवधी का पुट पाकर एक बार आकाश ने उससे पूछा था कि कहाँ के हो?

मुम्बई में अपनी धरती से उखड़े सभी प्रवासी एक-दूसरे से यही पूछकर तसल्ली करते। अपनी बोली-बानी सुनकर उनकी सूखी आँखों में कुछ पल अपने घर की मिट्टी की सुखद याद दीये की बत्ती की लौ-सी चमकने लगती। फिर घर वापसी के बारे में सोचकर आँखें दर्द से भर जातीं। धरती से उखड़े लोगों के दुख का रंग एक-सा होता। एक-दूसरे का दुख ऐसे जानते जैसे अपने प्रेमी की पुतलियों का रंग। उनका दुख जानते हुए भी फिर से दूसरे के दुख को सुनते जैसे उन्हें पता न हो। उसे पहली बार सुन रहे हों। दूसरे के दुख के शीशे में अपने दुख का अक्स देखते। अपने को उसमें पाते। अपने को पाना ही उनका सबसे बड़ा सुख होता।

न्यूज़पेपर हॉकर ने बताया था कि वह फैजाबाद में सोहावल स्टेशन के पास मजनावा गाँव का है। उसकी कुछ खेती-बाड़ी भी है। अख़बार बाँटना उसका पार्ट टाइम काम है। अख़बार बाँटने के बाद वह रियल स्टेट एजेंट का काम भी करता है। आकाश को अचानक यह ख़याल आया कि जो न्यूज़पेपर हॉकर सारे संसार की ख़बरें घर-घर पहुँचाता है, उसके घर में एक हफ़्ते से पानी नहीं आया है, इसे कोई अख़बार नहीं छापता।

आकाश उसके पास जाकर बात करने वाला ही था कि अचानक हाथों में चूड़ियाँ, माथे पर लाल बिन्दी, पाँवों में बिछुए, गले में चमकता मंगलसूत्र और मराठी धज में

धोती पहने एक महिला अपने तीन-चार साथियों के साथ दृश्य पर छा गई। धरने पर बैठे कुछ लोगों ने उसे घेर लिया। आकाश को उसे पहचानने में तनिक भी देर न लगी।

वह मीरा ताई थीं। शिवसेना की महिला आघाडी की संगठनकर्ता।

सोसाइटी के सुपरवाइज़र पांडेय को जिस अन्दाज़ में मीरा ताई ने झन्नाटेदार झापड़ मारा था, उसी दिन उनका चेहरा हमेशा के लिए आकाश के दिमाग़ में घर कर गया था।

मीरा ताई के आने से माहौल की हवा कुछ और गर्म हो गई। मरियल नारों में जोश आ गया। आते ही वह मराठी में हुंकार भरने लगीं। भाव-भंगिमाएँ बगावती। तमतमाया चेहरा। धूप में तपता ललाट। मीरा ताई ऐसी ठसक और उतार-चढ़ाव से बोल रही थीं मानो वह धरने पर बैठी अनाथ भीड़ की अघोषित नेता हों।

मीरा ताई की यही कार्यशैली थी। अक्सर लोग चकित हो जाते जब धरने या जुलूस में अचानक जन समुद्र को चीरते हुए वह प्रकट हो जातीं। कुछ लोग हँसी में उनके पीठ पीछे कहते कि मीरा ताई का अपने इलाक़े में ताना-बाना इतना सघन है कि किस घर की रसोई में किस चीज़ की सब्ज़ी पक रही है, उसकी ख़बर मीरा ताई को रहती है। धरना और जुलूस जैसे मौक़े तो वह खोज निकालती हैं।

धूप अपनी चढ़ान पर थी। धरने पर बैठे लोगों के धूप से झुलसे-मुरझाए चेहरों का धैर्य और सहनशीलता चुक रही थी। ताई की छठी इंद्रिय समझ गई। उन्होंने धरने पर बैठे दो-तीन जन को साथ लिया। बिल्डिंग के भीतर धड़धड़ाती चली गईं।

तभी ख़ाली मटका बजा रही औरत ने अचानक अपने बग़ल में बैठे आदमी से फुसफुसाते हुए कहा, "ताईंच्यां पक्षाचा झेंडा आज सोबत नाही।" (ताई की पार्टी का झंडा आज उनके साथ नहीं है।)

आदमी चौंका। फिर उसने अपनी आँखें आसमान की ओर उठाईं जैसे वहाँ से कोई आकाशवाणी होने वाली है।

"ताईने सेना सोडण्याचं मनात घेतले आहे।" (ताई ने सेना छोड़ने का मन बना लिया है।) औरत ने कहा।

"असं काय?" (ऐसा क्या?) आदमी ने उसके मटके पर अपनी उँगलियाँ फिराते हुए कहा।

"हा वार्ड सेना भाजप युतीमध्ये भाजपच्या वाट्याला आला आहे। सेना या वार्ड़ातून निवडणुक लढणार नाही। ताई सांगते, मतदार संघाची बांधणी आम्ही केलीय आणि फलं भाजपला, हे मी होऊं देणार नाही। ती सेना सोडेल व अपक्ष म्हणून निवड़णूक लढ़वेल। ताईने वार्डत इतकं काम केलंय की नाकीच जिंकेल।" (यह वार्ड सेना-बीजेपी युक्ति के तहत बीजेपी के हिस्से में आ गया है। इस वार्ड से सेना चुनाव नहीं लड़ेगी। ताई कहती हैं कि खेत तैयार कर हमने बोया और फ़सल बीजेपी काटे, यह मैं होने नहीं दूँगी।)

वह बीजेपी छोड़ देंगी और स्वतंत्र चुनाव लड़ेंगी। उन्होंने सबका इतना काम किया है कि वह जीत जाएँगी।

यह कहकर उसने अपनी आँखें ज़मीन पर टिका दीं।

आकाश को भूख लग आई थी।

सड़क के कोने पर ठेले से दाबेली झाँक रही थी। दाबेली का चस्का आकाश को मुम्बई में आकर लगा था। उसके दोस्त रमण ने उसे बताया था कि दाबेली की खोज गुजरात के मांडवी में हुई थी। मांडवी कच्छ इलाक़े में आता है लिहाज़ा इसे दाबेली कच्छ भी कहते हैं। उनकी भूख दाबेली को देखकर और बढ़ गई। कई बार पेट की अँतड़ियों के कलपने से कम किसी खाने की चीज़ को देखकर भूख ज़्यादा बढ़ जाती है।

आकाश ने एक दाबेली बनाने के लिए कहा।

"तीखा या मीडियम?" दाबेली वाले ने मशीनी लहज़े में पूछा।

"मीडियम" सुनते ही उसके हाथ तेज़ी से चलने लगे।

दाबेली वाले ने बर्गर बन को बीच से ऐसे चीरा जिससे उसका अन्तिम सिरा जुड़ा रहे। फिर उसे दबाकर थोड़ा बटर लगाकर धीमी आँच पर सेंकने के लिए तवे पर रख दिया। सिंकने के बाद बन के ऊपर बटर लगाकर उसे दबाया। दबाने के कारण ही शायद इसका नाम दाबेली पड़ा होगा, आकाश के दिमाग़ में यह ख़याल अचानक कौंधा। बन की सोंधी ख़ुशबू आकाश के नथुने में पहुँचकर उनकी जीभ को व्याकुल करने लगी। दाबेली वाले ने अपने चपल हाथों से चीरे हुए हिस्से में एक तरफ़ मीठी चटनी और दूसरी तरफ़ हरी चटनी लगाकर दाबेली मसाला मिला आलू भरने के बाद भुने-छिले सींगदाने, नमकीन सेव, हरी धनिया की पत्तियाँ, प्याज़ के छल्ले और अनार के दाने से सजाकर अख़बार के एक टुकड़े पर रखकर आकाश को पकड़ा दिया।

आकाश ने बेताबी से पहला कौर काटा। सिंके बन के साथ आलू का सोंधापन, खजूर मिली इमली की चटनी का खटमिट्ठापन और अनार और भुने सींगदानों के कुरकुरेपन ने उन्हें एक दिव्य अनुभूति से भर दिया। उनकी सारी इन्द्रियाँ दाबेली पर टिक गईं। अपने मुँह में धीरे-धीरे चुभलाकर पूरे रस के साथ वह ऐसे खाने लगे जैसे यह दाबेली सृष्टि की अन्तिम दाबेली है। दुबारा उन्हें कभी खाने को नहीं मिलेगी। दाबेली का अनोखा स्वाद उनके रक्त में धीरे-धीरे घुलने लगा। हालाँकि दूसरा कौर काटने के बाद उन्हें पहले कौर जैसा स्वाद नहीं मिला। दाबेली वही थी। खानेवाला भी वही था जबकि स्वाद अलग था। उन्हें डर भी लगा कि कहीं अन्तिम कौर खाते समय उनका मन दाबेली से उचट न जाए, इसलिए वह जल्दी-जल्दी खाने लगे। जल्दी खाने से उनकी जीभ कट गई। आकाश ने सोचा कि दाबेली के स्वाद में बनाने वाले के हाथ का जादू भी शामिल है। हर हाथ की दाबेली का अलग स्वाद होता है।

भरे पेट से बड़ी ख़ुशी संसार में कोई नहीं। लबालब ख़ुशी कई बार छलछला कर कंठ से बाहर निकलने लगती है। आकाश गुनगुनाने लगे—

नई नहीं ये बातें
ये बातें हैं पुरानी
कैसी पहेली है यह
कैसी पहेली ज़िन्दगानी।

आकाश ने कुछ साल पहले प्रदीप सरकार की यह फ़िल्म देखी थी। इस फ़िल्म में विद्या बालन के अप्रतिम रूप-लावण्य और गम्भीर अभिनय के वह क़ायल भी हो गए थे। आकाश ने बिमल रॉय की फ़िल्म 'परिणीता' भी पहले देख रखी थी जिसमें अशोक कुमार और मीना कुमारी थे। बिमल रॉय की 'परिणीता' ब्लैक एंड व्हाइट थी जबकि प्रदीप सरकार की फ़िल्म रंगीन थी। आकाश को दोनों ही फ़िल्में पसन्द थीं।

बिमल राय की 'परिणीता' के जादू में गिरफ़्तार रहना उन्हें प्रिय था। मन के बन्द दरवाज़े के भीतर बजते अनुराग के मन्द-मन्द सुर को मीना कुमारी ने अपनी धुँधली शीशे-सी रहस्यमय आँखों और अधखुले होंठों की मीठी मुस्कान से जिस तरह से परदे पर उतारा था, आकाश के लिए यह एक चिरन्तन अनुभव था। बिमल रॉय की 'परिणीता' सलज्ज और विनीत थी तो प्रदीप सरकार की दृढ़ और विनीत।

बहरहाल इस समय गाना गाते हुए आकाश की आँखों के सामने नई 'परिणीता' में इस गाने को गाती अभिनेत्री रेखा की छवि घूम रही थी। वह परदे पर यह गीत गाते हुए सचमुच पहेली-सी लग रही थी गोया उसके मादक चेहरे की क्लान्त, सूनी और ख़ामोश आँखें कामना से तपती उसकी देह के बोझ को सँभाल नहीं पा रही हों।

आकाश यह सब सोचते हुए गीत गुनगुना रहे थे।

अचानक आकाश को याद आया कि उस दिन भी वह यही गाना गुनगुना रहे थे जब दफ़्तर से छूटने के बाद चर्चगेट स्टेशन पर खड़े लोकल ट्रेन का इन्तज़ार कर रहे थे। दालभेल की एक पूड़ी हमेशा की तरह उन्होंने फ़ूड स्टाल से ख़रीदकर जेब में रख ली थी। फ़ूड स्टाल वाला उन्हें पहचानने लगा था। आकाश को देखते ही वह दालभेल की पूड़ी बनाने लगता। स्टेशन पर हमेशा की तरह मेला-सा लगा हुआ था। आकाश अक्सर सान्ताक्रूज़ जाने के लिए अँधेरी स्लो ट्रेन पकड़ते। इस ट्रेन से उन्हें सान्ताक्रूज़ स्टेशन पर उतरने में दूसरी ट्रेनों की तरह भीषण मल्लयुद्ध नहीं करना पड़ता। दफ़्तर की भीड़ के समय चर्चगेट आनेवाली लोकल ट्रेनों में पिछले स्टेशन से कुछ यात्री पहले से खिड़की की सीट घेरे हुए आते। ट्रेन रुकने पर चर्च गेट पर चढ़ने वाले मुसाफ़िरों का हुजूम इतना आक्रामक होता कि डिब्बे से उतरने

वाले अनुभवी यात्री अपनी सीट पर तब तक शान्त ऐसे जमे रहते जैसे उन्हें स्टेशन पर उतरना ही न हो। जब चढ़नेवाले यात्री सीट पर अपना क़ब्ज़ा कर लेते तो चर्च स्टेशन पर उतरनेवाले मुसाफ़िर धीरे से उठकर प्लेटफार्म पर उतर जाते। आकाश को अक्सर ऐसे ही बाद में उतरनेवाले यात्री की ख़ाली की गई सीट मिलती क्योंकि वह हुजूम के साथ ट्रेन में चढ़ने का साहस ही नहीं जुटा पाते। बस! उनके हिस्से में खिड़की की हवादार सीट नहीं होती।

मस्ती में झूमते हुए गाने के बोल उनके होंठों पर थिरक रहे थे कि अचानक स्टेशन पर ख़बर आग की तरह फैल गई कि वेस्टर्न लाइन की ट्रेनें कैंसिल हो गई हैं। फिर सुनाई दिया कि बोरीवली फ़ास्ट लोकल में खार रोड-सान्ताक्रूज़ के बीच बम फटा है। फिर किसी ने कहा कि बोरीवली फ़ास्ट में बान्द्रा-खार स्टेशन के बीच में फटा है। चर्चगेट प्लेटफार्म पर भगदड़ मच गई। सब ऐसे भाग रहे थे जैसे वहीं बम फटा हो। महिलाओं की साड़ियाँ तेज़ चलने के कारण अरझ रही थीं। अधिकांश औरतों के हैंडबैग छाती से चिपके हुए थे। फिर कोई ज़ोर से चीख़ा, "बोरीवली स्लो में जोगेश्वरी में बम फटा है।"

आकाश के गले का गाना डरकर चुप हो गया। उनकी समझ में नहीं आ रहा था कि कौन सी बात सही है। ट्रेनें प्लेटफार्म से छूट नहीं रही थीं। इससे उन्हें लगा कि कुछ गड़बड़ ज़रूर है। कुछ देर वह दिग्भ्रान्त-से खड़े रहे।

मुम्बई के साथियों का सूत्र उन्हें याद आया कि लोकल ट्रेन में गड़बड़ी सुनते ही झट टैक्सी पकड़ो। बाद में टैक्सी नहीं मिलती। मिलती है तो मनमाना भाड़ा माँगती है। हालाँकि उनके स्टेशन सान्ताक्रूज़ पर बम फटने की ख़बर न थी। फिर भी वह वसुधा के लिए काफ़ी डरे हुए थे। कहीं सान्ताक्रूज़ स्टेशन के पास की सब्ज़ी मंडी में भी कोई ऐसी अनहोनी न हुई हो? वसुधा अक्सर शाम को वहाँ सब्ज़ी ख़रीदने जाती है।

बाहर बारिश हो रही थी।

उन्होंने बैग से अपनी छतरी निकाली।

संयोग से टैक्सी मिल गई। वह टैक्सी में बैठने जा ही रहे थे कि एक आदमी ने साथ चलने का प्रस्ताव किया। उसे माहिम जाना था। आकाश ने उसे साथ बिठा लिया। टैक्सीवाले को भी पता था कि बोरीवली में बम फटा है। वह बड़ी चिरौरी के बाद इस शर्त पर तैयार हुआ था कि अगर कहीं कुछ गड़बड़ हुई तो वह उन्हें वहीं उतार देगा। कुछ दूर चलने के बाद सड़क पर जाम लग गया। टैक्सी इंच-इंच खिसक रही थी। बारिश के कारण टैक्सी के शीशे बन्द थे। गर्मी से उनकी क़मीज़ गीली हो गई थी। आकाश ने वसुधा को मोबाइल लगाया। मोबाइल लग नहीं रहा था। मोबाइल नेटवर्क जाम हो गया था। वह चिन्तित थे कि वसुधा इस ख़बर को सुनकर बेहाल होगी। टैक्सी का दूसरा मुसाफ़िर माहिम में उतरा। टैक्सी की खिड़की से झाँककर उसने मीटर देखा। पर्स निकाला और बिना पूछे कुछ रुपये आकाश के

हाथों में पकड़ा दिए। आकाश मना करते रहे।

मुम्बई में कुछ अलिखित नियम चलते हैं। शेयर टैक्सी का भाड़ा सभी मुसाफ़िरों में बराबर बाँटना उनमें एक है।

जब वह दस बजे रात को घर पहुँचे तो वसुधा सचमुच बेहाल थी। उसका चेहरा पीला हो गया था। माथे पर त्रिभुज चमक रहा था। टेलीविज़न पर यही बम विस्फोट की ख़बर चल रही थी। उसने चैनल बदला। उसमें भी यही ख़बर थी। 'मुम्बई वेस्टर्न लाइन में फर्स्ट क्लास डिब्बों में 11 मिनट में खार रोड-सान्ताक्रूज़, बान्द्रा-खार रोड, जोगेश्वरी, माहिम, माटुंगा, बोरीवली, भयन्दर में बम फटे। पहला बम शाम 6:24 पर और आख़िरी शाम 6:35 पर फटा।

"कितने मरे और कितने घायल, इसकी अभी कोई सरकारी सूचना नहीं।"

आकाश को याद है कि उस दिन किस तरह कुछ टीवी चैनल इस मर्मान्तक दुर्घटना को चटपटे नाटक की तरह ख़बर के रूप में पेश कर रहे थे। टीवी चैनलों के एंकरों के बीच होड़-सी थी कि कौन टीआरपी की दौड़ में आगे निकल जाए। कुछ टीवी चैनल की हालत गिद्ध-सी थी जो लाश को देखकर ख़ुश होते हैं। जितनी ज़्यादा लाशें, उतनी बड़ी ख़बर की सुर्खी। आकाश को लग रहा था कि टीवी पर हत्याओं की घटनाएँ देखते-देखते शायद आम आदमी की संवेदनाएँ भोथरी हो गई हैं। फिर उन्हें लगा कि कहीं ऐसा तो नहीं कि टीवी में ही इस व्यथित करने वाली ख़बर को इस तरह पेश किया जा रहा है कि उनके भीतर कोई पीड़ा का भाव पैदा नहीं हो रहा है। आकाश के घर के पास बम फटा था लेकिन टीवी की ख़बर देखते-सुनते उन्हें लग रहा था कि जैसे यह घटना कहीं दूर घटी हो।

बहरहाल वसुधा उस दिन ख़ुश थीं कि आकाश सुरक्षित हैं। आकाश घटनास्थल पर जाना चाहते थे लेकिन उसके बेटे ने यह कहकर रोक दिया कि अभी बाहर जाने में ख़तरा है।

"जहाँ जीवन है, वहीं ख़तरा है। मरे आदमी को कोई ख़तरा नहीं होता। ट्रेन यात्री अपने को सुरक्षित समझते रहे होंगे लेकिन वहाँ भी धमाके हो गए। उनको पहले से मालूम होता कि वे बम हादसे में ख़त्म हो जाएँगे तो वे ट्रेन से सफ़र ही नहीं करते।" आकाश ने उत्तर दिया।

सैकड़ों परिवारों में उस दिन शोक के बादल छाये रहे। हल्की-हल्की बारिश हो रही थी जैसे आसमान की आँखों से आँसू ढरक रहे हों। उनके घर के गैस चूल्हे भी दुख से चेहरा ढाँप कर सोये रहे। घटनास्थल पर किसी के बेटे का चेहरा पहचान में नहीं आ रहा था तो किसी के पिता के अंग नहीं मिल रहे थे। किसी लेडी हैंडबैग में अपने बेटे के लिए चॉकलेट था तो किसी मृतक के पर्स में फ़र्स्ट क्लास मासिक पास के साथ अपने प्रेमी का रंगीन फ़ोटो। एक लड़के के वॉलेट में प्रमोशन लेटर था। उसमें उसे एरिया मैनेजर बनाया गया था। उसका वेतन सालाना सात लाख से

बढ़ाकर दस लाख कर दिया गया था। एक औरत का मंगलसूत्र निर्वासित की तरह उपेक्षित पड़ा था। एक टिफ़िन बॉक्स का मुँह खुला था।

आकाश सोच रहे थे कि इन सबका क़सूर क्या था? जो उस ट्रेन में इस दुनिया को छोड़कर चले गए हैं, उनके प्रियजन उनसे अब कुछ कह नहीं सकेंगे। कितना कुछ उनके बीच अनकहा रह गया होगा।

जीवित रहते हम सोचते हैं कि यह बात कभी कह देंगे लेकिन कभी कुछ ज़िन्दगी की रगड़ में और कभी कुछ टालने की आदत के चलते हम उनसे वह बात कह नहीं पाते। उनके न रहने पर हमें उनकी वे छोटी-छोटी बातें याद आती हैं जो ज़िन्दगी को बड़ा और सुन्दर बनाती हैं।

आतंकवादी दल लश्कर-ए-तैयबा ने विस्फोट की ज़िम्मेदारी ली थी।

यह अजीब अमानवीय और हिंसक समय था जब हत्यारे सीना तानकर ऐसे कह रहे थे कि हमने विस्फोट किया है, जैसे अपनी कम्पनी का विज्ञापन कर रहे हों।

पुलिस की ख़बर थी कि प्रेशर कुकर में बम रखकर विस्फोट किए गए थे। इसमें आरडीएक्स और अमोनियम नाइट्रेट का इस्तेमाल हुआ था। इस कांड में पाकिस्तान की ख़ुफ़िया एजेंसी आईएसआई का हाथ है।

पुलिस का यह भी कहना था कि इनसाइडर के बिना यह नहीं हो सकता। हिन्दुत्ववादी संगठन सारे मुसलमान क़ौम को आतंकवादी बता रहे थे। आम मुसलमान डरे हुए थे।

दुखी मुम्बई डर-कड़ुवाहट को काँख में दबाकर अगले दिन फिर उसी रफ़्तार से चल पड़ी।

आकाश ख़यालों की दुनिया में दूसरे समय में पहुँच गए थे। उनकी स्मृति और गाने के बीच कोई संगति नहीं थी, फिर भी उनके गाने की लय नहीं टूटी थी। वह गुनगुना रहे थे :

पी ले इसे इसमें नशा
जिसने पिया वो ग़म में भी हँसा
पल में हँसाए और पल में रुलाए ये कहानी

आकाश सोसाइटी के सामने थे। सोसाइटी का दरबान उम्रदराज़ आकाश को गाते हुए देखकर मन्द-मन्द मुस्करा रहा था। दरबान के भी होंठ ऊपर-नीचे हिलने लगे। हालाँकि दरबान का स्वर बाहर दुनिया को सुनाई नहीं दे रहा था।

ग़रीबों का न तो गाना और न ही रोना दुनिया को सुनाई देता है।

23 मार्च, 1931 को ब्रिटिश सरकार ने आज़ादी के हमारे महान सेनानियों भगत सिंह, शिवराम राजगुरु और सुखदेव को फाँसी दी थी। इसी दिन पहली बोलती फ़िल्म 'आलमआरा' रिलीज़ हुई थी।

वसुधा के लिए आज सफ़ाई का दिन था।

वह जितनी अधिक सफ़ाई करती उतनी ही उसकी भुनभुन सुनाई देती।

आकाश और वसुधा के लिए सफ़ाई का मतलब अलग-अलग था।

आकाश उसी हिस्से को साफ़ करते जो बाहर से गन्दा दीखता। दूसरे अर्थों में, छापामार सफ़ाई। मसलन कभी घर के एक हिस्से की सफ़ाई तो कभी दूसरे हिस्से की सफ़ाई। वसुधा घर की एक तरफ़ से सफ़ाई शुरू करती और आख़िरी सिरे तक करती। हालाँकि उसका आख़िरी सिरा कभी ख़त्म नहीं होता जब तक वह थककर निढाल न हो जाए।

आकाश कहीं से भी झाड़न से सामान पर जमी धूल साफ़ करने लगते। वसुधा इस पर भिनभिना जाती। वह कहती कि सफ़ाई ऊपर से शुरू की जानी चाहिए चाहे वह राजनीति हो, प्रशासन हो या घर।

वसुधा छत के कोनों पर हवा में हिलते जालों से सफ़ाई शुरू करती। आकाश को अक्सर सीलिंग फैन की सफ़ाई का ज़िम्मा सौंपती। आकाश को सीलिंग फैन के पंखों पर जमी कालिख को गीले कपड़े से पोंछना आसान लगता। इस पर वसुधा की त्योरियाँ चढ़ जातीं। वह पहले सूखे झाड़न से साफ़ करना चाहती। इस बीच वह दरवाज़े और उनकी मूठें कपड़े से पोंछती रहती। स्विच बोर्ड पर जमी कालिख आकाश की नज़रों के घेरे में ही नहीं आती। वसुधा पहले आकाश को वह कालिख दिखाती। फिर उसे भी रगड़-रगड़ कर साफ़ करती। वह बीच-बीच में मंत्र की तरह दुहराती रहती।

"साफ़ घर में मन भी साफ़ रहता है।"

जब वह रसोई में सफ़ाई करने में जुट जाती तो आकाश की साँस में साँस आती। आकाश को हमेशा यह आशंका बनी रहती कि कहीं वसुधा का सफ़ाई अभियान उनके बेतरतीब कमरे की तरफ़ न मुड़ जाए। उनके कमरे को तरतीब से रखने को लेकर वसुधा और उनके बीच हमेशा किचकिच होती। रसोई में सफ़ाई का मतलब था—वसुधा का लगभग पूरा दिन। वह वहाँ इतनी थक जाती कि फिर आकाश के कमरे की तरफ़ रुख़ करने की उसकी ताक़त ही नहीं बचती।

रसोई में सबसे ज़्यादा ढेर पॉलिथीन थैलियों का होता। पॉलिथीन प्रतिबन्धित था। फिर भी, दुकानों-घरों में अभी भी उनका क़ब्ज़ा था। वसुधा पॉलिथीन थैलियों को निकालती। फेंकने के लिए भी उन्हें एक-एक करके तहाकर रखती। आकाश कहते कि अगर इन्हें फेंकना ही है तो तहाने में इतना समय बर्बाद करने की ज़रूरत

क्या है? वसुधा चिढ़कर कहती कि हर काम में सौन्दर्य और सलीक़ा होना चाहिए।

फिर ख़ाली शीशियों और ख़ाली डिब्बों को हटाने की बारी आती। इन्हें हटाने के बाद वह उन प्लास्टिक के डिब्बों को निकालती जिन पर रसोई की भाप के साथ मिली चिकनाई उड़-उड़ कर अपना डेरा जमा लेती। वसुधा गर्म पानी में डिटर्जेंट डालकर स्क्रब से डिब्बे के बाहरी हिस्से में चिपकी चीकट कालिख को मल-मल कर साफ़ करती। जब मसालदानी की बारी आती तो जो उसमें सामान ख़त्म हो रहा होता, उसे कैलेंडर में नोट कर लेती।

कैलेंडर तारीख़ देखने से ज़्यादा डायरी की तरह इस्तेमाल होता।

उनकी रसोई में तमाम कबाड़ भी जमा रहता। बेमेल कप होते। बेमेल चम्मचें होतीं। अपने मुकद्दर को कोसते कुछ जंग लगे पुराने बर्तन रहते। वह हर बार सफ़ाई के दौरान सोचती कि इन्हें फेंक देगी। जब बाहर फेंकने को होती तो उसे अचानक लगता कि कहीं इस सामान की ज़रूरत न पड़ जाए।

ज़रूरत एक ऐसा शब्द था जिसके डर से वह सामान फिर अपनी जगह घेर लेता।

वसुधा की दृष्टि में कभी कोई चीज़ बेकार नहीं होती। रबड़बैंड में बँधा अख़बार आता तो उस रबड़बैंड को निकलकर एक जगह जमा कर लेती। काग़ज़ के लिफ़ाफ़ों को तहाकर रख लेती। इनका इस्तेमाल बिखरे सामान को रखने के लिए करती। मिठाई के ख़ाली डिब्बों को वह कभी नहीं फेंकती। जब कोई सफ़र में जाता तो उसी डिब्बे में पूरी-सब्ज़ी रखकर दे देती।

वसुधा की आज की सफ़ाई औचक थी। कई बार कोई रखी चीज़ खोजने पर नहीं मिलती तो उसे तलाशने के लिए सफ़ाई का सिलसिला शुरू हो जाता। इस तलाश में खोई चीज़ मिले या न मिले किन्तु कई और चीज़ें मिल जातीं। अयाचित चीज़ों में रसोई में डरावनी काली मूँछें फरफराते तिलचट्टे भागते मिल जाते। उन्हें देखकर वसुधा का मन घिना जाता। झाड़ू की मार का उन पर कोई असर नहीं होता। उनका काम तमाम करने के लिए उसे कई बार चप्पल या थापी का सहारा लेना पड़ता।

कई कोनों से काली गोलियों की तरह लुढ़कती चूहों की लेंड़ियाँ मिल जातीं। इन अयाचित चीज़ों को ठिकाने लगाने के लिए उसे अपनी नाक को अपने पल्लू से ढकना पड़ता। कुछ चीज़ें सौभाग्य की तरह मिलतीं जिन्हें रखकर वह भूल चुकी होती। भूली चीज़ को फिर से पाने का सुख बड़ा होता।

आज वसुधा जयपुरी चादर खोज रही थी। यह नई-नकोर चादर थी जिसे उसने हस्तशिल्प मेले से ख़रीदा था। उसकी चचेरी बहन सुधा का बेटा मुकेश हैदराबाद से पहली बार उसके घर उनसे मिलने आने वाला था। उसने एमबीए किया था। मुकेश किसी बड़ी कम्पनी में काम करता था। वैसे उसके ठहरने का इन्तज़ाम कम्पनी ने दक्षिण मुम्बई के किसी होटल में किया था। फिर भी वह बिस्तर पर नया चादर बिछाना चाहती थी।

उसे यह धुँधली-सी याद थी कि उसने चादर कबर्ड में रखी है लेकिन खोजने पर वहाँ नहीं मिली। उसे लगा कि शायद उसकी स्मृति पर उम्र का असर आ गया है। सहसा उसे ख़याल आया कि हो सकता है कि उसने चादर दीवान के बॉक्स में रखी हो। दीवान का बॉक्स एक छोटा गोदाम-सा बन गया था। आकाश घर का अगड़म-बगड़म उसमें ठूँस देते। मुकेश के आने की ख़बर से वसुधा का ख़ुशगवार बना मूड कहीं दीवान के बॉक्स के भीतर बिखरे गन्दे साम्राज्य से उखड़ न जाए, इसलिए आकाश बारहा वसुधा को यक़ीन दिला रहे थे कि चादर दीवान में नहीं होगी। वसुधा आकाश से सहमत नहीं थी। अपनी स्मृति पर आशंका के बावजूद उसे आकाश से अधिक अपनी स्मृति पर भरोसा था।

दीवान खुलने पर आकाश को जिस बात का खटका था, ऐसा कुछ नहीं हुआ। लेकिन बॉक्स में वसुधा को मायके की कुछ ऐसी भूली-बिसरी चीज़ें दिख गईं जिन्हें देखकर उसका मन मीठी स्मृतियों से भर गया। एक पीतल का टेबल लैंप था जिसे उसकी सहेलियों ने उसकी शादी पर मिलकर उपहार दिया था। उसे देखकर उसकी आँखों में एक भीना-सा मोह छलक आया।

उसे छूते ही वह गुज़रे समय में पहुँच गई। उसकी आँखों के सामने अपनी उन सभी सखियों के खिलखिलाते चेहरे नाचने लगे जो उपहार देते हुए उसे आकाश को लेकर छेड़ रहे थे। एक क्षण को उसे लगा जैसे वह अपने शादी के मंडप में पहुँच गई है। समय वहीं थम गया है। वे सब सखियाँ कहाँ होंगी? क्या कर रही होंगी? उनके परिवार कैसे होंगे? उसे आज कुछ भी नहीं मालूम। विवाह के बाद लड़कियाँ किस तरह अपने घर से निर्वासित हो जाती हैं, इसकी एक करुण हूक-सी उसके मन में उठी। वह जब भी मायके जाती उसे इतनी फ़ुर्सत भी न मिलती कि वह अपनी पुरानी सखियों से भी मिल सके।

फिर वसुधा की नज़र लकड़ी के एक नक़्क़ाशीदार चूड़ीदान पर टिक गई। चूड़ीदान की उम्दा नक़्क़ाशी में कुछ देर उसकी आँखें खो गईं। यह उसकी उसी चचेरी बहन ने दिया था जिसका बेटा आज आने वाला है। उसे खोला। उसमें रंग-बिरंगी चूड़ियाँ उदास-सी पड़ी थीं। उनके उदास होने का कारण भी था। वसुधा इन दिनों चूड़ियाँ नहीं पहनती। एक हाथ में सोने का एक कड़ा और बाहर जाते समय दूसरे हाथ में घड़ी पहनती। चूड़ियाँ तभी पहनती जब मायके या ससुराल में कोई शादी होती।

दीवान में ग्रामोफ़ोन पर जमी धूल उलाहना दे रही थी। ग्रामोफ़ोन देखकर आकाश विचलित हो गए। उन्हें अपने पर ग़ुस्सा आ रहा था। ग्रामोफ़ोन की सूई ख़राब हो गई थी। एक बूढ़े बीमार को जिस तरह निर्दयी सन्तान किसी बाहरी कोठरी में बन्द करके अकेला सड़ने के लिए छोड़ देती है, लगभग उसी तरह का सुलूक आकाश ने इस ग्रामोफ़ोन के साथ किया था। एक समय ऐसा था कि जब सुबह-शाम उनकी धरती सचमुच काले तवे के साथ घूमती थी। रिकॉर्ड को साफ़ कपड़े से झाड़ने के

बाद उस पर सूई रखना उन्हें अपने जीवन का सबसे दुर्लभ और अलौकिक सुख लगता था। सूई की किर्र की आवाज़ होते ही काले गोल तवे के घूमने के साथ कभी रसूलन बाई की पकी आवाज़ में ठुमरी या बेगम अख़्तर की भर्राई-सी आवाज़ में मिर्ज़ा ग़ालिब की ग़ज़ल सुनते हुए उसकी नसों में कुछ बजने-सा लगता। कुमार गन्धर्व, भीमसेन जोशी, रविशंकर, बड़े ग़ुलाम अली ख़ाँ सरीखे शास्त्रीय संगीत के रिकॉर्ड के साथ ही उन्होंने हिन्दी फ़िल्मी गानों के बड़ी संख्या में रिकॉर्ड ख़रीदे थे। दो-तीन पश्चिमी संगीत के रिकॉर्ड भी उसके ख़ज़ाने में थे। बीटल और जैज़ संगीत का रिकॉर्ड देखकर एक बार पश्चिमी संगीत प्रेमी उनका बेटा अनुराग अचरज से भर गया था। उसे यक़ीन ही नहीं हो रहा था कि हर समय टीवी पर पुराने फ़िल्मी गीत सुननेवाले उसके देहाती-से लगते पापा कभी बीटल्स या जैज़ जैसे आधुनिक पश्चिमी संगीत भी सुनते रहे होंगे।

आकाश पर उन दिनों रिकॉर्ड ख़रीदने का नशा-सा सवार था। वसुधा ने रिकॉर्ड ख़रीदने की उनकी झक पर जब तंज़ कसा तो आकाश ने प्रण लिया था कि इस साल अपने लिए कोई नया कपड़ा नहीं ख़रीदेंगे। इसकी जगह वह अपने ग्रामोफ़ोन के लिए रिकॉर्ड ख़रीदेगा। वैसे यह ग्रामोफ़ोन आकाश ने नहीं ख़रीदा था। इसे वसुधा के बड़े भाई ने उनकी विवाह की पहली वर्षगाँठ पर भेंट किया था।

वसुधा ने ग्रामोफ़ोन की ओर इशारा किया।

"आपको याद है कि इसे बड़े भैया ने दिया था?" वसुधा की आँखें नम हो गईं। दरअसल वसुधा के बड़े भैया बस दुर्घटना में कच्ची उम्र में नहीं रहे थे।

"हाँ, उन्हें भी तो फ़िल्म देखने का बहुत शौक़ था।"

"यह अपंग-सा यहाँ पड़ा है। अब आपके पास समय है। इसे ठीक कराके सुनिए। भैया की आत्मा को ख़ुशी मिलेगी।" वसुधा अपनी आँखों की कोर पोंछने लगी।

आकाश ख़ामोश रहे। सहमति में सिर धीमे से हिलाया।

वसुधा का सफ़ाई अभियान तब रुका जब जयपुरी चादर दीवान के बॉक्स में नहीं, उस पुराने बक्से में मिली जिसमें वसुधा की पुरानी साड़ियाँ अपना दम तोड़ रही थीं।

अब नई जयपुरी चादर बिस्तर पर खिलखिला रही थी। सोफ़े पर रखे कुशन कवर बदल दिए गए थे। क्रॉकरी पोंछकर मेज़ पर सजा दी गई थी। आकाश मिठाई की दुकान से रसमलाई ले आए थे। वसुधा ने आलू उबालकर ब्रेडरोल की फिलिंग तैयार कर ली थी। वह मेहमानों को ब्रेडरोल उसी समय तलकर गर्म-गर्म खिलाना पसन्द करती। इसी को बनाने में उसे महारत हासिल थी। टॉयलेट फ़्लश में अचानक पानी न चला जाए, इसलिए बाल्टी में पानी भरकर मग उसमें लटका दिया गया था। ड्राइंगरूम का एसी भी चला दिया गया था।

अब बस मुकेश का इन्तज़ार था।

सात बजे आकाश ने मुकेश को अपने मोबाइल से कॉल किया तो पता चला

कि उसकी टैक्सी दहिसर टोल नाके पर है। सुखी घर सोसाइटी पहुँचते-पहुँचते मुकेश को रात के साढ़े सात बज गए।

मुकेश ने झुककर जब उन दोनों के पाँव छुए तो उन्हें लगा जैसे रिश्ते का वह धागा फिर जुड़ गया हो जो बरसों से आपाधापी में टूट गया था।

मुकेश ने आते ही अनुराग के बारे में पूछा। अनुराग के बारे में कोई पूछता तो उन्हें लगता कि कोई बड़ी विपदा के बारे में पूछ रहा है। आकाश की भड़ास अनुराग की बेरुख़ी को लेकर फूटने वाली थी कि अचानक वसुधा ने बढ़त ले ली।

"उसे तुम्हारे आने के बारे में बताया था लेकिन दफ़्तर में उसे देर तक काम करना है। अच्छा तुम अपना बताओ। कब शादी में बुला रहे हो?" वसुधा ने ललक से पूछा। मुकेश के चेहरे पर एक सलज्ज मुस्कान बिखर गई।

"मौसी अभी तो नौकरी शुरू ही की है। थोड़े दिन आज़ाद रहने दीजिए।"

"कई लड़कियाँ हैं मेरी जान-पहचान में। सुन्दर और पढ़ी-लिखी।"

"तुम्हें कैसी चाहिए? वर्किंग या हाउस वाइफ़? वैसे आजकल वर्किंग गर्ल्स की डिमांड ज़्यादा है। लोगों की लाइफ़ स्टाइल बदल गई है। ख़र्चे ज़्यादा हैं। दूसरे, लड़कियाँ अपने ढंग से जीना चाहती हैं।"

"छोड़ो न मौसी। कोई और बात करते हैं।" एक गहरी थकी हुई खीज से भरी उसकी उसाँस ऊपर आई।

"तुम नौकरी कहाँ करते हो?"

"एक एक्सपोर्ट कम्पनी है अल अबीर एक्सपोर्ट्स प्राइवेट लिमिटेड।"

"यह तो बड़ी नामी कम्पनी है। शायद बीफ़ एक्सपोर्ट करती है।" आकाश ने उत्साह बढ़ाते हुए बातचीत में शामिल होने की कोशिश की।"

"बीफ़?" वसुधा उत्तप्त जिज्ञासा के साथ चिलकी।

मुकेश कुछ असहज हो गया।

"बीफ़ ही नहीं, और भी तमाम प्रोडक्ट हम एक्सपोर्ट करते हैं।"

"बीफ़ तो गोमांस होता है।" वसुधा की सूई वहीं अटक गई थी।

"तुम्हारे पापा होते तो यह सुनकर ग़श खाकर गिर पड़ते। वह तो पक्के आर्य समाजी थे। मेरी बहस जीजाजी से अक्सर होती थी कि खाने को लेकर इतना फ़साद क्यों? खानपान की आज़ादी तो सबको होनी चाहिए।"

"सब लड़ाई समझ को लेकर है मौसी। जैसे लोग नहीं समझते कि भैंसे के गोश्त को भी बीफ़ कहते हैं। हमारी कम्पनी भैंसे के गोश्त को एक्सपोर्ट करती है। वैसे भी मौसी! मैं कोई भैंसा थोड़ी हलाल करता हूँ। मैं कम्पनी का कामकाज देखता हूँ।" मुकेश का चेहरा तमतमा गया था।

आकाश बात बिगड़ती देखकर हल्की आवाज़ में कहा, "यह सब बहस बाद में करना। वह इतनी दूर से आया है। कुछ खिलाओ-पिलाओ।"

वसुधा सोफ़े से टस से मस नहीं हुई। "जीजाजी ने एक बार बताया था कि गोरक्षा आन्दोलन आर्य समाज ने बम्बई से ही शुरू किया था।" वसुधा अपनी जानकारी का मुज़ाहिरा करने पर आमादा थी। उसे ऐसी बहसों में शामिल होना अच्छा लगता था।

"मुझे मालूम है मौसी। दयानंद सरस्वती जी ने 'गौ करुणानिधि' किताब लिखी है। मैं शाकाहारी हूँ। वहाँ सिर्फ़ काम करता हूँ। उसकी पगार मुझे मिलती है। बस।" मुकेश का चेहरा कुछ हल्का हो गया था।

"गाय को लेकर किसी आदमी को घेरकर मार देना मुझे भयावह लगता है। यहाँ मैं देखती हूँ कि खाई-पियी गाय सड़क के किनारे खड़ी रहती है और चारे के मोटे-मोटे लड्डू खिलाकर अमीर पुण्य कमाते रहते हैं और दूसरी तरफ़ लाखों गायें देश में सड़क पर भूख से पॉलिथीन चबाकर पेट भरती हैं।" वसुधा ने तेज़ आवाज़ में रोष व्यक्त किया।

आकाश मौसी-भानजे के संवाद के बीच फिर आ गए, "गाय बड़ा नाज़ुक मसला है। गाय को लेकर सबसे पहला दंगा भी मुम्बई में ही हुआ था।"

"मौसाजी यह क्या क़िस्सा है?" मुकेश ने कुछ उत्सुकता से पूछा।

आकाश ने कुछ दिन पहले एक किताब में पढ़ा था, वही सब दुहरा दिया।

"बम्बई में जुलाई 1887 में गोरक्षा सभा गठित की गई थी। दिनेशवाजी मानक जी पैटित इसके अध्यक्ष थे। सभा गोरक्षा से जुड़े पर्चे और पैम्फ़लेट बाँटती थी। गोरक्षा पर लेक्चर कराती थी। गोशाला और चारा के लिए चन्दा जमा करती थी। गाय माता की तस्वीर बाँटकर गोरक्षा के लिए अपील करती थी। 1893 में मुम्बई में दंगे के कुछ सप्ताह पहले माहौल गरमाने लगा था। गोरक्षा सभा ने बक़रीद पर गाय-बछड़े न काटे जाएँ, इसके लिए पुलिस विभाग से सख़्त क़दम उठाने को कहा था। सब ठीक था लेकिन उस दिन एक गाय गटर में गिरकर मर गई। एक मुस्लिम सिपाही पर आरोप लगाया गया कि उसने अपने छाते से मारकर उसे गटर में गिरा दिया। हालाँकि पुलिस को इसका कोई सबूत नहीं मिला। फिर भी इस घटना से दोनों सम्प्रदायों में तनातनी बढ़ गई।

"बस! इतनी सी बात से दंगा हो गया?" मुकेश ने अचरज से कहा।

"बेटा! दंगा तो छोटी-छोटी बातों पर हो जाता है लेकिन सिर्फ़ यही एकमात्र कारण नहीं था। आकाश ने बात आगे बढ़ाते हुए कहा।

"गोरक्षा आन्दोलन से छोटे तबके के मुस्लिम नाराज़ थे। उनके लिए गोमांस सस्ता था। इसका कारोबार भी वही ज़्यादा करते थे। मुम्बई में यह दंगा होने के कुछ अरसा पहले काठियावाड़ में मुहर्रम के दिन मुस्लिमों पर मन्दिरों को नुक़सान पहुँचाने का आरोप था। हिन्दुओं की हत्याएँ हुई थीं। इससे हिन्दू भी काफ़ी नाराज़ थे। नतीजा 11 अगस्त, 1893 को बम्बई में गोरक्षा के मसले पर पहली बार हिन्दू-मुस्लिम दंगा परेल, कमाठीपुरा, ग्रांट रोड, चिंचपुगली, माजागाँव में फैला। फ़ौज मँगानी पड़ी।

दंगा थमने में तीन दिन लगे। बड़ी संख्या में लोग मारे गए और घायल हुए।"

बात ख़त्म करने के अन्दाज़ में आकाश अचानक बोले, "छोड़ो ये सब दंगे-वंगे की बातें। अरे! कुछ मुकेश को खिलाओ, मुझे भी भूख लग रही है।"

मौसी और भतीजे के बीच तनाव की तनी रस्सी कुछ ढीली हुई।

लेकिन चटपटे ब्रेड रोल और लज़ीज़ रसमलाई के बावजूद वातावरण में बनी गाँठ नहीं पिघली।

मुकेश विदा लेते समय जिस बेरुख़ी से उनके पाँव छू रहा था, आकाश को लग रहा था कि यह पैलगी कहीं उनके बीच रिश्ते की अर्थी न हो।

भावावेग में वसुधा का रक्तचाप अक्सर बढ़ जाता।

"मैं सोच रहा हूँ कि कल मरम्मत के लिए चोर बाज़ार में ग्रामोफ़ोन ले जाऊँ।" आकाश ने माहौल हल्का करने के लिए बातचीत का रुख़ दूसरी तरफ़ मोड़ दिया।

"हाँ! लेकिन इसके लिए मज़दूर की तरह ग्रामोफ़ोन लादकर ले जाने की ज़रूरत नहीं। मोबाइल में ग्रामोफ़ोन का फ़ोटो खींच लीजिए। उसकी ख़राबी बताकर पूछिएगा कि वह ठीक हो सकता है या नहीं? ठीक हो सकता हो तो ग्रामोफ़ोन बाद में ले जाइएगा।" वसुधा की आवाज़ तरल और कोमल हो गई थी जैसे बड़े भाई की स्मृति में मुकेश से हुई बातचीत की कड़वाहट घुलकर मीठी हो गई हो।

अगले दिन चोर बाज़ार जाने के लिए लोकल ट्रेन में आकाश ग्रांट रोड के लिए चढ़े।

सहसा उन्हें याद आया कि पिछली बार ग्रांट रोड मुम्बई के इतिहास प्रेमी रफ़ीक़ बगदादी और अपने मित्रों के संग हेरिटेज टूर पर आए थे। बीस-पचीस संस्कृति प्रेमियों का क़ाफ़िला मेरवान ईरानी कैफ़े से चला था। लगभग चार घंटे पैदल यात्रा के दौरान आसपास के पुराने सिनेमाघरों मसलन गुलशन टॉकीज, मोती टॉकीज, शालीमार, प्लाज़ा थिएटर को ही उन्होंने नहीं देखा था बल्कि पुराने केनेडी पुल के पास वह जगह भी देखी थी जहाँ फ़िल्म निर्देशक अर्देशिर ईरानी का दफ़्तर और ज्योति स्टूडियो भी था।

बगदादी ने फ़िल्म इतिहास पर रोशनी डालते हुए बताया कि 7 जुलाई, 1896 को फोर्ट के ऐतिहासिक वाटसन होटल में पहली बार चलती-फिरती फ़िल्म दिखाई गई थी। उस दिन फ़िल्म देखने का टिकट एक रुपया लगा था। अगले सप्ताह नावेल्टी में इसका नियमित प्रदर्शन शुरू हो गया था। पहली फ़िल्म 'राजा हरिश्चंद्र' का प्रदर्शन 26 अप्रैल, 1913 को ओलम्पिया में किया गया था। बगदादी ने धीमी आवाज़ में यह भी बताया कि 23 मार्च, 1931 को ब्रिटिश सरकार ने आज़ादी के हमारे महान सेनानियों भगत सिंह, शिवराम राजगुरु और सुखदेव को फाँसी दी थी। इसी दिन अर्देशिर ईरानी निर्देशित पहली बोलती फ़िल्म 'आलमआरा' भी रिलीज़ हुई थी।

आकाश को इस सांस्कृतिक सैर में सबसे दिलचस्प लेमिंगटन रोड पर इम्पीरियल

सिनेमा की इमारत लगी थी जिसके मुख्य द्वार पर सूँड़ ऊपर उठाये हुए हाथी का चित्र बना था। यह चित्र इम्पीरियल का एक तरह से लोगो था। इस छोटे से सफ़र के दौरान आकाश को एमुअल चर्च के पास क्वीन मैरी स्कूल को भी देखने का मौक़ा मिला। इस स्कूल में अंग्रेज़ी लेखिका शोभा डे और अभिनेत्री शबाना आजमी ने पढ़ाई की थी। उस दुकान को तो देखकर आकाश भावुक हो गए जहाँ कभी उर्दू के महान कथाकार सआदत हसन मंटो मटन कबाब का लुत्फ़ उठाते थे। बगदादी चलते-फिरते इतिहास कोश की तरह जानकारियाँ दे रहे थे। उन्होंने कुछ पुराने सिनेमा हॉल भी दिखाए। इनको देखकर आकाश के मन में टीस उठी थी कि इन सिनेमा हॉल में चार आने की आगे की सीट पर बैठने वाले वे दर्शक जो पहले अभिनेत्री हेलेन के कैबरे पर सीटियाँ मारकर और पैसे फेंककर फ़िल्म को सफल बनाते थे, वे आम आदमी आज के मल्टीप्लेक्स में महँगा टिकट होने के कारण सिनेमा देखने की सुविधा से बाहर कर दिए गए थे।

आकाश सोच रहे थे कि कुछ भी कालजयी नहीं है। जीवन में ही इतिहास छिपा होता है। कंकाल इतिहास नहीं है। कंकाल के साथ जो जीवन चला गया, वही इतिहास है।

ग्रांट रोड उतरते ही आकाश को मेरवान की इलायची चाय की तलब-सी लग गई! तलब को मारा जा सकता था लेकिन चाय की याद को नहीं। आकाश उस चाय की याद को अपने भीतर बचाए रखना चाहते थे जिसे पीने के बाद बम्बई के ग़रीबों की सुबह होती थी। उनके पाँव उसी तरफ़ मुड़ गए।

मेरवान ईरानी कैफ़े में काफ़ी हलचल थी।

डिलीवरी काउंटर पर आने-जाने वालों का ताँता लगा हुआ था। कोई ब्रेड की माँग कर रहा था तो कोई कप केक की। काउंटर पर खड़ा आदमी तेज़ी से सामान पैक करके रक़म ऐसे बताता जैसे उसका मुँह कैलकुलेटर हो। ग्राहक पेमेंट काउंटर पर भुगतान करके ऐसे ख़ुश होकर निकल रहे थे जैसे उन्हें मनमाँगी मुराद मिल गई हो। सबसे अधिक माँग मावा केक की थी। ओवन से गर्म-गर्म निकले मावा केक की गर्म ख़ुशबू आकाश तक पहुँच रही थी। उनकी जीभ पर उसका अनोखा स्पर्श तिरने लगा।

मेरवान कैफ़े के मावा केक की बड़ी ख्याति थी। मुम्बई में मावा और ईरानियों की दोस्ती की दिलचस्प कहानी भी किसी ने आकाश को बताई थी। फारस में पड़े अकाल की मार से मुम्बई आए ग़रीब ईरानियों की बेकरी पर पकड़ थी। उन दिनों बम्बई की उमस और गर्मी से दूध को फटने से बचाने के लिए उसे बार-बार उबालना पड़ता था। दूध उबलते-उबलते मावा बन जाता था। ईरानियों ने मावा में इलायची मिलाकर केक बनाना शुरू कर दिया। हिन्दुस्तानी मिठाइयों से इसका स्वाद अलग होने के कारण मावा केक ने मुम्बई के आम आदमी की जीभ को बहुत जल्दी ग़ुलाम

बना लिया। इसमें जहाँ उन्हें भीतर मावे की मुलायम मिठास मिलती, वहीं दूसरी ओर बाहरी सतह पर केक के कुरकुरेपन से मिला-जुला मज़ा मिलता।

मेरवान ईरानी कैफ़े में आकाश शहतीर पर टिकी ऊँची छत पर आँख फिराने के बाद ख़ाली मेज़ तलाशने लगे। मेज़ों का ऊपरी हिस्सा संगमरमर का था जो घिसा और पुराना होने के बावजूद रोशनी में चमक रहा था। पुरानी काठ की कुर्सियों पर जमे लोग बातचीत में ऐसे मगन थे जैसे बरसों से वहाँ बैठे हों और उन्हें कहीं जाना ही न हो। कोई मावा समोसा कुतर रहा था तो कोई आमलेट पाव के स्वाद में डूबा हुआ था। कोई चाय की चुस्की ले रहा था। बेयरे इधर-उधर दौड़-भाग कर रहे थे। ऊँची छत से लटके पुराने सीलिंग फैन की घिर्र-घिर्र आकाश के कानों में चुभ रही थी। बेयरों की कड़क आवाज़ हॉल में गूँज रही थी। बर्तनों की खनखन भी पार्श्व संगीत की तरह सुनाई दे रही थी।

आकाश हॉल के भीतर कुछ आगे बढ़े।

उनकी आँखें ऐसी मेज़ टोहने लगीं जो ख़ाली होने का इशारा कर रही हो। आकाश इस बात पर चकित थे कि मुम्बई सरीखे चमक-दमक वाले महानगर में अपनी बनावट और परिवेश में पुराने समय की याद दिलाती हुई यह दुकान खचाखच भरी है। आकाश ने इसका कारण तलाशने के लिहाज़ से ख़ुद से पूछा कि वह यहाँ क्यों आया। आभिजात्य से दूर इस रेस्तराँ के सादेपन में घुली-मिली आत्मीयता का जादू यहाँ उन्हें खींच लाया या यहाँ की खाने-पीने की चीज़ों के अनोखे स्वाद के वशीभूत होकर उनके पाँव इधर चल पड़े। उन्हें लगा कि उनके मामले में दोनों कारण लागू होते हैं।

हालाँकि कई लोगों का मानना था कि इस दुकान की चीज़ें इतनी सस्ती और अच्छी हैं कि यहाँ हमेशा भीड़ बनी रहती है। उस ज़माने में जब इस महानगर पर मिल मज़दूरों की तूती बोलती थी तो देश के तमाम हिस्सों से आए मिल मज़दूर, गोदी मज़दूर, ठेले वाले जैसे अपनी हल्की जेबों से मजबूर इन सस्ते ईरानी कैफ़े में चाय मस्का और खारी बिस्कुट से अपने ख़ाली पेट का व्रत सुबह-सवेरे खोलते थे।

सहसा आकाश की नज़र बीच के खम्भे पर पड़ी जिसमें कुछ लोगों की पुरानी तस्वीरें लगी थीं। आकाश ने अनुमान लगाया कि दुकान मालिक के पूर्वजों की तस्वीरें होगी। दरअसल तस्वीरों का धुँधलापन उनके उम्रदराज़ होने की गवाही दे रहा था। तस्वीरों के नीचे मेनू कार्ड लिखा था। आकाश फ़ौरी नज़र से उसे पढ़ने लगे। बीच-बीच में उनकी आँखें ख़ाली मेज़ को बेचैनी से खोजती रहीं।

एक कुर्सी जैसे ही ख़ाली हुई, आकाश लपककर उस पर जा बैठे। एक युवक उनकी तत्परता से कुर्सी के पास होने के बावजूद बैठने से वंचित रह गया। उसके चेहरे पर असफलता की झुँझलाहट उभर आई थी।

बेयरे ने एक कपड़े से मेज़ साफ़ की।

आकाश ने बन मस्का का ऑर्डर दिया। बाद में इलायची चाय लाने को कहा।

सड़क पर चल रही ट्रैफ़िक की आवाज़ें छन-छन कर भीतर आ रही थी। आकाश का बन मस्का आने में देर नहीं लगी। आकाश को बन का ऊपरी हिस्सा थोड़ा सख़्त लगा लेकिन उसके भीतर लगा मक्खन तालू पर तैरकर उसे मुलायम बना रहा था।

इलायची चाय पीकर आकाश धीरे-धीरे उधर चल पड़े जिधर चोर बाज़ार का रास्ता जाता था।

आकाश को मुम्बई की चिपचिपी दोपहर कभी अच्छी नहीं लगती। उनकी क़मीज़ की काँखों में पसीने के धब्बे उभर आए थे। तड़कती धूप से अपने उजड़े सिर को बचाने के लिए वह टूटी-फूटी इमारतों की छाया में चल रहा था। इमारतों की बेरंग दीवारें और कहीं-कहीं उखड़े पलस्तर चीख़-चीख़ कर इल्तजा कर रहे थे कि उन्हें मरम्मत की ज़रूरत है। लेकिन उनकी चीख़ बाज़ार के कर्कश शोर के सैलाब में कोई सुनने को तैयार नहीं था। ऊपर घरों की खिड़कियों से झाँकती कुछ उत्सुक आँखें ज़रूर सड़क पर अतीत और वर्तमान को संग-संग चलते हुए ठिठकी नज़रों से देख रही थीं। जब यह चिल्ल-पों आकाश के कान के पर्दों को घायल करने लगी और हस्तशिल्प के पुराने सामान और फ़र्नीचर की रेलपेल आँखों के सामने नाचने लगी तो उन्हें लगा कि वह सही रास्ते पर हैं।

एक दुकान पर पुरानी काँसे की घंटियाँ लटकी हुई थीं मानो वे किसी पुरावस्तु प्रेमी के आधुनिक बैठकख़ाने में सजने के लिए मचल रही हों तो वहीं उनके क़रीब रोमन में समय बताने वाली पुरानी पीली-सी दीवार घड़ियाँ पटरे पर मुँह फुलाए बैठी थीं जैसे बूढ़ी माँएँ अपने घर में दुर्व्यवहार के कारण रूठी हुई हों। हस्तशिल्प की बेशुमार चीज़ों से दुकान पटी हुई थी। कुछ पीतल के फूलदान और टेबल लैंप थे जो सोने की तरह धूप में चमक रहे थे। उन पर फूल-बूटों की नक़्क़ाशी किसी महँगी रेशमी साड़ी की कढ़ाई की तरह आँखों को लुभा रही थी। आकाश ने एक उड़ती नज़र उन पर डाली और आगे बढ़ गए।

वसुधा को ऐसी चीज़ों से घर सजाने को लेकर एतराज़ था। वसुधा उन चीज़ों को महत्त्व देती जो घर में कभी काम आए। आकाश कहते कि जो वस्तु आँखों को भाए, वही उसका उपयोग है। चोर बाज़ार में उसे ऐसी ज़्यादातर सजावटी चीज़ें दिख रही थीं जिनका उपयोग घर की साज-सज्जा को कुछ अनोखा दिखाने के लिए हो सकता था। मुम्बई में एक से फ़्लैट और उनके एक जैसे रखरखाव की एकरसता से उसका मन ऊब चुका था। उसका मन टेबल लैंप लेने को कर रहा था लेकिन वसुधा की शर्त थी कि अगर ऐसी सजावटी चीज़ आकाश ख़रीदकर लाएँ तो उसकी नियमित झाड़-पोंछ का भार वह ख़ुद लें। सुविधाप्रेमी और आलसगुरु आकाश ऐसी कोई ज़िम्मेदारी लेने के लिए तैयार न होते।

एक दुकान पर तमाम पुराने कैमरों को देखकर आकाश के पाँव एकाएक रुक गए। उन्हें लगा कि कैमरों का इतिहास किसी को लिखना हो तो यह दुकान उसके लिए अच्छी स्रोत सामग्री मुहैया करा सकती है। सहसा दुकानदार ने उन्हें आगे बढ़ने के लिए हाथ से इशारा किया। आकाश भुनभुनाते हुए आगे चले तो उनकी निगाह बग़ल में खड़े फ्रेंच कट दाढ़ी वाले युवक पर पड़ी जो अपने मोबाइल पर उस दुकान की तस्वीर खींच रहा था।

एक रेस्तराँ के आगे पटरी पर प्लास्टिक की बिछी चादर पर पुराने मोबाइल बिखरे पड़े थे। कई लोग दुकानदार से मोलभाव कर रहे थे। साँप-से लहराते धुएँ के साथ रेस्तराँ से गोश्त पकने की गन्ध बाहर उड़ रही थी। पुराने मोबाइलों को देखकर आकाश को लगा कि सेवानिवृत्त कर्मचारियों की तरह ये अपनी ज़िन्दगी की दूसरी पारी का इन्तज़ार कर रहे हैं। उनके पास खड़े ग्राहकों को मोबाइल ऐसी टकटकी लगाकर ताक रहे थे जैसे अनाथालय में गोद लेने के लिए आए अभिभावकों को अनाथ बच्चे उत्फुल्ल दृष्टि से देखते हैं और ग्राहक के आगे बढ़ जाने पर गोद न लिए जाने वाले वंचित बच्चों की तरह हताश हो जाते हैं।

आकाश जल्दी उस दुकान पर पहुँचना चाहते थे जहाँ उन्हें ग्रामोफ़ोन कारीगर मिल जाए। आकाश को चोर बाज़ार में चोरी के सामान से ज़्यादा वे चीज़ें दिख रही थीं जो अपने समय में फ़ैशन में रही होंगी। वे शायद अपने ज़माने में महँगी दुकानों के शोकेस में शोभा बढ़ाती रही होंगी। आज लोगों ने कुछ दिन इस्तेमाल करके उन्हें कबाड़ की तरह फेंक दिया था। आजकल चीज़ें कितनी जल्दी पुरानी हो जाती हैं। इस्तेमाल करो और फेंको।

बाज़ार ग्राहकों की लालसाओं को जगाकर उनके सपनों को बेचने के लिए हर दिन कुछ नया करता रहता है। आकाश के मन में यहाँ के दुकानदारों के लिए आदर बढ़ गया जिन्होंने रोज़ी-रोटी के लिए ही सही, कबाड़ को भी फिर से एक नई ज़िन्दगी देने का संकल्प लिया है।

चोर बाज़ार की एक पूरी क़तार कार, मोटरसाइकिल, स्कूटर के अस्थि-पंजर निकले लंगड़-भंगड़ से पटी थी। कालिख से रँगे कपड़े पहने कई मिस्त्री वहाँ अपनी ज़रूरत के पुर्जों के बारे में पूछताछ कर रहे थे। उनके हाथ कालिख से भरे थे जिनमें उनकी भाग्य की रेखाएँ भी कालिख से सनी लग रही थीं।

चोर बाज़ार में कहीं पर पॉलिथीन की चादर पर पेचकस और औज़ारों का ढेर छितरा हुआ था तो कहीं पर बेशुमार किताबें खुले आसमान के नीचे अपनी नियति पर विलाप कर रही थीं। दरअसल वहाँ सही मायनों में लोकतंत्र था। सम्भ्रान्त घरों की बुकशेल्फ में शोभा बढ़ानेवाली शेक्सपियर-मिल्टन की किताबों और मिस्त्री के गन्दे-मटमैले थैले में रहनेवाले नट-बोल्टों को बराबर दर्जा मिला हुआ था। वे सब एक समान ज़मीन पर बिखरे थे जिन पर खुले आसमान में उड़ते परिन्दे अपनी सुविधा

और आज़ादी से बीट कर देते। उकड़ूँ बैठे लोग उनको उलट-पुलट कर बारीक़ी से उनकी परख कर रहे थे।

एक दुकान पर बॉलीवुड के बेहिसाब पोस्टर खिलखिला कर स्वागत कर रहे थे। वैजयन्ती माला-दिलीप कुमार की फ़िल्म 'मधुमती', राज कपूर-नर्गिस की फ़िल्म 'आवारा', मनोज कुमार की 'शहीद', शम्मी कपूर-साधना की 'राजकुमार', अमिताभ बच्चन की 'ज़ंजीर' के पोस्टर हवा में फड़फड़ा रहे थे। आकाश इन पोस्टरों को देखकर अपने युवा दिनों की स्मृतियों में पहुँच गए जब अपने क़स्बे के चौराहों और दीवारों पर पोस्टरों को निहारते हुए फ़िल्म के बारे में तरह-तरह की स्वैर कल्पनाएँ करते रहते थे। पोस्टर दुकान में पीछे रह गए लेकिन आकाश की दुनिया उनके साथ चल रही थी। उन दिनों की फ़िल्मी पत्रिकाओं में छपी अभिनेता-अभिनेत्रियों के रोमांस की तमाम सच्ची-झूठी कहानियाँ, उनकी सनकें, उनका जादू उन्हें याद आ रहा था।

जुमा बाज़ार में पुरानी लकड़ी की सुगन्ध से आकाश के तेज़ चलते हुए पाँव ख़ुद-ब-ख़ुद धीमे हो गए। टीकवुड और रोजवुड की पुरानी कुर्सियाँ, मेज़ें, स्टूल रंग-रोगन के बाद अपने नए अवतार में आकाश को सम्मोहित कर रहे थे। एक लम्बी आरामकुर्सी पर आकाश का मन भी आ गया था। उसकी हाथ की पुश्त का आकार साँप के फन की तरह था। उसकी महीन कारीगरी में इतनी बारीक़ सफ़ाई थी कि आकाश के हाथ उसे छूने से अपने को रोक न सके। चाँदी की तरह सफ़ेद दाढ़ी वाले कारीगर ने उनके मनोभाव को भाँपते हुए कहा, "पुराना शानदार काम है। ऐसा काम अब देखने को भी नहीं मिलता। लकड़ी भी ठोस और मज़बूत।"

आकाश कुर्सी पर अपना हाथ हौले-हौले फेर रहे थे। उसे छूकर उन्हें लग रहा था कि वे उस समय के साथ उस अज्ञात कारीगर की उँगलियों को भी छूकर उसके हुनर को सराह रहे हैं।

"लाजवाब! लेकिन मेरा फ़्लैट बहुत छोटा है। इसे कहाँ रखूँगा?"

दुकानदार की पीली ज़र्द आँखें आकाश की विडम्बना को समझकर आत्मीयता से मुस्कराईं।

"सच है भाई! यह उस ज़माने की है कि जब घर और दिल दोनों बड़े होते थे। वैसे आप क़द्रदान हैं। चीज़ों की परख आपको है।"

"शुक्रिया" कहकर आकाश आगे बढ़ गए। कबाड़ में जीवित सांस्कृतिक इतिहास की झलकियाँ देखते हुए आकाश को रिकॉर्ड की दुकान दूर से दिखाई दी।

दुकान के ऊपर पुराने काले-काले तवे काले फूलों की लड़ी की तरह लटके थे। दरवाज़े के दोनों किनारों पर बने शो केशों में दादा आज़म के ज़माने के रेडियो सेट सजे हुए थे। दुकानदार की अधमुँदी आँखें आकाश को सामने देखकर ऐसे खुल गईं जैसे बन्द होती लिफ़्ट के सेंसर के सामने कोई हाथ आ जाने से उसका दरवाज़ा सट से खुल जाता है। उसकी आँखों में कौतूहल था।

"आपको क्या चाहिए? बालीवुड, क्लासिक? वेस्टर्न-इंडियन? हिन्दी-गुजराती-बंगाली?"

उसने घिसे हुए रिकॉर्ड की तरह पूछा। फिर मलमली कपड़ा लेकर नाज़ुक हाथों से एक रिकॉर्ड को हल्के-हल्के नवजात शिशु की तरह पोंछते हुए आकाश के चेहरे को भाँपकर पूछा, "ठुमरी-दादरा, चैती या कजरी या ग़ज़ल?"

आकाश को ग्रामोफ़ोन ठीक कराना था। इस समय रिकॉर्ड ख़रीदने का कोई मतलब भी नहीं था। लेकिन उसे लगा कि अगर वह उसके रिकॉर्ड में दिलचस्पी नहीं दिखाएगा तो हो सकता है, वह ग्रामोफ़ोन मिस्त्री का पता न बताए। आकाश ने उसे झटका देने के अन्दाज़ में कहा, "जैज़। लुइस आर्म्स स्ट्राँग और माइल्स डेविस।"

दुकानदार कुछ पल अनिश्चित भाव से उन्हें देखता रहा मानो यक़ीन न कर पा रहा हो कि आकाश कितना गम्भीर हैं। लेकिन फिर स्टूल पर चढ़कर रैक में एक-दूसरे के ऊपर रखे ठठ के ठठ रिकॉर्ड में से कुछ रिकॉर्ड उसने छाँटकर सामने रख दिए। आकाश अपने बिछाए जाल में फँसी चिड़िया की तरह फड़फड़ाने लगे। उन्होंने एक रिकॉर्ड हाथ में लेकर उसमें छपी इबारत को ग़ौर से पढ़ा। फिर नीचे रखते हुए बोले, "यह तो मेरे पास है।" आकाश के स्वर की डगमगाहट से दुकानदार को हल्का सन्देह हुआ कि वह केवल टाइम पास कर रहे हैं। उसने बाक़ी रिकॉर्ड आकाश की तरफ़ सलीके से आगे खिसका दिए। आकाश एक-एक करके रिकॉर्ड उठाकर पढ़ते। फिर आहिस्ता से नीचे रख देते।

"इनमें दो-तीन रिकॉर्ड मेरे पास नहीं हैं। लेकिन एक दिक़्क़त है। मेरे ग्रामोफ़ोन की सूई ख़राब हो गई है, वह ठीक हो जाए तो मैं कुछ ख़रीदूँ।" आकाश ने अपने मोबाइल की फ़ोटोगैलरी में सुरक्षित ग्रामोफ़ोन के फ़ोटो को दिखाते हुए कहा।

दुकानदार के चेहरे पर एक उदासी तैर गई जो उन दुकानदारों पर दिखती है जिनकी सुबह से कोई बोहनी न हुई हो। उदास होने के बावजूद उसकी आवाज़ की शालीनता में कोई कमी नहीं आई।

"रिपेयर का काम हम नहीं करते।"

"कोई हो जिसे आप जानते हों?"

"अरबाज़ चाचा अक्सर दुकान के चक्कर लगाते थे। पिछले कई महीनों से नहीं दिखे।" उसके चेहरे पर चिन्ता के बादल की छायाएँ मँडरा रही थीं।

"अगर उनका पता मिल जाए।" आकाश ने झिझकते हुए अनुरोध किया।

"ज़रूर, वह भिंडी बाज़ार में मस्जिद के पास कहीं रहते हैं।" और वह अपनी ड्राअर खोलकर एक पतली-सी डायरी में पता खोजने लगा।

'भिंडी बाज़ार' सुनकर आकाश बुड़बुड़ाए। उनके भीतर एक हलचल-सी हुई। उन्हें याद आया कि उनके सहकर्मी इस्माइल भाई अक्सर भिंडी बाज़ार के खाने के क़िस्से सुनाते थे। एक बार आकाश की बस जब इस भीड़ भरे इलाक़े में फँस गई

थी तो उनकी सीट के पास बैठे हमसफ़र ने उनके कान के पास अपना मुँह लाकर फुसफुसाते हुए रहस्यमय अन्दाज़ में कहा था, "यह भिंडी बाज़ार है। हिन्दुस्तान का मिनी पाकिस्तान।"

"भिंडी बाज़ार पास में ही है। पैदल जा सकते हैं।" दुकानदार ने पते की पुर्जी पकड़ाते हुए सुझाव दिया।

आकाश चल पड़े। कुछ क़दम चलने के बाद मुड़कर उसके पास लौटे, "मैं फिर आऊँगा। मुझे हिन्दी की पुरानी फ़िल्मों के कुछ रिकॉर्ड लेने हैं।" वह सान्त्वना देते हुए ऐसे बोल रहे थे जैसे कुछ न ख़रीदने की ग्लानि से उबरना चाह रहे हों।

"आप आएँगे, मैं जानता हूँ। यह जगह ही ऐसी है कि लोग बार-बार आते हैं।" उसने कुछ गर्व और यक़ीन के साथ पास में रखे चाभी से चलने वाले ग्रामोफ़ोन के भोंपू पर जमी धूल पोंछते हुए कहा।

चोर बाज़ार की भूलभुलैया और कबाड़ के समुद्र के बीच आकाश के पाँव रास्ता बनाते हुए भिंडी बाज़ार की तरफ़ मुड़ गए। आकाश जिस तेज़ी से आगे जा रहे थे, उसी तेज़ी से उनकी आँखों के सामने बोरी टोपी, ढीला कुरता-उटंग पाजामा और काले बुर्क़े नज़र आ रहे थे। आँख में सुरमा आँजे और गले में रूमाल बाँधे हुए उटंग पाजामा पहने एक नौजवान आकाश को टहोका मारकर आगे निकल गया। आकाश पीछे से उसकी अकड़भरी चाल घूरते रह गए। झक्क सफ़ेद कुरते-पाजामे पर जरीवाली बोरी टोपी पहने और मुँह में पान दबाए एक बुज़ुर्ग अपनी सफ़ेद दाढ़ी पर हाथ फेरते हुए सिर की हल्की सी ज़ुम्बिश से सलाम क़बूल कर रहे थे। हॉर्न की पों-पों और चीं-चीं से बेपरवाह पैदल चलने वाले अपनी ही धुन में चल रहे थे, जैसे उनके कान के परदे बेकार हों। कोई कहीं भी अपनी मोटरसाइकिल या स्कूटर आड़ी-तिरछी खड़ी कर देता जैसे यहाँ ट्रैफ़िक का कोई नियम-क़ानून लागू न होता हो। सड़क का चौथाई हिस्सा बाइक-स्कूटर से घिरा हुआ था। आकाश के सहकर्मी इस्माइल ने उसे बताया था कि दरअसल यह इलाक़ा दाउदी बोहरा शिया मुसलमान बहुल है। अधिकांश मूल रूप से गुजराती व्यापारी हैं। पहले इनके पूर्वज फोर्ट इलाक़े में रहते थे। लेकिन वहाँ एक बार भीषण आग लगने से गोदी मज़दूरों और मिल मज़दूरों के इलाक़े में आ गए। इन व्यापारियों ने नीचे दुकानें खोल लीं और ऊपर रहने लगे।

इस्माइल भाई की जीभ की इच्छाएँ अनन्त थीं। उनकी जीभ कभी तृप्त नहीं होती। वह अपनी जीभ की माँग का बेहद ख़याल भी रखते। दरअसल उनकी जीभ को भिंडी बाज़ार के खाने का चस्का लग गया था। महीने में एकाध शनिवार वहाँ का चक्कर ज़रूर लगाते। फिर अगले सोमवार को दफ़्तर के लंच टाइम में वह अपने घर से लाया डिब्बा खोलते ही भिंडी बाज़ार में खाए लज़ीज़ खानों का सूरज सिंह से तफ़सील से बखान करने लगते। कभी चिकन बैदा रोटी या मटन मिक्स रोल का मुँह में लार भरते हुए हवाला देते तो कभी फूली तन्दूरी रोटियों के साथ कोयले

पर पकनेवाले गोश्त पाया, नल्ली, टोपा के स्वाद की कहानियाँ चटकारा ले-लेकर सुनाते। किस दुकान का दाल-गोश्त या मटन बिरयानी लाजवाब है और कहाँ की पुदीने की हरी चटनी के साथ डीपफ्राई सीख़ परांठा या मटनग्रेवी के साथ नान का मज़ा बेमिसाल है, यह उनकी ज़बान से ऐसे निकलता मानो पहाड़ा सुना रहे हों।

सूरज सिंह को सलाह देते हुए इस्माइल भाई कहते कि कभी वहाँ जाएँ तो किनारा मस्जिद के पास बड़े मियाँ का ज़बान सूप ज़रूर पीजिए और नूर मोहम्मद होटल के चिकेन संजू बाबा को चखना मत भूलिए जिसका नाम एक्टर संजय दत्त पर रखा गया है।

खाने के बाद बेटी शबनम को ताज़ आइसक्रीम की अनन्नास की कुल्फी-फालूदा और उनकी बेगम को केसर शरबत का लुत्फ़ उठाना कितना पसन्द है, इसे मुस्कराकर सुनाते हुए उनके चेहरे पर एक सुकून और कुछ गर्व की लहरें उठती-बैठती रहतीं। इस्माइल भाई यह बताना कभी नहीं भूलते कि उनकी कमज़ोरी मावा जलेबी, डबल अंडे का मालपुआ और रबड़ी है। मगर उनकी बेटी और बेगम दोनों इसमें हिस्सा बाँट लेती हैं, जबकि बेटी शबनम अपनी कुल्फी और बेगम अपने शरबत में उसे हिस्सा देने से बचती हैं।

सूरज सिंह गोश्त के शौक़ीन थे। वह अक्सर इस्माइल भाई से भिंडी बाज़ार साथ ले जाने की गुज़ारिश करते। शाकाहारी होने के कारण आकाश का मन मांसाहारी व्यंजनों के बारे में इस्माइल भाई का आँखों देखा हाल सुनकर थोड़ा ख़राब हो जाता जबकि वह भिंडी बाज़ार के खाने का ऐसा पुरअसर समाँ बाँधते कि उनका मन भी कई बार उन चीज़ों को चखने के लिए ललक उठता। वह कई बार इस्माइल भाई से ठंडी आह भरकर कहते, "काश! मैं भी मांसाहारी होता।" उस समय इस्माइल भाई की आँखों में ख़ुशी की एक अजीब-सी चमक दिखती। वे मज़ाक़िया लहजे में कहते, "आकाश भाई! अभी देर नहीं हुई है। अगले शनिवार भिंडी बाज़ार चलते हैं।"

आकाश मन-ही-मन इस्माइल भाई की बात सोचकर मुस्करा रहे थे कि तभी उनके पास ख़ुशबू की छोटी-सी बयार आई। बदबूदार सड़क पर ऐसी भीनी-भीनी ख़शबू के तोहफ़े को देखने के लिए उन्होंने अपनी नज़रें इधर-उधर फिराईं।

सामने इत्र की दुकान थी। इस दुकान में रखी इत्र की सब शीशियाँ अगर खुल जाएँ तो भिंडी बाज़ार को गम-गम महकाने के लिए यह दुकान काफ़ी है। टेंट ढीली किए बिना इत्र की हल्की-हल्की ख़ुशबू एक दुर्लभ आनन्द की तरह आकाश को मदहोश कर रही थी। इस ख़ुशबू की सीमा ख़त्म होते ही आगे ठेले पर काँच के चौकोर डिब्बे के भीतर बर्फ़ की सिल्ली पर सुर्ख़ लाल तरबूज की फाँकों में चियें की तरह उभरे काले बीज चमक रहे थे। उससे सटे एक खोखे पर आदमक़द शीशे के सामने पानवाले के हाथ बिजली की गति से पीले पके पान के पत्ते पर चूना और कत्था लगा रहे थे।

हर इलाक़े में पान की दुकानें भरोसेमन्द सूचना केन्द्र-सी होती हैं। किसका घर किराये के लिए ख़ाली है। किसका किससे टाँका भिड़ा है। किसके घर में सम्पत्ति के लिए मुक़दमा चल रहा है। किसकी बेटी शादी के लायक़ हो गई है। कौन लड़के इलाक़े में रंगदारी करते हैं और कौन जेब काटते हैं, इन सबके बारे में बस शाम को पान के खोखे पर पान की एक गिलौरी खाकर पता चल जाता है। पता पूछने वालों के लिए पनवाड़ी की ज़बान कुतुबनुमा की तरह मदद करती। आकाश पनवाड़ी से पूछ ही रहे थे कि बिजली की चमकीली कौंध की तरह फटेहाल एक आदमी आकाश के सामने खड़ा हो गया।

"सिगरेट पिलाओ।" उसकी आवाज़ में विनय नहीं, आदेश था। आकाश अकबका से गए। इस्माइल भाई ने उसे आगाह किया था कि इस इलाक़े में जेबकतरे बहुत हैं। वे कई भेष में आते हैं। आँख बचाकर कुछ न कुछ झाड़ लेते हैं।

पनवाड़ी आकाश के संकट को समझ गया। "डरिए नहीं, यह कोई नुक़सान नहीं करेंगे।"

पनवाड़ी से मिली तसल्ली के बाद आकाश ने उसे ग़ौर से देखा।

श्याम वर्ण। केंचुल-सी ख़ाल छोड़ती देह, सफ़ेद बिखरे बाल। दाढ़ी से मिली हुई मूँछें। गन्दे बढ़े नाख़ून। लम्बी खुली क़मीज़ के नीचे ढीले पाजामे से झाँकता लम्बा नाड़ा। ठुड्डी पर चमकती थूक की लार।

उसने दुकान की ओर इशारा करते हुए फिर दोहराया, "सिगरेट।"

उस फटेहाल आदमी की गर्दन के पास सिकुड़ी-सिमटी झुर्रियों का नन्हा जाल काँपने लगा। मैल की तमाम आड़ी-तिरछी केचुएँ-सी सतरें उसकी गर्दन के हिस्से में उभरी दिख रही थीं। उसके चेहरे में सिर्फ़ उसकी उजली आँखें ही कुछ अलग थीं। शर्म-ग्लानि से दूर मानो उन्होंने इस दुनिया से नाता तोड़ लिया हो और एक अलग दूसरी दुनिया में बसती हों।

आकाश पसोपेश में थे कि इस बला से किस तरह पेश आएँ? वह अपनी पैंट की पिछली जेब से वॉलेट निकालने के लिए हाथ ले गए।

"भिखारी नहीं हैं। वायलिन बजाते थे। कई फ़िल्म म्यूज़िशियनों के ऑर्केस्ट्रा में काम किया है।" पनवाड़ी ने पान का बीड़ा बनाते हुए कहा।

"पैसा नहीं लेते। किसी से चाय तो किसी से सिगरेट तो किसी से रोटी के लिए कहते हैं।" पनवाड़ी की आँखों में करुणा का हल्का पानी था।

आकाश के कानों में वायलिन की वह शोकभरी धुन गूँजने लगी। ऐसी धुनें हिन्दी फ़िल्मों के दुखद दृश्यों की पृष्ठभूमि में पीड़ा को गहराई से उभारने के लिए आकाश ने कई बार बजते सुनी थीं। एक सम पर धीमी-धीमी पतली सिसकती-सी वायलिन की धुन उन्हें अक्सर उदास कर देती। युवा दिनों में काफ़ी अरसे तक वायलिन आकाश के लिए शोकवाद्य ही था। वायलिन से स्वप्निल और मादक धुनें भी निकलती हैं,

उन्हें तब पता चला जब कॉलेज के सालाना जलसे में वायलिन बजाकर एक मामूली शक्ल के लड़के ने कॉलेज की सबसे सुन्दर और निठुर लड़की को अपना दीवाना बना लिया था।

फिर तो आकाश भी वायलिन की धुनों के दीवाने बन गए। 'बरसात' फ़िल्म उन्होंने वायलिन प्रेम के कारण कई बार देखी थी। फ़िल्म के नायक राज कपूर की वायलिन की धुन नर्गिस की आत्मा में इतनी रच-बस जाती है कि एक दृश्य में वह राज कपूर से अलग होने के बाद विछोह में बिसूरती हुई वायलिन की धुन सुनकर क्लब में उस आदमी के पाँव पर गिर जाती है जो उसका प्रिय नायक नहीं, कोई और वायलिन वादक होता है। किसी फ़िल्मी पत्रिका में आकाश ने पढ़ा था कि यह कोई वायलिन वादक हक़ीक़त में गोवा के वायलिन वादक मेनेज़ेस थे जिन्होंने 'बरसात' फ़िल्म के साउंड ट्रैक में वायलिन का जादू सच में बजाया था।

संगीतप्रेमी आकाश जानते थे कि नई डिज़िटल तकनीक आने के बाद से इन दिनों फ़िल्म निर्माण में वादकों की ज़रूरत कम हो गई हैं। हो सकता है कि इसका शिकार यह फटेहाल कलाकार भी हो। भारतीय शास्त्रीय संगीत के भिंडी घराने की पाक़ ज़मीन पर एक वायलिन कलाकार को एक सिगरेट के लिए तरसते हुए देखकर आकाश की पूरी देह में झुरझुरी-सी फैल गई।

आकाश ख़यालों में खो गए।

संगीत आत्मा की भूख मिटाती है लेकिन संगीत से पापी पेट नहीं भरता। जब इस फटेहाल कलाकार ने संगीत सीखा होगा तो क्या इसने यह कल्पना भी की होगी कि उसे यह दिन देखना पड़ेगा। सब वायलिन वादक ऐसी हालत में नहीं होंगे। कुछ बच गए होंगे लेकिन यह ज़रूरी नहीं है कि उनका संगीत बचा हो। भूख के डर ने उनके संगीत को कितना खा लिया होगा, यह उनके सिवा और कौन जानता होगा।

आकाश ने सिगरेट ख़रीदकर उस कलाकार को आदर से थमा दी। फैली फटी-फटी-सी आँखों से उसने एक बार आकाश की ओर ताका। उसकी आँखों में कोई भाव न था। न ख़ुशी और न ही कृतज्ञता। ऐसे सभी भाव मानो उसका साथ बहुत पहले छोड़ चुके थे।

कलाकार ने सिगरेट का एक गहरा कश लिया। धुआँ छोड़ने के साथ उसे तेज़ खाँसी का दौरा पड़ा। उसके खोखले पिंजर को हिलाती-खटखटाती खाँसी से उसकी उम्र का पता चल रहा था। बूढ़ी खुर्राट खाँसी जो दम निकालकर ही पीछा छोड़ती है।

मस्जिद के पास गली के लिए आकाश कुछ क़दम चले। एक बार फिर उसे मुड़कर उन्होंने देखा। वह एक योगी की तरह निरासक्त और निश्चिन्त सिगरेट फूँक रहा था।

मस्जिद की मीनार क़रीब आ गई थी। सतरंगी छतरियों तले ठेलों पर बिकते पाजामों, फ्रॉकों, चप्पलों और सलवारों पर सरसरी नज़र डालते हुए और भारी-भरकम

सामान और गाँठों से लदे हथठेलों से बचते-बचाते आकाश आख़िरकार उस गली पहुँच गए जिसका पता उनके हाथ में लिखी पर्ची में लिखा था।

पतली-सी गली थी।

आकाश ने उलटी दिशा में आते हुए एक शख़्स से अरबाज़ भाई की बाबत पूछा। उनका नाम सुनते ही वह ऐसे घबरा गया जैसे कोई बम फटा हो। फिर बिना कुछ कहे आगे चला गया। एकाध क़दम चलने के बाद उसने फिर एक लड़के से पूछा। लड़के ने आकाश को ऊपर से नीचे ऐसी हिक़ारत से देखा गोया उसे कोई छूत की बीमारी हो। फिर ख़ामोशी से प्लास्टर झरते एक पीले-से घर की ओर इशारा कर दिया।

अरबाज़ भाई के घर ऊपर जीना चढ़कर जाना था। ऊपर जँगले पर चिक पड़ी थी जिससे धूप टकराकर नाराज़-सी दिख रही थी। तभी आकाश को जीने पर उतरने की पदचाप सुनाई दी। आकाश एक क्षण के लिए ठिठक गए। घुटनों को सीढ़ियाँ चढ़ने की तकलीफ़ देने के पहले वह ऊपर से उतर रहे शख़्स से पते की तस्दीक़ एक बार और कर लेना चाहते थे।

वह उस पदचाप का इन्तज़ार करने लगे। बुर्क़ा पहने एक ख़ातून खट-खट करती जीने से उतरीं और एक झटके से आगे गली में इतनी फुर्ती से ग़ायब हो गईं कि आकाश उनसे कुछ पूछ ही नहीं पाए।

ज़ीने में हल्का अँधेरा था। आकाश सीढ़ियों पर पाँव जमा-जमाकर चढ़ रहे थे। आख़िरी सीढ़ी तक पहुँचते-पहुँचते उनकी साँस फूल गई। सामने काठ का एक पुराना दरवाज़ा था जिसके बग़ल में लगा एक सफ़ेद स्विच उनका स्वागत कर रहा था। साँस थमते ही उन्होंने अपनी ऐनक उतारकर जेब में रख ली। फिर स्विच पर उँगली रख दी।

आँख झपकते ही दरवाज़ा खुला। रोशनी की शहतीर में एक गोरा चेहरा नमूदार हुआ। उसकी हिचकिचाती आँखें उठीं।

"कहिए अंकल?" उसकी आवाज़ में थकान थी। आकाश ने देखा कि एक बड़ी मक्खी उसके सिर पर मँडरा रही है जिससे वह बेख़बर था।

"अरबाज़ भाई से काम था।"

उस गोरे लड़के के चेहरे पर स्याही फैल गई। आँखें डबडबा गईं।

"दादाजान तो नहीं रहे। एक महीना पहले उनका इन्तकाल हो गया।" लड़के की आवाज़ राख-सी ठंडी थी।

आकाश हिल गए मानो उन पर दुख का कोई पहाड़ टूट पड़ा हो। वह कुछ पल के लिए वहाँ पहुँच गए थे जहाँ से वह उस लड़के की कोई मदद नहीं कर सकते थे।

"कैसे हुआ?" उन्होंने धीमे स्वर में पूछा।

"बस अब्बू का ग़म उन्हें खा गया। जबसे अब्बू को टाडा में क़ैद हुई, उनकी सेहत गिरती गई।"

"टाडा!" आकाश को ऐसा लगा जैसे किसी ने उन्हें दसवीं मंज़िल से नीचे ज़मीन पर फेंक दिया हो।

"आप भी यक़ीन नहीं करते न! सब बकवास है। अब्बू ने कुछ नहीं किया लेकिन पुलिस अब्बू को झूठे आरोप में पकड़ ले गई। कहती थी कि उन्होंने रेकी करनेवाले को सिम दिलाने में मदद की थी। कहाँ मेरे सीधे-सादे अब्बू और कहाँ शातिर आतंकी।" लड़के का चेहरा ग़ुस्से से तमतमा गया था। दरवाज़े से पीछे हटते हुए उसने घर में आने के लिए इशारा किया।

आकाश वहीं ठिठके रहे। उन्हें गली में अरबाज़ के बारे में पूछने पर लोगों के व्यवहार का मतलब अब साफ़ होने लगा था।

"आप दादाजान के पहले दोस्त हैं जो उनके इन्तकाल के बाद आए हैं। उनकी मैयत पर मिट्टी देने उनका एक भी हमदर्द नहीं आया। जब से टाडा में अब्बू जेल गए, पूरी क़ौम ने किनारा कर लिया। दादाजान को यही ग़म लील गया।"

आकाश कहना चाहते थे कि वे उनके दोस्त नहीं, ग्राहक हैं, लेकिन माहौल इतना ग़मज़दा था कि उनकी यह कहने की हिम्मत नहीं हुई।

"बहुत बुरा हुआ। सब्र रखो। सब ठीक हो जाएगा," लड़के के कन्धों पर दिलासा का हाथ रखकर आकाश ने भरे गले से कहा।

फिर वह ख़ामोश ज़ीने से उतरने लगे।

पीछे से उस लड़के की आवाज़ सुनाई दे रही थी, "अंकल-अंकल क्या हुआ?"

सड़क पर आकाश को ख़ाली टैक्सी मिल गई। आकाश ने हड़बड़ाते हुए ड्राइवर से कहा, "चर्नी स्टेशन।"

शाम की ट्रैफ़िक में घोंघे की चाल-सी चल रही टैक्सी में आकाश के कानों में बस यही आवाज़ गूँज रही थी :

"उनकी मैयत पर मिट्टी देने उनका एक भी हमदर्द नहीं आया।"

ज़िन्दगी है एक सफ़र, कौन जाने कल किधर

वसुधा आते ही सोफ़े पर पसर गई जैसे किसी खिलौने की चाभी ख़त्म हो गई हो। जब तक अनुराग साथ था, वह माउथऑर्गन की मीठी धुन की तरह बज रही थी। लेकिन सुखी घर सोसाइटी के मेनगेट पर वसुधा और आकाश को उतारकर जैसे ही अनुराग की कार बान्द्रा जाने के लिए मुड़ी, उसकी साँस ऊपर चढ़ आई। वह हाँफने लगी जैसे दमा मरीज़ की वायुनली में ऑक्सीजन की कमी हो गई हो।

आज वसुधा का जन्मदिन था। अनुराग उन्हें शाम को डिनर के लिए एक इतालियन रेस्तराँ 'स्मोक हाउस' ले गया था जहाँ कैंडल बुझाने और बर्थडे केक काटने के बाद उसने कुछ अजीबोग़रीब इतालवी डिशों के ऑर्डर दिए थे। वसुधा और आकाश को उनके स्वाद अनोखे लगने के बावजूद ख़ास पसन्द नहीं आए। हालाँकि वसुधा रेस्तराँ की साज-सज्जा को लेकर कुहुक रही थी। टेबलों के बीच इतनी दूरी थी कि एक-दूसरे की बातें मच्छरों की भुनभुनाहट-सी सुनाई देतीं। वसुधा कई बार अनुराग की शादी का प्रसंग छेड़ चुकी थी। कभी कहती कि अगर अनुराग की शादी में खाने का यही मेनू रहा तो हमारे कई रिश्तेदार तो इन विदेशी अटपटे नामों को सुनकर ही लोट-पोट हो जाएँगे। अनुराग ने और दिनों की तरह आज अपनी शादी के प्रसंग पर चिड़चिड़ाकर चेहरा बनाने के बजाय हँसकर कहा था कि मम्मी! हमारे ज़्यादातर रिश्तेदार छोले-भटूरे और पाव-भाजी से आगे नहीं बढ़े हैं। आकाश मन-ही-मन बुदबुदाए कि मुम्बईवासी होते हुए वे ख़ुद भी खानपान में कहाँ बदले हैं।

इधर जब से अनुराग बान्द्रा में परिवार से अलग रहने लगा था, आकाश और अनुराग के बीच एक अजानी तनातनी-सी बनी रहती। आकाश असहज रहते लेकिन अनुराग को यह तनातनी सुरक्षित लगती। कभी-कभी उनकी तनातनी में थोड़ी शिथिलता आती लेकिन यह फौरी होता। चेहरों की मृदु मुस्कान समुद्र की लहरों की तरह होंठों के तट को छूती और फिर धीरे-धीरे लौटकर तनातनी के खोल में समा जाती। हालाँकि आज आकाश और अनुराग के बीच की तनातनी का खोल उस समय कुछ उड़कर खुल गया जब मीरा रोड से स्मोक हाउस के लगभग दो घंटे कार सफ़र के बीच वसुधा ने अनुराग से कार के स्टीरियो में पश्चिमी संगीत के बजाय पापा की पसन्द के पुराने हिन्दी फ़िल्मी गीत लगाने के लिए कहा। वसुधा की यह रणनीति होती। जब उसे अपने मन का काम बच्चों से कराना होता तो वह सीधे अपनी इच्छा न बताकर, उसे पापा की इच्छा का रंग देकर उसे करा लेती। आकाश को उस समय कार में अनुराग के मनपसन्द बजते पश्चिमी गानों को सुनकर मज़ा आ रहा था। कुछ देर पहले उन्होंने सुना था।

डू नॉट गिव अप न ना ना, आई वॉन्ट गिव अप न ना ना, लेट मी लव यू, लेट मी लव यू। ओ बेबी बेबी।

अभी भी गाना बज रहा था :

आई एम इन लव विथ योर बॉडी,
वी पुश एंड पुल लाइक अ मैगनेट डू,
आलदो माय हार्ट इस फॉलिंग टू।
लास्ट नाइट यू वेर इन माय रूम,
बेड शीट स्मेल लाइक यू।
कम ऑन बी माय बेबी कम ऑन।

अंग्रेज़ी गानों को सुनते हुए आकाश के पाँव थिरक रहे थे। होंठ शब्द गुनगुना रहे थे। मन झूम रहा था जैसे उनकी बूढ़ी देह में किसी युवा ययाति का प्रवेश हो गया हो। अनुराग का दाहिना हाथ स्टेयरिंग पर था। बाएँ हाथ से मोबाइल उठाकर गाना बदलने के लिए वह जैसे ही थोड़ा झुका, बग़ल बैठे आकाश ने उससे हुलसकर कहा।

"यही गाना बजने दो। बदलने की ज़रूरत नहीं है। मुझे अच्छा लग रहा है।"

एक क्षण के लिए वसुधा हैरान हो गई। वह अचरज से आकाश को ताक रही थी कि ऐसे मौक़े पर उसने वसुधा की किरकिरी करा दी जबकि उसने उसी की ख़ुशी के लिए ही अनुराग को गाना बदलने के लिए कहा था।

अनुराग अपने पापा की पश्चिमी गानों में दिलचस्पी से किलकारी मारकर वैसे ही उछल पड़ा जैसे बचपन में हवा में उड़ती पतंग लूटकर ख़ुश होता था।

"मुझे मालूम था। मेरी पसन्द पापा को भी अच्छी लगेगी" उसने कुछ ऐसे उत्साह में कहा जैसे हवा में अपने पापा से गिलास टकराकर 'चियर्स' कह रहा हो।

"जब भी मैं कुछ कहती हूँ, तुम और तुम्हारे पापा मिलकर एक साथ हो जाते हो।"

वसुधा ने कुछ रूठते हुए पीछे से अनुराग के कन्धे पर चपत मारी। फिर उसे सहसा ख़याल आया कि पहले अनगिनत बार ऐसी नोक-झोंक में उसने अपने बच्चों को मीठी चपतें मारी हैं जब वे तीनों मिलकर किसी बात पर उसकी खिंचाई करते थे। सबसे अधिक आनन्द उसे तब आता था जब परिवार के चारों लोग ताश खेलते थे। वसुधा हर बार कहती कि उसे 'ट्वेंटी नाइन' खेलना नहीं आता तो उसे इस खेल में मज़बूत साथी चाहिए। वह अपना साथी हमेशा बेटे को चुनती। वसुधा अनुराग को अक्सर अपने पत्ते चुपके से दिखा देती। बेटी झुँझलाकर नाराज़गी जताती तो वह खेल न जानने का बहाना बनाकर तुनककर कहती कि "तुम सब मिलकर मुझे हराना चाहते हो। मैं खेल नहीं खेलूँगी।"

"नहीं मम्मी! आपके साथ मैं हमेशा रहता हूँ।" अनुराग ने मुड़कर बैक सीट पर बैठी मम्मी को देखा जैसे वह ताश के खेल की याद दिला रहा हो। वह आज मम्मी के जन्मदिन पर उसे निराश नहीं करना चाहता था। उसने देखा कि मम्मी के माथे पर सुर्ख़ लाल बिन्दी दिन में ट्रैफ़िक लाइट की तरह चमक रही है। "मेरे साथ कहाँ रहते हो बेटा!" वसुधा ने सर्द आह भरी।

"फिर सेंटी! मम्मी मुझे यह अच्छा नहीं लगता।" अनुराग ने भुनभुनाते हुए कहा।

वसुधा ख़ामोश हो गई। उसने कार के शीशे से झाँकतीं गगनचुम्बी इमारतों की टिमटिमाती रोशनियों पर अपनी आँखें टिका दीं जैसे वह उस जगह को पहचानने की कोशिश कर रही हो। जबकि वह दरअसल अपनी बहती भावनाओं को बाँधने की कोशिश कर रही थी।

गाना बज रहा था :

नेवर लेट यू गो, नेवर लेट मी डाउन
ओह इट हैज बीन हेल ऑफ़ अ राइड
ड्राइविंग द एज ऑफ़ अ नाइफ़
नेवर लेट यू गो, नेवर लेट मी डाउन

अनुराग ने सूँघ लिया था कि इस समय कुछ क्षण के लिए मम्मी उससे दूर चली गई हैं। लेकिन वह हमेशा इस बात से निश्चिन्त रहता कि मम्मी ज़्यादा देर उससे दूर नहीं रह सकतीं। उसने मम्मी की ओर देखे बिना पूछा।

"सोसाइटी में बार गर्ल का मामला सुलटा?" सोसाइटी के क़िस्से उसे मम्मी सुनाती रहती थीं।

वसुधा जानबूझकर चुप रही। वह समझ रही थी कि अनुराग भूल सुधार के लिए समझौते की पहल कर रहा है। इसी बीच आकाश अपनी आदत के अनुसार टपक पड़े।

"वह फ़्लैट छोड़कर कब की चली गई।" वह रुके। फिर मुस्कराकर बोले, "उसकी ज़गह दो नए लड़के आ गए हैं। शायद इवेंट मैनेजर हैं। परिवार नहीं है। पहले मिसेज़ निशा बंसल परेशान थीं, अब मिस्टर बंसल परेशान हैं कि वे लड़के उनकी सुन्दर बीवी पर आँखें रखे हुए हैं।"

"आप भी बच्चों से अंट-शंट बोलते रहते हैं।" वसुधा ने तमककर कहा। फिर बात सँभालते हुए आकाश की तारीफ़ कर दी।

"आजकल तुम्हारे पापा मुकेश बने हुए हैं। सामने के फ़्लैट के अशोक ने इनके मोबाइल में कोई एप डाल दिया है। उसमें पुराने गानों के ट्रैक पर पापा गाते हैं जिसमें कोई दूसरा भी ज्वाइन कर गा सकता है।"

"अरे! वहाँ तो एक लड़की रहती थी जिसकी चाभी एक बार घर के भीतर रह गई थी। वह तो आगरे की लड़की थी जो किसी पत्रिका में शायद एडीटर थी।" अनुराग ने कहा।

"हाँ, उसी लड़की का दोस्त अशोक लातूर से लौट आया है। उसने बैंक की नौकरी से इस्तीफ़ा दे दिया है। कई प्राइवेट बैंक में नौकरी के लिए अप्लाई किया है। ख़ाली समय में उसकी इनके साथ आजकल ख़ूब छनती है।"

"ओ ग्रेट पापा! कैसा लग रहा है?" अनुराग ने चहककर पूछा।

"बचपन की तमन्ना बुढ़ापे में पूरी हो रही है।" आकाश की आवाज़ में ख़ुशी की नमी थी।

"बुढ़ापे में जवान बन गए हैं। कई औरतें इनकी फ़ैन बन गई हैं। कनाडा की एक लड़की अक्सर इनके गाने को ज्वाइन करती है।" वसुधा ने छेड़ने के अन्दाज़ में कहा।

"गुड पापा! इतनी पॉपुलैरिटी। प्राउड ऑफ़ यू पापा।" अनुराग अपने पापा की तारीफ़ उसी तरह कर रहा था जैसे उसके बचपन में पापा उसकी मार्क्सशीट में अच्छे अंक देखकर उसकी पीठ थपथपाते थे।

आकाश को याद आया कि वह पहले अशोक से इस एप को डाउनलोड करने का विरोध कर रहे थे। अशोक ने यह कहकर उन्हें राज़ी किया कि उनकी आवाज़ अच्छी है। उनकी गायकी को लोग पसन्द करेंगे।

अशोक ने आकाश के मोबाइल में एप डालने के बाद उसकी मनपसन्द फ़िल्म 'आनन्द' का गाना 'मैंने तेरे लिए ही सात रंग के सपने चुने' का साउंडट्रैक खोजकर चलाया। फिर आकाश से गाने को कहा। आकाश का दिल गाना गाने की बात सुनते ही डर से धड़कने लगा। ज़बान ख़ुश्क सी हो गई। गाना शुरू करते ही बोल और धुन के बीच की संगत टूटने लगी। उनकी हालत उसी तरह ख़राब हो गई जैसे सातवीं कक्षा में वाद-विवाद प्रतियोगिता के मंच पर पहली बार खड़े होकर बोलने पर हुई थी। आकाश ने गाना तो गाया लेकिन उन्हें लगा कि उनके सुर ठीक नहीं लगे। गाने के कुछ लफ़्ज़ भी छूट गए। लेकिन आकाश की प्रस्तुति से अशोक निराश नहीं था। उसने सलाह दी कि अंकल! इस गाने के बोल काग़ज़ पर लिखकर एक बार अभ्यास कर लीजिए। कल दुबारा इस गाने को इसी साउंडट्रैक पर आज़माएँगे।

अगले दिन आकाश ने फिर वही गाना गाया। गाना गाते समय उन्हें लग रहा था कि वह एक अँधेरे कुएँ की तलहटी से बाहर निकलने के लिए पुकार लगा रहे हैं। वह हताश-से हो गए। गाने का रंग आ नहीं रहा था। गाने की ट्यून को उन्होंने साध लिया था लेकिन उनका मूड फूल पर उड़ती तितली की तरह उनकी पकड़ से बाहर था। इस गाने में उन्हें प्रेम, स्मृति और स्वप्न घुले-मिले लग रहे थे। यह न तो कोई प्रसन्न गीत था और न ही शोक गीत। उन्होंने ध्यान से सोचा तो लगा कि यह ऐसा गीत है जैसे कोई अकेला अपनी खोई-सी अधमुँदी आँखों से बस की खिड़की से बाहर देखते हुए अपने बीते मधुर पलों को याद कर रहा हो। आकाश ने अपने ऐसे सफ़र की याद में डूबकर जब दुबारा यह गाना गाया तो उन्हें लगा कि वह गाने को पूरी शिद्दत से जी रहे हैं। उन्हें इस दौरान ऐसी अनुभूति हो रही थी जैसे समय की टहनी पर प्रेम की पत्तियाँ हवा के झोंके से हौले-हौले हिल रही हैं और वह एक कोमल हरी पत्ती को अपने गाल पर रखकर उसके स्पर्श से रोमांचित हैं। जब गाना ख़त्म हुआ तो आकाश को लगा कि उन्होंने कोई सुरम्य पहाड़ी यात्रा बस से पूरी कर ली है। पहले गाने के अपलोड होने पर उन्हें कुल तीन कमेंट ही मिले। आकाश इतने में ही मगन थे।

लेकिन यह तो शुरुआत थी। मुकेश के एकल गानों को चुन-चुनकर आकाश अपलोड करने लगे। उनका गाया फ़िल्मी गाना 'किसी की मुस्कराहटों पे हो निसार किसी का दर्द मिल सके तो ले उधार/ किसी के वास्ते हो तेरे दिल में प्यार, जीना इसी का नाम है' और 'मैं पल दो पल का शायर हूँ' काफ़ी पसन्द किया गया। हालाँकि कई बार आकाश को अपना गाया गाना इतना बेसुरा लगता कि वह उसे डिलीट भी

कर देते। उन्हें लगता कि गाना-वाना उनसे अब नहीं हो पाएगा। कई बार गाते समय उनके भीतर सुख की नदी बहने लगती। इधर कुछ अरसे से आकाश सुबह से रात तक इसी में मशग़ूल रहते कि अगला कौन सा गाना तैयार करें जो लोगों को पसन्द आए। स्कूली दिनों का मुरझाया सोया बीज आधी शताब्दी के बाद अकेलेपन के जल में सिंचकर और श्रोताओं की प्रशंसा की धूप पाकर अँखुआने लगा था। उसके गले की आवाज़ अब बचपन की तरह सिर्फ़ उनका एकान्त भरने या चन्द दोस्तों तक महदूद नहीं रह गई थी। उन्हें लगता कि सम्पूर्ण सृष्टि तक उसकी आवाज़ की पहुँच है।

"पापा! अच्छा बताइए कि आप मम्मी के लिए आज कौन सा गाना डेडिकेट करेंगे।" अनुराग ने आकाश को ऐसे कुरेदा जैसे अपने दोस्त के कन्धे पर हाथ रखकर उसके मन को टटोल रहा हो।

आकाश की सिट्टी-पिट्टी गुम हो गई। पैंतीस साल के वैवाहिक जीवन में उन्हें पहली बार यह बोध हुआ कि उन्होंने वसुधा के जन्मदिन पर ऐसा कभी कुछ नहीं किया। गाना तो दूर, उसके जन्मदिन पर न तो वह कभी फूलों का गुलदस्ता या केक लाए और न ही कोई उपहार। पिछले दो सालों से वसुधा के जन्मदिन पर बेटी बंगलौर से ऑनलाइन केक और बुके भेजती है। तभी से उसका जन्मदिन मनाने का सिलसिला चल पड़ा। आकाश को वसुधा का जन्मदिन याद था। वसुधा ने उन्हें बताया था कि जिस तारीख़ को बाबा साहेब भीमराव आंबेडकर ने अपने लगभग दो लाख साथियों के साथ हिन्दू धर्म छोड़कर बौद्ध धर्म अपनाया था, उसी तारीख़ को वसुधा इस धरती पर आई थी।

आकाश भूल सुधार करते हुए पूरे तरन्नुम में गाने लगे :

आ जा सनम मधुर चाँदनी में हम-तुम मिले
तो वीराने में भी आ जाएगी बहार
झूमने लगेगा आसमान

गाते समय वह वसुधा को मुड़-मुड़ कर देख रहे थे। वसुधा को आकाश का गाना नाटक लगने के बावजूद अच्छा लगा। ऐसे नाटक कई बार ज़िन्दगी में ख़ुशबू घोल देते हैं। स्टीरियो की आवाज़ को कम करने के बाद अनुराग ने भी गाना शुरू कर दिया :

चाँद की बहकी नज़र कह रही है प्यार कर
ज़िन्दगी है एक सफ़र कौन जाने कल किधर

"अरे वाह! तुम पुराने हिन्दी फ़िल्मों के गाने भी जानते हो।" आकाश ने ख़ुश होकर कहा।

अनुराग औचक पकड़ा गया था। आकाश को जितना विस्मय था, वसुधा को

उतनी ही ख़ुशी। वसुधा को लग रहा था कि दूर रहने के बावजूद परिवार की कुछ विरासत अनुराग के पास है जो उसे फिर घर लौटा लाएगी। कोई भी बात हो, वह उसे अनुराग के घर लौटने से जोड़ लेती थी। उसे लगता था कि एक खूँटे से बँधी गाय जिस तरह छटपटाकर रस्सी तोड़कर भाग जाती है और कुछ देर आसपास चारा चरने के बाद वापस अपने ठिकाने पर लौट आती है, अनुराग भी इसी तरह लौट आएगा। हालाँकि वह शायद भूल गई थी कि अनुराग गाय नहीं था। अनुराग ने हँसते हुए कहा, "पापा के हरदम गाने सुनकर पच्चीस साल में तो कोई पत्थर भी गाने लगेगा।" अनुराग ने अपनी उपलब्धि का भेद खोल दिया।

पूरी शाम कार और रेस्तराँ में इतनी मीठी चुहल के बावजूद अनुराग के चले जाने के बाद वसुधा का इस क़दर दुखी होना आकाश की समझ से परे था। लम्बे समय बाद वह इतना खुलकर हँसे-बोले थे।

वसुधा का जन्मदिन स्मोक हाउस से मनाकर रात में जब आकाश लौटे तो पोडियम पर तीन-चार जन फुसफुसाते हुए बात कर रहे थे। उनमें से दो को आकाश नाम से पहचानते थे। आलू-से गोल-मटोल चेहरे वाले मोहन कपूर थे जो इस समय सोसाइटी की कार्यकारिणी के कोषाध्यक्ष थे। दूसरे दिलीप भातखंडे थे जो पिछली बार कार्यकारिणी के चुनाव में सदस्य के लिए खड़े हुए थे लेकिन चुनाव हार गए थे। बाक़ी दो चेहरों को आकाश ने सोसाइटी में अनेक बार देखा था लेकिन उनका नाम नहीं जानते थे। सोसाइटी में पहचानने के लिए सबका नाम जानना ज़रूरी नहीं था। फ़्लैट नम्बर से सब पहचाने जाते थे।

सोसाइटी में आकाश ने कभी-कभार लड़कों की टोली को इतनी रात में हँसी-ठट्ठा करते देखा था। कई बार कुछ महिलाएँ देर रात तक गपशप करती भी दिखी थीं पर सोसाइटी में कभी पुरुषों को देर रात तक इस तरह मंत्रणा करते हुए उन्होंने नहीं पाया था। चाहते तो वे चारों किसी के घर में भी बैठकर चाय पीते हुए मंत्रणा कर सकते थे। किन्तु शायद उनकी घरवालियों को यह पसन्द नहीं रहा होगा कि सोसाइटी के चुनाव की झिक-झिक उनके घर की दीवारों को शोर से भर दे। दूसरे, घर में हुई उनकी मंत्रणा का राज़ उड़ते हुए कब महिला मंडल की शाम की गप्प संगोष्ठी से सभी घरों में ब्रेकिंग न्यूज़ की तरह फैल जाए, कहना मुश्किल था।

आकाश ने कुछ अनुमान लगाया कि उनकी मंत्रणा क्या हो रही होगी। सोसाइटी की कार्यकारिणी के चुनाव होने वाले हैं। सोसाइटी छोटी थी। वहाँ के रहवासियों के संघर्ष भी छोटे थे। लेकिन उस समय वहाँ के चुनाव की तुर्शी बड़ी थी। कटुताएँ और भी बड़ी। अपनी कटुताएँ मानव बम की तरह वे अपने भीतर छिपाए रखते थे। बुरा दिखने से बचने के लिए प्रहार पीछे से होते थे। प्रहार करनेवाले और प्रहार झेलनेवाले दोनों जब सामने मिलते तो चेहरे पर नकली मुस्कराहट चिपकाए हुए मिलते। उन

दोनों को पता रहता कि मुस्कराहट नकली है। फिर भी वे दोनों पक्ष उसी तरह ग्रहण करते जैसे वह मुस्कराहट असली है। दोनों ख़ुश रहते कि असली मुस्कराहट बिना ख़र्च किए उन्होंने नकली मुस्कराहट से काम चला लिया। सोसाइटी में ही नहीं, पूरे समाज में असली मुस्कराहट की ज़रूरत कम होती जा रही थी। असली मुस्कराहट निराश और दुखी रहती। नकली मुस्कराहट का समाज में बाज़ार भाव चढ़ा हुआ था।

सोसाइटी में वैसे मुर्दनी-सी छाई रहती, लेकिन चुनाव से वहाँ गहमागहमी बढ़ गई थी। जो लोग गर्दन टेढ़ी करके दूसरों के सामने से ऐंठते हुए निकल जाते थे। वे अब सामने पड़ने पर जबरन मुस्कराने लगे थे। "हेलो-गुड मॉर्निंग", "गुड ईवनिंग" करने लगे थे। लिफ़्ट में महिलाओं को पहले प्रवेश के लिए रास्ता देने लगे थे। उनके बच्चों के नाम और स्कूल का नाम पूछने लगे थे।

कार्यकारिणी के लिए पन्द्रह सदस्यों का चुनाव होना था। नीचे बीस दुकानों और 144 फ़्लैटों को मिलाकर कुल 164 वोट थे। चार फ़्लैट के मालिक विदेश में थे। ऐसे में कुल 160 वोट पड़ने थे। पिछले चुनाव के अनुभव से प्रत्याशियों को लगता था कि वोटिंग के दिन केवल 60-70 प्रतिशत वोट डालने आएँगे। इस हिसाब से कुल 110-115 वोट पड़ने की सम्भावना थी। असली लड़ाई प्रेसिडेंट पद के लिए थी। शकीला ख़ान प्रेसिडेंट थीं। उनका यक़ीन स्थायी प्रेसिडेंट बने रहने में था। उनका मानना था कि वह सोसाइटी के विकास पर ध्यान दे रही हैं। ऐसे में सोसाइटी की कार्यकारिणी का चुनाव बार-बार कराना समय और रुपयों की बर्बादी है। उनके काम के अच्छे रिकॉर्ड के कारण उन्हें निर्विरोध प्रेसिडेंट चुन लिया जाना चाहिए। रजिस्ट्रार ऑफ़ हाउसिंग सोसाइटी का दबाव न होता तो वह कभी इलेक्शन ही न करातीं।

चुनाव की तारीख़ की घोषणा के कुछ दिन पहले शकीला ख़ान ने प्रेसिडेंट की हैसियत से सोसाइटी के कायाकल्प का बीड़ा उठा लिया। पोडियम की उखड़ी हुई टाइलें बदलवाकर नई टाइलें लगवा दीं। पार्किंग की काली दीवारों पर सफ़ेदी करवा दी। किड्स एरिया में टूटे झूलों को नया करवा दिया। मेन गेट से लेकर एंट्रेंस लॉबी तक रंग-बिरंगे फूल गेरू से रंगे गमलों में सजवा दिए। सोसाइटी में इंटरकॉम काम नहीं कर रहे थे। चूहों ने इंटरकॉम के तारों को कुतर डाला था। उन्होंने तारों को बदलवा दिया। उन्होंने आनन-फानन सिक्यूरिटी, सफ़ाई, बिजली, प्लम्बर, लिफ़्ट, कारपेंटर का एनुअल मेंटेनेन्स कॉन्ट्रैक्ट अर्थात् एएमसी दो साल के लिए करवा दिया। शकीला ख़ान नहीं चाहती थीं कि अगर वह सोसाइटी के प्रेसिडेंट का इलेक्शन हार जाएँ तो उनके बाद आनेवाली हाउसिंग एसोसिएसन को कोई काम करना पड़े। इसीलिए वह उनके हिस्से के काम को भी अपने कार्यकाल में निपटा देना चाहती थीं। ख़ासतौर से ऐसे काम जो ख़र्च से जुड़े थे। सोसाइटी की दुखती रग पानी की कमी थी। शकीला ख़ान ने प्रतिदिन 5 वाटर टैंकर का कोटा बढ़ाकर 8 वाटर टैंकर कर दिए। अनुभवी नेता की तरह उन्हें पता था कि लोगों की स्मृति बहुत छोटी होती है। लोग पिछला

कष्ट बड़ी जल्दी भूल जाते हैं। उन्हें यक़ीन था कि बीस दिन पानी मिलने का सुख पिछले बीस महीने पानी न मिलने के सन्ताप को हर लेगा।

प्रेसिडेंट की दौड़ में रोहित शर्मा भी थे। रोहित शर्मा का कोई काम धीमी गति से नहीं होता था। न वह धीमे बोलते थे और न ही धीमे चलते थे। उनको हर समय हड़बड़ी रहती थी। हड़बड़ी में एक बार वह बाज़ार में अपनी पत्नी को छोड़कर घर आ गए थे। शर्मा के ललाट पर चमकता तिलक विज्ञापन करता रहता कि वह कट्टर हिन्दू हैं। वह इसे छिपाने में यक़ीन भी नहीं करते। जितना तिलक उनका विज्ञापन करता, उससे अधिक वह ख़ुद अपने शब्दों से विज्ञापन करते रहते। उनको इस बात का क्षोभ था कि भारत अभी तक हिन्दू राष्ट्र नहीं बना। वह गांधी-नेहरू को इसके लिए कोसते रहते। वह देश की हर समस्या का ज़िम्मेदार नेहरू को मानते चाहे कश्मीर का मामला हो या अरुणाचल प्रदेश का। शर्मा ख़ुद को सहिष्णु बताते लेकिन सोसाइटी के मुस्लिमों को देखकर उनके चेहरे का रंग बिगड़ जाता। तिलक तमतमाकर और गाढ़ा सिन्दूरी हो जाता। बक़रीद पर उन्होंने जो हंगामा मचाया था, उसे सोसाइटी के रहवासी अभी तक नहीं भूले थे।

रोहित शर्मा कार्यकारिणी का चुनाव भी इसी मुद्दे पर लड़ रहे थे कि अगर वह प्रेसिडेंट बने तो सोसाइटी में बकरे की क़ुर्बानी नहीं होगी। उनके समर्थन में अंजलि देशपांडे थीं। अंजलि देशपांडे शकीला ख़ान से खफ़ा थीं। अपने फ़्लैट में क्रेच चलाती थीं। शकीला ख़ान ने इस पर रोक लगवा दी थी कि कोई व्यावसायिक गतिविधि रिहाइशी फ़्लैट में नहीं हो सकती। फिर अंजलि देशपांडे सोसाइटी के व्हाट्सएप पर आर्गेनिक फ़ूड आइटम का कारोबार करने लगी। जब कुछ लोगों ने एतराज़ किया कि सोसाइटी का व्हाट्सएप प्लेटफार्म इन कामों के लिए नहीं है तो उन्होंने यह तर्क देकर लोगों को ख़ामोश कर दिया कि वह सामाजिक दायित्व के तहत यह ख़बर रहवासियों को देती हैं ताकि सोसाइटी के लोग आर्गेनिक हेल्थ फ़ूड, फ़्रूट और वेजिटेबल खाकर स्वस्थ रहें।

रोहित शर्मा और शकीला ख़ान दोनों जानते थे कि प्रेसिडेंट वही चुना जाएगा जिसे कार्यकारिणी के लिए चुने गए सदस्य विजयी बनाएँगे। दूसरे शब्दों में, जिसके ज़्यादा समर्थक सदस्य कार्यकारिणी के लिए चुने जाएँगे, उसी के सिर पर प्रेसिडेंट का ताज होगा। दोनों अपने भरोसेवालों को सदस्य पद के लिए जिताना चाहते थे। हालाँकि यह समय ऐसा था कि जिस पर आपको सबसे ज़्यादा भरोसा होता, वही सबसे पहले भरोसा तोड़कर दूसरे पाले में चला जाता।

आकाश ने एक दिन सुबह की सैर के समय देखा था कि सुरेश अस्थाना एंट्रेन्स लॉबी में बोर्ड पर लिखे फ़्लैट मालिकों के नाम एक डायरी में जल्दी-जल्दी लिख रहे थे। आकाश मुस्कराने लगे। उनकी मुस्कराहट का मतलब था कि वह समझ गए हैं कि सुरेश अस्थाना भी चुनाव लड़ रहे हैं। हालाँकि पहले उनका कहना था कि वे

चुनाव के पचड़े में नहीं पड़ेंगे। उन्हें सिर्फ़ वाचडॉग की भूमिका ही पसन्द है। सुरेश अस्थाना धीमी आवाज़ में बोलने वाले शख़्स थे। वे लोगों को ध्यान से सुनते थे और शब्दों के मामले में कंजूस थे। वैसे उनके पास अक्सर अकाट्य तर्क होते जिनके लिए कई बार शब्दों की ज़्यादा ज़रूरत पड़ती। धीमी आवाज़ में कम बोलने, हर चीज़ में कार्य-कारण भाव खोजने और आँखों पर चश्मा चढ़ा होने के कारण लोग उन्हें भरोसेमन्द और गम्भीर समझते थे।

चुनाव का गणित लगाया जा रहा था। नाम से रहवासियों के धर्म का अनुमान कुछ-कुछ लग चुका था। सोसाइटी में एक सिख था। चार ईसाई थे। एक पारसी था। चौवन मुस्लिम थे। बाक़ी हिन्दू थे। जैन को हिन्दू में शामिल मान लिया जाता था। रोहित शर्मा को जब यह पता चला तो कहने लगे कि मुस्लिम फ़्लैट मालिक कम होने के बावजूद मुस्लिम ज़्यादा दीखते हैं। उनके परिवार बड़े होते हैं। फ़्लैट में एक परिवार रहता है या कई परिवार रहते हैं, पता लगाना मुश्किल होता है। मुस्लिम फ़्लैट मालिकों की संख्या कम होने के बावजूद सोसाइटी प्रेसिडेंट एक मुस्लिम महिला है, यह तो हिन्दुओं की कायरता और कमज़ोरी का परिणाम है। चुनाव में हिन्दी भाषी, मराठी भाषी और दक्षिण भाषा भाषी का कार्ड भी खेला जा रहा था। मराठी भाषी भिड़े भी चुनाव लड़ रहे थे। वह हिन्दी भाषी फ़्लैट मालिकों से समर्थन की आस लगाए हुए थे। हालाँकि उन्हें मालूम था कि मुम्बई के नए सामाजिक परिवेश में उनकी यह आशा झूठी थी। भिड़े के जीतने की सम्भावना क्षीण थी। सोसाइटी में मराठी भाषी फ़्लैट मालिकों की कुल संख्या तेईस थी। भिड़े के तार शिवसेना से जुड़े होने की ख़बर मुस्लिम फ़्लैट मालिकों तक पहुँचा दी गई थी। लिहाज़ा मुस्लिम फ़्लैट मालिकों से उन्हें वोट मिलने की सम्भावना न्यून होती जा रही थी। तथाकथित भैयों ने भी उनसे किनारा कर लिया था।

सोसाइटी के चुनाव की सरगर्मी बढ़ती जा रही थी। आरोप-प्रत्यारोप हो रहे थे। वर्तमान कार्यकारिणी पर विरोधी पक्ष भ्रष्टाचार का आरोप लगा रहा था। वर्तमान कार्यकारिणी अपने विकास कार्यों का हवाला दे रही थी। सब समझ रहे थे कि कार्यकारिणी का चुनाव सोसाइटी की बेहतरी का एकमात्र विकल्प है। लेकिन वह नहीं समझ पा रहे थे कि चुनाव से कार्यकारिणी तो बदल जाएगी लेकिन जब तक रहवासियों के अन्तर्मन और विचार लोकतांत्रिक नहीं होंगे, एक-दूसरे की भावनाओं के प्रति संवेदनशील नहीं होंगे, सोसाइटी में समरसता और समता एक सपना रहेगी।

चुनाव की अन्दरूनी उठापटक से दूर आकाश एप में 'सफ़र' फ़िल्म का गाना 'ज़िन्दगी का सफ़र है ये कैसा सफ़र कोई समझा नहीं, कोई जाना नहीं' रिकॉर्ड कर रहे थे। जब वह गा रहे थे कि 'ज़िन्दगी को बहुत प्यार हमने दिया, मौत से भी मुहब्बत निभाएँगे हम, रोते-रोते ज़माने में आए मगर, हँसते-हँसते ज़माने से

जाएँगे हम' तो सहसा उनकी आँखें वसुधा पर पड़ीं। वह बाथरूम से निकलते हुए गुनगुना रही थी :

पानी रे पानी, तेरा रंग कैसा
भूखों की भूख और प्यास जैसा

आकाश की आवाज़ अचानक बीच में तैरने लगी :

पानी रे पानी तेरा रंग कैसा
सौ साल की उम्मीदों जैसा।

वसुधा के चेहरे पर स्मित थी जैसे कह रही हो कि ज़िन्दगी की कुछ उम्मीदें भरोसों पर टिकी होती हैं। वह बालकनी में आई। सड़क पर अभी उतनी भीड़ नहीं थी। अचानक वसुधा की नज़र एक आदमी पर टिक गई। ऊपर से उनके सिर का चाँद दिखाई दे रहा था। इस चाँद को बर्फ़ से सफ़ेद बालों की पहाड़ियों ने घेर रखा था। गले में काला बैग और हाथ में कपड़े का एक थैला लटकाए नेकलेस सफ़ेद टीशर्ट और जींस पहने वह तेज़ क़दमों से जा रहे थे। वसुधा को वह चेहरा पहचाना, सा लगा। उनकी दाढ़ी और मोटे चश्मे से उसे सहसा याद आया कि इन्हें कुछ दिन पहले टीवी पर देखा था। वह घरों में जाकर लीक करते हुए नलके मुफ़्त में ठीक करते हैं। वसुधा ने बालकनी से आकाश को पुलकभरी आवाज़ दी :

"आइए, जल्दी आइए! देखिए आपके डब्बू जी सड़क पर जा रहे हैं।"

आकाश बालकनी में आकर बोले, "कौन डब्बू जी?"

अरे वही जो पानी के ख़राब नलके ठीक करते हैं। आपने टीवी में उनका इंटरव्यू देखकर कहा था कि बचपन में आप धर्मयुग के आख़िरी पन्ने पर छपा उनका कार्टून सबसे पहले देखते थे। जो उपन्यास भी लिखते हैं। पेंटिंग भी करते हैं।

"अच्छा! आबिद सुरती जी, कहाँ हैं?" आकाश ने नीचे सड़क पर नज़र दौड़ाई।

फिर वसुधा से कहा, "हाँ! वही लग रहे हैं। उनकी चाल में कितनी तेज़ी है। लगते ही नहीं हैं कि चौरासी साल के हैं।"

"उम्मीद कभी बूढ़ी नहीं होती।" वसुधा ने आकाश की ओर देखते हुए कहा और आबिद सुरती पर अपनी नज़रें टिका दीं।